David Baldacci
VERFOLGT

Weitere Titel des Autors:

Der Präsident
Das Labyrinth
Die Versuchung
Die Wahrheit
Die Verschwörung
Das Versprechen
Der Abgrund
Das Geschenk
Auf Bewährung
Das Glück eines Sommers

Bände der Shaw-Reihe:

Die Kampagne
Doppelspiel

Bände der Maxwell/King-Reihe:

Im Bruchteil der Sekunde
Mit jedem Schlag der Stunde
Im Takt des Todes
Bis zum letzten Atemzug
Fünf vor zwölf

Bände der Camel-Club-Reihe:

Die Wächter
Die Sammler
Die Spieler
Die Jäger
Der Auftrag

Bände der Will-Robie-Reihe:

Der Killer
Verfolgt

Titel in der Regel auch als Hörbuch und E-Book erhältlich

DAVID BALDACCI

VERFOLGT

Thriller

Will Robies zweiter Fall

Übersetzung aus dem Amerikanischen
von Uwe Anton

LÜBBE HARDCOVER

Papier: holzfrei Schleipen – Werkdruck,
der Cordier Spezialpapier GmbH

Dieser Titel ist auch als Hörbuch und E-Book erschienen

Titel der amerikanischen Originalausgabe:
»The Hit«

Für die Originalausgabe:
Copyright © 2013 by Columbus Rose, Ltd.

Für die deutschsprachige Ausgabe:
Copyright © 2015 by Bastei Lübbe AG, Köln
Textredaktion: Wolfgang Neuhaus
Umschlaggestaltung: Cornelia Niere, München
Umschlagmotive: © arcangelimages/tim_robinson;
© Cornelia Niere, München
Satz: Dörlemann Satz, Lemförde
Gesetzt aus der Caecilia
Druck und Einband: CPI books GmbH, Leck

Printed in Germany
ISBN 978-3-7857-2540-5

1 3 5 4 2

Sie finden uns im Internet unter: www.luebbe.de
Bitte beachten Sie auch: www.lesejury.de

Für die Besetzung und die Produktionsmannschaft von
Wish you well.

Danke für ein unglaubliches Erlebnis.

KAPITEL 1

Der unmittelbar bevorstehende Todesfall verschaffte Doug Jacobs einen regelrechten Energieschub. Er zog das Headset gerade und stellte den Computerbildschirm heller. Jetzt war das Bild kristallklar, beinahe so, als wäre er vor Ort.

Er dankte Gott, dass er es nicht war.

»Vor Ort« war Tausende Meilen weit weg, aber beim Blick auf den Bildschirm hätte es niemand gemerkt. Jedenfalls hätte kein Geld der Welt Jacobs dazu gebracht, »vor Ort« zu sein. Davon abgesehen gab es viele Leute, die sich für diese Arbeit besser eigneten.

Jacobs warf einen flüchtigen Blick auf die vier Wände und das einzige Fenster seines Büros in Washington, D. C., wo derzeit die Sonne schien. Das Büro befand sich in einem ganz normalen, unscheinbaren Backsteingebäude in einem vielseitig genutzten Viertel, in dem es mehrere unter Denkmalschutz stehende Häuser in den verschiedensten Stadien des Verfalls oder der Renovierung gab. Doch einige Teile von Jacobs' Gebäude waren alles andere als unscheinbar. Dazu gehörte ein massives Stahltor mit einem hohen Zaun, der das Grundstück lückenlos umschloss. Auf den Fluren patrouillierten bewaffnete Sicherheitsleute. Überwachungskameras kontrollierten die Umgebung. Von außen allerdings gab es keinerlei Hinweise, was sich drinnen abspielte.

Und es spielte sich eine Menge ab.

Jacobs griff nach der Tasse mit dem frischen Kaffee,

in die er soeben drei Tütchen Zucker geschüttet hatte. Bildschirmbeobachtung erforderte eine gewaltige Konzentration und jede Menge Aufmerksamkeit. Zucker und Koffein halfen Jacobs, beides aufrechtzuerhalten. Das Kribbeln, mit dem in wenigen Minuten zu rechnen war, kam von ganz allein.

»Alpha Eins«, sagte er ins Headset, »bestätigen Sie Ihre Position.«

Du hörst dich an wie ein Fluglotse, ging es ihm durch den Kopf. *Na ja, in gewisser Weise bist du einer. Nur dass unser Ziel bei jeder Reise der Tod ist.*

Die Antwort kam beinahe sofort. »Alpha Eins Position siebenhundert Meter westlich vom Ziel. Sechste Etage auf der Ostseite des Mietshauses, viertes Fenster von links. Mit dem Zoom müssten Sie meine Gewehrmündung sehen können.«

Jacobs beugte sich ein Stück vor, griff nach der Maus und zoomte in Echtzeit das Bild der Satellitenübertragung aus der fernen Stadt heran, der Heimat vieler Feinde der Vereinigten Staaten. Am Rand der Fensterbank erschien ein kleines Stück eines langen Schalldämpfers, auf einen Gewehrlauf geschraubt. Das Gewehr war ein den Anforderungen dieses Einsatzes angepasstes Stück Waffentechnik, das auf große Entfernungen töten konnte – jedenfalls solange es von einer erfahrenen Hand bedient und einem ebenso erfahrenen Auge gelenkt wurde.

So wie jetzt.

»Bestätigt, Alpha Eins. Durchgeladen und zum Schuss bereit?«

»Bestätigt. Alle äußeren Faktoren ins Zielfernrohr eingegeben. Fadenkreuz auf terminalen Punkt gerichtet. Schalldämpfer bereit. Untergehende Sonne befindet sich hinter mir und blendet die anderen. Keine Reflexion der Optik. Es kann losgehen.«

»Verstanden, Alpha Eins.« Jacobs warf einen Blick auf die Uhr. »Ortszeit siebzehnhundert?«

»Auf die Sekunde. Info-Update?«

Jacobs holte die Informationen auf ein zusätzliches Fenster. »Alles läuft nach Terminplan. Ziel trifft in fünf Minuten ein. Er wird auf der Gehwegseite aussteigen. Dort soll er eine Minute lang Fragen beantworten, dann zehn Sekunden bis ins Gebäude.«

»Ist der Zehn-Sekunden-Weg bestätigt?«

»Ist bestätigt«, erwiderte Jacobs. »Aber das Interview könnte länger dauern.«

»Verstanden.«

Wieder konzentrierte sich Jacobs auf den Bildschirm, bis er ein paar Minuten später das Gesuchte entdeckte.

»Okay, Wagenkolonne nähert sich.«

»Ich sehe sie. Sichtlinie gerade und schmal. Keine Hindernisse im Weg.«

»Die Menschenmenge?«

»Ich habe die Bewegungsmuster der Leute in der letzten Stunde beobachtet. Die Sicherheitskräfte halten sie zurück. Sie stehen zu beiden Seiten vom Weg, den er nehmen wird. Wie ein beleuchtetes Rollfeld.«

»Ja. Ich sehe es jetzt.«

Jacobs liebte es, bei solchen Unternehmungen in der ersten Reihe zu sitzen, ohne sich in der Gefahrenzone zu befinden. Sein Einkommen war bedeutend höher als das der Person am anderen Ende der Leitung, was eigentlich nicht nachzuvollziehen war, schließlich hielt der Schütze da draußen den Kopf hin, nicht Jacobs. Traf der Schuss nicht ins Ziel oder wurden die Fluchtwege schnell gesperrt, war der Schütze tot. Er hatte weder Dokumente noch Ausweise dabei. Man würde ihn verleugnen, würde alles abstreiten. Keine Identifikation würde das Gegenteil beweisen. Man würde ihn hängen lassen. Und in dem Land, in dem dieses Attentat gerade stattfand, bedeutete das den Tod durch den Strick. Oder das Schwert.

Und die ganze Zeit saß Jacobs hier in Sicherheit und bekam trotzdem mehr Geld.

Aber es gibt viele Leute, die sich darauf verstehen, hervorragend zu schießen und sich gleich darauf aus dem Staub zu machen, dachte er. *Doch das geopolitische Gezerre bei diesen Einsätzen beseitigen, das kann nur einer wie ich. Auf die Vorbereitung kommt es an. Deshalb bin ich jeden Dollar wert.*

Wieder sprach er in sein Headset. »Kontakt ist genau im Zeitplan. Der Wagen hält gleich.«

»Verstanden.«

»Geben Sie mir einen Puffer von sechzig Sekunden, bevor Sie schießen. Wir halten Funkstille.«

»Verstanden.«

Jacobs packte die Computermaus fester, als wäre sie der Gewehrabzug, den er jetzt nur noch betätigen musste. Bei Drohnenangriffen hatte er tatsächlich mit einer Maus »geschossen«, indem er geklickt und beobachtet hatte, wie das Ziel im gleichen Augenblick in einem Feuerball verschwand. Die Hersteller der Computerhardware hätten sich vermutlich niemals träumen lassen, dass ihre Geräte auf diese Weise benutzt wurden.

Jacobs' Atem ging schneller. Er wusste, dass beim Schützen das Gegenteil der Fall war: Seine Atemfrequenz näherte sich dem Nullpunkt, was bei einem Schuss aus solcher Distanz zwingend erforderlich war. Spielraum für Abweichungen gab es nicht. Der Schuss musste treffen und das Ziel töten. So einfach war das.

Der Wagen hielt. Das Sicherheitsteam öffnete die Tür. Stämmige, schwitzende Männer mit Waffen und Ohrhörern hielten in sämtlichen Richtungen nach Gefahren Ausschau. Sie waren ganz gut. Aber ganz gut reichte nicht, wenn man es mit einem überragenden Gegenspieler zu tun hatte. Deshalb schickte Jacobs nur erstklassige Agenten aus.

Der Mann betrat den Bürgersteig und kniff im Licht der ersterbende Sonne die Augen zusammen. Er war ein Größenwahnsinniger namens Ferat Ahmadi, der eine gewalttätige, krisengeschüttelte Nation weiter auf dem Weg in den Abgrund führen wollte.

Das durfte man nicht zulassen. Also war es Zeit, dieses kleine Problem zu beseitigen. In diesem Land standen andere bereit, die Führung zu übernehmen. Sie waren nicht ganz so bösartig wie Ahmadi, sodass zivilisierte Nationen Einfluss auf sie nehmen konnten. In einer zunehmend komplizierten Welt, in der Freunde und Feinde in fast wöchentlichem Abstand ausgetauscht wurden, war das beinahe schon das Äußerste, was man erreichen konnte.

Aber das war nicht Jacobs' Problem. Er saß nur hier, um einen Auftrag endgültig zu Ende zu bringen, mit Betonung auf »endgültig«.

»Sechzig Sekunden«, kam es aus dem Headset.

»Verstanden, Alpha Eins«, erwiderte Jacobs. Eine dumme Bemerkung wie »Viel Glück« sparte er sich. Glück hatte hier nichts zu suchen.

Er betätigte einen Countdown-Zähler auf dem Bildschirm.

Sein Blick huschte zwischen dem Ziel und dem Zähler hin und her.

Er beobachtete Ahmadi, der zu Reportern sprach, nahm einen Schluck Kaffee, stellte die Tasse ab und verfolgte weiter, wie Ahmadi die zuvor vereinbarten Fragen beantwortete und zum Ende kam. Dann trat er einen Schritt von den Reportern weg. Das Sicherheitsteam drängte sie zurück.

Der zuvor gewählte Weg war frei. Ahmadi würde ihn nun ganz allein beschreiben. Es sollte seinen Führungsanspruch und Mut symbolisieren, und die ihn begleitenden Kameras würden genau das vermitteln.

Vor allem aber war es eine Sicherheitslücke, die zwar klein erschien, für einen ausgebildeten Scharfschützen auf erhöhter Position aber wie eine fünfzig Meter breite Lücke in einem Schiffsrumpf war, die obendrein mit gleißenden Suchscheinwerfern beleuchtet wurde.

Zehn Sekunden.
Jacobs zählte die letzten Augenblicke lautlos mit, den Blick starr auf den Bildschirm gerichtet.
Da geht ein toter Mann, dachte er.
Der Einsatz war so gut wie beendet. Anschließend ging es zum nächsten Ziel.
Natürlich nach einem Steakessen. Dazu Jacobs' Lieblingscocktail, bei dem er vor seinen Kollegen mit seinem neuesten Triumph prahlen konnte.
Drei Sekunden.
Jacobs sah nur den Bildschirm. Er war so konzentriert, als würde er den tödlichen Schuss selbst abgeben.
Das Fenster zersplitterte.
Die Kugel schlug in Jacobs' Rücken ein, nachdem sie die Lehne seines ergonomischen Bürostuhls zerschmettert hatte. Sie durchschlug seinen Körper, platzte aus seiner Brust und sprengte den Computer, während Ferat Ahmadi wohlbehalten das Gebäude betrat.
Doug Jacobs rutschte zu Boden.
Kein Steakdinner. Kein Lieblingscocktail. Nie wieder vor Kollegen prahlen.
Der tote Mann war angekommen.

KAPITEL 2

Er joggte über den Parkweg, den Rucksack auf den Schultern. Es war kurz vor sieben Uhr abends. Die Luft war kühl, die Sonne fast untergegangen. Taxis hupten. Fußgänger waren nach einem langen Arbeitstag auf dem Nachhauseweg.

Auf der anderen Straßenseite standen Pferdedroschken aufgereiht vor dem Ritz-Carlton. Iren mit schäbigen Zylindern warteten auf Fahrgäste, während das Tageslicht schwand. Die Pferde scharrten über den Asphalt, die großen Köpfe halb in die Futtereimer gesenkt.

Das hier war Manhattan-Mitte in seiner ganzen Pracht, wo Gegenwart und Vergangenheit sich wie schüchterne Fremde auf einer Party trafen.

Will Robie blickte weder nach rechts noch nach links. Er war schon oft in New York gewesen, auch im Central Park. Außerdem war er nicht als Tourist hier. Er war nie als Tourist unterwegs.

Die Kapuze seines Hoodies war nach oben geschlagen und so fest verschnürt, dass sein Gesicht nicht zu sehen war. Im Central Park gab es reichlich Überwachungskameras, und er wollte auf keiner zu sehen sein.

Vor ihm erschien die Brücke. Robie blieb stehen, joggte auf der Stelle weiter, kühlte sich ab.

Die Tür war in einen Felsen eingebaut. Sie war verschlossen.

Robie benutzte eine Sperrpistole, und die Tür war auf.

Er schlüpfte hinein und zog die Tür sorgfältig hinter sich zu. Der Raum, in dem er sich befand, war eine Mischung aus Lager- und Betriebsraum, der von den städtischen Arbeitern benutzt wurde, die den Park sauber und erleuchtet hielten. Sie hatten für heute Feierabend gemacht. Vor acht Uhr am nächsten Morgen würden sie nicht wieder auftauchen.

Mehr als genug Zeit, um zu tun, was getan werden musste.

Robie streifte den Rucksack ab, öffnete ihn. Er enthielt alles, was er für seine Arbeit brauchte.

Vor Kurzem war Robie vierzig geworden. Bei eins dreiundachtzig Größe wog er neunzig Kilo, die sich auf weitaus mehr Muskeln als Fett verteilten. Es waren sehnige, schlanke Muskeln. Dicke Muskelpakete waren in seinem Job nicht zu gebrauchen. Sie machten einen nur langsamer, wo doch Schnelligkeit fast so entscheidend war wie Präzision.

Der Rucksack enthielt diverse Ausrüstungsgegenstände. In den nächsten zwei Minuten setzte Robie drei davon zu einem einzigen Teil mit speziellem Verwendungszweck zusammen.

Ein Scharfschützengewehr.

Der vierte Ausrüstungsgegenstand war genauso wichtig.

Das Zielfernrohr.

Robie befestigte es auf der Picatinny-Schiene oben auf dem Gewehr.

Im Kopf ging er jede Einzelheit des Plans x-mal durch, sowohl den erforderlichen Schuss wie auch den hoffentlich sicheren Fluchtweg danach. Längst hatte er alles seiner Erinnerung anvertraut, doch er wollte in jenen Zustand gelangen, in dem er nicht mehr denken, nur noch handeln musste. Das sparte kostbare Sekunden.

Nach ungefähr anderthalb Stunden war er fertig. Anschließend nahm er sein Abendessen zu sich. Eine Flasche G2 und einen Proteinriegel.

Er legte sich auf den Betonboden des Lagerraums, schob den zusammengefalteten Rucksack unter den Kopf und schlief. In zehn Stunden und elf Minuten wurde es Zeit, an die Arbeit zu gehen.

Während andere Leute seines Alters entweder nach Hause gingen, zu Frau und Kindern, oder mit Kollegen einen Drink nahmen, vielleicht sogar eine Verabredung hatten, hockte Robie allein in einer besseren Abstellkammer im Central Park und wartete darauf, dass jemand auftauchte, damit er ihn umbringen konnte.

Das war Will Robies Version von einem Date am Freitagabend.

Er hätte über den derzeitigen Zustand seines Lebens nachdenken können, ohne zu einem zufriedenstellenden Schluss zu gelangen, oder er ignorierte einfach alles. Er entschied sich für das Ignorieren, obwohl es vielleicht nicht mehr ganz so einfach war wie früher.

Trotzdem hatte Robie keine Probleme beim Einschlafen.

Wie er auch kein Problem mit dem Aufwachen haben würde.

Was er neun Stunden später dann auch tat.

* * *

Es war Morgen. Kurz nach sechs.

Jetzt kam der nächste wichtige Schritt: Robies Sichtlinie. Der vielleicht brisanteste Teil der Vorbereitungen.

Im Lagerraum gab es eine nackte Steinwand mit breiten Mörtelspalten. Sah man jedoch genauer hin, entdeckte man zwei an bestimmten Stellen angebrachte Löcher in den Spalten, die einen Blick nach draußen gewähren sollten. Allerdings waren diese Löcher mit einem nachgiebigen Material gefüllt, das wie Mörtel aussah. Diesen Job hatte vor einer Woche ein

Team erledigt, das wie eine Reparaturmannschaft der Parkverwaltung ausgesehen hatte.

Mit einer Pinzette zog Robie die Substanz aus dem Loch und wiederholte den Vorgang.

Beide Löcher waren frei.

Er schob die Gewehrmündung durch das untere Loch und hielt inne, kurz bevor der Lauf das Ende erreichte. Diese Position würde den Schusswinkel zwar sehr einschränken, aber daran ließ sich nichts ändern. Es war, wie es war. Er hatte noch nie unter perfekten Bedingungen gearbeitet.

Das Zielfernrohr befand sich genau auf Höhe des oberen Lochs. Sein Rand schloss mit dem Mörtel ab. Jetzt konnte Robie sehen, worauf er schoss.

Er warf einen Blick durch die Optik und stellte sie so ein, dass sämtliche Faktoren berücksichtigt waren, die Einfluss auf den Schuss haben konnten, ob es sich um das Wetter oder die Umgebung handelte.

Die Ummantelung des Schalldämpfers war an die Mündung und die verwendete Munition angepasst. Sie würde das Mündungsfeuer und die Schallsignatur verringern und reichte bis zum Schaft, um die Länge des Schalldämpfers zu minimieren.

Robie warf einen Blick auf die Uhr. Noch zehn Minuten.

Er schob den Ohrhörer ins Ohr und steckte den dazugehörigen Akku an den Gürtel. Damit stand seine Sprechverbindung.

Wieder spähte er durchs Zielfernrohr. Das Fadenkreuz schwebte nun über einer bestimmten Stelle des Parks.

Da er den Lauf nicht bewegen konnte, würde er sein Ziel nur eine Millisekunde lang sehen können. In genau diesem Moment musste er abdrücken.

Eine Millisekunde zu spät, und das Ziel überlebte.

Eine Millisekunde zu früh, und das Ziel überlebte.

Robie akzeptierte diese Fehlerspanne. Keine Frage,

er hatte schon leichtere Aufträge gehabt. Aber auch schwerere.

Er holte tief Luft, entspannte die Muskeln.

Normalerweise hätte er mit jemandem zusammengearbeitet, der als Aufklärer fungierte. Aber in letzter Zeit waren seine Erfahrungen mit Partnern verheerend gewesen, und er hatte darauf bestanden, diesen Auftrag allein zu erledigen. Sollte das Ziel nicht auftauchen oder seinen Weg ändern, würde Robie von seiner Kommunikationseinheit das Zeichen zum Abbruch erhalten.

Er blickte sich noch einmal in dem kleinen Raum um, der nur noch wenige Minuten sein Zuhause war, dann würde er ihn nie wiedersehen. Baute er Mist, war es möglicherweise der letzte Ort auf Erden, den er zu sehen bekam.

Wieder ein Zeit-Check.

Zwei Minuten.

Noch griff Robie nicht nach dem Gewehr. Wenn er die Waffe zu früh aufnahm, konnten seine Muskeln steif und seine Reflexe ein klein wenig beeinträchtigt werden. Aber schnelles Reagieren und flüssige Bewegungen waren entscheidend für den Erfolg.

Fünfundvierzig Sekunden vor Eintreffen des Ziels kniete Robie sich hin, drückte das Auge ans Zielfernrohr und den Finger an den Abzugsbügel. Der Ohrhörer hatte bisher geschwiegen. Das bedeutete, sein Ziel war auf dem Weg hierher. Die Mission lief.

Er würde nicht noch einmal auf die Uhr schauen. Seine innere Uhr lief jetzt so präzise wie ein Schweizer Zeitmesser.

Er konzentrierte sich auf das Zielfernrohr.

Zielfernrohre waren toll, aber auch empfindlich. Binnen eines Herzschlags konnte man das Ziel aus dem Auge verlieren, und dann vergingen kostbare Sekunden, bis man es wieder eingefangen hatte, was garantiert zum Fehlschlag führte. Robie hatte seine eigene

Methode, damit umzugehen. Dreißig Sekunden vor der Zielerfassung atmete er immer länger aus und reduzierte auf diese Weise Schritt für Schritt seine Atmung und die Pulsfrequenz.

So wollte er auch diesmal den Nullpunkt erreichen, diesen süßen Augenblick des Abdrückens, der fast immer dafür sorgte, dass der Todesschuss gelang. Kein Fingerzittern, kein Ruck der Hand, keine rasche Augenbewegung.

Robie konnte seine Zielperson nicht hören. Sehen konnte er sie auch nicht.

Aber in zehn Sekunden würde er sie hören *und* sehen.

Dann blieb ihm kaum mehr als ein Wimperschlag, um das Ziel zu erfassen und abzudrücken.

Auf seinem inneren Zählwerk verstrich die letzte Sekunde.

Sein Finger fiel auf den Abzug.

Und wenn das erst geschah, gab es kein Zurück mehr.

Nicht in Will Robies Welt.

KAPITEL 3

Der Mann, der durch den Park joggte, machte sich keine Sorgen um seine Sicherheit. Dafür bezahlte er schließlich andere. Einem Klügeren wäre vielleicht klar gewesen, dass niemandem das eigene Leben so sehr am Herzen lag wie einem selbst. Aber der Jogger gehörte nicht unbedingt zu den Klügsten. Er hatte sich mächtige politische Feinde gemacht. Dafür würde er gleich den Preis bezahlen.

Er joggte weiter, und seine schlanke Gestalt bewegte sich mit jeder Vorwärtsbewegung von Hüfte und Bein auf und ab. Umgeben wurde er von vier Männern – zwei ein Stück voraus, zwei ein Stück hinter ihm. Sie waren fit und sportlich, und alle vier mussten ihr gewohntes Tempo ein wenig zurücknehmen, um sich ihm anzupassen.

Die fünf Männer waren von vergleichbarer Größe und Statur, und sie alle trugen die gleichen schwarzen Jogginganzüge. Das war Absicht, denn auf diese Weise hatte man statt einem fünf nahezu identische Ziele. Arme und Beine schwangen in gleichem Rhythmus, die Füße federten synchron vom Boden, Köpfe und Oberkörper bewegten sich gleichmäßig und doch leicht unterschiedlich. Alles zusammen ergab einen Albtraum für jeden Scharfschützen.

Außerdem trug der Mann in der Mitte eine leichte Schutzweste, die normale Gewehrmunition aufhielt. Mit Sicherheit tödlich wäre nur ein Kopftreffer, doch hier, an diesem Ort, war ein Kopfschuss über eine Distanz, die über die Reichweite des bloßen Auges hinausging, sehr problematisch. Zu viele Hindernisse.

Außerdem hatte das Sicherheitspersonal Beobachter im Park verteilt. Jeder, der irgendwie verdächtig wirkte, wurde ausgemacht und so lange abgelenkt oder sonst wie beschäftigt, bis die Jogger vorbei waren. Das war bis jetzt aber nur zweimal vorgekommen.

Trotzdem waren die vier Männer Profis. Sie rechneten damit, dass in der Nähe jemand lauerte, trotz ihrer Bemühungen. Ständig waren ihre Blicke in Bewegung und ihre Reflexe in Alarmbereitschaft, um blitzschnell reagieren zu können.

Die Kurve voraus kam den Joggern in gewisser Weise recht, denn sie unterbrach die freie Sichtlinie potenzieller Scharfschützen; auch die nächsten Schützen, falls es welche gab, würden auf den folgenden zehn Metern keine Sicht bekommen. Die Männer entspannten sich ein wenig, obwohl man sie ausgebildet hatte, keinen Sekundenbruchteil in ihrer Wachsamkeit nachzulassen.

Der gedämpfte Knall war laut genug, um einen Schwarm Tauben aufzuschrecken. Ihre Flügel klatschten, und gurrend beschwerten sie sich über die Störung am frühen Morgen.

Der Mann in der Mitte der Gruppe kippte nach vorn. Wo eben noch sein Gesicht gewesen war, war jetzt ein klaffendes Loch.

Der lange Flug einer Kugel vom Kaliber 7.62 baut erstaunliche kinetische Energie auf. Tatsächlich wird mehr Energie aufgebaut, je länger das Geschoss unterwegs ist. Trifft es dann einen festen Gegenstand wie einen menschlichen Kopf, ist das Ergebnis verheerend.

Die vier Männer starrten ungläubig auf ihren Schützling am Boden. Der schwarze Jogginganzug war mit Blut, Hirnmasse und Gewebe gesprenkelt.

Alle rissen die Waffen hervor und suchten hektisch

nach einem Ziel, auf das sie schießen konnten. Der Sicherheitschef hatte sein Handy am Ohr und rief Verstärkung. Jetzt waren sie keine Bodyguards mehr. Jetzt waren sie eine Racheschwadron.

Nur war da niemand, an dem man sich rächen konnte. Es war ein Scharfschützenattentat gewesen. Alle vier Männer fragten sich, wie das ausgerechnet in der Kurve möglich gewesen war. Sonst waren nur andere Jogger oder Spaziergänger zu sehen. Von denen hätte keiner ein Gewehr verbergen können. Alle waren stehen geblieben und starrten entsetzt auf den Mann am Boden. Hätten sie gewusst, wer er war, hätte ihr Entsetzen sich in Erleichterung verwandelt.

* * *

Will Robie gönnte sich keine Sekunde, um sich über seinen außerordentlich guten Schuss zu freuen. Die Einschränkungen der Beweglichkeit des Gewehrlaufs, des präzisen Zielens und des Schusses selbst waren gewaltig gewesen – eine Partie *Mole Attack*, sozusagen: Man wusste nie, wo oder wann das Ziel aus dem Loch geschossen kam. Um es zu erwischen, brauchte man überragende Reflexe und ein ausgezeichnetes Auge.

Robie holte eine Flasche Industriehärter aus dem Rucksack und mischte ihn mit einem Pulver aus einem anderen Behältnis. Die Mischung strich er auf das vordere Ende und die Seiten der Stopfen und schob sie in die Löcher, wobei er darauf achtete, dass sie nicht hervorstanden. Anschließend rieb er die Mischung auf die hinteren Enden der Stopfen. Sie würde innerhalb von zwei Minuten aushärten und sich mit dem Mörtel verbinden, und niemand würde sie je wieder herausziehen können. Robies tödliche Sichtlinie würde verschwunden sein wie die Assistentin des Zauberers in einem Kasten.

Er schnallte sich den Rucksack auf den Rücken und nahm die Waffe beim Gehen auseinander. In der Mitte des Raumes war ein Gullydeckel, durch den man zu einem der zahlreichen Tunnels gelangte, die den Untergrund des Central Parks durchzogen. Einige stammten von alten U-Bahn-Bauten, durch andere strömten Wasser und Abwässer, und wieder andere waren schlichtweg in Vergessenheit geraten, genau wie ihr ursprünglicher Zweck. Robie würde das Tunnelsystem benutzen, um so schnell wie möglich vom Ort des Geschehens zu verschwinden.

Nachdem er sich in die Öffnung hinuntergelassen hatte, schob er den Gullydeckel zurück in seine alte Position. Mithilfe einer Taschenlampe stieg er eine Eisenleiter hinunter. Neun Meter tiefer stießen seine Füße auf festen Boden. Die Route hatte er im Kopf, Pläne gab es nicht. Nie wurde etwas niedergeschrieben, egal über welchen Einsatz. Schriftliches konnte entdeckt werden, falls es Robie erwischte statt seines Ziels. Doch selbst für ihn mit seinem hervorragenden Kurzzeitgedächtnis war es mühsam gewesen, sich das Labyrinth einzuprägen.

Er bewegte sich methodisch, weder schnell noch langsam. Den Gewehrlauf hatte er mit einer schnell härtenden Lösung verschlossen und in einen der Tunnel geworfen. Das schnell fließende Wasser würde ihn in den East River spülen, wo er in der Tiefe versank. Selbst wenn man ihn irgendwie finden sollte, war der verstopfte Lauf für ballistische Tests ruiniert.

Der Gewehrschaft landete in einem anderen Tunnel unter einem Stapel Ziegel, die aussahen, als lägen sie seit hundert Jahren dort, was vermutlich auch der Fall war. Selbst wenn man den Schaft entdecken sollte, konnte man ihn unmöglich mit der Kugel in Verbindung bringen, die soeben Robies Zielperson getötet hatte. Nicht ohne den Schlagbolzen, der bereits in seiner Tasche steckte.

Hier unten roch es nicht gerade angenehm. Unter Manhattan verliefen mehr als sechstausend Meilen Tunnels, was für eine Insel, auf der keine einzige Mine betrieben wurde, wirklich erstaunlich war. Die Rohrleitungen, die durch die Tunnels führten, transportierten jeden Tag Abermillionen Liter Wasser, um die Bewohner der größten Stadt der USA zu versorgen. Andere Tunnels beförderten die Abwässer zu riesigen Kläranlagen, wo sie in die verschiedensten Stoffe umgewandelt wurden. Aus Abfällen konnte man nützliche Dinge machen.

Robie marschierte ungefähr eine Stunde lang. Am Ende dieser Stunde schaute er in die Höhe und entdeckte sie. Die Leiter, die mit den Buchstaben NOITATSDNE gekennzeichnet war.

»Endstation«, rückwärts buchstabiert.

Der lahme Witz entlockte Robie nicht einmal ein Lächeln. Menschen zu töten war so ernst wie nur was. Zu besonderer Fröhlichkeit gab es keinen Grund.

An einem Haken an der Tunnelmauer hingen ein blauer Overall und ein Schutzhelm. Robie streifte den Overall über und setzte den Helm auf. Den Rucksack auf dem Rücken, stieg er die Leiter hinauf und schob sich aus der Öffnung.

Robie war inzwischen ein gutes Stück marschiert, von Midtown nach Uptown. Er hätte aber lieber die U-Bahn genommen.

Er betrat eine Baustelle, an der Straßensperren um ein Loch im Asphalt aufgestellt waren. Hier arbeiteten Männer in blauen Overalls, wie auch Robie einen trug. Um sie her toste der Verkehr. Autos hupten. Passanten drängten sich auf den Bürgersteigen.

Das Leben ging weiter.

Nur nicht für den Mann im Park.

Robie beachtete die Bauarbeiter nicht. Sie ignorierten ihn ebenfalls. Er ging zu einem weißen Lieferwagen, der neben der Baustelle parkte, und stieg auf der Beifahrerseite ein. Kaum hatte er die Tür zugezogen, legte der Fahrer den Gang ein und fuhr los. Er kannte die Stadt gut und nahm Ausweichstrecken, um das Verkehrgewühl zwischen Manhattan und dem LaGuardia Airport zu umgehen.

Robie kletterte auf die Rückbank, um sich umzuziehen. Als der Wagen am Terminal hielt, stieg er aus, in einen Anzug gekleidet und mit einem Aktenkoffer, und betrat das Flughafengebäude.

Im Unterschied zu seinem genauso berühmten Vetter JFK war LaGuardia der König der Kurzstreckenflüge. Er bewältigte mehr davon als alle anderen Flughäfen in den Vereinigten Staaten, abgesehen vielleicht von Chicago und Atlanta. Robies Flug war kurz. Vierzig Minuten in der Luft, um nach Washington zu kommen – kaum Zeit genug, um das Handgepäck zu verstauen, es sich bequem zu machen und dem Knurren des Magens zu lauschen, weil man auf einem so kurzen Flug keine Mahlzeit serviert bekam.

Achtunddreißig Minuten später setzten die Reifen der Maschine auf einer der Landebahnen des Reagan National Airport auf.

Der Wagen wartete bereits auf Robie.

Er stieg ein, griff nach der *Washington Post* auf der Rückbank und überflog die Schlagzeilen. Natürlich stand da noch nichts, auch wenn die Nachricht mit Sicherheit schon online gestellt worden war. Robie hatte ohnehin kein Interesse, von dem Zwischenfall im Park zu lesen. Er wusste bereits alles, was er darüber wissen musste.

Aber morgen würde jede Zeitung im Land mit fetter Schlagzeile über den Mann im Central Park berichten, der joggen gegangen war, um fit zu bleiben, und so tot geendet hatte, wie man nur tot sein konnte.

Einige würden den Toten betrauern. Vor allem seine Mitarbeiter, die nun hoffentlich für alle Zeiten keine Gelegenheit mehr hatten, anderen Menschen Schmerz und Leid zuzufügen.

Der Rest der Welt würde dem Ableben des Mannes applaudieren.

Robie hatte zuvor schon Männer wie den Jogger beseitigt. Die Öffentlichkeit war jedes Mal froh, dass ein weiteres Ungeheuer sein Ende gefunden hatte. Aber die Welt drehte sich weiter, so kaputt wie immer, und ein anderes Ungeheuer, ein vielleicht noch schlimmeres, nahm den Platz des getöteten Vorgängers ein.

An Robies Schuss an diesem klaren, frischen Morgen im normalerweise so friedlichen Central Park würde man sich noch eine Zeit lang erinnern. Man würde Untersuchungen führen und diplomatische Breitseiten abfeuern. Menschen würden bei Vergeltungsschlägen sterben. Und dann würde das Leben einfach weitergehen.

Und Will Robie würde im Dienst für sein Land in ein Flugzeug oder einen Zug oder einen Bus steigen oder zu Fuß gehen, so wie heute, und würde wieder einen Abzug betätigen oder ein Messer werfen oder jemanden mit bloßen Händen erwürgen. Und der nächste Tag würde kommen, und es würde so sein, als hätte jemand einen gigantischen Resetknopf gedrückt, denn die Welt würde aussehen wie immer.

Doch Robie würde so weitermachen, immer weitermachen – aus einem einzigen Grund: Tat er es nicht, hatte die Welt keine Chance, besser zu werden. Wenn Leute mit Mut nur dastanden, die Hände in den Taschen, siegten die Ungeheuer. Und das würde er nicht zulassen.

Der Wagen erreichte die westliche Grenze von Fairfax County, Virginia, und rollte durch ein bewachtes Tor. Als er schließlich hielt, stieg Robie aus und betrat das Gebäude. Er zeigte keinen Ausweis und blieb auch nicht stehen, um eine Zugangserlaubnis zu erhalten.

Ein kurzer Gang führte ihn zu einem Zimmer, in dem er eine Zeit lang sitzen und ein paar E-Mails verschicken würde. Dann würde er in sein Apartment in

Washington fahren. Normalerweise streifte er nach einem Einsatz bis zum Morgengrauen ziellos durch die Straßen, denn so kam er am besten mit den Nachwirkungen seines Berufs klar.

Heute aber wollte er einfach nur nach Hause und nichts Anstrengenderes tun, als aus dem Fenster zu blicken.

Aber es sollte nicht sein.

Denn der Mann erschien.

Der Mann kam oft vorbei, um Robie eine neue Mission in Gestalt eines USB-Sticks zu überbringen.

Aber dieses Mal brachte er nichts außer einem Stirnrunzeln.

»Blue Man will Sie sehen«, sagte er.

Nichts, was dieser Mann tat oder sagte, hätte Robie interessieren oder überraschen können.

Das schon.

In letzter Zeit hatte Robie den Mann mit dem Codenamen Blue Man oft gesehen. Zuvor war er ihm nie begegnet, genau zwölf Jahre lang.

»Blue Man?«

»Ja. Der Wagen wartet.«

KAPITEL 4

Jessica Reel saß allein an einem Tisch im Wartebereich des Flughafens. Sie trug einen grauen Hosenanzug, eine weiße Bluse und leichte, flache schwarze Schuhe.

Ihr einziges Zugeständnis an Exzentrik war der Hut, der vor ihr auf dem Tisch lag. Ein strohfarbener Panamahut mit schwarzem Seidenband, der geradezu perfekt war für unterwegs, weil man ihn zusammenfalten konnte. Jessica Reel war im Laufe der Jahre viel gereist, hatte aber auf keiner dieser Reisen jemals einen Hut getragen. Jetzt schien es ein guter Augenblick zu sein, damit anzufangen.

Ihr Blick glitt über die Tausende von Passagieren, die ihr Gepäck hinter sich her zogen oder Laptoptaschen über der Schulter trugen, während sie Kaffeebecher von Starbucks in der freien Hand hielten. Die Reisenden überflogen erwartungsvoll die elektronischen Anzeigetafeln nach Flugsteigen, Flugstreichungen, Landungen und Abflügen. Minuten oder Stunden später – manchmal auch Tage, wenn das Wetter besonders unkooperativ war – würden sie in geflügelte Silberröhren steigen und mitsamt Gepäck Hunderte oder Tausende von Meilen zu ihrem gewünschten Ziel katapultiert werden.

Reel war jahrelang immer nur mit leichtem Gepäck gereist. Kein Laptop. Ausreichend Kleidung für ein paar Tage. Sie nahm nie Arbeit mit. Die wartete immer an ihrem Ziel auf sie. Zusammen mit der nötigen Ausrüstung, die sie brauchte, um den Job zu erledigen, den man ihr zugeteilt hatte.

Wenn sie dann wieder abreiste, hinterließ sie eine Leiche. Mindestens.

Reel strich über ihr Handy. Auf dem Display war ihre Bordkarte zu sehen. Der Name auf dem E-Ticket lautete allerdings nicht Jessica Reel. Das wäre in diesen turbulenten Zeiten ein wenig ungelegen für sie gewesen, denn ihr letzter Einsatz war nicht nach Plan verlaufen – zumindest nicht nach dem Plan ihres ehemaligen Arbeitgebers. Was Reel selbst betraf, hatte sie den Job genau so erledigt, wie sie es sich vorgestellt hatte. Ein Mann namens Douglas Jacobs war tot zurückgeblieben. Aber ihre eigene Einschätzung interessierte nicht. Für ihre Ex-Arbeitgeber hatte Reel versagt.

Deshalb würde man sie in der Heimat zu einer *persona non grata* erklären – und zu einer Gesuchten. Die Leute, für die Reel gearbeitet hatte, verfügten über genügend Agenten, die man auf sie ansetzen konnte. Man würde sie jagen und versuchen, ihr Leben auf die gleiche effiziente Art und Weise zu beenden, wie sie selbst Jacobs' Leben beendet hatte.

Nur hatte Jessica Reel einiges dagegen einzuwenden. Deshalb der neue Name, die neuen Dokumente und der Panamahut. Ihr langes Haar war nun blond statt naturbraun. Gefärbte Kontaktlinsen verwandelten ihre grünen Augen in graue. Und geschickte plastische Chirurgie hatte für eine veränderte Nase und einen überarbeiteten Unterkiefer gesorgt. In allen entscheidenden Aspekten war sie eine neue Frau.

Vielleicht sogar eine Frau, der eine Erleuchtung zuteilgeworden war.

Ihr Flug wurde aufgerufen, und Reel erhob sich. In ihren flachen Schuhen maß sie eins fünfundsiebzig – groß für eine Frau –, aber sie fügte sich gut in die Menge ein. Sie setzte den Hut auf, besorgte sich einen Kaffee und begab sich zum nächsten Flugsteig.

Der Flug ging pünktlich.

Vierzig unruhige Minuten später landete die Maschine mit einem harten Ruck kurz vor den ersten Sturmausläufern. Die Turbulenzen hatten Reel nicht gestört. Sie setzte immer auf Wahrscheinlichkeiten: Statistisch gesehen konnte man zwanzigtausend Jahre lang jeden Tag fliegen, ohne abzustürzen. Ihre Überlebenschancen am Boden waren nicht annähernd so gut.

Sie verließ das Flugzeug, ging zum Taxistand und wartete geduldig in der langen Schlange, bis sie an der Reihe war.

Doug Jacobs war der Erste gewesen, aber noch lange nicht der Letzte. Reel hatte eine Liste jener Leute im Kopf, die ihm hoffentlich ins Jenseits folgen würden – vorausgesetzt, für Menschen wie Jacobs gab es so einen Ort.

Aber die Liste musste noch warten. Jessica musste zuerst an einen bestimmten Ort.

Sie stieg in das nächste freie Taxi, fuhr in die Stadt und ließ sich in der Nähe des Central Parks absetzen. Der Park war immer voller Menschen und Hunde, Veranstaltungen und Arbeiter. Ein kontrolliertes Chaos, falls es so etwas überhaupt gab.

Reel bezahlte den Taxifahrer und richtete ihre Aufmerksamkeit auf das nächste Eingangstor. Nach kurzem Warten ging sie hindurch und weiter bis unweit der Stelle, an der es passiert war.

Die Polizei hatte große Bereiche der Gegend abgesperrt, damit sie ihre kleine forensische Jagd führen konnte, um Beweise zu sammeln und den Killer zu schnappen.

Daraus wird nichts, Leute, dachte Reel. Im Gegensatz zu New Yorks Polizei wusste sie es ganz genau.

Sie mischte sich unter die Menge, die direkt hinter der Absperrung stand, und schaute zu, wie die Polizei methodisch jeden Quadratzentimeter Boden um die Stelle herum absuchte, an der die Leiche gelegen hatte.

Die Zielperson war ein Monster gewesen, ohne das die Menschheit besser dran war, das wusste Reel, nur interessierte es sie nicht im Geringsten. Sie hatte viele solcher Ungeheuer getötet. Waren sie eliminiert, nahmen andere ihre Stelle ein. So funktionierte die Welt nun mal. Man konnte nur versuchen, wenigstens einen kleinen Schritt voraus zu bleiben.

Jessica Reel konzentrierte sich auf andere Dinge. Dinge, die die Polizei nicht erkennen konnte. Sie verband die am Boden markierten Umrisse der Leiche mit Schussbahnen aus sämtlichen Richtungen. Das hatte auch die Polizei bestimmt schon getan, schließlich gehörte es zu den Grundlagen der Forensik, aber die deduktiven Fähigkeiten der Ermittler, sogar ihr Vorstellungsvermögen reichten nicht aus, deshalb würden sie nie auf die richtige Antwort kommen. Reel hingegen wusste, dass alles möglich war.

Nachdem sie sämtliche anderen Möglichkeiten erschöpft und ihre eigenen Algorithmen berechnet hatte, um die Position des Schützen zu ermitteln, richtete sie den Blick auf eine Steinmauer. Scheinbar undurchdringlich. Durch ein solches Hindernis konnte man nicht schießen. Und von dem Weg aus, der zu der Mauer führte, hatte man keine Sichtlinie zum Ziel. Darüber hinaus war der Zugang zur Mauer mit Sicherheit verschlossen. Also würde die Polizei diesen Bereich als mögliche Position eines Schützen sofort verworfen haben.

Reel löste sich aus der Menge und machte sich auf einen langen Spaziergang, der sie zuerst nach Westen, dann nach Norden und schließlich nach Osten führte.

Sie zog ein Fernglas aus der Tasche und konzentrierte sich auf die Mauer.

Man würde zwei Löcher brauchen. Eines für die Mündung – wobei man die größere Breite des Schalldämpfers mit einberechnen musste – und eines für das Zielfernrohr.

Reel wusste genau, wo und wie groß diese Löcher sein mussten.

Sie drehte an der Feineinstellung des Fernglases. Die Mauer wurde schärfer. Reel konzentrierte sich auf zwei Bereiche, von denen der eine etwas höher lag als der andere. Aber in beiden Bereichen befanden sich Mörtelfugen.

Die Polizei würde das niemals entdecken, weil sie nie danach suchen würde.

Reel schon.

Überwachungskameras, die auf die Mauer gerichtet waren, entdeckte sie nicht. Warum sollte es hier auch Kameras geben? Es war schließlich nur eine Mauer.

Was sie perfekt machte.

Es gab zwei Stellen, an denen der Mörtel leicht verfärbt war, als hätte man ihn erst kürzlich verfugt. Was auch der Fall war, wie Reel auf Anhieb erkannte. Man hatte die Löcher sofort nach dem Schuss wieder gefüllt, und der Industriehärter hatte seinen Job getan. Natürlich würde die Farbe ein paar Stunden lang ein bisschen anders aussehen, vielleicht sogar ein paar Tage lang, aber dann waren alle Unterschiede verschwunden, nichts mehr fiel auf.

Der Schuss war von dort gekommen.

Auch die Flucht hatte dort ihren Anfang genommen.

Reel blickte zu Boden.

Unter dem Park befand sich ein Tunnellabyrinth – Trinkwasserversorgung, Abwasserentsorgung, verlassene U-Bahn-Schächte. Das wusste Reel, denn vor Jahren hatte es bei einem ihrer Tötungsaufträge eine tragende Rolle gespielt. Unter Amerikas größter Stadt gab es zahllose Verstecke. An der Oberfläche drängten sich Abermillionen Menschen im Big Apple, während man im Untergrund so allein sein konnte wie auf der Oberfläche des Mondes.

Reel setzte sich wieder in Bewegung, nachdem sie das Fernglas verstaut hatte.

Der Parkausgang, den der Schütze genommen hatte, befand sich vermutlich in einem weit entfernten Teil der Stadt. Von dort auf die Straße. Dann eine schnelle Fahrt zum Flughafen oder zum Bahnhof, und das war's.

Der Killer geht frei aus, das Opfer geht ins Leichenschauhaus.

Die Zeitungen würden eine Zeit lang darüber berichten. Vielleicht gab es irgendwo eine persönliche oder politische Vergeltung, aber dann würde die Story sterben. Andere Geschichten würden ihren Platz einnehmen. Ein Tod bedeutete sehr wenig. Die Welt war zu groß. Und viel zu viele Menschen starben auf gewaltsame Weise, als dass man sich lange auf sie konzentrieren könnte.

Reel ging weiter zum Hotel, in dem sie ein Zimmer reserviert hatte. Zuerst wollte sie den Fitnessraum aufsuchen, um die verkrampften Muskeln zu lockern, dann würde sie sich in die Sauna setzen, eine Kleinigkeit essen und alles durchdenken.

Der Ausflug in den Central Park hatte sich gelohnt.

Will Robie war einer der Besten.

Vielleicht sogar der Beste.

Reel hatte nicht den geringsten Zweifel, dass Robie an diesem Morgen im Central Park am Abzug gewesen war. Er hatte seine Spuren verwischt. War zurück an die Oberfläche gekommen. War ins nächste Flugzeug nach Washington gestiegen. Hatte sich im Büro sehen lassen.

Alles Routine, soweit es in Robies Welt Routine gab.

So wie in meiner Welt. Aber jetzt nicht mehr. Nicht nach Doug Jacobs. Der einzige Bericht, den sie von mir noch haben wollen, ist mein Autopsiebericht.

Reel war ziemlich sicher, dass man Robie mit einer neuen Mission beauftragen würde.

Er wird den Auftrag erhalten, mich aufzuspüren und zu eliminieren.

Um einen Killer zu erwischen, schickte man einen anderen Killer aus.
Robie gegen Reel. Das klang nicht schlecht.
Wie der Kampf des Jahrhunderts.
Reel war überzeugt, dass er genau das sein würde.

KAPITEL 5

Draußen regnete es. Der Raum hatte kein Fenster, aber Robie konnte die auf das Dach prasselnden Tropfen hören. In den letzten vierundzwanzig Stunden war es kühl geworden. Noch war der Winter nicht da, aber er klopfte bereits an der Tür.

Robie legte eine Hand auf den Tisch und starrte Blue Man unverwandt an.

Natürlich hieß er nicht wirklich Blue Man. Sein richtiger Name war Roger Walton, aber Robie würde ihn immer nur als Blue Man ansprechen. Das hatte mit der hohen Position des Mannes zu tun. Er gehörte zum »Blauen Kreis«. Über dem Blauen Kreis gab es noch weitere Kreise, aber nicht mehr viele.

Blue Man sah aus wie ein Großvater. Silbergraues Haar, erschlaffende Wangen, randlose Brille, makelloser Anzug, rote Krawatte mit Paisleymuster, altmodische Krawattennadel, gestärkter Kragen.

Ja, Blue Man bekleidete beim Geheimdienst in der Tat einen sehr hohen Rang. Er und Robie hatten schon einmal zusammengearbeitet, und Robie vertraute diesem Mann mehr als den meisten anderen. Die Liste der Personen, denen Robie über den Weg traute, war ziemlich kurz.

»Jessica Reel?«, fragte er.

Blue Man nickte.

»Sicher?«

»Jacobs war ihr Einsatzleiter. Er hat mit Reel einen

Auftrag durchgeführt. Aber statt der Zielperson wurde Jacobs erschossen. Wir haben im Nachhinein ermittelt, dass Reel nicht mal in der Nähe der Zielperson war. Es war alles ein Schwindel.«
»Warum sollte jemand Jacobs töten?«
»Das wissen wir nicht. Wir wissen nur, dass Reel untergetaucht ist.«
»Haben Sie Beweise, dass sie Jacobs erschossen hat? Vielleicht ist Reel tot, und jemand anders hat es getan.«
»Nein. Es war Reels Stimme. Sie war vor dem Schuss mit Jacobs in der Leitung. Jacobs hatte keine Ahnung, wo sie sich befand. Ob sie tausend Meter oder tausend Meilen weit weg war, ihre Stimme hätte sich gleich angehört.« Er hielt kurz inne. »Wir haben eine Schussbahnanalyse vorgenommen. Reel hat von einem alten Stadthaus aus geschossen, das in der Nähe von Jacobs' Arbeitsstelle steht, nur ein Stück die Straße runter.«
»Keine kugelsicheren Fenster?«
»Die kommen jetzt erst rein. Aber die Jalousie war unten, und das Gebäude ist gegen elektronische Überwachung geschützt. Der Schütze musste den genauen Grundriss von Jacobs' Büro kennen, um diesen Treffer zu erzielen, sonst hätte er blind geschossen.«
»Hat man in dem Stadthaus Beweise gefunden?«
»Nein. Falls Reel dort war, hat sie die Patronenhülse mitgenommen.«
Natürlich, was denn sonst, dachte Robie. Schließlich haben wir sie ausgebildet, genau das zu tun, wenn die Umstände es erlauben.
Blue Man pochte mit den Fingerspitzen auf den Tisch, im Rhythmus mit den Regentropfen. »Kennen Sie Jessica Reel?«
Robie nickte. Ihm war klar gewesen, dass diese Frage kommen würde. Eigentlich überraschte es ihn, dass sie nicht längst gestellt worden war. »Wir sind sozusagen Seite an Seite die Karriereleiter raufgestiegen.

In der Anfangszeit habe ich mit ihr zusammen ein paar Aufträge erledigt.«

»Was halten Sie von der Frau?«

»Sie hat nicht viel geredet, genau wie ich. Sie hat ihren Job gemacht, und den hat sie gut gemacht. Ich hatte nie Grund zur Sorge, wenn sie mir den Rücken gedeckt hat. Ich war immer der Ansicht, dass sie erstklassige Arbeit leistet.«

»So war es bis jetzt auch«, bemerkte Blue Man. »Sie ist noch immer die einzige Agentin, die wir je hatten.«

»Im Einsatz ist das Geschlecht nicht von Bedeutung«, meinte Robie. »Solange man unter Druck sein Ziel trifft. Solange man seinen Job macht.«

»Was noch?«

»Wir haben uns nie persönliche Dinge anvertraut. So ein Einsatz schweißt die Leute nicht zusammen. Wir waren ja nicht beim Militär. Wir wussten, dass wir nicht lange zusammenarbeiten.«

»Wie lange ist das jetzt her?«

»Die letzte Mission fand vor über zehn Jahren statt.«

»Hatten Sie je Zweifel an Reels Patriotismus?«

»Darüber habe ich mir nie Gedanken gemacht. Ich bin davon ausgegangen, dass ihre Loyalität außer Frage steht, wenn sie es so weit geschafft hat.«

Blue Man nickte nachdenklich.

»Warum bin ich hier?«, wollte Robie wissen. »Wollen Sie nur Leute befragen, die Jessica Reel persönlich kennen? Da dürften Sie andere finden, die sie besser kennen als ich.«

»Das ist nicht der einzige Grund.«

Die Tür öffnete sich, und ein Mann kam herein.

Blue Man stand weit oben in der Nahrungskette der Agency, aber der Mann, der gerade gekommen war, stand noch ein Stück höher. Robie würde ihn nicht mit irgendeiner Farbe ansprechen.

Jim Gelder war die Nummer zwei. Sein Chef, der Direktor der Central Intelligence Agency, kurz CIA, stand dem Kongress Rede und Antwort, besuchte alle wichtigen Partys, beteiligte sich am gesellschaftlichen Leben in Washington und kämpfte für ein größeres Budget.

Um alles andere kümmerte sich Jim Gelder, was in der Konsequenz bedeutete, dass im Grunde er die »Firma« leitete, wie man die CIA allgemein nannte. Zumindest leitete er die verdeckten Operationen, was viele Leute inner- und außerhalb der CIA ohnehin für die wichtigste Aufgabe hielten.

Gelder war Ende vierzig, sah aber älter aus. Früher war er schlank gewesen, nun hatte er an Gewicht zugelegt. Sein Haar lichtete sich, und sein Gesicht war von Wind und Sonne gegerbt. Das war nicht ungewöhnlich für einen Mann, der bei der Navy angefangen hatte, wo zu viel Wind, Sonne und Salz ein Berufsrisiko darstellten. Er war mindestens so groß wie Robie, erschien aber größer.

Er warf Blue Man einen Blick zu. Der nickte ihm respektvoll zu.

Gelder ließ sich auf einen Stuhl gegenüber von Robie sinken, lehnte sich zurück, knöpfte das erkennbar von der Stange stammende Jackett auf, fuhr sich mit der Hand durch das schüttere graue Haar und räusperte sich. »Hat man Sie auf den neuesten Stand gebracht?«, wollte er wissen.

»Größtenteils«, sagte Robie.

Er hatte Gelder noch nie gegenübergesessen. Nicht dass er sich eingeschüchtert fühlte, er war bloß neugierig. Robie hatte sich noch nie von jemandem eingeschüchtert gefühlt, es sei denn, die Person hielt eine Waffe auf ihn gerichtet. Und das kam so gut wie nie vor.

»Jessica Reel«, kam Gelder ohne Umschweife zur Sache. »Ein echter Shitstorm.«

»Ich habe gesagt, was ich über sie weiß«, sagte Robie. »Und das ist nicht viel.«

Gelder knabberte am rechten Daumennagel. Robie

fiel auf, dass auch die anderen Nägel abgekaut waren. Kein vertrauenerweckendes Gefühl, saß ihm doch der zweitwichtigste Geheimdienstmann der Vereinigten Staaten gegenüber. Zugleich war ihm klar, dass dieser Mann sich über viele Dinge Sorgen machen musste. Die Welt war nur ein Streichholz davon entfernt, in die Luft zu fliegen.

In der Navy war Gelder bis zum Rang eines Lieutenant Commanders aufgestiegen, bevor er zu den Spionen der CIA gewechselt war. Das war das Sprungbrett für eine schnelle Karriere gewesen, die mit seiner jetzigen Position geendet hatte. Es war allgemein bekannt, dass Gelder den Chefsessel hätte haben können, ihn aber abgelehnt hatte. Er war ein Macher, ein Mann der Tat, aber dem Kongress in den Hintern zu kriechen gehörte nicht dazu.

»Wir müssen die Frau erwischen«, sagte Gelder nun.

»Lebendig oder tot. Vorzugsweise lebendig, damit wir herausfinden können, was passiert ist.«

»So sehe ich das auch«, erwiderte Robie. »Und ich bin sicher, Sie haben einen Plan, wie wir das anstellen können.«

Blue Man blickte Gelder an. Gelder blickte Robie an.

»Eigentlich sind Sie der Plan, Robie«, sagte Gelder schließlich.

Robie sparte sich die Mühe, Blue Man anzuschauen, obwohl er dessen Blick auf sich spürte. »Sie wollen, dass ich Reel aufspüre?«

Das war ihm selbst nie in den Sinn gekommen, und mit einem Mal fragte er sich nach dem Grund.

»Ja.« Gelder nickte.

»Ich bin kein Ermittler«, sagte Robie. »Das ist nicht meine Stärke.«

»In diesem Punkt würde ich Ihnen widersprechen, Robie«, meinte Blue Man.

»Ich auch. Man schickt einen Killer, um einen Killer zu finden«, sagte Gelder.

»Von solchen Leute haben Sie eine Menge auf der Gehaltsliste«, erwiderte Robie.

Gelder stellte das Nagelkauen ein. »Aber Sie werden mir wärmstens empfohlen.«

»Warum? Wegen der Geschehnisse neulich?«

»Wir würden unsere Pflichten vernachlässigen, wenn wir Sie übergehen«, sagte Gelder. »Sie haben gerade einen Auftrag erledigt. Ich finde, Ihre Fähigkeiten werden nutzbringender eingesetzt, wenn Sie Reel aufspüren.«

»Habe ich eine Wahl?«

Gelder starrte ihn über den Tisch hinweg an. »Haben Sie ein Problem damit, den Auftrag zu übernehmen?«

»Ich halte mich nicht für den Richtigen.«

Als Antwort zog Gelder einen kleinen Tablet aus der Jackentasche, scrollte durch ein paar Fenster und las dabei.

»Ich möchte Ihnen ein paar konkrete Gründe nennen, warum Sie sehr wohl der richtige Mann sind«, sagte er schließlich. »Sie haben als Jahrgangsbester Ihre Ausbildung mit Rekordpunktzahl abgeschlossen. Zwei Jahre später war Jessica Reel die Jahrgangsbeste, mit einer Punktzahl, die ein Rekord gewesen wäre, hätte es vorher Sie nicht gegeben.«

»Ja, aber ...«, begann Robie, doch Gelder hielt die Hand hoch.

»In einem Übungsszenario waren Sie der Einzige, der Jessica Reel aufspüren und gefangen nehmen konnte.«

»Das ist lange her. Und es war nur eine Übung, nicht die Realität.«

»Und schließlich haben Sie ihr bei einem Einsatz das Leben gerettet.«

»Warum sollte das eine Rolle spielen?«

»Möglicherweise lässt sie das eine Sekunde lang zögern, Robie. Und mehr sollten Sie nicht brauchen.« Er hielt inne. »Abgesehen davon hätten Sie einen direkten

Befehl von mir befolgen müssen, aber das brauche ich Ihnen ja nicht zu erklären. Betrachten Sie es deshalb als Geschenk unter außergewöhnlichen Umständen.« Er stand auf. »Halten Sie mich auf dem Laufenden«, befahl er Blue Man. Dann schaute er wieder Robie an. »Wie immer ist Scheitern keine Option, Robie.«

»Und wenn ich versage? Dann wäre es besser gewesen, ich hätte ins Gras gebissen, richtig?«

Gelder schaute ihn an, als hätte er nur das Offensichtliche gesagt:

Im nächsten Augenblick verließ die Nummer zwei den Raum. Mit der Endgültigkeit eines sich schließenden Sargdeckels zog er hinter sich die Tür ins Schloss.

Blue Man warf Robie einen nervösen Blick zu. Der starrte noch immer auf die Tür, bis er seine Aufmerksamkeit langsam wieder seinem Vorgesetzten zuwandte.

»Sie wussten davon?«, fragte er.

Blue Man nickte.

»Und was halten Sie von der Sache?«

»Ich halte Sie für die perfekte Wahl.«

»Tot oder lebendig, hat Gelder gesagt. War das Schwachsinn? Oder ein Code? Oder beides?«

»Ich bin überzeugt, er will die Frau lebend. Sie muss verhört werden. Sie war eine unserer besten Einsatzkräfte. Noch nie ist einer von denen zum Verräter geworden.«

»Das stimmt nicht, und das wissen Sie. In letzter Zeit scheint es in der Agency eine Flut von Verrätern zu geben.«

Die Bemerkung schien Blue Man körperlichen Schmerz zu bereiten, doch angesichts der Vorfälle in letzter Zeit konnte er das kaum bestreiten.

»Okay, was meinen Sie? Wurde Reel umgedreht? Aber warum Jacobs töten? Jetzt wissen wir, dass sie ein fauler Apfel ist. Schließlich kann sie jetzt nicht wieder einfach bei der Arbeit auftauchen und sich daranma-

chen, für ihren neuen Arbeitgeber wertvolle Informationen zu sammeln. Das ergibt keinen Sinn.«
»Es muss aber einen Sinn ergeben. Denn es ist passiert.«
Robie dachte nach. »Jacobs ist tot. Jessica Reel ist nirgendwo zu finden. Dass man sie umgedreht hat, ist nur eine Möglichkeit. Es gibt noch andere.«
»Es war Reels Stimme auf der sicheren Leitung, zusammen mit der Stimme von Jacobs.«
»Trotzdem gibt es andere Möglichkeiten.«
»Und jetzt haben Sie die Gelegenheit, sie alle zu erkunden, Robie.«
»Ich nehme an, es ist nicht möglich, den Auftrag abzulehnen?«
Blue Man machte sich nicht die Mühe, darauf zu antworten.
»Die Zielperson, die im Nahen Osten lebt ... noch immer lebt ... Man sollte glauben, dass *er* Reel umgedreht hat. Vielleicht sollten Sie da anfangen.«
»Das ist eine komplizierte Situation. Ferat Ahmadi will in Syrien das Machtvakuum füllen. Er hat viel Unterstützung. Leider ist er eine schreckliche Wahl, soweit es uns betrifft. Aber das ist uns beim Arabischen Frühling ja oft passiert. In diesen Ländern werden Menschen, die uns hassen, zu politischen Führern gewählt.«
»Okay, aber ich gehe mal davon aus, dass es den Chinesen und Russen nicht gefallen würde, wenn wir Amerikaner da unten wieder die Gewinner und Verlierer aussuchen«, kommentierte Robie.
»Stimmt. Es wäre wirklich nicht in unserem Interesse, wenn der Attentatsversuch ans Licht käme.«
»Wie sollte das eigentlich vertuscht werden, wäre alles nach Plan gelaufen?«
»Die übliche Vorgehensweise. Wir hätten die Anführer von Ahmadis Opposition dafür verantwortlich gemacht. Was übrigens nicht einmal weit hergeholt ist.

Sie haben schon zweimal versucht, ihn umzubringen. Nur sind sie nicht besonders gut auf diesem Gebiet. Trotzdem wollten wir Beweise zurücklassen, die zu einem von denen führen.«
»Zwei auf einen Streich?«
»Ja.« Blue Man nickte. »Wir müssen stets versuchen, effizient zu sein.«
»Und wenn wir Erfolg gehabt hätten?«
»Wäre eine dritte Partei übrig geblieben, mit der wir wenigstens hätten versuchen können, vernünftig zu reden.«
»Aber das hat sich jetzt erledigt.«
»Ja.«
Robie stand auf. »Ich brauche alles, was Sie über Reel haben.«
»Das Material wird derzeit zusammengestellt.«
»Okay«, sagte Robie, nur war im Moment gar nichts okay für ihn.
»Was haben Sie *wirklich* von Jessica Reel gehalten, als Sie zusammengearbeitet haben?«
»Das habe ich Ihnen bereits gesagt.«
»Die ungeschminkte Version.«
»Sie war so gut wie ich. Vielleicht ist sie jetzt besser. Ich weiß es nicht. Aber so, wie es aussieht, werde ich das wohl bald herausfinden.«
»Wir hatten in letzter Zeit eine Pechsträhne«, sagte Blue Man, als Robie zur Tür ging.
»Kann man wohl sagen.«
»Ich nehme an, je länger man im Dienst ist, umso höher ist die Wahrscheinlichkeit, dass jemand versucht, einen umzudrehen.« Blue Man klopfte wieder mit den Fingern auf den Tisch und starrte ins Leere.
»Viele Dienstjahre erhöhen möglicherweise den Wert.«
Blue Man warf ihm einen Blick zu. »Andere hat man zu verführen versucht. Erfolgreich.«
»Aber nur wenige von vielen.«

»Es ist trotzdem ein Problem.«
»Das ist ein Problem für Sie?«, fragte Robie.
»Ich bin mir sicher, nicht mehr als für Sie.«
»Schön, dass wir das geklärt haben.« Robie verließ das Zimmer, um seinen neuen Auftrag in Angriff zu nehmen.

KAPITEL 6

Robie fuhr durch die Straßen Washingtons. In seiner Jackentasche befand sich ein USB-Stick. Darauf gespeichert war die Karriere von Jessica Elyse Reel. Einen Teil davon kannte Robie bereits. Morgen würde er sie vollständig kennen – bis auf das, was noch aufgedeckt werden musste.

Der Regen fiel stärker. Washington im Regen war ein seltsames Schauspiel. Da waren natürlich die Denkmäler, die beliebten Ziele der Busladungen von Touristen, auch wenn viele von ihnen sicherlich so manches an der Bundeshauptstadt auszusetzen hatten. Aber die Leute kamen, um sich die hübschen Bauten anzuschauen, die sie mit ihren Steuerdollars bezahlt hatten.

Im Zwielicht sahen die mächtigen Denkmäler und Gedenkstätten von Jefferson, Lincoln und Washington aus, als wären sie körnige Umrisse, wie man sie auf alten, zerfledderten Postkarten sehen kann. Die riesige Kuppel des Kapitols überragte alle anderen Gebäude in ihrer Nähe. Unter dieser Kuppel ging der Kongress seiner Arbeit nach – oder auch nicht, wie immer öfter in letzter Zeit. Aber selbst die ungeheuren Maße dieser Kuppel schienen im Regen zu schwinden.

Robie lenkte seinen Audi in Richtung Dupont Circle. Jahrelang hatte er in einem Apartment in der Nähe des Rock Creek Park gewohnt. Vor weniger als einem Monat war er ausgezogen. Der Grund dafür war einer seiner früheren Aufträge. Er hatte dort einfach nicht mehr bleiben können.

Dupont lag in der Stadtmitte und bot ein reges Nachtleben. In Dutzenden trendiger Restaurants bekam man Gerichte aus der ganzen Welt; es gab Buchhandlungen, die sich auf literarische Romane spezialisiert hatten, und Läden, die man nirgendwo anders fand. Es war ein aufregendes und belebendes Viertel, das der Stadt zum Vorteil gereichte.

Aber Robie hatte kein Interesse am Nachtleben. Wenn er Essen ging, aß er allein. Er kaufte nicht in den angesagten Läden ein. Er schmökerte nicht in den anspruchsvollen Buchläden. Wenn er durch die Straßen ging, was er oft tat, vor allem spätabends, suchte er nicht nach Kontakten. Gesellschaft war ihm nicht willkommen, egal in welcher Form. Sie wäre sinnlos gewesen, vor allem jetzt.

Er parkte in der Tiefgarage seines Wohnhauses und fuhr mit dem Aufzug auf seine Etage. Oben angekommen, schob er zwei Schlüssel in das Doppelschloss seiner Wohnungstür. Piepsend schlug das Alarmsystem an. Das Geräusch verstummte, als Robie die Anlage entschärfte.

Er zog die Jacke aus, ließ den USB-Stick jedoch, wo er war. Dann trat er ans Fenster, blickte hinunter auf die nasse Straße. Regen reinigte. Zumindest lautete so die Theorie. Aber in dieser Stadt gab es Viertel, die niemals sauber wurden. Und das galt nicht nur für die Gegenden mit hoher Kriminalitätsrate, es galt auch für die Welt der Regierungsmacht, in der Robie operierte – eine Welt, die genauso schmutzig war wie die schmutzigsten Gassen der Stadt.

Kürzlich war er mit der Normalität in Berührung gekommen. Es war nur eine kurze Berührung gewesen, aber sie hatte Spuren hinterlassen.

Er zog die Brieftasche hervor und nahm das Foto heraus.

Julie Getty. Klein, dünn, strähniges Haar. Doch ihr Aussehen war Robie egal. Er bewunderte sie für ihren Mut, ihre Intelligenz und ihr Temperament.

Sie hatte ihm dieses Foto gegeben, als ihre Wege sich getrennt hatten. Er hätte das Bild niemals behalten dürfen. Es war zu gefährlich, denn es konnte zu ihr führen. Trotzdem hatte Robie das Foto noch. Er brachte es einfach nicht fertig, sich davon zu trennen.

Robie hatte nie Kinder gehabt und würde auch nie welche bekommen. Julie wäre eine Tochter gewesen, auf die er hätte stolz sein können. Aber sie war nicht seine Tochter. Und sie hatte ein neues Leben. Ein Leben, an dem er nicht teilhaben konnte. So war das nun mal. Es war nicht seine Entscheidung.

Er steckte das Foto in dem Augenblick zurück in die Brieftasche, als sein Handy summte.

Als er die Nummer erkannte, musste er lächeln, aber das Lächeln verwandelte sich schnell in eine nachdenkliche Miene, als Robie sich fragte, ob er den Anruf annehmen sollte. Dann aber kam er zu dem Schluss, dass sie es immer wieder versuchen würde, wenn er es nicht tat. So war sie nun mal.

»Hallo?«

»Robie. Wir haben lange nichts mehr voneinander gehört.«

Nicole Vance war Special Agent beim FBI. Laut Julie Getty eine »Superagentin«. Julie hatte außerdem vermutet, dass Nicole Interesse an Robie gehabt habe. Tatsächlich war sie sogar fest davon überzeugt gewesen.

Robie hatte das nie mit Gewissheit feststellen können und war sich auch nicht sicher, ob er das überhaupt wollte. Ereignisse in der jüngeren Vergangenheit hatten ihn abgeschreckt von allem, was der Beziehung zu einer Frau auch nur ähnelte. Das Problem war keineswegs Verlangen, sondern Vertrauen, ohne das Robie kein Verlangen entwickeln konnte.

Man hatte ihn ausgebildet, sich niemals täuschen

zu lassen. Sich niemals zum Narren machen zu lassen. Niemals ohne Stuhl dazustehen, wenn die Musik abbrach. Und doch war er getäuscht worden. Das war eine demütigende Erfahrung gewesen, und er hatte nicht die geringste Lust auf eine Wiederholung.

Nicoles Stimme klang wie immer. Im Augenblick war sie ein bisschen zu aufgedreht für Robie, aber er musste die Energie dieser Frau bewundern.

»Ja, stimmt. Lange nichts voneinander gehört.«

»Waren Sie in letzter Zeit auf Reisen?«

Er zögerte und fragte sich, ob sie den Vorfall im Central Park mit ihm in Verbindung gebracht hatte.

Nicole Vance hatte eine ziemlich gute Vorstellung von Robies Job. Als FBI-Agentin, die geschworen hatte, das Gesetz zu hüten und die Bürger zu beschützen, durfte sie nicht mehr erfahren, als sie bereits wusste. Sie bewegten sich in zwei sehr unterschiedlichen Welten, die beide notwendig waren und sich auch nicht gegenseitig ausschlossen.

Trotzdem waren beide nicht kompatibel. Da ihre jeweiligen Jobs nicht kompatibel waren, galt das auch für sie als Individuen. Robie erkannte das jetzt glasklar. Eigentlich hatte er es immer schon gewusst.

»Nicht oft. Und Sie?«

»Nur in den finsteren Straßen Washingtons.«

»Was liegt an?«

»Haben Sie schon Pläne fürs Abendessen?«

Wieder zögerte Robie. Diesmal zögerte er so lange, dass Nicole schließlich sagte: »So kompliziert ist das nicht, Robie. Entweder haben Sie Pläne, oder Sie haben keine. Es ist kein Problem, wenn Sie Nein sagen.«

Robie wollte Nein sagen, aber aus irgendeinem Grund sagte er: »Wann?«

»So gegen acht? Ich wollte diesen neuen Schuppen drüben an der Fourteenth mal ausprobieren.« Sie nannte ihm den Namen. »Angeblich drücken sie da für Cocktails ihre Tomaten durch Leinentücher.«

»Mögen Sie Cocktails so gern?«
»Heute Abend schon.«
Wenn Nicole ihn anrief, das wusste Robie, gab es einen wichtigeren Grund als den, sich mit ihm zum Essen zu treffen. Ja, er glaubte schon, dass sie ihn mochte, aber sie war auch aus gutem Grund Superagentin Nicole Vance. Sie machte nie Feierabend.
»Gut«, sagte er.
»Einfach so?«
»Einfach so.«
»Ich bin offiziell überrascht.«
Ich auch, dachte Robie.
»Haben Sie zurzeit interessante Fälle?«, fragte sie.
»Das ist natürlich eine rein rhetorische Frage.«
»Und Sie?«
»Ach, so dies und das.«
»Wollen Sie nicht deutlicher werden?«
»Vielleicht beim Essen. Vielleicht auch nicht. Kommt auf die Qualität der Cocktails an.«
»Dann bis später.«
Er legte das Handy weg und schaute wieder aus dem Fenster nach draußen, wo Leute bei dem Versuch, dem Regen zu entkommen, über die Bürgersteige eilten. Die Nässe schien bis ins Mark dieser Gegend eingedrungen zu sein und machte alles so kalt und unerfreulich, wie es nur sein konnte.

Langsam ging Robie durch die hundert Quadratmeter seines Apartments. Hier wohnte er, trotzdem schien hier alles unbewohnt zu sein. Natürlich gab es Möbel. Und Lebensmittel im Kühlschrank. Und Kleidung im Schrank. Doch abgesehen davon gab es keine persönlichen Dinge. Vor allem deshalb nicht, weil Robie keine besaß.

Er hatte die ganze Welt bereist und niemals auch nur ein Souvenir gekauft. Das Einzige, was er bei der Rückkehr mit nach Hause gebracht hatte, war er selbst gewesen – er, der überlebt hatte, um zu tun, was er am nächsten Tag wieder tun würde. Er hatte nie eine Postkarte oder eine Schneekugel gekauft, nachdem er jemanden getötet hatte. Er stieg einfach ins Flugzeug oder in den Zug. Manchmal fuhr er auch selbst oder ging zu Fuß nach Hause. Das war's.

Robie schüttelte diese Gedanken ab und legte sich ein wenig hin. Dann duschte er und zog sich um. Doch bis zur Verabredung mit Nicole Vance waren immer noch ein paar Stunden totzuschlagen.

Er öffnete seinen Laptop und schob den Stick in den USB-Port. Das Leben von Jessica Elyse Reel erwachte in seiner ganzen megapixelten Pracht.

Doch bevor Robie anfangen konnte, summte sein Handy.

Soeben war eine E-Mail gekommen.

Die Absenderin kam direkt zur Sache.

Tut mir leid, dass es so weit gekommen ist, Will. Natürlich kann nur einer überleben. Ich hoffe, ich bin's. Beste Grüße, JR

KAPITEL 7

Robie setzte sich umgehend mit Blue Man in Verbindung und berichtete ihm, was geschehen war. Die empfangene E-Mail wurde sofort zurückverfolgt. Das Ergebnis kam eine halbe Stunde später und war wenig erfreulich.
Nicht zurückzuverfolgen.
Für die Firma war es ziemlich ungewöhnlich, eingestehen zu müssen, dass man etwas nicht zurückverfolgen konnte. Mit wem Jessica Reel auch arbeitete – es waren keineswegs Amateure.
Die andere Frage lautete, wie Reel an Robies E-Mail-Adresse gekommen war. Mit Sicherheit stand sie nicht der Öffentlichkeit zur Verfügung. Blue Man dachte vermutlich das Gleiche.
Möglicherweise hatte Reel einen Vertrauten in der Agency. Jemand, der sie mit Informationen fütterte. Möglicherweise war auch die Information dabei, dass Robie den Auftrag erhalten hatte, sie, Reel, zu finden. Ein Auftrag, der erst wenige Stunden alt war. Wer immer dieser Insider war – er hatte Zugriff auf Informationen in Hülle und Fülle.
Robie vertiefte sich in die auf dem USB-Stick gespeicherte Akte über Jessica Reel. Im Laufe der Jahre hatte Reel mehrere beeindruckende Attentate verübt. Sie arbeitete genau wie Robie auf dem höchsten Level und hatte Leute in Situationen ausgeschaltet, die auch ihm alles abverlangt hätten.

Er hatte nie bezweifelt, dass Reel ausgesprochen fähig war. Dennoch überraschte es ihn ein wenig, dass sie so gut war.

Und möglicherweise hat sie einen Spion in der Agency, der ihr alles verrät, was sie wissen muss, um einen ausreichend großen Vorteil zu haben. Mit dieser Rückendeckung kann sie mich ausschalten, bevor ich sie erwische. Was bedeutet, dass meine eigene Behörde eine Bedrohung für mich ist.

Robie las weiter, bis er zum Attentat auf Doug Jacobs kam. Schnell, sauber und raffiniert obendrein: den Einsatzleiter abzuschießen, während dieser glaubt, dass man gerade jemand anderen ausschaltet.

In dem Motel im Nahen Osten, wo der Anschlag verübt worden war, hatte man ein Scharfschützennest gefunden. Die Gewehrmündung war so perfekt platziert gewesen, dass Jacobs den Lauf hatte sehen können, als er Reels Vorschlag befolgt und den Satellitenzoom durchgeführt hatte. Nur dass da kein Scharfschütze gewesen war.

Es gab keinerlei Beweise, dass Reel die Schützin gewesen war, die Jacobs' Leben beendet hatte. Aber die E-Mail, die Robie gerade bekommen hatte, ließ nicht den geringsten Zweifel daran, dass sie in die Sache verstrickt war.

Also hätte Reel im Nahen Osten sein sollen, war in Wirklichkeit aber in Washington gewesen, um auf den Mann zu feuern, der sich über ein Headset mit ihr unterhielt. Vermutlich hatte Reel selbst auf Jacobs geschossen. Robie jedenfalls wäre an ihrer Stelle auf Nummer sicher gegangen, dass der Abschuss korrekt erfolgte. Er hätte nicht gewollt, dass ein anderer den Abzug betätigte.

Was bedeutete, dass er sich vor der Verabredung mit Nicole Vance noch etwas anschauen musste.

* * *

Robie gönnte dem dreistöckigen Gebäude, in dem Jacobs gestorben war, kaum einen Blick. Er wusste auch so, was dort oben in dem Büro am Ende der Geschossbahn geschehen war. Jetzt musste er den Ausgangspunkt dieser Bahn herausfinden.

Das alte Stadthaus war nur noch ein paar zerbröckelnde Wände vom Einsturz entfernt. Gegen Ende des neunzehnten Jahrhunderts erbaut, hatte das fünfstöckige Gebäude im Laufe der Jahre vielen verschiedenen Zwecken gedient. Unter anderem hatte es eine Privatschule und einen Herrenclub beherbergt, der vor mehr als fünfzig Jahren geschlossen worden war. Aber nie hatte hier irgendeine Berühmtheit gewohnt, also würde man das Haus auch nie unter Denkmalschutz stellen. Vermutlich würde es irgendwann in den nächsten Jahren abgerissen, falls es vorher nicht von selbst einstürzte.

Robie betrachtete die Fassade. Alte Ziegel, an den Mauern wuchernde Kletterpflanzen und eine verrottete Haustür starrten zu ihm zurück. Behutsam stieg er die Stufen hinauf und mied die Löcher in den Bodenbrettern der Veranda. Das Gebäude war gesichert worden, allerdings sehr unauffällig. Es gab aufmerksame Augen, die alles und jeden beobachteten, die Robie aber schon als Zugangsberechtigten identifiziert hatten.

Man hatte ihm einen Schlüssel gegeben, mit dem er nun die Haustür aufschloss. Er trat ein. Der Strom war schon vor langer Zeit abgestellt worden, deshalb knipste er die mitgebrachte Taschenlampe ein und wich Schutthaufen und fehlenden Bodenbrettern aus, als er langsam weiterging.

Das Gebäude lag mehrere Hundert Meter von dem Außenposten der Agency entfernt, in dem Jacobs gearbeitet hatte. Zweifellos war es ein Schuss über große Entfernung gewesen, aber jeder gute Scharfschütze hätte ihn bei zehn Versuchen zehnmal schaffen müssen.

Robie stieg in den obersten Stock. Von dort war der Schuss gekommen. Es war der einzige Punkt im Haus, der ungehinderte Sicht in Jacobs' Büro bot.

Als Robie den fünften Treppenabsatz erreichte, klang das Prasseln des Regens viel lauter. Er ging den Flur entlang, wobei er die Kälte spürte, die durch die zahllosen Ritzen in der Gebäudewand nach innen drang. Wäre es nicht so dunkel gewesen, hätte er vielleicht sehen können, wie sein eigener Atem kondensiert.

Er leuchtete voraus und achtete sorgfältig darauf, Schwachstellen im Fußboden zu meiden. Es musste riskant gewesen sein, die Schützenstellung hier oben einzurichten – freies Schussfeld hin oder her. Man konnte nie wissen, ob in der nächsten Sekunde der Boden unter einem nachgab.

Aber der Boden hatte gehalten, und Jacobs war tot.

Robie ging langsamer, als er sich dem Zimmer näherte. Es befand sich in einem Erker an der rechten Gebäudeseite.

Das Haus war bereits von Mitarbeitern der Agency durchsucht worden, aber man hatte Robie wissen lassen, dass hier nichts verändert worden sei. Und die Polizei hatte noch nichts von dem Gebäude erfahren. Zweifellos würden ihre Ermittlungen sie irgendwann hierherführen. Aber im Augenblick stand Robie nur ein kleines Zeitfenster zur Verfügung.

Er stieß die Tür auf und trat ein.

In dem Raum gab es nur eine Stelle, von der aus der Schuss hatte erfolgen können. Im Erkerzimmer drei Fenster, alle nach Süden. Das in der Mitte hatte die beste Sichtlinie zu Jacobs' Büro.

Robie trat näher heran, ließ den Lichtstrahl wandern. Auf der Fensterbank Staub, leicht aufgewühlt. Dort hatte die Gewehrmündung gelegen. Ein weiterer Fleck im Schmutz am Boden ließ erkennen, wo der Schütze gekniet hatte.

Sowohl auf der Fensterbank wie auch am Boden waren Spuren der Gewehrentladung zu sehen. Der Schalldämpfer musste die Antriebsgase an diesen Stellen ausgestoßen haben. Patronenhülsen waren nicht gefunden worden, also hatte der Täter sie mitgenommen, wie Blue Man bereits gesagt hatte. Aber die Spuren im Staub hätte man genauso leicht beseitigen können. Nur war das nicht geschehen – was Robie verriet, dass es den Schützen nicht interessiert hatte, ob seine Stellung entdeckt wurde oder nicht.

Er hob ein langes Stück Fußleiste auf, das abgebrochen war, ließ sich auf ein Knie nieder und zielte mit der Leiste auf Jacobs' Büro, als hielte er eine Waffe in Händen. Dann schaute er von der fünften Etage auf die dritte hinunter; das Gegenteil würde wegen des Schusswinkels nicht funktionieren. Man konnte nicht nach oben schießen und sein Ziel treffen. Man musste nach unten feuern. Wäre das Gebäude, in dem Jacobs' Büro lag, höher als fünf Stockwerke gewesen und hätte sein Büro sich auf einer höheren Etage befunden, wäre das Stadthaus nicht als Stellung für den Scharfschützen infrage gekommen.

In diesem Fall, das wusste Robie, hätte man einen anderen Ort gefunden, von dem aus es funktionierte.

Robie vermutete, dass in genau dieser Sekunde viele Gebäude der Behörde mit kugelsicheren Scheiben ausgestattet wurden.

Reel – oder wer immer der Schütze gewesen war – hatte den Grundriss von Jacobs' Büro gehabt, das stand fest. Jacobs hatte mit dem Rücken zum Fenster gesessen, den Computerbildschirm vor sich. Es gab keine Hindernisse in der Flugbahn der tödlichen Kugel. Ein Treffer, der das Herz zerriss, von einer Rippe abprallte, aus dem Körper austrat und den Computer traf.

Der Zusammenstoß mit der Rippe war nur eine Vermutung Robies. Aber hätte das Geschoss den Körper direkt durchschlagen, hätte es vermutlich die Schreibtischoberfläche getroffen, nicht den Computer. Der

Winkel war zu extrem. Rippen waren hart genug, um die Flugbahn einer Kugel zu verändern. Robie hatte Jacobs' Autopsiebericht nicht eingesehen, aber es hätte ihn nicht überrascht, hätte er von derartigen inneren Verletzungen gelesen.

Der Schuss wurde also abgefeuert. Jacobs war tot. Falls Reel die Schützin gewesen war, musste sie durch das Headset gehört haben, wie die Scheibe zersplitterte, wie die Kugel in Jacobs' Körper einschlug und wie er starb. Die Bestätigung eines Abschusses. Es war immer nett, wenn man diese Bestätigung bei einem blinden Schuss durch ein Fenster erhielt.

Aber Reel hatte den Grundriss von Jacobs' Büro gehabt. Im Grunde hatte sie also gar nicht »blind« geschossen.

Wieder Insiderinformationen.

Wie meine E-Mail-Adresse.

Reel könnte mir folgen, genau in diesem Augenblick. Oder sie könnte hier auf mich warten, weil sie sich denkt, dass ich das Haus irgendwann aufsuche.

Robie ließ den Blick über die Straße schweifen, sah aber nur Passanten, die es eilig hatten, dem Regen zu entkommen. Leute wie Jessica Reel würden sich nicht so sorglos zeigen.

Irgendetwas an seinem Schuh erregte seine Aufmerksamkeit. Etwas Weißes ragte unter seiner Sohle hervor. Er zog es ab. Es war leicht und nachgiebig. Er roch daran. Es verströmte einen ganz bestimmten Geruch, doch Robie konnte ihn nicht einordnen.

Dann vergaß er seine Beobachtungen, denn er hörte Lärm vor dem Haus. Stimmen. Schritte auf der Veranda.

Er eilte aus dem Zimmer und durch den Flur und erreichte ein Fenster, von dem er die Haustür sehen konnte. Eine Gruppe von Leuten stand dort, in eine hitzige Diskussion vertieft. Robie konnte mehrere Männer sehen, die von der Behörde kamen, wie er vermutete.

Und andere, die nicht für die Behörde arbeiteten.
Sie waren an den blauen Windjacken mit den goldenen Buchstaben auf dem Rücken zu erkennen. Es waren nur drei Buchstaben, die Robie hier aber nicht sehen wollte.

FBI.

Als er sah, wer die Agenten anführte, drehte er sich um und zog sich in den rückwärtigen Teil des Hauses zurück, so schnell er konnte.

Er traf Nicole Vance erst um acht Uhr zum Abendessen.

Er wollte sie nicht schon in den nächsten zwei Minuten in diesem Stadthaus treffen.

KAPITEL 8

Robie wusste, wie man sich leise verdrückt. Das tat er nun, bog um die Ecke und beobachtete aus der Deckung mehrerer Sträucher, wie Nicole sich mit den anderen Männern stritt.

Schließlich zog er sein Handy aus der Tasche und schickte Blue Man eine SMS.

Eine Minute später beobachtete Robie, wie sich einer der Männer, die mit Nicole diskutierten, ans Ohr griff.

Die Botschaft war übermittelt.

Der Mann hielt inne. Dann hörte Robie ihn sagen: »Sie können das Haus durchsuchen, Agent Vance. Wir überlassen es Ihnen.«

Nicole Vance stockte mitten im Satz, starrte den Mann an.

Robie duckte sich, als sie den Kopf drehte und in sämtliche Richtungen blickte. Ihm war klar, dass sie genau wusste, was gerade passiert war. Die Hunde waren zurückgepfiffen worden. Das Haus stand ihr jetzt offen. Dieser Befehl war von ganz oben gekommen.

Robie setzte sich in Bewegung, denn er rechnete damit, dass Vance ihre Männer jeden Moment ausschwärmen ließ, um nach dem Grund für die plötzlich veränderte Situation zu suchen. Schon deshalb wollte er nicht, dass sie ihn entdeckte. Es würde die Verabredung noch unschöner machen, als sie vermutlich ohnehin schon wurde.

Robie erreichte seinen Wagen, fuhr los und wählte eine Nummer.

Blue Man antwortete beinahe sofort. »Danke für die Hilfe.«

»Heute Abend treffe ich mich mit Vance«, sagte Robie. »Ich hatte zugesagt, ehe ich wusste, dass sie in die Sache verwickelt ist. Wäre nett gewesen, das vorher zu wissen. Gleich zu Anfang auf diese Weise überrumpelt zu werden ist nicht gerade eine vertrauensbildende Maßnahme.«

»Wir wussten nicht, dass Vance den Auftrag erhält. Schließlich kontrollieren wir das FBI nicht. Vermutlich hat ihr Erfolg beim letzten Mal sie in den Augen des FBI aufgewertet.«

»Wie viel weiß das FBI eigentlich genau? Wenn Vance Ihre Leute vor dem Gebäude sieht, weiß sie sofort, dass das kein routinemäßiger Mordfall ist.«

»Wir konnten nicht gänzlich vertuschen, was Doug Jacobs zugestoßen ist. Die Beteiligung des FBI war unvermeidlich. Aber es ist unsere Sache, das vernünftig zu managen.«

»Noch einmal. Was weiß das FBI?«

»Dass Doug Jacobs Mitarbeiter einer Bundesbehörde gewesen ist. Sie wissen nicht, dass er für uns gearbeitet hat, und das werden sie auch nicht erfahren. Offiziell gehörte er zur Defense Threat Reduction, genauer gesagt zu deren Abteilung für Informationsauswertung, die in dem Gebäude untergebracht ist, in dem Jacobs sich befand. Das ist eine gute Tarnung für uns.«

»Er war bei der DTRA?«

»Ja.«

»Und die spielen da mit?«

»Die DTRA interessiert sich für das Gesamtbild, genau wie wir. Schließlich sind sie Teil des Verteidigungsministeriums mit dem Auftrag, weltweit gegen Massenvernichtungswaffen zu kämpfen.«

»Wissen die, was Jacobs in dem Büro getan hat, als er erschossen wurde?«

»Aus der Beantwortung dieser Frage könnte nichts Gutes entstehen. Unwissenheit ist ein Segen. Belassen wir es dabei.«

»Mit anderen Worten, die DTRA muss das FBI technisch gesehen nicht belügen, wenn es an ihrer Tür klopft?«

»Sie waren schon da.«

»Und was ist die offizielle Version?«, wollte Robie wissen.

»Jacobs wurde erschossen, als er seiner Arbeit nachging, womöglich von einem abtrünnigen Schützen, der die Bundesregierung ins Visier genommen hat.«

»Und Sie glauben, das FBI schluckt das?«

»Keine Ahnung«, erwiderte Blue Man. »Ist nicht mein Problem.«

»Aber Sie können das FBI nicht herausfinden lassen, dass Jacobs das Attentat auf einen führenden ausländischen Politiker dirigiert hat.«

»*Noch* war er kein führender ausländischer Politiker. Wir bemühen uns nach Kräften, vorausschauend zu sein. Es ist knifflig, Leute zu eliminieren, die bereits an der Macht sind. Manchmal ist es nötig, aber man sollte es möglichst vermeiden, da es technisch gesehen illegal ist.«

»Vance ist schrecklich hartnäckig.«

»Ja, ist sie«, pflichtete Blue Man ihm bei.

»Sie könnte auf die Wahrheit stoßen.«

»Das ist keine Option, Robie.«

»Wie Sie schon sagten, Sie kontrollieren das FBI nicht.«

»Worüber wollen Sie heute Abend mit ihr sprechen?«

»Das weiß ich nicht. Und wenn ich absage, könnte sie misstrauisch werden.«

»Könnte Vance auf den Gedanken kommen, dass Sie in die Sache verwickelt sind?«

»Sie ist klug. Und sie weiß, womit ich mich beschäftige.«
»Es war ein Fehler, ihr das zu sagen, Robie.«
»Ich hatte keine Wahl.«
»Und wenn sie Fragen stellt?«
»Beantworte ich sie. Auf meine Weise.«
Blue Man schien nachhaken zu wollen, ließ es dann aber. »Wie sieht Ihr nächster Schritt wegen Reel aus?«
»Besteht die Möglichkeit, ihre Bewegungen vor dem Attentat nachzuvollziehen? Ich meine, wissen wir mit Sicherheit, dass sie im Land war und abgedrückt hat? Ihre Stimme über das Headset ist kein Beweis, dass sie tatsächlich geschossen hat.«
»Reel verstummte vor dem Schuss, also haben wir von ihrem Ende der Leitung keine Geräusche aufgenommen, sondern nur von Jacobs. Aber dass ihre Stimme zu hören ist, deutet darauf hin, dass sie in die Sache verstrickt war.«
»Das Scharfschützennest, das in Übersee aufgebaut war ... gibt es da irgendwelche Spuren?«
»Nichts. Wir haben bestätigt, dass man sie dort gesehen hat, aber das war zwei Tage zuvor. Genug Zeit, um zurückzukehren und Jacobs zu erschießen.«
»Was gibt es Neues von Ahmadi?«
»Nur das Übliche. Natürlich haben wir alle Spuren der Scharfschützenstellung beseitigt.«
»Ist ein neues Attentat auf ihn geplant?«
»Nun, falls er von dem ersten Versuch wusste und den Spieß umgedreht hat, dürfte er jetzt extrem vorsichtig sein. Möglicherweise bekommen wir sein Gesicht erst wieder zu sehen, wenn er Syriens neuer politischer Führer ist.«
»Mir gefällt nicht, dass Reel meine E-Mail-Adresse hat.«
»Gefällt mir auch nicht«, gab Blue Man zu.
»Wir haben einen Maulwurf. Jemanden, der zurückgelassen wurde.«

»Kann schon sein. Oder Reel könnte vorher Informationen bekommen haben.«
»Wie hätte sie wissen sollen, dass ich hinter ihr her sein werde?«
»Eine begründete Vermutung vielleicht?«, schlug Blue Man vor.
»Sie könnte mich verfolgen. In genau diesem Augenblick.«
»Werden Sie mir jetzt nicht paranoid, Robie.«
»Der Zug ist schon vor Jahren abgefahren. Meine Paranoia kennt keine Grenzen mehr.«
»Wohin sind Sie unterwegs?«
»Ich bereite mich auf mein Abendessen vor.«
Robie beendete den Anruf und trat aufs Gas. Im Innenspiegel hielt er nach Nicole Vance, Jessica Reel und allen möglichen Schurken Ausschau.
Ich werde nicht paranoid, ich bin es. Und wer könnte es mir verdenken?
Er gab noch mehr Gas.
Einen Killer losschicken, um einen Killer zu fangen. Das ergab tatsächlich Sinn.
Wir sprechen eine andere Sprache, und wir sehen die Welt durch ein anderes Prisma, das sonst niemand verstehen könnte.
Aber das funktionierte in beide Richtungen. Reel würde ihn genauso verstehen, wie er sie verstehen würde.
Also wird Reel sterben.
Oder ich.
Es war ganz einfach.
Und genauso kompliziert.

KAPITEL 9

Jessica Reel saß in ihrem Hotelzimmer auf dem Bett. Ihre schweißnassen Sportsachen lagen auf dem Boden. Sie war nackt und betrachtete ihre Zehen. Draußen prasselte der Regen immer lauter.

Hört sich an wie Geschosse, dachte Reel. *Aber anders als ein Geschoss lässt der Regen dich am Leben.*

Sie rieb sich über den flachen Bauch, den sie knallhartem Workout und sorgfältiger Ernährung verdankte. Es hatte nichts mit ihrem Erscheinungsbild zu tun, sondern mit ihrem energetischen Zentrum. Fett machte einen langsamer, und in ihrer Welt war Langsamkeit Gift, insbesondere in den Kampfsportarten. Sie beherrschte jeden Stil, der für den Nahkampf taugte.

Um zu überleben, hatte Reel oft auf ihre Fitness und ihre Kampfkünste zurückgreifen müssen. Sie tötete nicht immer mit einem Gewehr aus großer Entfernung. Manchmal standen ihre Ziele ihr unmittelbar gegenüber und versuchten genauso entschlossen, sie umzubringen, wie umgekehrt. Und es waren fast immer die Männer, die den körperlichen Vorteil von Größe und Kraft besaßen.

Trotzdem war Reel bis jetzt jedes Mal Siegerin geblieben. Aber das galt immer nur bis zum nächsten Kampf. In ihrer Welt verlor man nur ein einziges Mal, danach brauchte niemand mehr mitzuzählen. Man bekam allenfalls einen Nachruf. Vielleicht.

Reel fragte sich, ob sie Robie noch eine Nachricht

schicken sollte, kam dann aber zu dem Schluss, dass sie damit ihr Blatt überreizte. Sie unterschätzte niemanden. Auch wenn ihr Handy angeblich nicht aufzuspüren war, würde die Agency dieses Hindernis möglicherweise überwinden, sie durch Kommunikationskanäle zurückverfolgen und aufspüren.

Davon abgesehen gab es nichts mehr zu sagen. Robie hatte seinen Auftrag. Nun würde er sein Bestes tun, ihn auszuführen.

Und Reel würde ihr Bestes tun, damit Robie scheiterte. Am Ende würde einer von ihnen vermutlich tot sein, vielleicht sogar sie beide. Das war nun mal die Natur der Bestie. Fairness zählte dabei nicht.

Reel schlüpfte in einen Morgenmantel und ging zur Tür. Sie fischte das Handy aus der Jacke, die sie dort hingehängt hatte. Es war erstaunlich, was diese Geräte vollbringen konnten. Jeden Schritt des Benutzers verfolgen. Einem ganz genau sagen, wie man an einen bestimmten Ort kam. Ein Tastendruck verschaffte einem in wenigen Sekunden die exotischsten Informationen.

Aber diese Freiheit hatte auch ihre Schattenseiten.

Jetzt hatten die Menschen zig Milliarden Augen, mit denen sie einen beobachten konnten. Und es war nicht nur die Regierung. Oder die multinationalen Konzerne. Es konnte auch der Mann auf der Straße sein, der über die neuesten elektronischen Spielereien und ein wenig technisches Verständnis verfügte. Das erschwerte Reels Arbeit erheblich. Und der Job war so schon schwer genug.

Sie tippte auf ein paar Tasten, las die Informationen, die auf dem Display erschienen, legte das Handy zur Seite, ging ins Bad und zog den Morgenmantel aus. Das heiße Wasser der Dusche fühlte sich wundervoll an.

Das Training war extremer gewesen als je zuvor und hatte sie ausgelaugt. Im Fitnessraum, erinnerte sie sich, waren ein paar junge Typen gewesen, die einarmige Liegestütze machten, wobei sie sich im Spiegel betrachteten. Ein anderer hatte zwanzig eher gemütliche Minuten auf dem Crosstrainer verbracht, in der offensichtlichen Annahme, dass es ihn als Konditionswunder qualifizierte. Reel hatte im Nebenraum mit ihren Übungen angefangen. Nach ein paar Minuten hatte sie gespürt, dass zwei der Typen sie beobachteten. An ihrer Kleidung, das wusste Reel, lag es nicht. Sie trug kein eng anliegendes Spandex, sondern weite, locker fallende Sachen. Schließlich war sie hier, um zu schwitzen, nicht um sich einen Ehemann oder einen One-Night-Stand zu angeln.

Ihr Instinkt sagte ihr, dass die Gaffer keine Bedrohung darstellten. Sie waren nur erstaunt, was sie, Reel, mit ihrem Körper machte. Dreißig Minuten später, als Reel kaum ein Drittel ihres üblichen Pensums hinter sich gebracht hatte, wandten die Männer sich kopfschüttelnd ab und gingen. Reel wusste, was sie dachten: *Bei diesem Tempo würde ich nicht mal fünf Minuten durchhalten.*

Womit sie recht hätten.

Reel stellte die Dusche ab, rieb sich trocken, zog den Morgenmantel wieder an und wickelte sich ein Handtuch um den Kopf, während sie die Speisekarte des Zimmerservice überflog. Sie wählte einen Salat und verwöhnte sich mit einem Glas kalifornischen Zinfandel.

Als der junge, gut aussehende Kellner das Tablett brachte, erwischte sie ihn dabei, wie er mit prüfenden Blicken ihren Körper taxierte.

Reel hatte mit Männern von allen fünf Kontinenten geschlafen. Es war immer Arbeit für sie gewesen, ein Mittel zum Zweck. Wenn sie Sex einsetzen konnte, um ihr Ziel zu erreichen, tat sie es. Wahrscheinlich war das einer der Gründe, weshalb die Agency sie eingestellt hatte. Man hatte sie sogar ermutigt, ihre Sexualität als Waffe zu benutzen – natürlich unter dem Vorbehalt, dass sie niemals mit einem ihrer Liebhaber eine tiefere Beziehung einging. Tatsächlich empfand sie für keinen von ihnen etwas. Sie war eine Maschine, und die Männer waren für ihren Auftrag von Nutzen, sonst nichts.

Was das anging, waren Männer eindeutig das schwächere Geschlecht. Frauen konnten sie dazu bringen, *alles* zu tun – es reichte das Versprechen, mit ihnen ins Bett zu steigen.

Reel unterschrieb die Rechnung und gab dem Kellner ein großzügiges Trinkgeld.

Sein Blick bat um mehr.

Sie sagte Nein, indem sie sich von ihm wegdrehte.

Als er die Zimmertür hinter sich geschlossen hatte, zog Reel den Morgenmantel aus, wickelte das Handtuch vom Kopf und zog Shorts und ein T-Shirt an. Dann schob sie den Tisch gegen die Tür, setzte sich, aß und trank den Wein dazu, während der Regen gegen das Fenster trommelte.

Bald musste sie gehen. Es war wichtig, in Bewegung zu bleiben. Ruhende Objekte wurden schneller überrollt.

Und da war Will Robie. Er würde sich entschlossen auf die Jagd nach ihr machen, und das würde sie viel Zeit und Kraft kosten.

Doug Jacobs war eine Ebene gewesen, jetzt ging Reel zur nächsten Ebene über. Es würde nicht leicht sein. Jetzt war die Gegenseite gewarnt.

Doug Jacobs hatte eine Frau und zwei kleine Kinder gehabt. Reel wusste, wie sie aussahen. Sie kannte ihre Namen. Sie wusste, wo sie wohnten. Sie wusste, dass sie jetzt von ganzem Herzen trauerten.

Wegen Jacobs' Tätigkeit würde man seiner Familie die genauen Umstände seines Todes niemals in allen Einzelheiten mitteilen. So hielt es die Firma nun mal. Diese Verfahrensweise änderte sich nie. Geheimnisse bis zuletzt.

Sicher, es würde eine Beerdigung geben, und man

würde Jacobs zur letzten Ruhe betten. Aber das war dann auch das einzig Normale im Zusammenhang mit seinem Dahinscheiden. Seine junge Witwe würde ihr Leben weiterführen und vielleicht wieder heiraten. Möglicherweise bekam sie noch mehr Kinder. Reel hätte ihr vorgeschlagen, einen Klempner oder Verkäufer zu ehelichen. Das würde ihr Leben weniger kompliziert machen.

Und Jacobs' Kinder? Die würden sich an ihren Vater erinnern oder auch nicht. Reel hielt das für eine gute Sache. Ihrer Ansicht nach war Douglas Jacobs alles andere als unvergesslich.

Sie aß zu Ende und schlüpfte wieder unter die Bettdecke.

Als Kind hatte sie im Bett oft den Geräuschen des Regens gelauscht. Niemand war gekommen, um nach ihr zu sehen. Es war kein Zuhause gewesen, wo es menschliche Nähe und Zuneigung gab. Dort, wo Jessica Reel aufgewachsen war, hatten nächtliche Besucher andere Absichten, die ganz und gar nicht harmlos waren. Das hatte sie von frühester Jugend an misstrauisch und hart gemacht und dazu geführt, dass sie allein sein wollte und Beziehungen nur zu ihren eigenen Bedingungen akzeptierte.

Wenn in der Nacht Leute zu einem kamen, konnte man sich nur wehren, indem man diese Leute verletzte, bevor sie einen selbst verletzen konnten.

Reel rief sich das Bild ihrer Mutter in Erinnerung – eine schwache, misshandelte Frau, die an ihrem letzten Tag auf Erden vierzig Jahre älter ausgesehen hatte, als sie gewesen war. Ihr gewaltsamer Tod war qualvoll gewesen. Laut und schmerzhaft. Und die erst siebenjährige Jessica hatte alles mitangesehen. Es war traumatisch gewesen, ein dermaßen schreckliches und einschneidendes Erlebnis, dass Reel es noch heute nicht ganz verstehen oder einschätzen konnte. Diese Erfahrung hatte sie geprägt und dafür gesorgt, dass vieles, was für andere Menschen ganz alltäglich war, niemals Teil ihres Lebens sein würde.

Was Reel als Kind an Schrecklichem erleben musste, hatte sie von Grund auf verändert, endgültig und unwiderruflich. Als wäre ein Teil des Verstandes abgeriegelt worden, woraufhin er sich geweigert hatte, erwachsen zu werden. Als Erwachsener war man machtlos, dagegen anzukämpfen – für den Rest des Lebens. Es gab keine Therapie, die so etwas heilen konnte. Nichts und niemand konnte diese Mauer niederreißen.

Vielleicht tue ich deshalb das, was ich tue. Die Weichen wurden in der Kindheit gestellt.

Reel hatte die Hand um den Griff der Waffe geklammert, die unter dem Kissen lag, und blickte auf den Tisch, der noch immer vor der Tür stand.

Heute Nacht würde sie gut schlafen.

Vielleicht zum letzten Mal in diesem Leben.

KAPITEL 10

Robie hatte im Restaurant einen Tisch gewählt, der es ihm erlaubte, die Straße zu beobachten. Seine Blicke wechselten zwischen ihr und dem Fernseher, der hinter der Bar an der Wand befestigt war. Gerade wurde ein Bericht über ein geplantes Gipfeltreffen der arabischen Welt in Kanada gezeigt. Offenbar war man der Ansicht, dass dieses neutrale Land, weit weg von allen Kriegen und Terroranschlägen, einen Durchbruch erleichterte. Ausgerichtet wurde das Treffen von den Vereinten Nationen. Dem Nachrichtensprecher zufolge hoffte man, unter den Staaten, die viel zu lange miteinander Krieg geführt hatten, eine neue Ära der Zusammenarbeit einläuten zu können.

»Viel Glück«, murmelte Robie.

Im nächsten Augenblick wurde der Kanal gewechselt, und er sah eine Werbung für Cialis, in der ein älterer Mann und eine Frau in Badewannen in der freien Natur saßen – anscheinend eine sexuelle Metapher, auf die Robie noch nie gekommen war. Die Badewannen verschwanden, und ein anderer Nachrichtensprecher redete über eine geplante Reise des amerikanischen Präsidenten nach Irland, wo er ein Symposium abhielt, bei dem über die Bedrohung durch den internationalen Terrorismus gesprochen wurde und darüber, ihm ein Ende zu bereiten.

»Auch damit viel Glück«, murmelte Robie.

Er nahm den Blick gerade rechtzeitig vom Fernseher, um Nicole Vance eilig die Straße entlanglaufen zu sehen. Er warf einen Blick auf die Uhr: Sie war eine Viertelstunde zu spät. Unterwegs legte sie Make-up und Lippenstift auf und überprüfte die Ergebnisse mit einem kleinen Handspiegel. Robie fiel auf, dass sie ihre Arbeitskleidung gegen ein Kleid, Strumpfhosen und Stöckelschuhe eingetauscht hatte. Vielleicht war das der Grund für die Verspätung.

Zum Glück bemerkte sie nicht, dass er sie beobachtete, als sie an ihm vorbei zum Restauranteingang eilte und dabei das Make-up in der kleinen Tasche verstaute. Robie bezweifelte, dass es ihr recht gewesen wäre, dabei ertappt zu werden, wie sie sich vor dem Essen zurechtmachte.

*   *   *

»Sie sehen schmaler aus.«

Robie blickte auf, als Nicole Vance ihm gegenüber Platz nahm.

»Und Sie sehen hektisch aus«, erwiderte er.

»Die Verspätung tut mir leid. Ich wurde bei einem Fall aufgehalten.«

Der Kellner kam und nahm ihre Getränkebestellung entgegen. Als er ging, brach Robie eine Brotstange in zwei Hälften, aß ein Stück und sagte: »Gibt's was Neues?«

»Auf jeden Fall etwas Interessantes.«

»Ich dachte, alle Ihre Fälle sind interessant.«

»Normalerweise ist es ziemlich offensichtlich, wer die Bösen sind. Da geht es dann nur noch um die Beweissammlung. Und das wird schnell langweilig, meistens jedenfalls.«

»Wollen Sie darüber reden?«

»Das sollten Sie doch besser wissen, Robie. Laufende Ermittlungen. Es sei denn, man hat Sie zum FBI versetzt, und keiner hat es mir gesagt.« Sie blickte ihn über den Tisch hinweg an. »Und, waren Sie auf Reisen?«

»Das haben Sie mich schon gefragt.«
»Sie haben mir aber keine Antwort gegeben.«
»Doch, habe ich. Ich sagte: nicht oft.«
»Aber gelegentlich.«
»Warum interessieren Sie sich für meine Reisen?«
»Auf der Welt geschehen interessante Dinge«, antwortete sie. »Sogar auf unserem Hinterhof.«
»Das ist doch immer so. Und?«
»Ich habe eine gewisse Vorstellung davon, wie Sie Ihre Brötchen verdienen.«

Robie schaute nach rechts, nach links, dann wieder zu Nicole.

Ehe er etwas sagen konnte, kam sie ihm zuvor. »Tut mir leid, ich hätte das nicht erwähnen sollen.«
»Stimmt.«
»Wir haben auf dem falschen Fuß angefangen.«
Robie schwieg.
»Okay, *ich* habe auf dem falschen Fuß angefangen. Wie geht es Ihnen?«
»Viel zu tun, genau wie Sie.« Er hielt inne. »Ich wollte Sie schon mehrmals anrufen, bin aber einfach nicht dazu gekommen. In letzter Zeit lief es ein bisschen verrückt bei mir.«
»Ich bin überrascht, dass Sie überhaupt daran gedacht haben, mich anzurufen.«
»Überrascht? Wir hatten uns doch darauf geeinigt, in Verbindung zu bleiben.«
»Das weiß ich ja auch zu schätzen, Robie. Aber ich glaube nicht, dass Ihnen die Arbeit viel Freizeit lässt.«
»Ist bei Ihnen doch auch so.«
»Nein, das ist etwas anderes, und das wissen Sie.«
Ihre Getränke kamen, und Nicole nahm dankbar einen Schluck. »Hmmm, schmeckt gut.«
»Können Sie das Leinen schmecken?«
Sie setzte das Glas ab und lächelte. »Jeden einzelnen Faden.«
»Sinn für Humor lässt einen vieles überstehen.«

»Das höre ich andauernd. Nur gibt es nicht mehr viel, über das ich lachen kann.«

»Warum Ihr Anruf wegen des Abendessens? Jetzt mal ernsthaft.«

»Ich habe mir gesagt, wäre doch schön, wenn zwei Freunde sich mal treffen.«

»Und einer dieser Freunde ist eine vielbeschäftigte Agentin vom FBI, die stets Überstunden macht? Das glaube ich nicht.«

»Ich habe keine Hintergedanken, Robie.«

Er blickte sie schweigend an.

»Okay«, gab sie zu. »Irgendwie habe ich doch Hintergedanken.«

»Lassen Sie hören.«

Sie beugte sich vor und senkte die Stimme. »Douglas Jacobs.«

Robies Miene blieb ausdruckslos. »Wer ist das?«

»Wer *war* er. Jacobs ist tot. Wurde in seinem Büro erschossen.«

»Tut mir leid. Was ist passiert?«

»Ich weiß es nicht genau. Anscheinend hat er für die DTRA gearbeitet. Kennen Sie den Verein?«

»Ja. Gehört zum Verteidigungsministerium und soll die weltweite Bedrohung durch Massenvernichtungswaffen verringern. Aber warum sagen Sie ›anscheinend‹?«

»Weil ich mir ziemlich sicher bin, dass jeder, mit dem ich gesprochen habe, mir dreist ins Gesicht lügt.«

»Wieso?«

»Das wissen Sie genau. Das ist Spionageterritorium, davon bin ich überzeugt. Und Spione lügen immer.«

»Nicht immer.«

»Okay, aber meistens.« Sie nahm wieder einen Schluck vom Cocktail und musterte ihn. »Sie kennen Jacobs wirklich nicht?«

»Ich bin dem Mann nie begegnet«, erwiderte Robie wahrheitsgemäß.

Sie lehnte sich auf dem Stuhl zurück und betrachtete ihn skeptisch.

»Kennen Sie jeden beim FBI?«, fragte Robie schließlich.

»Natürlich nicht. Dafür ist der Laden viel zu groß.«

»Okay, das beweist meinen Standpunkt.«

»Mein Bauch sagt mir, dass dieser Jacobs in etwas sehr Wichtiges verstrickt war. Und was ihm zugestoßen ist, lässt gewissen Leuten in hohen Positionen den Arsch auf Grundeis gehen.«

Ja, war er, und ja, lässt es, dachte Robie.

»Selbst wenn ich etwas wüsste, Vance, könnte ich es Ihnen nicht sagen. Das wissen Sie doch.«

»Ein Mädchen kann immer hoffen«, erwiderte sie honigsüß, leerte das Glas und hob die Hand, um neu zu bestellen.

Mit dem neuen Drink wurde auch das Essen gebracht. Sie aßen schweigend. Als sie schließlich ihre Teller von sich schoben, kam Vance sofort wieder zur Sache. »Man hat mich nie vollständig darüber informiert, wie es nach Marokko weitergegangen ist.«

»Das glaube ich gern.«

»Ist alles gut für Sie ausgegangen?«

»Alles in bester Ordnung.«

»Und die Sache im Weißen Haus?«

»Was ist damit?«

»Sie waren mittendrin.«

»Offiziell nicht.«

»Aber in allen wichtigen Aspekten schon.«

»Das ist Geschichte. Ich interessiere mich nicht sehr für Geschichte. Ich versuche eher an die Zukunft zu denken.«

»Sie verstehen es wirklich, Dinge in Schubladen zu packen und zu vergessen, Robie.«

Er zuckte mit den Schultern. »Das ist ein Teil des Jobs. Hinterher ist man immer klüger. Man lernt aus seinen Fehlern, und man kommt darüber hinweg. Aber jede Situation ist anders. Es gibt keine Einheitsgrößen.«

»Fälle zu bearbeiten ist ziemlich ähnlich. Wie lange wollen Sie noch machen, was Sie machen?«

»Wie lange wollen Sie noch machen, was Sie machen?«

»Bis ich tot umfalle, nehme ich an.«

»Wirklich?«

»Ich weiß es nicht, Robie. Sie sagten eben, Sie denken immer an die Zukunft. Nun ja, ich bin eher der Typ, der im Augenblick lebt. Also, wann wollen Sie den Abschied einreichen?«

»Vermutlich wird das nicht meine Entscheidung sein.«

Sie begriff die Bedeutung seiner Worte, lehnte sich zurück und nickte. »Dann sollten Sie versuchen, derjenige zu werden, der diese Entscheidung trifft.«

»So funktioniert das nicht, Vance.«

Eine Zeit lang sagte keiner von beiden ein Wort. Beide spielten mit den Gläsern, die vor ihnen standen.

»Haben Sie Julie gesehen?«, fragte Vance schließlich.

»Nein.«

»Hatten Sie ihr nicht versprochen, mit ihr in Verbindung zu bleiben?«

»Das habe ich Ihnen auch versprochen. Und überlegen Sie mal, wie das geklappt hat.«

»Aber sie ist noch ein Kind«, hielt Vance dagegen.

»Das stimmt. Sie hat noch ein langes Leben vor sich.«

»Aber ein Versprechen ist ein Versprechen.«

»Nein«, erwiderte Robie. »Sie braucht mich nicht in ihrer Nähe. Sie hat eine gute Chance, ein normales Leben zu führen. Diese Chance werde ich ihr nicht vermasseln.«

»Wie edel von Ihnen.«

»Wenn Sie es so nennen wollen.«

»Es ist wirklich schwer, Zugang zu Ihnen zu finden.«

Wieder enthielt Robie sich jeden Kommentars.

»Ich nehme an, das wird so bleiben, solange Sie tun, was Sie tun.«

»Es ist, was es ist.«

»Wäre es Ihnen anders lieber?«

Robie setzte an, diese scheinbar einfache Frage zu beantworten, erkannte aber schnell, dass sie nicht annähernd so einfach war, wie es schien. »Ich habe schon vor langer Zeit aufgehört, mir etwas zu wünschen.«

»Warum machen Sie dann damit weiter? Ich selbst habe ja schon ein verrücktes Leben, aber es ist nichts verglichen mit Ihrem. Und ich habe hin und wieder die Befriedigung, den Abschaum wegsperren zu können, hinter dem ich her bin.«

»Und Sie glauben, diese Chance hätte ich nicht?«

»Keine Ahnung. Haben Sie?«

Robie legte ein paar Scheine auf den Tisch und stand auf. »Danke für den Anruf. War nett, mal wieder zu plaudern. Und viel Glück bei Ihrem Fall.«

»Ist das Ihr Ernst?«

»Vielleicht mehr, als Sie ahnen.«

KAPITEL 11

Jessica Reel hatte New York verlassen und war nach Washington geflogen.

Sie hatte einen Auftrag und drei Optionen, diesen Auftrag zu erledigen:

Sie konnte unten anfangen und sich nach oben vorarbeiten.

Sie fing oben an und arbeitete sich nach unten durch.

Sie vermischte alles, war unberechenbar und ging nach keiner erkennbaren Reihenfolge vor.

Die erste Option war die vielleicht reinste, symbolisch betrachtet. Die dritte vergrößerte Reels Erfolgsaussichten und ihre Überlebenschancen um ein Vielfaches.

Reel entschied sich für Erfolg und Überleben, weil sie ihr wichtiger waren als Symbolismus.

In dieser Gegend Washingtons gab es hauptsächlich Bürogebäude, die zu dieser späten Stunde verlassen waren. Hier arbeiteten viele hochkarätige Regierungsangestellte und deren noch wohlhabenderen Gegenstücke auf dem privaten Sektor.

Reel war das ziemlich egal. Reich, arm oder dazwischen – sie ging dorthin, wo sie hingehen musste, und erledigte ihren Job. Fertig, aus. Sie tötete, wenn man es ihr befahl. Sie war eine Maschine, die Befehle mit chirurgischer Präzision ausführte. So war es immer schon gewesen.

Sie schob sich einen Hörer ins linke Ohr und verband das Kabel mit dem Akku an ihrem Gürtel. Dann strich sie ihr Haar glatt und knöpfte die Jacke auf. Die Pistole steckte bereits in ihrem Schulterhalfter.

Reel warf einen Blick auf die Uhr und rechnete kurz nach. Sie hatte ungefähr ein halbe Stunde, um über das nachzudenken, was sie tun würde.

Die Nacht war klar, aber kalt. Der Regen hatte endlich aufgehört, was zu dieser Jahreszeit zu erwarten war. Auf der Straße herrschte kein Verkehr, was zu dieser Nachtstunde ebenfalls zu erwarten war.

Reel ging zu einer Ecke und nahm neben einem Baum mit einer Sitzbank Position ein. Dann rückte sie den Ohrhörer zurecht und blickte erneut auf die Uhr.

Sie war Gefangene der Zeit, genauer gesagt, eines ganz präzisen Augenblicks, der in Sekunden gezählt wurde. Ein Bruchteil weniger, und sie war tot.

Der Ohrhörer verriet ihr, dass der Mann unterwegs war. Er war dem Terminplan ein wenig voraus und würde in zehn Minuten eintreffen.

Ein echter Vorteil, überlegte Reel, *die Kommunikationsfrequenzen der Agency zu kennen.*

Sie zog das Gerät aus der Tasche. Mattschwarz, ungefähr zehn mal fünfzehn Zentimeter groß, zwei Tasten auf der Oberseite. Neben Reels Waffe war es der vermutlich wichtigste Ausrüstungsgegenstand, den sie bei sich trug. Ohne dieses Gerät konnte ihr Plan nicht funktionieren, es sei denn, sie hätte unglaubliches Glück. Doch Reel konnte sich nicht darauf verlassen, so viel Glück zu haben.

Außerdem habe ich mein Glück ohnehin aufgebraucht.

Sie blickte auf, als der Wagen in Sicht kam.

Ein Lincoln Town Car.

Schwarz.

Schwarz, was sonst. Werden die überhaupt in einer anderen Farbe angeboten?

Sie brauchte eine Bestätigung, was den Fahrgast betraf. Schließlich gab es in dieser Stadt so viele schwarze Town Cars wie Fische im Atlantik. Reel hob das Nachtsichtgerät an die Augen und spähte durch die Windschutzscheibe. Alle anderen Fenster waren getönt. Reel sah, was sie sehen musste, senkte das Nachtsichtgerät und verstaute es in der Tasche. Dann zog sie eine Stiftlampe hervor und ließ sie einmal aufblitzen. Ein Lichtstrahl antwortete ihr. Zufrieden steckte sie die Lampe weg, strich über das schwarze Kästchen, schaute zuerst nach oben, dann über die Straße.

Was jetzt geschehen würde, hatte sie hundert Dollar gekostet. Hoffentlich war das Geld gut angelegt.

Sie drückte die rechte Taste des schwarzen Kästchens nach unten.

Augenblicklich sprang die Ampel von Grün auf Gelb, dann auf Rot.

Reel steckte das Kästchen weg und sah, wie der Lincoln an der Kreuzung hielt.

Eine Gestalt huschte aus den Schatten und näherte sich dem Wagen. In der einen Hand einen Eimer, in der anderen irgendetwas anderes. Wasser spritzte auf die Windschutzscheibe.

»Hey!«, rief der Fahrer und fuhr die Seitenscheibe herunter.

Der Junge war schwarz und vielleicht vierzehn Jahre alt. Mit einem Abzieher wischte er das Seifenwasser von der Scheibe.

»Verschwinde!«, rief der Fahrer.

Die Ampel blieb auf Rot.

Reel hatte ihre Waffe gezogen. Der Lauf ruhte auf einem niedrigen Ast des Baumes, neben dem sie stand. Auf der Picatinny-Schiene war ein Zielfernrohr angebracht. Der Lauf war verlängert und speziell für Schüsse über eine größere Entfernung konstruiert.

Der Junge rannte zur anderen Wagenseite und zog auch dort das Wasser ab.

Das Fenster auf der Beifahrerseite senkte sich.

Es war der für Jessica Reel entscheidende Augenblick, denn der Mann auf dem Rücksitz saß ein Stück versetzt hinter dem Fahrer. Es kam allein auf den richtigen Schusswinkel an.

Reel zielte, atmete langsam und tief aus und führte den Finger zum Abzug.

Es war der Augenblick, nach dem es kein Zurück mehr gab.

Der schwarze Junge rannte wieder zur Fahrerseite und streckte die Hand aus. »Supersauber. Fünf Dollar.«

»Ich sagte, du sollst dich verpissen!«, brüllte der Fahrer.

»Meine Mom braucht 'ne Operation.«

»Wenn du nicht in zwei Sekunden weg bist ...«

Der Mann sollte den Satz nie vollenden, denn Reel drückte ab.

Die Kugel jagte an dem Mann auf dem Beifahrersitz vorbei und bohrte sich in die Stirn des Fahrgasts auf der Rückbank.

Reel steckte die Waffe weg und drückte auf die andere Taste des schwarzen Kästchens.

Die Ampel schaltete auf Grün.

Der Lincoln fuhr nicht los. Stattdessen sprangen Fahrer und Beifahrer schreiend aus dem Wagen.

Der Junge mit dem Abzieher war längst verschwunden. Er war losgelaufen, als der Schuss fiel.

Die Männer waren mit Blut und Hirnmasse bedeckt.

Jessica Reel verschwand in der Nacht. Mit einer Hand nahm sie bereits die Pistole in der Tasche auseinander, in der sie steckte.

Im Wagen kippte Jim Gelder auf seinem Sitz nach vorn. Er wurde nur noch vom Sicherheitsgurt gehalten. Ein Teil seines Gehirns klebte an der Heckscheibe.

Die Agency würde eine neue Nummer zwei finden müssen.

Während die beiden Bodyguards auf der Suche nach dem Schützen umherrannten, stieg Reel die Treppe zu einer U-Bahn-Station hinunter und setzte sich in einen Zug. Ein paar Minuten später war sie meilenweit weg.

Sie vergaß Jim Gelder und konzentrierte sich auf das nächste Ziel auf ihrer Liste.

KAPITEL 12

In Robies Welt gab es keinen großen Unterschied zwischen Tag und Nacht. Er arbeitete nicht in schöner Regelmäßigkeit von neun bis fünf, deshalb war neun Uhr abends ein genauso guter Zeitpunkt wie alle anderen, um den nächsten Schritt in Angriff zu nehmen.

Der Eastern Shore in Virginia war nicht ganz einfach zu erreichen, ob nun mit Auto, Bus oder Flugzeug. Züge verkehrten hier gar nicht.

Robie beschloss, den Wagen zu nehmen. Er fuhr nach Süden bis in die Gegend von Norfolk, Virginia. Von dort ging es nach Norden durch den Chesapeake-Bay-Bridge-Tunnel, der die Ostküste mit dem Rest des Commonwealth verband. Niedrige Gerüstbrücken führten in meilenlange Tunnels, in die man durch aufgeschüttete Inseln gelangte, um dann auf hohen Brücken weiterzufahren, die mehrere Schifffahrtskanäle überspannten.

Weit nach Mitternacht ließ Robie den Brückentunnel hinter sich und fuhr wieder auf festem Boden.

Virginias Anteil an der Eastern Shore umfasste zwei ländliche Counties, Accomack und Northhampton. Beide waren flach wie eine Tischplatte und bildeten das »va« der Delmarva-Halbinsel. Beide Counties zusammen hatten eine Bevölkerung von ungefähr fünfundvierzigtausend Menschen, wohingegen das geografisch kleinere Fairfax County, Virginia, allein schon über eine Million Einwohner aufwies. Es war fast ausschließlich landwirtschaftlich genutztes Land. Baumwolle, Sojabohnen und Hühnerzucht in großem Stil. Die Eastern Shore war überdies Standort der Wallops Flight Facility, einer Raketenabschussbasis der NASA. In der Nähe befand sich die Insel Chincoteague Island, auf der wilde Ponys umherstreiften.

Robie interessierte das alles wenig. Er suchte nach einer abtrünnigen Attentäterin, die für jemand anderen arbeitete.

Vielleicht auch für sich selbst.

Er fuhr weitere zehn Meilen, bis die stille ländliche Landschaft noch einsamer und scheinbar unbewohnt wurde. Weit vor ihm entdeckte er in Küstennähe einen schwarzen Fleck, dunkler als die Nacht um ihn herum. Er bog auf eine Schotterstraße ab und hielt schließlich vor einem Bauwerk, das sich aus der Nähe als Cottage mit Schindelfassade entpuppte. Sonne und die Meeresluft hatten die Schindeln grau verfärbt. Ein Stück hinter dem kleinen Anwesen rannte der Atlantik gischtend gegen die Felsküste an, die hier eine primitive Mole bildete.

Robie glaubte zwar nicht, dass diese Gegend bald zum Touristenziel wurde, doch er konnte verstehen, warum Reel hier leben wollte. Hier gab es beinahe völlige Abgeschiedenheit. Gesellschaft war für Jessica Reel offensichtlich ein im Wert stark überschätztes Gut.

Robie blieb im Wagen sitzen und nahm alles in sich auf, von allen Seiten und von oben nach unten.

Oben zeigte sich ein heraufziehendes Unwetter. Unten lehmige Erde, die zwar fruchtbar sein mochte, sich aber nicht als Bauland eignete. Irgendwann würde das Meer dieses Stück Land zurückerobern.

Das Außengebäude des Anwesens war klein. Es gab weder einen Garten noch einen richtigen Rasen. Reel musste ein einfaches Leben führen. Robie hatte nicht die geringste Vorstellung, woher sie ihre Lebensmittel bekam oder von wo sie einen Klempner oder Elektriker bestellte. Er wusste nicht einmal, wie oft sie herkam. Und er erwartete auch nicht, dass sie jetzt zu Hause war.

Aber Erwartungen waren nun mal keine Tatsachen.

Robie zog seine Waffe und stieg aus. Er bewegte sich außerhalb jeder Sichtlinie, die das Cottage, dessen Tür oder die Fenster boten. In der Umgebung gab es keine Bäume, die einem Schützen Deckung gewährt hätten. Hier war flaches Land, kein Ort für eine verborgene Schützenstellung, in der jemand warten konnte, bis der Gejagte ins Fadenkreuz lief.

Das alles hätte Robie ein gutes Gefühl vermitteln müssen. Aber so war es nicht. Denn nicht nur der Jäger war hier ohne Deckung, auch der Gejagte.

Für einen solchen Ort musste man einen Plan haben. Besser noch eine Schutzwehr, selbst wenn sie nicht danach aussah. Wäre es Robies Haus gewesen, er hätte so etwas gehabt. Und er konnte sich nicht vorstellen, dass Reel sehr viel anders dachte, was Maßnahmen für das eigene Überleben betraf.

Er ging in die Hocke, blickte sich um. Das Cottage lag im Dunkeln. Vermutlich stand es leer. Aber das bedeutete nicht, dass man es unbeschadet betreten konnte. Jessica Reel musste nicht zu Hause sein, um einen Eindringling töten zu können.

Robie umrundete das Gebäude zweimal, bewegte sich jedes Mal näher darauf zu. Auf der Meeresseite gab es dreißig oder vierzig Schritt von der Hintertür entfernt einen Teich. Als Robie das Licht seiner Taschenlampe darauf richtete, sah er, dass die Oberfläche vollkommen sauber war, obwohl sich am Rand eine schleimige Algenschicht hinzog.

Sonst gab es hier nichts, was sein Interesse geweckt hätte.

Abgesehen vom Cottage.

Robie ging in der Mitte eines kleinen Feldes in die Hocke und dachte über die Situation nach.

Schließlich entschied er sich für einen Angriffsplan

und stapfte zurück zum Wagen, um alles Nötige zu holen. Er steckte die Sachen in eine große braune Ledertasche, die er sich über die Schulter hing. Dann schlich er bis auf dreißig Meter an die Haustür heran und blieb stehen.

Langsam zog er ein kurzläufiges Gewehr hervor und legte ein Geschoss ein. Dann zielte er, feuerte auf die Vordertür. Die Kugel zerfetzte das Holz und schlug irgendwo im Hausinnern ein.

Sonst geschah nichts.

Robie schob ein zweites Geschoss ein, zielte diesmal auf die Verandadielen, drückte ab. Holzsplitter wirbelten durch die Luft.

Es geschah immer noch nichts.

Er lud eine dritte Kugel, zielte und zerschoss das Haustürschloss.

Die Tür flog auf.

Das war auch schon alles.

Robie verstaute das Gewehr wieder in der Tasche und brachte alles zurück zum Wagen. Dort schob er sich ein Gerät in die Jackentasche, zückte die Pistole und bewegte sich geduckt auf das Haus zu. Als er es erreicht hatte, zog er das Gerät aus der Tasche und zielte damit auf das Gebäude. Dabei blickte er auf den Bildschirm des kleinen Geräts.

Kein Wärmebild.

Sofern Reel sich nicht selbst eingefroren hatte, hielt sie sich nicht in dem Haus auf. Und auch sonst niemand.

Aber das bedeutete noch immer nicht, dass das Gebäude sicher war.

Doch Robie konnte nicht den ganzen Bau nach Bomben scannen, wie man es an Flughäfen machte. Es waren auch keine Sprengstoffhunde in der Nähe. Aber irgendwann musste er es riskieren. Und dieser Augenblick war nun gekommen.

Robie steckte den Wärmesucher weg, zog einen anderen kleinen Gegenstand aus der Tasche, schaltete ihn ein.

Mit vorsichtigen Schritten betrat er das Haus und benutzte das elektronische Gerät, um für das Auge unsichtbare Stolperdrahtfallen aufzuspüren. Außerdem unterzog er jeden Quadratmeter des Bodens einer genauen Untersuchung, bevor er den Fuß daraufsetzte.

Er durchsuchte jedes Zimmer, fand aber nichts. Er brauchte nicht lange, denn das Cottage war nicht besonders groß. Ihm fiel besonders ins Auge, dass es genau wie sein Apartment aussah – nicht, was Größe und Aufteilung betraf, sondern im Hinblick darauf, was es hier zu sehen gab. Besser gesagt, was auch hier fehlte: Es gab keine persönlichen Dinge. Keine Fotos. Keine Souvenirs, keinen Krimskrams. Nichts, das erkennen ließ, ob Reel zu irgendjemandem gehörte oder zu irgendeinem Ort.

Genau wie bei mir.

Als Robie die Küche betrat, summte sein Handy.

Er warf einen Blick auf das Display.

Der Text war in Großbuchstaben:

GELDER IN WASHINGTON IM AUTO ERSCHOSSEN. REEL VERDÄCHTIG.

Robie steckte das Handy weg und dachte kurz nach.

Das waren alarmierende Neuigkeiten, egal unter welchen Umständen. Aber man hatte ihn dazu ausgebildet, niemals übertrieben zu reagieren. Er hatte schon viel riskiert, aber erst wenig dafür bekommen.

Also weiter.

Ein Blick nach rechts zeigte eine Tür. Es sah nach einer Speisekammer oder einem Lagerraum aus. Robie fragte sich, warum sie ihm zuvor nicht aufgefallen war. Dann erst sah er, dass die Tür in der gleichen Farbe wie die Küchenwand gestrichen war.

Sie war nicht richtig geschlossen. Robie richtete die Pistole auf die Tür, dann zog er sie langsam mit dem Fuß auf.

Hinter der Tür war eine Speisekammer.

Leer.

Die Fahrt hierher war reine Zeitverschwendung gewesen.

Und während er hier unten gewesen war, hatte Reel vermutlich die Nummer zwei der Agency umgebracht. Sie landete einen Treffer nach dem anderen, während er immer nur die Arschkarte zog.

Robie leuchtete in die Kammer hinein, um besser sehen zu können, obwohl der Raum offensichtlich leer war.

In diesem Augenblick entdeckte er die Worte, die auf die hintere Wand geschrieben waren:

TUT MIR LEID

Robie trat die Hintertür auf in der Annahme, dass es der schnellste Weg nach draußen war, ohne den von ihm gewählten Weg durchs Haus mühsam zurückgehen zu müssen.

Es schien eine gute Idee zu sein. Schnell und sicher.

Dann hörte Robie das Klicken.

Und die gute, sichere Idee verwandelte sich augenblicklich in einen Albtraum.

KAPITEL 13

Ein explodierender Feuerball zerriss die friedliche Stille der Nacht über der Eastern Shore.

Robie warf sich von der hinteren Veranda, rollte sich ab, kam auf die Füße und rannte los, um so viel Distanz wie möglich zwischen sich und das Inferno zu bringen, während das Cottage ein Raub des Feuers wurde. Das trockene Holz bot der Flammenhölle den idealen Brennstoff.

Ungläubig beobachtete Robie, wie rechts und links von ihm Flammenwände in die Höhe schossen und einen schnurgeraden Korridor bildeten, durch den er laufen musste.

Natürlich war das alles kein Zufall. Der Brennstoff für das Feuer musste sorgfältig unter der Erde verteilt gewesen sein. Irgendjemand hatte nur noch den Auslöser betätigen und das Haus in die Luft sprengen müssen.

Robie blieb keine andere Wahl. Er stürmte los, rannte direkt auf den kleinen Teich zu, den er zuvor entdeckt hatte. Die Flammenwände endeten dort.

Einen Augenblick später explodierten die Reste des Hauses. Robie duckte sich, als die Druckwelle ihn auch schon nach vorn schleuderte. Um ein Haar wäre er in die Flammenwand auf der rechten Seite geworfen worden.

Wieder verwandelte er den Sturz in eine Rolle. Er verdoppelte seine Anstrengungen und glaubte schon, dass er es bis zum Wasser schaffte. Wasser war ein großartiges Mittel gegen Feuer.

Doch als er sich dem Teichrand näherte, schoss ihm ein Gedanke durch den Kopf.

Da ist kein Schaum.

Es gab keine Algen auf der Wasseroberfläche, obwohl der Teichrand grün bemoost war.

Was konnte den grünen Schaum abtöten?

Und warum wurde er, Robie, gezwungen, sich geradewegs diesem verdammten Teich zu nähern, der vermutlich seine einzige Rettung darstellte?

Robie schleuderte seine Waffe über die Flammenwand, riss sich die Jacke vom Leib und bedeckte Kopf und Hände damit. Entschlossen warf er sich durch die Flammenwand links. Er konnte fühlen, wie das Feuer wie Säure an ihm fraß.

Als er die Flammen hinter sich gelassen hatte, rollte er sich über den Boden, um jede Glut zu löschen, die sich möglicherweise an ihm festgefressen hatte. Keuchend blieb er liegen und hob gerade noch rechtzeitig den Blick, um zu sehen, wie die Flammen den Teich erreichten.

Eine neuerliche Explosion schleuderte Robie durch die Luft. Er landete auf dem Rücken im Wasser, das seine Landung ein bisschen weicher machte.

Mit zittrigen Knien erhob er sich. Das Hemd hing ihm in Fetzen vom Körper, die Jacke war verschwunden. Er hatte nicht die leiseste Ahnung, wo seine Waffe gelandet war. Wenigstens trug er noch seine Hose und die Schuhe.

Er zog die Autoschlüssel aus der Tasche und ließ sie augenblicklich fallen, denn das Metall war glühend heiß.

Vorsichtig hob er die Schlüssel an dem von der Glut weichen Plastikanhänger auf und betrachtete stumm den brennenden Teich.

Es hatte keine Algen gegeben, obwohl sie sonst überall wuchsen, weil jemand Benzin oder einen anderen Brandbeschleuniger in den Teich geschüttet hatte. Robie fragte sich, warum er das bei seiner Erkundungstour nicht gerochen hatte. Aber es gab viele Möglichkeiten, solche Gerüche zu überdecken. Außerdem war der Geruch des nahen Meeres sehr intensiv.

Robie blickte zurück zu der Stelle, an der sich einst Reels Cottage erhoben hatte.

TUT MIR LEID

Robie schüttelte den Kopf. *Tut es dir wirklich leid, Jessica?*

Irgendwie bezweifelte er das.

Die Lady spielte auf Sieg.

Robie hatte nichts anderes erwartet.

Nach kurzer Suche fand er sein Jacke und die Pistole. Die Waffe war unversehrt. Sie hatte eine Pfütze verfehlt und war auf Kieselsteinen gelandet. Die Jacke war verbrannt. Robie ertastete den Klumpen aus Plastik und Metall darin.

Sein Handy. Er bezweifelte, dass die Herstellergarantie auch für diese Art Missgeschick galt.

Seine Brieftasche steckte zum Glück in der Hosentasche und war unbeschädigt.

Robie hinkte zum Auto. Sein rechter Arm und das linke Bein fühlten sich glühend heiß an. Mühsam setzte er sich in den Wagen, schloss die Tür und verriegelte sie, obwohl er vermutlich der einzige Mensch im Umkreis vieler Meilen war. Er ließ den Motor an, schaltete die Innenbeleuchtung ein und betrachtete sich im Innenspiegel.

Kein schwerer Schaden zu sehen.

Sein rechter Arm hatte nicht so viel Glück gehabt. Dort hatte er sich eine Verbrennung zugezogen.

Er schob die verbrannte Hose behutsam nach unten und untersuchte sein linkes Bein. Am Oberschenkel war es glühend rot und wurde von Brandblasen verunziert. Reste vom Hosenstoff klebten auf der Wunde.

Robie hatte eine Erste-Hilfe-Ausrüstung im Wagen. Er holte sie hervor, säuberte die Verbrennungen an Oberschenkel und Arm, so gut er konnte, schmierte Salbe darauf und bedeckte alles mit Verbandsmull.

Dann warf er den Erste-Hilfe-Kasten auf den Boden, wendete den Wagen und fuhr den Weg zurück, den er gekommen war. Er hatte keine Möglichkeit, Blue Man oder sonst jemanden zu erreichen. Er konnte auch nicht anhalten, um sich medizinisch versorgen zu lassen. Zu viele Erklärungen und schriftliche Berichte.

So abgelegen der Eastern Shore auch war – die sechs Meter hohen Feuerbälle hatten längst Aufmerksamkeit erregt.

Auf dem Rückweg kam Robie ein Streifenwagen entgegen, der mit Blaulicht und Sirene Richtung Cottage fuhr.

Tja, Jungs, dachte Robie, *da werdet ihr nicht mehr viel finden.*

In den frühen Morgenstunden erreichte er Washington, D. C.

Zurück in seinem Apartment, schnappte er sich ein Ersatzhandy, rief Blue Man an und erstattete in knappen Sätzen Bericht.

»Sie haben Glück gehabt, Robie«, meinte Blue Man.

»Allerdings«, erwiderte er. »Glück und Pech. Klären Sie mich über Gelder auf.«

Blue Man brauchte ein paar Minuten.

»Das ist alles?«, fragte Robie. »Nur das Wo und Wie? Hat man Reel denn nirgendwo gesehen?«

»Kommen Sie vorbei, dann kümmern wir uns um Ihre Verletzungen.«

»Sie haben keine Idee, weshalb Reel es auf die Nummer zwei abgesehen haben könnte?«, ließ Robie nicht locker.

»Mehr haben wir im Augenblick nicht.« Blue Mans Stimme besaß einen Unterton, der Robie allmählich Sorgen machte.

»Geht da irgendwas im Hintergrund vor?«, wollte er wissen.

Blue Man antwortete nicht.

»Ich komme in ein paar Stunden vorbei. Ich muss erst noch einige Dinge überprüfen.«

»Ich nenne Ihnen einen anderen Ort, zu dem Sie gehen können, okay?«

»Warum?«, fragte Robie.

Blue Man nannte ihm ohne weitere Erklärung die Adresse.

Robie legte das Handy weg und trat ans Fenster.

Jessica Reel war vergangene Nacht in der Stadt gewesen, um Gelder zu töten. Offiziell war das zwar Spekulation, aber Robies Bauchgefühl sagte ihm, dass es der Wahrheit entsprach.

Wenn dem so war, konnte Reel noch immer irgendwo da draußen sein.

Die Frage, warum sie in der Nähe geblieben sein sollte, war nicht einfach zu beantworten. Robie konnte nur für sich selbst reden: Wenn er jemanden eliminierte, verschwand er normalerweise sofort aus der Gegend, wo immer sie sein mochte. Aus offensichtlichen Gründen.

Aber das hier war nicht normal.

Nicht für mich und nicht für sie.

Robie nahm die Verbände von den Verbrennungen, duschte, legte frische Verbände auf und zog sich an.

Blue Man hatte ihn über den Ort der Schießerei informiert. Die Gegend würde voller Cops sein. Robie konnte wenig mehr tun als zuschauen. Aber manchmal führten solche Beobachtungen zu einem Durchbruch. Er musste eben hoffen, dass es auch hier und jetzt so war.

Als er zu seinem Auto ging, wusste Robie, dass er nicht mehr viele Nächte wie die vergangene überleben würde. Reel schien ihm immer einen Schritt voraus zu sein. Das war bei einer gejagten Person oft der Fall.

Diese Frau wusste, was sie tat, während Robie nur versuchte, sie einzuholen.
Vielleicht komme ich gar nicht an sie heran.
Im Augenblick standen die Chancen ganz klar aufseiten von Jessica Reel. Und Robie konnte sich nicht vorstellen, dass sich daran vorerst etwas änderte.
Als er losfuhr, ging die Sonne auf.
Ein weiterer wunderschöner Tag in der Hauptstadt begann.
Robie war froh, dass er ihn noch erlebte.

KAPITEL 14

Reel hatte auf ihrem Laptop zugeschaut, wie Robie mit knapper Not entkommen war.

Im Außengebäude neben ihrem Cottage stand auf einem Dreibein eine auf das Haus gerichtete Kamera, die mit einem Satelliten verbunden war. Auf diese Weise hatte Reel beobachtet, wie Robie eingetroffen war und das Anwesen ausgekundschaftet hatte. Das Außengebäude hatte er allerdings nicht kontrolliert – ein schwerer Fehler.

Für Jessica Reel war es beruhigend, dass Robie solche dummen Fehler machte.

Aber dann hatte er Erstaunliches vollbracht. Er hatte herausgefunden, dass der Teich eine Falle war, und einen Sprung durch die Flammenwand riskiert, um zu überleben.

Reel betätigte ein paar Tasten und sah es sich noch einmal an, diesmal in Zeitlupe.

Robie stürmte aus dem Haus, verschwand aber sofort aus ihrem Sichtbereich, weil die Flammenmauer ihn verdeckte. Das Feuer war so angelegt, dass es ihn direkt zum Teich führte, der wie ein Zufluchtsort aussah. In Wahrheit sollte er Robies Grab sein. Doch er hatte kühlen Kopf bewahrt, hatte erkannt, dass die vermeintliche Zuflucht eine Falle war, und blitzschnell gehandelt. Seine Geistesgegenwart hatte ihm das Leben gerettet.

Nicht schlecht.

Reel drückte auf die Pausentaste und fror das Bild des zu seinem Wagen zurückhumpelnden Robie ein.
Hätte ich das auch geschafft? Bin ich so gut wie er?
Sie blickte in Robies Gesicht auf dem Bildschirm, versuchte seine Gedanken zu ergründen und sich in das hineinzufinden, was ihm in diesem Augenblick durch den Kopf ging.
Aber Robies Miene war unergründlich.
Ein erstklassiger Pokerspieler.
Reel klappte den Laptop zu und lehnt sich auf ihrem Bett zurück. Bedächtig zog sie die Neun-Millimeter-Glock aus dem Gürtelhalfter und machte sich daran, die Waffe zu zerlegen – ohne hinzusehen. Anschließend setzte sie die Glock wieder zusammen. Auch diesmal warf sie keinen Blick auf die Waffe.
Diese Übung beruhigte sie jedes Mal und schärfte ihre Gedanken, was zurzeit besonders wichtig war, denn sie steckte in einem Zweifrontenkampf. Die Personen auf ihrer Liste waren jetzt gewarnt und würden ihren Schutz verstärken. Vor allem war da Will Robie, der jetzt mehr als nur ein bisschen wütend war, weil sie, Jessica Reel, ihn beinahe getötet hätte. Robie würde sie attackieren, und zwar energisch. Das bedeutete, sie musste ihre Augen überall haben, um beide Fronten gleichzeitig beobachten zu können. Schwierig, aber nicht unmöglich.
Robie hatte ihrem Cottage am Eastern Shore einen Besuch abgestattet, um mehr über sie zu erfahren, hatte aber nichts gefunden.
Jetzt war es an ihr, weitere Informationen über Robie einzuholen.
Sie stand auf, machte einen Anruf und schlüpfte dann in Jeans, Pullover, Stiefel und einen Hoodie. Die Pistole schob sie ins Gürtelhalfter. Das Ka-Bar-Messer steckte bereits in einer Lederscheide an ihrem linken Arm, unter dem Hoodie verborgen. Falls nötig, konnte Reel das Messer binnen einer Sekunde ziehen.

Reels Hauptproblem bestand darin, dass es trotz ihres veränderten Erscheinungsbildes überall Augen gab. Ein Großteil der Vereinigten Staaten und der zivilisierten Welt war heutzutage eine einzige große Kamera. Reel wusste, ihr ehemaliger Arbeitgeber würde hochentwickelte Such- und Gesichtserkennungssoftware einsetzen, um Datenbanken mit Milliarden Bildern nach ihrem Gesicht zu durchsuchen, rund um die Uhr.

Bei so vielen gegen sie gerichteten Waffen blieb Reel nicht der geringste Spielraum für Fehler. Sie hatte ein paar hübsche Verteidigungsmaßnahmen aufgebaut, aber nichts war perfekt. Irgendwann war in jedem Krieg fast jede Verteidigungslinie durchbrochen worden. Reel gab sich nicht der Illusion hin, dass sie eine der seltenen Ausnahmen darstellte.

Sie nahm ein Taxi bis zu einer bestimmten Kreuzung und stieg dort aus. Den Rest des Weges musste sie zu Fuß gehen. Reel ließ sich Zeit, brauchte eine halbe Stunde für die Strecke. Unterwegs setzte sie jede ihr bekannte Fertigkeit ein, um herauszufinden, ob jemand sie beobachtete, doch ihre Antenne summte kein einziges Mal.

Sie erreichte den Treffpunkt vor der vereinbarten Zeit und überprüfte ihn nach verborgenen Beobachtungsposten. Falls etwas passierte, das wusste sie, würde es hier geschehen.

Zwanzig Minuten vergingen, dann sah sie ihn kommen. Er trug einen Anzug und sah wie der Bürokrat aus, der er war. Nur dass er keinen dicken Aktenordner bei sich hatte, wie es in der guten alten Zeit der Fall gewesen wäre.

Scheiße, überlegte Reel. *Ich bin alt genug, um mich an diese guten alten Zeiten erinnern zu können.*

Er warf Münzen in einen Verkaufskasten, nahm eine Zeitung heraus, schlug die Glas-und-Metallklappe wieder zu und überprüfte, ob sie richtig geschlossen war.

Es war ein ganz normales Verhalten, für das niemand auch nur einen zweiten Blick übrig hatte.

Dann drehte der Mann sich um und ging davon.

Reel schaute ihm hinterher, ehe sie gemächlich zu dem Zeitungskasten schlenderte. Sie warf ein paar Münzen ein, öffnete die Klappe und nahm die nächste Zeitung vom Stapel. Dabei schlossen ihre Finger sich um den schwarzen USB-Stick, den der Mann dort zurückgelassen hatte.

Es war die altmodische Übergabe einer modernen digitalen Information. Reels Informant war ein alter Freund, der ihr einen Gefallen schuldete, aber noch nicht wusste, dass andere aus dem Geheimdienstmilieu hinter ihr her waren. Es war von Vorteil für sie gewesen, dass die Firma nach ihrem kleinen Abweichen von der Pflicht die Ränge geschlossen hatte. Das hatte Reel durch winzige elektronische Hintertüren, die in die Datenbanken der Agency führten, bestätigt – Hintertüren, die sie schon vor langer Zeit angelegt hatte. Diese Hintertüren würden bald fest verschlossen sein, und ihre alten Freunde würden sich alle Mühe geben, sie zu töten. Aber noch hatte sie Zugang.

Reel drehte sich um und ging. Ihre Schritte waren ohne Hast, doch ihre Sinne waren angespannt. Sie betrat einen Fastfood-Laden und verschwand auf der Damentoilette. Dort holte sie den USB-Stick hervor und zog ein Gerät aus der anderen Tasche, mit dem sie den Stick nach Malware oder einem elektronischen Signalgeber überprüfte. Ein alter Freund war ein alter Freund, aber im Spionagegeschäft gab es keine richtigen Freunde, nur Feinde und Leute, die zum Feind werden konnten.

Der USB-Stick war sauber.

Reel nahm einen komplizierten Weg zurück zum Hotel, indem sie ein Taxi, einen Bus und die U-Bahn benutzte und schließlich zu Fuß ging. Zwei Stunden später war sie zurück in ihrem Zimmer und ziemlich sicher, dass die Ereignisse der letzten drei Stunden von niemandem beobachtet worden waren, der nach ihr suchte.

Sie trat die Schuhe von den Füßen und setzte sich an den Schreibtisch. Erwartungsvoll klappte sie den Laptop auf, schob den Stick in den USB-Port und öffnete die gespeicherte Datei.

Die Informationen erschienen auf dem Bildschirm.

Das war Will Robies Leben – jedenfalls so viel sein Arbeitgeber darüber wusste. Einiges war Reel bereits bekannt, aber es gab auch Neues.

Robies frühe Jahre ähnelten den ihren.

Keiner von ihnen war in einer richtigen Familie aufgewachsen.

Beide waren Einzelgänger geworden.

Beide waren vor einem frühen Tod bewahrt worden.

Beide hatten beschlossen, ihrem Land zu dienen.

Beide hatten Probleme, sich unterzuordnen.

Beide gingen gern ihren eigenen Weg.

Beide waren außerordentlich gut in ihrem Job.

Keiner von ihnen hatte je versagt.

Aber bald würde einem von ihnen genau das passieren. Denn bei jedem Zweikampf gab es nur einen Sieger. Ein Unentschieden war nicht erlaubt.

Reel scrollte nach unten, bis sie auf zwei Fotos stieß. Das erste zeigte eine attraktive Frau Ende dreißig. Selbst wenn Reel nicht gewusst hätte, dass diese Frau Bundesbeamtin war, hätte sie allein vom Aussehen darauf geschlossen.

Special Agent Nicole Vance, »Nikki« für ihre Freunde, von denen sie den Anmerkungen zufolge allerdings nicht viele zu haben schien.

Nikki Vance war eine hartgesottene FBI-Agentin. Sie hatte sich gegen die Geschlechtervorurteile durchgesetzt, die es in jeder Behörde und an jedem Arbeitsplatz gab. Ihre Karriere war beeindruckend und gründete sich allein auf Verdiensten und persönlichen Mut.

Vance untersuchte den Tod von Doug Jacobs. Und sie kannte Robie. Die beiden hatten zusammengearbeitet.

Vance konnte zum Problem werden. Oder zu einer unwahrscheinlichen Verbündeten. Das konnte nur die Zeit erweisen.

Reel prägte sich Vances Gesicht und sämtliche dazugehörigen Informationen genau ein. Es war eine Fertigkeit, die man in ihrem Job beherrschen musste, oder man überlebte nicht lange.

Reel konzentrierte sich auf das zweite Foto.

Das Mädchen war jung, den Informationen zufolge vierzehn.

Julie Getty.

Unterbringung bei Pflegefamilien. Die Eltern ermordet. Julie hatte mit Robie zusammengearbeitet, natürlich inoffiziell. Das Mädchen hatte sich als belastbar, anpassungsfähig und geistesgegenwärtig erwiesen. Sie hatte Dinge überlebt, denen die meisten Erwachsenen zum Opfer gefallen wären. Und was noch bedeutsamer war: Sie schien Robie wichtig zu sein. Er hatte viel riskiert, um ihr zu helfen.

Reel stützte ihr Kinn auf die Hände, während sie in Julies jugendliches Gesicht blickte. In seinen Tiefen entdeckte sie ein Alter, das weit über die Lebensjahre des Mädchens hinausging. Offensichtlich hatte Julie Getty viel durchgemacht. Und überlebt. Aber solche einschneidenden Erlebnisse, so viel Leid und Schmerz ließ man niemals hinter sich. Es wurde Teil von einem selbst, wie eine zweite Haut, die man nie mehr abstreifen konnte, wie sehr man es sich auch wünschte. Es war nur eine äußere Hülle, die solche Menschen der Welt zeigten, jede Stunde, jeden Tag, jedes Jahr. Verhärtet und gegen Eindringlinge gefeit, so gut es eben ging.

Nur dass nichts auf Dauer so sein konnte. So waren die Menschen nicht beschaffen.

Wir haben ein Herz. Wir haben eine Seele. Und die kann man jederzeit auslöschen.

Reel bestellte beim Zimmerservice einen Imbiss. Nachdem er gebracht worden war, aß sie und trank Kaffee dazu.

Und starrte auf das Foto.

Sie hatte sich Julies Gesicht bereits gründlich eingeprägt. Sie wusste, wo das Mädchen wohnte, und bei wem, und wo sie zur Schule ging.

Sie wusste auch, dass Robie das Mädchen kein einziges Mal besucht hatte.

Und sie kannte den Grund dafür.

Er beschützt sie. Hält sie von seiner Welt getrennt. Meiner Welt. Unser beider Welt.

Aber für das Mädchen war die Sache nicht so einfach, denn in dem Augenblick, als sie Will Robie kennengelernt hatte, war sie Teil seiner Welt geworden, ob sie es wusste oder nicht. Ob sie wollte oder nicht.

Julie war Einzelkind und nach dem Tod ihrer Eltern nun eine Waise. Was das anging, konnte Reel sich gut in das Mädchen hineinversetzen. Auch sie hatte in diesem Alter für sich selbst sorgen müssen. Sie war sogar jünger gewesen als Julie. Den Job, in dem Reel heutzutage ihren Lebensunterhalt verdiente, übernahm man nicht, wenn man normal aufgewachsen war. Damit man zur Pistole oder zum Messer griff oder die bloßen Hände benutzte, um andere Menschen zu töten, musste es eine tiefe Verletzung geben, einen Schmerz, den man niemals hinter sich ließ. Man ging nicht zur Schule und trieb Sport und wurde Mitglied im Debattierclub oder Cheerleader und ging dann nach Hause zu einer liebenden Mutter und einem liebenden Vater, um später das zu tun, was Reel den größten Teil ihres bisherigen Erwachsenenlebens getan hatte.

Sie trank noch einen Schluck Kaffee und legte lauschend den Kopf schief, als draußen wieder der Regen einsetzte.

Versonnen betrachtete sie Julies Bild.

Du könntest so sein wie ich, dachte sie. *Und wie Robie. Aber wenn du diese Entscheidung treffen musst, falls sich die Gelegenheit bietet ... mach lieber, dass du wegkommst. Renn, Julie, renn!*

Jessica Reel klappte den Laptop zu.

Julies Bild verschwand.

Aber nur die Bildschirmversion. Denn das Bild war noch da, unauslöschlich in Reels Verstand eingebrannt.

Und immer, wenn sie in Julies Gesicht schaute, kam es ihr vor, als würde sie sich selbst betrachten.

KAPITEL 15

Noch mehr polizeiliches Absperrband. In Wind und Regen sah es aus wie ein goldenes Seil, das in der Dunkelheit flatterte. FBI-Transporter, Streifenwagen, Absperrungen, Presseleute, die sich durchdrängeln wollten, Uniformträger, die sie zurückschoben.

Es war immer das Gleiche.

Im Mittelpunkt war jedes Mal eine Leiche, meistens mehrere.

Allmählich drängte sich Robie der Eindruck auf, dass jeder Tag ein neues Gemetzel brachte, das die Leute begaffen konnten. Hinter der Absperrung verfolgte er die Aktivitäten mit fachmännischem Blick.

Seit er am Eastern Shore um ein Haar den Tod gefunden hätte, hatte er über vieles nachgedacht. Vor allem eine Sache machte ihm zu schaffen: Er hatte das Außengebäude nicht überprüft, bevor er das Cottage betrat. Vermutlich hatte es dort ein paar interessante Dinge gegeben. Aber jetzt bestand keine Möglichkeit mehr, zu dem Anwesen zurückzukehren. Es war ohnehin zerstört. Außerdem würde es dort von Polizisten wimmeln. Robie fragte sich, was die Cops dort finden würden.

Er rief Blue Man an und stellte genau diese Frage.

»Das Außengebäude gibt es nicht mehr«, sagte Blue Man.

»Was soll das heißen?«

»Ungefähr zwei Minuten nachdem Sie weg waren,

stand es in Flammen. Brandbeschleuniger und ein auf Phosphor basierender Treibsatz. Die Temperatur dürfte so hoch gewesen sein, dass sich Metall verflüssigt hat. Ich habe gerade den Feed von einem unserer Satelliten gesehen. Die Polizei ist vor Ort, findet aber nichts.«

»Die Lady hat ihre Spuren gut verwischt.«

»Haben Sie etwas anderes erwartet?«

»Wahrscheinlich nicht.«

»Vergessen Sie nicht vorbeizukommen«, sagte Blue Man.

»Nein.«

Robie trennte die Verbindung und beobachtete die vergeblichen Bemühungen von Polizei und FBI.

Der Wagen, in dem Gelder gestorben war, stand noch immer an derselben Stelle, aber ein blauer Plastiksichtschutz, den man um das Fahrzeug herum errichtet hatte, versperrte die Sicht zum größten Teil.

Blue Man hatte Robie über die Einzelheiten der Hinrichtung Gelders informiert, denn nichts anderes war es gewesen. Ein Junge war gekommen, um die Windschutzscheibe zu putzen. Zuerst war das Fenster auf der Fahrerseite gesenkt worden, dann auf der Beifahrerseite, weil die Sicherheitsleute den Jungen hatten wegjagen wollen.

Der Schuss war auf der Beifahrerseite abgefeuert worden und hatte Gelder mitten in die Stirn getroffen. Keiner der Sicherheitsleute hatte auch nur eine Schramme abbekommen.

Reel war nur hinter Gelder her gewesen. Das machte Sinn. Er war die Nummer zwei. Wäre er die Nummer eins gewesen, hätte es Robie mehr als nur ein bisschen nervös gemacht, denn möglicherweise wäre er dann der Nächste auf der Liste geworden.

Der Junge hatte das Weite gesucht. Man suchte zwar nach ihm, aber Robie war sicher, dass er keine Informationen liefern würde, selbst wenn man ihn aufspürte.

Er hatte getan, wofür er bezahlt worden war. Den, der ihn bezahlt hatte, konnte er garantiert nicht identifizieren.

Sich nach einem Schreibtischtäter wie Doug Jacobs gleich den Mann vorzuknöpfen, der an zweiter Stelle der Behörde stand, war ein beeindruckend weiter Sprung. Robie fragte sich, was dahintersteckte, denn er war sicher, dass Reel einen bestimmten Grund dafür hatte. Er konnte sich nicht vorstellen, dass sie ihre Ziele aus dem Hut zog.

Das wiederum bedeutete, dass Robie ihre Denkweise begreifen musste. Doch wenn ihm das gelingen wollte, musste er nicht nur Jessica Reel verstehen, sondern auch die Männer, die sie ermordet hatte.

Gelders Akte würde dicker sein als die von Jacobs, und das meiste in dieser Akte unterlag mit Sicherheit der Geheimhaltung. Robie fragte sich, wie viel davon man ihm vorenthalten würde. Irgendwann würde er sich gegen die Geheimniskrämerei wehren müssen, die den Mitarbeitern der Agency angeboren zu sein schien. Schließlich konnte man keine Rätsel lösen, wenn man den Sinn der Frage nicht verstand.

Robies Blick fiel auf die Verkehrsampel. Sie zeigte Grün, aber es waren keine Autos unterwegs. Die Cops hatten die Straße abgesperrt.

Er blickte auf den Wagen, dann wieder auf die Ampel, und nickte. Reel hatte auch das bedacht.

Wieder rief er Blue Man an. »Jemand soll den Zyklus der Ampel überprüfen, vor der der Wagen angehalten hatte. Ich wette, Reel hat es irgendwie so gedeichselt, dass der Wagen an genau dieser Stelle stehen bleiben musste. Sonst hätte sie Pech gehabt, wenn gerade Grün gewesen wäre. Und eine Frau wie Reel erlaubt keinen Zufall.«

»Wir haben die Ampel bereits überprüft«, sagte Blue Man.

»Und?«

»Es gab eine manuelle Überbrückung, vermutlich durch Reel.«

»Okay, danke.«

Robie steckte das Handy weg und setzte sich in Bewegung, blickte aber immer wieder über die Schulter, um die vermutliche Schussbahn einschätzen und zum Ausgangspunkt zurückverfolgen zu können.

Neben einem Baum blieb er stehen. Der Baum war ziemlich weit vom Tatort entfernt, also hatte die Polizei sich hier noch nicht umgeschaut. Aber das würde sich ändern.

Robie betrachtete den untersten Ast und suchte nach frischen Spuren, wo möglicherweise ein Pistolenlauf aufgelegt worden war. Er konnte nichts entdecken, aber das hatte nicht viel zu bedeuten. Anschließend untersuchte er den weichen Boden um den Baum herum, dann den Bürgersteig. Auch hier keine sichtbaren Spuren.

Blue Man zufolge hatte es keine Augenzeugen gegeben. Aber eigentlich gab es sie – sogar drei. Die beiden Sicherheitsleute und den Jungen. Doch die Sicherheitsleute hatten nichts gesehen. Sie konnten nicht einmal mit Sicherheit sagen, aus welcher Richtung der Schuss gekommen war. Und der Junge würde keine Hilfe sein, weil er nichts wissen konnte.

Robie suchte die Sichtlinie zum Autofenster. Ein guter Schuss auf einer diagonalen Linie zwischen zwei weit entfernten unbeweglichen Punkten.

In der Nacht.

Unter weniger als idealen Bedingungen.

Reel hatte ein Zielfernrohr und eine Hybridwaffe benutzt, ein Mittelding zwischen Pistole und Gewehr. Schließlich war das hier nicht der Eastern Shore. Überall gab es potenzielle Zeugen. Hier war es bestenfalls problematisch, ein langläufiges Gewehr aus der Tasche zu ziehen.

Sie hatte geschossen und war verschwunden. Wie

Rauch. So etwas geschah nicht einfach. Man musste es geschehen *lassen*.

Robies Blick fiel auf die Sträucher in der Nähe.

Beim zweiten Durchgang sah er es.

Er hob es auf. Es war weiß und fiel auseinander. Er hob es an die Nase. Es hatte einen unverkennbaren Geruch.

Sofort musste Robie an das Stadthaus denken, von dem aus der tödliche Schuss auf Jacobs abgegeben worden war. Dort hatte er das Gleiche entdeckt.

Er steckte seinen Fund ein. Es war der einzige Hinweis, den er finden konnte, und er würde ihn bestimmt nicht der Polizei überlassen. In dieser Angelegenheit waren die Cops nicht seine Verbündeten.

Er blickte sich um. Es gab Tausende möglicher Fluchtrouten für Reel.

Wieder summte sein Handy und riss ihn aus seinen Überlegungen. Er hoffte, dass Blue Man der Anrufer war und dass er ihm endlich verriet, warum er sich so seltsam benahm.

Aber es war nicht Blue Man.

Es war Jessica Reel.

KAPITEL 16

Es ist nichts Persönliches.
Robie starrte auf die Wörter auf dem kleinen Display.
In diesem Moment kam die nächste SMS.
Ein Teil von mir ist froh, dass du es geschafft hast.
Mit dem Daumen tippte Robie eine Erwiderung.
Welcher Teil?
Sie beantwortete die Frage nicht, aber ihre nächste SMS war noch überraschender.
Wenn die Dinge einfach aussehen, sind sie es oft nicht. Richtig und falsch, gut und böse liegen im Auge des Betrachters. Erkenne den Grund, Will. Und pass auf deinen Rücken auf.
Wieder summte das Handy. Diesmal war es keine SMS von Jessica Reel, sondern ein Anruf.
»Robie«, meldete er sich.
»Sie müssen vorbeikommen. Sofort.«
»Wer spricht da?«
»Das Büro von Direktor Evan Tucker.«
Okay, dachte Robie. *Die haben Reels SMS gelesen, weil sie mein Handy seit Reels erster E-Mail überwachen. Und Tucker ist die Nummer eins bei der CIA und steht offensichtlich unter Stress. Kann man ihm nicht verübeln.*
»Wo? In Langley?«
»Der Direktor ist zu Hause. Er wird Sie dort empfangen.«
Fünf Minuten später saß Robie in seinem Auto und

fuhr in Richtung Great Falls, Virginia. Die Straßen waren schmal und gewunden, aber in dieser waldreichen, ländlich aussehenden Vorstadt lebten einige der mächtigsten Männer des Landes.

Direktor Tucker wohnte am Ende einer Sackgasse. Fünfzehn Meter vor dem Haus erhob sich eine Betonmauer, die die ganze Straße überspannte. Nur in der Mitte befand sich eine Durchfahrt, die breit genug für ein Fahrzeug war. Tucker residierte in einem ansehnlichen Haus im Kolonialstil mit Holzfassade und Zederschindeldach, das auf einem zwei Hektar großen Grundstück mit Swimmingpool, Tennisplatz und einem zusätzlichen Hektar Wald stand.

Robie hielt an dem improvisierten Kontrollposten vor der Betonmauer. Er und sein Wagen wurden durchsucht, sein Termin bestätigt. Den Wagen musste er am Kontrollposten stehen lassen und den Rest des Weges zu Fuß gehen.

Er musterte einen der grimmig dreinblickenden Agenten. »Der Audi liegt mir sehr am Herzen. Sorgen Sie dafür, dass er bei meiner Rückkehr noch da ist.«

Der Mann zeigte nicht einmal den Ansatz eines Lächelns.

Man hatte Robies Waffe konfisziert, was nicht unerwartet kam. Trotzdem kam er sich nackt vor, als er auf dem Bürgersteig zur Haustür ging.

Da standen die nächsten Wächter. Er wurde noch einmal durchsucht, als hätte er sich irgendwo auf den vorangegangenen fünfzehn Metern eine Waffe besorgen können. Schließlich öffnete man ihm die Tür und eskortierte ihn ins Haus.

Es war noch ziemlich früh, aber Robie vermutete, dass der DCI, der Direktor der Central Intelligence, auf den Beinen war, seit sein Stellvertreter mit einer Kugel im Kopf das Zeitliche gesegnet hatte.

Wäre er in Tuckers Situation gewesen, hätte auch Robie keinen Schlaf gefunden.

In der holzgetäfelten Bibliothek, in die man ihn führte, sahen die Bücher tatsächlich gelesen aus. Ein rechteckiger Teppich bedeckte den größten Teil des Holzfußbodens. Am einen Ende stand ein Schreibtisch mit einer Bankierlampe, die eingeschaltet war. Vor dem Tisch stand ein Stuhl, hinter dem Tisch saß Evan Tucker. Er trug ein weißes Hemd mit aufgerollten Ärmeln und eine dunkle Freizeithose. Der übertrieben gestärkte Kragen war geöffnet. Eine Tasse Kaffee stand in seiner Reichweite auf der Tischplatte.

Tucker deutete auf den Stuhl und fragte: »Kaffee?«

»Danke, gern«, sagte Robie.

Die Eskorte verschwand, vermutlich um seine Bitte zu erfüllen. In der Zwischenzeit nahm Robie Platz und musterte den Chef der Behörde, für die er arbeitete.

Tucker war vierundfünfzig, sah aber älter aus. Sein Haar war grau, seine Taille dick, die Hände mit Altersflecken übersät. Aber es war das Gesicht, das die eigentliche Geschichte erzählte. Zahlreiche Falten, dicke Wangen, Augen, die in tiefen Fleischtaschen saßen. Sie erinnerten an kleine Erdlöcher, die den Mann ganz verschluckt hatten. Die Lippen waren schmal und aufgesprungen, die Zähne gelb verfärbt und unregelmäßig. Er machte keinen Versuch, sie zu verbergen. Andererseits vermutete Robie, dass Evan Tucker in seinem Job kaum einen Grund zum Lachen hatte.

Der Kaffee kam, und der Beamte verschwand und schloss die Tür hinter sich.

Tucker drückte einen unter der Schreibtischplatte verborgenen Knopf. Robie vernahm ein elektrisches Summen. Dicke Paneele schoben sich vor die Fenster. Robie blickte zur Tür, als dort das Gleiche geschah.

Das alles erinnerte sehr an James Bond, aber es hatte einen handfesten Grund: Der Raum war soeben in eine SCIF verwandelt worden, eine Sensitive Compartmented Information Facility. Dieser Begriff bezeichnet einen Bereich, der auf kontrollierbare Weise unterteilt werden konnte, um darin sensible Informationen zu erörtern. Offensichtlich würde Robie Dinge zu hören bekommen, die sonst nur der höchsten Ebene der Geheimdienstgemeinde zugänglich waren.

Tucker lehnte sich auf seinem Stuhl zurück und musterte seinen Besucher. »Sie hat mit Ihnen kommuniziert«, sagte er. Es klang irgendwie anklagend. »Hat Ihnen diese albernen Nachrichten geschickt. Als wäre das alles ein Spiel. Und dann sagt sie Ihnen, dass sie eigentlich gar nicht vorhatte, Ihren Hintern zu grillen. Das ist alles Schwachsinn. Ich hoffe, das ist Ihnen klar.«

Robie zuckte nicht zusammen. Er zuckte nie zusammen. So etwas lenkte einen nur vom Spiel ab. »Ja, ich weiß. Aber ich kann nichts dagegen tun. Ihre Leute sagten mir, sie können die Frau nicht aufspüren.«

»Man hat mir berichtet, dass sie Verschlüsselungsebenen oberhalb des NSA-Standards verwendet. Offensichtlich hat sie das alles gut geplant.«

»Aber wenn sie mir weiterhin SMS schickt, verschafft uns das Informationen. Außerdem könnte sie einen Fehler machen. Ich glaube, das hat sie bereits, indem sie mit mir kommuniziert.«

»Sie treibt Psychospielchen mit Ihnen, Robie. Das kann sie wirklich gut. Ich habe die Berichte über diese Frau gelesen. Sie ist eine Manipulatorin. Sie kann Leute dazu bringen, Dinge zu tun, indem sie sich ihr Vertrauen erschleicht.«

»Sie wollte mich bei lebendigem Leib verbrennen. Eine seltsame Methode, mein Vertrauen zu erschleichen.«

»Und dann sagt sie Ihnen, dass es ihr leidtut? Erkundigt sich, ob auch nichts passiert ist? Rät Ihnen, Sie sollen auf Ihren Rücken aufpassen? Sie tat alles, um diese Sache so zu drehen, dass sie am Ende unschuldig und zu Unrecht beschuldigt dasteht. Das macht mich krank.«

»Sie kann sagen, was sie will. Das ändert nichts an meinem Auftrag, oder?« Robie nahm einen Schluck Kaffee und stellte die Tasse wieder ab.

Tucker starrte Robie immer noch an, als versuchte er, in dessen Gesicht Unsicherheit zu lesen. »Gelder war ein guter Mann«, sagte er schließlich. »Das gilt auch für Doug Jacobs.«

»Sie kannten Jacobs?«

»Nein, aber er hat es mit Sicherheit nicht verdient, von einer Verräterin in den Rücken geschossen zu werden.«

»Da ist was dran«, meinte Robie.

»Sie tun dasselbe wie diese Frau, Robie«, sagte Tucker. »Sagen Sie mir, wie sie denkt.«

Robie antwortete nicht sofort, weil er sich nicht ganz sicher war, was der Mann eigentlich von ihm hören wollte. »Ich kann Ihnen erklären, auf welche Weise sie an ihre Aufgaben herangeht. Ihre Technik, sozusagen. Ich kann Ihnen aber nicht sagen, warum sie zur Verräterin wurde. Dafür weiß ich noch nicht genug über sie. Ich habe den Auftrag eben erst erhalten.«

»Diese Frau verliert keine Zeit, Robie. Sie dürfen das auch nicht.«

»Ich habe mir die Schauplätze beider Anschläge angesehen.«

»Und wären beinahe über die FBI-Agentin gestolpert, die diese Untersuchung leitet, nicht wahr? Später haben Sie mit dieser Frau zu Abend gegessen. Gibt es da einen Konflikt, den *Sie* nicht sehen?«

»Ich habe mich nicht freiwillig für diese Mission gemeldet, Sir. Und ich konnte nun wirklich nicht wissen, wem das FBI die Ermittlungen überträgt ...«

»Nur weiter.«

»Ich war in Reels Cottage am East Shore.«

Tucker nickte. »Wo Sie beinahe verbrannt wären. Ich habe die Satellitenaufnahmen gesehen. Ich glaube, Sie müssen Ihre Anstrengungen verdoppeln, sonst wird die Frau Sie töten. Sie wurden mir wärmstens ans Herz gelegt, aber sollten wir irgendwann herausfinden, dass diese Frau besser ist als Sie ... nun ja, so etwas können wir wirklich nicht gebrauchen.«

Robie taxierte Tucker, der in diesem prächtigen Haus mitsamt Bodyguards und Barrikaden hinter seinem Schreibtisch saß, mit kaltem Blick. Er wusste über Tucker Bescheid. Der Mann war Politiker gewesen, bevor er zum Geheimdienst gewechselt war. Er war nie als Feldagent im Einsatz gewesen, hatte nie Uniform getragen. Genau wie Jacobs war er nie *vor Ort* gewesen. Er saß sich den Hintern platt und verfolgte das Geschehen aus der Ferne auf Satellitenbildschirmen, während andere eines gewaltsamen Todes starben.

Robie wusste, dass die Drohnentechnologie Leben rettete, weil man kein Team in eine gefährliche Situation schicken musste. Nur die Zielperson riskierte ihr Leben. Aber manchmal reichten Computer, Satelliten und Drohnen eben nicht aus. Dann rief man Robie. Und der machte seinen Job. Ihn störte nur, dass all die Schreibtischtäter glaubten, das Gleiche wie er zu tun. Das taten sie nicht. Nicht mal annähernd.

»Finden Sie, ich bin unfair?«, fragte Tucker in einem herablassenden Tonfall.

»Fairness hat nichts mit meiner Tätigkeit zu tun«, erwiderte Robie.

»Gut zu hören. Das spart uns Zeit.«

Robie blickte sich um. »Da wir in einem SCIF sind, Sir ... könnten Sie mir vielleicht sagen, warum das alles Ihrer Meinung nach passiert?«

»Jemand hat Reel umgedreht.«

»Und wer war das? Die Agency muss doch irgendeine Vorstellung haben.«

»Sie, Robie, haben Informationen über die letzten vier Missionen dieser Frau. Es waren Einsätze, die sich über fast das gesamte vergangene Jahr verteilen. Ich würde sagen, die Antwort liegt dort.«

»Könnte die Antwort bei dem Mann liegen, den sie *nicht* umgebracht hat?«

»Sie meinen Ferat Ahmadi?«

Robie nickte. »Manchmal sind die einfachsten Antworten auch die richtigen.«

»Das erklärt Jacobs, aber nicht Gelder.«

»Lassen Sie uns das näher betrachten. Spielte Gelder eine Rolle beim Attentat auf Ahmadi?«

Unwillkürlich blickte Tucker sich um. Seine Miene ließ erkennen, dass die Mauern des SCIF plötzlich nicht stabil genug waren, um das Gewicht dieser Unterhaltung zu tragen.

»Wenn Sie der Ansicht sind, dass ich keinen Zugang zu diesen Informationen erhalten sollte, können wir dieses Gespräch auf der Stelle beenden«, meinte Robie.

»Es wäre dumm, Sie mit dieser Mission zu betrauen und gleichzeitig der Meinung zu sein, dass Sie nicht zugangsberechtigt sind.«

»Also? Spielte Gelder eine Rolle?«

»Meines Wissens ...«, setzte Tucker an, doch Robie hob die Hand wie ein Cop, der den Verkehr regelt. Und genauso kam er sich im Augenblick vor.

»Bei allem gebotenen Respekt, Sir, solche Vorreden nutzen mir nichts. Sie sitzen hier nicht vor einem Untersuchungsausschuss auf dem Capitol Hill. Ich brauche eine vollständige Antwort oder gar keine.«

»Gelder hat die verdeckten Operationen geleitet, war aber nicht direkt in die Mission Ahmadi verwickelt«, sagte Tucker und setzte sich aufrechter hin. Mit einem Mal schien er Robie in einem neuen Licht zu sehen.

»Wenn wir Ahmadi ausschließen, wo können wir dann suchen? Wir brauchen eine Verbindung zwischen Jacobs und Gelder.«

»Ist Ihnen schon mal der Gedanke gekommen, dass Reel lediglich aufgrund einer psychotischen Liste, die nur in ihrem Kopf existiert, wahllos Mitarbeiter der

Agency ins Visier nimmt? Sie hat mit Jacobs zusammengearbeitet. Ihn konnte sie mühelos in die Falle locken. Er ist tot. Gelders ist die Nummer zwei. Sie erschießt ihn, was der Behörde einen katastrophalen Schaden zufügt und unseren Feinden hilft. Dahinter müssen keine vernünftigen Gründe stecken.«

»Das glaube ich nicht.«

»Warum nicht?«

»Das könnte jeder tun. Reel ist aber nicht jeder.«

»Kennen Sie die Frau so gut? Der Akte zufolge hatten Sie seit über einem Jahrzehnt keinen Kontakt mehr zu ihr.«

»Das stimmt. Aber damals war unser Kontakt ziemlich intensiv. Unter solchen Bedingungen lernt man eine Person sehr gut kennen. Es ist, als hätte man sie sein Leben lang gekannt.«

»Menschen verändern sich, Robie.«

»Stimmt.«

»Worauf genau wollen Sie hinaus?«

»Reel hat einen Plan. Und diesen Plan hat sie selbst geschmiedet.«

»Worauf stützt sich diese Erkenntnis? Auf Ihr Bauchgefühl?«

»Würde Reel für jemand anderen arbeiten, würde sie nicht mit mir kommunizieren. Das schließen die Standardregeln eines Gefechts aus. Ihr Auftraggeber würde das überwachen, so wie Sie meine Kommunikation überwachen. Das würde sie nicht riskieren. Ich halte es für eine persönliche Sache.«

»Sie könnte mit Ihnen spielen. Sie verunsichern. Sie ist eine attraktive Frau. Ihre Akte deutet darauf hin, dass sie in der Vergangenheit sämtliche ihr zur Verfügung stehenden Vorteile benutzt hat, um ihre Missionen erfolgreich zu beenden. Lassen Sie sich nicht davon einwickeln.«

»Das habe ich bedacht, Sir. Es passt trotzdem nicht zusammen.«

»Falls Reel eine bestimmte Absicht verfolgt, wie sieht die aus? Wir drehen uns hier im Kreis.«

»Ich weiß. Ich muss weitere Hausaufgaben machen, Sir. Bei der Verbindung zwischen Gelder und Jacobs fange ich an.«

»Falls es die überhaupt gibt.«

»Ich möchte Sie warnen, Sir.«

»Ach.« Tucker blickte ihn forschend an. »Ich bin ganz Ohr.«

»Reel ist mit nur einem Schritt von der untersten Ebene zur obersten gegangen. Sie könnte irgendetwas Unvorhersehbares tun, nur um uns zu verwirren.«

»Das setzt voraus, dass sie noch mehr Ziele hat.«

»Verlassen Sie sich darauf.«

»Ich hoffe, Sie irren sich.«

»Das glaube ich nicht.«

»Und Ihre Warnung?«

»Was, wenn Reel beschließt, in der Hierarchie der Agency noch weiter nach oben zu gehen?«

»Dann ist nur noch einer übrig. Ich.«

»Genau.«

»Ich werde bewacht.«

»Jim Gelder wurde ebenfalls bewacht.«

»Meine Sicherheit ist besser.«

»Reel ist auch besser als die allermeisten«, erwiderte Robie.

»Eine verdammte Ironie, dass die Vereinigten Staaten Reel die Fertigkeiten vermittelt haben, die sie jetzt gegen uns einsetzt«, meinte Tucker.

»Man hat ihr nur *weitere* Fertigkeiten vermittelt, Sir. Die wichtigste Eigenschaft hatte sie bereits.«

»Und welche ist das?«

»Nerven. Die meisten Menschen glauben von sich, sie hätten welche. Fast alle irren sich.«

»Sie haben diese Fertigkeiten ebenfalls, Robie.«

»Ich werde sie jetzt brauchen. Und zwar ohne Ausnahme.«

KAPITEL 17

Zu dieser Morgenstunde brauchte Robie nur etwa dreißig Minuten für die Rückfahrt zu seinem Apartment, aber es kam ihm wie dreißig Stunden vor.

Er musste über vieles nachdenken.

Was er Tucker gesagt und was dieser ihm erwidert hatte, hatte sich in seinem Kopf zu einem undurchsichtigen Etwas vermischt. Er hätte beim besten Willen nicht sagen können, was er von der Besprechung mit dem DCI halten sollte.

Jessica Reels SMS hatten Robie davon überzeugt, dass sie allein arbeitete. Es war eine persönliche Sache für sie. Man verfehlte seinen Gegner nicht, um ihm dann mitzuteilen, dass man irgendwie froh darüber war. Allerdings war klar, dass Reel versuchte, ihn, Robie, zu beeinflussen. Ihre subtilen Andeutungen über richtig und falsch, ihr Rat, auf seinen Rücken aufzupassen, waren klassische Manipulationstechniken, die Zweifel an seiner Mission säen und sein Vertrauen in die Agency untergraben sollten.

Reel war ein Ass, daran bestand nicht der geringste Zweifel. Sie und Robie hatten die gleiche Ausbildung genossen, waren die gleichen Ränge aufgestiegen und hatten die gleichen Protokolle in ihre professionellen Seelen eingeprägt bekommen. Dennoch waren sie unterschiedlich. Robie wäre nie auf die Idee gekommen, einem Gegner auf diese Weise eine SMS zu schicken. Für gewöhnlich nahm er den direkten Weg zum Ziel. Er wusste nicht, ob das eine Frage des Geschlechts war, und es war ihm auch egal. Die Unterschiede existierten, nur das zählte.

Möglicherweise hatte Reel sich verändert. Vielleicht war sie aber auch die geblieben, die sie immer schon gewesen war.

Robie erreichte sein Apartmenthaus, parkte in der Tiefgarage und nahm den Aufzug. Er überprüfte den Flur auf alles Ungewöhnliche, schloss dann die Tür auf und tippte den Code in die Tastatur der Alarmanlage, um sie zu deaktivieren.

Er setzte Kaffee auf, bereitete sich ein Sandwich mit Erdnussbutter und Honig zu und machte es sich auf dem Fenstersitz in seinem Wohnzimmer bequem. Er trank den Kaffee, aß das Sandwich und blickte hinaus in den Regen, der den Berufsverkehr noch unerfreulicher machte. Der Verkehr war schon bei Sonnenschein schlimm genug; bei rutschigen Straßen und Wassermassen, die sich wie aus Eimern auf die Windschutzscheibe ergossen, war er die reinste Tortur, wie Robie wusste.

Er griff in die Tasche und holte das winzige weiße Objekt hervor. Der Auflösungsprozess hatte sich fortgesetzt, aber es war noch etwas übrig. Er musste herausfinden, um was genau es sich handelte. Er hatte es an beiden Tatorten gefunden.

Einmal konnte Zufall sein. Zweimal war ein Muster.

Und wenn Reel den Gegenstand zurückgelassen hatte, musste es einen Grund dafür geben.

Robie holte sich eine zweite Tasse Kaffee, setzte sich an seinen Schreibtisch und beugte sich über die Tastatur seines Laptops. Doug Jacobs' Leben breitete sich über seinen Bildschirm aus wie Blut auf einem Teststreifen.

Für den Laien wäre es ein interessantes Leben gewesen, aber nach Robies Maßstäben war es ziemlich normal. Jacobs war Analytiker gewesen, dann Einsatzleiter. Er hatte nie eine Waffe im Dienst für sein Land abgefeuert. Bis zu seinem gewaltsamen Tod war er in seinem Job kein einziges Mal verletzt worden.

Er hatte viele Menschen getötet, allerdings aus der Ferne, und indem er Leute wie Robie benutzte, den Abzug zu betätigen. Dagegen war nichts einzuwenden. Männer wie Robie brauchten Leute wie Jacobs, um ihre Missionen erfolgreich abschließen zu können.

Im Verlauf von drei Jahren hatte Jacobs fünf Mal mit Reel zusammengearbeitet. Keine Probleme, nicht das geringste Stottern beim Abschuss. Alle Ziele waren eliminiert worden, und Reel war sicher und wohlbehalten nach Hause gekommen, um wieder in den Einsatz geschickt werden zu können.

Robie konnte nicht mit Sicherheit sagen, ob die beiden sich jemals persönlich begegnet waren. Nichts in den Aufzeichnungen deutete darauf hin. Aber das war nicht ungewöhnlich. Robie hatte keinen seiner Einsatzleiter kennengelernt. Wenn es um ihre Agenten ging, bevorzugte die Agency, dass die Rechte nicht wusste, was die Linke tat. Je weniger die Mitarbeiter voneinander wussten, umso weniger konnten sie verraten, falls der Gegner sie gefangen nahm und folterte.

Probleme in Jacobs' Privatleben verwarf Robie. Das war unwahrscheinlich. Wenn Reel in die Geschichte verwickelt war, musste es mit Jacobs' Beruf zu tun haben.

So viele erfolgreiche Missionen. Keinerlei Probleme. Dann hatte Reel Jacobs in den Rücken geschossen, wo sie zu dem Zeitpunkt eigentlich auf einer Mission im Nahen Osten das Leben einer Zielperson beenden sollte, die von den USA nicht in einer solchen Machtposition toleriert werden konnte.

Robie fand nichts in Jacobs' Akte, also öffnete er die bedeutend größere digitale Geschichte von James Gelder.

Gelder war sein Leben lang Staatsdiener gewesen. Er

hatte beim Militär angefangen und ausschließlich auf dem nachrichtendienstlichen Sektor gearbeitet. Sein Aufstieg war rasant gewesen, und man hatte ihn bereits als Evan Tuckers designierten Nachfolger betrachtet – es sei denn natürlich, der Präsident beabsichtigte eine politische Stellungnahme und ernannte irgendeinen Karrieristen vom Capitol Hill, dessen einzige Affinität zum Nachrichtendienst darin bestand, dass es keine gab.

Evan Tucker war das öffentliche Gesicht der Agency, sofern sie überhaupt eins hatte. In seiner Arbeitsweise war er hemdsärmeliger als einige seiner Vorgänger, aber auf der Einsatzebene musste Gelder für ihn den Ball über die Ziellinie tragen.

Robie fragte sich, wer Gelder ersetzen würde.

Und wenn man in Betracht zog, wie dieser Mann geendet war – würde überhaupt jemand den Job wollen?

Robie blickte in die Akte. Gelder hatte bei der Navy angefangen und war dann zum Nachrichtendienst gewechselt. Er hatte sich methodisch nach oben gearbeitet und eine beispielhafte Karriere durchlaufen. Der Respekt, den Robie für ihn empfunden hatte, wuchs.

Als er zum Ende der Akte kam, lehnte er sich zurück.

Warum hatte Reel diesen Mann getötet? Welchen Grund hatte sie gehabt, falls es um eine persönliche Sache ging? Robie schüttelte den Kopf. Er konnte keine Verbindung zwischen Reel und Gelder finden. Wie Evan Tucker bereits gesagt hatte – abgesehen davon, dass Gelder die Mission Ahmadi gebilligt hatte, hatte er nichts damit zu tun gehabt. Und andere Beweise, dass Gelder direkt oder indirekt mit Reel zusammengearbeitet hatte, konnte Robie nicht finden.

In der Sekunde, als Robie die Datei schließen wollte, krachte ein Donnerschlag. Für einen Moment abgelenkt, drückte er versehentlich eine andere Tastenkombination. Die Seite, die er aufrief, wurde augenblicklich umformatiert. Header, Footer und anderer elektronischer Wirrwarr erschienen.

Mist, verdammter.

Natürlich war es eine schreibgeschützte Datei. Robie konnte die Seite nicht verändern.

Er versuchte, aus diesem neuen zufälligen Format herauszukommen, aber nichts funktionierte. Gerade wollte er es erneut versuchen, als sein Blick auf den unteren Seitenrand fiel. In einer Schriftart, die so matt war, dass er die Tischlampe einschalten musste, um sie besser erkennen zu können, stand ein in Klammern gesetztes Wort.

[Gelöscht]

Robie starrte auf das verblichene Wort, als wäre ein Gespenst auf dem Bildschirm erschienen. Sofort ging er in Gelders Akte Seite für Seite zurück und fand einundzwanzigmal das *[Gelöscht]*.

Er rief Jacobs' Datei noch einmal auf, drückte dieselbe Tastenkombination und fand neunzehn derartige Löschungen.

Robie lehnte sich zurück.

Eine gewisse Zensur hatte er zwar erwartet, musste nun aber feststellen, dass man das ganze verdammte Ding elektronisch redigiert hatte. Bei besagtem »man« konnte es sich um Unbekannte handeln, aber auch um die gesamte Agency, angefangen bei Tucker.

Robie öffnete Reels offizielle Akte, führte auch in dieser Datei die Tastenkombination durch und fand erneut zahlreiche *[Gelöscht]*-Markierungen.

Verrückt. Ich soll die Sache untersuchen, zugleich hat man mir Hände und Füße gefesselt. Sie haben mich angelogen, indem sie mir nicht die ganze Geschichte erzählt haben.

Er griff nach dem Handy, um Blue Man anzurufen, hielt dann aber inne.

Sein Finger schwebte über der Tastatur.

Bei ihrem letzten Telefongespräch hatte Blue Man seltsam geklungen. Er hatte gewollt, dass Robie vorbeikam – angeblich, damit man seine Verbrennungen behandeln konnte. Aber er hatte Robie eine andere Adresse genannt, und das warf die Frage auf, ob Blue Man tatsächlich daran gedacht hatte, die Verbrennungen zu verarzten.

Hier ging offensichtlich irgendetwas vor, bei dem Robie ausgeschlossen war.

Er stand auf, trat ans Fenster und starrte hinaus in den Regen, als könnten die Wassermassen seine Gedanken klären.

Vielleicht war es tatsächlich so.

Jedenfalls fasste Robie den Entschluss, Blue Man aufzusuchen. Aber er würde seine Entdeckung nicht erwähnen. Er würde abwarten, wie es lief. Er würde ja sehen, ob Blue Man die Sache ansprach oder ob er für eine andere Seite spielte.

Noch gestern wäre so etwas undenkbar gewesen.

Aber gestern wäre auch das undenkbar gewesen, was Robie soeben auf dem Bildschirm gesehen hatte.

Was Reel betraf, waren seine Gedanken weniger eindeutig. Er bekam allmählich Zweifel. Gewichtige Zweifel.

Es ist nichts Persönliches, hatte sie gesimst.

Doch allmählich gewann Robie den Eindruck, dass es für diese Frau persönlicher gar nicht sein konnte.

Und wenn das stimmte, musste er den Grund dafür herausfinden.

KAPITEL 18

Robie verließ gerade die Garage, als sein Handy sich meldete. Ein Blick auf das Display ließ ihn aufstöhnen. Sie hatte oft angerufen, und er hatte nie zurückgerufen. Er hatte gehofft, sie würde damit aufhören. Aber wie es aussah, begriff sie die Botschaft nicht.

Einer Eingebung folgend nahm er den Anruf an.

»Ja?«

»Was für ein verdammtes Spiel treibst du eigentlich, Robie?«

Julie Getty klang genauso wie bei ihrem letzten Gespräch. Leicht angepisst. Ein bisschen misstrauisch. *Eigentlich,* überlegte Robie, *klingt sie sogar schwer angepisst und schrecklich misstrauisch.* Er konnte es ihr nicht einmal verübeln.

»Ich bin mir nicht sicher, was du damit meinst, Julie.«

»Wenn jemand dir sechsundzwanzig Voicemails hinterlässt, ist das vielleicht ein Hinweis, dass der Betreffende mit dir reden will. *Das* meine ich damit.«

»Und wie ist das Leben so zu dir?«

»Beschissen.«

»Im Ernst?«, fragte Robie vorsichtig.

»Nein, nicht im Ernst. Jerome ist alles, als was er sich angepriesen hat. Vielleicht sogar zu sehr. Ich fühle mich wie Huck Finn, der wieder bei der Witwe Douglas wohnt.«

»Ich würde das nicht gegen ihn verwenden. Ein normales, langweiliges Leben wird schwer unterschätzt.«

»Hättest du mich zurückgerufen, wüsstest du, wie es mir geht.«

»Ich war beschäftigt.«

»Du hast dich aus dem Staub gemacht, das weißt du genau. Ich bin sogar bei deiner Wohnung vorbeigefahren, aber du warst ausgezogen. Ich hab fünfmal stundenlang gewartet, bis mir das klar wurde. Dann habe ich in den Todesanzeigen nach deinem Foto gesucht, weil ich dachte, dass du ein Mann bist, der Wort hält, und dass du tot sein musst, weil du dich nicht bei mir gemeldet hast. Ich habe nur aus einer Laune heraus noch mal angerufen.«

»Hör mal, Julie ...«

»Du hast es mir versprochen!«, fauchte sie. »Normalerweise halte ich nichts von so einem Scheiß, aber dir habe ich vertraut, wirklich vertraut. Und du hast mich im Stich gelassen.«

»Du brauchst in deinem Leben keinen wie mich. Die Ereignisse der Vergangenheit haben dir das gezeigt, oder?«

»Die Ereignisse der Vergangenheit haben mir gezeigt, dass du ein Mann warst, der sein Wort in die Tat umsetzt. Aber dann hast du damit aufgehört.«

»Es war zu deinem Besten«, sagte Robie.

»Warum lässt du mich so was nicht selbst entscheiden?«

»Du bist vierzehn. Du triffst solche Entscheidungen nicht.«

»Sagst du!«, rief Julie.

»Du kannst mich hassen und verfluchen und mich für ein Arschloch halten, aber am Ende ist es besser so.«

»Du *bist* ein Arschloch.«

Die Verbindung wurde getrennt, und Robie warf das Handy neben sich auf den Sitz.

Es gab nicht den geringsten Grund, sich schlecht zu fühlen. Den gab es wirklich nicht. Er hatte Julie Getty nur die Wahrheit gesagt.

Warum komme ich mir selbst dann wie das größte Arschloch der Welt vor?

Eine halbe Meile von seinem Apartment entfernt fuhr er an den Bürgersteig, stieg aus und betrat einen Laden. Augenblicklich hüllte ein Duftschwall ihn ein. Hätte er unter Allergien gelitten, hätte er sofort niesen müssen.

Er ging zur Ladentheke, an der eine junge Frau arbeitete. Dort holte er die weißen Krümel hervor und legte sie vor sich hin.

»Eine seltsame Frage, ich weiß«, begann er, »aber könnten Sie mir sagen, was für eine Blume das war?«

Die junge Frau betrachtete die Überreste der Blütenblätter. »Das ist aber keine richtige Blume, Sir.«

»Mehr ist davon nicht übrig.«

Sie stupste mit dem Finger dagegen, hielt sie sich an die Nase und schüttelte den Kopf. »Ich bin mir nicht sicher. Ich arbeite hier nur halbtags.«

»Könnte mir sonst jemand helfen?«

»Warten Sie einen Moment.«

Sie verschwand in einem Hinterzimmer. Augenblicke später kam eine ältere, massige Frau mit Brille zum Tresen. Aus irgendeinem Grund kam Robie zu dem Schluss, dass sie die Besitzerin des Blumenladens sein musste.

»Kann ich Ihnen helfen?«, fragte sie höflich.

Robie wiederholte seine Frage. Die Frau nahm die Reste des Blütenblatts, hielt es sich vor die Augen, nahm die Brille ab, untersuchte es noch genauer und schnupperte daran.

»Weiße Rose«, sagte sie entschieden. »Eine Madame Alfred Carriere.« Sie zeigte auf einen Punkt auf dem Blatt. »Da können Sie einen Hauch von Rosa sehen. Und der Geruch ist stark würzig und süßlich. Im Vergleich dazu ist die Madame Plantier reinweiß, und sie riecht deutlich anders – jedenfalls für jemanden, der sich mit Rosen auskennt. Ich habe ein paar Carriere vorrätig, wenn Sie sie sehen möchten.«

»Vielleicht ein andermal.« Robie hielt inne und dachte darüber nach, wie er seine Frage am besten in Worte fassen konnte. »Wozu würden Sie weiße Blumen kaufen?«, fragte er schließlich. »Ich meine, für welche Gelegenheit?«

»Nun, weiße Rosen sind eine traditionelle Hochzeitsblume. Sie symbolisieren Unschuld, Reinheit, Jungfräulichkeit, Sie wissen schon, solche Dinge eben.«

Robie entging nicht, dass die junge Frau, die das Ladenlokal ebenfalls wieder betreten hatte, die Augen verdrehte.

»Aber das ist noch nicht alles«, fuhr die Besitzerin fort.

»Wieso?«

»Weiße Rosen werden häufig auch bei Bestattungen verwendet. Sie versinnbildlichen Frieden, spirituelle Liebe ...« Sie blickte auf das Blütenblatt und legte den Finger auf die rosafarbene Verfärbung. »Obwohl das hier eine Art Symbol ist, das ich nicht mit Frieden assoziieren würde.«

»Dieses Rosa?«

»Ja. Manche Leute assoziieren es mit etwas völlig anderem als mit Frieden und Liebe.«

»Und mit was?«

»Mit Blut.«

KAPITEL 19

Robie verließ den Blumenladen und setzte sich wieder hinter das Steuer. Er hatte viel zum Nachdenken, als er weiterfuhr. Und er war wütend.

Blumen an beiden Tatorten. Nein, *Überreste* von Blumen. Die Akten, die man ihm überlassen hatte, waren nicht das Einzige, was von der Firma überarbeitet worden war. Sie hatte auch die Tatorte gesäubert und die weißen Rosen entfernt, die Reel dort zurückgelassen hatte. Allerdings hatte man ein paar Blütenblätter übersehen.

In ihrer Botschaft hatte Reel ihm, Robie, geraten, er solle seinen Rücken im Auge behalten. Dass noch andere Themen auf dem Tisch lagen. Jetzt glaubte er, dass sie eher richtig- als falschlag.

Die neue Adresse, die Blue Man ihm gegeben hatte, befand sich westlich von Washington in Loudoun County, Virginia. Hinter meilenlangen Zäunen lagen große Anwesen, dazwischen bescheidenere Wohnsitze. Ein Land der Pferdezucht, der ausgedehnten Weiden und kleiner Ortschaften mit exklusiven Geschäften und Restaurants für die Wohlhabenden, die hier Landadel spielten. Außer den Nobelgeschäften gab es auch Läden, die Dinge verkauften, die die Leute tatsächlich brauchten. Saatgut zum Beispiel, und Sättel.

Schließlich bog Robie in eine von dichtem Kieferbestand gesäumte Schotterstraße ein. Die abgefallenen Nadeln hatten den Boden orange gefärbt. An der Mündung der Straße stand ein Schild, das Personen, die hier nichts zu suchen hatten, davor warnte, hier einzubiegen.

Robie kam zu einem Stahltor, vor dem zwei uniformierte Männer mit MPs standen. Man durchsuchte ihn und sein Auto, dann ließ man sich telefonisch seine Einladung bestätigen. Das Stahltor glitt auf, und Robie fuhr weiter.

Die Anlage war verzweigt und einstöckig. Sie sah aus wie ein reiches Community College.

Robie parkte und ging zum Eingang. Summend öffnete sich die Tür, und eine Frau in einem konservativen marineblauen Hosenanzug empfing ihn und ging vor. An ihrer Hüfte baumelte ihr Sicherheitsausweis. Robie warf einen Blick darauf.

»Ich würde mir das nicht einprägen«, ermahnte sie ihn, als sie es bemerkte.

»So was tue ich nie«, erwiderte Robie.

Die Frau brachte ihn zu einem sterilen Untersuchungsraum und schloss die Tür hinter ihm. Robie ging davon aus, dass sie automatisch verriegelt wurde. Er bezweifelte, dass man ihn hier unbeaufsichtigt herumspazieren ließe.

Eine Minute später öffnete die Tür sich wieder, und eine andere Frau trat ein. Sie war schlank, Ende dreißig, hatte langes, zurückgebundenes schwarzes Haar und trug Brille und Lippenstift. Und einen weißen Arztkittel.

»Ich bin Dr. Karin Meenan, Mr. Robie. Man hat mir gesagt, dass Sie verletzt sind.«

»Ja. Ist aber nichts allzu Ernstes.«

»Wo sind diese Verletzungen?«

»Arm und Bein.«

»Können Sie sich bitte ausziehen und auf die Liege legen?«

Meenan bereitete ein paar medizinische Instrumente vor, während Robie Jacke, Hemd, Hose und

Schuhe auszog. Er setzte sich auf die Liege, während die Ärztin auf einem Rollhocker Platz nahm.

Sie betrachtete Robies Verbrennungen. »Nichts Ernstes, sagten Sie?«, fragte sie mit gerunzelter Stirn.

»Ich bin nicht tot.«

Meenan untersuchte ihn weiter. »Offenbar haben Sie andere Maßstäbe als die meisten anderen Menschen.«

»Kann schon sein.«

»Haben Sie die Wunden gesäubert?«

»Ja.«

»Gute Arbeit«, bemerkte sie.

»Danke.«

»Aber nicht gut genug. Ich muss das ein bisschen gründlicher behandeln.«

»Deshalb bin ich hier.«

»Außerdem werde ich Ihnen Medikamente geben, damit es sich nicht entzündet. Und eine Spritze.«

»Was immer Sie für das Richtige halten«, erwiderte Robie.

»Sie sind ein sehr hilfsbereiter Patient.«

»Haben Sie es hier auch mit der anderen Sorte zu tun?«

»Eigentlich nicht. Aber ich habe nicht immer hier gearbeitet«, sagte Meenan.

»Wo waren Sie denn?«

»In einem Traumazentrum im Südosten Washingtons.«

»Dann hatten Sie es mit Schusswunden zu tun.«

»Unter anderem. Sie auch, wie ich sehe.« Meenan betrachtete zwei Stellen an Robies Körper. Dann legte sie einen Finger in eine Vertiefung an seinem Arm. »Neun Millimeter?«

»Drei-fünfundsiebzig. Der Schütze benutzte kein Markenfabrikat. Das Ding hatte beim zweiten Versuch Ladehemmung. Zum Glück, sonst würde ich jetzt nicht mit Ihnen sprechen.«

Sie schaute zu ihm hoch. »Haben Sie oft Glück bei Ihrer Arbeit?«

»So gut wie nie.«

»Es geht nicht um Glück, stimmt's?«

»So gut wie nie«, wiederholte er.

Die nächste Stunde verbrachte die Ärztin damit, seine Wunden sorgfältig zu reinigen und zu verbinden.

»Wie möchten Sie die Spritze haben? In den Hintern oder in den Arm? Die Einstichstellen werden eine Zeit lang wund sein.«

Sofort streckte Robie den linken Arm aus.

»Ich nehme an, Sie schießen mit der rechten Hand.«

»Ja.«

Meenan stach ihm die Nadel in den Arm und drückte den Kolben herunter. »In der Lobby steht eine Pillendose für Sie«, sagte sie dann. »Befolgen Sie die Anweisungen, und Sie dürften keine Probleme bekommen. Aber Sie haben Glück gehabt. Das ging haarscharf an einer Hautverpflanzung vorbei. Unter Umständen wird die Haut ohne plastische Chirurgie nicht richtig heilen.«

»Okay.«

»Ich nehme nicht an, dass ich Sie noch einmal zu Gesicht bekomme?«

»Nehmen Sie hier auch Autopsien vor?«

Das schien die Ärztin zu überraschen. »Nein, warum?«

»Dann sehen Sie mich vermutlich nicht wieder.« Robie zog sich an. »Können Sie mir sagen, wohin ich jetzt muss?«

»Sie werden gleich abgeholt. Hier gibt es nicht viele Bereiche, für die ich zugangsberechtigt bin.«

»Sind Sie nicht froh, dass Sie sich verpflichtet haben?«

»Sind Sie es?«, gab Meenan wie aus der Pistole geschossen zurück.

»Das frage ich mich jeden Tag.«

»Und wie lautet die Antwort?«

»Die ändert sich ständig. Sie ist tagesabhängig.«

Die Ärztin hielt ihm eine Visitenkarte hin. »Meine Kontaktinfos stehen dort. Mit Verbrennungen ist nicht zu spaßen. Und Sie müssen es wirklich locker angehen lassen. Ich würde schwere Anstrengungen und Reisen einschränken. Außerdem ...« Meenan verstummte, als er sie anstarrte. »Und nichts davon ist möglich, stimmt's?«

Robie nahm die Karte. »Danke, dass Sie mich zusammengeflickt haben.«

Die Ärztin ging zur Tür, wo sie sich noch einmal umdrehte. »Was es auch wert sein sollte, viel Glück.« Und damit verschwand sie.

Robie wartete fünf Minuten.

Die Tür öffnete sich.

Blue Man stand auf der Schwelle. Anzug, dezente Krawatte, auf Hochglanz geputzte Schuhe, tadellose Frisur.

Alles perfekt.

Nur seine Miene nicht.

Sie verriet Robie, dass Blue Man heute nicht er selbst war.

Was bedeutete, dass sich die Dinge für Robie ändern würden.

KAPITEL 20

Jessica Reel war wieder unterwegs.
Es hatte ihr nie gefallen, zu lange an einem Ort zu bleiben.
Sie hatte ein Taxi genommen, dann war sie zu Fuß gegangen. Sie ging gern zu Fuß. Wurde man in einem Taxi chauffiert, gab man ein gewisses Maß an Kontrolle ab. Das hatte sie nie gern getan.
Der heutige Tag war kühler als der Tag zuvor. Der Regen hatte aufgehört, doch es war bewölkt und fühlte sich noch immer feucht an. Aber es war keine schwüle Feuchtigkeit. Sie war kühl und schwer. Reel war froh über den langen Trenchcoat und den Hut. Und trotz des schwachen Lichts über die Sonnenbrille.
Der Wagen, der an ihr vorbeifuhr, war ein jagdgrüner Jaguar Convertible. Ein Mann saß am Steuer. Seinem Äußeren nach war er Ende vierzig. Sein Haar war kurz geschnitten, und sein Spitzbart wurde grau. Der Mann hieß Jerome Cassidy. Er hatte Alkoholismus und andere Probleme überwunden und war Selfmademillionär geworden. Aus dem persönlichen Triumph dieses Mannes konnte man viel lernen.
Aber die Person, die neben Cassidy saß, interessierte Reel viel mehr.
Ein Mädchen. Vierzehn, klein für sein Alter. Strähniges Haar.
Als der Wagen hielt und das Mädchen ausstieg, sah Reel, dass sie zerrissene Jeans, billige Turnschuhe und

ein Sweatshirt trug. Über der einen Schulter hing ein großer Rucksack.

Julie Getty sah aus wie ein typischer Teenager aus der Stadt.

Sie und Cassidy wechselten ein paar Worte, dann fuhr der Jaguar weiter.

Reel wusste, dass Cassidy das Mädchen liebte wie ein Vater seine Tochter, obwohl sie sich erst vor Kurzem kennengelernt hatten.

Aber das war zweitrangig.

Reel ließ den Blick in die Runde schweifen. Sie bezweifelte, dass die anderen so weit vorausgedacht hatten, aber man konnte ja nie wissen. Sie war sich ziemlich sicher, dass sie einen Aufpasser bemerkt hätte, aber sie konnte niemanden entdecken, der Julie im Auge behielt.

Reel konzentrierte sich wieder auf Julie, zog ihr Handy aus der Tasche und machte ein paar Schnappschüsse von dem Mädchen und der Schule.

Sie wusste, dass Julie nicht im Jaguar nach Hause fuhr, sondern den Bus nahm. Unterrichtsschluss war um Viertel nach drei.

Reel beschloss, um zehn nach drei wiederzukommen.

Sie beobachtete noch, wie Julie das Schulgebäude betrat, dann drehte sie sich um und ging die Straße hinunter.

Manchmal kehrten Killer zum Tatort zurück.

Genau das stand an diesem Morgen als Nächstes auf Reels Liste. Allerdings war sie nicht am Tatort selbst interessiert. Ihr Interesse galt vielmehr jemandem, der sich dort aufhielt, wie sie wusste.

Als sie ihr Ziel erreichte, sah sie, dass man die Absperrungen entfernt hatte. Jetzt war nur noch der Zugang zu zwei Gebäuden gesperrt.

Reel betrat einen Laden, besorgte sich einen Kaffee und eine Zeitung und ging wieder nach draußen. Sie setzte sich auf eine Bank, las die Zeitung, trank den Kaffee und wartete.

Es dauerte eine Stunde, bis die Frau auf die Straße kam. Zu dem Zeitpunkt war Reel längst mit dem Kaffee und der Zeitung fertig. Jetzt saß sie müßig da und schaute sich gelangweilt um. Zumindest hatte es den Anschein.

Nicole Vance sprach mit einem ihrer Agenten und unterschrieb ein Dokument. Dann trat sie zurück und richtete einen langen, ausgiebigen Blick auf das Gebäude, aus dem der Schütze die tödliche Kugel auf Doug Jacobs abgefeuert hatte. Dann schaute sie zu dem Gebäude, in dem Jacobs gestorben war.

Reel wusste, dass Vance sehr gut in ihrem Job war. Vermutlich hatte sie an beiden Tatorten sämtliche Beweise gesammelt, die zu finden waren. Sie würde das Material untersuchen lassen und dann die Jagd nach dem Killer eröffnen.

Nur würde sie ihn nicht finden. Nicht, weil sie nicht gut genug gewesen wäre. Der Mord an Doug Jacobs war jene Art von Verbrechen, die niemals von der Polizei aufgeklärt wurden.

Reel wusste, dass die Leute, die hinter ihr her waren, sie erwischt haben würden, lange bevor die Polizei überhaupt von ihrer Existenz erfuhr. Oder sie würde ihr Werk vollenden und für immer verschwinden.

Sie fürchtete sich vor kaum etwas. Sie hatte keine Angst vor der Polizei oder dem FBI. Oder vor Special Agent Vance.

Sie fürchtete sich vor ihrem ehemaligen Arbeitgeber. Und vor Will Robie.

Doch die größte Angst hatte sie davor, bei der einen Mission zu scheitern, die sie vielleicht als das definieren würde, was sie wirklich war.

Mit dem Handy machte sie ein paar Fotos von Nicole Vance, während sie so tat, als würde sie telefonieren.

Sie wusste, wo Vance wohnte. Eine Eigentumswohnung in Alexandria. Schon seit längerer Zeit. Vance hatte nie geheiratet. War nicht einmal nahe dran gewesen. Anscheinend war die Karriere ihr perfekter Seelenverwandter.

Aber sie mochte Robie. Das war offensichtlich.

Und das konnte Reel helfen. Und Robie verletzen.

Reel dachte das Problem durch. Robie hatte Verbrennungen davongetragen. Das bedeutete eine Behandlung in einer Einrichtung der Agency. Und da Jim Gelder tot war, hatte man Robie mit ziemlicher Sicherheit befohlen, den Mann zu besuchen, der im Rang über Gelder stand: Evan Tucker.

Reel nahm ein Taxi zu einer Hertz-Filiale, mietete sich einen Wagen und fuhr los. Die Pläne, über die sie nachdachte, waren alles andere als fair. Aber wenn einem nur wenige Möglichkeiten zur Verfügung standen, musste man jede nutzen.

Sie fuhr nach Virginia und blieb vor einem beeindruckenden neuen Gebäude stehen.

Gerichtsgebäude der Vereinigten Staaten.

Hinter diesen Mauern sollte Gerechtigkeit geübt und Unrecht wiedergutgemacht werden. Die Schuldigen sollten bestraft und die Unschuldigen freigesprochen werden.

Reel wusste nicht, ob so etwas überhaupt noch vor Gericht geschah. Sie war keine Anwältin und verstand nichts von den Feinheiten der Rechtsprechung.

Aber eines verstand sie.

Entscheidungen hatten Konsequenzen.

Jemand in diesem Gebäude hatte eine Entscheidung getroffen.

Und sie, Reel, war die Konsequenz.

Sie wartete noch eine Stunde im Wagen. Den Motor ließ sie laufen. Der Wagen stand an der Straße, denn hier gab es keine Parkplätze. Sie hatte Glück gehabt, überhaupt einen Platz zu finden, und wollte ihn nicht aufgeben.

Die Wolken waren dichter geworden. Ein paar Regentropfen landeten auf der Windschutzscheibe. Reel bemerkte es gar nicht. Ihre Aufmerksamkeit war fest auf die Stufen des Gerichtsgebäudes gerichtet.

Endlich öffnete sich die Tür, und vier Männer kamen heraus.

Reel interessierte sich nur für einen von ihnen. Er war älter als die anderen und hätte es eigentlich besser wissen müssen. Aber vielleicht brachte das Alter ja keine Weisheit, zumindest in seinem Fall.

Der Mann hatte weißes Haar, war hochgewachsen und gepflegt. Seine Augen waren schmal, sein Gesicht gebräunt. Er sagte etwas zu einem der anderen Männer, und alle lachten. Am Fuß der Treppe trennten sie sich. Der weißhaarige Mann ging nach links, die anderen nach rechts. Der Weißhaarige öffnete den Schirm, als der Regen stärker wurde.

Der Mann hieß Samuel Kent. Seine Freunde nannten ihn einfach nur Sam. Er war ein Richter von hohem Ansehen und mit einer schwerreichen Frau verheiratet. Ihr Treuhandfonds erlaubte ihnen einen üppigen Lebensstil mit einem Apartment in New York, einem Stadthaus in der Altstadt von Alexandria – ein Gebäude aus dem achtzehnten Jahrhundert, das von historischer Bedeutung war – und einer Pferdefarm in Middleburg, Virginia.

Vor einem Jahr hatte der Vorsitzende Richter des Obersten Bundesgerichts Sam Kent zum Richter am FISC berufen, dem Foreign Intelligence Surveillance Court, einem Gericht zur Überwachung der Auslandsgeheimdienste, das verschwiegenste aller Bundestribunale. Es arbeitete in absoluter Geheimhaltung. Der Präsident hatte keinerlei Autorität über diese Einrichtung. Ebenso wenig der Kongress. Der FISC veröffentlichte niemals seine Untersuchungsergebnisse. Er war buchstäblich niemandem Rechenschaft schuldig. Sein einziger Zweck bestand darin, die Überwachung ausländischer, in den Vereinigten Staaten operierender Agenten zu genehmigen oder abzulehnen. Es gab nur elf FISC-Richter, und Sam Kent war begeistert, einer davon zu sein. Und er lehnte niemals die Bitte nach einem Beschluss ab.

Reel beobachtete, wie Kent über den Bürgersteig ging. Sie wusste, dass sein Maserati in einem gesicherten Teil der Gerichtsgarage parkte, also fuhr er nirgendwohin. Sein Stadthaus wäre von dem alten Bundesgericht in Old Town zu Fuß zu erreichen gewesen, aber das Haus wurde jetzt vom Konkursgericht benutzt. Von diesem Gerichtsgebäude war der Weg zu weit. In dieser Gegend gab es zwei Haltestellen der U-Bahn, aber Reel bezweifelte, dass Kent den öffentlichen Nahverkehr benutzte. Er war kein Mann, der sich unter Normalsterbliche mischte.

Reel lenkte den Wagen auf die Straße und folgte dem Richter in diskretem Abstand.

Ihre Liste hatte sie im Kopf. Zwei Namen waren ausgestrichen.

Richter Kent war der dritte Name auf der Liste.

Den Geheimdienstsektor hatte Reel abgearbeitet.

Jetzt war es Zeit, mit der Justiz weiterzumachen.

Ihrer Meinung nach war es idiotisch von Kent, selbst am Tag allein zu gehen. Da Gelder und Jacobs tot waren, musste er Bescheid wissen.

Und wenn er es wusste, müsste er sich auch darüber im Klaren sein, dass er auf der Liste stand.

Und wenn er es nicht wusste, war er kein annähernd so fähiger Gegner, wie Reel geglaubt hatte.

Aber ich weiß, dass es nicht so ist.

Hier stimmte etwas nicht.

Reels Blick fiel auf den Innenspiegel.

In diesem Moment wurde ihr klar, dass sie soeben einen sehr kostspieligen Fehler gemacht hatte.

KAPITEL 21

»Sie sehen aus, als hätte man Ihnen Ihre Pension gestrichen«, sagte Robie, als er neben Blue Man über den Flur ging.

»Hat man auch. Aber das ist nicht der Grund dafür, dass ich sauer bin.«

»Ich dachte immer, Bundesangestellten kann niemand die Rente streichen.«

»Wir sind nicht das Landwirtschaftsministerium. Wir können keinen Leserbrief an die Zeitung schreiben, nur weil wir wütend sind.«

»Wo gehen wir hin?«

»Zu einem Gespräch.«

»Nur Sie und ich?«

»Nein.«

»Wer ist denn dabei? Mit Evan Tucker habe ich bereits gesprochen. Und die Nummer zwei weilt nicht mehr unter uns.«

»Es gibt eine neue Nummer zwei. Jedenfalls für eine Übergangszeit.«

»Das ging aber rasch.«

»Die Regierungsbürokratie handelt schnell, wenn es nötig ist.«

»Und wer ist er?«

»Nicht er. Sie.«

»Wie schön, dass die Firma so fortschrittlich ist. Wie heißt sie?«

»Sie wird sich bestimmt vorstellen.«

»Und Sie können es mir nicht sagen, weil?«

»Das ist eine neue Regel bei uns, Robie. Jeder ertastet sich seinen Weg.«

»Neue Regel? Weil Gelder und Jacobs ermordet wurden?«

»Nicht nur deshalb.«

»Warum denn sonst noch?«

»Ich bin sicher, das kommt gleich zur Sprache.«

Robie stellte keine weitere Fragen, denn Blue Man war offensichtlich nicht in der Stimmung für Antworten. Außerdem war er nicht der Richtige, um wegen aufgeräumter Tatorte und verschwundener Rosen befragt zu werden. Doch Robie hatte seine Zweifel, dass die Interims-Nummer-Zwei die richtige Ansprechpartnerin war.

Am Ende des Flures öffnete sich die Tür. Robie trat ein, während Blue Man draußen blieb und die Tür hinter ihm schloss.

Robie ließ den Blick schweifen. Das Zimmer war groß, aber nur spärlich möbliert. Ein runder Tisch mit zwei Stühlen. Einer war unbesetzt, der andere nicht.

Die Frau war Ende fünfzig, um die eins fünfundsechzig groß und kräftig. Das ergrauende Haar hing ihr glatt bis auf die Schultern. Das füllige Gesicht verschwand zum Teil hinter einer großen Brille. Sie sah wie das klügste Mädchen der Highschool aus, dem das Alter ziemlich übel mitgespielt hatte.

Robie kannte sie nicht. Aber schließlich war das hier der Geheimdienst, und der stellte sein Personal nicht öffentlich vor.

»Bitte setzen Sie sich, Mr. Robie.«

Robie nahm Platz, knöpfte die Jacke auf und legte die Hände auf seinen flachen Bauch. Er würde diese Unterhaltung nicht beginnen. Die Frau hatte ihn zu sich gerufen, also war es ihre Show.

»Mein Name ist Janet DiCarlo«, stellte sie sich vor. »Ich habe Mr. Gelders Pflichten übernommen.«

Nicht »der verstorbene Mr. Gelder«. Nicht »der bedauernswerte Mr. Gelder«. Nicht »der ermordete Mr. Gelder«. Anscheinend hatte sie keine Zeit für Mitgefühl.
»Ich habe davon gehört.«
»Gut. Ich habe mir die Akten und Ihre letzten Schritte angesehen.«
Du meinst meine Fehltritte, ging es Robie durch den Kopf.
Irgendetwas ergab keinen Sinn. Warum diese Zweier-Kombination? Zuerst Tucker bei sich zu Hause, jetzt sein neuer Lieutenant. War das vorab geplant worden?
DiCarlo blickte ihn über den breiten Tisch hinweg an. »Was machen die Verletzungen?«
»Sind versorgt.«
»Das war knapp«, bemerkte sie.
»Ja, war es.«
»Ich habe den Satellitenfeed gesehen. Ich glaube nicht, dass Sie eine Wiederholung überleben würden.«
»Wahrscheinlich nicht.«
»Viel haben Sie nicht herausgefunden.«
»Ich arbeite daran. Das braucht seine Zeit.«
»Aber die Zeit läuft uns davon.«
»Nun ja, Leute wie Sie erschweren die Sache.«
DiCarlo beugte sich vor. »Vielleicht kann ich es ein bisschen einfacher machen. Jessica Reel?«
»Was ist mit ihr?«
»Ich glaube, ich kann Ihnen helfen.«
»Ich höre.«
»Sie müssen aber sehr gut zuhören«, sagte DiCarlo.
»Das tue ich immer.«
»Es gibt einen Grund, warum ich zu diesem Zeitpunkt auf diese Position befördert wurde.«
»Den würde ich gerne erfahren.«
»Ich kann Ihnen Dinge über Reel sagen, die Ihnen helfen könnten.«
»Wie kommt das?«
»Ich war eine ihrer Ausbilderinnen.«

KAPITEL 22

Reel tat nicht das Offensichtliche. Das Offensichtliche wäre gewesen, Gas zu geben oder irgendwie auszuweichen. Nachdem ihr Verstand die Geländebedingungen aufgenommen, verarbeitet und das beste Szenario für ihr Überleben erstellt hatte, tat sie nichts dergleichen.

Da waren zwei Wagen. Ein SUV und eine Limousine. Beide schwarz. Beide mit getönten Scheiben. Reel ging davon aus, dass sie voller Männer mit Waffen waren, die zweifellos in Verbindung standen.

Wie bei einer Partie Schach dachte sie drei, vier Züge voraus und entschied, dass der Augenblick gekommen sei.

Sie trat noch immer nicht aufs Gaspedal. Sie versuchte auch nicht, in eine Seitenstraße abzubiegen. Das war zu vorhersehbar. Seelenruhig behielt sie den Innenspiegel im Auge, schaute auf die regennassen Straßen, verfolgte den Verkehr um sich herum und merkte sich schließlich Richter Kents Position auf der Straße.

Sie zählte bis drei.

Dann trat sie nicht aufs Gas, sondern auf die Bremse.

Von den kreischenden Hinterrädern ihres Wagens stieg Rauch auf, während der Verkehr hinter ihr ausscherte.

Wieder zählte Reel bis drei, hebelte den Rückwärtsgang ein und gab erneut Gas.

Ihr Wagen schoss rückwärts auf den SUV und die Limousine zu.

In Gedanken glaubte sie die Funksprüche zu hören, die zwischen den beiden Angriffsgruppen gewechselt wurden. *Sie will uns rammen!*

Reel zielte mit dem Heck schräg auf die kleinere Limousine. Das Spiel hieß: Wer zuerst blinzelt, hat verloren. Nur mit Höchstgeschwindigkeit und rückwärts.

Die Limousine scherte dreißig Zentimeter nach links aus, doch der größere SUV füllte die entstandene Lücke augenblicklich. Da er viel massiger und schwerer war als das andere Fahrzeug, würde er den Zusammenstoß übernehmen, sodass die Limousine unversehrt blieb. Reel sah beinahe vor sich, wie die Männer im SUV ihre Gurte überprüften und sich für den Aufprall wappneten. Nach dem Zusammenstoß würden die Männer aus der Limousine springen und Reel exekutieren.

Aber der SUV konnte nicht mit der Beweglichkeit eines kleineren Wagens mithalten, erst recht nicht, wenn eine so geschickte Fahrerin wie Jessica Reel hinter dem Steuer saß.

Ihr Timing war perfekt. Hart schlug sie das Lenkrad ein und steuerte das Heck des Wagens geradewegs auf die Lücke zu, die durch das Manöver des SUV entstanden war. Gleichzeitig zog sie die Pistole und schlug den Ellbogen auf den Schalter, der das Seitenfenster nach unten fuhr.

Man sollte meinen, ein sich rückwärts bewegendes Auto könnte nicht so effizient wie ein vorwärts fahrendes sein. Aber der Schlüssel bestand darin, dass Reel sich in die Richtung bewegte, in die sie sich bewegen wollte: nach hinten. Beim SUV und der Limousine war das nicht der Fall, denn beide wollten in die entgegengesetzte Richtung, in die Reel eben noch gefahren war.

Reel jagte durch die Lücke, zielte und feuerte. Der Hinterreifen des SUV explodierte. Das Profil löste sich auf und verteilte Gummikrokodilhaut auf der Straße. Der Wagen schleuderte und kollidierte mit der Limousine.

In sicherer Entfernung von beiden Fahrzeugen ging Reel vom Gas, ließ das Lenkrad wirbeln und machte eine 180-Grad-Wende, für die ihr der Secret Service die Höchstnote gegeben hätte. Nun zeigte ihr Kühler in die entgegengesetzte Richtung.

Schüsse peitschten. Eine Kugel schlug im Wageninneren ein.

Wieder trat Reel das Gaspedal durch, bog in eine Seitenstraße ein und war verschwunden.

Fünf Minuten später ließ sie den Wagen stehen und ging mit einer kleinen Tasche zu Fuß weiter. Die Tasche enthielt Kleidung und andere Notwendigkeiten, die Reel für einen solchen Fall stets mit sich führte. Den Wagen von Fingerabdrücken zu säubern war unnötig. Sie trug immer Handschuhe.

Reel betrat eine U-Bahn-Station, stieg in einen Zug und war nur Minuten später meilenweit von den beiden Wagen, dem ins Fadenkreuz genommenen Bundesrichter und ihrem beinahe vorzeitigen Ableben entfernt.

Obwohl sie das alles geschafft hatte, gab Reel sich eine schlechte Note, und das aus gutem Grund. Sie hatte mindestens fünf Fehler gemacht, von denen jeder tödlich hätte sein können.

Außerdem würde sie schon wieder ihre Identität ändern müssen.

Man kannte ihren Wagen und würde ihn bis zur Autovermietung zurückverfolgen. Auf diese Weise würde man ihren neuen Namen und die Nummern ihrer Kreditkarte und ihres Führerscheins erfahren. Das alles bot Möglichkeiten, sie aufzuspüren. Deshalb waren die Papiere unbrauchbar geworden.

Zum Glück hatte Reel für einen solchen Fall vorausgeplant und Ersatz parat. Aber es war nicht geplant gewesen, ihre derzeitige Identität so schnell aufzugeben. Das war ein herber Rückschlag.

Und was noch viel schwerer wog: Richter Kent war jetzt gewarnt.

Das war ein Griff ins Klo von bedauernswerten Ausmaßen.

Reel nahm ein Taxi zur Bank. Dort ging sie zu dem Schließfach, das sie mit der Identität gemietet hatte, die gerade bloßgestellt worden war. In dem Schließfach hatte sie zusätzliche Ausweise, Kreditkarten, Reisepässe und andere Dokumente verwahrt, die sie jetzt brauchte. Sie beeilte sich, denn möglicherweise war der Gegner schon unterwegs.

Sie verließ die Bank und ging zu einem Taxistand. Sie konnte nicht in einem Hotel in Nähe der Bank absteigen, das würde es den Verfolgern viel zu leicht machen. Also ließ sie sich zu einem anderen Taxistand bringen, stieg aus und wartete. Sie nahm nicht das erste ankommende Taxi, und auch das nächste schaute sie sich ganz genau an, ehe sie einstieg.

Reel nannte dem Fahrer eine Adresse auf der anderen Seite der Stadt. Nachdem er sie abgesetzt hatte, ging sie eine Meile weit in die andere Richtung.

Für einen Laien war das alles kaum nachzuvollziehen, das wusste sie, aber in ihrem Job war es eine Notwendigkeit, im Fall der Fälle außergewöhnliche Maßnahmen zu ergreifen.

In einem Hotel mietete sie sich mit der neuen Identität ein Zimmer und verstaute die wenigen Besitztümer in ihrer Tasche. Am Tisch unter dem Fenster reinigte sie ihre Waffe und lud sie nach, während sie nach schwarzen Fahrzeugen mit getönten Scheiben Ausschau hielt, die vor dem Eingang hielten. Dabei schaute sie zufällig auf ihren Ärmel. Sie hatte sich nicht gänzlich unbeschadet aus der Klemme befreit. Die Kugel hatte ihre Bluse versengt und ihre Haut verbrannt, bevor sie sich in die Beifahrertür gebohrt hatte.

Reel rollte den Ärmel hoch und untersuchte die Verletzung. Die Hitze der Kugel hatte die Schramme in ihrer Haut kauterisiert. Das störte sie nicht – sie hatte

Narben von vergangenen Missionen, die diese hier lächerlich aussehen ließen.

Vermutlich hatte auch Will Robie von seinen Einsätzen solche Erinnerungen mitgebracht. Und dank ihrer Falle am Eastern Shore würden inzwischen noch ein paar weitere dazugekommen sein. Falls sie sich je gegenüberstanden, konnte Reel nur hoffen, dass die Verletzungen ihn schwer genug behinderten, um ihr einen Vorteil zu verschaffen.

Sie warf einen Blick auf die Uhr. Sie musste bald aufbrechen, wollte sie rechtzeitig an der Schule sein.

Aber erst einmal schaute sie wieder hinaus in den Regen.

Es war ein düsterer Tag. Er passte perfekt zu ihrem Leben.

Diese Runde hatte der Gegner gewonnen. Ganz klar.

Reel konnte nur hoffen, dass es sein einziger Sieg blieb.

KAPITEL 23

Janet DiCarlo starrte Robie über den Tisch hinweg an, schien ihn aber gar nicht wahrzunehmen. Robie fragte sich, ob die Frau sich überhaupt bewusst war, dass er ihr noch gegenübersaß. Mindestens zwei Minuten waren vergangen, seit sie diese Bombe hatte platzen lassen.

»Ma'am?«, sagte Robie schließlich. »Sie sagten, Sie haben sie ausgebildet?«

DiCarlo blinzelte, warf Robie einen Blick zu und setzte sich zurück. Sie schien ein wenig verlegen zu sein.

»Jessica Reel war die erste und einzige Feldagentin, die für die Division rekrutiert wurde. Ich war eine der wenigen Einsatzleiterinnen, die mit Agenten in Ihrer Division arbeiteten. Leute in den oberen Etagen hielten es für eine gute Idee, uns beide zusammenzustecken. Ich brachte jahrelange Erfahrung mit, Reel ein unglaubliches Potenzial. In dem Jahr damals übertraf sie alle anderen aus ihrem Jahrgang.«

»Ich habe bei einigen Aufträgen mit ihr zusammengearbeitet«, sagte Robie. »Ist aber schon ein Weilchen her.«

»Ich weiß«, erwiderte DiCarlo.

Robie schien erstaunt, aber DiCarlos Miene ließ ihn erkennen, dass er es nicht hätte sein sollen.

»Wir führen Buch, Mr. Robie. Das tun alle, und auf allen möglichen Gebieten. Sport, Geschäfte, Beziehungen.«

»Und beim Töten von Menschen«, sagte Robie.

»Bei der Beseitigung von Problemen«, korrigierte ihn DiCarlo.

»Mein Fehler«, meinte er trocken.

»Wir haben Ihre Leistung bewundert. Vor allem Jessica. Sie hat oft gesagt, dass Sie der Beste sind. Sie hatten noch bessere Bewertungen als sie. Als Einziger.«

»Da Reel mich um ein Haar getötet hätte, wird sie ihre Meinung wohl korrigieren müssen.«

»Das Schlüsselwort lautet ›beinahe‹. Tatsache ist, dass die Frau Sie nicht getötet hat. Sie sind entkommen.«

»Das war zum Teil Glück, zum Teil Instinkt. Aber das hilft uns nicht, Jessica hierherzuschaffen.«

»In gewisser Weise vielleicht doch.« DiCarlo beugte sich vor und legte die Fingerspitzen aneinander. »Ich habe Sie beide so objektiv beurteilt, wie ich konnte. Ich glaube, Sie sind gleichermaßen begabt, auf eine ähnliche, aber auch auf unterschiedliche Weise. Sie beide denken ähnlich. Sie beide passen sich gut an. Sie beide haben Eiswasser in den Adern. Sie beide sind stolz darauf, den anderen immer einen Schritt voraus zu sein. Und wenn die andere Seite Sie einholt, können Sie noch immer siegen, indem Sie improvisieren und Ihre Taktik ändern.«

»Und wie soll mir das helfen, Jessica Reel zu schnappen?«

»Es hilft Ihnen nicht. Nicht direkt. Ich sage es Ihnen ja auch nur deshalb, damit Sie wissen, wie Sie diese Frau besiegen können, wenn der Augenblick gekommen ist.«

»*Falls* der Augenblick kommt. Zuerst muss ich sie mal finden.«

»Was uns zu der Frage führt, warum sie tut, was sie tut. Das bringt uns vielleicht schneller zum nächsten Ziel als Reel. Ich halte das für Ihre beste Chance, sie einzuholen. Es könnte sogar unsere einzige Möglichkeit sein. Sonst werden Sie immer einen Schritt zurückbleiben.«

»Und warum tut Jessica, was sie tut?«

»Als man mir sagte, dass sie verdächtigt wird, ihren Einsatzleiter ermordet zu haben, wollte ich es nicht glauben.«

»Glauben Sie es immer noch nicht?«

DiCarlo legte die Hände flach auf den Tisch. »Letzten Endes ist es unwichtig, was ich glaube, Mr. Robie. Man hat mich beauftragt, Sie dabei zu unterstützen, Reel zu finden.«

»Und sie zu töten?« Robie wollte ihre Reaktion sehen, denn Blue Man war der Einzige gewesen, der ausdrücklich davon gesprochen hatte, dass man Reel verhören wollte. Jim Gelder und Evan Tucker hatten sich entweder sehr vage ausgedrückt, was diesen Punkt anging, oder von vornherein geschwiegen.

»Sie arbeiten lange genug an dieser Mission, um zu wissen, welches Ergebnis gewünscht wird, Mr. Robie.«

»Das sollte man glauben. Aber mir gegenüber wurde nichts klar und deutlich ausgedrückt.«

DiCarlo lehnte sich wieder zurück und blickte ins Leere. Schließlich sammelte sie ihre Gedanken. »Wie dem auch sei, es hat eigentlich keinerlei Einfluss auf Sie und mich. Oder warum wir hier sind.«

Robie nickte. »Okay. Darauf können wir uns im Augenblick einigen. Was uns zurück zu der Frage bringt: Warum tut sie, was sie tut?«

»Ich glaube, es könnte von Nutzen für Sie sein, wenn Sie etwas über die Geschichte dieser Frau erfahren, Robie. Angesichts der Fähigkeiten, über die Sie meines Wissens nach verfügen, könnte es Ihnen später helfen.«

Robie dachte kurz darüber nach. »Okay. Sehen wir uns Reels Leben an.«

»Reel kam unter außergewöhnlichen Umständen zur Agency, nicht über die traditionellen Wege«, begann DiCarlo.

»Dann war sie nicht beim Militär? Die meisten Leute in unserem Handwerk kommen von dort.«

»Nein. Sie war auch nicht beim Geheimdienst. Wussten Sie das nicht?«

»Nein. Mir gegenüber hat sie nie von sich selbst gesprochen.«

»Davon bin ich überzeugt. Jessica Reel wurde in Alabama geboren. Ihr Vater war ein Rechtsextremist, der jahrelang eine regierungsfeindliche Gruppe angeführt hat. Außerdem handelte er mit Drogen und Sprengstoff. Die Farbe Schwarz konnte er nicht ausstehen, aber anscheinend liebte er die Farbe Grün. Nach einer Schießerei mit der DEA und dem ATF wurde er verhaftet und verbüßt nun eine lebenslängliche Freiheitsstrafe in einem Bundesgefängnis.«

»Und ihre Mutter?«

»Wurde von ihrem Mann umgebracht, als Jessica sieben war. Nach seiner Verhaftung fand man ihre Überreste im Keller ihres Hauses. Sie lagen schon eine ganze Weile da unten.«

»Also ist bewiesen, dass Reels Vater seine Frau ermordet hat?«

»Jessica war Zeugin der Hinrichtung, denn nichts anderes war es. Mrs. Reel teilte die Ansichten ihres Ehemanns nicht und war deshalb eine Belastung für ihn. Übrigens sind sämtliche Fakten durch unabhängige Quellen verifiziert worden. Wir haben uns nicht einfach auf das Wort eines kleinen Mädchens verlassen. Und die Behörden hatten genügend andere Beweise, um den Ehemann mit dem Verbrechen in Verbindung zu bringen. Das spielte zwar keine Rolle, da er wegen der anderen Anklagen schon lebenslänglich bekam, aber für Jessica und ihre arme Mutter war es eine Art Gerechtigkeit.«

»Okay. Was geschah danach mit der kleinen Jessica?«

»Sie wurde an Verwandte in anderen Staaten weitergereicht, die sie nicht wollten oder die es sich nicht leisten konnten, noch jemanden durchzufüttern. Also endete sie im Pflegesystem des Staates Georgia. Sie kam zu ein paar wirklich schlimmen Leuten, die sie zwangen, Dinge zu tun, die sie nicht tun wollte. Doch Jessica entkam diesen Leuten und lebte auf der Straße.«

»Das hört sich nicht gerade nach einer Frau an, wie die Agency sie normalerweise rekrutiert. Wie kam es dazu?«

»Darauf komme ich noch zu sprechen, Mr. Robie.« DiCarlo runzelte die Stirn.

»Entschuldigung, Ma'am. Fahren Sie fort.« Robie lehnte sich zurück.

»Mit sechzehn hat Reel etwas getan, was sie später ins Zeugenschutzprogramm brachte.«

»Und was?«, fragte Robie.

»Sie wurde zur Informantin gegen eine Neonazi-Gruppe, die einen Großangriff auf die Regierung plante.«

»Ein sechzehnjähriges Mädchen? Wie geht das?«

»In einer ihrer Pflegefamilien gab es einen Bruder, der den Nazis angehörte. Er und ein paar seiner Freunde benutzten ihr Haus als Stützpunkt, wenn sie in Georgia auf Rekrutierungsreise waren. Reel ging zum FBI und bot sich an, ein Mikrofon zu tragen und andere Schritte zu unternehmen, um dabei zu helfen, eine Anklage gegen diese Leute aufzubauen.«

»Und das FBI hat sich darauf eingelassen?«

»Ich weiß, das klingt unwahrscheinlich. Aber ich habe den Bericht des zuständigen Special Agents über das erste Treffen mit Reel gelesen. Er konnte einfach nicht glauben, dass sie sechzehn ist. Nicht nur wegen ihres Aussehens. Seinen Aufzeichnungen zufolge war er überzeugt, eine abgebrühte Kriegsveteranin zu verhören. Das Mädchen war durch nichts zu erschüttern. Sie hatte eine Erklärung für alles. Was ihr das Bureau auch entgegenhielt, sie schüttelte es ab. Sie wollte diese Nazitypen wirklich festnageln.«

»Wegen ihrem alten Herrn? Und ihrer Mutter?«

»Das dachte ich auch. Aber bei Reel kann man nie sicher sein. Sie tut Dinge aus Gründen, die nur für sie selbst nachvollziehbar sind.«

»Also hat sie geholfen, diese Neonazis festzunageln?«

»Nicht nur das. Sie hat einen von ihnen getötet, nachdem sie ihm die Waffe abgenommen hatte.«

»Mit sechzehn?«

»Da war sie schon siebzehn. Jessica hat die Organisation ein Jahr lang infiltriert. Sie erlangte das Vertrauen dieser Leute, kochte ihre Mahlzeiten, schrieb ihre widerwärtigen Hasspamphlete, wusch ihre dreckigen Uniformen. Am Ende half sie ihnen, ihren Großangriff zu planen. Und fütterte das FBI währenddessen mit allen Einzelheiten.«

»Mir fallen nur eine Handvoll Undercover-Agents des FBI ein, die so etwas geschafft haben. Und keiner davon ist Teenager.«

»Als die Nazis ihren Angriff starteten, wartete das FBI bereits mit einer großen Streitmacht. Trotzdem kam es zum Kampf. Der Mann, den Reel später getötet hat, wollte mehrere FBI-Agenten aus dem Hinterhalt angreifen. Reel hat ihnen das Leben gerettet.«

»Und landete im Zeugenschutz?«

»In den USA ist die Neonazi-Organisation eine Art Labyrinth, wie Sie wissen. Dunkel und verschlungen. Mit Reels Hilfe konnte man einen Teil davon zerstören, aber das Monster lebt noch immer.«

»Und wie kam Reel dann vom Zeugenschutz zur Agency?«

»Wir erfuhren durch das FBI von Reels Einsatz. Unserer Meinung nach verfügte sie über Fähigkeiten, die ungenutzt bleiben würden. Und wir konnten Reel genauso gut beschützen wie die Bundespolizei. In ihrem neuen Job würde sie unsichtbar sein. Neue Identität, ständig auf Reisen. Wir machten Reel das Angebot, für uns zu arbeiten. Sie nahm es auf der Stelle an, ohne nachzudenken. Dann haben wir sie ein paar Jahre lang ausgebildet. Genau wie Sie.«

»Ich muss zugeben, das ist wirklich ein außergewöhnlicher Weg in die Agency.«

DiCarlo schwieg kurz. »Sie sind auf ähnliche Weise zu uns gekommen, Mr. Robie«, sagte sie dann.

»Hier geht es nicht um mich. Es geht um Reel. Und nach dem zu urteilen, was Sie gesagt haben, könnte ich Reel aus beiden Richtungen angehen.«

DiCarlo blickte ihn fragend an. »Wie meinen Sie das?«

»Ich nehme an, man hat sie wegen ihrer traumatischen Kindheit einer Reihe psychologischer Tests unterzogen, um festzustellen, ob sie den Erfordernissen des Jobs psychisch gewachsen ist.«

»Ja. Und sie hat alle Tests mit Bravour bestanden.«

»Weil sie mental in Ordnung war. Oder sie ist eine großartige Lügnerin.«

»Sie *ist* eine großartige Lügnerin. Sie hat die Nazis länger als ein Jahr hinters Licht geführt.«

»Und es hört sich an, als wäre sie eine Patriotin, was uns zurück zu der Frage bringt, warum sie sich gegen uns gewandt hat«, entgegnete Robie. »Entweder es ist etwas passiert, und sie tut es aus Gründen, die wir noch nicht verstehen. Oder sie wurde auf traditionelle Weise umgedreht, was bedeutet, dass sie alle getäuscht hat und nicht so patriotisch ist, wie Sie geglaubt haben.«

»Das klingt logisch.«

»Auch wenn ich es zu schätzen weiß, Reels Geschichte besser zu verstehen – ich muss mehr über ihre Aufträge in den letzten beiden Jahren wissen.«

»Warum der letzten beiden?«, wollte DiCarlo wissen.

»Für mich ist das die Grenze, wie lange sie etwas mit sich herumschleppen und dann die nötigen Pläne schmieden würde, um darauf zu reagieren. Und das auch nur für den Fall, dass sie nicht auf traditionelle Weise umgedreht wurde, wobei es schlicht um Geld gehen könnte.«

»Geld? Jessica? Niemals.«

»Und ich?«

»Ich kenne Sie nicht so, Mr. Robie, wie ich Jessica kenne.«

»Tatsache ist, Ma'am, eigentlich kennen Sie keinen von uns. Deshalb sind Leute wie Reel und ich so gut auf unserem Gebiet. Aus diesem Grunde ist man ja überhaupt erst auf uns zugekommen. Mit einer normalen Kindheit wird man nicht so, wie wir sind. Wir waren keine braven Kinder mit einer gemütlichen, treusorgenden Mom, die auf ihren Beruf verzichtet und uns Kuchen backt und uns nach der Schule mit einem Glas Milch erwartet.«

»Das verstehe ich.«

»Bis man mir das Gegenteil beweist, gehe ich davon aus, dass Jessica Reel nicht bestechlich ist. Aber dann bleibt die Frage: Warum tut sie, was sie tut? Um das begreifen zu können, muss ich wissen, womit sie es in den vergangenen beiden Jahren zu tun hatte.«

»Ich dachte, man hätte Ihnen die Akte besorgt.«

»Ich brauche *alle* Akten.«

»Wie meinen Sie das?«

»Nicht nur die redigierten.«

DiCarlo blickte ihn erstaunt an. »Wovon reden Sie?«

»Die elektronische Version der Akten, die man mir überlassen hatte, wurde zensiert. Informationen wurden gelöscht. Es gibt zeitliche Lücken. Wenn ich meine Aufgabe erfüllen soll, muss ich das ganze Bild kennen.«

Robie hielt inne, überlegte kurz und entschied sich dann, es DiCarlo zu sagen: »Außerdem wurden die Tatorte gesäubert. Dinge wurden entfernt. Nicht von der

Polizei, sondern von unseren Leuten. Ich muss wissen, was entfernt wurde und warum.«

DiCarlo blickte zur Seite. Doch in dem Sekundenbruchteil vorher sah Robie die Besorgnis in ihren Augen.

Als sie den Blick wieder auf ihn richtete, hatte sie sich gefangen. »Ich kümmere mich auf der Stelle darum und setze mich mit Ihnen in Verbindung.«

Robie nickte. Dabei gab er sich keine besondere Mühe, seine Skepsis zu verbergen.

Er stand auf. »Also wollen Sie, dass ich Jessica Reel liquidiere?«, fragte er.

DiCarlo schaute zu ihm hoch. »Ich will, dass Sie die Wahrheit herausfinden.«

»Dann sollte ich mich an die Arbeit machen.«

KAPITEL 24

Robie fuhr wieder nach Washington, kehrte aber nicht in sein Apartment zurück. Stattdessen steuerte er eine Schule an, parkte am Straßenrand und schaute sich um. Hier war ein hübscher Teil Washingtons. Die Schule, die Julie Getty besuchte, gehörte zu den besten. Aber es war keine von den Schulen, die auf Uniformen bestanden und wo alle Schüler aus der Oberschicht kamen. An dieser Schule wurde nur aufgenommen, wer die erforderliche Leistung erbrachte. Ob die Eltern imstande waren, die Schulgebühr zu bezahlen oder großzügig zu spenden, spielte hier keine Rolle. War man aufgenommen, kümmerte die Schule sich um die Gebühr. Hier basierte alles auf Individualität. Natürlich gab es Regeln, aber von den Schülern dieser Schule erwartete man, zum Schlag einer anderen Trommel zu marschieren.

Robie dachte darüber nach, wie er die erste Begegnung mit Julie Getty seit langer Zeit in Angriff nehmen sollte, sah dann aber ein, dass es sinnlos war, sich Gedanken darüber zu machen. Bei Julie wusste man nie.

Ich nehme meine Strafe auf mich. Vielleicht ist es besser so.

Der Regen schien nicht enden zu wollen, also schaltete Robie die Scheibenwischer ein und beobachtete, wie sie das Wasser vom Glas schaufelten. Er schaute auf die Uhr. Es war jeden Augenblick so weit. Mittlerweile hatte sich eine kleine Autoschlange gebildet: Eltern, die auf die Schüler warteten. Die Schule hatte keinen Bringservice, doch auf der anderen Straßenseite gab es eine Bushaltestelle.

Ein paar Sekunden später öffneten sich die Türen, und die Schüler strömten heraus. Robie stieg aus, als er sie sah, schlug wegen des Regens den Kragen hoch und joggte über die Straße.

Julie ging ein Stück hinter einer Gruppe Mädchen. Sie hatte sich Ohrhörer aufgesetzt und tippte auf ihrem Smartphone herum. Robie musste lächeln. Das Mädchen hatte in kurzer Zeit einen langen Weg zurückgelegt. Als er Julie kennengelernt hatte, konnte sie sich nicht einmal ein Handy leisten.

Er ließ die Mädchen vorbei und trat vor.

Julie blieb stehen, schaute auf. Robie entdeckte zuerst Freude, dann Zorn auf ihrem Gesicht.

»Was willst du denn hier?«, fragte sie.

»Ich erfülle mein Versprechen und besuche dich.«

»Dafür ist es ein bisschen zu spät.«

»Tatsache?«

Der Regen wurde stärker.

»Brauchst du eine Mitfahrgelegenheit nach Hause?«, fragte er.

»Ich nehme den Bus.«

Robie drehte sich um und sah, wie der Bus auf der anderen Straßenseite an der Haltestelle stehen blieb. »Ich dachte, du würdest nach dem Erlebnis vom letzten Mal nie wieder in einen Bus steigen.«

Er sah den Hauch eines Lächelns auf ihren Lippen und nutzte den winzigen Vorteil. »Ich kann dich fahren. Wir können uns unterhalten. Ich kann Jerome überprüfen. Dafür sorgen, dass er dir ein guter Vormund ist.«

»Jerome ist in Ordnung, das hab ich dir doch schon gesagt.«

»Besser, ich überzeuge mich selbst davon.«

»Bist du nur gekommen, weil du mich mies behandelt hast und dich deshalb beschissen fühlst?«

»Ja, ich fühle mich beschissen, aber deshalb bin ich nicht hier.«

»Warum dann?«

»Können wir aus dem Regen raus?«

»Hast du Angst, du könntest dich auflösen?«

Er zeigte auf ihre Ohrhörer und das Smartphone. »Ich will nicht, dass du einen gewischt bekommst.«

»Ist klar«, sagte sie spöttisch, folgte ihm dann aber zu seinem Wagen. Sie stiegen ein. Robie ließ den Motor an und fuhr los.

»Sag schon, warum bist du wirklich gekommen?«, fragte Julie und legte den Sicherheitsgurt an.

»Ich muss noch ein paar Dinge erledigen.«

»Und was habe ich damit zu tun?«

»Du machst es mir nicht leicht.«

»Warum sollte ich? Mich hast du links liegen gelassen, aber ...«

»Aber was?«

»Aber jede Wette, dass du Superagentin Vance oft gesehen hast.«

»Habe ich auch. Aber nur einmal. Und das auch nur aus beruflichen Gründen. Sie wollte mich aushorchen.«

»Ging es wieder um Morde?«

»Wie kommst du darauf?«

»Was sollte es sonst sein? Du und Vance, ihr habt doch nur mit Leichen zu tun. Mit 'ner ganzen Menge Leichen.«

»Das könnte man so sehen.«

»Trotzdem hast du dich mit ihr getroffen.«

»Das ist etwas anderes.«

»Nicht für mich.«

Robie runzelte die Stirn. »Ist das ein Wettbewerb?«

»Es geht darum, zu seinem Wort zu stehen, Robie. Ich mag es nicht, angelogen zu werden. Wenn du mich nicht wiedersehen wolltest, hättest du es nur zu sagen brauchen. Kein Problem.«

»Glaubst du wirklich, es ist so einfach?«
»Weiß nicht. Sollte es sein.«
»Ich bin hier, weil ich mich geirrt habe.«
»Worin?«
»Ich wollte dich beschützen. Ich hätte es besser wissen müssen.«
»Was soll das nun wieder heißen?«
»In meinem Job macht man sich Feinde. Ein paar von diesen Feinden wollte ich von dir fernhalten. Ich wollte, dass du einen Neuanfang machen kannst. Dass die alten Verbindungen getrennt werden. Damit du die Chance hast, glücklich zu werden.«
»Willst du mich verarschen?«, fragte Julie.
»Nein. Das Glück ist schwer fassbar, und ich möchte einen sauberen Schnitt für dich. Du wärst beinahe mit mir zusammen gestorben. Ich will nicht, dass das noch mal passiert.«
»Warum hast du das nicht gleich gesagt?«
»Weil ich ein Trottel war.«
»Das finde ich nicht, Will«, sagte sie mit plötzlich sanfter Stimme.
»Weißt du eigentlich, dass du mich Robie nennst, wenn du sauer auf mich bist, und Will, wenn du es nicht bist?«
»Dann bring mich ausnahmsweise nicht dazu, dich wieder Robie zu nennen.«
Eine rote Ampel ließ ihn den Fuß vom Gas nehmen. Er schaute zu Julie. »Vielleicht wollte ich ja tun, was ich dir versprochen habe. Vielleicht wollte ich in Verbindung mit dir bleiben. Vielleicht ...«
»Vielleicht wolltest du normal sein.«
Die Ampel sprang auf Grün, und Robie fuhr weiter. Ein paar Sekunden schwieg er.
»Vielleicht«, sagte er dann.
Der Regen fiel wieder stärker.
»Ich glaube, das war das Ehrlichste, was du je zu mir gesagt hast, Robie.«

»Für vierzehn bist du viel zu erwachsen.«

»Ich bin vierzehn, wenn man die Jahre zählt. Wenn es um die Erfahrung geht, bin ich viel älter. Ich wünschte, es wäre nicht so.«

Robie nickte. »Das verstehe ich.« Er warf ihr einen Blick zu. »Alles wieder klar zwischen uns?«

»Na ja, wir bewegen uns immerhin darauf zu ... Will.«

Robie lächelte und blickte in den Innenspiegel. Der Wagen, der direkt hinter ihnen fuhr, fiel ihm gar nicht auf.

Dafür aber der übernächste Wagen.

»Was ist?« Julie starrte ihn an. »Diesen Blick kenne ich. Ist da hinten jemand, der nicht dort sein sollte?«

Robie dachte schnell nach. Es konnte nicht sein. Unmöglich. Andererseits ... warum nicht? Was bis jetzt geschehen war, hätte auch niemand vorhersehen können.

Robie fluchte in sich hinein. Setzte er Julie ab, war sie verwundbar. Behielt er sie bei sich, geriet sie in Gefahr.

Wieder warf er ihr einen Blick zu. Sie schien seine Unruhe zu spüren.

»Wenn du nervös wirst, krieg ich Angst, Robie. Was ist los?«

»Ich hätte auf mein Bauchgefühl hören und dich in Ruhe lassen sollen, Julie. Das ist genau der Grund, weshalb ich dir so lange fernbleiben musste.«

Julie wollte sich zum Heckfenster umdrehen. »Nicht«, zischte Robie. »Dann wissen sie, dass wir sie entdeckt haben.«

»Und was tun wir jetzt?«

»Wir fahren ganz normal weiter.«

»Das ist der Plan? Genial.«

»Wir fahren normal weiter, bis etwas passiert, das uns anhalten lassen soll.«

»Okay, hört sich schon besser an. Und dann?«

»Abwarten, was geschieht.«

Robie packte das Lenkrad fester und warf einen erneuten Blick in den Innenspiegel. Der verdächtige Wagen war noch immer hinter ihnen. Er schien ganz normal zu fahren, sodass sich in Robie kurz die Hoffnung regte, er könne sich irren. Aber er wusste, dass es nicht so war. Er machte diesen Job schon zu lange.

Wer verfolgte ihn? Die eigenen Leute? Jemand anders? Wer?

Reel konnte es nicht sein. Das würde gegen jede Regel verstoßen. Aber vielleicht war das ja ihre Strategie. Wer gegen die Regeln verstieß, war unberechenbar.

Okay, sagte sich Robie. *Ich kann das auch.*

KAPITEL 25

Robie passte sich dem Verkehr an, machte keine plötzlichen Manöver und wirkte wie jeder andere Verkehrsteilnehmer. Dann beschloss er, die Sache zu verkürzen und herauszufinden, ob die Bedrohung hinter ihm tatsächlich bestand oder nur eingebildet war. Es war nur eine kleine Finte, die er vorhatte, aber falls die Bedrohung echt war, würde sie eine Reaktion provozieren.

Er schaltete den rechten Blinker ein.

»He!«, sagte Julie. »Ich muss nicht in diese Richtung.«

»Immer mit der Ruhe. Ist nur ein kleiner Test.«

Wieder ein Blick in den Innenspiegel, doch der dritte Wagen hielt sich direkt hinter dem zweiten, also konnte Robie nicht sehen, was er sehen musste. Aber der Fahrer des verdächtigen Wagens hielt seelenruhig die Spur. Das allein verriet Robie schon alles.

Er nahm Gas weg und warf einen Blick zurück auf ein gegenüberliegendes Gebäude. In der Spiegelung der Glasfassade sah er, dass der Fahrer des dritten Wagens den Blinker gesetzt hatte.

Okay, dann lass mal sehen.

Robie konzentrierte sich auf eine Kreuzung ein Stück voraus und setzte an, nach rechts abzubiegen, fuhr dann aber geradeaus und über die Kreuzung.

Das dazwischenliegende Auto bog rechts ab. Der Wagen dahinter hatte jetzt keine Deckung mehr.

Sofort erlosch der Blinker. Der Wagen fuhr gerade-

aus weiter, verringerte aber das Tempo, um ein anderes Fahrzeug zwischen sie zu lassen.
In Washington sind die Autofahrer nicht so nett, dachte Robie. *Glaubst du etwa, ich hätte dich immer noch nicht bemerkt?*
»Werden wir verfolgt?«, fragte Julie.
»Sitzt der Sicherheitsgurt fest?«
Sie rüttelte daran. »Bin bereit. Bist du bewaffnet?«
Er berührte seine Brust. »Bin bereit.«
»Wie sieht dein Plan aus?«
Robie hatte keine Zeit für eine Antwort, denn plötzlich beschleunigte das Verfolgerfahrzeug und schob sich neben sie. Robie wollte aufs Gas treten und ein Ausweichmanöver einleiten, als er sich mit einem Mal entspannte.
»Vance?«, rief er aus.
Tatsächlich saß die FBI-Agentin in dem anderen Wagen.
Sie bedeutete ihm anzuhalten. Robie bog in eine Seitenstraße ab und stellte den Wählhebel der Automatik auf Parken. Er war aus dem Wagen, bevor Vance den Sicherheitsgurt lösen konnte, und riss ihre Wagentür auf.
»Verdammt, was soll das?«, fauchte er.
»Warum so sauer?«
»Ich hatte einen Verfolger entdeckt. Sie können von Glück sagen, dass ich Sie nicht erschossen habe.«
Vance schnallte den Sicherheitsgurt ab und stieg aus. Ihr Blick fiel auf Julie, die neben Robies Wagen stand.
»Hi, Julie«, sagte sie.
Das Mädchen nickte ihr zu und schaute dann zögernd zu Robie.
»Erklären Sie mir das, Vance«, sagte er. »Warum sind Sie mir gefolgt?«
»Sind Sie immer so paranoid?«
»Ja. Besonders jetzt.«

»Ich habe Sie nicht beschattet.«

»Ach ja? Sie waren rein zufällig im gleichen Augenblick hier, als ich vorbeigefahren bin?«

»Nein. Ich habe Sie Julie abholen sehen.«

»Warum waren Sie überhaupt hier?«

Vance schaute in Julies Richtung. »Ich glaube, sie könnte noch immer ein Ziel für jemanden sein«, sagte sie leise.

Robie trat einen Schritt zurück. »Was wissen Sie, das ich nicht weiß?«

»Nur dass die Saudis tiefe Taschen und viele Verbündete haben. Julie ist ihnen bekannt. *Ich* bin ihnen bekannt. Aber mir deckt das FBI den Rücken. Und was hat Julie?«, fügte sie spitz hinzu.

Robie trat noch einen Schritt zurück und blickte in Julies Richtung. Er wusste nicht, ob das Mädchen ihn und Vance hören konnte, aber sie wirkte nervös.

»Julie hat mich«, sagte er leise.

»Erst seit heute wieder. Ich war überrascht, Sie vor der Schule auf das Mädchen warten zu sehen.«

»Vielleicht habe ich mich selbst überrascht«, sagte Robie. Es klang ein wenig schuldbewusst.

Vances Stimme wurde sanfter. »Das ist keine schlechte Sache, Robie.« Sie hielt kurz inne. »Für wen haben Sie mich eigentlich gehalten?«

»In meinem Job ist es üblich, wachsam zu sein.«

»Das ist alles? Sind Sie sicher?«

Müde schüttelte er den Kopf. »Warum habe ich das Gefühl, dass bei Ihnen alles immer ein Verhör ist?«

»Weil es die einzige Möglichkeit für mich ist, etwas aus Ihnen herauszubekommen«, erwiderte Vance gereizt. »Und selbst dann habe ich jedes Mal das Gefühl, noch weniger über Sie zu wissen als vorher. Wenn Sie also frustriert sind, bin ich es auch.« Sie schlug einen ruhigeren Tonfall an. »Ich weiß, dass bei Ihrem Arbeitgeber nach Gelders Ermordung Alarmstufe eins herrscht.«

Robie reagierte nicht.

»Nimmt man die Sache mit Doug Jacobs hinzu, wütet bei Ihnen ein regelrechter Shitstorm.« Sie trat einen Schritt näher an ihn heran. »Das mit der DTRA-Tarnung habe ich sowieso nicht geglaubt. Jacobs gehörte zur Agency. Vermutlich ein Einsatzleiter oder Analytiker.«

»Will«, rief Julie. »Ich möchte nach Hause. Ich hab 'ne Menge Hausaufgaben.«

»Eine Sekunde«, erwiderte Robie und wandte sich dann wieder Vance zu. »Je weniger Sie darüber wissen, desto besser für Sie. Lassen Sie die Sache ruhen. Ich bitte Sie darum. Als Gefallen unter Kollegen.«

Vance schüttelte den Kopf, noch während Robie sprach. »So funktioniert das nicht. Ich *kann* das nicht ruhen lassen. Ich habe einen Job zu erledigen. Keine halben Sachen. So ist das nun mal.«

Sie warf einen Blick auf Julie, ehe sie fortfuhr: »Und wenn es einen Shitstorm gibt, würde ich auf mein Bauchgefühl hören und mich weit von Julie fernhalten. Die Nummer zwei der Agency auszuschalten? Ich glaube nicht, dass diese Leute Skrupel haben, das Leben einer Vierzehnjährigen auszulöschen.«

Sie stieg in ihren Wagen und fuhr los. Robie schaute ihr nach, bis sie um die Ecke bog und verschwand.

Julie kam zu ihm. »Was sollte das mit Superagentin Vance?«

Robie erwiderte nichts. Julie wandte enttäuscht den Blick ab. »Bring mich nach Hause, *Robie*«, sagte sie kurz angebunden.

Beide stiegen in den Wagen, und Robie fuhr los.

Hinter ihnen schob sich ein Auto um die Ecke und folgte Robies Wagen.

Am Steuer saß Jessica Reel.

KAPITEL 26

Jessica hielt Abstand. Sie vermutete, dass Robie noch immer auf der Hut war, wenn auch nicht mehr so angespannt wie zuvor. Dass Nicole Vance aufgetaucht war und Robie folgte, war ein echtes Geschenk für sie gewesen. Es hatte ihr ermöglicht, Robie zu beschatten, als er glaubte, er hätte es nur mit Vance zu tun.

Deshalb hatte sie jetzt ein wenig Freiraum und Zeit zur Beobachtung. Sie konnte etwas über Robie in Erfahrung bringen, was sie noch nicht wusste.

Während sie ihm in gemächlichem Tempo folgte, wandten ihre Gedanken sich der Namensliste zu.

Jacobs – erledigt.

Gelder – erledigt.

Sam Kent – ein totales Desaster ihrerseits.

Auf der Liste stand noch ein weiterer Name. Mittlerweile würde Kent sich mit dieser Person in Verbindung gesetzt haben. Gelder und Jacobs hätte man vielleicht als Angriffe auf die amerikanischen Geheimdienste abgehakt, aber Kent zu verfehlen hatte zweifellos ihre Karten aufgedeckt.

Reel hatte bewundernd verfolgt, wie Robie die FBI-Agentin mit dem vorgetäuschten Fahrmanöver gezwungen hatte, ihre Absichten zu offenbaren. Sie hätte das Gleiche getan. Konnte sie Robies Vorgehensweise tatsächlich so mühelos deuten, indem sie einfach annahm, dass sie in der gleichen Situation genauso reagieren würde wie er? Nein, das war eine banale Vor-

stellung. Vermutlich würde Robie das schnell genug herausgefunden haben und sie, Reel, in die Irre führen.
Und dann bin ich tot.
Als Robie eine halbe Stunde später anhielt und Julie aus dem Wagen stieg, fuhr Reel an den Bürgersteig. Glücklich sah das Mädchen nicht aus. Sie eilte die Stufen zum beeindruckendsten vierstöckigen Haus in dieser wohlhabenden Gegend hinauf.
Jessica nickte anerkennend, als sie den Blick über die Villen schweifen ließ. Das Fürsorgekind war hoch aufgestiegen.
Sie konzentrierte sich wieder auf Robie. Er saß noch immer im Auto und schaute Julie hinterher. Als sie die Tür zuwarf, fuhr er los.
Jessica schoss mit dem Handy ein Foto des Hauses, ließ Robie ein wenig Vorsprung und folgte ihm dann.
Julie, das wusste sie jetzt, war Robies Achillesferse. Das Mädchen lag ihm am Herzen.
Und damit hatte er die oberste Regel seines Berufs gebrochen: Empfinde für niemanden etwas.
Keine Gefühle, keine Emotionen. Man musste wie eine Maschine sein, weil man ohne Bedauern töten musste, und ohne Reue, um sich dann auf das nächste Ziel zu konzentrieren, nachdem man das letzte ganz schnell vergaß.
Aber Jessica konnte verstehen, dass Robie diesen Fehler begangen hatte. Aus einem zwingenden Grund.
Ich habe diesen Fehler auch einmal gemacht.
Sie folgte ihm zurück nach Washington, wo er in die Tiefgarage eines Apartmenthauses fuhr. Reel blieb im Wagen. Robie zu folgen, wäre zu offensichtlich gewesen. Stattdessen betrachtete sie das unauffällige achtstöckige Gebäude. Es sah nach einem Haus aus, in dem die jungen Bewohner gerade anfingen, Fuß zu fassen, während die älteren kürzer traten. Zu dieser Mischung kam dann noch eine gesunde Portion von Leuten mitt-

leren Alters, die ihre Lebensziele nie so richtig verwirklicht hatten.

Das Haus war unscheinbar.

Und somit perfekt für Robie, denn auf diese Weise konnte er sich in der Öffentlichkeit bedeckt halten.

Reel hatte seinen Stützpunkt entdeckt, seine Basis. Das war für heute genug. Noch länger hierzubleiben würde ihr nichts mehr einbringen. Möglicherweise stand Robies Wohnung sogar unter Beobachtung. Hier gab es viel Verkehr und jede Menge Fußgänger, sodass Reel sich keine allzu großen Sorgen machte, entdeckt zu werden, aber je länger sie blieb, umso größer wurde das Risiko.

Außerdem sah sie sich nun einem neuen Problem gegenüber. Sie war bisher sicher gewesen, dass ihre Liste vollständig war. Aber ihr Bauchgefühl sagte ihr, dass es irgendwo noch jemanden gab, den sie bisher nicht berücksichtigt hatte.

Jacobs war ein kleiner Fisch gewesen.

Gelder ein großer.

Kent war dabei, weil er eine spezielle Art von Richter war. Möglicherweise mehr als ein Richter.

Und dann stand noch eine vierte Person auf der Liste.

Aber Reel hatte das Gefühl, dass es noch eine fünfte Person gab – vielleicht die wichtigste von allen.

Sie brauchte mehr Informationen. Sie musste den Auslöser für das alles hier finden, musste den Weg bis zur Quelle zurückverfolgen. Dazu brauchte sie Hilfe. Eine ganz besondere Art der Hilfe.

Und Reel wusste genau, wo sie diese Hilfe bekam.

Am unwahrscheinlichsten Ort von allen.

Nicht auf den Korridoren der Macht, sondern in einem Einkaufszentrum in der Nähe.

KAPITEL 27

Jessica Reel fuhr nach Westen. Es würde schwierig werden, heikel und gefährlich. Aber das galt für alles, was sie tat.

Sie umfasste das Lenkrad fester. Nicht, dass sie nervös gewesen wäre. So etwas kannte sie nicht, nicht wie normale Menschen. Begab sie sich in eine Gefahrenzone, wurde sie stattdessen ruhiger, ihr Herzschlag verlangsamte sich, ihre Gliedmaßen wurden beweglicher und ihr Sichtfeld so klar, dass um sie her alles langsamer zu werden schien, sodass sie ihr Handeln blitzschnell so berechnen konnte, dass es ihr den größtmöglichen Vorteil einbrachte.

Und dann war es für gewöhnlich vorbei.

Binnen eines Wimpernschlags.

Und jemand lag tot am Boden.

Die Fahrt dauerte über eine Stunde. Der Verkehr war schlimm, das Wetter saumäßig. Es goss wie aus Kübeln.

Reel mochte Einkaufszentren, weil sie voller Menschen waren und viele Ein- und Ausgänge hatten.

Zugleich hasste sie Einkaufszentren, weil sie voller Menschen waren und viele Ein- und Ausgänge hatten.

Sie stellte den Wagen in einer Tiefgarage ab und stieg die Treppe zum Haupteingang hinauf. Sie passierte eine Gruppe von Mädchen im Teenageralter, die Tüten aus verschiedenen Läden mit sich herumtrugen. Alle tippten SMS in ihre Handys und bekamen nicht mit, was um sie her geschah.

Reel hätte sie alle töten können, bevor sie auf »Senden« tippen konnten.

Sie betrat das Einkaufszentrum und verlangsamte ihre Schritte. Die Sonnenbrille behielt sie auf, die Mütze war tief nach vorn gezogen. Ihr Blick huschte in sämtliche Richtungen, und ihr Verstand arbeitete wie ein Mikroprozessor, der potenzielle Probleme verarbeitete und Lösungswege vorschlug. Nie konnte sie ein Gebäude betreten, einen Spaziergang machen oder Auto fahren, ohne diesen Teil ihres Verstandes zu benutzen. Es war wie das Atmen. Sie konnte nicht darauf verzichten.

Als Reel sich dem gesuchten Geschäft näherte, ging sie noch langsamer. Sie schlenderte an dem Laden vorbei, ohne hineinzugehen. Dabei nahm sie Blickkontakt auf, berührte das Kinn mit einem Finger, nickte kaum merklich und ging weiter. An einem Kiosk ein Stück weiter den Gang hinunter blieb sie stehen und betrachtete die Auslage eines Ladens, schaute aber rechtzeitig auf, um zu beobachten, wie die Person, der sie zugenickt hatte, das Geschäft verließ und in ihre Richtung kam.

Sofort ging Reel in die entgegengesetzte Richtung und bog in den Gang zu den Toiletten ein. Sie betrat den Familienwaschraum und schloss die Tür hinter sich. Dann wählte sie eine Kabine, zog die Waffe und wartete. Es gefiel ihr nicht, sich auf diese Weise einzusperren, aber ihr blieb keine Wahl.

Ein paar Sekunden später öffnete sich die Tür. Reel spähte durch die Lücke zwischen Kabinentür und Wand und konnte sehen, wer eingetreten war.

»Abschließen«, sagte sie.

Die Person verriegelte die Tür.

Mit der Waffe in der Hand kam Reel aus der Kabine.

Der Mann sah zu ihr hoch. Er war ziemlich klein, ungefähr eins siebzig, und wog magere fünfundsechzig Kilo. Körperlich hatte er keine Chance gegen sie, selbst ohne ihre Waffe. Aber Reel war nicht hier, um einen Kampf vom Zaun zu brechen. Sie brauchte Informationen.

Der Mann hieß Michael Gioffre. Er arbeitete in einer GameStop-Filiale hier in diesem Einkaufszentrum. Hauptsächlich, weil er ein hervorragender Gamer war und die Aufregung des Wettkampfs liebte. Er war Anfang vierzig und nie wirklich erwachsen geworden. Auf seinem T-Shirt stand »Day of Doom«.

Außerdem war er Spion gewesen. Er war ein begnadeter Redner und konnte einem Ertrinkenden Sand verkaufen. Nun war er im Ruhestand und interessierte sich nur noch für sich selbst.

Und für Jessica Reel.

Denn sie hatte ihm das Leben gerettet. Zweimal.

Er war ihre Goldcard, eine der wenigen, die sie besaß.

Gioffre starrte auf die Pistole. »Ist das ernst gemeint?«

Sie nickte. »Todernst.«

»Wenn du das Zeichen nicht gemacht hättest, hätte ich dich nicht erkannt. Gute plastische Chirurgie. Steht dir.«

»Wenn dich schon jemand schneidet, nimm den Besten.«

»Ich habe die offizielle Geschichte gehört. Gelder und ein anderer Kerl sind tot.«

»Stimmt.«

»Hast du dafür gesorgt?« Seine Miene verriet, dass er keine Antwort erwartete. »Was kann ich für dich tun, Jess?«

Reel steckte die Waffe weg und lehnte sich gegen das Waschbecken. »Ich brauche Informationen.«

»Hierherzukommen war ein großes Risiko.«

»Nicht so groß wie vor drei Jahren. Du bist schon eine Weile vom Radar verschwunden, Mike. Ich weiß, wo dein Überwachungsteam seine Zelte aufschlägt. Sie sind nicht da. Tatsächlich sind sie schon seit sechs Monaten nicht mehr da gewesen.«

Gioffre verschränkte die Arme und lehnte sich an die Tür. »Ja, ich habe mich hier draußen ein bisschen nackt gefühlt. Aber ich nehme an, sie sind zu dem Schluss gekommen, dass ich wirklich im Ruhestand bin und mich nur noch um den Spielehandel kümmere. Also ist es keine Tarnung mehr. Was für Informationen suchst du denn?«

»Du hast Gelder gekannt?«

Gioffre nickte. »Viele von uns. Er war lange Zeit auf seinem Posten.«

»Was ist mit dem anderen Toten, Doug Jacobs? Seine Tarnung war die DTRA, oder?«

Gioffre schüttelte den Kopf. »Nein.«

»Sie kannten sich. Und nicht nur in Agentenkreisen.«

»Woher weißt du das?«

»Spielt keine Rolle, aber es stimmt.«

»Und was habe ich mit der Sache zu tun?«

»Nichts, aber du musst etwas für mich erledigen«, sagte Reel.

»Und was?«

»Informationen. Du musst etwas für mich herausfinden. Und ich brauche es sofort.«

»Ich habe nicht mehr viele Insider-Kontakte.«

»Ich habe nicht gesagt, dass er Insider ist. Jedenfalls nicht mehr.«

KAPITEL 28

Robie lehnte sich zurück und rieb sich die Augen. Janet DiCarlo hatte noch keine neuen Aktenkopien gemailt, deshalb war er die bearbeiteten Unterlagen mehrmals durchgegangen und hatte nach Informationen Ausschau gehalten, die ihm beim ersten Mal vielleicht entgangen waren.

Aber da war nichts.

Reels letzte Einsätze hatten sie ins Ausland geführt. Robie hätte jedes dieser Länder besuchen können, aber er glaubte nicht, dass es ihn bei seinen Nachforschungen weiterbrachte.

Er würde zu den zwei Jahren ihres Lebens zurückgehen müssen, die er außerhalb des Zeitparameters festgelegt hatte. Aber auch das würde Zeit kosten.

Wie viele Menschen würde sie in der Zwischenzeit noch umbringen?

Wenn sie so weitermachte und die Zahl der Leichen nach oben schraubte, bestand die Möglichkeit, dass man ihn von dem Auftrag entband, sie zu finden. Was ihm vielleicht gar nicht so ungelegen käme.

Robie hatte die Nummer angerufen, die DiCarlo ihm gegeben hatte, war aber auf der Voicemail gelandet. Er fragte sich, was die Rosenblätter zu bedeuten hatten. Reel hatte sie bestimmt nicht als Sinnbild für ihr gottesfürchtiges Leben hinterlassen. Waren es Symbole blutiger Tode, denen unweigerlich Begräbnisse folgten? Für Robie ergab es keinen Sinn. Und das bedeutete, dass er die Angelegenheit aus der falschen Richtung betrachtete.

Und was ist die richtige Richtung?, fragte er sich, während er sich eine frische Tasse Kaffee einschenkte.

Er warf einen Blick auf die Uhr. Zwei Uhr morgens. Er schüttete den Kaffee in den Ausguss.

Zeit, schlafen zu gehen.

Ohne eine Mütze Schlaf würde er niemandem von Nutzen sein, nicht einmal sich selbst.

* * *

Fünf Stunden später erwachte er halbwegs erfrischt. Noch einmal ging er mehrere Stunden die Akten durch, die man ihm überlassen hatte. Selbst mit den Streichungen wurde er das Gefühl nicht los, dass dort irgendetwas stand, das ihm helfen konnte.

Wieder fand er nicht viel. Ein paar von ihm getätigte Anrufe waren genauso unproduktiv. Er ging in den Fitnessraum seines Apartmenthauses und trainierte eine gute halbe Stunde, dann bereitete er sich eine schnelle Mahlzeit zu und aß sie stehend in der Küche.

Kurz darauf kam der Anruf von der Agency. Man habe etwas für ihn, das ihm möglicherweise bei seiner Suche helfen könne, aber er müsse es holen.

Robie duschte, bewaffnete sich und machte sich auf den Weg zu der CIA-Einrichtung, die von Jessica während ihrer Einsätze benutzt worden war, bevor sie Doug Jacobs getötet hatte. Die Einrichtung lag etwa eine Autostunde außerhalb von Washington. Hier gab es einen Spind, in dem Jessica ein paar persönliche Sachen zurückgelassen hatte. In Anbetracht der Streichungen in der Akte und der gesäuberten Tatorte hatte Robie zwar wenig Hoffnung, dass der Spind nützliche Hinweise lieferte, aber er musste trotzdem nachsehen.

Er ließ die Sicherheitsüberprüfung über sich ergehen. Anschließend eskortierte man ihn zu dem Spind, öffnete ihn und ließ Robie mit dem Inhalt allein. Es war nicht viel, doch Robie konnte unmöglich wissen, ob es alles war, was Reel hier aufbewahrt hatte. Im Augenblick vertraute er niemandem.

Es gab nur drei Gegenstände. Ein Foto, ein Buch über den Zweiten Weltkrieg und eine Glock 17 Halbautomatik, Kaliber neun Millimeter, mit modifiziertem Visier. Auf dem Foto stand Reel neben einem Mann, den Robie nicht erkannte.

Er sammelte alles ein und fuhr eine Stunde lang zurück zu seinem Apartment, um sich seinen Fund genauer anzuschauen.

Robie fühlte sich überfordert. Er war Spezialist, wenn es darum ging, andere menschliche Wesen zu töten, an die Normalsterbliche schwer herankamen, und sich dann schnell und möglichst spurlos zurückzuziehen, um am nächsten Tag weitermachen zu können. Detektivarbeit leisten, auf der Suche nach Spuren mühsam über Einzelheiten brüten, hierhin und dorthin fahren, Leute befragen – das war nicht sein Ding. Er war kein Detektiv. Er war professioneller Killer. Aber wenn man von ihm erwartete, Ermittlungsarbeit zu leisten, würde er auch das tun.

Er legte Foto, Buch und Pistole auf den Tisch und betrachtete eines nach dem anderen, während der Regen wieder stärker wurde und gegen das Fenster trommelte.

Robie zerlegte die Pistole. Das Magazin schaute er sich zuerst an. Dreiunddreißig Patronen, die Ausführung für die höchste Kapazität. Es handelte sich um Standardmunition, wie Robie sie schon Tausende Male gesehen hatte. Das vergrößerte Magazin allerdings war untypisch.

Dreiunddreißig Kugeln, um den Job zu erledigen, Reel? Wer hätte das gedacht.

Es gab eine Schlagbolzensicherung aus Titan. Sie verringerte die Reibung, machte den Abzug leichtgängiger und erhöhte die Zielgenauigkeit. Auch Robie benutzte eine solche Sicherung, auch wenn es vermutlich übertrieben war. Trotzdem. Offensichtlich achtete auch Reel auf Details.

Der Griff war für den besseren Halt rutschsicherer gemacht. Es handelte sich nicht nur um einen Griffüberzug; man hatte eine Prägung in den Rahmen geätzt.

Robie sah, dass die Kunststoffteile mit einem Lötkolben aufgeraut worden waren. So machte er selbst es auch. Er und Reel hatten während ihrer gemeinsamen Ausbildung von einem älteren Feldagenten namens Ryan Marshall, der auf dieses Verfahren schwor, gelernt, wie man Pistolengriffe aufraute.

Als Nächstes untersuchte er das modifizierte Visier. Ein ordentliches Stück Handwerksarbeit. Robie kniff die Augen zusammen, um den Namen lesen zu können. Die Initialen lauteten PSAC.

Google verriet Robie, das es sich um die Pennsylvania Small Arm Company handelte. Er hatte noch nie davon gehört, aber es gab viele derartige Firmen, die Handfeuerwaffen umbauten. Offensichtlich war Reel mit dem Visier der Glock aus irgendeinem Grund nicht zufrieden gewesen.

Robie legte die Pistole zur Seite und betrachtete das Foto. Jessica Reel stand neben einem Mann, der mindestens eins fünfundneunzig groß war. Er schien um die fünfzig zu sein und war wie ein Sportler gebaut, der allmählich seine Form verlor. Direkt neben dem Mann war ein roter Schemen zu sehen. Möglicherweise war es eine andere, in Rot gekleidete Person, aber es konnte ebenso gut ein rotes Schild oder ein Auto in dieser Farbe sein. Robie konnte nicht sicher sein. Und ohne das dazugehörige Negativ oder die Speicherkarte vermochte er nicht zu sagen, ob es da noch etwas gab, das sich vergrößern ließ.

Er betrachtete Reel. Selbst mit flachen Absätzen war sie hochgewachsen. Und im Gegensatz zu ihrem Begleiter war nicht ein Gramm Fett an ihr. Sie blickte direkt in die Kamera. Natürlich war es nicht das erste Bild, das Robie von dieser Frau sah, aber auf jedem Foto sah sie ein bisschen anders aus.

Wie ein Chamäleon.

Dennoch hatte er das Gefühl, als würde er Reel jedes Mal ein bisschen besser verstehen, wenn er ein Bild von ihr sah oder etwas Neues über sie erfuhr.

Sie machte einen ruhigen, selbstbewussten, aber nicht übertrieben selbstsicheren Eindruck. Dennoch spürte Robie eine innere Anspannung, die signalisierte, dass sie ihren Körper binnen einer Sekunde in eine tödliche Waffe verwandeln konnte. Sie schien auf den Fußballen zu balancieren, das Gewicht gleichmäßig verteilt, während die meisten Menschen entweder zu weit vorn oder zu weit hinten auf den Füßen standen, was jede Bewegung eine, zwei Sekunden verzögerte.

Bei den meisten Menschen spielte das allerdings keine Rolle. Im Leben von Reel und Robie jedoch war es lebenswichtig.

Auf dem Bild waren Reels Lippen voller als auf anderen Bildern, die Robie gesehen hatte. Der Lippenstift war rot, fast so rot wie der Schemen am Rand des Fotos. Robie hielt das Bild in verschiedenen Winkeln, um zu sehen, ob er vielleicht doch darauf kam, worum es sich dabei handelte.

Nein. Es nutzte nichts.

Er legte das Foto zur Seite und nahm das Buch, eine Geschichte des Zweiten Weltkriegs. Er blätterte darin herum, suchte nach Notizen, die Reel möglicherweise hinterlassen hatte, fand aber nichts.

Selbst wenn es in dem Buch irgendetwas Interessantes gegeben hatte, musste er davon ausgehen, dass es von der Agency entfernt worden war. Dass man Buch, Pistole und Foto zurückgelassen hatte, verriet ihm, dass nichts Bedeutsames gefunden worden war.

Sonst hätte keiner der Gegenstände mehr im Spind gelegen.

Robie war überzeugt, dass man von ihm erwartete, Reel zu töten. Allmählich aber beschlichen ihn Zweifel, ob er wirklich herausfinden sollte, warum sie das alles tat.

Er legte das Buch zur Seite, stand auf und schaute aus dem Fenster. Irgendwo da draußen war Reel und beschäftigte sich vermutlich mit der Vorbereitung für ihr nächstes Attentat. Auch Julie war irgendwo dort und erledigte vermutlich ihre Hausaufgaben. Oder sie dachte über die gestrige Begegnung nach. Und Nicole Vance war irgendwo da draußen unterwegs und versuchte, Reel zu finden, obwohl ihr das gar nicht bewusst war.

Die ohnehin komplizierte Situation, das wusste Robie, würde sich weiter verkomplizieren.

Zwei Stunden später schaute er noch immer auf die Gegenstände aus Reels Spind, als sein Handy eine SMS ankündigte. Er warf einen Blick auf das Display. Janet DiCarlo wollte ihn sehen. Aber nicht am Ort ihrer vorherigen Begegnung. Die Adresse war irgendwo in Middleburg. Vermutlich ihr Haus.

Robie schickte eine Bestätigung, zog die Jacke an, schloss Reels Pistole, das Foto und das Buch in seinem Wandsafe ein und verließ die Wohnung.

Hoffentlich war DiCarlo endlich bereit, ihm ein paar Antworten zu geben. Robie wusste nicht, wie es anderenfalls weitergehen sollte.

Vor allem wurde er das Gefühl nicht los, dass Reel den Vorsprung, den sie vor ihm hatte, unablässig ausbaute.

KAPITEL 29

Als Robie aufbrach, war es dunkel. Die Fahrt dauerte über eine Stunde, so dicht war der Verkehr. Nach einiger Zeit konnte Robie schneller fahren, musste aber immer wieder mit dem Tempo herunter, da er auf dem Weg zu DiCarlo durch mehrere Kleinstädte fuhr.

Er fragte sich, ob es der Frau gefiel, jeden Tag von hier aus pendeln zu müssen. Vermutlich nicht. Die meisten Pendler aus der Gegend um Washington verbrachten Jahre damit, in Staus festzustecken und sich komplizierte Pläne einfallen zu lassen, wie sie die Leute umbringen konnten, die für die Verkehrsplanung zuständig waren.

Robie fuhr langsamer, als er sich der Abzweigung näherte. Es handelte sich um eine lange Schotterstraße, die durch zwei weitläufige Kiefernwäldchen führte. Das Haus war alt und aus Ziegeln erbaut. Drei Autos parkten davor.

Zog man in Betracht, was mit Jim Gelder passiert war, hätte man ihn längst anhalten müssen, das wusste Robie nur zu gut, aber vielleicht hatte man ihn ja bei der Fernüberwachung identifiziert. Er stellte den Motor ab und stieg aus, ohne plötzliche Bewegungen zu machen. Er hatte kein Verlangen, beschossen zu werden.

Zwei hochgewachsene, kräftige Männer traten aus den Schatten. Sie überprüften Robies Ausweis, ließen ihn seine Waffe behalten und eskortierten ihn ins

Haus. Über einen schmalen dunklen Korridor führten sie ihn bis zu einer Tür. Dort ließen sie ihn allein.

Robie klopfte an. Eine Stimme bat ihn herein.

Er kam der Aufforderung nach. DiCarlo saß hinter ihrem Schreibtisch. Sie sah erschöpft und besorgt aus.

Robie blieb auf der Schwelle stehen und starrte auf die Pistole, die auf dem Schreibtisch lag.

»Alles in Ordnung?«, fragte er, obwohl das offensichtlich nicht der Fall war.

»Bitte setzen Sie sich, Mr. Robie.«

Er schloss die Tür, überquerte den kleinen Teppich und setzte sich auf den Stuhl gegenüber von ihr.

»Ihr Sicherheitsperimeter ist ziemlich schwach«, bemerkte er.

DiCarlos Miene verriet ihm, dass sie sich dessen bewusst war. »Ich würde den beiden Männern draußen mein Leben anvertrauen«, sagte sie.

Robie las schnell zwischen den Zeilen. »Also sind sie die einzigen Personen, denen Sie vertrauen?«

»Der Geheimdienst ist ein schwieriges Tätigkeitsfeld, das sich ständig verändert.«

»Heute dein Freund, morgen dein Feind«, übersetzte Robie. »Ich weiß. Ich habe es selbst schon oft erlebt.« Er legte die Hände auf seinen flachen Bauch. So konnte seine rechte Hand näher an die Pistole herankommen, die in seinem Halfter steckte. Sein Blick fiel auf DiCarlos Waffe, dann auf ihr Gesicht.

»Möchten Sie darüber reden?«, fragte er. »Wenn die Nummer zwei sich um ihre Sicherheit sorgt und Leuten in ihrer unmittelbaren Sicherheitszone nicht vertrauen kann, sollte ich darüber Bescheid wissen.«

DiCarlo griff nach ihrer Pistole, aber Robie erreichte seine Waffe zuerst.

»Ich wollte sie weglegen«, sagte DiCarlo.

»Lassen Sie die Waffe, wo sie ist. Greifen Sie nicht noch einmal danach, es sei denn, jemand schießt auf Sie.«

DiCarlo lehnte sich zurück und blickte ihn düster an. Offenbar betrachtete sie sein Verhalten als Insubordination. Dann aber entspannte sich ihre Miene.

»Wenn ich schon paranoid bin, warum sollten Sie es dann nicht sein?«, sagte sie.

»Wir können uns darauf einigen, dass wir uns darauf einigen können. Aber warum die Paranoia?«

»Gelder und Jacobs sind tot.«

»Das war Reel«, sagte Robie. »Sie ist irgendwo da draußen.«

»Wirklich?«

»Weshalb fragen Sie? Wie kommen Sie auf den Gedanken, es wäre nicht so? Wissen Sie irgendetwas? Außerdem haben Sie sich bei unserer letzten Unterhaltung ziemlich vehement für Reel eingesetzt.«

»Habe ich das?« DiCarlo stand auf und trat ans Fenster. Die Vorhänge waren geschlossen, und sie machte keine Anstalten, sie zu öffnen.

Robie fragte sich allmählich, ob es außerhalb des Hauses überhaupt eine Fernüberwachung gab.

DiCarlo wandte sich ihm wieder zu. »Sie sind vermutlich zu jung, um sich noch richtig an den Kalten Krieg erinnern zu können. Und Sie sind mit Sicherheit zu jung, um in dieser Zeit für die Agency gearbeitet zu haben.«

»Geht es darum? Sind wir wieder im Kalten Krieg, wo Leute ständig die Seiten wechseln?«

»Darauf kann ich Ihnen keine definitive Antwort geben, Mr. Robie. Ich wünschte, ich könnte es. Aber ich kann Ihnen sagen, dass es in den letzten Jahren einige beunruhigende Entwicklungen gegeben hat.«

»Zum Beispiel?«

»Einsätze, die es nie hätte geben dürfen. Verschwundenes Personal. Geld, das von hier nach da bewegt wird und sich dann in Luft auflöst. Ausrüstung, die an Orte geschickt wird, an die sie niemals hätte geschickt werden dürfen, und die dann ebenfalls verschwindet. Aber das alles geschieht meist auf sehr unauffällige Weise und über einen langen Zeitraum. Für sich genommen erscheinen diese Vorfälle nicht sehr bemerkenswert, aber wenn man das alles im Gesamtbild betrachtet ...« Sie verstummte.

»Sind Sie die Einzige, die versucht hat, ein Gesamtbild zu erkennen?«, wollte Robie wissen.

»Ich bin mir nicht sicher.«

»Verschwundenes Personal. Leute wie Reel?«

»Auch da bin ich mir nicht sicher.«

»Und wobei sind Sie sich sicher?«

Sie setzte sich wieder. »Dass hier etwas Heimtückisches vor sich geht, Mr. Robie. Ich weiß nicht, ob es etwas mit Jessica Reel zu tun hat, aber ich weiß, dass es einen kritischen Punkt erreicht hat.«

»Teilt Evan Tucker Ihre Sorgen?«

DiCarlo fuhr sich über die Stirn. Sie wollte gerade antworten, als Robie die Geräusche hörte. Mit der einen Hand zog er die Pistole, mit der anderen fegte er die Schreibtischlampe vom Tisch und tauchte das Zimmer in Dunkelheit.

Er griff über den Tisch, schnappte sich DiCarlos Arm. »Verstecken Sie sich unter dem Tisch, und bleiben Sie da!«

Er tastete in der Dunkelheit umher, fand ihre Waffe und reichte sie ihr. »Sind Ihre Schießqualifikationen auf dem neuesten Stand?«

»Ja«, stieß sie hervor.

»Gut«, erwiderte Robie angespannt. »Wenigstens das.«

Im nächsten Augenblick war er in Bewegung.

Er kannte die Geräusche genau, denn er hatte sie schon oft gehört.

Zwei dicht aufeinanderfolgende Mündungsgeräusche eines weitreichenden Gewehres.

Gefolgt vom Schall durch die Luft peitschender Geschosse.

Dann zwei dumpfe Schläge, als die Geschosse in zwei Körper einschlugen.

Die letzten beiden dumpfen Laute stammten von DiCarlos Sicherheitsbeamten, als ihre leblosen Körper zu Boden fielen.

DiCarlos sicherer Perimeter existierte nicht mehr.

Jetzt stand nur noch Robie zwischen ihr und demjenigen, der da draußen lauerte, wer immer es sein mochte.

Robie wählte auf dem Handy eine Nummer, bekam aber keine Verbindung. Ein rascher Blick auf das Display. Vier Balken. Das hätte reichen müssen, aber der Anruf ging nicht durch.

Weil sie das Signal blockierten. Was wiederum bedeutete, dass er sich da draußen mit mehr als einem einzelnen Scharfschützen befassen musste.

Er riss die Tür auf und stürmte durch den Flur.

KAPITEL 30

Robie spähte aus dem vorderen Fenster. Die beiden Wächter, die ihn hereingelassen hatten, lagen kopfüber auf der Auffahrt. Er eilte durch den Flur, dann durch die Küche, entdeckte endlich ein Telefon mit Festnetzanschluss und tippte die Nummer von Blue Man ein.

Es läutete zweimal, dann wurde abgehoben.

»Mrs. DiCarlo?«, sagte Blue Man, der offensichtlich die Nummer auf seiner Anruferkennung sah.

»Hier Robie. Ich habe DiCarlo in ihrem Haus besucht, als Schüsse abgefeuert wurden. Ihre Sicherheitsleute sind tot. Ich bin der Einzige, der zwischen ihr und dem Angreifer steht. Ich brauche sofort Verstärkung.«

»Verstanden«, erwiderte Blue Man, ohne Fragen zu stellen.

Robie legte das Telefon weg und blickte sich um. Er überlegte, ob er zurückgehen, bei DiCarlo bleiben und einen inneren Schutzkreis um sie bilden sollte, bis Hilfe kam. Das klang wie ein vernünftiger Plan, aber sie befanden sich mitten im Nirgendwo, und es würde einige Zeit dauern, bis die Verstärkung kam.

Außerdem verschaffte er dem Gegner einen klaren taktischen Vorteil, wenn er sich zu DiCarlo zurückzog. Man würde ihn einkreisen und dann vorrücken. Dank der überlegenen Feuerkraft des Gegners würde der Kampf schnell entschieden sein. Eine durchs Fenster geworfene Granate reichte.

Damit die Chancen ausgeglichener standen, musste Robie selbst die Offensive ergreifen. Aber das war okay. Er griff lieber an, als sich zu verteidigen.

Die beiden toten Sicherheitsleute an der Vorderseite des Hauses bedeuteten, dass der Schütze irgendwo dort positioniert sein musste. Aber da die Männer tot waren, konnte sich diese Position geändert haben.

Da die Toten auf der Vorderseite des Hauses lagen und Robie nicht das Verlangen hatte, sich zu ihnen zu gesellen, nahm er den Hinterausgang.

Falls es zwei Scharfschützen gab, vorn und hinten, war er ein toter Mann, aber dieses Risiko musste er eingehen.

Als er das Haus verließ, fielen keine Schüsse. Von der Tür aus huschte er hinter einen Baum, wo er ein wenig Deckung hatte und sich umsehen konnte. Es war dunkel, also würde er außer Bewegungen nicht viel ausmachen können. Selbst wenn er die Schützen sehen sollte, würde es so gut wie unmöglich sein, sie mit einem Pistolenschuss zu erwischen, falls sie zu weit entfernt waren.

Robie konnte nichts entdecken, also löste er sich von dem Baum und arbeitete sich zur rechten Hausseite vor. In Gedanken stellte er sich die Positionen der Toten vor. Versuchte, die Schussbahnen zu bestimmen, die nötig gewesen waren, um die Männer zu erschießen.

Als einzige Stelle kam ein ungefähr eine Viertelmeile entfernter Hügel infrage. Robie hatte ihn bei seiner Ankunft bemerkt. Dort klaffte eine Lücke zwischen den Bäumen.

Erhöhtes Gelände war eine gute Position für einen Schuss aus großer Distanz. Jeder fähige Scharfschütze hätte die tödlichen Schüsse abgeben können.

Robie spähte zu dem Hügel und hielt nach dem Schützen Ausschau.

Konnte es Reel gewesen sein?

Er ließ sich auf den Boden hinunter und schob sich auf dem Bauch liegend vorwärts, bis er hinter seinen Wagen gelangte. Von dort konnte er die Leichen sehen. Das Bein eines der beiden Toten war in Reichweite, und Robie packte es und zerrte die Leiche hinter seinen Wagen. Die Kugel hatte den Hals des Mannes durchschlagen und dabei das Rückgrat durchtrennt. Der Tod war sofort eingetreten.

Auf den anderen Mann warf Robie nur einen flüchtigen Blick. Er wusste auch so, dass der Mann vermutlich die gleiche tödliche Verletzung davongetragen hatte.

Auf diese Distanz einen Rumpf zu treffen war nicht allzu schwer, wenn man wusste, was man zu tun hatte. Das Rückgrat mit einem Durchschuss zu treffen war viel problematischer, vor allem nachts. Wer immer da draußen lauerte, konnte mit einem langen Lauf und einem Zielfernrohr umgehen.

Was bedeutete, dass der Schütze ihn, Robie, genauso mühelos erwischen konnte.

Robie öffnete die Autotür und schlüpfte in den Wagen. Während der letzten Sekunden war ihm ein Plan eingefallen. Geduckt schob er sich auf den Fahrersitz, ließ den Motor an und legte den Gang ein.

Dann geschah das, womit er gerechnet hatte.

Eine Kugel durchschlug das Seitenfenster der Fahrerseite und überschüttete ihn mit Glassplittern.

Sie lauerten vorn auf ihn, wie er nicht anders erwartet hatte.

Er ließ den Motor aufheulen und legte den Rückwärtsgang ein.

Eine Kugel traf den Vorderreifen und ließ ihn explodieren. Der Wagen machte einen Satz nach hinten, und der zerstörte Reifen schleuderte Gummifetzen in die Luft, bis der Wagen auf der Felge fuhr.

Aber für Robie ging es nicht darum, schnell zu fahren. Er musste nur in Bewegung bleiben.

Er wendete den Wagen und raste an der Hausseite entlang. Gleichzeitig wählte er DiCarlos Festnetzanschluss, dessen Nummer er sich vom Display des Apparats gemerkt hatte.

»Ja?« DiCarlos Stimme klang zittrig.

Robie erklärte ihr die Situation und sagte ihr, was er versuchen wollte. »Ich hupe als Signal, okay?«

»Okay.«

Da die Schützen sich vorn befanden, vermutlich auf dem Hügel, hatte Robie ein klein wenig Zeit. Er fuhr rückwärts zur Hintertür des Hauses und schirmte sie von der Sichtlinie eines jeden Schützen ab, der möglicherweise hier lauerte.

Dann schlug er auf die Hupe. Die Hintertür flog auf, und DiCarlo erschien. Wie von Robie instruiert, kam sie geduckt zum Wagen geeilt, stieg hinten ein und schlug die Tür hinter sich zu.

»Bleiben Sie unten«, rief Robie, legte den Gang ein und fuhr zurück zur Vorderseite. Damit setzte er sich einem möglichen Beschuss aus, aber ihm blieb keine Wahl. Hier führte nur eine Straße heraus.

Kugeln prallten vom Wagenrahmen ab und ließen Scheiben platzen, als Robie die Vorderseite des Hauses erreicht hatte.

In diesem Moment hörte er DiCarlos leisen Aufschrei, gefolgt von schmerzerfülltem Stöhnen. Robie warf einen Blick über den Sitz.

Blut strömte aus einer Wunde in DiCarlos Brust. Sie war getroffen worden, vermutlich von einem Querschläger.

Ein Schuss ließ den linken Hinterreifen platzen. Robie fluchte. Jetzt musste er mit zwei kaputten Reifen klarkommen. Ihm entging nicht, dass die Treffer immer genauer wurden. Er wusste, was das bedeutete: Die Schützen hatten den Hügel verlassen und rückten näher.

Robie hielt neben dem Range Rover und stieg aus.

Durchsuchte den toten Bodyguard, der neben dem Fahrzeug lag. Fand die Schlüssel. Warf einen Blick auf den Rahmen des Rovers, die Scheiben, die Reifen.

Gepanzert, kugelsicher und schusssicher, lautete sein Schluss.

Also los.

Er öffnete die hintere Tür seines Wagens. Mit einiger Mühe gelang es ihm, DiCarlo herauszuziehen. Ihr Atem ging stoßweise, und ihre Haut war kalt und feucht von Schweiß. Während Robie sie auf die Rückbank des Rovers schob, prallten Kugeln vom Wagen ab.

Robie zog die Pistole und feuerte zurück. Auf diese Entfernung würde er nichts und niemanden treffen, das war ihm klar, aber möglicherweise verlangsamte er den Vorstoß der Gegner.

Er stieg auf der Beifahrerseite ein, rutschte in den Fahrersitz und ließ den Motor an.

Die Kugeln prasselten jetzt förmlich auf sie herab. Robie war versucht, das Fenster zu senken und zurückzuschießen, als etwas Bemerkenswertes geschah.

Gegenfeuer peitschte.

Hundert Meter vor Robie war schemenhaft eine Gestalt hinter einem Baum zu sehen. Sie hielt ein Gewehr, das auf dem untersten Ast auflag, wie es aussah. Es musste sich um ein Automatikgewehr handeln, denn der Schütze gab Dauerfeuer.

Robie blickte in die Richtung, in der die Geschosse einschlugen. In der Ferne entdeckte er jetzt Lichter. Eines der Lichter explodierte in genau diesem Augenblick. Die anderen strebten auseinander.

Der Schütze hat den Vorstoß gestoppt!

Robie verfolgte fasziniert, wie der Unbekannte die Bewegungen seiner Gegner genau voraussah. Sie versuchten seinen Kugeln zu entgehen, indem sie im Zickzack liefen, aber der unbekannte Schütze schätzte ihre Bewegungen ganz genau ein. Robie sah, wie ein weiteres Licht explodierte, während einer der Gegner auf dem Boden landete – vermutlich zum letzten Mal im Leben.

Schließlich zogen die Angreifer sich in die andere Richtung zurück, doch der Schütze hinter dem Baum feuerte ununterbrochen weiter, jagte sie unerbittlich.

DiCarlos Stöhnen auf der Rückbank des Range Rover riss Robie aus seiner Beobachtung. Er legte den Gang ein, trat aufs Gas und bog kurz darauf auf die Schotterstraße ein, um von dort weiter zur Hauptstraße zu kommen.

In diesem Moment sah er es.

Genauer gesagt, den Schützen hinter dem Baum.

Eigentlich sah er nur das lange Haar, dann verschwand der Schütze in der Dunkelheit.

Sein Retter war eine Frau gewesen.

Und Robie war sich ziemlich sicher, dass es sich um Jessica Reel handelte.

KAPITEL 31

Robie verspürte das heftige Verlangen, umzukehren und sich zu vergewissern, dass sein Verbündeter beim Feuergefecht tatsächlich Reel gewesen war, doch auf der Rückbank lag eine schwer verletzte Frau, und er hatte nicht die leiseste Ahnung, wo sich das nächste Krankenhaus befand.

Er gelangte zur Hauptstraße, gab Gas und rief Blue Man an.

Der meldete sich augenblicklich. Robie berichtete ihm, was geschehen war, unterschlug aber die Information über die weibliche Unterstützung.

Blue Man versicherte ihm, dass Hilfe unterwegs sei, und beschrieb ihm dann die Route zum nächsten Krankenhaus. Dort würde bereits ein Team auf ihn warten. Außerdem war ein Einsatzteam zu DiCarlos Haus unterwegs.

Robie nahm sich zwei Minuten, um an den Straßenrand zu fahren, DiCarlos Wunde zu untersuchen und die Blutung so gut zu stoppen, wie er konnte. Immer wieder verlor DiCarlo das Bewusstsein, immer wieder griff sie nach seinem Arm, ließ ihn aber gleich los.

»Das wird schon wieder«, sagte Robie. »Ich lasse Sie nicht sterben. Das kommt alles wieder in Ordnung.«

Er wusste nicht, ob das stimmte, aber genau das musste DiCarlo in diesem Augenblick hören.

Zwanzig Minuten später traf Robie am Krankenhaus ein. Mitarbeiter der Agency warteten bereits und übernahmen, nachdem er auf dem Parkplatz eine Vollbremsung gemacht hatte. In der Notaufnahme wurde DiCarlo stabilisiert und anschließend in einen Rettungshubschrauber verfrachtet, der sie in ein Krankenhaus brachte, das besser für Traumapatienten ausgestattet war.

Robie blieb zurück und erstattete Blue Man Bericht, der ungefähr zehn Minuten nach ihm eingetroffen war. Sie saßen in einem kleinen Raum unweit der Notaufnahme und tranken lauwarmen Kaffee aus dem Automaten.

»Wie ist ihr Zustand?«, fragte Robie.

»Kritisch, aber stabil. So wie ich es verstanden habe, hat sie viel Blut verloren und einen Schock erlitten. Ich weiß nicht, ob sie es schafft. Offensichtlich hat jemand der Agency den Krieg erklärt.« Er hielt inne. »Jessica Reel.« Es war keine Frage.

Robie zögerte. Ein Teil von ihm wollte Blue Man berichten, was er heute Nacht gesehen hatte. Eine Frau hatte ihn unterstützt, da war er sicher. Auch, dass es Reel gewesen war. Dennoch war es Spekulation. Aber wer hätte es sonst sein sollen?

Am Ende beschloss er, die Sache für sich zu behalten.

»Es waren mehrere Schützen«, sagte er stattdessen. »Ich halte Reel eher für eine Einzelgängerin.«

Blue Man warf den Kaffeebecher in den Mülleimer, wischte sich die Hände ab und setzte sich wieder auf den abgenutzten Plastikstuhl neben Robie. Der Raum stank nach Desinfektionsmitteln und abgestandenem Essen.

»Mehrere Schützen? Sind Sie sicher?«

»Vier oder fünf. Möglicherweise mehr.«

Robie fragte sich, ob man abgesehen von DiCarlos Bodyguards noch mehr Leichen finden würde. Er war überzeugt davon, dass Reel mindestens zwei Männer erwischt hatte.

Blue Man wischte sich den Schweiß von der Stirn. »Haben wir es hier mit einer Verschwörung zu tun?«

»Möglich, aber warum DiCarlo ins Fadenkreuz nehmen?«

»Sie war die Nummer zwei.«

»Dann richtet sich die Verschwörung gegen die Führungsetage der Agency? Warum dann Jacobs erschießen? Er hatte nichts mit dem inneren Kreis zu tun.«

»Ich weiß es nicht, Robie. Aber falls es mehrere Schützen waren und Reel mit ihnen zusammenarbeitet, müssen sie ein bestimmtes Ziel im Auge haben.«

»Schon merkwürdig, dass DiCarlos Sicherheitsteam so klein war«, meinte Robie. »Vor allem, wenn man bedenkt, was mit Gelder passiert ist.«

Blue Man nickte, noch bevor Robie zu Ende gesprochen hatte. »Ich weiß.«

»Sie kommt mit zwei Leuten hier raus in die Einöde, ohne Perimeter. Es gibt mehrere Angriffsflächen. Um sie zu erwischen, musste man nicht mal ein Könner sein. Man musste einfach nur vorbeikommen.«

»Es war ihr Zuhause.«

»Das ist kein Grund. Die Firma hat viele Sicherheitsverstecke. Wenn man bedenkt, was mit Gelder passiert ist, hätte man DiCarlo niemals erlauben dürfen, nach Hause zu fahren.«

»Sie haben recht, Robie.«

»Und genau das hätte ihr Evan Tucker sagen müssen, die Nummer eins. Eins übertrumpft zwei, richtig?«

»Ich bin nicht über die Dynamik ihrer Beziehung unterrichtet oder darüber, was zwischen den beiden vorgefallen ist.«

»Also haben Sie gar nichts für mich, was mir helfen könnte?«

Blue Man schaute auf. An seiner Miene war deutlich abzulesen, dass in seinem Innern ein Kampf tobte. »Ich weiß nicht, was ich Ihnen sagen soll, Robie.«

»Das allein verrät mir schon eine Menge«, erwiderte

Robie und erzählte ihm von seiner Begegnung mit DiCarlo. Allerdings unterschlug er auch hier einige Informationen. Er konnte sich nur zu gut an die Nervosität in DiCarlos Stimme erinnern, als sie gesagt hatte: *Einsätze, die es nie hätte geben dürfen. Verschwundenes Personal. Geld, das von hier nach dort bewegt wird und sich dann in Luft auflöst. Ausrüstung, die an Orte geschickt wird, an die sie niemals hätte geschickt werden dürfen, und die dann ebenfalls verschwindet.*

Ihre letzte Bemerkung war noch beunruhigender gewesen: *Hier geht etwas Heimtückisches vor sich, Mr. Robie. Ich weiß nicht, ob es etwas mit Jessica Reel zu tun hat, aber ich weiß, dass es einen kritischen Punkt erreicht hat.*

Robie erzählte Blue Man nichts davon. Als pflichtbewusster Mitarbeiter hätte er seinen unmittelbaren Vorgesetzten davon unterrichten müssen, aber genau darauf konnte Robie im Augenblick sehr gut verzichten.

»Sonst noch was?«, fragte Blue Man.

»Wann wissen wir, ob DiCarlo es schafft oder nicht?«

»Wenn ich richtig verstanden habe, dauert es mindestens ein paar Tage.«

»Hat sie irgendeine Aussage gemacht?«

Blue Man schüttelte den Kopf. »Nein. Sie war bewusstlos. Man hofft, in den nächsten Tagen etwas von ihr zu erfahren. Falls sie überlebt.«

»Und wer wird jetzt die neue Nummer zwei?«, wollte Robie wissen.

»Ich bin mir nicht sicher, ob im Augenblick jemand den Job haben will«, erwiderte Blue Man.

»Kommt Evan Tucker her?«

»Keine Ahnung. Natürlich ist er unterrichtet worden. Und ich könnte mir gut vorstellen, dass er aus Ihrem Mund erfahren will, was passiert ist.«

»Mehr als ich Ihnen gesagt habe, kann ich Tucker auch nicht sagen.«

»Sie haben da draußen niemanden sonst gesehen?«

Robie zögerte nicht. »Nur Schützen. Und die auch nur aus der Ferne. Ich war mehr daran interessiert, DiCarlo dort wegzubekommen. Ich hatte keine Zeit für Beobachtungen.«

»Verstehe.« Blue Man erhob sich. »Muss man Sie nach Hause bringen?«

»Ja. Der Rover ist ein offizielles Beweisstück, und mein Wagen ist zerschossen.«

»Ich bleibe noch hier, aber Sie lasse ich von einem meiner Leute zurück in die Stadt bringen. Okay, gehen wir.«

Doch bevor sie das Krankenhaus verlassen konnten, tauchten mehrere Männer in Anzügen auf.

»Will Robie?«, fragte einer von ihnen.

Robie blickte ihn an. »Wer sind Sie?«

»Wir möchten, dass Sie uns begleiten.«

»Wer ist ›wir‹?«, wollte Blue Man wissen.

Der Sprecher schaute ihn an. »Das betrifft Sie nicht.«

»Von wegen. Robie gehört zu mir.« Blue Man zückte seinen Ausweis.

»Ja, Sir, wir wissen, wer Sie sind«, erklärte der Sprecher und zeigte seinerseits einen Ausweis.

Blue Man blickte darauf, blinzelte und trat einen Schritt zurück.

Robie hatte den Ausweis und die Dienstmarke ebenfalls gesehen. Es überraschte ihn nicht, dass Blue Man keine Einwände mehr erhob.

Wenn der Nationale Berater in Sicherheitsfragen einen sprechen wollte, ging man mit.

Robie verließ das Krankenhaus, stieg in den wartenden SUV und fuhr los.

Er rechnete nicht damit, so bald wieder nach Hause zu kommen.

KAPITEL 32

Jessica Reel saß in ihrem Auto, das am Bordstein einer ansonsten belebten Straße in Washington parkte. Aber es war spät, und selbst an dieser städtischen Hauptarterie hatte der Verkehr nachgelassen.

Ihr Gewehr lag im Kofferraum. Sie hatte mehr als vierzig Kugeln auf die Angreifer verschossen. Vermutlich hatte sie Will Robie das Leben gerettet; sie war sich allerdings nicht sicher. Auch wenn Janet DiCarlo noch an ihren Verletzungen sterben konnte – ohne ihr Eingreifen wäre die Frau jetzt tot, ohne jeden Zweifel.

Und Will Robie ebenfalls.

Der Gedanke munterte Reel auf, was in letzter Zeit nicht oft geschehen war.

Es war dumm von DiCarlo gewesen, das Risiko einzugehen und so weit draußen eine so eingeschränkte Sicherheit zu haben. Reel hatte sie vor Jahren einmal dort besucht. Eine freundliche Einladung, um Reels Zukunft zu besprechen.

Die Erinnerung ließ sie lächeln.

Meine Zukunft?

Nachdem sie Gioffre verlassen hatte, hatte sie eine Eingebung gehabt. Sie wusste, dass man DiCarlo zur neuen Nummer zwei gemacht hatte. Noch verfügte sie über elektronische Hintertüren zur Agency. Bis diese versperrt waren – was schon bald der Fall sein würde –, wollte Reel sie so gut nutzen wie nur möglich. Ihr war klar gewesen, dass DiCarlo sich in ihrer neuen Position als Nummer zwei mit Robie treffen musste. Dass es an diesem Abend bereits ihre zweite Begegnung gewesen war, wusste Reel natürlich nicht.

Sie und DiCarlo kannten sich schon lange – viel länger, als die Agency wusste. Reel hatte sich stets darauf verlassen können, dass DiCarlo ihr den Rücken deckte. Aber das war jetzt nicht mehr möglich. Sie, Jennifer Reel, hatte die Grenze weit überschritten.

Sie war Robie bis zu DiCarlo gefolgt. Zuerst war ihr sein Ziel nicht klar gewesen, und als die Gegend ländlicher und der Verkehr spärlicher geworden waren, hatte sie befürchtet, Robie könnte sie entdecken. Aber irgendwann hatte sie gewusst, wohin er fuhr, hatte die Verfolgung abgebrochen, einen großen Bogen geschlagen und ihre Position eingenommen. Zu dem Zeitpunkt hatte sie keine Ahnung gehabt, dass ein Angriff erfolgen würde.

Reel war sicher, ein paar der Männer erwischt zu haben. Falls dem so war, würde man aufräumen, bevor jemand am Tatort eintraf. Man würde keine Leichen zurücklassen.

Robie hatte seine Fähigkeiten unter Beweis gestellt, indem er den gepanzerten SUV zur Flucht benutzte. Er arbeitete hervorragend unter Druck und war einfallsreich. Reel hatte ihn aus ihrer kurzen gemeinsamen Zeit noch gut in Erinnerung, denn sie hatte ihre Konkurrenz damals früh und oft eingeschätzt. Ihr einziger ernsthafter Konkurrent war Will Robie gewesen.

Im Laufe der Zeit hatte mal Reel, mal Robie den ersten Platz in ihrem jeweiligen Jahrgang eingenommen. Schließlich aber hatte Robie sie überholt.

Reel lächelte. *Bald wird sich zeigen, ob zu Recht.*

Ihre Gedanken wandten sich wieder DiCarlo zu. Warum war sie zum Ziel geworden? Was wusste sie?

Reel hatte schon lange den Verdacht gehabt, dass DiCarlo viel besser informiert war, als viele Kollegen wussten. Vermutlich war man der Ansicht gewesen, sie würde eine zwar tüchtige, aber nur vorübergehende Nummer zwei sein. Offensichtlich kannten sie DiCarlo nicht so gut wie Reel. Vermutlich dachte man so, weil DiCarlo eine Frau war. Dabei übersah man allerdings, dass sie dreimal so schwer arbeiten und doppelt so zäh wie jeder Mann sein musste, um die Position zu erreichen, die sie innehatte.

Die Gegend hatte eine kurze Verschnaufpause von dem lausigen Wetter eingelegt, aber das riesige Tiefdruckgebiet hatte sich über der Stadt festgesetzt. Als die Wolken sich vollgesogen hatten, setzte der Regen wieder ein. Der Wind frischte auf, und eine Bö rüttelte an Reels Leihwagen.

Sie ließ den Motor an und schaltete die Heizung ein, fuhr aber nicht los. Die regennassen Straßen hatten die wenigen Passanten an trockene Orte getrieben, und Reel hatte einen ungehinderten, wenn auch verregneten Blick auf den Bürgersteig. Könnten ihre Gedanken doch auch so klar sein! Aber sie waren bewölkt wie ein Bergtal an einem kalten Morgen.

Richter Samuel Kent und die andere Person auf ihrer Liste waren nicht nur vorgewarnt, sie hatten auch die Offensive ergriffen. Reel hatte nicht den geringsten Zweifel, dass diese Gruppe für den Angriff auf Janet DiCarlo verantwortlich war. Das war beunruhigend, denn offensichtlich wussten sie irgendetwas über die Frau, was Reel nicht wusste. Es war ein außergewöhnlicher Zug gewesen – und ein außergewöhnlicher Zug musste eine außergewöhnliche Rechtfertigung haben.

Reel griff nach dem Handy und betrachtete das Display. Es war kein Problem, Robie eine SMS zu schicken. Man konnte sie nicht zu ihr zurückverfolgen, davon war sie überzeugt. Aber zugleich war ihr klar, dass die Firma jede an Robie gerichtete Nachricht mitlas. Also musste sie vorsichtig sein – nicht nur um ihretwillen, auch wegen Robie. Es war schon merkwürdig, sich um das Wohlergehen dieses Mannes Sorgen zu machen, den sie um ein Haar in eine verkohlte Leiche verwandelt hätte. Aber jetzt eröffneten sich ihr Möglichkeiten, und die wollte sie sich nicht entgehen lassen.

Reel tippte die SMS und schickte sie ab. Jetzt konnte sie nur noch warten. Viel hing von Robie ab.

Der Regen fiel stärker, als Reel schließlich losfuhr.

Sie hatte nie eine Uniform getragen, hatte wahrscheinlich aber mehr Menschen getötet als ein Soldat mit einer Brust voller Orden. Und sie hatte dabei jedes Mal ihr Leben riskiert, während die Befehle von Leuten kamen, die sicheren Abstand zum Schlachtfeld hielten. Reel hatte diese Befehle nie hinterfragt.

Bis zu dem Augenblick, als das nicht mehr möglich war.

Ihr Vater war ein Ungeheuer gewesen. Er hätte sie beinahe in ein frühes Grab geprügelt. Diese Narben wurde Reel nie mehr los – nicht die Narben an ihrem Körper, sondern die in ihrer Seele. Sie würden niemals richtig heilen.

Erst ihre Karriere als sanktionierte Killerin hatte ihr etwas gegeben, was sie vorher nie gekannt hatte. Eine klare Richtschnur für das eigene Handeln und Denken.

Gut gegen Böse.

Das Gute gewinnt. Das Böse verliert.

Als hätte sie ihren Vater immer wieder getötet. Als würde sie die Neonazis für alle Ewigkeit ausmerzen. Und jeden anderen Dämon, der es wagte, sich unter den Menschen zu verstecken, um dort Unheil anzurichten.

Und doch war es nie so einfach gewesen und würde es auch niemals sein.

Irgendwann war Reel klar geworden, dass ihr eigener moralischer Kompass der beste Ratgeber war, wenn es zu entscheiden galt, was gut ist und was böse. Auch wenn ihre früheren Taten diesen Kompass beschmutzt hatten.

Es war ihr nicht leichtgefallen, den blinden Gehorsam ihrem Arbeitgeber gegenüber aufzugeben. Doch als sie es geschafft hatte, war sie zutiefst erstaunt, wie befreiend es war, wieder für sich selbst zu entscheiden.

Für sich selbst zu *denken*.

Während Reel Gas gab, fragte sie sich, was Robie aus dem kleinen Geschenk machen würde, das sie ihm hinterlassen hatte.

KAPITEL 33

Offiziell nannte man ihn nicht »NSA« – das hätte nur zu Verwechslungen mit der National Security Agency geführt. Technisch gesehen bekleidete er die Stellung des »APNSA«, des Nationalen Beraters in Sicherheitsfragen. Er wurde nicht vom Senat bestätigt, sondern vom Präsidenten direkt ernannt. Sein Büro befand sich im Westflügel des Weißen Hauses neben dem Oval Office. Im Gegensatz zum Minister für innere Sicherheit oder dem Verteidigungsminister hatte der Berater in Sicherheitsfragen keine Weisungsgewalt über Regierungsbehörden.

Bei solchen Einschränkungen hätte man schnell zu dem Schluss kommen können, der Sicherheitsberater verfüge weder über Autorität noch großen Einfluss. Dieser Schluss wäre absolut falsch gewesen.

Jeder, der das Ohr des Präsidenten besaß, hatte große Autorität und gewaltigen Einfluss. In Zeiten nationaler Krisen operierte der Berater in Sicherheitsfragen direkt aus dem Situation Room, der Kommandozentrale des Weißen Hauses, meist an der Seite des Präsidenten.

Das alles war Robie bekannt, als man ihn in die 1600 Pennsylvania Avenue brachte. Die Tore, die so massiv waren, dass sie einem Panzerangriff standhalten konnten, öffneten sich, und der Konvoi aus SUVs bewegte sich auf die zweifellos berühmteste Adresse der Welt zu.

Der Weg von den geparkten Fahrzeugen war kurz. Man brachte Robie nicht in den Situation Room – der war für nationale Krisen reserviert –, sondern in einen kleinen Konferenzraum, wo man ihn anwies, Platz zu nehmen. Also setzte er sich. Ihm war klar, dass bewaffnete Männer vor der Tür standen.

Robie fragte sich, ob der Präsident heute in der Stadt war. Zweifellos hatte man ihn über alles informiert. Man konnte nur spekulieren, welche Schlüsse er daraus gezogen hatte.

Man ließ Robie fünf Minuten warten, lange genug, um ihm zu zeigen, dass der Mann, auf den er wartete, ausgesprochen wichtig war, und dass Robies Angelegenheit zweifellos brisant war, aber nur eine von vielen, mit denen der Berater in Sicherheitsfragen jonglierte.

Schließlich war die Welt ein sehr komplizierter Ort. Und Amerika steckte als letzte noch verbliebene Supermacht mitten in all diesen komplizierten Vorgängen. Egal, was die Vereinigten Staaten taten – die Hälfte der Welt würde es hassen, und die andere Hälfte würde sich beklagen, dass die Amerikaner nicht annähernd genug taten.

Robie konzentrierte sich, als die Tür sich öffnete. Der Mann, der das Zimmer betrat, war der Öffentlichkeit, die schon Probleme hatte, jedes Kabinettsmitglied mit Namen zu benennen und manchmal schon beim Namen des Vizepräsidenten ins Stolpern geriet, größtenteils unbekannt.

Robie ging davon aus, dass dieser Mann die Anonymität vorzog. Er hieß Gus Whitcomb, war achtundsechzig Jahre alt und hatte einen kleinen Bauch. Aber er hatte auch noch immer die breiten Schultern, die er vor mehr als vierzig Jahren als Linebacker im Baseballteam der Marineakademie gehabt hatte. Auch sein Verstand schien immer noch präzise wie ein Uhrwerk zu arbeiten. Whitcomb stand in dem Ruf, Amerikas Feinden mit einer wirksamen Mischung aus Leidenschaft und Skrupellosigkeit gegenüberzutreten. Der Präsident verließ sich blind auf ihn.

Whitcomb nahm Robie gegenüber Platz, setzte eine randlose Brille auf und warf einen Blick auf das Tablet, das er bei sich trug. Wie der Rest der Welt strebte auch das Weiße Haus den papierlosen Zustand an. Whitcomb las, was auf dem Display stand. Dann nahm er die Brille ab und schob sie in die Jackentasche, bevor er Robie anschaute.

»Der Präsident lässt Sie grüßen.«

»Das weiß ich zu schätzen.«

»Nun, er weiß auch Sie zu schätzen.«

Nachdem Whitcomb die Höflichkeiten hinter sich gebracht hatte, wechselte er den Gang. »Das war ein harter Abend für Sie.«

»Unerwartet, ja.«

»DiCarlos letzte Prognose sieht besser aus. Die Ärzte glauben, dass sie durchkommt.«

»Freut mich zu hören.«

»Ich habe Ihren Bericht mehrmals gelesen. Aber da steht kein Hinweis darauf, wer die Angreifer gewesen sein könnten.«

»Das weiß ich auch nicht, Sir. Ich habe keinen klaren Blick auf sie bekommen. Sie haben aus großer Entfernung geschossen. Hat die Forensik etwas ergeben?«

»Viele Patronenhülsen.«

Robie nickte. »Leichen?«

Whitcomb blickte ihn scharf an. »Warum? Auf diese Entfernung hätten Sie mit Ihrer Pistole kaum jemanden treffen können.«

Robie war direkt in die Falle getappt. Niemals hätte er etwas zur Sprache bringen dürfen, von dem nicht in seinem offiziellen Bericht die Rede war. Er musste müder sein als gedacht.

»Als ich dort verschwunden bin, sind sie auf uns vorgerückt. Aber ich habe ein paar Schüsse auf sie abgegeben. Man weiß ja nie, ob man Glück hat.«

Whitcomb schien ihm nicht zuzuhören, was Robie beunruhigte. Es schien, als hätte der Mann sich bereits eine Meinung gebildet. Dann erst wurde Robie bewusst, was Whitcomb gesagt hatte, und er bemühte sich mit aller Kraft, es sich nicht anmerken zu lassen.
Viele Patronenhülsen.
Als hätte Whitcomb Robies Gedanken gelesen, sagte er: »Neben einem Baum links neben DiCarlos Haus wurden mehr als vierzig Hülsen gefunden. Ihre Lage auf dem Boden deutet darauf hin, dass der Schütze in die Richtung gefeuert hat, wo sich Ihnen zufolge die anderen Schützen befanden und wo Blut und andere Patronenhülsen entdeckt wurden. Außerdem fand man Glassplitter, die unserer Untersuchung zufolge von Zielfernrohren und Taschenlampen stammen. Also stellt sich die Frage, wer noch dort war.« Er blickte Robie fragend an.
Robie schwieg.
»Sie werden ja wohl kaum die Person übersehen haben, die mehr als vierzig Gewehrpatronen von großem Kaliber auf ein Ziel abgefeuert hat, das wiederum auf Sie geschossen hat. Wer war Ihr Schutzengel? Das ist die erste Frage. Die zweite Frage lautet, warum diese Information nicht in Ihrem Bericht steht.«
»Das ist eine Sache des Vertrauens, Sir.«
Whitcombs reglosem Gesichtsausdruck nach zu urteilen, war das nicht die Erwiderung, die er erwartet hatte. »Wie war das bitte?«
»Mrs. DiCarlo hat mir gegenüber zum Ausdruck gebracht, dass in der Behörde und andernorts die Dinge nicht so laufen, wie es sein sollte. Dinge, die ihr zu schaffen machten. Sie hat Andeutungen gemacht, dass eine Krise droht. Sie hatte bloß zwei Bodyguards, weil sie nur diesen Männern vertraut hat, niemandem sonst.«
Whitcomb setzte seine Brille wieder auf, als könnte

es ihm helfen, deutlicher zu erkennen, was Robie gerade gesagt hatte.

»Soll ich glauben, die Nummer zwei der Behörde hat ihrem Arbeitgeber, der CIA, nicht vertraut?« Er schüttelte den Kopf. »Das ist sehr schwer nachzuvollziehen, Mr. Robie.«

»Ich sage Ihnen nur, was DiCarlo mir gesagt hat.«

»Dennoch fehlte auch diese außergewöhnliche Behauptung in Ihrem Bericht. Und Mrs. DiCarlo steht uns leider nicht zur Verfügung, um Ihre Aussage zu bestätigen.«

»Sie hat mich in ihr Haus eingeladen, Sir, um mir das alles zu sagen.«

»Da haben wir wieder nur Ihr Wort.«

»Sie glauben mir nicht?«

»Anscheinend glauben Sie ja auch nichts.«

Robie schüttelte den Kopf, sparte sich aber eine Erwiderung.

Whitcomb ließ nicht locker. »Meinen Berichten zufolge haben wir es mit einer abtrünnigen Agentin zu tun, die Geheimdienstmitarbeiter umbringt. Und Sie hat man beauftragt, besagte Agentin aufzuspüren und auszuschalten. Ich habe nicht den Eindruck, dass Sie auch nur einen Schritt näher an ihr dran sind. Tatsächlich hat es den Anschein, als wären Sie der Ansicht, der wahre Feind befände sich im Inneren und nicht außerhalb.«

»Wenn einem die eigene Seite Informationen vorenthält, ist es meiner Meinung nach ganz normal, dass das Vertrauen schwindet. Davon abgesehen, macht es meine Aufgabe bedeutend schwerer.«

»Vorenthaltene Informationen?«

»Redigierte Akten, manipulierte Tatorte, rätselhafte Treffen, bei denen mehr ungesagt bleibt, als gesagt wird. Absichten, die sich ständig zu ändern scheinen. Das sind keine idealen Voraussetzungen, um im Feld Erfolg zu haben.«

Whitcomb starrte ein paar Augenblicke auf seine Hände, bevor er aufschaute. »Beantworten Sie mir eine einfache Frage. Haben Sie die Person gesehen, die diese Schüsse abgegeben hat?«

Wenn er mit der Antwort zögerte, würde es verheerende Folgen haben, das war Robie klar. »Es war eine Frau. Ich konnte das Gesicht nicht deutlich sehen, aber es war definitiv eine Frau.«

»Und Sie haben nicht versucht, ihre Identität festzustellen?«

Jetzt hatte Robie eine Antwort, gegen die nicht einmal ein harter Bursche wie Whitcomb etwas einwenden konnte. »Ich hatte eine schwer verletzte Frau im Wagen, die jeden Augenblick sterben konnte. Obendrein sind Schützen auf uns vorgerückt. Ich musste mich so schnell wie möglich von diesem Ort entfernen, mir blieb gar keine Wahl. Meine vordringliche Sorge war Mrs. DiCarlos Überleben.«

Whitcomb nickte, bevor Robie geendet hatte. »Natürlich, Robie. Natürlich, völlig verständlich. Ich hoffe, Ihre schnelle Reaktion hat DiCarlo das Leben gerettet. Man müsste Sie dafür belobigen.«

Er hielt inne und schien seine Gedanken zu sammeln, während Robie auf die nächste Frage wartete.

»Haben Sie eine Vorstellung, wer diese Frau gewesen sein könnte?«

»Zu dem Zeitpunkt kann ich nur Vermutungen äußern, Sir.«

»Zu dem Zeitpunkt reicht mir das«, gab Whitcomb zurück.

»Ich glaube, die Frau war Jessica Reel. Die abtrünnige Agentin, die ich zur Strecke bringen soll.«

KAPITEL 34

GameStop würde erst in ein paar Stunden öffnen, aber sie wusste, dass er immer früh dort war. Also saß Reel vor dem Eingang des Einkaufszentrums, den er benutzen würde, in ihrem Auto. Als sie seinen schwarzen Mustang einparken sah, blendete sie kurz auf.

Er kam zu ihr und stieg ein.

Reel fuhr los.

Michael Gioffre trug einen Hoodie, Baggy Jeans und sein »Day of Doom«-T-Shirt. Vermutlich besaß er Dutzende davon.

»Wo fahren wir hin?«, fragte er. »Ich muss mich um die Ware kümmern.«

»Es ist nicht weit. Und wenn du hast, was ich brauche, wird es auch nicht lang dauern. Gerade genug Zeit für eine Tasse Kaffee.«

Sie zeigte auf den Kaffee, der in dem Becherhalter steckte. Gioffre nahm ihn und trank einen Schluck.

»Du hast mir nicht viel Zeit gegeben«, murmelte er.

»Wenn ich mich richtig erinnere, hast du nie viel Zeit gebraucht. Oder liege ich da falsch?«

Gioffre nahm noch einen Schluck und wischte sich den Mund ab. »Ich könnte deswegen eine Menge Ärger bekommen.«

»Ja, könntest du.«

»Trotzdem erwartest du von mir, dass ich dir helfe?«

»Ja. Wäre die Lage umgekehrt, würdest du das auch erwarten.«

Gioffre seufzte. »Ich hasse es, wenn du so logisch argumentierst.«

»Du bist Gamer. Ich dachte, Logik sei dein Leben.«

»Ich mag auch Fantasy. Ich töte Kerle auf dem Bildschirm. Du tötest sie in der Realität.«

Eine Zeit lang fuhren sie schweigend.

»Eine dumme Bemerkung«, sagte Gioffre schließlich. »Tut mir leid.«

»Nein, es ist die Wahrheit, also kann die Bemerkung nicht dumm sein, es sei denn, die Wahrheit ist dumm, und das ist sie nicht.«

»Wieder deine Logik. Davon hast du einen endlosen Vorrat.«

»Ich habe sie immer dem Chaos vorgezogen. Vorausgesetzt, ich hatte die Wahl.«

Für Reel hätten sie genauso gut in einem Zeittunnel sein können. Zehn Jahre in der Vergangenheit, unterwegs im Auto in einem fremden Land. Sie brauchte Informationen, und Gioffre gab sie ihr. Andererseits kam ihr mittlerweile jeder Ort fremd vor. Selbst die, die sie früher Heimat genannt hatte.

Schweigend fuhren sie noch eine Meile. Jeder auf die Windschutzscheibe klatschende Regentropfen schien Reel eine geraubte Sekunde ihrer beider Leben zu repräsentieren.

»Haben sie es verdient?«, brach Gioffre leise das Schweigen.

Reel antwortete nicht.

Er rutschte auf dem Sitz herum. »So wie ich dich kenne, wird das wohl der Fall sein.«

»Gib mir keinen Orden für etwas, was ich nicht verdient habe.«

»Was soll das denn heißen?«, fragte Gioffre.

»Ich habe eine Menge mir unbekannter Leute eliminiert, weil mir jemand gesagt hat, dass es nicht nur richtig sei, sondern meine Pflicht. Jemand, der in der Hackordnung über mir steht. Ob diese Leute es tatsächlich verdient hatten, war nie Teil dieser Gleichung. *Das heißt es.*«

»Aber dafür hast du unterschrieben. Dafür habe auch ich damals unterschrieben. Wir waren auf der Seite von Recht und Gerechtigkeit. Jedenfalls hat man uns das gesagt.«

»Größtenteils war es die Wahrheit, Mike. Aber nur größtenteils. In dieser Gleichung haben wir es mit Menschen zu tun, also ist nichts perfekt. De facto ist alles mangelhaft.«

»Also haben sie es verdient? Ich meine, dieses Mal?«

Reel bog unvermittelt ab, fuhr an den Straßenrand und stellte den Wahlhebel auf Parken. Dann wandte sie sich Gioffre zu.

»Ja, sie haben es verdient. Aber es ist einfach *und* kompliziert. Der einfache Teil ist erledigt. Der komplizierte Teil wird mehr Zeit brauchen. Und vielleicht niemals fertig werden.«

»Da kommt noch mehr?«

»Sehe ich aus, als wäre ich fertig?«

»Nein.«

Reel legte wieder den Gang ein und fuhr weiter. »Wenn ich dir noch mehr erzähle, wirst du zum Komplizen bei allem, was ich tue. Also kommen wir zum Ende. Hast du, was ich brauche?«

Er zog einen USB-Stick aus der Tasche und gab ihn ihr. Reel steckte ihn ein.

»Ich habe es mir nicht angesehen«, sagte er.

»Gut.«

»Woher hast du gewusst, dass es überhaupt existiert?«

»Weil sie es ausführen. So etwas macht man nicht ohne vorherige Planung. Ohne Karte, nach der man sich richtet. Jemand musste ein Arbeitspapier erstellen. Das ist kein Puzzle, das man von hinten aufrollen kann. Jedes Teil muss an der richtigen Stelle sein, jedes Oben und Unten muss vorher in Betracht gezogen werden.«

»Wer sind ›sie‹?«

Reel schüttelte den Kopf. »Kein Thema.«

»Vermutlich müsstest du mich dann auch umbringen.«

»Vermutlich«, sagte Reel. Sie zeigte nicht einmal den Hauch eines Lächelns.

Gioffre rieb sich durch das strubblige Haar und blickte zur Seite.

»War der Kaffee so, wie du ihn magst?«, fragte sie.

Er fasste den Becher fester. »Perfekt. Du hast ein gutes Gedächtnis.«

»Wenn du immer zwei Sekunden von einem gewalttätigen Tod entfernt bist, merkst du dir die kleinen Dinge. Eine Portion Milch vor dem Kaffee in den Becher, dann eine Portion Zucker. Nicht umrühren. Was mich bei Verstand gehalten hat. Gilt vermutlich auch für dich, richtig?«

»Woran erinnerst du dich noch aus dieser Zeit?«

Reel starrte durch die Windschutzscheibe. Zahllose Bilder blitzten vor ihrem geistigen Auge auf. Die meisten würde sie nie vergessen, egal, wie sehr sie sich bemühte.

»Der Wind wehte ununterbrochen. Der Sand scheuerte meine Haut auf und blockierte ständig meine Waffen. Ich bekam nie genug zu essen oder zu trinken. Vor allem erinnere ich mich daran, dass ich mich gefragt hatte, was wir dort zu suchen hatten. Denn nach unserem Abzug würde es wieder genauso aussehen. Wir würden dort nur viel Blut zurücklassen. Und eine Menge davon würde unser eigenes Blut sein.«

Gioffre schaute nach vorn und trank langsam den Kaffee, als wäre es der letzte Becher seines Lebens.

»Du hast doch den Pfad geschlossen, der zu dir führt?«, fragte Reel.

»Ich habe mein Bestes gegeben. Um auf mich zu stoßen, müssten sie besser als ich sein. Und ich glaube nicht, dass sie das sind. Ich kenne sechzehnjährige

Rotznasen, die noch nie ein Mädchen geküsst haben, aber die besten Leute der NSA in Grund und Boden programmieren könnten.«

»Pass trotzdem auf dich auf. Bei der Sache ist kein Platz für überzogenes Selbstvertrauen.«

Er betrachtete den Becher. »Sieht so aus, als würde es den ganzen Tag regnen.«

»Sieht so aus, als würde es den Rest meines Lebens regnen.«

»Wie lange könnte das dauern?«, fragte er. »Dein Leben, meine ich.«

»Da ist deine Einschätzung vermutlich besser als meine. Ich bin keine objektive Beobachterin mehr.«

»Du solltest nicht auf diese Weise gehen, Jess. Nicht nach allem, was du getan hast.«

»Genau deswegen muss ich auf diese Weise gehen. Sonst könnte ich mich nicht mehr im Spiegel anschauen. Würden alle Leute diesen Spiegeltest machen, würden sie drei Viertel von dem Scheiß sein lassen, den sie verzapfen. Aber am Ende des Tages können sie alles rechtfertigen, was sie wollen. So sind wir nun mal gepolt – du, ich und alle anderen.«

»Sie müssen dich wirklich verletzt haben.«

Sie haben jemanden verletzt, der mir viel bedeutet hat, dachte Reel. *Sie haben ihn so sehr verletzt, dass er tot ist. Und als sie ihn verletzt haben, da haben sie auch mich verletzt. Aber jetzt ist es an mir, sie zu verletzen.*

»Ja, das haben sie«, erwiderte Reel.

Sie fuhr zurück zum Einkaufszentrum und parkte in der Nähe vom GameStop, damit Gioffre aussteigen konnte.

»Danke für die Hilfe, Mike. Niemand wird je erfahren, wo das herkommt.«

»Ich weiß.«

Er wollte aussteigen, beugte sich dann aber wieder in den Wagen, als der Regen auf ihn prasselte.

»Ich hoffe, du schaffst es.«

»Wir werden sehen.«

»Wen haben sie dir auf den Hals gehetzt?«

»Will Robie.«

Gioffre holte zischend Luft, seine Augen weiteten sich vor Furcht. »Scheiße. Robie?«

»Ja. Aber vielleicht gib er mir Freiraum.«

»Warum sollte er?«

»Weil ich ihm gestern Abend das Leben gerettet habe.«

Reel fuhr los und ließ Gioffre im Regen stehen.

Ein paar Meilen weiter bog sie in ein Parkhaus ein und suchte sich einen Stellplatz, ließ den Motor aber laufen. Dann schob sie den Stick in den Laptop und las den Inhalt sorgfältig durch.

Sie musste eine Flugreise machen.

Es ließ sich nicht vermeiden.

Sie fuhr wieder los.

KAPITEL 35

Der SUV setzte Robie vor seinem Apartmenthaus ab. Die Männer hatten auf der kurzen Fahrt vom Weißen Haus kein Wort mit ihm gewechselt, und sie sagten auch jetzt nichts, als sie die Tür öffneten und ihn aussteigen ließen. Robie beobachtete, wie das Fahrzeug im frühen Berufsverkehr untertauchte.

Whitcomb hatte nicht mehr viel gesagt, nachdem Robie ihm erklärt hatte, dass Jessica Reel ihm und DiCarlo zu Hilfe gekommen war. Er hatte sich ein paar Dinge auf seinem Tablet notiert, hatte Robie misstrauische Blicke zugeworfen, war aufgestanden und gegangen.

Robie war sitzen geblieben, bis ein Sicherheitsmann ihn ein paar Minuten später holte. Es war ein denkwürdiger und beunruhigender Besuch im Weißen Haus gewesen.

Jetzt blickte Robie auf sein Wohnhaus. Er konnte sich nicht erinnern, jemals so müde gewesen zu sein, obwohl er schon öfter mehrere Tage unter den schwierigsten Bedingungen geschuftet hatte, manchmal ohne Schlaf und fast ohne Nahrung.

Vielleicht bin ich zu alt für so was.

Dieses Zugeständnis wollte er wirklich nicht machen, aber sein erschöpfter Körper und sein müder Verstand waren zwei eindringliche Hinweise, dass in dieser Vermutung mehr Wahrheit lag, als ihm recht war.

Er nahm den Fahrstuhl zu seinem Apartment, schaltete den Alarm aus und verriegelte hinter sich die Wohnungstür. Im Weißen Haus hatte er das Handy ausgemacht, weil man ihn darum gebeten hatte. Jetzt schaltete er es wieder ein. Eine SMS erschien auf dem Display.

Ich tue nichts ohne Grund. Mach einfach die Tür auf.

Robie setzte sich und starrte volle fünf Minuten auf diese Botschaft. Dann legte er das Handy auf den Tisch und stellte sich zwanzig Minuten unter die Dusche, ließ das heiße Wasser die Erschöpfung aus seinem Körper vertreiben. Er zog sich an und trank ein Glas Orangensaft.

Dann setzte er sich und betrachtete noch einmal die SMS.

Ich tue nichts ohne Grund. Mach einfach die Tür auf.

Reel hatte viele Dinge getan. Worauf sollte er sich konzentrieren? Was sollte er entschlüsseln?

Die Exekutionen?

Dass sie ihm zu Hilfe gekommen war?

Ihre neueste SMS?

Alles zusammen?

Er wartete auf den Anruf der Agency. Sie hatten die SMS garantiert schon gelesen und ein halbes Dutzend Analytiker darauf angesetzt.

Aber der Anruf kam nicht. Vielleicht wusste man nicht, was man ihm sagen sollte. Robie erwog, Reel zu antworten und sie zu fragen, was sie damit meinte. Andererseits wusste sie genau wie er, dass man jedes Wort mitlesen würde. Robie beschloss, sich die Mühe zu sparen.

Er steckte das Handy weg, stand auf und streckte sich. Er brauchte dringend Schlaf, aber dafür war jetzt keine Zeit.

Plötzlich fiel ihm ein, dass er einen Wagen mieten musste. Sein Auto, von Kugeln durchlöchert, stand in irgendeiner geheimen Verwahrstelle der Regierung.

Schon im Jahr zuvor hatte er mehrere Wagen verschlissen. Zum Glück konnte man Leihgebühren von der Steuer absetzen. Sanktionierte Attentäter hingegen konnten nur wenige Ausgaben steuerlich geltend machen.

Robie nahm ein Taxi zu einem Mietwagenverleih und unterschrieb für einen Audi 6. Der letzte Audi, den er gefahren hatte, war ebenfalls von Kugeln durchsiebt worden. Er fragte sich, ob er bei Mietwagenfirmen auf einer Liste von Risikokunden stand – mit der Warnung an die Mitarbeiter, auf keinen Fall Geschäfte mit ihm zu machen. Falls dem so war, hatte die Filiale, in der er sich gerade den Wagen geliehen hatte, diese Warnung nicht erhalten.

Mit dem neuen Audi fuhr Robie zu dem Krankenhaus, in dem Janet DiCarlo lag. Die Information hatte Blue Man ihm an diesem Morgen in einer E-Mail geschickt. Der Regen und der Berufsverkehr ließen ihn erst vierzig Minuten später eintreffen.

Robie rechnete damit, dass DiCarlos Etage von Sicherheitsleuten abgeriegelt war, aber das war nicht der Fall. Er hielt es für ein schlechtes Zeichen. Und dass die Intensivstation bei seinem Eintreten praktisch leer war, war ein noch schlechteres Zeichen.

Als er sich bei einer der Schwestern nach DiCarlo erkundigte, bekam er nur einen ausdruckslosen Blick zur Antwort.

Verstehe, dachte er, *man hat sie nicht unter ihrem richtigen Namen eingewiesen.*

Er warf einen Blick auf die Zimmernummern und zeigte auf eine davon. »Die Frau in diesem Zimmer hier«, sagte er. Blue Man hatte sich ganz klar ausgedrückt: Intensivstation, Zimmer sieben. »Was ist mit ihr?«

Eine andere Frau trat auf ihn zu. Irgendwie machte sie den Eindruck, hier das Sagen zu haben. Robie stellte ihr die gleiche Frage.

Die Frau nahm ihn beim Ellbogen und führte ihn in eine Ecke. Robie zeigte ihr seinen Dienstausweis, den sie genau studierte.

»Der Zustand der Patientin und ihr derzeitiger Aufenthaltsort sind uns unbekannt«, sagte sie dann.

»Wie ist das möglich? Das hier ist ein Krankenhaus. Lassen Sie zu, dass man Patienten in kritischem Zustand einfach hier rausholt?«

»Sind Sie ein Kollege der Frau?«

»Warum?«

»Weil ich schon sehr lange in meinem Beruf arbeite. Bei uns landen alle möglichen Leute. Diese Frau war meiner Meinung nach eine Geheimnisträgerin. Man hat uns ihren Namen nicht genannt, und sie wurde heute Morgen in aller Frühe hier rausgebracht, ohne dass uns ihr Ziel mitgeteilt wurde.«

»Wer hat sie geholt?«

»Männer in Anzügen mit Dienstmarken und Ausweisen, die mir eine Höllenangst eingejagt haben, wenn Sie es genau wissen wollen.«

»Was stand auf diesen Ausweisen?«

»Homeland Security.«

Jetzt war es Robie, der die Frau ausdruckslos anstarrte.

DHS. Homeland Security. Das Heimatschutzministerium war in den Fall verstrickt. CIA und DHS waren keine Freunde, das war nun mal so, aber wenn die Homeland Security DiCarlo aus diesem Krankenhaus holen konnte, dann nur mit dem Segen der CIA. Also hatten sich die beiden bundesbehördlichen Giganten über alle Schwierigkeiten hinweggesetzt und arbeiteten zusammen.

Robie konzentrierte sich wieder auf die Krankenschwester. »Und sie haben nicht gesagt, wohin man die Frau bringt?«

»Nein.«

»War sie überhaupt transportfähig?«

»Als Krankenschwester mit zwanzig Jahren Erfahrung in der Notfallmedizin würde ich das energisch verneinen. Aber diese Leute haben es trotzdem getan.«

»Wie schwer sind ihre Verletzungen?«

»Das darf ich Ihnen nicht sagen. Vertraulich.«

»Ich war gestern Abend mit der Frau zusammen, als sie angeschossen wurde. Ich habe sie vor den Leuten, die sie umbringen wollten, in Sicherheit gebracht. Meine Behörde hat mich hergeschickt, um nach ihr zu sehen. Sie können sicher verstehen, wie überrascht ich bin, dass die Frau nicht mehr hier ist. Ich weiß, dass es hier um Vertraulichkeit geht, aber Sie kennen nicht einmal ihren Namen. Sie war einfach nur die Frau auf Zimmer sieben. Ich wüsste nicht, wie Sie gegen irgendwelche gesetzlichen Vorschriften verstoßen sollten.«

Die Frau dachte darüber nach. »Es ist eine ungewöhnliche Situation«, bestätigte sie dann.

»Wie wahr.«

»Sie lag auf der Intensivstation. Und sie wäre auch nicht so schnell verlegt worden, denn sie hatte schwere innere Verletzungen. Die Chirurgen haben die Kugel entfernt, aber sie hat viel Schaden an den Organen angerichtet. Der Frau wird eine lange Genesung bevorstehen. Falls sie durchkommt. Mehr kann ich Ihnen nicht sagen.«

Robie bedankte sich und ging.

Auf dem Weg zum Auto rief er Blue Man an und setzte ihn ins Bild, wobei er sorgfältig auf die Reaktion achtete, um festzustellen, ob Blue Man bereits Bescheid wusste.

Die nächsten Worte Blue Mans gaben Robie Zuversicht, dass er keine Ahnung hatte.

»Verdammt noch mal, was geht hier vor?«

»Ich sage es Ihnen, falls ich es herausfinde«, antwortete Robie.

Er unterbrach die Verbindung und stieg in seinen Wagen.

Es gab mehrere Möglichkeiten, wie er der Sache nachgehen konnte, aber nur eine war der direkte Weg. Und im Augenblick musste Robie direkt vorgehen.

Er gab Gas, und der Audi schoss davon.

Wollte man vernünftige Antworten bekommen, war es manchmal das Beste, ganz oben anzufangen.

KAPITEL 36

Evan Tuckers Autokolonne verließ das Anwesen und bog auf die Straße ein. Plötzlich kam das Führungsfahrzeug mit kreischenden Bremsen zum Stehen, und Männer mit gezückten Pistolen sprangen heraus.

Ein Audi versperrte den Weg. Vor dem Wagen stand Will Robie. Im nächsten Augenblick war er von fünf Sicherheitsleuten umzingelt.

»Hände hoch! Sofort!«, brüllte der leitende Agent.

Robie ließ die Hände unten. »Sagen Sie Ihrem Boss, dass ich direkt zum FBI fahre, wo ich alles auspacke, was ich weiß, wenn wir uns nicht sofort unterhalten. Das wird ihm nicht gefallen. Glauben Sie mir.«

»Ich sagte, Hände hoch! Sofort.«

Robie sah ihn nur an. »Und ich sage Ihnen, gehen Sie zu Ihrem Boss. Sofort.«

Die Agenten warfen sich auf Robie. Einer landete auf der Haube des Audi, ein zweiter machte Bekanntschaft mit dem Bürgersteig. Der dritte wollte gerade sein Glück versuchen, als eine laute Stimme rief: »Das reicht!«

Alle drehten sich um. Evan Tucker stand neben dem mittleren SUV.

»Schluss mit dem Blödsinn.«

Die Agenten rappelten sich auf und warfen Robie finstere Blicke zu, traten aber den Rückzug an.

Tucker richtete seine Aufmerksamkeit auf Robie. »Probleme?«

»Ja. Ein großes. Es heißt Janet DiCarlo.«

Tucker warf einen Blick auf ein paar Gaffer, die mit offenem Mund in ihren Vorgärten oder neben ihren Autos standen. Einige hielten ihre Kinder bei der Hand.

»Robie«, zischte Tucker. »Wir sind in der Öffentlichkeit!«

»Nicht mein Problem. Ich habe Ihren Leuten gesagt, dass ich mit Ihnen sprechen muss. Unter vier Augen. Sie scheinen das nicht begriffen zu haben.«

Tucker richtete seine Aufmerksamkeit auf eine junge Mutter, die die Hand ihres vielleicht fünfjährigen Jungen umklammert hielt. Der Junge schien sich beim Anblick der Männer mit Pistolen zu fürchten.

Tucker lächelte die Frau an. »Nur ein kleines Missverständnis. Wir fahren jetzt. Noch einen schönen Tag.« Er zeigte mit dem Finger auf Robie. »Und Sie kommen mit mir!«

Robie schüttelte den Kopf. »Ich folge Ihnen in meinem Wagen. Das ist ein Leihwagen. Den will ich nicht verlieren. Sie wissen, was mit meinem letzten fahrbaren Untersatz passiert ist.«

Tucker kaute ein paar Sekunden auf dieser Antwort herum, dann verschwand er in seinem SUV und knallte die Tür zu. Robie stieg in seinen Audi, setzte zurück, ließ die Kolonne vorbei und folgte ihr dann.

Als sie zur Hauptstraße kamen, entdeckte Robie, was er brauchte – eine Filiale von IHOP. Sofort bog er ab, fuhr auf einen Parkplatz und stieg aus. Bevor er das Frühstücksrestaurant betrat, sah er aus dem Augenwinkel, wie die Wagenkolonne hielt und zurücksetzte. Überall ertönte wildes Hupen.

Robie betrat die Filiale. Eine junge Frau kam mit einer Speisekarte in der Hand auf ihn zu.

»Frühstück für eine Person, Sir?«

»Nein, wir sind zu zweit. Aber wir brauchen zusätzlichen Platz für ungefähr fünf große Männer, die den Tisch umstellen werden.«

Die junge Frau riss die Augen auf. »Bitte?«

»Es wäre toll, wenn Sie einen Privatraum hätten.«

»Privatraum?«

Robie ließ seinen Dienstausweis aufblitzen. »Keine Sorge, wir sind die Guten.«

Als Evan Tucker mit seinem Gefolge ins Restaurant stürmte, hatte Robie bereits zwei Tassen Kaffee bestellt. Die verängstigte Kellnerin führte die Männer zu ihm.

»Danke«, sagte Robie zu ihr. »Ich übernehme jetzt für Sie.«

Die Frau hatte ihn in eine Ecke gesetzt, so abgeschieden wie möglich. Glücklicherweise war nicht viel los. Der nächste Kunde saß mindestens ein halbes Dutzend Tische entfernt.

»Verdammt, was sollen diese Spielchen?«, fauchte Tucker.

»Ich hatte keine Zeit fürs Frühstück. Und ich bin hungrig. Ich habe Ihnen einen Kaffee bestellt.«

»Wir können diese Angelegenheit nicht hier besprechen.«

»Tja, das aber ist der einzige Ort, an dem ich sie besprechen werde.«

»Soll ich Sie verhaften?«

»Innerhalb der Vereinigten Staaten haben Sie keine Autorität, jemanden zu verhaften, Direktor. Und ich glaube nicht, dass Sie die örtliche Polizei rufen, denn das geht weit über deren Gehaltsstufe hinaus. Sie könnten uns alle verhaften und dann jemand anderen die Sache klären lassen. Also warum nehmen Sie nicht Platz, lassen Ihre Leute Aufstellung um den Tisch nehmen und ihre Störgeräte gegen elektronische Überwachung einschalten, die sie dabeihaben? Dann können wir uns in aller Ruhe unterhalten.«

Tucker hatte Mühe, seinen Zorn in Schach zu halten. Schließlich holte er tief Luft, setzte sich und bedeutete seinen Männern, es ihm gleichzutun. Aus einem Gerät,

das einer der Agenten in der Hand hielt, erklang ein leises Summen.
»Nehmen Sie Milch und Zucker im Kaffee?«
»Schwarz.«
Ein schüchterner Kellner, kaum dem Teenageralter entwachsen, trat an den Tisch. Mit zittriger Stimme fragte er: »Wollen Sie etwas bestellen?«
Bevor die Bodyguards ihn verjagen konnten, sagte Robie: »Ich ja. Direktor?«
Tucker schüttelte den Kopf, warf dann aber einen Blick auf die Speisekarte. »Warten Sie, ich habe auch noch nicht gefrühstückt.« Er sah den Kellner an. »Was können Sie empfehlen?«
Der junge Mann sah aus, als würde er sich lieber von Haien fressen lassen, als den Mund aufzumachen. »Äh ... eigentlich sind wir für unsere Pfannkuchen bekannt«, stotterte er dann.
»Gut, dann nehme ich einen Stapel davon. Dazu zwei Spiegeleier, Schinken und Grapefruitsaft.«
»Zweimal«, sagte Robie.
Der Kellner eilte los.
»Können wir es jetzt hinter uns bringen?«, fragte Tucker.
»Erlauben Sie eine Frage«, entgegnete Robie.
»Kommt drauf an.«
»Wissen Sie, wo Janet DiCarlo ist?«
»Sie liegt im Krankenhaus«, antwortete Tucker.
»Okay, aber wo? In dem Krankenhaus, in das sie letzte Nacht eingeliefert wurde, hat man nicht die leiseste Ahnung, wo sie steckt.«
Tucker erstarrte, die Kaffeetasse auf halbem Weg zum Mund. Er setzte sie ab.
»Ich habe den Eindruck, Sie wissen es wirklich nicht«, sagte Robie ungläubig.
»Das ist unmöglich!«, stieß Tucker hervor. »Wo hätte sie hingehen können? Sie kam gerade aus dem OP und war in kritischem Zustand.«

»Ihre Männer im Krankenhaus haben Ihnen nicht gesagt, dass Leute von der Homeland Security gekommen sind und DiCarlo Gott weiß wohin gebracht haben? Das hätte ich für unmöglich gehalten, aber offensichtlich lag ich falsch.«

Tucker befeuchtete die Lippen, trank einen Schluck Kaffee und stellte die Tasse langsam wieder ab.

Robie ließ ihn nicht aus den Augen. *Er schindet Zeit, weil er angestrengt nachdenkt.*

»Homeland Security?«, sagte Tucker schließlich. »Sind Sie sicher?«

»Die Männer haben den Krankenschwestern die Ausweise gezeigt, als sie DiCarlo holten.«

Tucker schwieg.

»Während Sie darüber nachdenken, Direktor, sollte ich Ihnen sagen, dass ich auch mit dem Berater für Sicherheitsfragen gesprochen habe.«

»Gus Whitcomb? Warum denn das?«, fragte Tucker.

»Sie sind gekommen und haben mich geholt. Mr. Whitcomb kam sofort zur Sache. Er war über das, was ich ihm zu sagen hatte, nicht gerade erfreut.«

Tucker nahm wieder einen Schluck Kaffee. Aber damit beging er dieses Mal einen taktischen Fehler, denn Robie konnte seine Hand zittern sehen.

»Was genau haben Sie ihm gesagt?«

»Wollen Sie das wirklich wissen?«

»Natürlich!«

»Dass es einen guten Grund gab, warum ich DiCarlo lebend aus dem Hinterhalt retten konnte.«

»Und?«

»Wir hatten einen Schutzengel, der uns zu Hilfe geeilt war.«

»Was für einen Schutzengel?«

»Ich glaube, Sie kennen den Namen. Jessica Reel.«

Tuckers Mund öffnete sich, doch er bekam zuerst keinen Laut über die Lippen. »Das ist absolut lächerlich«, stieß er dann hervor.

»Das hätte ich eigentlich auch gedacht, da man mir den Auftrag gab, Reel aufzuspüren, weil sie eine Verräterin an diesem Land ist. Hat man mir jedenfalls gesagt.«

»Warum wollte DiCarlo Sie überhaupt sehen?«

»Sie wollte mir ein paar interessante Dinge über frühere Einsätze erzählen.«

»Worum ging es dabei genau?«, wollte Tucker wissen.

»Um Einsätze, die es nicht hätte geben dürfen, verschwundenes Personal und Ausrüstung. Dollars, die im Abgrund verschwunden sind.« Robie erzählte Tucker in allen Einzelheiten, was DiCarlo ihm anvertraut hatte. Nachdem er geendet hatte, wollte der Direktor etwas erwidern, aber Robie hielt die Hand hoch und zeigte nach links.

Ihr Essen war da.

Der Kreis aus Männern öffnete sich. Die Teller wurden vor Robie und Tucker abgestellt.

»Möchten Sie noch etwas?«, fragte der junge Kellner. »Soll ich Kaffee nachschenken?«

»Ich nicht«, sagte Tucker und sah Robie an.

»Noch Kaffee, bitte.«

Der Kellner füllte Robies Tasse nach und ergriff die Flucht.

Robie begann zu essen. Tucker saß einfach nur da.

»Hat DiCarlo Ihnen genaue Einzelheiten über diese Missionen genannt? Personal, Ausrüstung, Geld?«

»Nein. Aber ich an Ihrer Stelle würde versuchen, das herauszufinden.«

Tucker schüttelte langsam den Kopf. Robie vermochte nicht zu sagen, ob es Unglaube oder Frustration war. Oder beides. »Sind Sie sicher, dass es Reel war?«

»Dieselbe Größe, dieselbe Figur. Es war eine Frau.«

»Aber ganz sicher sind Sie sich nicht?«

»Wie viele Frauen haben Sie auf der Gehaltsliste, die

einem halben Dutzend ausgebildeter Killer in einem Feuergefecht entgegentreten und siegen können?«, fragte Robie. »Verdammt, wie viele Männer haben Sie, die so etwas schaffen?«

Tucker machte sich daran, die Eier zu zerteilen. Ein paar Minuten aßen die beiden Männer schweigend.

Schließlich schob Robie sich den letzten Bissen in den Mund, leerte die Kaffeetasse und warf die Papierserviette auf den Tisch.

Tucker folgte seinem Beispiel. »Wenn es tatsächlich Reel war – warum?«

»Ich hatte gehofft, dass Sie mir das sagen können.«

»Weshalb sollte ich das wissen?«

»Sie sind der CIA-Direktor. Wenn *Sie* keine Antwort haben, wer dann?«

»Vielleicht das Heimatschutzministerium«, sagte Tucker und zuckte mit den Schultern. »Jahrzehntelang war das FBI der achthundert Pfund schwere Gorilla, den alle anderen gehasst haben. Jetzt ist das Heimatschutzministerium der neunhundert Pfund schwere Grizzly, den alle noch mehr hassen als das FBI.«

»Man kann nicht gerade behaupten, dass Sie sich besonders große Mühe geben, mit anderen zu kooperieren.«

»Mehr als Sie glauben, Robie.«

»Dann nehmen Sie Ihr Handy, rufen bei Ihrem Gegenstück beim Heimatschutzministerium an und bitten um die Rückgabe Ihrer Angestellten.«

»So einfach ist das nicht.«

»Warum?«

»Es ist kompliziert.«

»Erklären Sie es mir.«

»Dafür habe ich keine Zeit. Ich habe wichtige Besprechungen, zu denen ich jetzt schon zu spät komme.«

Robie stand auf. »Okay. Dann überlasse ich Sie Ihren wichtigen Besprechungen. Aber wenn Sie die Zeit finden, könnten Sie sich ja mal erkundigen, ob DiCarlo überhaupt noch lebt.«

»Janet liegt mir sehr am Herzen, Robie. Tun Sie ja nicht so, als wäre mir das egal. Sie ist eine Freundin und Kollegin.«

»Dann sollten Sie handeln, statt zu reden, Direktor.«

»Was ist Ihr nächster Schritt, um Reel zu finden?«

»Es gibt keinen nächsten Schritt. Bis mir jemand erklärt, was hier vor sich geht, bin ich offiziell im Ruhestand.«

»Sie würden einen direkten Befehl verweigern?«, stieß Tucker hervor.

»Verhaften Sie mich.«

Robie drängte sich an den Bodyguards vorbei und verließ das Restaurant.

Als Tucker gehen wollte, eilte der zitternde Kellner herbei, gab ihm die Rechnung und ergriff die Flucht. Der CIA-Direktor blickte darauf, ehe er langsam die Brieftasche zückte.

KAPITEL 37

Robie saß in seinem Apartment und dachte nach. Es war klar, dass er auf diskrete Weise Informationen einholen musste. Das allerdings war schwierig, wenn man unter Beobachtung stand.

Doch Robie arbeitete in der Abteilung für geheime Missionen. Deshalb standen ihm Ressourcen und gewisse Fertigkeiten zur Verfügung. Und einige würde er nun einsetzen.

Er fuhr in ein Einkaufszentrum, stellte den Wagen im Parkhaus ab und machte sich auf den Weg. Nach einer Stunde hatte er drei verschiedene Geschäfte besucht und trug drei verschiedene Tüten mit sich herum.

Er besorgte sich einen Kaffee, setzte sich an einen Tisch und trank. Dazu aß er einen Muffin, obwohl er eigentlich keinen Hunger hatte.

Dann stand er auf, warf den leeren Becher weg und ging weiter.

Ob er beschattet wurde, konnte er nicht mit Sicherheit sagen, musste aber davon ausgehen, dass das Interesse, das die Firma an ihm hatte, beträchtlich gestiegen war. Und da waren die anderen Geheimdienste, die jetzt möglicherweise ebenfalls in die Angelegenheit verwickelt waren.

Anscheinend hatte das Heimatschutzministerium Janet DiCarlo isoliert. Dieser Behörde standen gewaltige Ressourcen zur Verfügung, sogar Satelliten. Aber sie konnten nur ausspionieren, was sie sahen. Und manchmal war das, was sie zu sehen glaubten, nicht das, was es in Wirklichkeit war.

Robie warf einen Blick auf die Uhr. Der Zeitpunkt war so gut wie jeder andere. Jetzt würden sie sich ranhalten müssen.

Er kehrte nicht zu seinem Wagen zurück. Mit dem Fahrstuhl fuhr er hinunter zur U-Bahn.

Augenblicklich war er von einer Schar Pendler umgeben, die zu ihren Zügen eilten. Eingeklemmt stand er in einer Gruppe, die in den Zug steigen wollte, der soeben in den Bahnhof einfuhr. Robie stieg ein und ließ die Tüten fallen, was im Einstieg sofort zu Gedränge führte.

Eine Ansage verkündete, dass sich die Zugtüren gleich schließen würden. Robie ging weiter durch den Mittelgang. Am Ende des Wagens warf er einen Blick zurück. Zwei Männer bahnten sich ihren Weg durch das Gedränge am Einstieg, indem sie die Leute rücksichtslos zur Seite stießen.

Robie kannte die Männer nicht. Aber er wusste, wer sie waren.

Das waren seine Beschatter. Die Zeichen waren unverkennbar.

In dem Augenblick, bevor sich die Türen schlossen, schlüpfte Robie auf den Bahnsteig.

Der Zug rollte aus der Station, während sich Robie, umgeben von anderen Passagieren, unsichtbar in Richtung Ausgang bewegte. Er ging nicht zum Aufzug, sondern schlüpfte durch eine fast verborgene Tür. Sie führte zu den Wartungsräumen.

Im Gang wurde er von zwei Wachmännern angehalten, die von ihm wissen wollten, was er hier zu suchen habe. Robie zückte seinen Ausweis und fragte nach dem nächsten Ausgang. Die Männer beschrieben ihm den Weg. In weniger als einer Minute war Robie am Ziel.

Er drehte seine Jacke von innen nach außen und verwandelte deren Farbe von Braun in Blau. Dann zog er eine Baseballkappe und eine Sonnenbrille aus der Tasche und setzte beides auf.

Er erreichte die Straße, ging zu einem Taxistand und war zwanzig Minuten später auf dem Weg aus der Stadt.

Ein gutes Stück vor seinem Ziel stieg er aus. Den Rest des Weges ging er zu Fuß.

Der Schuhreparaturladen befand sich in einer heruntergekommenen Gegend aus Wohnhäusern und Geschäften. Als Robie die Tür öffnete, bimmelte ein Glöckchen. Die Tür schloss sich automatisch hinter ihm.

Er nahm Brille und Mütze ab und schaute sich um. Der Laden enthielt alles, was man in einem Schuhreparaturgeschäft zu sehen erwartete. Der einzige Unterschied bestand darin, dass der Mann, dem der Laden gehörte, sein Geld nicht nur mit dem Besohlen von Schuhen verdiente.

Dieser Mann trat nun hinter einem Vorhang hinter der Ladentheke hervor. »Was kann ich für Sie ...?« Als er Robie erkannte, verstummte er.

Robie legte die Hände auf den Ladentisch. »Ich hoffe, Sie können mir helfen, Arnie.«

Der Besitzer war in den Fünfzigern und hatte graue Haare, einen sauber gestutzten Bart und Segelohren. Nun blickte er argwöhnisch über Robies Schulter. Der schüttelte den Kopf. »Ich bin allein.«

»Kann man nie wissen«, sagte Arnie.

»Kann man nie wissen«, stimmte Robie ihm zu.

»Sind Sie bei der Arbeit?«

»Es geht um etwas anderes.«

»Gelder?«

Robie nickte. »Ich könnte Hilfe brauchen.«

»Ich bin größtenteils im Ruhestand.«

»Das ist größtenteils eine Lüge.«

»Was brauchen Sie?«

»Jessica Reel«, antwortete Robie.

»Diesen Namen habe ich schon eine Weile nicht mehr gehört.«

»Das könnte sich schnell ändern. Wer waren ihre Kontaktleute?«

»Die sollten Sie kennen, Sie sind noch bei der Agency«, sagte Arnie.

»Ich meine nicht die Kollegen.«

Arnie strich sich über das Kinn. »Reel ist ein Ass auf ihrem Gebiet. Vielleicht ist sie so gut wie Sie.«

»Vielleicht sogar besser.«

»Worum geht es hier?«

»Reel steckt in Schwierigkeiten. Vielleicht kann ich ihr helfen.«

»Sie beide haben doch zusammengearbeitet«, bemerkte Arnie.

»Das ist lange her. Ich möchte sie finden.«

»Um was zu tun?«

»Meinen Job.«

Arnie schüttelte den Kopf. »Ich werde Ihnen nicht dabei helfen, sie zu töten, falls es darum geht.«

»Hier geht es darum, dafür zu sorgen, dass dieses Land sicher ist, Arnie.«

»Ich habe Reel schon lange nicht mehr gesehen.«

»Aber ihre Kontakte, oder?«

»Schwören Sie mir, dass Sie ihr helfen wollen.«

»Würden Sie mir glauben, wenn ich schwöre?«

»Vielleicht kann ich Ihnen helfen, wenn Sie mir gegenüber ehrlich sind. Das ist meine Bedingung. Wenn Ihnen das nicht gefällt und wenn Sie keine kaputten Schuhe haben, muss ich Sie bitten, zu gehen.«

»Angeblich hat Reel Gelder und einen anderen Agenten getötet.«

»Schwachsinn!«, stieß Arnie hervor.

»Ich glaube, sie war es tatsächlich. Aber es ist nicht ganz so einfach. Irgendetwas geht hier vor, Arnie. Etwas, das zum Himmel stinkt. Ich kannte Reel. Ich habe ihr mein Leben anvertraut.«

»Aber wenn Reel die Nummer zwei getötet hat …«
»Ich habe den Auftrag, Reel auszuschalten.«
»Aber Sie haben Zweifel an ihrer Schuld?«
»Ich wäre nicht hier, wenn es nicht so wäre.«

Die beiden Männer sahen sich über die zerkratzte Theke hinweg an. Robie hatte den Eindruck, dass Arnie seine Ehrlichkeit zu ergründen versuchte, was Robie ihm nicht verdenken konnte. In diesem Geschäft war Ehrlichkeit schwer zu finden.

»Sie könnten Glück haben«, sagte Arnie.
»Wieso?«
»Ich operiere in einer kleinen Welt. In dieser Welt gibt es nicht viele Spieler. Ich sage nicht, dass wir Klassentreffen haben, aber wir halten Kontakt. Braucht einer von uns Hilfe, fordern wir Gefallen ein. Oder wir tun einander einen Gefallen in der Hoffnung, dass man uns auch eine Gefälligkeit erweist, wenn die Zeit kommt.«

»Und inwiefern hilft mir das?«, fragte Robie.
»Ich bekam einen Anruf von jemandem, der das macht, was auch ich mache. Keine Namen, aber er kennt Reel. Und vielleicht hatte er kürzlich Kontakt mit ihr.«

»Und was wollte Reel von Ihrem Freund?«
»Ein Dokument und eine Adresse.«
»Was für ein Dokument? Welche Adresse?«
»Da bin ich mir nicht sicher. Ich konnte ihm sowieso nicht helfen. Deshalb habe ich ihn an jemand anders verwiesen.«

»Ein bisschen genauer bitte, Arnie.«
»Die Adresse kam mit einem Namen.«
»Und der lautet?«
»Roy West.«
»Wer ist das?«, fragte Robie.
»Hat für die Agency gearbeitet. Ein kleiner Fisch, aber

Reel war an ihm interessiert. Und zwar ausreichend interessiert, um das Risiko einzugehen, mit meinem Freund Kontakt aufzunehmen. Falls sie Gelder getötet hat, würde man alle ihre Bekannten unter Beobachtung stellen.«

»Haben Sie eine Ahnung, warum sie an West interessiert ist?«

»Nein. Aber die Bitte war ziemlich dringend.«

»Glauben Sie, Ihr anderer Freund ist an das Dokument herangekommen?«

Arnie schüttelte den Kopf. »Das kann ich nicht sagen. Und sparen Sie sich die Mühe, mich um den gleichen Gefallen zu bitten. Der Freund tut einem vielleicht alle fünf Jahre mal einen Gefallen. Er ist wieder untergetaucht. Man kann ihn nicht erreichen.«

Robie musterte den Mann. Ein Teil von ihm hielt die Geschichte für Unsinn, aber ein anderer Teil von ihm fand, dass sie durchaus Sinn machte. Leute vom Geheimdienst waren nicht gerade wie Einzelhändler. Ihre Läden hatten nicht geöffnet, nur weil es die Laufkundschaft verlangte.

»Dann werde ich West und dieses Dokument wohl auf andere Weise finden müssen«, sagte Robie.

»West ist in Arkansas.«

»Woher wissen Sie das?«

»Bei dem Dokument konnte ich nicht helfen, aber wenn ich auf einen Namen stoße, werde ich neugierig. Also habe ich ihn überprüft.« Arnie setzte eine Brille auf und wandte sich seinem Computer zu, der auf der Theke stand. Er tippte etwas ein, und ein Drucker spuckte eine Seite aus. Arnie schob sie Robie zu, der sie in die Tasche steckte, ohne einen Blick darauf zu werfen.

»Das ist keine Adresse, sondern eine Wegbeschreibung. So weit ich sehen konnte, eine ziemlich komplizierte.«

»Danke«, sagte Robie. »Sie mögen Reel, stimmt's?«

»Falls sie die Männer getötet hat, hatte sie einen verdammt guten Grund dafür.«

»Hoffen wir, dass Sie recht haben.«

Robie verließ den Laden und nahm ein Taxi für den nächsten Teil seiner Reise. Zwei Meilen vor seinem Ziel stieg er aus und ging den Rest des Weges zu Fuß.

Zu seiner Rechten lag ein Waldstück. Robie eilte über die Schotterstraße, die hindurchführte. Das Haus stand eine Meile weiter. Es war sein Versteck. Sein sicherer Hafen, von dem die Firma nichts wusste.

Julie kannte es. Genau wie Nicole Vance. Aber das war es auch schon.

Robie bedauerte, dass sie den Ort kannten, aber daran ließ sich nichts mehr ändern.

Er schaltete die Alarmanlage aus, lief nach oben in den ersten Stock, packte eine Tasche und begab sich zu der alten Scheune neben dem Haus. Er schloss die Tür auf und schlüpfte hinein. In der Scheune stand ein Pick-up. Der Tank war voll.

Robie schob das Heu auf dem Boden zur Seite, legte eine rechteckige Holzklappe frei und stemmte sie in die Höhe. Darunter kam eine Treppe zum Vorschein. Robie eilte sie hinunter.

Die Anlage unter der Scheune hatte der ursprüngliche Besitzer, ein Farmer, in den Fünfzigerjahren erbauen lassen, offensichtlich in der Hoffnung, eine Schicht aus Holz und Heu würde ihn irgendwie vor dem Atomangriff der Russen schützen. Was für eine Vorstellung!

Robie war zufällig darauf gestoßen, nachdem er den Besitz unter einem Decknamen gekauft und sich in der Scheune umgesehen hatte. Er hatte den Raum mit Dingen ausgestattet, die er bei Gelegenheit vielleicht einmal brauchte. Das hier war eine dieser Gelegenheiten.

Er packte die Ausrüstung in eine große Tasche, die er unter der abschließbaren Abdeckung der Ladefläche des Pick-ups verstaute. Dann öffnete er das Scheunentor, fuhr den Wagen heraus und verschloss das Tor wieder. Er fuhr zur Hauptstraße und gab Gas.

Von dieser Fahrt erhoffte er sich einiges.

Vor allem, auf Jessica Reel zu stoßen. Wenn das der Fall war, hoffte er, auf alles vorbereitet zu sein, mit dem sie ihn möglicherweise angriff.

KAPITEL 38

Die alte Frau mit dem kurz geschnittenen weißen Haar schlurfte durch die Sicherheitsschleuse am Flughafen. Sie war hochgewachsen und schlank. Ihre Hände waren mit Altersflecken übersät, ihr Rücken gebeugt. Jeder Schritt schien ihr Schmerzen zu bereiten. Den Blick zu Boden gerichtet, passierte sie den Metalldetektor, der keinen Laut von sich gab.

Die Frau nahm ihre Tasche wieder entgegen und schlurfte weiter bis zu ihrem Platz am Fenster. Sie starrte hinaus und fing keine Unterhaltung mit dem Passagier neben ihr an. Der Flug verlief ereignislos, die Landung war unspektakulär.

Bei der Ankunft schien die Sonne am klaren Himmel. Eine willkommene Veränderung nach dem nassen und kalten Washington.

Die Frau stieg aus dem Flugzeug und schlurfte zu den Waschräumen. Zwanzig Minuten später kam sie wieder zum Vorschein, jünger als zuvor. Sie ging hoch aufgerichtet und schlurfte auch nicht mehr. Ihre Tarnung war sorgfältig in der Tasche verstaut.

Bei der Gepäckausgabe holte sie einen großen Trolley, in dem sich zwei verschlossene Metallkästen befanden. Der eine enthielt verschiedene Arten von Munition, der andere eine Waffe des Fabrikats Glock.

In ihrer Verkleidung als alte Frau hatte sie die Waffe als Gepäck deklariert, wie das Gesetz es vorschrieb. Und das Flughafenpersonal an der Gepäckausgabe hatte sie tatsächlich für eine alte Dame gehalten, die nicht auf ihren Schutz verzichten wollte. In den Spalten und Winkeln ihres Gepäcks waren außerdem Plastikteile, andere Metallstücke und Federn verborgen.

Sie rollte den Trolley zur Theke eines Mietwagenverleihs.

Zwanzig Minuten später verließ Jessica Reel in einem schwarzen Ford Explorer den Flughafen.

Die Glock steckte geladen und schussbereit in ihrem Gürtelhalfter. Sie hoffte, die Pistole nicht benutzen zu müssen. Das galt auch für die andere Waffe, die sie mitgebracht hatte, doch meistens erfüllten sich solche Hoffnungen nicht.

Reel verfügte über ungefähr ein halbes Dutzend Verkleidungen, von denen ihr früherer Arbeitgeber nichts wusste. Sie war kein vertrauensvoller Mensch – erst recht nicht bei einem Arbeitgeber, der sämtliche Verbindungen zu ihr abstreiten würde, falls sie bei einer Mission scheiterte.

Sie fand die richtige Straße und fuhr nach Westen. Es war eine dünn besiedelte Gegend, und mit jeder Meile wurde es noch abgeschiedener. Den Anweisungen des Navis folgend, bog Reel von der Hauptstraße ab. Zehn Meilen Kurven und Serpentinen weiter ließ das Gerät sie im Stich. Glücklicherweise hatte sie die Karten der Gegend genau studiert, und in Gedanken folgte sie ihrem inneren Kompass, bis sie ungefähr eine Meile von ihrem Ziel entfernt war.

Sie fuhr an der Abzweigung vorbei, die sie später nehmen würde.

Es war Zeit für die notwendige Erkundung.

Sie folgte der Straße, kam zu einer anderen Abzweigung und fuhr, so weit sie musste, wobei sie den Vierradantrieb zuschaltete. Sie fuhr denselben Weg zurück und benutzte die Abzweigung, an der sie zuvor vorbeigefahren war. Nach einer Dreiviertelmeile auf der Schotterstraße hielt sie an.

Weiter würde sie nicht mit dem Wagen fahren. Den Rest musste sie zu Fuß gehen.

Reel öffnete ihr Gepäck und nahm sämtliche Plastikteile, Metallstücke und Federn heraus. Ein paar dieser Stücke waren ziemlich groß, andere klein.

Sie breitete alles auf der Ladefläche des Ford aus. Mit geschickten, präzisen Bewegungen setzte sie in kürzester Zeit die MP5-Maschinenpistole zusammen. Dann legte sie das Kastenmagazin mit den zweiunddreißig Patronen ein und schob sich den Riemen über den Kopf, damit die Waffe bequem vor ihrem Körper hing. Zum Schluss verdeckte sie die MP mit einem Ledermantel, der ihr fast bis zu den Knöcheln reichte, und griff nach einem Cowboyhut, Sonnenbrille und Handschuhen.

Sie hätte die weibliche Version eines Revolverhelden sein können, der über die Straße zu einem Duell ging.

Nachdem sie das Gelände genau studiert hatte, setzte sie sich in Bewegung. Sie ging ohne jede Hast. Ihr Blick war überall, huschte von einer Seite zur anderen. Hin und wieder schaute sie über die Schulter, und die ganze Zeit lauschte sie nach Geräuschen, die eine Bedrohung ankündigen könnten.

Reel legte die Viertelmeile zurück, kam um eine Kurve und blieb stehen. Blickte nach rechts, nach links, dann noch einmal nach hinten.

Wieder setzte sie sich in Bewegung und ging nach fünfzehn Metern in die Hocke. Musterte die Gegend. Es gab zahlreiche potenzielle Feindstellungen, und alle waren deutlich zu sehen.

Das Haus war eher eine Blockhütte und sah relativ neu aus. Behauene Baumstämme, die Zwischenräume ausgefüllt. Die Tür war stabil. Reel ging davon aus, dass sie zahlreiche Schlösser und vermutlich eine Alarmanlage hatte, nur gab es hier draußen keinen Strom.

Dann entdeckte sie den Dieselgenerator. Aber er war nicht in Betrieb. Offensichtlich diente er nur als Ersatz.

Wo kam der Strom her?
Reel bewegte sich ein Stück nach rechts, um einen besseren Blick hinter die Hütte zu bekommen.
Dann sah sie das große Feld aus Solarkollektoren. Es musste unterirdische Leitungen geben, die den Strom zur Blockhütte transportierten. Allerdings waren es viel zu viele Kollektoren für den Strombedarf der Hütte. Mit dieser Energie hätte man ein zehnmal so großes Haus betreiben können.
Links von der Hütte, ungefähr fünfzig Meter entfernt, stand eine Scheune. Vermutlich gab es auch hier Solarstrom.
Völlig vom Stromnetz abgekoppelt. Das ergibt Sinn.
Reel konnte sich nicht vorstellen, dass es in dieser Scheune Kühe oder Pferde gab.
Vor der Hütte stand ein staubiger Jeep, ein neueres Modell mit vier Türen. Örtliche Nummernschilder. Auf dem Waffenständer hinten ruhte ein Gewehr mit Zielfernrohr.
Reel setzte sich in Bewegung, entschied sich dann aber anders. Hinter einem Baum zog sie einen kleinen metallenen Gegenstand aus der Tasche, schaltete ihn ein und hielt ihn ungefähr auf Bodenhöhe. Unsichtbare Laserstrahlen wurden sichtbar. Ein Feld voller Stolperfallen.
Nur ein Alarm? Oder Sprengfallen?
Die konnte es hier überall geben, und nur der Besitzer kannte ihre Lage.
Reel blieb, wo sie war, und dachte darüber nach, wie sie diesen Perimeter bezwingen sollte. Es gab mehrere Möglichkeiten, sie musste nur die richtige finden.
Da öffnete sich die Vordertür der Blockhütte.
Vielleicht löste sich das Problem ja von selbst.

KAPITEL 39

Die Fahrt nach Arkansas, wo Roy West sein Domizil aufgeschlagen hatte, dauerte achtzehn Stunden. Robie hielt nur zum Tanken und Austreten. Proviant hatte er aus seinem Safe House mitgenommen.

Als er seiner Berechnung nach fünf Meilen vor seinem Ziel war, ging die Sonne auf.

Robie schaute sich um. Die Zivilisation hatte er zwei Stunden zuvor hinter sich gelassen. Er befand sich jetzt offiziell im Niemandsland. Das letzte Haus hatte er vor einer halben Stunde gesichtet. Das Terrain war steinig und bewachsen zugleich. Und die Straßen ... nun, davon schien es hier nicht allzu viele zu geben. Und die es gab, waren von Asphalt- zu Schotterstraßen geworden. Mittlerweile gab es nur noch Feldwege.

Robie warf einen Blick auf die Uhr. Er hatte die Grenze zur Central Standard Time überschritten und durch die neue Zeitzone eine Stunde dazugewonnen. Hoffentlich war sie es wert. Er war müde, aber keineswegs erschöpft. Er ließ das Fenster hinunterfahren und atmete die kühle Luft ein.

Er war über Berge und flaches Land gefahren.

Nun befand er sich wieder in den Bergen.

Arnie zufolge hatte Roy West für die Agency gearbeitet. Reel war offenbar an einem Dokument interessiert gewesen, das West verfasst hatte, wie Robie vermutete. Es musste eine Bedeutung für Reel haben. Es war wichtig.

Und wo war Reel? Bereits hier?

Wieder schaute Robie sich um. Es gab viele Verstecke. Falls der Ort, zu dem er unterwegs war, so abgelegen war, kam er unmöglich ungesehen dorthin. Es sei denn, er ging zu Fuß.

Also musste er seinen Pick-up stehen lassen.

Zu Fuß gehen gefiel ihm ohnehin besser.

Ein Fahrzeug bot jedem Schützen eine schöne Zielscheibe.

Robie parkte seinen Wagen ein ordentliches Stück abseits der Straße, zog Tarnkleidung an und schwärzte sich das Gesicht. Dann lud er sich seine Ausrüstung auf und ging los. Die Wegbeschreibung zu Wests Haus hatte er sich eingeprägt.

Er würde diese Sache hier wie einen normalen Einsatz behandeln. Nur hatte er diesmal keine klare Vorstellung, was er tun sollte, wenn er am Ziel war. Er wusste nicht, ob sich West als Freund oder Feind erweisen würde. Er hatte keine Ahnung, ob er nicht in eine Falle gefahren war, die Jessica Reel errichtet hatte.

Das Terrain war zerklüftet, doch Robie durchquerte es mühelos. Für derartige Missionen hatte er jahrelang trainiert. Selbst mit seinen vierzig Jahren huschte er mit der Beweglichkeit eines Spitzensportlers auf dem Höhepunkt seiner Kräfte über die Felsen und durch das hügelige Gelände.

Im Kopf zählte er die Meilen mit. Als er sich dem Zielpunkt näherte, umfasste er seine Hauptwaffe fester, ein Scharfschützengewehr. Im Gepäck führte er zwei weitere Waffen mit. Und Munition hatte er genug, um es mit der Gegenseite aufnehmen zu können.

Robies Waffen waren für verschiedene Szenarien ausgewählt worden. Seine MP5 war für den Nahkampf gegen eine Überzahl gedacht. Auf Dauerfeuer gestellt, konnte die MP mit extremer Schnelligkeit Gegner ausschalten.

Sein Ka-Bar-Messer war für das Töten Mann gegen

Mann gedacht. Damit konnte er gleichermaßen effizient zustechen und aufschlitzen.

Seine Glock steckte im Schulterhalfter. Ohne diese Waffe ging er nirgendwohin. Sie war wie sein dritter Arm.

In seinem Rucksack steckte außerdem eine ganz bestimmte Art von Artillerie. Das war seine Rückversicherung.

Robie erreichte eine Lichtung und nutzte die Gelegenheit, das Fernglas hervorzuholen und sich von der erhöhten Stellung sorgfältig umzuschauen.

Außer Natur gab es hier nicht viel zu sehen. Dann aber entdeckte er es. In einer Lücke zwischen den Bäumen ragte ein Schornstein in die Höhe. Eine gewundene Schotterstraße führte dorthin. Das dazugehörige Haus konnte Robie nicht erkennen.

Aus dem Schornstein stieg kein Rauch, aber so kalt war es auch nicht; man konnte sich durchaus hier aufhalten, ohne ein Feuer machen zu müssen. Auf Robies mentaler Landkarte war dieses Haus sein Ziel. Das Heim von Roy West.

Er schwenkte das Fernglas. Schließlich legte er es ab und spähte durch das Zielfernrohr seines Gewehrs, dessen Optik bedeutend stärker war als das Fernglas.

Er suchte nicht nur nach West oder wer auch immer sonst hier war. Er suchte auch nach Reel. Denn Robie war jetzt überzeugt, dass sie hier war.

Er konnte es fühlen.

KAPITEL 40

Der Mann verließ die Blockhütte.

Roy West war um die vierzig, ungefähr eins achtzig groß und gut zwei Zentner schwer. Seine Hände waren kräftig und schwielig, sein Gesicht ledrig und zerfurcht. Er trug Schnurrbart und Bart. Seine Füße steckten in Kampfstiefeln der Army, die Jeans waren hineingesteckt. Über einem Flanellhemd trug er eine Cordweste mit Schlaufen für Schrotpatronen.

Er zog eine Fernbedienung aus der Tasche und tippte auf eine Taste. Das Laserfeld schaltete sich aus und verschwand. West hatte seinen Jeep an einer Stelle geparkt, an der er nicht mit dem Lasergitter in Berührung kam.

Reel verfolgte aus ihrem Versteck, wie er sich dem Fahrzeug näherte. Sie beobachtete jeden Schritt. Sie hatte recht gehabt, der Boden war vermint. West hielt sich peinlich genau an ein Zickzackmuster, das ihn zum Jeep führte.

Als er die Fahrzeugtür berührte, rief Reel: »Roy, wir müssen reden.«

West fuhr herum. Wie aus dem Nichts war eine Pistole in seiner Hand erschienen.

Die MP5 hämmerte in Vollautomatik los, bevor West die Waffe auf Reel richten konnte. Die Salve zerschredderte die hintere Tür des Jeeps, durchbohrte das Blech und zerfetzte den Innenraum des Fahrzeugs.

West warf sich auf den Kühler.

»Die nächste Salve trifft Sie«, rief Reel. »Die Waffe weg. Sofort. Ich sage es nicht noch einmal.«

West warf die Pistole zu Boden.

»Drehen Sie sich zu mir um, die Hände über den Kopf, die Finger verschränkt. Blick auf den Boden. Wenn Sie hochschauen, schieße ich Ihnen eine Kugel ins rechte Auge.«

Die Finger auf den Kopf gelegt, den Blick nach unten gerichtet, drehte West sich um.

»Was wollen Sie?« Seine Stimme klang zittrig.

»Kommen Sie her. Aber treten Sie nicht auf eine Mine.«

Diese Bemerkung schien ihn zu überraschen, doch er kam auf Reel zu, wich dem Minenfeld aus und blieb einen halben Meter vor ihr stehen.

»Darf ich aufsehen?«

»Nein. Legen Sie sich auf den Boden, das Gesicht nach unten, Arme und Beine gespreizt.«

West gehorchte.

Reel war jetzt kaum noch fünfzig Zentimeter von ihm entfernt, aber noch immer in Deckung.

»Ein Mann in der Hütte hält ein Gewehr auf Sie gerichtet«, sagte West.

»Das glaube ich nicht.«

»Und wenn ich recht habe? Das Risiko können Sie nicht eingehen.«

»Doch, kann ich. Ich stehe hinter einem Baum. Und wenn Ihr *Mann* sich nach meinem Kugelhagel nicht gezeigt hat, ist er ein feiges Huhn, und ich verschwende keine Zeit damit, mir seinetwegen Sorgen zu machen.«

»Verdammt noch mal, wer sind Sie, und was wollen Sie?«

»Wer ich bin, ist irrelevant. Ich will Folgendes wissen.« Sie zog ein paar Seiten aus dem Mantel und warf sie neben West auf den Boden.

»Kann ich mir das ansehen, ohne dass Sie auf mich schießen?«

»Bewegen Sie sich langsam. Ganz langsam.«

Er gehorchte, griff nach den Seiten, zog sie zu sich heran und las die erste Seite.

»Und?«, fragte er dann.

»Haben Sie das geschrieben?«, wollte Reel wissen.

»Und wenn?«

»Dann will ich wissen, warum Sie es geschrieben haben.«

»Das war mein Job. Mein alter Job.«

»Ich habe mir Ihren neuen Job angesehen. Sie führen Ihre eigene Miliz an.«

West schnaubte. »Wir sind keine Miliz. Wir sind Freiheitskämpfer.«

»Gegen wen kämpfen Sie denn um die Freiheit?«

»Wenn Sie das fragen müssen, würden Sie die Antwort nicht verstehen.«

Reel runzelte die Stirn. »Die große böse Regierung? Sie leben mitten im Nichts. Sie haben Ihre Waffen. Sie haben Ihr Haus. Sie sind vom Radar verschwunden. Soweit ich es sehe, stört Sie niemand. Wo liegt das Problem?«

»Es ist nur eine Frage der Zeit, bevor sie kommen und uns holen. Aber glauben Sie mir, dann werden wir bereit sein.«

»Was in Ihrem Arbeitspapier stand – glauben Sie daran?«

»Natürlich.«

»Glauben Sie, das könnte tatsächlich passieren?«

»Ich *weiß* es. Weil wir hierzulande in Sicherheitsfragen jämmerlich lasch sind. Aber in Washington hat man nicht die Eier, das zuzugeben. Mir kam es so vor, als hätten die da oben *gewollt*, dass uns die Arschlöcher angreifen. Einer der Gründe, warum ich ausgestiegen bin. Es hat mich angewidert.«

»Also halten Sie das hier für den Weg in eine friedliche Zukunft?«

»Ich habe nie gesagt, dass das Ziel eine friedliche

Zukunft ist. Das Ziel ist, dass wir *überhaupt* eine Zukunft haben. Man führt durch Stärke. Man tritt den anderen die Scheiße aus dem Leib. Man sitzt nicht einfach dumm herum und wartet darauf, dass sie einen angreifen. Pulverfass, so haben wir das bezeichnet. Die da oben glauben, die Sicherheit ist undurchdringlich. Mein Papier hat ihnen gezeigt, wie undurchdringlich sie ist. Alles nur ein Haufen Mist.«

»Also sollten Sie Weltuntergangsszenarien erstellen?«, fragte Reel.

»Wir hatten ein Büro, das nichts anderes getan hat. Die meisten Kollegen produzierten immer nur den gleichen alten Mist. Bloß nicht außerhalb der eingefahrenen Bahnen denken. Nur ja keinem auf die Zehen treten. Ich bin da anders. Gibt man mir einen Job, erledige ich ihn. Ich scheiß auf die Konsequenzen.«

»Wem haben Sie das Weißbuch vorgelegt?«

»Das ist geheim«, erwiderte West.

»Sie arbeiten nicht mehr für die Regierung«, hielt Reel dagegen.

»Es ist trotzdem geheim.«

»Ich dachte, die Regierung ist der Feind?«

»Im Augenblick sind *Sie* der Feind. Und wenn Sie glauben, Sie würden hier lebend rauskommen, sind Sie verrückt.«

»Sind Sie hier draußen das Gesetz? Sie und Ihre Freiheitskämpfer?«

»So ziemlich. Was glauben Sie, warum ich hergezogen bin?«

»Wem haben Sie es gegeben?«, wiederholte sie ihre Frage.

»Was wollen Sie tun? Mich foltern?«, höhnte er.

»Ich habe keine Zeit, Sie zu foltern. Wenn Sie es mir nicht sagen, erschieße ich Sie einfach.«

»Kaltblütig?« Er schnaubte. »Sie sind eine Frau.«

»Das sollte Ihnen alles verraten, was Sie wissen müssen, um Angst zu haben.«

West lachte. »Sie halten viel von Ihrem Geschlecht, was?«

»Sie waren während Ihrer Karriere bloß ein Schreibtischhengst. Sie haben nie einen Schuss abgefeuert, und es wurde nie auf Sie geschossen. Sie sind der Gefahr noch nie näher gekommen als bei einer Videoübertragung aus tausend Meilen Entfernung. Haben Sie sich dabei wie ein richtiger Mann gefühlt statt wie der feige Mistkerl, der Sie in Wahrheit sind?«

West wollte aufspringen, aber Reel schoss eine Kugel einen Zentimeter neben sein rechtes Ohr, so nahe, dass Dreck vom Boden aufspritzte und das Ohr traf. Es fing an zu bluten.

»Sie dummes Miststück! Sie haben mich getroffen!«

»Das war Erde, kein Blei. Den Unterschied fühlen Sie. Und jetzt spreizen Sie die Beine weiter auseinander.«

»Was?«

»Die Beine weiter spreizen.«

»Warum?«

»Machen Sie schon, sonst fühlen Sie als Nächstes keinen Dreck, sondern Blei, das verspreche ich Ihnen.«

West spreizte die Beine weiter.

Reel trat hinter ihn und zielte mit ihrer Glock.

»Was soll das, verflucht?«, rief West voller Panik.

»Welchen Hoden wollen Sie behalten? Aber ich sage Ihnen gleich, bei diesem Winkel gibt es keine Garantie, dass ich mit dem Schuss nicht beide erwische.«

Blitzschnell zog er die Beine zusammen.

»Dann kriegen Sie die Kugel eben in den Arsch«, meinte sie. »Ich glaube nicht, dass sich das besser anfühlen wird.«

»Warum tun Sie das?«, rief West verzweifelt.

»Das ist ganz einfach. Ich habe nach einem Namen gefragt. Sie haben mir keinen gegeben.«

»Ich habe meine Papiere offiziell niemandem vorgelegt.«

»Dann eben inoffiziell.«
»Was spielt das für eine Rolle?«
»Es sieht so aus, als hätten ein paar Leute Sie beim Wort genommen.«
»Wie meinen Sie das?«
»Diese Leute versuchen, Ihr Weltuntergangsszenario Wirklichkeit werden zu lassen.«
»Im Ernst?«
»Kein Grund, so begeistert zu klingen. Es ist Wahnsinn. Jetzt der Name. Ich frage nicht noch einmal.«
»Es war nur ein Codename«, sagte West.
»Schwachsinn.«
»Ich schwöre es bei Gott.«
»Warum sollten Sie die Unterlagen inoffiziell bei einem Codenamen einreichen?«
»Ich ... ich ...«
»Wenn Ihre Antwort keinen Sinn ergibt, müssen Sie sich eine neue Methode einfallen lassen, Ihren Darm zu entleeren.«
»Die Person kam zu mir.«
»Welche Person?«
»Ich erhielt nur eine E-Mail. Irgendwie fand man heraus, dass ich ein umfassendes, bahnbrechendes Szenario geschrieben hatte. Das war eine Bestätigung für mich.«
Es widerte Reel an, wie angeregt er plötzlich über seine »Leistung« sprach.
»Wann war das?«
»Vor ungefähr zwei Jahren.« Er schwieg. »Machen die es wirklich?«, fragte er dann eifrig. »Wer?«
»Wie lautete der Codename?«
West antwortete nicht.
»Sie haben drei Sekunden. Eins, zwei ...«
»Roger the Dodger!«, rief er.
»Und warum haben Sie es Roger the Dodger übergeben?«, fragte Reel gelassen. Sie nahm den Finger nicht vom Abzugsbügel.

»Seine Mailsignatur zeigte, dass er eine Top-Sicherheitsfreigabe hatte und mindestens drei Stufen über mir stand. Er wollte wissen, was ich mir hatte einfallen lassen. Ihm zufolge kursierte das Gerücht, mein Plan sei revolutionär.«

»Woher sollte er das wissen, wenn Sie dieses Weißbuch noch nicht einmal eingereicht hatten?«

West zögerte. »Möglicherweise habe ich in der Bar, in der wir nach der Arbeit immer einen trinken gegangen sind, davon erzählt«, sagte er verlegen.

»Kein Wunder, dass man Sie hochkant gefeuert hat. Sie sind ein Idiot.«

»Ich hätte sowieso gekündigt!«, fauchte er.

»Ist klar. Um in eine kleine Hütte in der Mitte dieser Scheißhausgegend zu ziehen.«

»Das ist das *wahre* Amerika, Miststück!«

»Ihr Weltuntergangspapier war ziemlich spezifisch.«

»Land für Land, Führer für Führer, Schritt für Schritt«, sagte er stolz. »Auf das Timing kommt es an. Es war das perfekte Puzzle. Ich habe zwei Jahre darin investiert, alles auszuknobeln. Jede Eventualität zu berücksichtigen. Alles, was schiefgehen könnte. Ich habe einfach *alles* in Betracht gezogen.«

»Nicht alles.«

»Das ist unmöglich!«, stieß West hervor. »Ich habe mit allem gerechnet!«

»Nur nicht mit mir.«

Reel hörte es eher als West.

Als auch er es hörte, lächelte er. »Ihre Zeit ist um, kleine Lady.«

»Ich bin nicht klein. Und ich war noch nie eine Lady.«

Ihr Stiefel krachte auf Wests Hinterkopf und ließ seine Stirn auf den Boden knallen. Augenblicklich verlor er das Bewusstsein.

Reel schnappte sich die Seiten und stopfte sie zurück in den Mantel. Dann folgte sie Wests sicherem Weg zur Hütte und sah sich schnell darin um. Stapelweise Waffen, Munition, Granaten, C-4, Semtex und anderer Plastiksprengstoff. Durch ein Fenster zur hinteren Veranda entdeckte sie Fässer, die fünfzig Gallonen fassten. Vermutlich handelte es sich um Benzin und Dünger. Sie hatte ihre Zweifel, dass sie für den Generator oder den Ackerbau gedacht waren. Vermutlich war die Scheune bis obenhin voll mit solchen Fässern.

Darüber hinaus fand sie detaillierte Angriffspläne auf die wichtigsten Städte der Vereinigten Staaten. Diese Leute waren einheimische Terroristen der schlimmsten Sorte.

Reel schnappte sich alles, was wichtig aussah, einschließlich eines im Laptop steckenden USB-Sticks, und ließ es in ihren Manteltaschen verschwinden.

Außerdem nahm sie ein paar Granaten mit.

Eine Lady kann nie genug Granaten dabeihaben, dachte sie grinsend.

Schließlich rannte sie aus der Hütte zu Wests Jeep, riss die hintere Tür auf und schnappte sich das Gewehr mit dem Zielfernrohr, dazu eine Schachtel Munition.

Sie eilte zurück zu ihrem Explorer, schwang sich auf den Sitz und gab Gas.

Aber es war zu spät. Das erkannte sie, bevor sie es zur Hauptstraße geschafft hatte. Als sie sah, was ihr entgegenkam, blieb ihr keine andere Möglichkeit, als zu wenden und zurück zur Blockhütte zu fahren.

Wie es aussah, würden ein paar wertvolle Sekunden Jennifer Reel das Leben kosten.

KAPITEL 41

Reel trat das Gaspedal bis zum Bodenblech durch. Der Explorer donnerte über die kurvenreiche Piste. In Gedanken plante sie ihren Angriff.

War man in der Unterzahl, war ein Rückzug nicht immer eine Option. Überlegene Kräfte erwarteten von einem unterlegenen Gegner selten, dass er sie frontal angriff.

Reel hatte das auch nicht vor. Sie dachte an eine modifizierte Version eines Frontalangriffs.

Sie warf einen Blick in den Innenspiegel und schätzte die Entfernung zwischen ihr und dem wuchtigen Denali ab, der sie verfolgte. Vollgepackt mit Männern, die sie für Spinner hielt. Verrückte, die Freiheitskämpfer spielten. Vermutlich waren alle schwer bewaffnet.

In wenigen Sekunden würde sie wissen, wie schwer bewaffnet sie tatsächlich waren. Und wie gut sie mit ihren Waffen umgehen konnten. Sie hoffte nur, dass die geplante Finte funktionierte.

Sie erreichte den nötigen Abstand, senkte das Seitenfenster zur Hälfte und bremste scharf ab, bis der Ford mit rutschenden Reifen die Straße blockierte. Sie schnappte sich das Gewehr, legte den Lauf auf die Fensterkante, zielte kurz und zerschoss die Vorderreifen des Denali. Zusätzlich jagte sie eine Kugel in den Kühler. Dampf schoss hervor.

Der Denali stoppte ruckartig. Die Türen flogen auf.

Männer sprangen heraus, eine Vielzahl verschiedener Waffen in den Händen.

Pistolen und Maschinenpistolen bereiteten Reel wenig Sorgen. Diese Waffen hatten nicht die Reichweite, als dass sie ihr etwas anhaben konnten.

Die Männer eröffneten das Feuer, aber nicht ein Geschoss schaffte es auch nur bis in Reels Nähe.

Sie selbst gab drei Schüsse ab, und drei der Schützen stürzten zu Boden. Alle mit nicht tödlichen Verletzungen, genau wie es beabsichtigt war. Reel wollte die Verrückten nur aus dem Spiel nehmen. Außerdem war da ein gewisser Sinn für Fairness. Sie musste die Männer nicht töten, also ließ sie sie leben, sobald sie nicht mehr kämpfen konnten.

Reels Aufmerksamkeit richtete sich auf einen weiteren Mann, der auf der linken Seite aus dem Wagen gesprungen war. Er war mit einem Gewehr mit Zielfernrohr bewaffnet. Diese Waffe konnte sie sehr wohl erreichen und ihr gefährlich werden, also schoss Reel dem Mann eine Kugel in die Stirn. Er kippte nach hinten. Das Gewehr flog aus seinen toten Händen.

Niemand machte Anstalten, die Waffe aufzuheben, stattdessen zogen die Männer sich hinter den Denali zurück, um das große, schwere Fahrzeug als Deckung zu benutzen. Vermutlich fragten sie sich, in was sie hineingeraten waren.

Durch ihr Zielfernrohr beobachtete Reel, wie einige von ihnen Handys hervorholten.

Sie riefen Verstärkung.

Ironischerweise war es genau das, was Reel wollte. Das würde ihr die nötige Zeit verschaffen, mit dem zweiten Teil ihres Plans weiterzumachen.

Wieder trat sie aufs Gas und fuhr in Richtung der Blockhütte. Kurz darauf hielt sie hinter einer Baumgruppe, ein gutes Stück von der Hütte entfernt, und sprang aus dem Wagen. Sie zog die Granaten aus der Tasche, rannte auf die Hütte zu, riss die Sicherheitsstifte ab und schleuderte die Sprengkörper durch das vordere Fenster.

Reel machte gerade kehrt, um den Rückweg zum Explorer anzutreten, als Roy West gegen sie prallte.

Sie schaffte es gerade noch, auf den Beinen zu bleiben, aber West hatte eine Hand um ihren Hals gelegt. Vermutlich glaubte er, dass der Kampf wegen seiner überlegenen Größe und Kraft jetzt schon entschieden war.

Sein Irrtum hätte nicht größer sein können.

Reel drehte den Körper nach links und sprengte den Griff um ihren Hals. Gleichzeitig rammte sie West das Knie zwischen die Beine. Das Ergebnis war verheerend für den Mann. Sein Gesicht lief tiefrot an, seine Knie gaben nach, und er griff sich in den Schritt. Bevor er sich auch nur halbwegs erholen konnte, schmetterte Reel ihm den rechten Ellenbogen gegen die linke Schläfe. West brüllte auf und kippte zur Seite. Dabei verhakte sein Fuß sich zufällig hinter Reels Bein, und sie stürzte ebenfalls. West landete genau auf ihr.

Die Granaten detonierten, noch ehe beide am Boden lagen. Und mit den Granaten explodierte alles, was es in der Hütte an Explosivstoffen und Brennbarem gab. Das Dach flog sechs Meter hoch in die Luft. Holz, Metall und Glas verwandelten sich in tödliches Schrapnell und wirbelten mit Überschallgeschwindigkeit in sämtliche Richtungen.

Reel fühlte, wie sich Trümmer in Wests massige Gestalt bohrten. Tatsächlich waren es sogar Hunderte dumpfer Einschläge. Sein Gesicht wurde weiß, dann grau, dann schoss ihm Blut aus Mund und Nase.

Ironischerweise war West zu Reels Schutzschild geworden.

Reel rollte sich herum und stieß den Toten von sich. Sie kam auf die Beine und betrachtete die Flammen und die dichten schwarzen Rauchwolken, die in den Himmel stiegen. Ein rascher Blick auf ihre Kleidung.

Der Mantel war zerfetzt und mit Wests Blut verschmiert. Auch sie selbst war nicht unversehrt geblieben. An Händen und im Gesicht hatte sie Schnittwunden davongetragen. Außerdem pochte ein dumpfer Schmerz in ihrem rechten Bein, wo West auf sie gestürzt war. Aber sie war am Leben.

Ein Blick auf die Scheune verriet ihr, dass die Flammen das Gebäude bald erreicht haben würden.

Diesen Feuerball wollte Reel weder sehen noch miterleben.

Sie sprang in den Ford, setzte zurück und gab Gas.

In diesem Augenblick hörte sie Fahrzeuge über den Weg jagen. Die Verstärkung war eingetroffen. Und wegen der Explosion würden diese Leute ihre ganze Konzentration auf die Blockhütte richten.

Genau das war Reels Absicht gewesen, als sie die Hütte in die Luft gesprengt hatte.

Ihr nächstes Ziel kannte sie genau. Wer eine Blockhütte mitten im Nichts baute und sie mit Sprengstoff und Plänen für Massenzerstörungen füllte, würde sich niemals mit einer einzigen Zufahrt zufriedengeben. Rückten die Behörden an, brauchte er einen zusätzlichen Fluchtweg.

Und Reel, die genau danach gesucht hatte, hatte ihn bei ihrer Erkundung entdeckt.

Ein Holzfällerpfad im Osten. Das war ihre Ausfahrt.

Beinahe.

Unglücklicherweise versperrten ihr zwei Fahrzeuge den Weg. Zusammen mit zwei Dutzend Männern, die genug Feuerkraft besaßen, um gegen einen voll ausgerüsteten Trupp Soldaten bestehen zu können.

Die Männer hatten sie an der Flanke umgangen.

Das war's, schoss es ihr durch den Kopf. *Ende der Vorstellung.*

KAPITEL 42

Jessica Reel saß im Ford und starrte auf ihre Gegner. Sie hatten sich in zwei Defensivgruppen aufgestellt, die im Handumdrehen angreifen konnten. Die Milizionäre trugen provisorische Uniformen aus Tarnhosen, dazu Muscle Shirts. Die meisten der Männer waren groß, mit mächtiger, vom Bankdrücken angeschwollener Brust, gewaltigen Schultern und hervorquellenden Bierbäuchen.

Scharfschützengewehre, Schrotflinten, Pistolen und MP5s waren auf Reel gerichtet. Wenn die Milizionäre das Feuer eröffneten, was jeden Moment der Fall sein konnte, würde die erste Salve Reel in Stücke reißen.

So hatte sie sich ihren Tod nicht vorgestellt. Sie hatte nicht erwartet, durch die Hand schmerbäuchiger Spinner zu sterben, die aussahen, als wären sie kaum einen Evolutionsschritt von Höhlenmenschen entfernt.

In der Ferne dröhnte eine Explosion. Das musste die Scheune gewesen sein, die in die Luft geflogen war. Reel tastete nach ihrer Pistole. Sicher, sie konnte aufs Gaspedal treten und auf die Gegner losjagen, aber die Chancen, die Blockade zu durchbrechen, standen schlecht.

Blitzschnell überschlug sie im Kopf ihre Chancen und kam auf eine Überlebenswahrscheinlichkeit von weniger als fünf Prozent.

In diesem Augenblick hörte sie Fahrzeuge von hinten herannahen. Ein Blick in den Innenspiegel zeigte ihr zwei weitere Trucks und zehn frische Milizionäre. Sie waren weniger als hundert Meter hinter ihr.

Reel fluchte leise. Nun war sie waffenmäßig unterlegen *und* ausmanövriert.

Meine Überlebenschancen sind soeben auf null gefallen.

Sie zog die Pistole und stieg aus dem Wagen. Sie würde nicht kampflos abtreten. Das sollte man ihr nicht nachsagen können.

Die Männer zielten sorgfältig. Finger legten sich auf Abzüge. Sie hatten Reel in einem tödlichen Schussfeld.

Jessica Reel schüttelte kaum merklich den Kopf und brachte sogar ein Lächeln zustande.

»*Finito*«, flüsterte sie und rief im gleichen Atemzug den Milizionären zu: »Fahrt zur Hölle!«

Zum letzten Mal hob sie die Pistole.

Und die erste Explosion krachte.

Völlig überrascht duckte sich Reel, rollte sich unter den Wagen. Ihr erster Gedanke war, dass einer der paramilitärischen Schwachköpfe eine Granate hatte fallen lassen und sich selbst in die Luft gesprengt hatte.

Ein Blick schien diese Vermutung zu bestätigen, denn die Wagen der vorderen Barriere standen in Flammen. Die Männer waren tot, bewusstlos oder taumelten benommen umher.

Aber dann sah sie aus dem Augenwinkel einen Schuss von einem Hügelkamm zu ihrer Rechten. Das Projektil schlug in die Seite eines der Fahrzeuge hinter ihr. Der Tank fing Feuer und schleuderte den zwei Tonnen schweren Truck einen Meter in die Höhe. Tödliche Metallsplitter jagten in sämtliche Richtungen.

Sechs Männer wurden dort zerfetzt, wo sie standen. Was von ihnen übrig war, fiel zu Boden. Dann ging die Schießerei los. Aber die Männer feuerten nicht auf Reel, sondern auf den Hügel.

Reel spähte unter dem Wagen hervor. Das Sonnenlicht blendete sie, also rutschte sie ein Stück nach rechts, und das Licht verschwand. Sie zerrte ihr Fernglas aus der Tasche, hob es an die Augen und drehte hastig an der Einstellschraube.

Sofort entdeckte sie die Mündung eines Scharfschützengewehrs.

Es war kein x-beliebiges Gewehr. Auch sie selbst besaß eine solche Waffe. Es war eine Maßanfertigung, wie sie nur wenige hatten.

Das Gewehr feuerte noch einmal. Dann ein zweites, ein drittes Mal.

Reel riss den Kopf herum. Drei Leichen lagen im Staub.

Sie blickte zurück zum Hügel. Der Mann bewegte sich so schnell und tief geduckt, dass er wie ein Raubtier aussah, das sich auf sein Opfer stürzt.

Reel blieb der Mund offen stehen.

Das Raubtier war Will Robie.

Sie staunte, wie schnell und gewandt er sich durch das raue Gelände bewegte. Dann fragte sie sich, warum er die höhere Position aufgab.

Diese Frage beantwortete sich von selbst.

Robie schoss eine Kugel in den Tank des zweiten Trucks hinter Reel. Er hatte die Stellung gewechselt, um freie Sicht auf den Tank des Fahrzeugs zu bekommen. Offenbar hatte er Brandmunition geladen, denn auch dieser Wagen explodierte. Drei weitere Männer starben. Die Überlebenden ergriffen die Flucht, rannten die Straße entlang.

Robie blieb stehen, fuhr herum und schoss mit seinem Gewehr auf die verbliebenen Männer vor Reel.

Ziel erfassen, schießen. Ziel erfassen, schießen.

Es war wie das Atmen – so regelmäßig und harmonisch, wie es nur sein konnte.

Reel zählte die Schüsse. Mit jeder abgefeuerten Kugel fiel ein Mann. Robie verfehlte kein einziges Mal. Ein ungleicher Kampf, wie ein Mann gegen Kinder.

Die Milizionäre gingen in Deckung und schossen zurück. Doch obwohl Robie allein war, schien er die überlegene Feuerkraft zu haben. Die Miliz feuerte wild um sich, doch Adrenalin und Angst machten es unwahrscheinlich, dass sie irgendetwas traf. Robie zielte und feuerte mit so ruhiger Effizienz, als säße er bei einem Videospiel und könnte nach Bedarf jederzeit den Resetknopf drücken.

Nach einer weiteren Minute dieses Massakers war der Rest der Miliz in panischem Rückzug.

Damit waren nur noch sie beide übrig.

Reel blickte zu Robie hinüber. Er stand auf einer kleinen Anhöhe und schaute von dort oben auf sie.

Sie kroch unter dem Wagen hervor und hielt die Pistole locker an der Seite.

Robie hatte das Gewehr fallen lassen. In der Rechten hielt er seine Glock. Auch er hielt die Waffe locker in der Hand.

Reel betrachtete die brennende Zerstörung und die Leichen, dann richtete sie den Blick wieder auf Robie.

»Danke.«

Robie kam ein paar Schritte näher und blieb stehen, sechzig Meter von Reel entfernt, fast auf gleicher Höhe.

Sie beide kannten den Grund.

Noch zwanzig Meter, und ihre Glocks waren in tödlicher Reichweite.

»Du hättest sie mich einfach töten lassen können«, sagte Reel. »Mehr als zwanzig zu eins gegen mich. Ich hatte keine Chance. Damit hättest du deine Hände sauber gehalten.«

»Das war keine meiner Optionen.« Robie blickte auf einen der Toten. »Wer sind die Kerle?«

»Milizionäre. Aber nicht besonders fähig.«

Robie nickte. »Hast du Jacobs und Gelder getötet?«

Reel ging ein paar Meter auf ihn zu und blieb stehen. Warf einen Blick auf seine Hände. Sie hatten sich nicht bewegt. Aber er würde nur eine Sekunde brauchen, um mit der Glock auf sie zu feuern.

»Woher hast du gewusst, dass du herkommen musst?«, fragte sie.

»Der Freund eines Freundes. Ich wusste nicht, ob du hier bist oder nicht. Ich wollte zu West.«

»Warum?«

»Weil du nach ihm gesucht hast«, sagte er.

Reel schwieg. Sie ließ seine Waffenhand nicht aus den Augen.

»Du brauchst keine geheimnisvollen SMS mehr zu schicken, Reel. Ich bin hier. Also sag mir, worum es eigentlich geht.«

»Das ist kompliziert, Will.«

»Dann fangen wir mit den einfachen Sachen an. Hast du die Typen hier getötet?«

Robie kam weitere fünf Meter näher. Jetzt waren sie genau an der Grenze des tödlichen Schussbereichs ihrer Waffen.

Keiner von beiden hielt seine Glock jetzt noch locker. Die Muskeln ihrer Waffenhände waren angespannt, die Finger lagen auf den Abzugsbügeln.

»Du hast dich kaum verändert, Will.«

»Du anscheinend schon. Wo ist Roy West? Unter den Leichen hier?«

Reel schüttelte den Kopf. »Nicht bei denen. Aber er ist trotzdem tot.«

»Hast du ihn auch erledigt?«

»Dafür hat er selbst gesorgt. Es ist gefährlich, in einem Haus Sprengstoff zu stapeln. Als würde man mit Klapperschlangen leben.«

»Warum hast du West gesucht?«

»Er hatte etwas, das ich brauche.«

»Ein Dokument?«

Ein Ausdruck der Bestürzung huschte über Reels Gesicht. »Woher weißt du das?«

»Hast du dieses Dokument bekommen?«

»Ich hatte es bereits, und ich habe es gelesen. Ich wollte weitere Informationen, aber ich bekam sie nicht.«

»Also war das alles hier eine Zeitverschwendung?«

Beide drehten den Kopf, als in der Ferne Sirenen heulten. Selbst mitten im Nichts lockten Explosionen und Schüsse früher oder später die Polizei an.

Reel richtete den Blick wieder auf Robie. »Ich weiß, welchen Auftrag du hast.«

»Und ich gebe dir eine Chance, alles zu erklären.«

»Die berühmten letzten Worte vor der Exekution?«

»Das hängt von der Erklärung ab.«

Die Sirenen wurden lauter. Jedes Heulen ließ die Stille bersten wie ein Artilleriegeschoss.

»Und uns läuft die Zeit davon«, sagte Robie.

»Ich bin keine Verräterin.«

»Schön zu wissen. Und jetzt beweis es.«

»Ich habe keinen Beweis. Noch nicht.«

Ihre Finger näherten sich den Abzügen. Beide machten zwei Schritte nach vorn. Gleichzeitig, aber nicht synchron. Damit hatten sie die Tötungszone ihrer Glocks betreten.

Robie runzelte die Stirn. »Da musst du schon etwas Besseres liefern. Ich habe eine tote Nummer zwei und einen weiteren Angestellten der Agency im Leichenschauhaus auf einer Bahre liegen. Unter normalen Umständen würde das reichen, also holt mich das aus meiner Komfortzone. Rede mit mir. Jetzt.«

Die Sirenen waren jetzt so laut, als würden sie Reel und Robie jeden Moment erreichen.

»Gelder und Jacobs waren die Verräter.«

»Wieso?«

»Sie haben jemanden umgebracht. Jemanden, der mir viel bedeutet hat.«

»Warum?«, fragte Robie.

»Weil er ihren Plan enthüllen wollte.«

»Und worum ging es in dem Plan?«

Die Sirenen waren nun ohrenbetäubend laut, als wäre jeder Cop in Arkansas auf dem Weg hierher.

»Ich habe jetzt nicht die Zeit, das zu erklären.«

»Ich glaube nicht, dass du eine Wahl hast, Jessica.«

»Was spielt das für eine Rolle? Du hast deine Befehle, Will.«

»Die befolge ich nicht immer. Genau wie du.«

»Du befolgst sie so gut wie immer.«

»Du hast mir die SMS geschickt. Du hast behauptet, einen Grund gehabt zu haben. Ich müsse nur die Tür öffnen. Also verrate mir, was du gemeint hast. Allerdings gibt es keine Garantien von meiner Seite, Jessica. Keine. Nicht einmal, wenn deine Erklärung Sinn ergibt. So läuft das.«

Sie schauten sich jetzt nicht mehr an. Ihre Blicke waren auf die Hand des Gegenübers gerichtet. Hände mit Waffen töteten, während Augen nur dazu da waren, um einen abzulenken. Der Narr, der in einer solchen Situation nicht mehr auf die Hände achtete, lernte diese Lektion zu spät.

»Woher soll ich wissen, dass ich dir vertrauen kann?«, sagte Reel. »Dir eine SMS zu schicken ist eine Sache. Aber es macht mir verdammt zu schaffen, dass du mich und diesen Ort hier so schnell finden konntest.« Sie hob den Blick, riskierte es, seine Waffenhand für einen Moment aus den Augen zu lassen. »Du hattest Hilfe. Hilfe seitens der Agency. Also läuft es wieder auf die alte Frage hinaus. Woher soll ich wissen, dass ich dir trauen kann?«

»Das kannst du nicht, jedenfalls nicht mit absoluter Sicherheit. Genauso wenig weiß ich, ob ich dir vertrauen kann.«

»Ich weiß nicht, ob uns das weiterbringt, Will«, entgegnete Reel, und ihre Waffenhand spannte sich leicht, was Robie nicht entging.

»Das hier muss nicht so ablaufen, Jessica.«

»Sollte man meinen, nicht wahr? Aber vermutlich wird es *genau* so ablaufen.«

»Roy West war ein Analytiker, den man gefeuert hatte. Was war an dem Mann so wichtig?« In Robies

Stimme lag Dringlichkeit, denn die Sirenen waren jetzt ganz nah. Vermutlich befürchtete er, dass sie sich auf eine Schießerei mit den Cops einlassen mussten, nur um entkommen zu können. »Und rede schnell.«

»Er war ein mieser Typ, aber ein guter Autor.«

»Was genau hat er geschrieben? Das Dokument?«

»Die Apokalypse«, erwiderte sie.

Zusätzlich zu den Sirenen konnten Reel und Robie jetzt das Kreischen von Reifen hören.

»Die Apokalypse? Erklär mir das.«

»Dazu reicht die Zeit nicht, Will. Du wirst mir vertrauen müssen.«

»Das ist viel verlangt. Zu viel.«

»Ich habe nicht um deine Hilfe gebeten.«

»Warum dann die SMS?«

Reel wollte etwas erwidern, hielt dann aber inne. »Vermutlich wollte ich nicht, dass du von mir glaubst, ich wäre auf die andere Seite gewechselt.« Sie schwieg, aber nur eine Sekunde lang. »Es tut mir leid, Will.«

Bevor er antworten konnte, feuerte Reel. Nicht auf Robie, sondern auf einen der Milizionäre, der noch nicht tot war und auf sie schießen wollte. Mit einer Kugel im Schädel sank der Mann endgültig zu Boden.

Als Reel sich wieder Robie zuwandte, zielte der mit seiner Pistole genau auf ihren Kopf. Beide Hände lagen um den Griff der Glock. Sein Finger schwebte über dem Abzug. Jetzt hatte sie keine Chance mehr. Ihre Pistole baumelte nutzlos an ihrer Seite.

Die Sirenen schienen ihnen jetzt in die Ohren zu brüllen.

»Mach die Augen zu, Jessica.«

»Ich würde sie lieber offen halten.«

»Ich sagte, mach die Augen zu. Ich sage es nicht noch einmal.«

Langsam schloss Reel die Augen. Stählte sich für den Einschlag der Kugel. Robie würde nur einen Schuss brauchen. Darauf konnte sie sich bei ihm verlassen. Ihr

Tod würde augenblicklich erfolgen. Trotzdem fragte sie sich, wie es sich wohl anfühlte.

Sekunden verstrichen, aber kein Schuss peitschte.

Reel schlug die Augen auf.

Will Robie war verschwunden.

KAPITEL 43

Reel sprang in ihren Explorer, ließ den Motor an und fuhr auf einer Strecke, die sie vom Heulen der Sirenen weg zur Hauptstraße brachte.

Kaum rollten die Reifen über Asphalt, gab sie Gas. Der Ford beschleunigte und jagte über die Straße. Erst als sie zwanzig Meilen zurückgelegt hatte und die Rauchwolken über den Bäumen längst nicht mehr sehen konnte, fuhr sie an den Straßenrand und hielt.

Sie zerlegte ihre Waffen, verstaute sie in der Tasche und machte sich auf den Weg zurück zum Flughafen. Unterwegs fuhr sie durch eine Autowaschanlage und befreite den Ford vom Staub, obwohl es ein paar Kratzer und Beulen gab, die es zuvor nicht gegeben hatte.

Doch als Reel den Leihwagen zurückgab, warf der Mann am Schalter nicht einmal einen Blick darauf. Er notierte sich Benzinverbrauch und Meilenstand und druckte ihre Quittung aus.

»Ein schneller Trip«, meinte er.

»Ja.«

»Ich hoffe, Ihnen hat Ihr Aufenthalt hier gefallen.«

»Oh ja. Die Ruhe, der Frieden und die langsamere Gangart der Menschen hier, daran könnte ich mich gewöhnen«, erwiderte Reel und ging zum Bus, der sie zum Terminal brachte.

Im Waschraum schlüpfte sie wieder in die Verkleidung der alten Frau und nahm den nächsten Flug nach Osten.

Hoch in der Luft, als die Sonne sich in den Horizont brannte, stellte sie den Sitz zurück, schloss die Augen und dachte über das nach, was sie erfahren hatte.

Jemand mit allerhöchster Geheimhaltungsstufe, mindestens drei Stufen über Roy West, hatte das Weißbuch gelesen. Das war vor zwei Jahren gewesen. Stufe und Freigaben des Betreffenden hatten sich also mit ziemlicher Sicherheit verändert. Die Person würde jetzt eine noch höhere Position einnehmen. Das war gleichermaßen aufschlussreich wie problematisch.

War es Gelder gewesen? Vor zwei Jahren hatte er mindestens drei Stufen über einem Mann wie Roy West gestanden, wenn nicht sogar mehr. Aber das setzte die Annahme voraus, dass West ihr, Reel, die Wahrheit gesagt hatte. Sie hatte keine Möglichkeit, zu verifizieren, ob es überhaupt jemanden mit dem Codenamen Roger the Dodger gab. Roger, der nicht Fassbare.

Aber Reel wusste, dass das Weißbuch existierte. Sie wusste auch, dass der darin entwickelte Plan in die Tat umgesetzt werden sollte. Schließlich kannte sie einige der Leute, die genau das versuchten.

Zwei von ihnen hatte sie getötet, bei einem dritten hatte sie es versucht.

Aber ich kenne nicht alle. Und wenn ich nicht alle kenne, kann ich es nicht aufhalten.

Reel blickte aus dem Fenster. Da sie nach Osten flogen, wurde es erst eine Stunde später dunkel. Und in dieser undurchdringlichen Schwärze konnte Reel nur Hoffnungslosigkeit erkennen.

Sie war den ganzen weiten Weg gereist, wäre um ein Haar getötet worden und hatte kaum etwas vorzuweisen.

Eine tolle Erfolgsgeschichte, dachte sie bitter.

Obwohl ... so stimmte das nicht. Sie richtete ihre Gedanken auf das, was an diesem Trip wirklich wichtig war.

Und das war der Mann.

Reel konnte noch immer nicht richtig begreifen, was da draußen in der Wildnis eigentlich passiert war. Das Töten war für sie Routine. Explosionen, Zerstörung, Tote. Das war ihre Welt, das kannte sie.

Aber das hier war etwas anderes.

Sie schloss die Augen, und sofort erschien das Bild von Will Robie. Er richtete seine Waffe auf ihren Kopf. Befahl ihr, die Augen zu schließen, damit er beim tödlichen Schuss nicht hineinschauen musste.

Aber er hatte nicht geschossen. Er hatte sie leben lassen. Entkommen lassen.

Das hatte Reel überrascht. Nein, viel mehr: Sie hatte es nicht fassen können.

Robie hatte ihr etwas gewährt, was Reel in ihrem ansonsten so erbarmungslosen Job noch nie begegnet war.

Gnade.

Will Robie, der erfolgreichste Profikiller seiner Generation, hatte ihr Gnade erwiesen.

Als Robie in den Kampf eingegriffen und ihre Feinde getötet hatte, hatte Reel die vage Möglichkeit in Betracht gezogen, dass er ihr Verbündeter werden könnte. Dass sie diese Sache gemeinsam beenden würden.

Aber das war ein lächerlicher Gedanke, sah sie nun ein. Das hier war ihr Kampf. Nicht Robies.

Trotzdem hatte er sie leben und entkommen lassen.

Dabei wäre seine Mission beendet gewesen. Die Agency hätte sich lobend über seine Arbeit geäußert. Vielleicht hätte man ihn befördert und aus dem Schützengraben geholt, oder man hätte ihn in einen langen Urlaub geschickt. Schließlich hätte er in Rekordzeit ihr größtes Problem gelöst.

Aber er hat mich einfach gehen lassen.

Reel hatte Will Robie stets bewundert. Er war ein beherrschter, kühler Profi, der seine Arbeit tat und nie auch nur über einen Triumph sprach. Trotzdem er-

kannte Reel eine unendliche Traurigkeit in diesem Mann, mit der sie nie richtig hatte umgehen können.
Die gleiche tiefe Traurigkeit, wie ich selbst sie empfinde.
Sie ähnelten sich sehr, sie und Robie.
Und er hatte sie weiterleben lassen.
Profikiller taten so etwas nicht. Niemals.
Reel war sich nicht sicher, ob sie Robie hätte gehen lassen, wären ihre Rollen vertauscht gewesen.
Wahrscheinlich hätte ich ihn erschossen.
Vielleicht hatte sie ihn angelogen. Dass sie seine Hilfe nicht wollte. Sie wollte diese Hilfe sehr wohl. Denn ihr war endlich klar geworden, dass sie es unmöglich allein schaffen konnte. Also hatte sie versagt.

Und nun geschah etwas, was Jessica Reel nicht mehr erlebt hatte, seit sie ein kleines Mädchen gewesen war.

Tränen liefen ihr über die Wangen.

Sie machte die Augen zu.

Und ließ sie geschlossen, bis das Flugzeug gelandet war.

Als sie die Augen dann wieder aufschlug, konnte sie noch immer nicht deutlich sehen.

KAPITEL 44

Zweihundert Meilen. Robie fuhr diese Strecke, ohne anzuhalten. Er fuhr nach Osten, denn in diese Richtung musste er.

Schließlich aber gab selbst sein eiserner Wille nach, und er hielt an, weil er vor Müdigkeit die Straße nicht mehr richtig sehen konnte.

Er nahm ein Motel am Highway, bezahlte das Zimmer in bar und schlief achtzehn Stunden durch, um fast eine Woche ohne Schlaf wettzumachen.

Für Robie war es der tiefste Schlaf seit Jahren.

Als er erwachte, war es dunkel. Er hatte fast einen Tag seines Lebens verloren.

Aber einen Tag zuvor hätte er beinahe sein Leben verloren, also war es ein sehr gutes Geschäft, einen Tag zu opfern.

In einem Schnellrestaurant in der Nähe des Motels verschlang er heißhungrig zwei Mahlzeiten auf einmal. Er schien gar nicht genug essen und trinken zu können. Als er die Kaffeetasse zum letzten Mal abstellte und aufstand, spürte er, wie seine Energie zurückkehrte.

Auf dem Parkplatz blieb er eine Zeit lang im Wagen sitzen und blickte aufs Armaturenbrett, in Gedanken versunken.

Er hatte Reel vor der Mündung gehabt. Ein Druck auf den Abzug, und es wäre vorbei gewesen. Eine tote Reel. Eine erfüllte Mission. Alle Sorgen vorbei.

Sein Finger hatte den Abzug berührt. Und bisher hatte er im Job noch jedes Mal geschossen, wenn sein Finger diesen Punkt ereicht hatte.
Diesmal nicht.
Jessica Reel.
Er hatte ihr befohlen, die Augen zu schließen. Warum? Ganz einfach: Weil er die unumstößliche Absicht gehabt hatte, den tödlichen Schuss abzugeben, dann zu verschwinden und es jemand anderem zu überlassen, Sinn in diese Sache zu bringen.
Er, Robie, war bloß der Mann mit dem Gewehr. Er musste nur den verdammten Abzug betätigen.
Und ich habe es nicht getan.
In seinem Job als Profikiller hatte er diesen Schuss nur ein einziges Mal nicht abgegeben. Wie sich herausgestellt hatte, war es die richtige Entscheidung gewesen.
Ob das in diesem Fall auch zutraf? Robie wusste es nicht.
Jessica Reel hatte sich verändert. Nicht grundlegend, sondern auf subtile Weise. Aber das genügte. Die meisten Menschen waren miserable Beobachter. Und selbst diejenigen, die es gut konnten, waren meist nicht sehr versiert. Reel hatte gerade genug unternommen, um die Möglichkeit auszuschließen, dass jemand sie entdeckte.
Nicht zu viel. Nicht zu wenig. Gerade genug.
An ihrer Stelle hätte Robie genau das Gleiche getan.
Und weil ich nicht geschossen habe, bin ich jetzt vielleicht an ihrer Stelle.
Er fuhr zurück zum Motel, zog sich aus, stellte sich unter die Dusche und spülte sich den körnigen Staub von der Haut.
Nur den Kopf bekam er nicht frei. Es fühlte sich an, als hätten sich dort dreißig Zentimeter Schlamm angesammelt, die seine Sinne betäubten und seine Fähigkeit zum klaren Denken behinderten.

Robie trocknete sich ab und zog sich an. Dann lehnte er sich gegen die Wand und schmetterte beide Hände so hart dagegen, dass der Putz Risse bekam. Er warf einen Fünfziger aufs Bett, um den Schaden zu begleichen, und schnappte sich seine Tasche.

Vor ihm lag eine lange Fahrt. Es war besser, er machte sich jetzt auf den Weg.

Als er den Highway erreichte, schaltete er das Radio ein. Es kam in allen Nachrichten. Ein Massaker auf einem einsamen Hügel in Arkansas, mitten im Nirgendwo. Anscheinend hatten sich rivalisierende Milizen bekriegt. Eine Blockhütte und ein paar Fahrzeuge waren in die Luft gesprengt worden. Mehrere Männer waren tot.

Einer von ihnen war als Roy West identifiziert worden, ein ehemaliger Geheimdienstanalytiker in Washington. Wann und warum er nach Arkansas gezogen war und ein neues Leben inmitten von Waffen und Bomben angefangen hatte, wusste man noch nicht. Gerüchten zufolge waren Ermittler aus Washington auf dem Weg zum Tatort, um eine Untersuchung einzuleiten.

Robie schaute auf. Beinahe rechnete er damit, einen Jet der Regierung am Himmel zu sehen, auf dem Weg zum Tatort.

West habe »die Apokalypse« ausgearbeitet, hatte Reel erklärt.

Was genau bedeutete das?

Roy West hatte für die Agency gearbeitet. Seine offizielle Bezeichnung war »Analytiker« gewesen. Das konnte vieles bedeuten. Die meisten Analytiker, denen Robie begegnet war, verbrachten ihre Zeit mit dem Versuch, aktuelle Probleme zu lösen. Aber es gab einige, die sich mit anderen Dingen befassten.

Robie hatte gehört, dass der Geheimdienst Arbeitspapiere über die verschiedensten Szenarien anfertigen ließ. In diesen Papieren wurde die sich verändernde geopolitische Landschaft verarbeitet und auf die Zukunft hochgerechnet. Fast alle dieser sogenannten Weißbücher landeten am Ende im Reißwolf, ohne dass sie zu Aktionen geführt hätten. Größtenteils gerieten sie in Vergessenheit.

Aber vielleicht war Wests Arbeit nicht im Reißwolf geendet.

Vielleicht nahm jemand sie ernst.

Und plante die Apokalypse.

Reel hatte mit ihrer Reise viel riskiert. Ohne Robie wäre sie jetzt tot. Reel war eine erstklassige Killerin, deren Niveau nur wenige erreichten. Aber sie war mehr als zwanzig zu eins unterlegen gewesen. Nicht einmal der am besten ausgebildete Profikiller konnte so etwas überleben.

Wenn Reel wusste, dass West die »Apokalypse« verfasst hatte, bedeutete es, dass sie das Weißbuch entweder gelesen hatte oder zumindest seinen Inhalt kannte. Tatsächlich hatte sie behauptet, das Dokument zu besitzen. Also war sie vermutlich nicht angereist, um West darüber zu befragen. Robie bezweifelte, dass Reel sich für Wests Inspiration oder die Gründe für die Entstehung seines Werks interessierte.

Was ist es dann?

Robie fuhr fünfzehn Meilen weiter, als ihm plötzlich die Antwort einfiel.

Reel wollte wissen, wem er den Bericht gegeben hatte.

Falls er nicht durch die offiziellen Kanäle gelaufen war, war er womöglich an jemanden gegangen, der dafür nicht offiziell die Verantwortung übernahm. Darauf musste Reel es abgesehen haben. Der Name der Person oder Personen, die das Apokalypse-Papier gelesen hatten.

Weitere Meilen zogen vorbei. Robie hielt an, um zu tanken und zu essen. Doch als er an der Theke saß, konnte er sich nicht auf das Essen konzentrieren, das vor ihm stand. Seine Gedanken drehten sich um ganz andere Dinge.

Da war Reels Abschussliste.

Zuerst Jacobs, dann Gelder.

Reel hatte behauptet, beide seien Verräter gewesen. Sie hatte auch gesagt, dass es noch andere gab.

Aber sie hatte Jacobs und Gelder vor ihrem Besuch bei Roy West erschossen. Also hatte Reel gewusst, dass die beiden Teil des Apokalypse-Szenarios waren, schon bevor sie West zur Rede gestellt hatte.

Das konnte nur eines bedeuten: Da draußen gab es noch jemanden – vielleicht mehr als nur einen –, der das Weißbuch kannte und der seine Ziele möglicherweise aktiv verfolgte. Ziele, die Reel aber noch unbekannt waren. Methodisch eliminierte sie die Verschwörer – Robie belegte diese Leute unwillkürlich mit diesem Begriff –, aber Reels Liste war nicht vollständig.

Noch zahllose weitere Fragen stellten sich Robie. Die wichtigste lautete, wie und weshalb Reel überhaupt in diese Angelegenheit verwickelt worden war. Was war der Auslöser gewesen? Was hatte sie dazu getrieben, alles zu riskieren, um nun so vorzugehen, wie sie vorging?

Robie hatte Reel in die Augen geschaut und war zu einem definitiven Schluss gekommen: Hier ging es nicht einfach um eine weitere Mission, um irgendeinen Einsatz. Das hier war persönlich.

Wenn er damit recht hatte, musste es einen Grund dafür geben. Genauer gesagt, es musste eine Person geben, die in diese Sache verwickelt war und sie für Reel zu einer persönlichen Angelegenheit gemacht hatte. Reel hatte gesagt, der Gegner hätte jemanden umgebracht, der ihr viel bedeutete. Und diese Person war getötet worden, weil sie den Plan ans Tageslicht bringen wollte.

Robie hatte viele Fragen und keine Antworten.

Aber eines wusste er.

Niemand wollte, dass es mit der Apokalypse endete.

KAPITEL 45

Kinderlärm. Luftballons in den Farben des Regenbogens. Geschenke, bei denen der Preis im dreistelligen Bereich lag.

Richter Samuel Kent ließ den Blick schweifen und lächelte über die ausgelassenen Aktivitäten der Kinder im Grundschulalter, die auf der großen Glasveranda herumtobten, dem Ort der Geburtstagsparty. Kent hatte spät geheiratet, und sein Jüngster war Gast hier im Haus eines wohlhabenden Lobbyisten, der sein Geld damit verdiente, das zu verkaufen, was gerade auf dem Capitol Hill gebraucht wurde.

Kents Frau, fast zwanzig Jahre jünger als er, war nicht anwesend. Eine Fahrt nach Napa Valley in eine Wellnessoase zusammen mit ihren Freundinnen war ihr wichtiger gewesen als die Geburtstagsparty des Freundes ihres Sohnes. Aber der Richter sprang gern für sie ein. Das verschaffte ihm ein paar interessante Gelegenheiten.

Noch einmal ließ er den Blick schweifen und nickte.

Der Mann kam eilig auf ihn zu. Er war größer als Kent und wurde fett, und sein Haar lichtete sich. Obwohl er sich auf einer Party befand, lächelte er nicht. Er sah eher so aus, als müsse er sich jeden Moment übergeben.

»Howard«, begrüßte der Richter den Mann knapp und streckte die Hand aus. Der Kongressabgeordnete Howard Decker schüttelte sie. Es war ein schweißfeuchter Händedruck.

»Wir müssen reden«, sagte Decker.

Kent lächelte und deutete auf die große Piñata, die in einer Ecke von der Decke hing. »Ich will nicht hier sein, wenn die Kinder darüber herfallen. Sollen wir einen Spaziergang machen? Der Garten ist sehr schön.«

»Einverstanden.«

Die beiden Männer gingen durch die Glastüren hinaus an die frische Luft und spazierten durch den prunkvollen Garten, der fast einen Hektar in Beschlag nahm. Es gab einen Swimmingpool, ein Gästehaus, einen Steinpavillon, ein Reflexionsbecken, Bänke, Tore, Nebengärten und einen Pflanzschuppen. Beide Männer waren wohlhabend und fühlten sich in dieser schlossartigen Umgebung sofort wohl.

Als sie ein gutes Stück vom Haus entfernt eine abgelegene Stelle erreicht hatten, blieben sie stehen.

»Wie laufen die Dinge auf dem Capitol Hill?«, fragte Kent.

»Darüber will ich nicht reden«, antwortete Decker, »das wissen Sie doch.«

»Ja, das weiß ich, Howard. Ich will nur verhindern, dass die Nerven mit Ihnen durchgehen. Ein Pokergesicht ist unumgänglich.«

»Und Sie machen sich keine Sorgen? Wie ich hörte, hätte die Frau Sie beinahe erwischt.«

»Wir waren vorbereitet. Es gab nur das Problem, dass sie flinker war als erwartet.«

»Sie wissen, dass Roy West tot ist?«

»Das ist weder von Bedeutung noch relevant«, erklärte der Richter.

»Reel?«

»Auch sie ist unwichtig und irrelevant.«

»Da bin ich anderer Meinung. Ich halte sie sogar für sehr wichtig. Jacobs, Gelder, Sie? Diese Frau hat eine Liste. Woher?«, wollte Decker wissen.

»Das ist doch offensichtlich«, meinte Kent. »Ich habe Joe Stockwell vertraut. Das hätte ich nicht tun sollen.

Aber ich hielt ihn für einen von uns. Er hat mich an der Nase herumgeführt, und das hat uns viel gekostet.«

»Also hat er Reel davon erzählt?«

Der Richter nickte nachdenklich. »Sieht so aus. Zu schade, dass wir ihn nicht früher ausgeschaltet haben.«

»Wo liegt die Verbindung zwischen Stockwell und Reel?«

»Ich weiß es nicht«, erwiderte Kent. »Aber es muss sie gegeben haben. Stockwell war eine Zeit lang bei der Bundespolizei und hatte gute Verbindungen. Ich habe versucht, mehr zu erfahren, nachdem wir wussten, dass Stockwell uns ausspioniert, anstatt für uns zu arbeiten. Aber vieles unterliegt der Geheimhaltung. Ich konnte nicht zu energisch graben, ohne Verdacht zu erregen.«

»Dann sind wir alle kompromittiert! Möglicherweise stehe *ich* auf dieser Liste. Er wusste von mir.«

»Ja, Sie könnten sehr gut auf dieser Liste stehen.«

»Reel hat Gelder erwischt. Er war die Nummer zwei, um Himmels willen. Welche Chance habe ich dann?«

»Eine sehr gute. Um ein Haar hätten wir Reel erwischt, Howard. Ihr muss klar sein, dass die Zielpersonen sich mittlerweile verschanzt haben. Reel wird in der Defensive sein. Sie wird sich zurückziehen müssen.«

»Wenn sie West getötet hat, ist sie schwerlich in der Defensive«, hielt Decker dagegen.

»West war nicht gerade ein gut geschütztes Ziel. Außerdem kennen wir noch immer nicht alle Fakten. Falls Reel ihn getötet hat, wollte sie an mehr Informationen kommen.«

»Und wenn er sie ihr gegeben hat?«

»West konnte ihr nichts geben. Reel griff nach Strohhalmen. Das zeigt, wie geschwächt ihre Position ist.«

»Jemand muss sie über West informiert haben.«

»Das untersuchen wir gerade. Aber ich betrachte es nicht als besonders wichtig. Wir müssen uns um größere Fische kümmern.«

»West hat sich in einen verrückten Milizionär verwandelt. Ich würde das kaum als leichtes Ziel bezeichnen. Er hatte Waffen und Bomben und eine Horde Wahnsinniger, die genauso psychotisch waren wie er selbst. Und Reel hat ihn trotzdem umgebracht.«

»Ich habe nie behauptet, dass Reel unfähig oder harmlos ist.«

»Also könnte sie mich auch erwischen.«

»Mich ebenfalls. Aber wir müssen nach den Gewinnchancen spielen, Howard. Und die favorisieren nun mal unsere Seite. Außerdem wussten wir, dass es Risiken mit sich bringt, wenn wir diese Gelegenheit ergreifen. Kein Unternehmen von solchen Ausmaßen ist ohne Risiko.«

»Und wenn sie alles weiß?«

»Tut sie nicht. In diesem Fall hätten ihr ganz andere Kanäle zur Verfügung gestanden. Sie weiß, wer darin verwickelt ist. Vielleicht weiß sie sogar in groben Zügen, was wir erreichen wollen. Das genaue Ziel kennt sie nicht. Vertrauen Sie mir. Ich würde es wissen.«

Decker fuhr sich über die Stirn und wischte sich den Schweiß ab, obwohl der Tag ziemlich kühl war. »Als wir es geplant haben, schien es nicht sehr riskant zu sein.«

»Etwas zu planen kommt einem nie riskant vor. Risiken entstehen erst, wenn man Tatsachen schafft.«

»Und genau das hat Reel getan. Sie hat Tatsachen geschaffen.«

»Das ist nun mal ihr Job. Und sie ist gut darin.«

»Woher wissen Sie so viel darüber?«

»Ich bin nicht immer Richter gewesen, Howard.«

»Geheimdienst?«

»Ich darf nicht darüber sprechen.«

»Wie sind Sie auf den Richterstuhl gekommen?«

»Ein Abschluss in Jura und Freunde in hohen Positionen. Der Job verschafft mir eine großartige Deckung und Spielraum für andere Unternehmungen. Aber ich weiß, wovon ich rede. Wir stehen das durch. Glauben Sie ja nicht, dass ich nichts gegen Reel unternehmen würde. Sie ist gut, aber sie ist allein. Unseren Möglichkeiten hat sie nichts entgegenzusetzen.«

»Sie ist noch immer da draußen. Noch immer am Leben.«

»Im Augenblick.« Kent schaute zum Haus. »Ich glaube, die Kids gehen gleich zu Torte und Eiscreme über. Wir sollten zurückgehen. Wir wollen die Kleinen ja nicht enttäuschen.«

Während die beiden Männer zum Haus zurückgingen, dachte Kent über den nächsten Zug nach.

Er war nicht ganz ehrlich zu dem nervösen Kongressabgeordneten gewesen.

Reel war eine Kraft, mit der man rechnen musste, das stand fest.

Aber Kent hatte größere Probleme.

Die Morde an Jacobs und Gelder berührten ihn nicht besonders. Jetzt, wo der Plan ausgeführt wurde, war es für ihn von Vorteil, dass die wichtigsten Spieler fielen. Schlug ein Plan fehl, waren es immer die Mitverschwörer, die sich auf die andere Seite schlugen und einen in den Abgrund rissen.

Gelder hätte vermutlich durchgehalten, aber er hatte auch viel zu verlieren gehabt.

Jacobs war ein schwaches Glied gewesen. Ein notwendiges Element, ja, aber richtigem Druck hätte er nicht standgehalten. Er hätte sich gegen sie gewendet. Hätte Reel ihn nicht getötet, hätte Kent es selbst getan.

Zurück auf der Party, warf der Richter einen Seitenblick auf Howard Decker, während das zehnjährige Geburtstagskind seine Kerzen auspustete.

Decker war ein weiteres schwaches Glied.

Er hätte es besser wissen müssen, als einen Kongressabgeordneten mit an Bord zu nehmen. Aber Decker hatte seinen Wert – er war der Vorsitzende eines Komitees, das für Kents Zwecke von besonderem Nutzen war. Inzwischen aber hatte er, Kent, sich diese Möglichkeiten zunutze gemacht, und Deckers Bedeutung war entsprechend kleiner geworden.

Und dann war da noch eine andere Person im Spiel.

Sie war kein schwaches Glied.

Tatsächlich hatte Kent sogar Vorbereitungen getroffen, falls diese Person zu dem Schluss kam, er, Kent, sei mittlerweile eine Belastung.

Das war sein größtes Problem. Sollte sein Partner ihn für ein schwaches Glied halten, war sein Leben in tödlicher Gefahr. In größerer Gefahr sogar, als Reel auf dem Hals zu haben.

Kent verließ das Haus mit seinem Jüngsten im Schlepptau. Er beobachtete, wie Decker mit seinem Sohn in sein Town Car stieg. Der Fahrer machte einen fähigen Eindruck und war zweifellos bewaffnet. Aber er war allein.

Einen Moment, bevor Decker einstieg, hielt er inne und blickte zu Kent zurück.

Der Richter lächelte und winkte.

Decker hob den Arm, winkte zurück und stieg in den Wagen.

Kent setzte sich in seinen Jaguar. Er hatte keinen Bodyguard, aber er hatte seinen Sohn dabei. Und nach allem, was er über Jessica Reel wusste, würde sie ihn niemals vor den Augen seines Jungen umbringen. Ihr moralischer Kompass war Kents bester Schutz.

Wenn ihm jetzt noch eine Möglichkeit einfiel, den Jungen ununterbrochen in der Nähe zu haben, konnte ihm nichts passieren.

Davon abgesehen, musste er Reel aufspüren und so schnell wie möglich töten. Und er war sicher, dass ihm genau dafür eine Möglichkeit zur Verfügung stand.

Dieser Plan hatte mit einem Mann namens Will Robie zu tun.

KAPITEL 46

Robie parkte gegenüber der Schule und wartete.

Er war in die Gegend um Washington zurückgekehrt, hatte seinen Pick-up in der Scheune des abgelegenen alten Farmhauses untergestellt und ein Taxi genommen, um seinen Wagen aus dem Einkaufszentrum zu holen.

Er hatte nichts mehr von Evan Tucker gehört, seit er das Frühstücksrestaurant verlassen hatte. Eigentlich hatte er seitdem von niemandem mehr etwas gehört. Kein gutes Zeichen.

Wenigstens hatte man ihn nicht verhaftet.

Julie kam aus dem Schulgebäude und ging zur Bushaltestelle. Robie ließ sich tiefer in den Sitz sinken und beobachtete sie.

Wie immer trug sie knielose Jeans, einen formlosen Hoodie, schmutzige Turnschuhe und den vollgestopften Rucksack. Robie beobachtete, wie sie sich das lange Haar hinter die Ohren schob und sich umblickte.

Sie hörte keine Musik auf dem Handy, schrieb keine SMS. Sie war aufmerksam.

Sehr gut, dachte Robie. *Das musst du auch sein, Julie.*

Der Bus kam, und das Mädchen stieg ein. Als der Bus losfuhr, folgte Robie ihm, bis Julie ausstieg. Er beobachtete, wie sie das Haus betrat.

Als die Tür hinter ihr ins Schloss fiel, fuhr Robie weiter. Er wusste, dass er das nicht jeden Tag machen konnte, aber im Augenblick wollte er Julies Sicherheit garantieren. Er wollte einfach etwas Positives tun.

Er starrte auf sein Handy.
Tu es.
Er drückte die Kurzwahltaste.
Sie meldete sich beim zweiten Klingeln.
»Unglaublich«, sagte Nicole Vance. »Haben Sie sich verwählt?«
Robie ignorierte ihren Spott. »Haben Sie Zeit, sich mit mir zu treffen?«
»Warum?«
»Nur um zu reden.«
»Sie wollen nie einfach nur reden, Robie.«
»Heute schon. Aber wenn Sie keine Zeit haben, ist das kein Problem.«
»Ich könnte um sieben, vorher nicht.«
Sie vereinbarten die Einzelheiten, und Robie legte auf.
Er hatte Zeit und entschied, sie voll zu nutzen. Er machte einen weiteren Anruf und arrangierte ein Treffen mit dem Mann.
Er hatte keine Ahnung, was ihn erwartete, hatte aber das Gefühl, dass es der Weg des geringsten Widerstands war. Und wenn er überhaupt jemandem vertraute, dann diesem Mann.
Eine halbe Stunde später saß er Blue Man gegenüber.
»Wenn ich es richtig verstanden habe, haben Sie dem Direktor vor ein paar Tagen auf seinem Weg zur Arbeit aufgelauert«, sagte Blue Man.
»Sagt das die Gerüchteküche?«
»Stimmt es?«
»Ich hatte Antworten gebraucht.«
»Haben Sie diese Antworten bekommen?«
»Nein. Deshalb bin ich hier.«
»Das alles liegt über meiner Gehaltsstufe, Robie.«
»Das sind Ausflüchte. Das kann ich nicht akzeptieren.«
Blue Man fummelte an seiner Krawatte herum und mied jeden Blickkontakt.

»Werden wir bespitzelt?«, fragte Robie.
»Vermutlich.«
»Dann gehen wir woandershin.«
Zwanzig Minuten später betraten sie eine Starbucks-Filiale, bestellten, bekamen ihren Kaffee und setzten sich an einen Tisch draußen, weit weg von den anderen Kaffeetrinkern. Der Wind frischte auf, aber wenigstens regnete es nicht, und der Himmel sah nicht allzu bedrohlich aus.

In aller Ruhe tranken sie ihren Kaffee. Blue Man zog seinen Trenchcoat fester um sich. Für Robie sah er wie ein Bankier aus, der einen Becher teuren, frisch aufgebrühten Kaffee trinken wollte. Er wirkte jedenfalls nicht wie ein Mann, der Entscheidungen über Leben und Tod traf und der sich genauso mühelos mit Problemen der nationalen Sicherheit beschäftigte, wie andere Leute ihr Mittagessen aussuchten.

Das musst du gerade sagen, Robie. Du triffst vielleicht nicht die Entscheidung darüber, wer lebt oder stirbt, aber du bist derjenige, der abdrückt.

Die beiden Männer verbrachten eine schweigsame Minute damit, sich die Leute anzusehen, die aus Autos stiegen, Geschäfte betraten, ihre Kinder an den Händen, und mit Tüten beladen wieder zum Vorschein kamen.

Blue Man fing Robies Blick auf.
»Haben Sie das je vermisst?«
»Was?«, fragte Robie.
»Zur normalen Welt zu gehören.«
»Ich bin mir nicht sicher, ob ich je dazugehört habe.«
»Wissen Sie, Robie, ich habe in Princeton englische Literatur im Hauptfach studiert. Ich wollte der William Styron oder Philip Roth meiner Generation werden.«
»Und was ist dann passiert?«
»Ich ging mit einem Freund, der zum FBI wollte, zu einer Rekrutierungsveranstaltung der Regierung. Da saßen ein paar Männer an einem Tisch ohne Schild. Ich

blieb dort stehen, um zu sehen, wer das ist. Das war vor mehr als dreißig Jahren. Und hier sitze ich nun.«

»Bedauern Sie, nie den großen amerikanischen Roman geschrieben zu haben?«

»Ich bin dafür entschädigt worden. Meine Welt ist voller Fiktionen.«

»Lügen, meinen Sie damit.«

»Da gibt es keinen nennenswerten Unterschied«, erwiderte Blue Man. Er warf einen Blick auf Robies Arm und Bein. »Haben Sie das schon nachsehen lassen?«

»Noch nicht.«

»Kümmern Sie sich darum. Ich will nicht, dass Sie an einer Infektion sterben. Erledigen Sie das noch heute. Ich veranlasse alles Nötige. Der gleiche Ort wie beim letzten Mal.«

»Okay. Gibt es etwas Neues von DiCarlo?«

Blue Man runzelte die Stirn. »Soviel ich weiß, wurde sie unter die Jurisdiktion des Heimatschutzministeriums gestellt.«

»Ich weiß. Können Sie mir erklären, wie das möglich ist? Weil nicht einmal Tucker davon wusste, ehe ich es ihm gesagt habe.«

»Ich bin mir nicht sicher, ob ich das kann. Denn ich weiß nicht genau, ob *ich* es verstehe, Robie.«

»Lebt sie denn noch?«

»Kaum vorstellbar, dass DiCarlo gestorben ist, und niemand hätte uns informiert.«

»Welche Rolle spielt das Heimatschutzministerium?«

»Wie der Name schon sagt, es beschützt die Heimat. Wir dagegen haben keine Vollmacht, in den USA zu operieren.«

»Was bloß eine vor langer Zeit in Umlauf gebrachte Geschichte ist, wie Sie wissen.«

»Vielleicht war es das. Vielleicht ist es das aber nicht mehr.«

Blue Man meinte es ernst, das konnte Robie sehen. »So schlimm?«, fragte er.

»Anscheinend.«

»Und der Grund?«

»Was hat DiCarlo Ihnen an diesem Abend erzählt?«, fragte Blue Man. »Warum wollte sie Sie überhaupt sehen?«

»Sie hatte nur zwei Bodyguards. Was sagt Ihnen das?«

»Sie fühlte sich in ihrer eigenen Behörde kompromittiert?«

»Etwas in der Art.«

»Was noch?«

Robie trank einen Schluck Kaffee. »Reicht das nicht?«

»Nicht, wenn es da noch mehr geben sollte.«

»Vielleicht fühle ich mich ja ebenfalls kompromittiert.«

Blue Man schaute weg. Seine Miene war unergründlich. »Das kann ich verstehen.«

»Wie Sie sagten, eine andere Dynamik.«

»Das Problem dabei ist, dass die andere Seite bereits gewonnen hat, wenn wir uns nicht gegenseitig vertrauen.«

»Das würde stimmen, wenn wir uns sicher sein könnten, wer auf der anderen Seite steht.«

»Jessica Reel?«, fragte Blue Man.

»Was ist mit ihr?«

»Auf welcher Seite steht sie?«

»Ich glaube, es war Reel, die mir den Hintern und DiCarlo das Leben gerettet hat.«

»Ich dachte mir schon, dass Sie das sagen.«

Die Bemerkung überraschte Robie, und das sah man ihm an. »Wieso?«

»Weil ich glaube, Jessica Reel könnte auf unserer Seite stehen.«

»Und doch hat sie zwei unserer Männer getötet.«

»Denken Sie das logisch weiter, Robie.«

»Also sagen Sie, dass Jacobs und Gelder nicht auf

unserer Seite standen.« Reel hatte sie als Verräter bezeichnet, und es überraschte Robie, dass Blue Man diese Möglichkeit in Betracht zog. Für gewöhnlich war er bis auf die Knochen ein Mann der Agency.

»Das ist richtig. Falls Reel tatsächlich auf unserer Seite steht.«

»Und das tut sie?«

»Möglich.«

»Dann ist die Nummer zwei der Agency ein Verräter?«

»Möglicherweise. Aber für den Begriff Verräter gibt es viele Definitionen. Und Absichten.«

»Aber wenn es wirklich Verräter gibt, für wen arbeiten sie? Und woran? Und wie hat Reel es herausgefunden?«

»Alles gute Fragen, und ich habe nicht die geringste Antwort.«

»Und wieso hat sich das Heimatschutzministerium eingemischt?«

»Es muss der Verdacht bestehen, dass es ein Problem gibt. Möglicherweise wollten sie DiCarlo in sichere Verwahrung nehmen.«

»Und Evan Tucker?«

»Er dürfte mittlerweile sehr besorgt sein. Haben Sie ihm gesagt, dass Reel bei DiCarlo war?«

Robie nickte.

Blue Man nahm einen großen Schluck Kaffee. »Dann ist er vermutlich besorgter, als ich dachte.«

»Haben Sie das von Roy West gehört?«

Blue Man nickte. »Anscheinend hat er der Zivilisation den Rücken gekehrt und ist in die Welt des paranoiden Wahnsinns abgetaucht.«

»Er war Analytiker. Was genau hat er analysiert?«

»Warum wollen Sie das wissen? Sie glauben doch wohl nicht, dass es irgendetwas mit ...«

»Zurzeit kann ich es mir nicht leisten, etwas direkt auszuschließen.«

»West war nichts Besonderes. Er hatte den Ruf, idiotische Szenarien zu entwerfen. Vermutlich durfte er deshalb gehen. Ich wüsste nicht, was er mit der Sache zu tun haben könnte.«

Robie wollte ihm genau erklären, wie West und Reel ins Spiel gekommen waren, tat es dann aber doch nicht. »Tucker wollte, dass ich Reel weiter jage.«

»Und was haben Sie geantwortet?«

»Ich habe abgelehnt.«

»Ihnen wird nie jemand vorwerfen, kein Rückgrat zu haben, Robie.«

»Die Frage ist nur, wie mache ich weiter?«

»Sie haben das nicht von mir«, erwiderte Blue Man.

»Okay.«

»Wäre ich Will Robie, würde ich darüber nachdenken, vom Radar zu verschwinden.«

»Um was zu tun?«

»Jessica Reel finden. Und wenn Ihnen das gelingt, finden Sie vielleicht auch alle Antworten.«

Ich habe Reel gefunden, dachte Robie. *Und sie gehen lassen.*

Blue Man trank seinen Kaffee aus und stand auf. »Und Sie könnten noch etwas anderes tun.«

Robie blickte zu ihm hoch. »Und was?«

»Ist das nicht offensichtlich? Sie könnten sich bei Reel für Ihre Lebensrettung bedanken.«

»Zu spät«, murmelte Robie, als Blue Man gegangen war. »Das habe ich bereits.«

KAPITEL 47

Robie saß ohne Hemd und Hose auf dem Untersuchungstisch, während Dr. Meenan seine Verbrennungen untersuchte.

»Sie sehen besser aus. Aber es ist gut, dass Sie vorbeigekommen sind. Da sind ein paar entzündete Stellen. Ich werde sie säubern und ein paar Nähte setzen, um die betroffenen Partien zu stabilisieren. Dann können wir sicher sein, dass keine Probleme mehr auftreten. Außerdem gebe ich Ihnen eine weitere Spritze und zusätzliche Medikamente.«

»Okay.«

Die Ärztin entfernte abgestorbenes Gewebe, reinigte alles sorgfältig und nähte dann ein paar Stellen zusammen, an denen die Haut gerissen war. Als sie fertig war, holte sie eine Spritze, desinfizierte Robies linken Arm mit Alkohol, versenkte die Nadel in der Vene und klebte anschließend ein Pflaster darauf. »Wenigstens sind Sie in einem Stück zurückgekommen.«

»Ja.«

»Ich bin erleichtert.«

Robie musterte sie. »Wieso?«

»Wir verlieren genug gute Leute. Okay, Sie können sich wieder anziehen.«

Robie schlüpfte in die Hose.

»Ich lasse die Medikamente einpacken. In fünf Minuten können Sie sie vorne abholen.«

»Danke.«

Robie knöpfte das Hemd zu, während Meenan etwas in ihrer Akte notierte. »Haben Sie von dieser verrückten Sache in Arkansas gehört?«, fragte sie, ohne aufzusehen. »Kannten Sie den Mann, der früher hier gearbeitet hat?«

»Roy West?«

»Ja. Ich kannte ihn persönlich. Genauer gesagt, ich habe ihn mal untersucht.«

»Warum?«

»Tut mir leid, das unterliegt der Schweigepflicht. Die gilt sogar hier. Es war nichts Ernstes. Aber ich kann Ihnen sagen, er war ein seltsamer Bursche.«

»Hier gibt es viele seltsame Burschen.«

»Nein, ich meine richtig seltsam.« Sie schwieg und schrieb zu Ende, schloss die Akte und steckte sie in einen Ständer auf dem Tisch.

»Darf ich Ihnen im Vertrauen etwas sagen?«, fragte sie.

»Sicher.«

»Wirklich?«

»Klar, wirklich wirklich.«

Sie lächelte, wurde aber sofort wieder ernst. »Der Mann war gruselig. Und er war einer dieser selbstgefälligen Typen. Als würde er ein großes Geheimnis mit sich herumtragen und könnte es kaum erwarten, es einem zu erzählen.«

»So sind vermutlich viele Leute hier.«

»Vielleicht. Aber er ragte aus der Masse hervor.«

»Tja, am Ende hat es ihm nichts geholfen.«

»Ich habe in den Nachrichten gehört, dass er bei einem Krieg zwischen Milizen umgekommen ist.«

»So heißt es offiziell.«

»Wissen Sie etwas anderes?«, fragte sie.

»Nein, und ich habe genug mit meinem eigenen Kram zu tun.« Er band die Schuhe zu und rutschte vom Tisch. »Danke, dass Sie mich zusammengeflickt haben.«

»Dafür werde ich bezahlt.«

»Also war dieser West eine Art Psycho. Ich habe gehört, man hätte ihn gefeuert.«

»Das überrascht mich nicht. Unglaublich, dass er die psychologische Untersuchung bestanden hat. Er kam mir extrem labil vor.«

»Woran erinnern Sie sich sonst noch? Hat er Ihnen gegenüber jemanden erwähnt?«

»Zum Beispiel?«

»Irgendjemanden.«

Sie lächelte durchtrieben. »Sagten Sie nicht eben, Sie hätten genug zu tun?«

»Ich bin von Natur aus neugierig.«

»Nun ja ... er hat was über Freunde in hohen Positionen gesagt. Ich dachte, er würde angeben. Er selbst hatte einen ziemlich niedrigen Rang in der Agency.« Sie errötete.

»Was?«

»Eigentlich dachte ich, er würde das alles nur sagen, um mich zu beeindrucken.«

»Sie meinen, er wollte Sie anmachen?«

»Ja.« Sie schlug ihm spielerisch gegen den Arm. »Und Sie brauchen nicht so überrascht zu klingen.«

»Glauben Sie, das war alles sein Ernst?«

»Ich habe darüber nachgedacht. Wenn ich raten müsste, würde ich sagen, dass jemand ihm den Rücken gedeckt hat. Jemand von weit oben.«

»So weit oben nun auch wieder nicht. West wurde gefeuert.«

»Da haben Sie auch wieder recht. Egal, belassen wir es dabei, dass er mich anmachen wollte.« Sie zog eine Visitenkarte aus der Tasche. »Nur für den Fall, dass Sie meine Karte verloren haben, hier ist noch eine mit meinen Kontaktinformationen, mein privates Handy eingeschlossen. Falls Sie Probleme mit den Verletzungen haben, zögern Sie nicht, mich anzurufen.«

Als Robie die Karte nahm, berührten sich ihre Finger. Sie wich seinem Blick aus, aber ihre Wangen waren leicht gerötet.

Robie hatte das deutliche Gefühl, dass sie *ihn* anmachte.

KAPITEL 48

Diesmal wartete Nicole Vance auf ihn. Und sie trug kein Make-up. Heute Abend war die Frau die personifizierte Geschäftsmäßigkeit.

Robie setzte sich.

»Ich habe Ihnen bereits etwas zu trinken bestellt«, sagte Vance.

Er betrachtete ihr Glas. »Gin?«

»Ginger Ale. Technisch gesehen bin ich noch im Dienst.«

»Langer Tag.«

»Langes Leben. Hoffe ich wenigstens.« Sie blickte auf seinen rechten Arm. »Sie bewegen den Arm ein bisschen steif. Wie kommt das?«

Die Verbrennungen heilten, aber nur langsam. Der Arm war tatsächlich steif, und die Nähte, die Meenan gesetzt hatte, machten ihn noch steifer. Robie fragte sich, wie schnell er die Waffe ziehen konnte. Vielleicht nicht schnell genug. Aber im Hinterland von Arkansas hatte er sich gut geschlagen. Adrenalin machte den Schmerz beherrschbar. Erst später tat einem alles weh.

»Das kommt vom Alter.«

Sie grinste spöttisch. »Netter Versuch.«

»Warum sind Sie noch immer im Dienst?«

Sie trank einen Schluck und blickte dabei in die Ferne. »Wenn eine Ermittlung auf der Stelle tritt, mache ich meistens Überstunden. Die ganze Welt geht zum Teufel, Robie.«

»Das ist nicht neu.«

»Haben Sie von dieser Sache in Arkansas gehört? Roy West?«

»Ich habe die Nachrichten gesehen«, erwiderte er.

»West war bei Ihrer Behörde beschäftigt.«

»Ich kannte ihn nicht.«

»Anscheinend war er nicht lange da. Er war wegen irgendetwas angefressen, stieg aus und verwandelte sich in einen dieser Anti-Regierungs-Spinner. Durchleuchtet man bei Ihnen die Leute nicht besser?«

»Das ist nicht meine Abteilung«, erwiderte Robie.

Sein Drink kam, und er probierte.

»Schmeckt er Ihnen?«, fragte Vance.

Er nickte. »Danke, gut.«

»Okay, dann können wir ja darauf trinken, dass die Welt zur Hölle fährt. Keine Spuren im Fall Jacobs. Keine Spuren im Fall Gelder. Die Scheiße in Arkansas. Und das ATF rastet ebenfalls aus.«

»Wieso das denn?«

»Es gab eine Explosion an einem abgelegenen Ort am Eastern Shore. Durch ein außerordentlich kompliziertes Gerät. Und jemand hat einen Teich auf dem Grundstück mit Brandbeschleuniger gefüllt. Da waren nicht mehr viele Beweismittel zu sichern. Ist aber nicht mein Fall. Wir haben noch andere Agenten. Das FBI ist auch zu dem Fall in Arkansas hinzugezogen worden. Dieses Miliz-Unwesen nimmt beängstigende Formen an. Früher gab es ein paar Dutzend von diesen Gruppen. Heute sind es Tausende.«

»Wie ist dieser Roy West gestorben?«

»Weiß ich nicht. Wie gesagt, es ist nicht mein Fall. Aber um dem allen die Krone aufzusetzen, gab es beim Bundesgericht in Alexandria auch noch eine Schießerei.«

»Davon habe ich gar nichts gehört.«

»Es waren mehrere Wagen daran beteiligt. Natürlich hat sich niemand ein Nummernschild gemerkt. Irgendein Mädel in einer Limousine fuhr wie Jeff Gordon. Aus den Fahrzeugen wurden Schüsse abgegeben. Und der absolute Höhepunkt dabei war, dass genau in diesem Augenblick zufällig ein Bundesrichter da herumspazierte.«

»Halten Sie ihn für das Ziel?«

»Keine Ahnung. Irgendwie bezweifle ich das. Es stand nur im Bericht, weil er ein Richter ist. Also müssen wir diese Richtung überprüfen.«

»Wie hieß dieser Richter?«

»Samuel Kent.«

»Vielleicht gab es einen Streit zwischen Streetgangs.«

»Diese Gegend von Alexandria ist sehr mondän. Da gibt es keine Gangs.«

»Keine Spur von diesem ›Mädel‹?«

»Nein. Aber allen Berichten zufolge war sie eine erstklassige Fahrerin.«

»Okay. Und was war dann?«

»Dann war sie verschwunden.«

»Und die Schützen?«

»Ebenfalls weg. Schon erstaunlich, dass so etwas auf einer belebten Straße passieren kann.« Sie trank ihr Ginger Ale aus. »Sie wollten mich treffen, und ich rede ununterbrochen. Jetzt halte ich die Klappe und höre zu.«

Robie nickte. Er versuchte zu verarbeiten, was sie ihm erzählt hatte. Vor allem fragte er sich, ob das »Mädel« Jessica Reel war. Sehr wahrscheinlich.

»Es war gut, Julie zu sehen«, sagte er dann.

»Im Ernst? Mir kam es nicht so vor, als wäre es gut gelaufen.«

»Sie war wütend.«

»Und sollte sie es nicht sein?«

»Doch. Aber wir haben uns auf der Heimfahrt unterhalten.«

»Und?«

»Sie war immer noch wütend.«

»Ihre zwischenmenschlichen Fähigkeiten müssen auf dieser Fahrt ja hervorragend gewesen sein.«

»Ich will für Julies Sicherheit sorgen. Sie haben mich doch auch gewarnt.«

»Ich weiß, Robie. Aber Sie müssen das Mädchen nicht völlig aus Ihrem Leben ausschließen. Sie beide haben viel zusammen durchgemacht.«

»*Sie* und ich haben viel zusammen durchgemacht«, bemerkte Robie.

Die Bemerkung erwischte Vance unvorbereitet. Sie lehnte sich zurück. »Ja. Sie haben mir das Leben gerettet und haben dabei Ihr eigenes Leben riskiert.«

»Aber wegen mir sind Sie überhaupt erst in Gefahr geraten. Was mich wieder zu Julie bringt. Und zu Ihnen. Jedes Mal, wenn ich Sie treffe, könnte ich Sie wieder in Gefahr bringen. Ich nehme das nicht auf die leichte Schulter, Nikki. Vermutlich wäre es besser gewesen, ich hätte Sie nicht angerufen und gebeten, mich heute Abend zu treffen.«

»Sie können nicht jeden jederzeit beschützen, Robie. Ich bin FBI-Agentin. Ich kann selbst auf mich aufpassen.«

»Unter normalen Umständen ist das keine Frage. Aber ich bin nicht normal.«

Vance schnaubte, erkannte dann aber, dass es sein bitterer Ernst war. »Ich weiß, was Sie meinen, Will. Ich verstehe das. Wirklich.«

»Und welche Chance hätte Julie? Im Augenblick bin ich in eine Sache verstrickt.« Er schwieg und schaute zur Seite.

Zögernd streckte sie den Arm aus und berührte seine Hand, legte die langen Finger darum und drückte. »Was für eine Sache?«

Robie schaute Vance wieder an, während sie die Hand zurückzog. Die intime Geste schien ihr mit einem Mal peinlich zu sein. »Um meinen Rücken zu schützen, muss ich gleichzeitig in alle Richtungen schauen«, sagte er.

Sie blinzelte und versuchte offensichtlich, aus seinen Worten schlau zu werden. »Soll das heißen, Sie können niemandem vertrauen?«

»Das soll heißen, dass Dinge geschehen, die niemand erklären kann.« Er hielt inne. »Haben Sie das von Janet DiCarlo gehört?«

»Irgendeine vage Geschichte über einen Zwischenfall bei ihrem Haus.«

»Ich war da«, sagte Robie. »Daran war nichts vage. Auf gewisse Weise war es sogar ziemlich gradlinig.«

»Was war denn passiert?«

Jetzt griff Robie nach ihrer Hand und hielt sie fest. Es war keine intime Geste. »Wenn ich Ihnen das sage, darf es nicht weitergegeben werden. Ich spreche hier nicht von kollegialer Höflichkeit, sondern davon, dass Sie am Leben bleiben.«

Nicoles Lippen öffneten sich leicht, und ihre Augen weiteten sich. »Okay, es bleibt unter uns.«

Robie trank einen Schluck und stellte das Glas ab. »DiCarlo wurde angegriffen und verletzt, ihre Bodyguards getötet. Ich habe sie dort weggeschafft. Die Homeland Security hat sie unter ihren Schutz gestellt.«

»Konnte ihre eigene Behörde sie denn nicht ...« Abrupt verstummte Nicole.

Robie nickte. »Genau.«

»Was wollen Sie in der Sache unternehmen?«

»Ich denke darüber nach, unterzutauchen.«

Nicole holte tief Luft. »Sind Sie sicher?«

»Ich glaube, das ist die einzige Möglichkeit, wie ich die Wahrheit herausfinden kann.«

»Oder wie Sie getötet werden könnten.«

»Das könnte auch dann passieren, wenn ich bleibe, wo ich bin.« Langsam hob er den rechten Arm. »In den letzten paar Tagen wäre es zweimal um ein Haar passiert.«

Nicole schaute auf Robies Arm, dann blickte sie ihm ins Gesicht. Ihrer Miene war deutlich die Anspannung anzusehen. Es war die gleiche Anspannung, die sich auf Robies Gesicht zeigte.

»Was kann ich tun?«, fragte sie.

»Sie haben schon genug getan.«

»Das ist Unsinn, und das wissen Sie.«

»Möglicherweise nehme ich irgendwann Verbindung mit Ihnen auf.«

»Gibt es keine andere Möglichkeit, die Sache zu regeln? Sie könnten zum FBI kommen. Wir können Sie beschützen, und vielleicht ...« Sie beendete den Satz nicht.

»Das weiß ich zu schätzen. Aber ich glaube, meine Version ist besser.«

»Was haben Sie vor?«

»Es gibt ein paar Spuren, denen ich folgen werde.« Er stand auf. »Danke, dass Sie Zeit für mich hatten.«

»Warum wollten Sie sich wirklich mit mir treffen, Robie? Doch nicht nur, um mir zu sagen, dass Sie untertauchen?«

Robie wollte etwas antworten, brachte es dann aber nicht über die Lippen.

Nicole stand auf und trat auf ihn zu. Bevor er reagieren konnte, hatte sie die Arme um ihn gelegt und drückte ihn so fest an sich, dass er das Gefühl hatte, sie wären eins geworden. Sie stellte sich auf die Zehenspitzen und gab ihm einen Kuss auf die Wange.

»Sie kommen zurück«, sagte sie. »Sie schaffen das. Sie sind Will Robie. Zum Teufel, Sie vollbringen immer wieder das Unmögliche.«

»Ich tue, was ich kann.«

Robie drehte sich um und ging.

Nicole Vance schaute ihm hinterher, wie er über den Bürgersteig ging und in der Dunkelheit verschwand.

Als sie wieder in ihrem Auto saß, starrte sie ins Leere und fragte sich, ob sie ihn wohl zum letzten Mal gesehen hatte.

KAPITEL 49

Untertauchen.

Robie saß in seinem Apartment und dachte über den nächsten Schritt nach.

Beim letzten Mal war das Untertauchen nicht angenehm gewesen. Es hätte ihn sogar um ein Haar das Leben gekostet, ganz zu schweigen vom Leben mehrerer anderer Menschen, darunter Julie und Nicole Vance.

Jessica Reel war untergetaucht. Sie schien einer komplizierten Strategie zu folgen, die sie auf beiden Seiten des Schachbretts gleichzeitig agieren zu lassen schien. Welchen Vorteil sie sich davon versprach, blieb Robie verschlossen, denn es bedeutete, dass beide Seiten motiviert waren, Reel zu finden und zu töten. Es ergab nicht den geringsten Sinn. Dabei kam Reel ihm keineswegs leichtsinnig vor, oder gar dumm. Also musste sie mit ihrer Strategie irgendeinen Zweck verfolgen.

Und Roy West, ein ehemaliger Analytiker der Behörde, verwandelte sich in Arkansas in einen verrückten Milizionär. Er hatte ein apokalyptisches Szenario verfasst. Reel hatte ihn besucht, um herauszufinden, an wen er es weitergegeben hatte.

Dann war da ein Bundesrichter in Alexandria.

Welche Verbindung gab es da, falls das in Alexandria tatsächlich Reel gewesen war?

Ein Richter, Gelder, Jacobs und Roy West.

Waren sie alle an dieser Apokalypse beteiligt?

Worum ging es dabei eigentlich?

Falls West eine Kopie besessen hatte, würde Robie sie niemals in die Finger bekommen. In der Blockhütte oder dem, was davon übrig geblieben war, würde es von Polizei nur so wimmeln. Reel hatte vermutlich eine Kopie, doch Robie fehlte jede Möglichkeit, heranzukommen.

Er blickte auf die SMS, die Reel ihm geschickt hatte.

Ich tue nichts ohne Grund. Mach einfach die Tür auf.

Was hatte sie damit gemeint?

Plötzlich stöhnte er auf und schlug mit der Handfläche auf den Tisch. Wie hatte er so dumm sein können! Die Antwort starrte ihm buchstäblich ins Gesicht.

Sie meint ihren Spind. Ich musste nur seine Tür öffnen!

Er öffnete den Safe und nahm die drei Gegenstände heraus, die Reel in ihrem Spind eingeschlossen hatte.

Die Pistole.

Das Buch.

Das Foto.

Die Pistole hatte Robie bereits auseinandergenommen, ohne etwas zu finden. Es war bloß eine Pistole mit Modifizierungen, die ihn in keine besondere Richtung führten.

Und das Buch? In dem Buch standen keine Notizen. Keine Anmerkungen am Rand. Nichts, was ihn zu einem bestimmten Thema führte.

Und schließlich das Foto. Es hatte keinerlei Bedeutung für ihn. Und er wusste nicht, wer der Mann an Reels Seite war.

Ich tue nichts ohne Grund.

»Toll, Lady«, sagte Robie entnervt. »Mach es das nächste Mal nicht so verdammt kompliziert. Das ist zu hoch für Normalsterbliche.«

Er schloss alles wieder ein und starrte aus dem Fenster.

Was Blue Man ihm erzählt hatte, war nur eine weitere beunruhigende Information gewesen. Es hatte den Anschein, als würde die Behörde von der obersten

Ebene nach unten implodieren. Es war erstaunlich, wie der vermutlich beste Geheimdienst der Welt in einem solchen Chaos versinken konnte.

Im Augenblick war die Welt ein wirklich gefährlicher Ort. Alles war viel bedrohlicher als damals im Kalten Krieg. Seinerzeit waren die Gegner deutlich umrissen und aufgestellt gewesen. Und damals war klar definiert, was auf dem Spiel stand. Die Zerstörung der Welt war eine vorstellbare Möglichkeit. Andererseits war die Theorie der gegenseitigen Vernichtung ein Katalysator für den Frieden gewesen. Man konnte die Welt nicht übernehmen, wenn es keine Welt mehr zu übernehmen gab.

Die heutige Situation war viel beweglicher, viel subtiler; die Seiten veränderten sich mit alarmierender Schnelligkeit. Und Robie vermochte nicht zu sagen, ob das Element der gegenseitigen Vernichtung heute noch ausreiche. Offenbar war es einigen Leuten völlig egal, ob es danach noch eine Welt gab oder nicht. Das machte sie besonders gefährlich, in einem noch nie dagewesenen Ausmaß.

Wieder musste er an DiCarlos Bemerkungen denken.

Einsätze, die es nie hätte geben dürfen. Verschwundenes Personal. Geld, das von hier nach da bewegt wird und sich dann in Luft auflöst. Ausrüstung, die an Orte geschickt wird, an die sie niemals hätte geschickt werden dürfen, und die dann ebenfalls verschwindet. Aber das alles geschieht meist auf sehr unauffällige Weise und über einen langen Zeitraum hinweg. Für sich genommen erscheinen diese Vorfälle nicht sehr bemerkenswert, aber wenn man das alles im Gesamtbild betrachtet ...

Für Robie wäre verschwundenes Personal bereits eine deutliche Warnung gewesen, ganz zu schweigen von allem anderen, was DiCarlo aufgeführt hatte.

Tucker war lange genug Direktor gewesen, dass er sich um solche grundlegenden Probleme hätte kümmern können. Sie zumindest hätte ansprechen können. Es sei denn, er stand auf der anderen Seite des Schachbretts. Aber das erschien unmöglich. Es fiel schon schwer genug, sich Jim Gelder als Verräter vorzustellen. Wollte man Reel glauben, war er einer gewesen. Aber gleich beide Führungskräfte? Wie wahrscheinlich war das?

Andererseits ... welche andere Erklärung blieb noch, wenn so viele Dinge in die falsche Richtung liefen, ohne dass sich das Management darum kümmerte?

Robie zückte seine Brieftasche. Im Bargeldfach steckte eine kleine versiegelte Tüte. Sie enthielt die Rosenblätter. Eine weitere Spur, die Jessica Reel zurückgelassen hatte.

Jemand hatte die Rosen entfernt – und wer weiß, was noch alles –, die Blätter aber übersehen. Was hatte Reel damit zum Ausdruck bringen wollen?

Wenn alles, was sie tat, einen Sinn hatte, musste es eine Erklärung dafür geben. Und die konnte bedeutsam sein.

Die Dame im Blumengeschäft hatte behauptet, der rosafarbene Schimmer der Rose würde manchmal mit Blut gleichgesetzt. Bei dieser Angelegenheit war eine Menge Blut vergossen worden. War das die schlichte Botschaft, die Reel damit beabsichtigt hatte? Und wie konnte ihm, Robie, das weiterhelfen, falls es zutraf?

Blue Man hatte die Theorie aufgestellt, dass Reel tatsächlich auf der richtigen Seite stand. Robie war sich nicht sicher, was das im Spionagegeschäft letztlich bedeutete. Richtig und falsch wechselten ständig die Seiten. Nein, vielleicht war das unfair. Im Kern hatten richtig und falsch ein paar unverrückbare Elemente.

Terroristen, die mit versteckten Bomben Unschuldige töteten, standen auf der falschen Seite, das war keine Frage. Nach Robies Verständnis waren sie obendrein Feiglinge.

Auch er selbst tötete aus der Ferne, riskierte dabei

aber auch sein Leben. Und er nahm keine Unschuldigen ins Visier. Alle, hinter denen er her gewesen war, hatten ihr Leben damit verbracht, anderen Schmerz zuzufügen.

Bringt mich das für ewig auf die richtige Seite?

Er schüttelte den Kopf, um diese beunruhigenden Gedanken loszuwerden. Nettes Futter für eine Diskussion über Philosophie. Aber ihn selbst brachte das der Wahrheit keinen Schritt näher. Oder Jessica Reel.

Er hatte Tucker gesagt, er werde nicht nach ihr suchen.

Zum Teil hatte seine Antwort der Wahrheit entsprochen.

Er würde nicht mehr nach Reel suchen. Jedenfalls nicht für Tucker und die Agency. Aber er würde sie finden, und dieses Mal würde er sie dazu bringen, ihm zu verraten, was hier vor sich ging.

Was auch passierte – er würde die Wahrheit ans Licht bringen.

KAPITEL 50

Das Treffen war nicht geplant.
Aber das war auch nicht nötig gewesen.
Sam Kent saß auf der einen Seite des kleinen, ovalen Tisches. Ihm gegenüber saß ein anderer Mann. Jünger, fitter, mit Händen wie Schaufeln und einem Brustkorb wie eine Mauer.
Sein Name war Anthony Zim.
Auf Tony hörte er nicht.
»Man hat Robie aus offensichtlichen Gründen ausgesucht«, sagte Kent.
Zim nickte. »Gute Wahl. Er weiß, was er tut.«
»Und er ist nicht vom Radar verschwunden wie Sie.«
»Ich bin nicht vom Radar verschwunden, Mr. Kent«, korrigierte Zim. »Ich bin offline. Das ist ein großer Unterschied.«
»Das ist mir klar«, erwiderte Kent gelassen. »Es ist ja vor allem meinen Bemühungen zu verdanken, Sie dorthin zu bringen, wo wir Ihre Talente maximieren konnten.«
Zim sagte nichts. Er legte die Handflächen auf die Tischoberfläche. Selbst im Sitzen balancierte er das Gewicht auf den Fußballen. Falls nötig, konnte er binnen eines Sekundenbruchteils reagieren. Im Verlauf der Jahre war das mehr als einmal erforderlich gewesen.
»Jessica Reel«, sagte Kent.
Zim saß einfach nur da und wartete ab.
»Sie ist irgendwo da draußen und wird mit jeder ver-

streichenden Minute zu einem größeren Ärgernis«, fuhr Kent fort.

»Darin war sie schon immer gut.«

»Ich gehe davon aus, dass Sie Reel gut kennen?«

»Niemand kennt Reel gut. So wie niemand Robie kennt. Die halten alles in sich verschlossen. Genau wie ich. Das bringt die Arbeit so mit sich.«

»Aber Sie haben schon mit Reel zusammengearbeitet?«

»Ja.«

»Und Robie?«

»Zweimal. Beide Male zur Unterstützung. Wie sich herausstellte, brauchte er sie nicht.«

»Können Sie einen der beiden ausschalten? Oder beide, falls es nötig sein sollte?«

»Ja. Unter den richtigen Bedingungen.«

»Wir können versuchen, dafür zu sorgen, dass die Bedingungen stimmen.«

»Für mich müssen Sie schon mehr tun, als es nur zu versuchen.«

Kent runzelte die Stirn. »Ich habe mich an Sie gewandt, weil man mir sagte, dass Sie einer der Besten sind.«

»Sie wollen, dass ich mich um zwei Leute kümmere, die vermutlich genauso gut wie ich sind. Einzeln kann ich sie vermutlich erledigen. Zusammen gibt es keine Garantie.«

»Dann müssen wir dafür sorgen, dass die beiden nie zusammenfinden.«

»Robie hat den Auftrag, sich auf die Fährte der Frau zu setzen. Vielleicht schafft er es ja und erspart Ihnen die Mühe.«

»Es gibt ein paar Entwicklungen in jüngster Zeit, die mich befürchten lassen, dass genau das geschieht.«

Zim verlagerte kaum merklich das Gewicht. »Zum Beispiel?«

»Berichten zufolge fängt Robie an, selbst über die

Angelegenheit nachzugrübeln, statt einfach seine Befehle zu befolgen. Aber da ist noch mehr.«

»Ich muss alles wissen.«

»Reel hat mit ihm kommuniziert.«

»Ihn manipuliert, wollen Sie wohl sagen. Das kann sie gut.«

»Ich dachte, Sie kennen Reel kaum.«

»Ich kannte sie gut genug, um das zu wissen.« Zim beugte sich ein wenig vor. »Darf ich einen Vorschlag machen?«

»Ich höre.«

»Lassen Sie den Dingen ihren Lauf. Robie tötet Reel. Oder umgekehrt. Oder sie bringen sich gegenseitig um.«

»Das war der ursprüngliche Plan. Er könnte noch immer funktionieren.« Auch Kent beugte sich vor, bis er nur noch ein paar Zentimeter von Zim entfernt war. »Sie sind die Absicherung. Und wenn ich alles richtig deute, werden Sie eingesetzt, um die Sache zu einem Abschluss zu bringen. Ich kann mich nicht auf eine ideale Welt verlassen. Das ist eine faule Wette und erfordert eine Portion Glück, auf die ich mich nicht verlassen kann.«

»Dann wäre anzuraten, dass die Bedingungen stimmen.«

»Wie Sie gesagt haben, ich werde mehr tun, als es nur zu versuchen.«

»Wie?«, wollte Zim wissen.

»Jessica Reel ist nicht die Einzige, die manipulieren kann.«

»Das ist nicht so einfach, wie es vielleicht aussieht.«

»Ich halte das überhaupt nicht für einfach«, erwiderte Kent. »Eigentlich ist es sogar sehr schwierig.«

»Also?«

»Ich kümmere mich darum. Sie kümmern sich um Ihren Teil.«

»Mehr erfahre ich nicht?«

»Man muss die Dinge voneinander trennen«, sagte Kent. »Das ist stets das beste Protokoll.«

»Sie sind nicht so, wie ich es erwartet habe.«

»Als Richter?«

Zim zuckte mit den Schultern.

Kent lächelte. »Ich bin eine ganz besondere Art Richter, Mr. Zim. Meine Zeit hinter dem Richtertisch ist auf sehr wenige Fälle begrenzt. Der Rest der Zeit dient dazu, für mein Land andere Dinge zu tun. Das gefällt mir bedeutend besser, als sporadische Urteile zu fällen.«

»Sie müssen Einfluss haben. Sonst würde ich nicht hier mit Ihnen zusammensitzen.«

»Ich habe mehr als nur Einfluss. Oft bin ich derjenige, der etwas anordnet.«

»Wann werde ich eingesetzt?«

»Das genaue Timing ist unbekannt. Aber wenn ich richtig in den Teeblättern lese, wird es sehr bald sein. Sie müssen sich rund um die Uhr in ständiger Bereitschaft halten. Sich augenblicklich in Bewegung setzen können.«

»Die Geschichte meines Lebens«, erwiderte Zim.

»Wollen wir hoffen, dass es nicht die Geschichte Ihres Todes wird.«

»Das bringt die Arbeit so mit sich.«

Kent setzte sich zurück. »Das haben Sie schon einmal gesagt. Ich könnte das allmählich glauben.«

»Ich erwarte nicht, dass Sie es verstehen, Mr. Kent. Ich bin Mitglied in einem sehr kleinen Club.«

»Das verstehe ich sehr wohl.«

»Das glaube ich kaum. Es sei denn, Sie haben so viele Menschen getötet wie ich. Solche Leute gibt es nicht allzu viele auf der Welt.«

»Wie viele Abschüsse haben Sie gemacht?«

»Neununddreißig. Das ist einer der Gründe, warum Reel mich interessiert. Sie würde mich auf die schöne runde Zahl vierzig bringen.«

»Sehr beeindruckend. Und natürlich würde Robie Sie auf die sehr ungleiche Zahl einundvierzig bringen.«

»Das würde mir nicht den Schlaf rauben, das kann ich Ihnen versichern.«

»Freut mich zu hören.«

Kent lächelte. Bevor Zim reagieren konnte, drückte eine Pistolenmündung gegen seine Stirn.

Zims Augen weiteten sich, als sich das Metall in seine Haut grub.

»Wie bereits erwähnt, war ich nicht immer Richter«, sagte Kent. »Ich habe Ihre Akte eingesehen. Sie arbeiten seit elf Jahren. Stimmt das?«

Als Zim nicht antwortete, drückte Kent die Mündung härter gegen seine Stirn. »Stimmt das?«

»Ja.«

Kent nickte. »Bei mir waren es glatte zwanzig Jahre. Das war, bevor man die Zeit im Feld auf fünfzehn Jahre beschränkt hat. Ich glaube, die Leute heutzutage sind weicher geworden. Ich hatte nicht einmal ein vernünftiges Nachtsichtgerät. Ich habe vier Abschüsse in tiefster Nacht durchgeführt, mit einer Taschenlampe und einem beschissenen Scharfschützengewehr aus der Vietnamzeit. Ich habe den Auftrag trotzdem erledigt. Übrigens habe ich nie wegen der Zahl meiner Abschüsse geprahlt.«

Kent spannte den Hahn der Pistole. »Noch eines«, sagte er. »Habe ich erwähnt, dass Ihre Wahl mit einem Test verbunden war?«

»Test?«, fragte Zim verwirrt.

»Wenn ein alter Mann Sie kalt erwischt, glaube ich nicht, dass Sie mir von großem Nutzen sind. Sie sind nicht einmal dazu qualifiziert, Robie oder Reel den Hintern abzuwischen. Woraus folgt, dass dieses Vorstellungsgespräch offiziell beendet ist.«

Kent drückte ab. Die Kugel zerstörte Zims Gehirn. Rückwärts stürzte er vom Stuhl.

Kent stand auf, wischte sich die Blutspritzer mit

einem Taschentuch vom Gesicht und schob die Waffe ins Halfter.

Er blickte auf die Leiche hinunter. »Und nur für die Statistik, ich habe mit sechzig Abschüssen aufgehört. Es gibt nur einen, der mehr hatte. Er ist von der alten Schule. Genau wie ich. Ihn hätte ich nie so unvorbereitet erwischt wie dich, du dummes Arschloch.«

Kent verließ das Zimmer.

KAPITEL 51

Reel starrte auf ihr Handy. Auf dem Display war ein vertrautes Gesicht, zumindest aus der Ferne.
Will Robie.
Sie wusste, dass sie ihm während ihres Duells in Arkansas mehr hätte sagen sollen. Aber sein Auftauchen hatte sie verwirrt. Sie hatte sich selbst davon überzeugt, dass es der Agency irgendwie gelungen war, sie zu verfolgen, und dass Robie dann für den Fangschuss geschickt worden war. Das hatte Reel erschüttert, hatte jeden Glauben an Robie ausgelöscht. Aber dieser Glaube war wiederhergestellt worden, als Robie sie nicht erschossen hatte. Und jetzt hatte sie Angst um ihn.
Sollte die Firma herausfinden, dass er sie, Reel, im Visier gehabt und nicht abgedrückt hatte, steckte er in ernsten Schwierigkeiten. Und sollte sie versuchen, erneut mit ihm zu kommunizieren, und er sich darauf einlassen, mit ihr zusammenzuarbeiten – was sie eigentlich wollte –, würde er in noch größerer Gefahr sein. Man würde ihm Killer auf den Hals hetzen. Und im Gegensatz zu Reel hatte Robie sich nicht auf die Flucht vorbereitet. Er würde auch nicht überleben, egal, wie gut er war. Sie hatten einfach zu große Ressourcen.
Diesen Weg muss ich allein beschreiten.
Reel zog das Weißbuch aus der Tasche und las es erneut.
Sie hätte Roy West, nachdem sie ihn kennengelernt

hatte, niemals zugetraut, einen so komplexen Plan zu schmieden. Leider entsprach die Grundaussage seines Weißbuchs völlig seiner Entscheidung, den Massenmord an seinen Mitbürgern vorzubereiten, nur um seine verrückte Wut auf die Regierung zu nähren. Genau wie West selbst war auch sein Plan total wahnsinnig.

Und jeder, der sich dem Inhalt dieses Papiers verschrieb, war genauso verrückt. Und gefährlich.

West war tot. Er konnte nie wieder jemandem schaden. Aber es gab andere auf wesentlich einflussreicheren Positionen, um das in Wests Arbeitspapier entworfene Armageddon zu verwirklichen.

Land für Land.

Führer für Führer.

Das perfekte Puzzle.

Wests perverses Meisterstück in Sachen Tod und Schmerz.

Und dann war da noch die unbekannte Größe. Die Person, von der Reel überzeugt war, dass sie irgendwo da draußen lauerte, drei Stufen über West. Der Unbekannte mit der supergeheimen Sicherheitsfreigabe. Die Person, die sich das Weißbuch beschaffen wollte, die sich so brennend für das perfekte Puzzle interessiert hatte.

Roger the Dodger.

Wer war er? Wo war er? Und was plante er in diesem Augenblick?

Der Angriff auf Janet DiCarlo war vorhersehbar gewesen, trotzdem hatte Reel ihn nicht kommen sehen, bis es zu spät gewesen war. DiCarlo lebte zwar, aber wie lange noch? Reel hätte sich nur zu gern mit ihrer alten Mentorin unterhalten. Was DiCarlo herausgefunden hatte, dass es beinahe zu ihrem Tod geführt hätte. Und wie.

Aber das ging nicht, das wusste Reel. Sie hatte nicht die leiseste Ahnung, wo DiCarlo steckte. Außerdem wurde sie mit Sicherheit schwer bewacht.

Aber wie sicher wäre sie, käme der Angriff auf sie von innen? Ganz gleich, wo sie sich befand?

Reel starrte wieder auf das Handy. Sollte sie es riskieren?

Ohne weiter darüber nachzudenken, tippte sie auf die Tastatur und schickte die Nachricht an Robie ab, obwohl sie eben noch beschlossen hatte, nie wieder mit ihm zu kommunizieren.

Ob sie eine Antwort bekommen würde, wusste sie nicht. Sie hatte keine Ahnung, ob Robie ihr vertraute. Sie erinnerte sich daran, wie sie am Anfang ihrer Karriere zu seinem Team gehört hatte. In einer Gruppe von Profis war Robie der professionellste von allen gewesen. Er hatte ihr viel beigebracht, ohne viel zu sagen. Immer hatte er über den Details gebrütet. Sie machten den Unterschied aus, ob man es schaffte oder nicht, hatte er immer gesagt.

Reel hatte einiges aufgeschnappt über das, was Robie früher in diesem Jahr passiert war. Für jemanden in ihrem Handwerk hatte er das Undenkbare getan. Er hatte nicht abgedrückt, hatte den Befehl verweigert, weil er ihn für falsch hielt.

Der durchschnittliche Bürger würde nichts Besonderes darin sehen. Warum sollte man gehorchen, wenn man etwas für falsch hielt? Aber so einfach war das nicht. Robie und Reel waren gründlicher ausgebildet worden als Elitesoldaten, auch dazu, Befehle auszuführen, ohne sie zu hinterfragen. Ohne diese unzerstörbare Befehlskette und die Hingabe an die Autorität funktionierte das System nicht. Nichts durfte es beeinträchtigen.

Aber jeder von ihnen hatte Befehle verweigert.

Robie hatte sich geweigert, abzudrücken. Zweimal. Das zweite Mal war der einzige Grund dafür, dass Reel noch lebte.

Sie jedoch *hatte* abgedrückt. Sie hatte zwei Männer getötet, die für die Regierung arbeiteten. Und hatte damit Verbrechen begangen, die mit langen Haftstrafen oder sogar dem Tod gesühnt wurden.

Reel fragte sich, ob Robie noch immer hinter ihr her war. Ob er es in diesem Augenblick wohl bedauerte, sie nicht getötet zu haben?

Ihr Handy summte. Sie blickte auf das Display.

Will Robie hatte ihr soeben geantwortet.

KAPITEL 52

Robie starrte gebannt auf sein Handy. Seine Finger hatten gerade aufgehört zu tippen. Er fragte sich, wie lange es dauern würde, bevor die Agency sich bei ihm meldete.

Oder seine Tür eintreten würde.

Sie lebt. Noch.

Das hatte er Reel soeben als Antwort auf ihre einfache Frage geschickt, die gelautet hatte: *DiCarlo?*

Robie starrte weiter auf den kleinen Bildschirm, denn ein Teil von ihm hoffte, dass sie ihm antwortete. Es gab so viele Dinge, die er sie fragen wollte. Dinge, für die ihm bei ihrer Begegnung in Arkansas die Zeit gefehlt hatte.

Er hatte gerade aufgegeben, als Reels Nachricht kam.

PFB

PFB?

Robie war nicht auf dem Laufenden, was die neuesten Internet-Abkürzungen anging. Und er hatte nicht die leiseste Ahnung, ob PFB eine Abkürzung oder eine verschlüsselte Nachricht darstellen sollte. Falls sie verschlüsselt war, hatte er nicht die geringste Vorstellung, was damit gemeint war.

Aber warum sollte Reel davon ausgehen, dass er sie verstand?

Robie lehnte sich auf seinem Stuhl zurück und dachte an die letzte gemeinsame Mission mit Reel vor vielen Jahren. Es war ein Routineeinsatz gewesen, sofern es in ihrem Job überhaupt so etwas wie Routine gab. Aber dann war etwas schiefgegangen.

Robie war nach links ausgewichen, doch Reel hatte sich in derselben Sekunde nach rechts gewandt. Wären sie beide in die gleiche Richtung weitergegangen, wären sie beide tot gewesen. So aber neutralisierten sie die Bedrohungen, die von zwei Seiten auf sie zugekommen waren.

Später hatte Robie noch einmal darüber nachgedacht und Reel gefragt, warum sie in die andere Richtung gegangen sei, obwohl es zu diesem Zeitpunkt auf keiner Flanke eine sichtbare Bedrohung gegeben hatte. Reel hatte keine präzise Antwort gehabt. Sie hatte nur gesagt: »Ich wusste, dass du in die Richtung gehen würdest, die du dann auch gewählt hast.«

»Wieso?«

Als Antwort hatte sie ihm eine Gegenfrage gestellt: »Woher hast du gewusst, welche Richtung ich einschlagen würde?«

Robie konnte ihr keine Antwort darauf geben, denn er hatte es nicht gewusst, er hatte es gefühlt. So einfach war das. Nicht, dass er Reels Gedanken hatte lesen können, aber er hatte gespürt, wie ihre Reaktion in genau dieser Situation aussehen würde. Und Reel hatte es bei ihm gespürt.

So etwas hatte Robie nie wieder erlebt. Er fragte sich, ob das auch für Reel gegolten hatte.

Als der Anruf kam, warf er einen flüchtigen Blick auf das Display und legte das Handy dann zur Seite. Es war die CIA in Langley. Robie verspürte nicht die geringste Lust, der CIA zu erklären, warum er getan hatte, was er getan hatte. Er war auch nicht der Ansicht, dass es sie etwas anging. Wenn sie Geheimnisse vor ihm hatten, konnte er auch ihnen Geheimnisse vorenthalten. Schließlich waren sie alle Spione.

In diesem Augenblick kam ihm ein Gedanke, der

nichts mit alledem zu tun hatte. Vielleicht hatte ein Teil seines Verstandes bereits darüber nachgedacht, während er auf den Pfaden seiner Erinnerung gewandelt war.

Reel hatte ihm nur wenig über sich selbst erzählt, aber eine ganz bestimmte Information hatte sich Robie eingeprägt.

»Ich bin ein linearer Mensch«, hatte Reel nach der Rückkehr von ihrer letzten Mission zu ihm gesagt.

»Was soll das denn heißen?«, hatte Robie gefragt.

»Dass ich gern am Anfang beginne und am Ende aufhöre.«

Dieser Gedanke war der Zündfunke.

Robie sprang auf, rannte zu seinem Wandsafe, holte die drei Gegenstände wieder heraus und betrachtete sie.

Pistole.
Foto.
Buch.
PFB.

Mit frischer Energie und wiedererwachtem Interesse setzte er sich. Als er sich das letzte Mal mit diesen Gegenständen beschäftigt hatte, hatte er sie unbewusst in der richtigen Reihenfolge hingelegt. Jetzt hatte er die Bestätigung, dass sie tatsächlich in eine bestimmte Reihenfolge gehörten.

Er nahm die Pistole. Er hatte sie bereits zerlegt und nichts gefunden, aber das stimmte so nicht.

Ich tue nichts ohne Grund.

Das hatte Reel ihm geschrieben. Hinter jeder ihrer Handlungen steckte eine bestimmte Absicht.

Er betrachtete die Waffe.

Glock hatte sie hergestellt, nicht Reel.

Robie kniff die Augen zusammen.

Aber Reel hatte ein paar Änderungen an der Pistole vorgenommen ...

Robie betrachtete das Visier. Pennsylvania Small

Arms Company. Eine von Reel durchgeführte Modifizierung, obwohl das Standardvisier seinen Zweck völlig erfüllte.

Die Schlagbolzensicherung aus Titan. Eine nette Änderung, aber ebenfalls nicht notwendig.

Wieder untersuchte Robie die bearbeiteten Griffschalen, die vermutlich Reel selbst an der Waffe angebracht hatte. Auch wenn die Plastikrahmen bei einer Glock manchmal ein wenig rutschig sein konnten, war der Originalgriff dennoch völlig in Ordnung.

Warum also hatte Reel sich dann die Zeit genommen, den fabrikmäßigen Griff zu verändern, obwohl es gar nicht nötig war? Es musste einige Zeit in Anspruch genommen haben, die Plastikoberfläche auf diese Weise aufzurauen. Und wenn man einen Fehler beging, konnte man die Waffe praktisch unbrauchbar machen, soweit es den Griff betraf.

Die meisten ihrer Abschüsse würden ohnehin auf große Distanz erfolgen, wobei ein Pistolengriff nun wirklich keine Rolle spielte.

Dann war da das Magazin mit den dreiunddreißig Patronen. Das hatte Robie von Anfang an gestört. Hatte man in ihrem Job Zeit, dreiunddreißig Kugeln auf ein Ziel abzufeuern, bedeutete das nichts anderes, als dass man die Sache versaut hatte und vermutlich gleich sterben würde. Ein oder zwei Schüsse, vielleicht auch drei, aber dann musste man spätestens von dort weg sein.

Dieses Glock-Modell war standardmäßig auf siebzehn Patronen eingerichtet. Reel jedoch hatte seine Kapazität mit einem extralangen Magazin, das, um ehrlich zu sein, etwas unhandlich war, beinahe verdoppelt.

Reel kam ihm wirklich nicht wie jemand vor, der Unnützes tolerierte.

Robie betrachtete die Modellnummer: Glock 17.

Das würde er methodisch angehen müssen. Denn er

konnte davon ausgehen, dass Reel es auf die gleiche Weise angegangen war.

Dank Reels SMS wusste Robie, dass er auf der richtigen Spur war. »PFB« musste Pistole, Foto, Buch bedeuten. Eine andere vernünftige Erklärung gab es nicht. Und es war ziemlich clever. Reel hatte gewusst, sobald die Firma ihm, Robie, den Auftrag erteilen würde, sie zu jagen, würde man ihm auch gestatten, Reels Spind zu durchsuchen und ihre Sachen mitzunehmen. Diesen Zugang hatte er aus dem einzigen Grund erhalten, weil man bereits alles durchsucht, aber nichts Nützliches gefunden hatte. Also musste Reel angenommen haben, dass er, Robie, die Gegenstände irgendwann in die Hände bekommen würde, um sie nach Spuren zu untersuchen.

Robie holte Papier und Stift, dann fuhr er seinen Laptop hoch. Er öffnete eine Suchmaschine und gab die bisher noch spärlichen Fakten ein. Nachdem er mehrmals in eine Sackgasse geraten war, entdeckte er schließlich etwas, das zumindest einen gewissen Sinn ergab. Es war keine vollständige Antwort, aber es reichte aus, um ihn in eine neue Richtung zu führen.

Robie notierte sich alles, schloss die Suchmaschine und fuhr den Computer herunter.

Schließlich sprang er auf und packte eine Tasche. Er musste eine Reise antreten. Und er musste sichergehen, dass er ohne Beschatter ans Ziel kam.

Nicoles Worte fielen ihm ein. Konnte er wirklich erfolgreich untertauchen?

Tja, das werde ich jetzt herausfinden.

KAPITEL 53

Der Raum war prachtvoll: dunkles Holz, üppige Teppiche, geschnitzte Türen, massive Lampen, eine Atmosphäre noblen Wohlstands.

Hier war das Geld des Staates einmal genau richtig ausgegeben worden. Eine echte Rarität.

Zumindest war das Sam Kents bescheidene Meinung.

Er saß in seinem Büro im Gerichtsgebäude, klappte das Buch zu, in dem er gelesen hatte, und warf einen Blick auf die Uhr.

Genau die richtige Zeit.

Eine Minute später kam sein Sekretär ins Büro und meldete die Ankunft des Kongressabgeordneten Howard Decker. Decker trat ein und schüttelte dem Richter die Hand, während der Sekretär sich verzog und die beiden Männer ihrem privaten Treffen überließ.

Decker war nicht nur Vorsitzender des ständigen Ausschusses für geheimdienstliche Aufgaben, er war auch ehemaliges Mitglied eines Unterausschusses im Justizministerium. Also würde sein Treffen mit Kent keine Verwunderung hervorrufen. Davon abgesehen waren die beiden Männer seit Jahren befreundet und teilten Ansichten und Ambitionen. Als Vorsitzender des Geheimdienstausschusses hinterließ Decker überall seine politischen Fingerabdrücke, von der CIA bis zum Finanzministerium.

Die Männer nahmen an einem mit Kristall und Leinenservietten gedeckten Tisch Platz, wo ein vom Gerichtskoch zubereiteter kalter Lunch wartete. Kent schenkte ihnen Weißwein ein.

»Eine nette Abwechslung«, sagte Decker. »Der Speisesaal des Kongresses wird allmählich langweilig.«

»Wir mussten miteinander reden, also warum nicht hier, wo es bequem und abgeschieden ist?«

Decker lächelte und hob das Weinglas. »Machen Sie sich denn keine Sorgen, dass jemand den Gerichtshof belauscht, der Abhörgenehmigungen erteilt?«

Kent verzog keine Miene. »Wir müssen uns unterhalten, Howard.«

Decker stellte das Glas ab. Seine Miene wurde ernst. »Es geht um Roy West, nicht wahr?«

»Es geht um viel mehr als das«, erwiderte Kent.

»Glauben Sie, Jessica Reel steckt dahinter? In den Nachrichten sah es dort wie in einem Kriegsgebiet aus.«

»Howard, ich war im Krieg. Es hatte nicht einmal annähernd Ähnlichkeit mit einem Kriegsgebiet. Da sieht es wesentlich schlimmer aus, glauben Sie mir.«

Angemessen auf seinen Platz verwiesen, lehnte Decker sich zurück und befeuchtete seine aufgesprungenen Lippen. »Was machen wir jetzt?«

»An unserem Plan hat sich nichts geändert, oder?«

»Welcher Plan? Reel zu schnappen? Natürlich nicht.«

»Gut. Ich wollte mich vergewissern, dass wir alle noch immer auf derselben Seite stehen.«

Decker verzog das Gesicht. »Aber was für Schritte haben Sie unternommen? Es sieht nicht so aus, als würde dieser Robie die Sache in den Griff kriegen.«

Kent nahm einen Schluck Wein und dachte darüber nach. »Möglicherweise erledigt er ein paar Sachen. Nur nicht die, die wir wollen.«

»Ich kann Ihnen nicht folgen.«

»Ich habe einen detaillierten Bericht über die Geschehnisse in Arkansas bekommen. Einen sehr detaillierten Bericht, aus berufener Quelle.«

»Und?«

»Für dieses Ausmaß an Zerstörung kann unmöglich eine Person alleine verantwortlich sein, nicht einmal jemand, der so viel Erfahrung hat wie Jessica Reel.«

Decker beugte sich vor. »Wollen Sie mir damit sagen, Reel hatte Hilfe?«, platzte er heraus. Er hielt inne und fügte dann hinzu: »Robie!«

»Ich habe keinen definitiven Beweis dafür, aber es wäre ein unglaublicher Zufall, sollte jemand anders in dieses kleine Drama hineingeraten sein – jemand, der die nötigen Fähigkeiten mitbringt, um bei einem so überlegenen Gegner zu überleben.« Kent stellte das Glas ab und nahm sich eine Portion Lachs. »Und ich mag keine Zufälle.«

»Wenn Reel und Robie sich zusammengetan haben ...«

»Das habe ich nicht gesagt.«

»Aber Sie haben doch gerade gesagt, dass sie zu zweit gewesen sein müssen.«

»Das bedeutet noch lange nicht, dass sie jetzt ein Team sind, Howard.«

»Was soll es denn sonst sein, verdammt? Sie haben doch praktisch behauptet, dass die beiden diese vielen Männer umgebracht haben.«

»Gemeinsames Überleben bedeutet nicht, dass man auf derselben Seite steht. Ich könnte mich irren, aber es könnte durchaus sein, dass die Bedingungen im Feld zu einer zeitweiligen Allianz geführt haben.«

»Das ist trotzdem nicht gut für uns.«

»Natürlich nicht. Aber es könnte bedeuten, dass es zu regeln ist.«

»Und wenn Robie sich mit Reel zusammentut?«

»Dann wird man sich um ihn kümmern. Für diese Aufgabe habe ich bereits ein paar Leute im Auge.«

»Wenn es dieselben Leute sind, die Sie Reel hinterhergeschickt haben, können Sie sich die Mühe sparen.«

»Und wie sieht Ihre Alternative aus?«

»Es ist Ihre Aufgabe, Sam, nicht meine, auf diesem Gebiet die Antworten zu kennen. Unsere Arbeitsteilung ist genau geregelt. Ich habe Ihnen geholfen, die Leute zu bekommen, die Sie brauchen. Und das Ziel. Das war mein Job. Den habe ich erledigt.«

Kent aß ein wenig Reis und Brokkoli und spülte alles mit Wasser aus einem Kristallglas hinunter. »Sie haben recht. Sie haben Ihren Teil erledigt. Ich entschuldige mich.«

Beschwichtigt machte Decker sich über das Essen her.

»Tatsächlich habe ich damit gerechnet, dass Reel West aufspürt. Ich bin davon ausgegangen, dass die Männer vorbereitet waren und sich um Reel kümmern würden. Tja, das war offensichtlich ein Irrtum. Diesen Fehler begehe ich nicht noch einmal.«

»Das will ich auch nicht hoffen.«

»Ich habe auch versucht, jemanden zu rekrutieren, der sich um Reel und möglicherweise auch um Robie kümmert, aber der Betreffende war für diese Aufgabe leider nicht geeignet.«

»Wird er jetzt ein Problem sein?«

»Das bezweifle ich.« Kent griff nach seinem Weinglas.

»Wie können Sie sich da sicher sein?«

»Ich habe ihm in den Kopf geschossen.« Kent trank einen Schluck Wein.

Decker ließ die Gabel fallen. Sie prallte vom Teller ab und landete auf dem Boden.

»Schmeckt Ihnen der Lachs nicht?«, fragte Kent und wischte sich den Mund ab.

Decker bückte sich und hob die Gabel mit zitternden Händen auf. Er war aschfahl. »Sie haben ihn erschossen?«

»Ja. Es gab keine brauchbare Alternative. Außerdem war er ein arroganter Sack. Viel zu sehr von sich eingenommen. Ach, zum Teufel, ich glaube, ich hätte ihn sowieso erschossen.« Kent richtete den Blick auf Deckers ängstliche Züge. »Ich kann arrogante Arschlöcher nun mal nicht ausstehen, Howard. Ich mag keine Leute, die zu sehr von sich eingenommen sind. Ich neige dazu, sie zu erschießen, sie in den Kopf zu schießen, um genau zu sein, damit sie auch ganz bestimmt tot sind.«

Decker befeuchtete sich die Lippen. »Ich weiß, dass Sie unter großem Stress stehen, Sam.«

Kent schüttelte den Kopf. »Das ist kein Stress, Howard. Monatelang in einem von Schlangen und Moskitos verseuchten Dschungel in einem Loch im Boden dahinzuvegetieren und sich ständig zu fragen, was einen wohl zuerst erwischt, die Ruhr, die einem die Eingeweide zerfrisst, oder der Vietcong, der einen Kameraden nach dem anderen abschießt ... *das*, mein Freund, ist Stress.«

»Ich stehe auch unter gewaltigem Druck.«

»Genau. Sie wurden gewählt, und Sie haben Ihr großes Büro und Ihren Fahrer und Ihren Stab und die feinen Abendessen. Sie fahren wieder nach Hause und sammeln Spenden, indem Sie reiche Ärsche küssen, und dann kommen Sie zurück und machen gelegentlich sogar Ihren verdammten Job und geben Ihre Stimme für die eine oder andere Sache ab. Ein gewaltiger Druck. Politik ist die Hölle. Ich bin froh, dass ich mich nie dafür interessiert habe. Ich habe nur Uniform getragen und auf mich schießen lassen. Sie hingegen haben nie eine Uniform getragen.«

»Ich war zu jung für Vietnam.«

»Aber wenn nicht, wären Sie freiwillig gegangen, so wie ich?«

»Nicht jeder ist für das Militär geschaffen. Ich hatte andere Ziele im Leben.«

»Ich habe mir zwei Purple Hearts und einen Bronze Star verdient, und ich hätte noch den Silver Star bekommen, wäre es meinem befehlshabenden Offizier nicht ein Dorn im Auge gewesen, dass seine Truppe eher mir als ihm gefolgt ist. Nach dem Krieg habe ich meinen Abschluss am College gemacht und Jura studiert. Onkel Sam hat mir geholfen, das alles zu bezahlen. Da kann ich mich nicht beklagen. Ich habe meine Zeit abgeleistet. Ich habe meinen quid pro quo bekommen. Sie haben nicht den kleinsten Finger gerührt, und jetzt *dienen* Sie dem Volk aus einem hübschen, sicheren Büro.«

Unvermittelt griff Kent über den Tisch, packte Decker an seinem fleischigen Nacken und zerrte ihn zu sich heran, bis ihre Gesichter kaum eine Handbreit voneinander entfernt waren. »Wenn Sie mich das nächste Mal über irgendetwas belehren wollen, egal was, wird es das letzte Mal sein, dass Sie überhaupt jemanden belehren. Haben wir uns verstanden? Denn ich habe nicht die Absicht, mich zu wiederholen.«

Kent ließ Decker los, setzte sich zurück und nahm die Gabel. »Probieren Sie den Reis. Er ist ziemlich würzig, aber das verträgt sich hervorragend mit dem Brokkoli.«

Decker rührte keinen Finger. Er saß einfach da und starrte Kent an.

Kent beendete seine Mahlzeit und stand auf. »Mein Sekretär wird Sie hinausbringen. Ich hoffe, Sie haben noch einen produktiven Tag hier oben auf dem Capitol Hill und können Ihrem Land dienen.«

Damit verließ er das Zimmer.

Ein zitternder Decker blieb zurück.

KAPITEL 54

Robie fuhr langsam durch die schmalen Straßen von Titanium, Pennsylvania, eine kleine Stadt mit schmucken Häusern und Geschäften. Leute spazierten an den Tante-Emma-Läden vorbei und schauten sich die Auslagen an. Autos rollten ohne Eile durch die Straßen. Man winkte sich zu. Titanium war ein ruhiger, gemütlicher Ort.

Robie hatte alles Erdenkliche getan, damit man ihm nicht bis hierher folgen konnte. Seiner Meinung nach wäre es selbst den besten Agenten unmöglich gewesen, ihn zu beschatten. Falls sie es doch geschafft hatten, hatten sie ihren Sieg verdient.

Robie warf einen Blick auf das Navi. Er suchte nach einer bestimmten Straße. Das Gerät informierte ihn, dass diese Straße sich ungefähr eine Meile außerhalb des Stadtzentrums befand.

Marshall Street. Wie in Ryan Marshall, der Field Agent, der mir und Reel beigebracht hat, unsere Pistolengriffe aufzurauen. Eine Sache, die nur Reel und ich wissen konnten.

Robie hatte eine bestimmte Hausnummer in der Marshall Street eingegeben. Zwei Möglichkeiten hatten zur Verfügung gestanden. In seinem Apartment hatte er eine Münze geworfen und sich nach dem Ergebnis gerichtet. Aber in einem so kleinen Ort konnte die Marshall Street unmöglich so lang sein, dass er es bei seiner zweiten Wahl versuchen musste.

Er verringerte das Tempo, als er die Stadt verließ

und wieder in eine ländliche Gegend kam. Er bog rechts auf die Marshall ein und fuhr auf geradem Weg wieder zurück, bis die Straße scharf nach rechts abbog. Hier schien es keine Hausnummern zu geben, weil es keine Häuser gab. Schon machte sich bei Robie die Befürchtung breit, dass die ganze Fahrt umsonst gewesen war, als er um eine weitere Kurve bog und ein Motel vor ihm auftauchte, das aus den Fünfzigerjahren zu stammen schien.

Robie hielt vor einem kleinen Büro, das an der Vorderseite ein großes Fenster aufwies. Das Gebäude hatte die Form eines Hufeisens, war zwei Stockwerke hoch und sah heruntergekommen aus.

Robies Blick fiel auf die Hausnummer, die neben dem Eingang gemalt war.

Dreiunddreißig.

Dieselbe Zahl wie die Patronen im Magazin von Reels Glock. Die andere Zahl, die Robie in Betracht gezogen hatte, war die siebzehn gewesen, die Modellnummer der Glock. Dreiunddreißig war offensichtlich richtig gewesen. Sein Münzwurf war ein Sieger. Aber es machte auch Sinn. Modell 17 war die Standardausgabe. Reel hatte diese Waffe mit dem verlängerten Magazin modifiziert.

Robies Blick wandte sich dem Schild an der Motelfassade zu. Auf weißem Hintergrund gingen von der Mitte schwarze, konzentrische Kreise aus; die letzte Kreislinie, der Perimeter, leuchtete in einem kräftigen Rot. Das Motel hieß Bull's-Eye Inn, und das Schild stellte eine Zielscheibe dar.

Kitschig, dachte Robie. *Aber vielleicht war das in den Fünfzigern ja originell.*

Er blickte noch einmal auf das kräftige Rot auf dem Schild.

Das könnte es sein.

Er hielt das Foto hoch, das er in Reels Spind gefunden hatte und das sie mit einem unbekannten Mann zeigte. Die rote Kante an der rechten Bildseite konnte durchaus von diesem Schild stammen, falls die beiden genau danebengestanden hatten. Ein weiteres Indiz, dass er sich am richtigen Ort befand.

Robie parkte den Wagen, stieg aus und ging zum Büro. Durch die Scheibe war eine ältere weißhaarige Frau zu sehen, die hinter einer Theke saß. Ein Glöckchen bimmelte, als Robie die Tür öffnete. Die Frau schaute von ihrem Computer auf, der so alt war, dass er keinen Flachbildschirm hatte, sondern noch eines der Geräte von der Größe eines kleinen Fernsehers.

Die Frau stand auf, um Robie zu begrüßen.

Der blickte sich um. Hier sah es aus, als hätte sich seit dem Eröffnungstag nichts verändert. Alles schien in der Zeit erstarrt zu sein, noch bevor JFK zum Präsidenten gewählt worden war.

»Kann ich Ihnen helfen?«, fragte die Frau.

Aus der Nähe schien sie in den Achtzigern zu sein. Ihr Haar war dünn, die Schultern knochig und gebeugt. Auf dem Namensschild an ihrer Bluse stand »Gwen«.

»Ich bin hier vorbeigekommen und habe dieses Motel gesehen«, sagte Robie. »Das ist schon was Besonderes.«

»Der ursprüngliche Besitzer hat es gleich nach dem Zweiten Weltkrieg gebaut.«

»Und Sie sind die neue Besitzerin, Gwen?«

Sie grinste und zeigte weiße Kronen. »Süßer, an mir ist nichts neu. Und wäre ich die Besitzerin, würde ich nicht hier hocken und versuchen, mit einem Computer klarzukommen. Ich würde jemanden einstellen, der das für mich erledigt. Ich kann ja meine Urenkelin anrufen. Die sagt mir dann, welche Taste ich drücken muss.«

»Haben Sie Zimmer frei?«

»Ja. Zu dieser Jahreszeit sind wir nicht gerade ausgelastet. Die meisten Leute kommen her, um der Natur näher zu sein. Aber im Augenblick ist es ein bisschen zu kalt für die Natur. Am meisten ist hier in den Sommermonaten los. Im späten Frühling geht's aber auch.«

»Ist Zimmer siebzehn frei?«

Sie blickte ihn fragend an. »Zimmer siebzehn? Wir haben kein Zimmer siebzehn.«

»Aber es sieht so aus, als hätten Sie mehr als siebzehn Zimmer.«

»Oh ja, haben wir. Das war so eine Marotte des ursprünglichen Besitzers. Er fing mit Zimmer hundert an und zählte von da weiter. Vermutlich wollte er, dass der Laden viel größer klingt, als er ist. Wir haben sechsundzwanzig Zimmer, dreizehn auf jeder Etage. Wenn man darüber nachdenkt, ist das eine Unglückszahl. Dreizehn. Aber uns gibt es schon so lange, da ist das wohl egal.«

Mit der Nummer siebzehn hatte Robie einen Schuss ins Blaue abgegeben. Falls Reel ihm versteckte Hinweise hinterlassen hatte, wollte er sie alle ausprobieren.

»Nun, dann geben Sie mir irgendein freies Zimmer.«

Die Frau holte einen Schlüssel für Zimmer 106, nachdem Robie für zwei Übernachtungen bar bezahlt hatte.

»In der Stadt gibt es ein ganz ordentliches Restaurant«, sagte die alte Frau, »das Palisades. Es ist wirklich nett. Sie wissen schon, Tischdecken und Servietten, die nicht aus Papier sind. Die haben Gerichte auf der Speisekarte, von denen ich noch nie gehört habe und die ich nicht einmal zubereiten könnte, wenn mein Leben davon abhinge. Wenn Sie eher sparsam sind, können Sie den Gettysburg Grill ausprobieren. Da gibt's Burger, Pizza und Pommes. Und versuchen Sie mal den Neapolitaner, das ist ein Shake. Der ist wirklich gut und kostet nur einen Dollar.«

»Danke.«

Robie ging zur Tür, um seine Tasche aus dem Auto zu holen, als Gwens Worte ihn verharren ließen.

»Natürlich gibt es da noch Hütte siebzehn.«

Er drehte sich zu ihr um. »Hütte siebzehn?«

»Ich habe wohl vergessen, Ihnen von unseren Hütten zu erzählen.«

»Anscheinend«, sagte Robie und sah sie erwartungsvoll an.
»Aber das hätte sowieso keinen Unterschied gemacht.«
»Wieso?«
»Ich hätte Ihnen Hütte siebzehn nicht vermieten können, selbst wenn Sie sie gern gehabt hätten.«
»Warum nicht?«
»Die ist bereits vermietet. Schon seit langer Zeit.«
»An wen?«
Die Frau schürzte die Lippen. »Das ist vertraulich, nicht wahr?«
»Wenn Sie es sagen«, erwiderte Robie mit einem Lächeln. Er konnte wirklich nicht gebrauchen, dass sie die Polizei von Titanium rief, weil er zu neugierig war. »Wissen Sie, die Sache ist die, als ich auf dem College Football gespielt habe, trug ich die Nummer siebzehn. Die besten Jahre meines Lebens. Also versuche ich unterwegs immer in Nummer siebzehn abzusteigen. Albern, ich weiß.«
»Ach, Süßer, ich spiele jede Woche die gleichen Nummern in der Lotterie, die fünfzehn, die elf und die einundzwanzig. Mein Hochzeitstag und das Alter, in dem ich geheiratet habe. Dann noch mein Geburtsjahr, das ich Ihnen aber nicht verrate, weil Sie dann wüssten, dass ich über einundzwanzig bin. Das hätten Sie nicht gedacht, wenn Sie mich so ansehen, stimmt's?«
»Stimmt«, sagte Robie mit einem weiteren Grinsen.
»Also gönne ich Ihnen Ihre siebzehn.«
»Danke. Wo sind Ihre Hütten denn?«
»Wir haben zwanzig davon, fast genauso viele wie Zimmer. Noch eine Idee des ursprünglichen Besitzers. Da kommt man der Natur näher. Die stehen hinten im Wald. Sehr rustikal. Ein Zimmer mit Bett, Toilette, einem Waschbecken, einem Holzofen, der auch zum Kochen dient, und fließendem Wasser, falls die Pumpe funktioniert. Rustikal mit einem großen R.«

»Was ist mit einer Dusche?«

»Sie können die hier benutzen. Die haben wir für die Mieter der Hütten. Oder Sie können das Waschbecken in der Hütte nehmen. Bei den meisten Leuten, die Hütten mieten, steht die persönliche Hygiene nicht an oberster Stelle. Außerdem kriege ich die kaum mal zu Gesicht. Die kommen und gehen nach Belieben.«

»Sind denn außer Nummer siebzehn noch welche vermietet?«

»Nein.«

»Ist zurzeit jemand in Hütte siebzehn?«

»Keine Ahnung. Wie gesagt, die Leute kommen und gehen.«

»Die Leute? Also sind es zwei oder mehr Personen.«

»Sie sind aber ein ganz Neugieriger, was?«

»Das war ich schon immer. Bringt mich jedes Mal in Schwierigkeiten, also höre ich besser auf.« Robie schenkte ihr ein weiteres, wie er hoffte, entwaffnendes Lächeln. Er hatte das Gefühl, zu aufdringlich gewesen zu sein. Hoffentlich bedauerte er es nicht.

Sie musterte ihn. »Hören Sie, Süßer, wollen Sie Ihr Zimmer gegen eine Hütte eintauschen? Hütte vierzehn steht bereit. Hat einen hübschen Ausblick und eine neue Toilette. Na ja, neu in dem Sinne, dass sie keine fünf Jahre alt ist und meistens funktioniert.«

»Warum eigentlich nicht«, sagte Robie. »Ich bin gern in der Natur. Wie komme ich dahin?«

»Ist ein Spaziergang von ungefähr einer Viertelmeile von hier. Die Hütten stehen im Wald, ist aber alles genau ausgeschildert. Sie können Ihren Wagen vorn auf dem Parkplatz stehen lassen und zu Fuß gehen. Der Pfad fängt direkt hinter der Motelmitte an.«

Ein paar Minuten später marschierte Robie den Pfad entlang auf Hütte 14 zu, den Rucksack über die linke Schulter geschlungen.

In der rechten Hand hielt er seine Glock.

KAPITEL 55

Hütte 14 war genauso, wie Gwen sie beschrieben hatte. Rustikal. Robie stellte seinen Rucksack auf das Bett, das kaum mehr als eine Pritsche war. Es war kürzer als Robie.

In der Ecke ein Holzofen. Ein Tisch. Ein Stuhl. Eine Toilette und ein Waschbecken, provisorisch abgeteilt. Zwei Fenster an gegenüberliegenden Wänden.

Robie trat an ein Fenster und schaute hinaus. Es war keine andere Hütte zu sehen, nur Bäume. Die Leute, die diese Hütten mieteten, wollten offenbar ihre Privatsphäre haben. Robie würde alles abschreiten müssen, um sich mit der Gegend vertraut zu machen.

Das Schild für Hütte 17 hatte er gesehen. Sie stand links von ihm. Robie befand sich so tief im Wald, dass er weder Autos noch Menschen hören konnte. Kein Fernseher, keine Radios. Er konnte allein mit sich und der Natur sein.

Aber vielleicht war er gar nicht allein.

Er setzte sich auf den Stuhl, der Tür zugewandt, die Glock in der rechten Hand. Mit der Linken zog er das Buch über den Zweiten Weltkrieg aus dem Rucksack. Das war der letzte noch ungeklärte Hinweis.

Alles, was Jessica Reel tat, hatte einen Grund.

Sie war linear.

Ich fange gern am Anfang an und höre am Ende auf.

Robie schlug das Buch auf. Zwar hatte er es zuvor

schon durchgeblättert, aber nicht besonders aufmerksam. Es war ein dickes Buch, und er hatte nicht die nötige Zeit gehabt.

Das Licht schwand schnell, und in der Hütte gab es keinen Strom. Während er in der zunehmenden Dunkelheit langsam die Seiten umblätterte, legte er die Waffe weg und las im Licht einer kleinen Taschenlampe. Dabei huschte sein Blick ständig zur Tür und zu den Fenstern. Trotz der Vorhänge war er sich bewusst, dass das Licht ihn zur Zielscheibe machte. Deshalb hatte er den Stuhl an eine Stelle gestellt, an der er sich in keiner direkten Sichtlinie befand.

Den Tisch hatte er vor die Tür geschoben, nachdem er sie geschlossen hatte. Falls jemand einbrach, würde Robie Zeit genug haben, das Licht zu löschen, seine Waffe zu schnappen, zu zielen und zu schießen. Hoffte er zumindest.

Langsam blätterte er weiter, nahm jedes Wort in sich auf. In der Mitte des sechzehnten Kapitels hielt er inne. Der Abschnitt trug die Überschrift *Die Weiße Rose*.

Robie las schnell. Die Weiße Rose war der Name einer Widerstandsgruppe im Zweiten Weltkrieg, die sich in München hauptsächlich aus Studenten zusammengesetzt und gegen die Nazi-Tyrannei gekämpft hatte. Ihren Namen hatte die Gruppe einem Roman entnommen, in dem es um die Ausbeutung von Bauern in Mexiko gegangen war. Die meisten Mitglieder der Weißen Rose waren von den Nazis hingerichtet worden. Aber von ihnen gedruckte Flugblätter waren aus Deutschland geschmuggelt und millionenfach von alliierten Bombern abgeworfen worden. Nach dem Krieg hatte man die Mitglieder der Weißen Rose als Helden gefeiert.

Langsam schloss Robie das Buch und legte es zur Seite.

Wieder versetzte er sich in Reels Besessenheit, was Ordnung und Logik betraf, ging in Gedanken das Martyrium der Weißen Rose durch und versuchte, diese Elemente auf ihre Situation zu übertragen.

Die Weiße Rose hatte gegen die Nazi-Tyrannei gekämpft.

Die Mitglieder hatten sich verraten gefühlt.

Sie hatten niemanden getötet, aber sie hatten versucht, die Wut gegen die Nazis zu schüren, damit man sie aufhielt.

Deshalb waren sie ermordet worden.

Robie dachte darüber nach und bewegte sich in der Zeit nach vorn.

Reel hatte gegen etwas gekämpft.

Sie hatte sich verraten gefühlt.

Sie hatte etwas unternommen, um ihren Gegenspieler aufzuhalten, wer immer es war, und hatte dafür getötet. Aber das war ihr Handwerk. Sie war keine mutige Studentin, die Flugblätter verfasste.

Und noch war unklar, ob sie ihr Leben opfern würde oder nicht.

Dann fielen Robie wieder DiCarlos Worte ein.

Verschwundenes Personal.

Verschwundene Ausrüstung.

Einsätze, die es niemals hätte geben dürfen.

Und Blue Man, demzufolge eine andere Dynamik Einzug gehalten hatte.

DiCarlo hatte den Leuten ihrer eigenen Behörde misstraut. Deshalb hatte sie nur zwei Bodyguards dabeigehabt. Und sie hatte in beiden Fällen recht behalten und den Preis für diesen eingeschränkten Schutz gezahlt.

Angeblich war Reel untergetaucht und hatte zwei Mitarbeiter ihrer eigenen Behörde ermordet. Falls Reel es tatsächlich getan hatte, hatten die beiden Männer – Blue Man zufolge – möglicherweise sterben müssen, weil sie auf der falschen Seite standen und Reel auf der richtigen.

Falls das alles der Wahrheit entsprach, wimmelte es

in der Agency von Verrätern, die weit oben in der Hierarchie standen. So weit oben wie Gelder, vielleicht sogar noch höher.

Und dann war da noch Roy West.

Er hatte für die Agency gearbeitet und irgendein Szenario für eine Apokalypse verfasst. Dann hatte er sich einer Miliz angeschlossen. Und jetzt war er tot.

Robie nahm seine Pistole und schaute auf die Uhr. Er war nicht hier, um ein Buch zu lesen.

Bald würde es dunkel sein, erst recht hier im Wald, wo es nur das Licht der Sterne gab, die gerade hinter Wolken verborgen waren.

Robie öffnete den Rucksack und holte sein Nachtsichtgerät heraus. Er setzte es auf, schaltete es ein. Es funktionierte einwandfrei und machte das Unsichtbare sichtbar.

Sein Plan war ganz einfach.

Er würde Hütte 17 besuchen.

Die Dunkelheit würde Vorteil und Gefahr zugleich sein.

Falls die Hütte nicht bewohnt war, würde er so viel herausfinden wie möglich. Fand er dort keine Spuren, hatte er Pech gehabt und viel Zeit verschwendet.

Kurz fragte er sich, wie sein nächster Schritt aussehen würde. Rückfahrt nach Washington? Wieder auf dem Radar auftauchen? Nach diesem Verdacht? War seine Behörde infiltriert und korrumpiert?

Sein letzter SMS-Austausch mit Reel war zweifellos abgefangen worden. Man würde wissen wollen, was er, Robie, sich zusammengereimt hatte. Und wo er gewesen war. Und je nachdem, wie er diese Fragen beantwortete, würde man ihn vielleicht tot sehen wollen.

Dann gebe ich ihnen eben keine Antworten, bis ich weiß, auf welcher Seite diese Leute wirklich stehen.

Robie hatte sich auf den moralischen Kompass verlassen, über den er wie durch ein Wunder noch immer verfügte, trotz seines Jobs. Das bedeutete, dass er dieser Angelegenheit nicht den Rücken zuwenden konnte. Dass er sich ihr irgendwann stellen musste.

Robie wartete bis um zwei Uhr morgens, bevor er aufbrach.

Er öffnete die Tür von Hütte 14 und trat hinaus in die völlige Dunkelheit.

Nächster Haltepunkt: Hütte 17.

KAPITEL 56

Abgesehen vom Blumentopf auf der Veranda mit einer einsamen Blume, die den Kopf hängen ließ, sah sie genauso aus wie Hütte 14. Der erste Frost würde die Blume vernichten. Auf den Blumentopf war eine Katze gemalt.

Robie stand hinter der Baumgrenze. Sein Blick glitt zur Tür der Hütte, dann zur Blume, dann zur sie umgebenden Finsternis.

Das Nachtsichtgerät zeigte die Welt in scharfen Umrissen, doch es konnte Robie nicht alles zeigen. Da draußen konnte noch etwas anderes sein, das sich seiner Sicht entzog.

Deshalb betrachtete er lange den Blumentopf und fragte sich, aus welchem Grund er da stand. Nur eine einzige Blume, die den Kopf hängen ließ. Und es war auch noch eine Sorte, die Sonne brauchte. Aber hier gab es keine Sonne. Und das bedeutete, dass es keinen Grund gab, die Blume in einen Topf zu pflanzen und den Topf auf die Stufe zu stellen. Es machte nicht den geringsten Sinn. Und genau deshalb *machte* es Sinn. Denn was Reel auch tat, sie verfolgte damit irgendein Ziel.

Im Kopf ging Robie noch einmal das Desaster am Eastern Shore in allen Einzelheiten durch. Er hatte auf Tür und Veranda geschossen und versucht, Sprengfallen aus sicherer Entfernung auszulösen.

Okay, versuchen wir's.

Robie schraubte einen Schalldämpfer auf die Mündung seiner Glock, zielte und gab zwei Schüsse ab. Der Blumentopf zersprang, Erde und Blumenfetzen flogen durch die Luft.

Eine Explosion gab es nicht, aber durch sein Nachtsichtgerät sah Robie kleine Trümmerstücke in die Dunkelheit fliegen.

Vorsichtig bewegte er sich näher heran und untersuchte ein paar der Trümmer. Es waren die zersplitterten Überreste einer Überwachungskamera. Robie hob ein Stück Blumentopf auf. Jemand hatte ein Loch hineingebohrt und mit dem Bild der Katze überdeckt.

Der Blumentopf war Reels Auge gewesen.

Und Robie hatte sie soeben geblendet.

Es war ein gutes Gefühl.

Außerdem hatte er jetzt die Bestätigung, dass die Mieterin von Hütte 17 tatsächlich Jessica Reel war. Sie hatte ihm die Hinweise hinterlassen, die ihn zu diesem Ort geführt hatten.

Deshalb vertraute er ihr aber noch lange nicht.

Er nahm das Wärmebildgerät aus dem Rucksack, schaltete es ein und richtete es auf die Hütte. Auf dem Bildschirm war nicht die geringste Bewegung zu sehen. Aber das war beim letzten Mal nicht anders gewesen, und Robie wäre trotzdem beinahe verbrannt.

Am Ende entschied er sich, es hinter sich zu bringen. Er schlich auf die Hütte zu, ging auf die Knie und schoss auf Tür und Verandaboden.

Nichts geschah. Sah man davon ab, dass die Geschosse altes Holz durchschlugen.

Robie wartete, lauschte.

Ein Rascheln zwischen den Bäumen. Entweder ein Eichhörnchen oder Rotwild. Menschen bewegten sich nicht auf diese Weise.

Tief geduckt machte er noch ein paar Schritte vorwärts, blieb in der Hocke und betrachtete das Gebäude.

Man konnte nicht mehr viel aus dem Äußeren schließen. Hoffentlich war das Innere informativer.

Robie bewegte sich auf die Veranda zu, eilte dann die Stufen zur Tür empor. Ein Tritt, und die Holztür flog auf. In der nächsten Sekunde stand er im Zimmer. Nach weiteren fünf Sekunden hatte er alles abgecheckt. Schnell schloss er die Tür hinter sich, zog die Taschenlampe und knipste sie ein.

Was er sah, traf ihn unerwartet. Da war kein TUT MIR LEID auf die Wand gemalt.

Natürlich konnte hier irgendwo eine Bombe versteckt sein, aber darauf konzentrierte er sich jetzt nicht. Da waren ein Holzofen, ein Tisch, Stühle, ein Bett. Und eine kleine Toilette sowie ein Waschbecken. Genau wie in seiner Hütte. Auf dem Tisch stand eine batteriebetriebene Laterne. Robie inspizierte sie auf Sprengfallen, fand aber keine und schaltete sie ein. Mattes Licht breitete sich im Zimmer aus.

Auf dem Tisch standen außerdem zwei gerahmte Fotos.

Das eine zeigte Doug Jacobs.

Das andere Jim Gelder.

Schwarze Striche waren quer über die Bilder der beiden Toten gezogen.

Neben ihnen standen drei weitere Bilderrahmen. Sie enthielten keine Fotos. Vor den Rahmen lag eine einzelne weiße Rose.

Robie betrachtete die gerahmten Fotos von Jacobs und Gelder genauer, um festzustellen, ob irgendetwas dahinter verborgen war. Da war nichts. Das Gleiche tat er mit den drei anderen Rahmen.

Er fragte sich, welche Fotos Reel dort einstecken wollte, falls und sobald der Augenblick gekommen war. Und er wusste noch immer nicht, was dahintersteckte, nur dass Reel diese Männer aus irgendeinem Grund für Verräter an ihrem Land hielt.

Dafür hatte Robie noch keinen Beweis gefunden. Aber was Janet DiCarlo passiert war, hatte ihm deutlich gemacht, dass etwas nicht stimmte.

Er berührte die weiße Rose. Sie fühlte sich feucht an. Vielleicht war sie erst vor Kurzem dort hingelegt worden, und ...

Robie fuhr so vehement herum, dass er sie angesichts der Schnelligkeit seiner Reflexe nach Luft schnappen hörte.

Seine Pistole war direkt auf ihren Kopf gerichtet, sein Finger lag am Abzugsbügel. Nur eine winzige Bewegung, und ein drittes Auge zwischen den bereits vorhandenen würde ihr den Tod bringen.

Aber es war nicht Jessica Reel.

Es war Gwen, die Bedienung hinter der Theke des Bull's-Eye Inn, die Robie anstarrte.

KAPITEL 57

»Was tun Sie hier?«, fragte Robie.
Die Pistole senkte er nicht. Die Frau war alt, trotzdem konnte sie noch immer eine Bedrohung sein.
»Ich könnte Ihnen die gleiche Frage stellen, junger Mann«, erwiderte sie ruhig. »Das ist nicht Hütte vierzehn. Das ist Hütte siebzehn. Und wie ich Ihnen schon sagte, ist die bereits vermietet.«
»Hier scheint sonst niemand zu sein«, erwiderte Robie. »Sieht nicht gerade bewohnt aus. Auf dem Tisch sind nur Fotos und eine weiße Rose.«
Gwen warf an ihm vorbei einen Blick auf die Fotos und die Blume, dann schaute sie wieder Robie an. »Das spielt keine Rolle. Sie haben für die Hütte bezahlt, und sie können damit machen, was sie wollen.«
»Wer genau sind ›sie‹?«
»Das ist vertraulich, wie schon gesagt.«
»Über die Vertraulichkeit sind wir lange hinaus, Gwen. Ich glaube, Sie müssen es mir jetzt sagen.«
»Das wird sie nicht. Ich schon.«
Robie schwang die Pistole zur Seite, um auf den Neuankömmling zu zielen.
Vor ihm stand Jessica Reel.
Sie hatte keine Waffe, was ihn überraschte. Die Arme hielt sie an den Seiten. Robie musterte sie schnell von Kopf bis Fuß.
»Keine Waffen, Will«, sagte Reel. »Keine Wurfmesser. Keine Tricks.«

Robie schwieg, während Reel einen weiteren Schritt ins Zimmer machte. Sein Blick huschte zwischen beiden Frauen hin und her.

Reel hatte behauptet, unbewaffnet zu sein, doch er glaubte ihr nicht. Außerdem hatte sie nicht gesagt, dass die alte Frau unbewaffnet sei. Und auf diese kurze Distanz konnte ihn selbst eine Achtzigjährige erschießen.

»Ihr beiden kennt euch?«, fragte er.

»Könnte man so sagen«, erwiderte Reel. »Sie soll meine Sicherheit garantieren.«

Robie nickte mit dem Kopf zu der alten Frau.

»Ich dachte mir, wenn sie hier ist, würdest du mir keine Kugel in den Kopf jagen.«

»In Arkansas habe ich es auch nicht getan.«

»Das weiß ich mehr zu schätzen, als du je begreifen wirst. Aber Umstände verändern sich.«

»Ja, stimmt. Aber warum glaubst du, dass ihre Anwesenheit mich davon abhalten könnte, dich zu töten?«

»Wenn du mich tötest, musst du auch sie töten. Und du tötest keine Unschuldigen. So bist du nicht.«

Robie schüttelte den Kopf. »Woher soll ich wissen, dass sie unschuldig ist? Sie scheint von alldem hier nicht überrascht zu sein.«

»Doch, das war ich«, sagte Gwen. »Ich hätte nicht gedacht, dass Sie sich so schnell bewegen können. Das hat mir Angst gemacht.«

»Er hat sich schon immer schnell bewegt«, sagte Reel. »Aber nie eine unnötige Bewegung. Alles ist auf maximale Effizienz ausgelegt. Das habe ich in Arkansas erlebt. Eine Ein-Mann-Armee.«

»Und wohin führt uns das jetzt?«

»Dass du eine Waffe auf mich richtest, Will. Genau wie in Arkansas.«

»Das beantwortet die Frage nicht.«

»Wie soll die Antwort deiner Meinung nach denn aussehen?«

»Du hast zwei Angestellte der Firma kaltblütig getötet. Unter normalen Umständen würde mir das als Antwort reichen. Das habe ich dir in Arkansas gesagt, und das sage ich dir jetzt. Dort habe ich um eine Erklärung gebeten. Ich frage dich noch einmal.«

Reel machte einen weiteren Schritt auf ihn zu. »Unter normalen Umständen?«

Robie führte den Finger weiter in Richtung Abzug. Reel entging es nicht. Sie blieb stehen. Beide wussten, dass er sich dem Punkt näherte, von dem es keine Rückkehr mehr gab.

Gwen verharrte im Hintergrund. Sie wirkte angespannt, und ihr Blick konzentrierte sich auf Reel.

»DiCarlo«, sagte Robie. »Sie hat mir klargemacht, dass die Situation nicht normal war.« Er deutete auf den Tisch hinter sich. »Weiße Rose. Widerstandsgruppe im Zweiten Weltkrieg. Diese Leute kämpften gegen die Nazis.«

»Ich hatte die Befürchtung, man würde die Rosen verschwinden lassen, die ich dort zurückgelassen hatte.«

»Hat man auch. Aber sie haben ein paar Blätter übersehen. Vermutlich der einzige Grund, aus dem man das Buch in deinem Spind für mich zurückließ. Man ging davon aus, dass ich nichts von den Blumen wusste.«

»Gut zu wissen, dass sie Fehler machen.«

»Aber ich habe das Problem, dass du vielleicht die Verräterin sein könntest und alles andere nur ein Ablenkungsmanöver ist.«

»Vielleicht bin ich das ja auch.«

»Jessica!«, fauchte Gwen. »Du weißt, dass das nicht stimmt.«

Robie warf der alten Frau einen schnellen Blick zu. Ihm war nicht entgangen, dass sie trotz der späten Stunde vollständig bekleidet war.

Das alles war geplant.

»Wer sind Sie?«, fragte Robie die alte Dame.

Gwen schwieg und ließ Reel nicht aus den Augen. Reel wandte ihm langsam den Kopf zu. Robie glaubte ein Lächeln zu erkennen, aber das war in dem schwachen Licht nur schwer zu sagen.

»Sie ist eine alte Freundin«, sagte Reel. »Eine sehr alte Freundin. Sie gehört sogar zur Familie.«

»Ich dachte, du hättest keine Familie. Deine Mutter ist tot. Dein Vater sitzt lebenslänglich im Gefängnis.«

»Gwen war die einzige anständige Pflegemutter, die ich je hatte.«

»Als man dich wegholte ...«, sagte Gwen, dann versagte ihr die Stimme.

»Warum hat man sie Ihnen weggenommen, wenn Sie eine gute Pflegemutter waren?«, fragte Robie.

»Das Fürsorgesystem kennt keine Logik«, antwortete Reel. »Was passiert, passiert.«

»Okay, aber das erklärt nicht ihre Anwesenheit.«

»Ich habe das alles hier vor vier Jahren gekauft«, sagte Reel. »Natürlich unter einem Decknamen. Und dann habe ich Gwen eingestellt, damit sie den Laden hier leitet.«

»Dir gehört dieses Motel?«, fragte Robie überrascht.

»Irgendwo musste ich mein Geld ja unterbringen. Und da mir der Gewinn nichts bedeutet, wollte ich einen Ort haben, an dem ich alles hinter mir lassen kann.«

»Wirklich alles?«

Reel schaute an ihm vorbei zu den Fotos. »Willst du mich nicht nach den Bildern fragen?«

»Ich habe dich schon danach gefragt. Ich habe nichts anderes gehört, als dass die beiden Männer Verräter seien, du aber keine Beweise hättest.«

»Ich bin unbewaffnet gekommen. Was sagt dir das?«

»Dass du reden willst. Also rede. Ich will vor allem etwas über die Apokalypse hören.«

»Das ist eine lange Geschichte.«

»Für den Rest des Jahres ist mein Terminkalender leer.«

»Würdest du deine Waffe runternehmen?«

»Wohl kaum.«

Reel streckte die Hände aus. »Du kannst mich fesseln, wenn du dich dann besser fühlst.«

»Sag mir, was du mir sagen musst. Erkläre mir, warum du Doug Jacobs erschossen hast, obwohl du einem Mann eine Kugel in den Kopf schießen solltest, der geschworen hat, unser Land zu vernichten. Sag mir, warum Jim Gelder sterben musste. Und sag mir, warum du einen Analytiker getötet hast, der zu einem verrückten Milizionär geworden ist. Es könnte dein Leben retten. *Könnte*«, fügte er hinzu.

»Ich habe Roy West nicht getötet. Er wollte mich umbringen, und ich habe mich verteidigt. Er starb, als seine Hütte in die Luft flog.«

»Was wolltest du überhaupt dort?«

»Er hatte etwas, das ich brauchte.«

»Ja, das hast du mir schon in Arkansas gesagt. Aber was? Du hattest sein Weißbuch doch bereits gelesen.«

»Eine Bestätigung.«

»Wovon?«

»Wer das Weißbuch zu Gesicht bekommen hat.« Reel beobachtete ihn gespannt. »Darauf bist du auch schon gekommen. Das verrät mir deine Miene.«

»Du hast diese Leute wegen irgendeinem Scheiß aus einem Thinktank umgebracht?«

»Es war kein Thinktank. Und es war auch kein Scheiß. Jedenfalls nicht für bestimmte Personen. Das Papier hatte keine große Verbreitung. Aber ein paar Leute in Schlüsselpositionen haben es gelesen. Leute, die den Plan zur Realität werden lassen konnten. Und wenn das geschieht ...« Sie verstummte.

Robie wollte gerade fragen, was genau in dem Weißbuch gestanden hatte, als sie beide es hörten.

Jemand kam.

Keine Hirsche. Keine Eichhörnchen. Keine Bären.

Menschen. Denn nur Menschen bewegten sich so verstohlen. Und sowohl Reel wie auch Robie erkannten diese Bewegungen.

Reels Kopf ruckte zu Robie herum. Die Anklage auf ihrem Gesicht war unübersehbar. »Das hätte ich nicht von dir erwartet, Robie. Du hast sie direkt hierhergeführt.«

Als Antwort griff Robie in sein Kreuz, zog die Ersatzwaffe aus dem Halfter und warf sie ihr zu. Geschickt fing Reel sie auf, lud durch und hielt die Waffe locker in der Hand. Sie schien überrascht zu sein.

»Ich habe die Typen nicht mitgebracht«, sagte Robie.

»Dann sind sie dir gefolgt.«

Robie löschte die Laterne und tauchte die Hütte in Dunkelheit. »Sieht so aus. Ich weiß nur nicht, wie das passiert sein soll. Gibt es einen anderen Weg hier raus?«

»Ja, gibt es«, sagte Reel.

KAPITEL 58

Reel schob den Tisch in der Zimmerecke zur Seite, ließ sich auf die Knie fallen und klappte ein Stück Boden hoch. Darunter kam eine Öffnung zum Vorschein, ungefähr einen Quadratmeter groß.

»Wohin führt der Gang?«, fragte Robie. Er klang zerknirscht, weil er die Falltür zuvor nicht bemerkt hatte.

»Weg von hier.« Reel saß auf dem Hinterteil und ließ sich in das Loch rutschen. »Gehen wir. Die werden nicht lange draußen warten.«

»Dann werde ich sie davon überzeugen, dass sie vorsichtig sein sollten«, sagte Robie, eilte zum Fenster und gab fünf Schüsse ab. Er platzierte seine Kugeln in einem weiten Fächer, der jeden Näherkommenden zwingen würde, in Deckung zu gehen.

Dann ging er zum Loch zurück, sprang hinein, richtete sich auf und winkte Gwen. »Kommen Sie.«

Die alte Frau schüttelte den Kopf. »Ich behindere Sie nur.«

Reel, die neben Robie stand, sagte drängend: »Nein, Gwen, du bleibst nicht zurück!«

»Ich bin alt und müde, Jessica.«

»Keine Diskussion. Komm schon.«

Gwen zog einen Revolver aus der Tasche und richtete ihn auf Reel. »Du hast recht. Keine Diskussion. Geh.«

Reel starrte sie ungläubig an.

Robie zog an ihren Arm. »Wir haben keine Zeit.«

Schritte näherten sich von allen Seiten.

»Geh!«, fauchte Gwen. »Ich habe dich nicht großgezogen, damit du auf diese Weise stirbst. Geh und bringe diese Sache zu Ende!«

Robie schlang sich seinen Rucksack über die Schulter und zog Reel in das Loch hinein. Dann setzte er das Bodenstück wieder an Ort und Stelle. Gwen eilte herbei und schob den Tisch zurück über die Bodenklappe. Dann wandte sie sich der Tür zu, um sich dem zu stellen, was dort kam.

Robie und Reel mussten auf dem Bauch kriechen. Ein Stück weiter im Tunnel lag ein großer Rucksack. Reel schnappte ihn sich, schob ihn sich über die Schultern und kroch weiter.

»Wohin führt dieser Tunnel?«, fragte Robie.

»In den Wald«, erwiderte Reel. Ihre Stimme klang angespannt.

Robie wusste, wo ihre Gedanken waren. Bei Gwen. Was mit ihr passieren würde. Aber vielleicht würden die Angreifer die alte Frau ja nicht verletzen.

Die Schüsse, die sie nur wenige Augenblicke später hörten, klärten diese Frage. Da Robie nur Zentimeter hinter Reel war, stieß er gegen ihre Füße, als das Schussgeräusch sie stoppte. Robie konnte ihr schnelles Atmen hören.

»Alles okay?«, fragte er.

»Gehen wir«, erwiderte Reel heiser und kroch weiter.

Dreißig Sekunden später hörten sie, wie jemand in den Tunnel sprang. Sie steigerten ihr Tempo noch einmal.

Eine Minute später erhob sich Reel plötzlich und drückte gegen irgendetwas. Augenblicke später verschwanden ihre Beine außer Sicht. Robie eilte hinter ihr her und ließ den Blick schweifen.

Sie befanden sich mitten im Wald.

Die Tarnung des Tunnels war ein künstlicher Baumstumpf aus leichtem Material.

Reel zog den Reißverschluss ihres Rucksacks auf, holte eine Granate heraus, zählte bis fünf, zog den Sicherungsstift und schleuderte die Granate so weit in den Tunnel, wie sie nur konnte.

Beide rannten los. Reel übernahm die Führung, denn sie wusste, wohin es ging. Robie blieb dicht hinter ihr. Er hatte die Waffe gezogen und wechselte sich damit ab, Reel zu folgen und ihre Rückseite zu decken.

Die Explosion war nicht laut, aber beide konnten sie deutlich hören.

»Das war für Gwen«, murmelte Reel, als sie über einen kaum erkennbaren Pfad zwischen den Bäumen rannten. Dann erschien ein alter Schuppen vor ihnen. Reel eilte direkt darauf zu, schloss die Tür auf, hastete hinein und rollte ein Geländemotorrad hinaus. »Ich habe nicht mit Gesellschaft gerechnet. Das wird eng.«

Der Sitz bot ihnen kaum genug Platz. Reel fuhr, und Robie klammerte sich an ihr fest. Er trug jetzt beide Rucksäcke über den Schultern. Während der Fahrt an den Bäumen vorbei wurde er einige Male beinahe abgeworfen, schaffte es aber jedes Mal gerade noch, im Sattel zu bleiben.

Zwanzig Minuten später gelangten sie an eine Lücke zwischen den Bäumen. Dahinter verlief ein breiter Graben, den Reel einfach übersprang, indem sie Vollgas gab. Die Maschine landete auf Asphalt. Der Aufprall war brutal hart, doch Robie biss die Zähne zusammen und klammerte sich weiter an Reel fest. Sie drehte den Gashebel bis zum Anschlag und jagte über die Straße.

»Wohin?«, rief Robie ihr durch den tosenden Fahrtwind ins Ohr.

»Weg!«

Die Fahrt schien Robie Stunden zu dauern, aber schließlich ließen sie das Motorrad hinter einer geschlossenen Tankstelle am Rand einer Kleinstadt zurück. Zu Fuß betraten sie den Ort, der aus heruntergekommenen Gebäuden und kleinen Läden bestand.

Die Sonne ging auf. Im Licht der Morgendämmerung musterte Robie seine Begleiterin. Sie war schmutzig und abgerissen, genau wie er, und starrte nach vorn. Der Zorn auf ihrem Gesicht war beinahe greifbar.

»Das mit Gwen tut mir leid«, sagte er.

Reel antwortete nicht.

Voraus erhob sich ein Amtrak-Bahnhof, ein altes, müde aussehendes Backsteingebäude auf einer erhöhten Plattform, an der ein schmaler Schienenstrang vorbeiführte. Auf Holzbänken saßen ein paar Leute und warteten auf die frühmorgendliche Fahrt nach irgendwohin.

Reel besorgte zwei Fahrkarten und gab Robie eine.

»Wohin?«, fragte er.

»Weg«, sagte sie.

»Das sagst du dauernd. Aber ich kann wenig damit anfangen.«

Er ging ein Stück den Bahnsteig entlang, lehnte sich gegen die Wand und schaute in die Richtung, aus der sie gekommen waren.

Wie konnten sie mir folgen? Woher konnten sie das wissen?

Da war niemand. Ich könnte schwören, dass niemand mir gefolgt ist.

Die Glock steckte in seiner Tasche. Robie legte die Finger darum. Er hatte das Gefühl, dass sie noch nicht in Sicherheit waren.

Noch immer trug er seinen Rucksack und den aus dem Tunnel.

Reel stand an der Bahnsteigkante. Robie vermutete, dass sie an Gwen dachte, die tot in der Hütte lag.

Zehn Minuten später fuhr der Zug ein. Mit quietschenden Bremsen und dem lauten Zischen entweichender hydraulischer Luft hielt er an. Robie und Reel bestiegen den Wagen in der Mitte.

Das war nicht der Acela-Expresszug. Der Wagen sah aus, als wäre er im Dienst, seit man Amtrak in den frühen Siebzigerjahren gegründet hatte.

Sie waren die einzigen Fahrgäste. Es gab einen Zugbediensteten, einen schläfrig aussehenden Schwarzen, dessen Uniform nicht besonders gut passte. Er gähnte, nahm ihre Fahrkarten, steckte sie in die Rückseiten ihrer Sitze und verriet ihnen, wo sich das Zugrestaurant befand, falls sie Hunger oder Durst haben sollten.

»Der Schaffner kommt irgendwann vorbei, um Ihre Fahrkarten zu entwerten«, sagte er. »Genießen Sie die Fahrt.«

Als der Zug aus dem Bahnhof rollte, verschwand der Mann im nächsten Wagen, wo er sich um die wenigen Passagiere dort kümmerte.

Robie und Reel nahmen ihre Plätze ein, er am Fenster und sie am Mittelgang. Robie stellte beide Taschen zu seinen Füßen ab.

Minuten vergingen. »Also, wohin geht die Fahrt?«

»Ich habe bis nach Philly bezahlt«, antwortete Reel, »aber wir können an jedem Bahnhof unterwegs aussteigen.«

»Was ist außer Granaten noch in deiner Tasche?«

»Dinge, die wir vielleicht brauchen.«

»Wer war der alte Typ auf dem Foto neben dir?«

»Ein Freund von einem Freund.«

»Warum nicht der Freund?«

Sie warf ihm einen vorwurfsvollen Blick zu. »Zu einfach. Glaubst du, sie hätten dir dieses Foto überlassen, hätte ich das getan? Das ist ein Geheimdienst, Robie, also muss man davon ausgehen, dass sie wenigstens ein paar Informationen sammeln können.«

»Also, was für ein Freund?«

»Lass mir ein paar Minuten. Ich versuche, mit dem Verlust einer Freundin klarzukommen, vielleicht der letzten, die ich hatte.«

Robie wollte ihr Druck machen, aber dann hielt ihn etwas davon ab.
Der Verlust einer Freundin. Das kann ich verstehen.
»Hast du diesen Tunnel gegraben?«
Sie schüttelte den Kopf. »Der war bereits da. Vielleicht Alkoholschmuggler. Vielleicht war es auch der Fluchttunnel irgendwelches Kriminellen. Als ich den Tunnel entdeckt habe, machte ich Hütte siebzehn aus diesem Grund zu meinem Versteck.«
»Sehr vorausschauend.«
Sie wandte den Kopf ab. Offensichtlich wollte sie nicht länger reden.
»Willst du etwas essen oder trinken?«, fragte Robie ein paar Minuten später, als der Zug das Tempo verringerte. Vermutlich näherten sie sich dem nächsten kleinen Bahnhof, wo wieder ein paar schläfrige Fahrgäste zustiegen.
»Einen Kaffee, nichts zu essen«, sagte Reel kurz angebunden, ohne Robie anzuschauen.
»Ich bringe trotzdem was mit, falls du es dir anders überlegst.«
Er erhob sich und ging zum Speisewagen. Genau eine Person war vor ihm, eine Frau, die einen Jeansrock, Stiefel und einen abgenutzten Mantel trug. Sie nahm ihren Kaffee, ihr Gebäck und eine Tüte Chips und wollte zurück zu ihrem Platz. Sie stolperte, als der Zug in den Bahnhof einfuhr und hielt.
Robie stützte die Frau und trat dann an die Theke. Der uniformierte Mann dahinter war ungefähr sechzig und hatte einen dichten grauen Vollbart und schmale Augen hinter einer dicken Brille.
»Was darf ich Ihnen geben, Sir?«, fragte er.
Robie warf einen Blick auf die Karte hinter der Theke. »Zwei Kaffee, zwei Muffins und drei Tüten Erdnüsse.«
»Ich habe gerade eine frische Kanne aufgesetzt. Ist gleich fertig.«

»Keine Eile.« Robie drehte sich um und blickte aus dem Fenster. Der Bahnhof sah noch kleiner aus als der, in dem sie zugestiegen waren. Er konnte nicht einmal das Namensschild entdecken.

In nächsten Moment verscheuchte er diese Gedanken, denn am anderen Ende des Bahnhofs ragte die Stoßstange eines schwarzen Range Rover gerade weit genug hervor, dass er sie sehen konnte.

Robie betrachtete die wenigen Passagiere, die einstiegen. Eine alte Frau, die ihre Besitztümer in einem Kissenbezug mit sich trug.

Ein Mädchen im Teenageralter mit einem abgestoßenen Koffer.

Der letzte Fahrgast war ein schwarzer Mann in den Vierzigern. Er trug einen nicht gerade sauberen Overall und Arbeitsstiefel. Über die Schulter hatte er einen schmutzigen Rucksack geschlungen.

Keiner der Zugestiegenen sah aus, als wäre er Kunde von Range Rover.

Als der Mann hinter der Theke sich mit zwei frischen Bechern Kaffee umdrehte, war Robie verschwunden.

KAPITEL 59

Mit gezogener Pistole betrat Robie den Wagen. Er blickte den Mittelgang entlang. Reel saß noch immer auf ihrem Platz, sah aber irgendwie steif aus.

Robie schaute sich um. Er konnte keine offensichtlichen Angriffspunkte entdecken.

Wieder warf er einen Blick auf Reel, ging tief in die Hocke und bewegte sich vorwärts, bereit, sofort zu schießen. Er überprüfte jede Sitzreihe, bis er Reel erreichte.

Nur dass es nicht Reel war.

Es war ein Mann.

Mit durchschnittener Kehle.

Reels Rucksack war verschwunden.

Wo steckte sie?

»Robie«, rief eine gedämpfte Stimme. »Hier drüben.«

Er schaute auf. Reel befand sich am anderen Ende des Wagens.

»Wir haben Gesellschaft«, sagte sie.

»Ja, ist mir schon klar geworden«, erwiderte er. »Wo kam der her?« Er deutete auf den Toten.

»Hintere Tür. Vermutlich die Vorhut.«

»Sie hätten mehr schicken sollen«, bemerkte Robie.

»Es war schwer, ihn zu erledigen. Sehr gut ausgebildet.«

»Das glaube ich gern.« Robie blickte sich um. »Der Zug fährt nicht. So groß ist der Bahnhof nicht. Mittlerweile müssten alle Passagiere eingestiegen sein.«

»Glaubst du, sie haben den Zug übernommen?«

»Würde mich nicht überraschen. Sie durchsuchen einen Wagen nach dem anderen.«

»Der Tote wollte durchgeben, dass er mich entdeckt hatte. Aber das hat er nicht geschafft.« Sie sah sich um. »Hast du einen Plan?«

Bevor Robie antworten konnte, setzte sich der Zug in Bewegung. Er warf einen Blick über die Schulter. Der Zugbegleiter, der sie begrüßt hatte, war nicht zurückgekehrt. Möglicherweise war auch er tot.

Robie rannte durch den Mittelgang zu einem kleinen Stauraum am Ende des Wagens und schnappte sich dort eine große Schüssel aus Stahl. Dann eilte er in den winzigen Waschraum, drehte das Wasser auf und füllte die Schüssel. Jeweils den halben Schüsselinhalt leerte er vor jeder der Verbindungstüren in den angrenzenden Wagen. Schließlich fuhr er mit dem Fuß über den glatter gewordenen Metallboden und war zufrieden.

Er begab sich zu dem Toten.

Reel kam zu ihm. »Er hat keine Ausweise bei sich. Nichts.«

»Verschwundenes Personal, verschwundene Ausrüstung.«

»Hat DiCarlo dir das gesagt?«

»Ja.«

»Das Apokalypse-Szenario wird schon seit langer Zeit vorbereitet, Robie.«

»Das begreife ich allmählich.« Er stieg auf einen Sitz und ging in die Hocke.

Reel folgte seinem Beispiel.

»Du links, ich rechts«, sagte Robie.

»Verstanden.«

Ein paar Sekunden später stürmten aus beiden Richtungen bewaffnete Männer heran. Es war eine Zangenbewegung, die Robie und Reel festsetzen und einem Kreuzfeuer aussetzen sollte, dem sie nichts entgegenzusetzen hatten.

Aber die Angreifer hatten nicht mit dem rutschigen Untergrund gerechnet. Drei Männer stürzten schwer und rutschten über den Boden, während ein vierter stolpernd um das Gleichgewicht kämpfte.

Reel und Robie eröffneten das Feuer, sie links, er rechts. Zehn Sekunden später waren vier Angreifer tot. Ihr Blut färbte den Boden und die Wände scharlachrot. Die restlichen Männer zogen sich fluchtartig in die angrenzenden Wagen zurück.

»Was glaubst du, wie schnell fahren wir?«, fragte Robie.

Reel warf einen Blick aus dem Fenster. »Fünfzig, vielleicht mehr. Diese alten Züge schaffen kaum mehr als sechzig.«

Robie schaute ebenfalls aus dem Fenster. Überall Bäume. »Immer noch zu schnell«, sagte er.

Robie blickte nach links, dann wieder zu Reel. »Wo ist dein Rucksack?«

»Hier.« Sie zog ihn zwischen zwei Sitzen hervor.

»Blendgranaten?«

»Zwei.«

Robie musterte eine der Verbindungstüren zwischen den Waggons, durch die sich die Männer zurückgezogen hatten. Sie bestand aus Metall, hatte aber eine Glasscheibe. Robie rannte zu einer Schalttafel, die in die Wand eingelassen war, riss sie auf und nahm sich ein paar Sekunden, um sie zu studieren.

In der Zwischenzeit holte Reel die Blendgranaten aus der Tasche.

»Bist du schon mal aus einem fahrenden Zug gesprungen?«, fragte Robie und schaute von seiner Arbeit auf.

»Nein. Du?«

Er schüttelte den Kopf. »Bei sechzig Meilen die Stunde haben wir keine Chance. Bei dreißig Meilen schon.«

»Kommt darauf an, wo wir reinspringen«, meinte

Reel, die bereits auf ihrem Handy tippte und ihren derzeitigen Standort aufrief. »In ungefähr zwei Meilen kommt eine Wasserfläche.«

»Je nachdem, wie wir landen, könnte das härter sein als der Boden.«

»Bleiben wir hier, sterben wir.«

Robie drückte einen Knopf, und die Einstiegstüren auf der linken Seite glitten auf. Kühle Luft fauchte herein.

»Die warten nicht mehr lange«, sagte Reel und schaute in beide Richtungen.

»Nein. Wir müssen uns darum kümmern.«

Reel gab ihm Ohrstöpsel, die er sich tief in die Ohren schob. Genau wie sie. Dann reichte sie ihm eine der Granaten und hielt fünf Finger hoch. Robie folgte ihrem Beispiel und gestikulierte.

Fünf-vier-drei-zwei-eins!

Reel feuerte nach links und zerschmetterte das Glas der Verbindungstür zum Wagen vor ihnen. Sie machte die Blendgranate scharf und schleuderte sie durch die entstandene Öffnung. Auf dem Absatz fuhr sie herum und zerschoss die Scheibe auf der gegenüberliegenden Seite. Der Kugel folgte die zweite Blendgranate, die Robie warf. Sofort ging er in die Hocke und bedeckte Gesicht und Ohren, während beide Granaten innerhalb von Sekunden explodierten.

Schreie drangen aus den Wagen.

Reel, die sich den Bruchteil einer Sekunde geduckt hatte, bevor die Blendgranaten explodierten, rannte den Mittelgang entlang zu Robie.

Er betätigte die Notbremse. Die Bremsen griffen und ließen beide stolpern. Sie fanden das Gleichgewicht wieder, stellten sich vor die offene Tür und blickten einander an. Beide atmeten schwer.

»Wie schnell sind wir?«, fragte Reel.

»Noch immer zu schnell.«

Er sah hinaus. »Das Wasser kommt.«

Der Zug brauchte sehr viel Zeit, um die Geschwindigkeit zu verringern.

Aber sie hatten keine Zeit mehr.

Kugeln durchschlugen die Verbindungstüren, nachdem ihre Gegner sich erholt hatten.

»Wir müssen.« Robie ergriff Reels Hand, während der Zug langsamer wurde.

»Ich glaube nicht, dass ich das schaffe«, sagte Reel.

»Denk nicht, tu's einfach.«

Sie sprangen gemeinsam.

Es kam Robie so vor, als schwebten sie lange Zeit in der Luft. Sie landeten nicht im Wasser, sondern in weichem Schlamm. Sie hatten nicht mit einer Sommerdürre rechnen können, die den Wasserspiegel um über einen Meter gesenkt hatte.

Der Zug verschwand hinter einer Biegung außer Sicht. Irgendwann aber würden die Bremsen das schwere Ungetüm zum Stehen bringen.

Langsam setzte Robie sich auf. Er war von Kopf bis Fuß voller Schlamm. Seine Kleidung war zerrissen, und er fühlte sich, als wäre ein Footballteam über ihn hinweggetrampelt.

Auch Reel kam mühsam auf die Beine. Sie sah genauso schlimm aus wie Robie und fühlte sich vermutlich noch schlimmer. Auch ihre Hose und ihr Hemd waren zerrissen.

Robie stemmte sich in die Höhe und stolperte zu dem Rucksack, den er beim Aufprall im Schlamm verloren hatte.

Reel stöhnte. »Beim nächsten Mal bleibe ich und schieße es aus.«

Robie nickte. Sein rechter Arm schmerzte. Es fühlte sich eigenartig an.

Hoffentlich ist er nicht gebrochen.

Während Reel zu ihm herübergestolpert kam, rollte Robie den Ärmel hoch und betrachtete seine Verbrennung.

Was er sah, überraschte ihn. Aber es beantwortete auch die Frage, wie die Leute ihn hatten verfolgen können.

Er schaute Reel an und lächelte grimmig.

»Was ist?«, fragte sie.

»Sie haben gerade einen großen Fehler gemacht.«

KAPITEL 60

Sam Kent war zu Hause, als der Anruf kam.
»Wahrscheinlich sind beide tot«, sagte die Stimme.
Robie und Reel waren aus einem Zug gesprungen, der mit beinahe vierzig Meilen in der Stunde gefahren war. Man hielt ihr Überleben für unwahrscheinlich.
Der Peilsender, die Rückversicherung, war verstummt.
Es war vorbei.
Kent glaubte es keine Sekunde lang. Dafür hatte er die Bestätigung, dass seine größte Befürchtung sich bewahrheitet hatte.
Robie und Reel hatten sich zusammengetan. Und trotz des Berichts sagte ihm sein Bauchgefühl, dass sie noch am Leben waren.
Kent saß im Arbeitszimmer in seinem luxuriösen Heim unter den vielen anderen luxuriösen Heimen in Fairfax County, der Heimat des »Einzehntels«, den Leuten im oberen Zehntel des einen Prozents der Reichsten der Reichen. Durchschnittliches Jahreseinkommen: zehn Millionen Dollar. Die meisten von ihnen kassierten wesentlich mehr, auf verschiedenste Weise, und sei es durch Erbschaften.
Und viele arbeiteten wie Kent tatsächlich schwer für ihren Lebensunterhalt und gaben der Welt Dinge von Wert. Obwohl das Vermögen seiner Frau mit Sicherheit praktisch gewesen war.
Jetzt saß Kent in seinem Schloss und dachte über

den Anruf nach, den er machen musste. Und zwar mit jemandem, den er verständlicherweise fürchtete.

Sein sicheres Handy lag in der Schreibtischschublade. Er holte es hervor, gab die Nummer ein und wartete.

Vier Klingeltöne, dann wurde abgenommen. Kent runzelte die Stirn, als er hörte, dass er mit der Person selbst und nicht mit der Ansage sprach. Er hatte auf einen kleinen Aufschub gehofft.

In Sätzen, die mit Informationen vollgepackt waren, übermittelte er die neuesten Fakten, wie man es ihm beigebracht hatte.

Dann wartete er.

Am anderen Ende der Leitung, die nicht einmal die NSA knacken konnte, hörte er das leise Atmen der Person.

Kent brach das Schweigen nicht. Das stand ihm nicht zu.

Er ließ den Mann alles in sich aufnehmen und nachdenken. Die Antwort würde kommen, da hatte er nicht den geringsten Zweifel.

»Ist eine Suche erfolgt?«, fragte die Person. »Wenn man sie für tot hält, muss es Leichen geben. Das wird die einzige Bestätigung sein. Im anderen Fall sind sie noch am Leben.«

»Dem stimme ich zu«, sagte Kent, der einen beinahe unhörbaren Seufzer der Erleichterung ausstieß. »Ich persönlich halte sie nicht für tot.«

»Aber verletzt?«

»Nach so einem Sprung? Höchstwahrscheinlich, ja.«

»Dann müssen wir sie finden. Das sollte nicht zu schwer sein, wenn sie verletzt sind.«

»Ja.«

»Hat man im Zug sauber gemacht?«

»Der Zug wurde angehalten. Alles wurde entfernt. Man hat sich um sämtliche Zeugen gekümmert.«

»Die Erklärung?«

»Wir können die Verantwortung jedem in die Schuhe schieben. Wem, können wir uns aussuchen.«

»Dann würde ich zwei abtrünnige Agenten verantwortlich machen, die offensichtlich vom Weg abgekommen sind. Das wird die offizielle Erklärung sein.«

»Verstanden.«

»Es ist trotzdem eine Riesenschweinerei, die man hätte vermeiden müssen.«

»Dem stimme ich zu.«

»Ich habe nicht um Ihre Zustimmung gebeten.«

»Natürlich nicht.«

»Aber wir nähern uns dem Ende.«

»Ja«, sagte Kent.

»Also sorgen Sie für keine neuen Hindernisse.«

»Verstanden.«

»Robie und Reel zusammen. Ein Grund zur Sorge.«

Kent konnte nicht sagen, ob die Person eine Frage stellte oder lediglich eine Tatsache äußerte.

»Ich würde keinen von ihnen unterschätzen«, sagte er.

»Ich unterschätze nie jemanden, erst recht nicht meine Verbündeten.«

Kent befeuchtete sich die Lippen, dachte über die Bemerkung nach. Er *war* ein Verbündeter. Und diese Person würde ihn nicht unterschätzen. »Wir werden alle Anstrengungen unternehmen.«

»Ja, werden Sie.«

Die Leitung war tot.

Kent legte das Handy weg und schaute auf, als sich die Tür zu seinem Arbeitszimmer öffnete. Einen panischen Augenblick lang glaubte er, seine Zeit sei gekommen, und jemand wie Robie oder Reel würde erscheinen, um ihm seine letzte Strafe zu erteilen.

Aber es war nur seine Frau. Sie trug ihr Nachthemd.

Kents Blick glitt zur Wand über der Tür, wo die Uhr hing. Es war fast schon acht.

»Warst du nicht im Bett?«, fragte sie. Ihr Haar war

zerzaust, sie trug kein Make-up, und ihre Augen waren noch immer verschlafen. Aber für Kent war sie die schönste Frau der Welt.

Er konnte sich glücklich schätzen. Denn ein normales Familienleben hatte er nicht verdient. Andererseits war das nur die eine Hälfte seines Lebens. Die andere Hälfte sah entschieden anders aus und bestand zu gleichen Teilen aus Parfüm und Pulver. Aber im Augenblick gab es nur Pulver.

»Ich habe ein paar Stunden im Gästezimmer geschlafen. Ich wollte dich nicht stören, Liebling. Die Arbeit hat lange gedauert.«

Sie hockte sich auf die Schreibtischkante und strich ihm mit den Fingern durchs Haar.

Die Kinder kamen nach ihrer Mutter. *Gott sei Dank*, dachte Kent. Er wollte, dass seine Kinder nach seiner Frau kamen und nicht nach ihm. *Nicht nach mir. Nicht nach meinem Leben.*

Seine Kinder sollten ein normales Leben führen, bei dem man keine Waffen tragen oder auf andere schießen musste, während auf einen selbst geschossen wurde. Das war kein Leben, sondern der Weg zu einem frühen Tod.

»Du siehst müde aus«, sagte seine Frau.

»Ein bisschen bin ich es auch. Im Moment brenne ich die Kerze an beiden Enden ab. Aber das wird schon wieder.«

»Ich mache dir Kaffee.«

»Danke, Schatz. Das wäre großartig.«

Sie küsste ihn auf die Stirn und ging.

Kent verfolgte jeden ihrer Schritte.

Ich habe sehr viel zu verlieren.

Er ließ den Blick durch sein Arbeitszimmer schweifen. Hier stand keine seiner Auszeichnungen, kein Orden und auch keine Erinnerung an seine beruflichen Erfolge. Diese Dinge waren privat. Sie sollten weder beeindrucken noch einschüchtern. Er wusste, dass er sie sich verdient hatte. Das reichte. Alles wurde oben in einem kleinen, verschlossenen Wandschrank aufbewahrt. Manchmal betrachtete er sie. Aber meistens standen sie nur dort und sammelten Staub.

Es waren Aufzeichnungen aus seiner Vergangenheit.

Er öffnete einen Safe hinter seinem Schreibtisch und holte ein Manuskript heraus. Roy Wests Weißbuch. Eine Schöpfung intellektueller Schönheit von einem Mann, der sich in einen paranoiden Milizspinner verwandelt hatte. Kaum zu glauben, dass er etwas so Machtvolles erschaffen hatte. Aber vielleicht entsprang dem Abgrund der Paranoia ja manchmal doch Genialität, wenn auch nur für ein paar überschäumende produktive Augenblicke.

Kent ging zu dem Gaskamin an der Wand. Mit der auf dem Sims liegenden Fernbedienung stellte er ihn an. Dann warf er das Weißbuch oben auf die Gasdüsen und sah zu, wie es in Flammen aufging.

In weniger als dreißig Sekunden war es verbrannt.

Aber die darin enthaltenen Ideen würde Kent für den Rest seines Lebens nicht mehr vergessen.

Ob das eine kurze oder lange Zeit war, konnte er im Augenblick nicht sagen.

Plötzlich überfielen ihn heftige Zweifel. Seine Gedanken rasten von einem Katastrophenszenario zum nächsten. Solche Gedanken waren nie produktiv. Aber schließlich gewann seine Militärausbildung die Oberhand, und er beruhigte sich wieder.

Das sichere Handy, das noch immer oben auf dem Schreibtisch lag, summte.

Die Nachricht stammte von der Person, mit der er eben gesprochen hatte.

Die SMS bestand lediglich aus zwei Worten.

Aber Kent bewiesen sie, dass sein Vorgesetzter tatsächlich Gedanken lesen konnte.

In der SMS stand: *Kein Rückzug!*

KAPITEL 61

Der Wagen parkte vor einem Bar & Grill gegenüber von einer Bank. Es war spät. Die Dunkelheit war tief und wurde nur von der Außenbeleuchtung des Gebäudes gebrochen.

Lediglich vier weitere Wagen standen auf dem Parkplatz. Bei einem der Fahrzeuge flammte das Licht auf, als die Besitzerin mit der Fernbedienung die Türen öffnete.

Ein wenig unsicher ging sie auf den Wagen zu. Sie hatte mehr getrunken, als gut war. Aber sie wohnte ganz in der Nähe und war überzeugt, ihr Haus problemlos zu erreichen.

Sie stieg in den Wagen und zog die Tür hinter sich zu. Gerade steckte sie den Schlüssel ins Zündschloss, als sich eine Hand auf ihren Mund legte.

Ihre Rechte griff nach der Handtasche und der Pistole, die sie dort aufbewahrte. Aber eine andere Hand schloss sich um ihr Gelenk und hielt es wenige Zentimeter vor der Tasche fest.

Die Beifahrertür öffnete sich, und eine Frau stieg ein. Sie richtete eine Pistole auf den Kopf der Fahrerin.

Die Frau mit der Pistole war Jessica Reel.

Die Frau auf dem Fahrersitz schien sie nicht zu erkennen. Aber sie zuckte zusammen, als vom Rücksitz eine Männerstimme erklang. »Sie müssen mich wohl noch einmal zusammenflicken, Doc. Der Peilsender unter den Nähten ist kaputtgegangen.«

Im Rückspiegel entdeckte Karin Meenan Will Robie.
»Starten Sie den Wagen. Dann sagen wir Ihnen, wo es hingeht.«
»Mit Ihnen fahre ich nirgendwohin«, erwiderte Meenan.
Reel spannte den Hahn ihrer Pistole.
»Dann wird sie Ihnen eine Kugel in den Kopf schießen«, sagte Robie.
Meenan blickte in Reels Richtung. Die Miene der Frau war eindeutig. Sie *wollte* abdrücken und hoffte, dass Meenan ihr Gelegenheit dazu gab, egal wie.
Die Ärztin ließ den Motor an, legte den Gang ein und fuhr los. Robie dirigierte sie zu einem heruntergekommenen, fünf Meilen entfernten Motel. Sie parkten hinter dem Gebäude. Dann nahmen Robie und Reel die Frau in die Mitte und brachten sie zu ihrem Zimmer.
Robie schloss die Tür und befahl Meenan, sich aufs Bett zu setzen.
Sie starrte zu den beiden hoch. »Ich weiß gar nicht, warum Sie das tun, Robie. Sie stecken in gewaltigen Schwierigkeiten. Sie haben mich mit vorgehaltener Waffe entführt.«
Robie setzte sich auf einen Stuhl. Er schien sie gar nicht gehört zu haben. Reel blieb mit dem Rücken zur Tür stehen und hielt weiter die Waffe auf die Ärztin gerichtet.
»Wer sind Sie, verdammt?«, fauchte Meenan.
»Sie wissen, wer das ist«, sagte Robie ruhig.
Meenan sah ihn an.
»Und Sie sollten mal über Alkohol und Autofahren nachdenken«, fuhr er fort. »Zwei Bier und einen Tequila. Damit sind Sie offiziell über dem Limit. Das könnte Sie Ihre Sicherheitsfreigabe und Ihren Job kosten.«
»Haben Sie mich beobachtet?«
»Nein, wir sind zufällig vorbeigekommen. Ich scheine im Moment eine solche Glückssträhne zu haben, dass ich es mal mit Lotto versuchen sollte.«

»Sie reißen hier dumme Witze?«, fuhr Meenan ihn an. »Ist Ihnen eigentlich klar, was Sie getan haben? Dafür wandern Sie ins Gefängnis.«

»Ist das die Bar, in der Sie Roy West kennengelernt haben?«, wollte Robie wissen.

»Ich bin Roy West niemals in einer Bar begegnet. Er war nur kurze Zeit Patient. Das habe ich Ihnen bereits gesagt.«

»Wollen Sie diese Antwort noch einmal überdenken?«

»Warum sollte ich?«

Robie zog ein Foto aus der Tasche. »Eine Freundin vom FBI hat mir das hier von der Überwachungskamera aus der Bank gegenüber der Bar besorgt.«

Er hielt es hoch. Auf dem Bild stiegen Roy West und Meenan in das Auto der Ärztin.

»Ich habe nichts Falsches getan. Also habe ich eben etwas mit West getrunken. Was soll's?«

Robie zog die Jacke aus, rollte den Hemdenärmel auf und zeigte die Stelle, an der sich die Nähte befunden hatten.

»Ich habe sie rausgeholt, genau wie das Teil, das Sie mir ins Bein gepflanzt haben. Ziemlich einfallsreiche Technik. Kommunikationsfasern und eine innere Energiequelle, die als chirurgisches Garn getarnt sind. GPS-Lokalisator. Satelliten-Uplink und -Downlink. Hat mich elektronisch nachts vermutlich strahlen lassen wie der Eiffelturm. Die Agency hat bei der Überwachungstechnik wirklich große Fortschritte gemacht.«

Meenan deutete auf Reel. »Robie, wenn diese Frau Jessica Reel ist, sollten Sie sie verhaften oder töten. Sie ist der Feind. Nicht ich.«

»Wer hat Ihnen befohlen, mir diese Nähte zu verpassen?«, fragte Robie. »Sam Kent?«

Meenan zeigte keine Reaktion.

»Howard Decker«, sagte Reel.

Wieder zeigte die Ärztin keine Reaktion. Sie hielt

den Blick fest auf die gegenüberliegende Wand gerichtet.

»Jemand ganz oben«, sagte Robie.

Ein kaum merkliches Zucken. Aber es reichte aus.

Meenan musste bemerkt haben, dass sie sich verraten hatte. Sie starrte Robie mit einem hässlichen Gesichtsausdruck an. »Sie haben keine Chance.«

»Das Gleiche wollte ich gerade zu Ihnen sagen.«

Das kam von Reel, die den Zwischenraum überbrückt hatte und die Mündung ihrer Waffe an Meenans Hinterkopf hielt.

Die Ärztin blickte Robie flehend an. »Lassen Sie zu, dass diese Frau mich ermordet?«

Robies Miene war ausdruckslos. »Ich weiß nicht, Doc. Man hat versucht, uns zu töten. Warum sollte das bei Ihnen anders laufen?«

»Aber ... aber Sie sind doch einer von uns.«

»Einer von uns? Ich weiß wirklich nicht mehr, was das heißt.«

»Bitte, Robie ...«

»Ich weiß nicht, was ich mit Ihnen tun soll, Doc. Ich kann Sie nicht gehen lassen.«

Meenan weinte. »Ich verrate auch nichts. Ich schwöre es bei Gott!«

»Davon bin ich überzeugt«, sagte Robie. Er warf Reel einen Blick zu. »Was meinst du?«

»Fragen Sie nicht sie!«, rief Meenan. »Diese Frau ist verrückt! Sie ist eine Verräterin!«

Reel sah Robie an. »Okay?«

»Von mir aus.«

»Nein!«, schrie Meenan.

Reel senkte die Mündung in Meenans Nacken und drückte ab.

KAPITEL 62

Robie stieg die Stufen zum Luftschutzbunker hinunter. Meenan lag über seiner Schulter. Sie befanden sich unter der Scheune seines Verstecks. Am anderen Ende des Bunkers hatte Robie eine provisorische Zelle gebaut. Sie war stabil genug, um jemanden wie Meenan festzuhalten.

Langsam kam die Ärztin wieder zu Bewusstsein, nachdem Reel ihr einen Betäubungspfeil in den Nacken geschossen hatte.

Robie lud sie auf einer Pritsche in der Zelle ab. An der Wand waren genug Lebensmittel aufgestapelt, um die Frau zwei Wochen lang zu ernähren. Bis dahin würde er die Dinge geregelt haben oder bei dem Versuch gestorben sein.

Er verriegelte gerade die Zellentür, als sich die Ärztin langsam aufsetzte, sich den Nacken rieb und ihn ansah. »Sie haben mich nicht umbringen lassen?«

»Wir hatten nie die Absicht, Sie zu töten.«

»Warum nicht?«

»Sie mögen korrupt sein, aber Sie waren hilflos.«

»Sie sind Attentäter, das ist Ihr Job.«

»Haben Sie das Apokalypse-Papier gelesen?«

»Das was?«

»Roy Wests Weißbuch. Reel hat mir erzählt, dass West gerne damit prahlte. Vielleicht auch bei Ihnen. Bettgeflüster? In der Bar?«

»Das muss ich nicht beantworten.«

»Haben Sie es geglaubt?«

»Roy sprach über viele Dinge. Und vieles davon machte Sinn.«

»Also sind Sie dafür, dass Wests Plan umgesetzt wird? Die Apokalypse?«

»Gewisse Leute müssen geopfert werden, wenn es wirkliche Veränderungen geben soll«, erwiderte Meenan.

»Haben das nicht auch die Nazis gesagt?«

»Machen Sie sich doch nicht lächerlich!«, fauchte sie. »Diese Analogie trifft nicht einmal ansatzweise zu.«

»Wirklich nicht? Sie sind einem Irren, der seine Hütte bis unters Dach mit Sprengstoff vollgepackt hatte und die halbe Regierung in die Luft sprengen wollte, wie ein Lemming gefolgt. Wieso sollte das einen Sinn ergeben? Sie *arbeiten* für die Regierung.«

»Wir alle kämpfen auf unterschiedliche Weise für die Freiheit«, sagte Meenan.

»Ich bleibe bei meiner Auffassung. Sie können Ihre behalten.«

»Sie ziehen los und töten die Leute, die man Ihnen zu töten befiehlt. Ebenfalls wie ein Lemming.«

»Der Unterschied besteht nur darin, dass ich das jetzt verstehe. Sie anscheinend nicht.«

Meenan warf ihm einen herablassenden Blick zu. »Sie können es nicht verhindern.«

»Wenn Sie mir helfen, schon.«

»Niemals.«

»Sie wollen einfach zuschauen, wie diese Menschen sterben? Sie sind Ärztin. Sie sollen Leben *bewahren*.«

»Ich bin nicht nur Ärztin. Ich sorge mich um mein Land. Unsere Feinde wollen uns vernichten. Wir müssen sie zuerst töten.«

»Wollen Sie mir nicht sagen, wer wirklich dahintersteckt?«

Meenan verschränkte die Arme vor der Brust und starrte ihn mürrisch an. »Geben Sie auf, okay?«

Robie hielt ihr Handy in die Höhe. »Wir haben das hier. Und wir haben Ihren Laptop. Das sollte uns ein paar Dinge verraten.«

Ein panischer Ausdruck huschte über ihr Gesicht, doch sie hatte sich gleich wieder in der Gewalt.

»Fahren Sie nie nach Vegas«, spottete Robie. »Ihr Pokergesicht lässt zu wünschen übrig.«

»Das ist alles passwortgeschützt.«

»Sie haben bei Ihrem Handy eine automatische Fünfminutensperre aktiviert«, sagte Robie. »Sie müssen es benutzt haben, kurz bevor Sie ins Auto gestiegen sind. Die Sperre hatte sich noch nicht eingeschaltet, also habe ich alles, was ich brauche. Und was Ihren Laptop angeht, sollten Sie das nächste Mal ein Passwort wählen, das ein bisschen schwieriger ist als Ihr Geburtsdatum und Ihr rückwärtsgeschriebener Name.«

»Robie, Sie stehen hier auf der falschen Seite. Vertrauen Sie mir. Reel ist eine Mörderin. Sie hat zwei schutzlose Männer getötet. Kaltblütig.«

Er zeigte auf die Vorräte. »Da ist genug Essen und Wasser, dass es für zwei Wochen reicht. Vielleicht sogar länger, wenn Sie es sich einteilen.«

»Und wenn Sie bis dahin nicht zurück sind?«

»Fangen Sie an zu schreien. Vielleicht hört Sie ja jemand. Ach ja, und während Sie bewusstlos waren, hat Reel Sie ausgezogen und jede erdenkliche Stelle untersucht, die für einen Peilsender infrage kam. Möglicherweise sind Sie ein bisschen wund, dafür sind Sie definitiv senderfrei.«

»Robie!« Meenan sprang auf und rannte zur Zellentür. »Sie sollten ganz genau über diese Sache nachdenken! Sie werden keine zweite Chance bekommen!«

»Das ist echt lustig. Das Gleiche wollte ich Ihnen gerade sagen.«

»Sie verhalten sich dumm. Bitte lassen Sie mich gehen.«

»Das hier ist für Sie der sicherste Ort.«

Meenan starrte ihn ungläubig an. »Sicher? Haben Sie den Verstand verloren?«

»Man hat unsere Leichen nicht gefunden, Doc. Und man kann uns nicht länger verfolgen. Was der Gegenseite verrät, dass wir herausbekommen haben, wie man uns verfolgt hat. Sie haben die Fäden gesetzt. Wir haben Sie gefunden. Sie sind eine Zeit lang aus dem Verkehr gezogen. Lassen wir Sie laufen, gehen Sie zurück zu denen.«

»Ich verrate nichts. Das verspreche ich.«

»Darum geht es nicht.«

»Worum dann?«

»Man wird wissen, dass Sie bei uns waren. Man wird Sie verhören. Und dann wird man Sie umbringen.«

Meenan wich einen Schritt zurück. »Warum sollte man mich umbringen? Ich arbeite mit diesen Leuten zusammen.«

»Weil man annehmen wird, dass Sie uns geholfen haben. Nur deswegen hätten wir Sie gehen lassen. Und der Preis, den Sie dafür bezahlen müssen, wird der Tod sein. Es ist wirklich so einfach. Für diese Leute sind Sie der Feind geworden. Und genau wie Sie sagten – das Ziel ist, den Feind auszumerzen. Das schließt jetzt auch Sie mit ein.«

»Aber ...«

»Hier gibt es kein Entweder-oder. Bleiben Sie hier, überleben Sie. Gehen Sie, sterben Sie. Die Entscheidung überlasse ich Ihnen. Was soll es sein?«

Meenan starrte ihn an. Dann machte sie ein paar zögernde Schritte zurück, bevor sie sich auf die Pritsche fallen ließ und zu Boden starrte.

»Gute Wahl«, sagte Robie und ging.

KAPITEL 63

Vor der Scheune wartete Reel in einem neuen Leihwagen auf ihn. Er stieg ein, schnappte sich Meenans Laptop vom Rücksitz, klappte ihn auf und tippte los, während Reel den Motor anließ und den Wagen vom Hof lenkte.

»Wie ist es gelaufen?«, fragte sie.

»Die Frau sieht allmählich etwas klarer. Nicht, dass es eine Rolle spielen würde.«

»Nur damit du es weißt, ich bin bei meinem letzten falschen Ausweis angekommen.«

»Dann wollen wir hoffen, dass es reicht.«

»Wohin jetzt?«

»Ich habe einen Kontakt beim FBI, den ich benutzen will. Von ihr habe ich die Fotos von West und Meenan.«

»Special Agent Nicole Vance?«

Robie warf ihr einen Blick zu. »Woher weißt du das?«

»Du hast als mein Feind angefangen. Und über meine Feinde finde ich so viel heraus, wie ich nur kann.«

»Was hast du sonst noch herausgefunden?«

»Julie Getty.« Sie verstummte. Dann fragte sie: »Macht dich das wütend?«

»Jedenfalls macht es mich nicht glücklich. Und wenn dir jemand gefolgt ist?«

»*Dir* ist jemand gefolgt. Nämlich Vance und ich.«

»Okay. Schließen wir Waffenstillstand, was das angeht. Wir brauchen jetzt erst einmal ein paar Infos, an die wir selbst nicht kommen.«

»Sei dir da mal nicht so sicher. Je mehr Leute wir da reinziehen, mit umso mehr Fallgruben haben wir es zu tun.«

»Wir haben es bei jeder Abzweigung mit Fallgruben zu tun.«

»Beweist nur meinen Standpunkt. Was müssen wir jetzt wissen?«

»Vieles.«

»Hast du auf Meenans Computer etwas Interessantes gefunden?«

»Ihre E-Mails. Sie hat eine abwechslungsreiche Korrespondenz. Dem Inhalt einiger Mails nach zu urteilen, hat sie verschiedene Freunde. Etwas schärfer, als ich es der Frau Doktor zugetraut hätte. Vermutlich gehörte West dazu, aber von ihm ist hier nichts mehr zu finden.« Robie konzentrierte sich wieder auf den Bildschirm. »Das hier könnte etwas sein.«

»Was?«

»Gib mir eine Sekunde.«

Er las noch ein paar E-Mails und scrollte den Bildschirm hinunter.

»Was ist es, Robie?«

»Kryptische Botschaften mit nur einem Wort. Ohne Kontext bedeuten sie nichts. ›Ja‹, ›nein‹, ›jetzt‹, ›morgen‹ ... so etwas.«

»Wer ist der Absender?«

»Die Adresse ist nichtssagend, vermutlich nicht nachzuverfolgen. Aber am Ende der Nachrichten stehen drei Buchstaben, wie die Signatur eines Verfassers. RTD. Sagt dir das etwas?«

Reel schwieg längere Zeit. »Roger the Dodger«, sagte sie dann.

»Wer?«

»Das war der Codename der Person, die West zufolge das Weißbuch angefordert hat. Er hat behauptet, diese Person hätte damals mindestens drei Stufen über ihm gestanden.«

»Hat er sonst noch etwas gesagt, das uns zu dieser Person führen könnte?«

»Nein. Leider musste ich ihn in dem Augenblick bewusstlos schlagen.«

»Roger the Dodger ... seltsamer Name.«

»Fand ich auch. Aber bis jetzt ist Roger uns geschickt ausgewichen. Also passt es. Wobei kann uns Vance deiner Meinung nach helfen?«

»Die Apokalypse zu finden, bevor sie ausbricht.«

»Das Weißbuch war ziemlich explizit. Land für Land. Führer für Führer. Schritt für Schritt. Es ist verwirrend komplex und auf brutale Weise effizient. Alles hängt vom Timing ab.«

»Aber wie sehen die genauen Einzelheiten aus? Das hast du nie erklärt.«

»Sämtliche G8-Führer mit Ausnahme des amerikanischen Präsidenten ins Visier nehmen, am selben Tag zur selben Zeit, mit einem koordinierten Angriff, dem Teilen von Geheimdienstinformationen und dem Kauf der Ressourcen, die die Innenseite braucht. Alle werden getötet. Daraufhin bricht in der zivilisierten Welt das Chaos aus. Das Weißbuch geht dann ins Detail, welche Schritte die Angreifer unternehmen sollten, um ihren Vorteil zu nutzen.«

»Okay, aber wer sind diese Täter?«

»West hat ganz unterschiedliche Personen aufgeführt. Hauptsächlich radikalislamische Fundamentalisten, was keine große Überraschung ist. Er hat das alles aufgebröselt, um Splittergruppen von al-Kaida, der Taliban und der Hamas mit einzuschließen. Es war hervorragend ausgedacht, das muss ich zugeben.«

»Warum hat er den amerikanischen Präsidenten ausgelassen?«, fragte Robie.

»Vermutlich, weil die Agency ihre Leute nicht dafür bezahlen will, sich Möglichkeiten einfallen zu lassen, den Präsidenten zu töten. Es gäbe schrecklichen Ärger, wenn das herauskäme.«

»Und was sollte der Zweck eines solchen Angriffs sein?«

»West zufolge ein Machtvakuum in der zivilisierten Welt. Chaos an den Finanzmärkten. Aufruhr auf dem ganzen Globus. Der elfte September hoch drei.«

»Und warum sollten wir ein Weißbuch zirkulieren lassen, das den Leuten genaue Anweisungen gibt, wie das zu schaffen ist?«

»Vermutlich hat man sich nicht vorstellen können, dass es in Umlauf kommt. Und vielleicht wollte man das Szenario sehen, um zu wissen, was man tun kann, damit es nicht zur Realität wird, oder wie man gegensteuern kann, falls es doch einmal passiert. Roy West hat sich nicht sehr klar ausgedrückt.«

»Sind uns Gegenmaßnahmen eingefallen?«

»Das bezweifle ich. Anscheinend ist das Weißbuch nicht in der Hierarchie der Agency zirkuliert.«

»Weißt du, woran mich diese Strategie erinnert?«, meinte Robie.

»Woran?«

»An eine Szene in *Der Pate*. Als Michael Corleone Taufpate wird, schneiden sie die Szenen dazwischen, in denen die rivalisierenden Bosse, die Marlon Brando umbringen lassen wollen, ermordet werden. Das war Michaels Rache.«

»Vielleicht hat West die Idee daher. Aus einem Film. Er kam mir nicht gerade wie ein origineller Denker vor.«

»Aber damit es funktioniert, müssten sie in den verschiedenen Ländern die erforderlichen Leute haben, die bereit sind, alle gleichzeitig in Aktion zu treten.«

»Wer aus dem inneren Kreis der Regierung könnte den Wunsch haben, dass dieses Szenario in die Tat umgesetzt wird?«, fragte Reel.

»Niemand, hoffe ich. Aber anscheinend gibt es doch jemanden.«

»Also wird Amerika der Apokalypse zum Fraß vorgeworfen. Bei so einem Szenario gewinnt keiner.«

Eine Zeit lang schwiegen beide. Vermutlich dachte jeder darüber nach, wie die Welt nach einem derartigen Vorfall aussehen würde.

»Hast du keine Hoffnung mehr?«, fragte Reel.

»Und du?«

»Eines habe ich nie vergessen. Vermutlich wirst du es für albern halten.«

»Was?«

»In ›hoffnungslos‹ ist Hoffnung enthalten.«

Sie lächelten sich kurz an.

»Verrate mir etwas. Wer war der Freund eines Freundes?«

Reel schaute nach vorn. Robie entging nicht, wie ihre Finger das Lenkrad fester umfassten. Aber sie gab keine Antwort.

»Der Bursche auf dem Foto mit dir ... du hast gesagt, er sei der Freund eines Freundes gewesen, denn wenn du den anderen Typen ins Bild gebracht hättest, hätte ich das Foto niemals bekommen.«

»Warum möchtest du wissen, wer er ist?«

»Warum hast du das Foto im Spind gelassen, wenn du nicht wolltest, dass ich es erfahre?«

»Vielleicht hatte ich gar keinen Grund dafür.«

»Du hast mir gesagt, für alles, was du tust, gibt es einen Grund.«

Eine Minute später sagte Reel: »Der Freund war ein Mentor. Ein Mann, der sich damals für mich interessiert hat, als kein anderer es tat.«

»Woher hast du ihn gekannt?«

»Ich kannte ihn einfach.«

»Aus dem Zeugenschutzprogramm?«

Überrascht blickte sie ihn an.

»DiCarlo hat mir von deiner Vergangenheit erzählt«, sagte Robie.

»Trotzdem ist es ein großer Gedankensprung.«

»Der Typ auf dem Foto erschien mir wie ein Cop im Ruhestand. Also war sein Freund ebenfalls Cop, oder?«

Reel fuhr langsamer, lenkte den Wagen an den Straßenrand, schaltete auf Parken und wandte sich Robie zu.

»Sein Name war Joe Stockwell. Er war US Marshal. Und du hast recht, er hat sich um mich gekümmert, als ich im Zeugenschutz war. Als ich später zur CIA ging, blieben wir in Verbindung. Vor ein paar Jahren ging er in den Ruhestand. Aber dann ist er über ihren Plan gestolpert.«

»Wie war das möglich?«

»Joe kannte Sam Kent von früher. Sie dienten zusammen in Vietnam. Er war sogar bei Kents Hochzeit. Im Laufe der Zeit ist Kent dann wegen verschiedener Dinge an ihn herangetreten, ganz unschuldige Dinge, aber zusammengenommen weckten sie Joes Misstrauen. Aber er spielte mit und erfuhr mehr. Ich nehme an, Kent hat ihm vertraut, und als er glaubte, dass Joe bei dem Plan mitmachen wollte, erzählte er ihm mehr. Dann aber fand Kent heraus, dass Joe in Wahrheit gegen ihn arbeitete und Beweise sammelte. Also ließ er ihn umbringen, obwohl sein Tod offiziell als Unfall zu den Akten kam. Aber ich weiß es besser.«

»Tut mir leid«, sagte Robie. »Hört sich an, als hätte Stockwell wirklich versucht, das Richtige zu tun.«

Reel nickte. »Er konnte mir die Liste der Leute und ein paar Details über das, was vor sich geht, zukommen lassen. So kam ich an Jacobs' und Gelders Namen. Deshalb habe ich sie getötet.«

»Warum bist du nicht zu den Cops gegangen, wenn Stockwell genug Material hatte, um eine Liste zu erstellen?«

»Die Leute auf dieser Liste waren mächtig, und anscheinend war er der Meinung, nicht genügend Beweise zu haben, um die Behörden überzeugen zu können. Joe wusste, was er tat. Er war ein echter Profi.

Anscheinend wollte er einen wasserdichten Fall. Er hat nur nicht lange genug gelebt, um ihn zu bekommen.«

»Trotzdem hast du fest genug an ihn geglaubt, um zwei von ihnen zu töten und es bei einem Dritten zu versuchen.«

»Ich weiß, was sie planen, Robie. Und ich weiß, dass sie Joe umgebracht haben. Er war ein anständiger Kerl, der nur das Richtige tun wollte. Er hätte seine goldenen Jahre genießen können, aber er hat versucht, diesen Abschaum zur Strecke zu bringen. Er ist gescheitert. Ich werde nicht scheitern.«

»Hoffentlich behältst du recht.«

»Du hast doch deinen Beweis im Zug bekommen, oder? Und was Meenan dir gesagt hat? Sag mir jetzt nicht, du brauchst noch mehr Beweise.«

»Es ist kompliziert.«

»Willst du damit sagen, du hättest diese Kerle nicht ausgeschaltet, hätte sich die Gelegenheit geboten? Wäre die Firma darüber informiert, was hier vor sich geht, hätten wir den Befehl bekommen, ihnen eine Kugel in den Schädel zu jagen. Das weißt du. Ich habe nur nicht auf den Befehl gewartet.«

»Für so etwas haben wir ein Rechtssystem mit Richtern und Gefängnissen.«

»Glaubst du wirklich, man hätte diese Kerle angeklagt oder gar verurteilt? Es gibt keine Möglichkeit, einen Fall gegen sie aufzubauen.«

»Was bei unserem System bedeutet, dass sie unschuldig sind, solange das Gegenteil nicht bewiesen werden kann.«

»Das gilt für jeden, bei dem wir den Abzug betätigt haben, denn keiner von denen wurde vor Gericht gestellt.«

Robie lehnte sich zurück. In diesem Punkt hatte Reel vollkommen recht. »Erzähl mir mehr von Richter Kent. Er hat in Vietnam gedient. Was noch?«

»Ich habe mich über ihn informiert und bin dabei in

Datenbanken vorgedrungen, in die ich vermutlich besser nicht reingekommen wäre.«

»Und was hast du herausgefunden?«

»Damals war er einer von uns. Nachdem er die Army verlassen hatte.«

Robie nickte langsam. »Das ergibt Sinn. Wer außer Jacobs und Gelder ist da noch?«

»Der Kongressabgeordnete Howard Decker stand ebenfalls auf der Liste.«

»Der Vorsitzende des Geheimdienstausschusses?«

Reel nickte. »Ja.«

»Ist das die komplette Liste?«

»Nein. Da ist noch jemand. Jemand, den nicht einmal Joe entlarven konnte. Aber er ist irgendwo da draußen. Ich weiß es. Und er sitzt an hoher Stelle, Robie. Ganz weit oben.«

»Mindestens drei Stufen über West?«

»Mehr als nur drei, könnte ich mir vorstellen. Ich glaube, das war eine bewusste Täuschung.«

»Roger the Dodger.«

»Könnte sein. Gelder war es mit Sicherheit nicht. Er ist tot, aber das Unternehmen läuft noch immer auf Hochtouren.«

Robie schaute nach vorn. »Sehen wir mal, was wir tun können.«

Reel fuhr weiter.

KAPITEL 64

Evan Tucker saß hinter seinem imposanten Schreibtisch und musterte den Mann, der ihm gegenübersaß. Blue Man sah besorgt aus, und seine Kleidung war nicht annähernd so makellos wie sonst.

»Das ist ein schrecklicher Schlamassel«, sagte Tucker.
»Ja, allerdings«, pflichtete Blue Man ihm bei.
»Robie ist untergetaucht. Reel steckt Gott weiß wo. Dieser Zwischenfall im Zug? Ich weiß, dass das etwas damit zu tun hat.«
»Dafür gibt es keinen Beweis und keine Zeugen.«
»Weil man sie umgebracht hat!«, rief Tucker.
»Hier geht noch etwas anderes vor«, sagte Blue Man.
»Werden Sie deutlicher.«
»DiCarlo?«
»Ein alter Hut.«
»Da muss ich widersprechen.«
Tucker beugte sich vor. »Und worauf stützen Sie Ihren Widerspruch?«
»Auf die Realität.«
»Sie stehen kurz vor der Insubordination, Roger.«
»Das ist nicht meine Absicht. Aber wir wissen noch immer nicht über DiCarlo Bescheid. Warum das Heimatschutzministerium sie sich geholt hat. Warum sie angegriffen wurde. Wir wissen, dass Robie ihr das Leben gerettet hat. Das sagt viel aus.«
»Und er glaubte, dass Jessica Reel ebenfalls vor Ort war. DiCarlo ebenfalls gerettet hat.«

»Das ist korrekt.«

»Aber wir haben nur sein Wort.«

»Die Patronenhülsen waren da, Sir. Das können Sie nicht ignorieren.«

Tucker drückte die Finger aneinander und starrte zur Decke. »Reel hat zwei meiner Leute ermordet. Robie ist in den Untergrund gegangen. Soweit wir wissen, hat er sich mit der Frau zusammengetan. Das bedeutet, er hat sich auf die Seite eines weiblichen Killers geschlagen.«

»Sie sind beide Killer, Sir. Sie werden seit Jahren ins Feld geschickt, um Leute zu eliminieren.«

»Um unsere Feinde zu töten, Roger.«

»Vielleicht töten sie noch immer unsere Feinde.«

»Sie werden mich niemals davon überzeugen können, dass Jim Gelder zum Verräter wurde. Das ist unmöglich. Um Himmels willen, er war nicht mal im Feld. Niemand hätte an ihn herantreten können.«

»Ich halte nichts für unmöglich. Das haben wir doch erlebt. Männer in hohen Positionen, die wegen einer Affäre Karrieren ruiniert und Hinterlassenschaften in Gefahr gebracht haben.«

»Ich bin glücklich verheiratet, vielen herzlichen Dank.«

»Davon bin ich überzeugt, Sir.«

»Und wir reden hier nicht von einer Bettgeschichte. Und wie hätte man Jacobs und Gelder umdrehen sollen? Haben Sie dafür auch nur den Hauch eines Beweises?«

Blue Man zuckte mit den Schultern. »Mein einziger Beweis ist, dass ich Will Robie kenne. Ich würde ihm mein Leben anvertrauen. Ich *habe* ihm mein Leben anvertraut. Er hat alles für dieses Land geopfert.«

»Wissen Sie eigentlich, was Sie da sagen?« Tuckers Stimme wurde schneidend. »Was es bedeutet, wenn man den zweiten Mann unserer Behörde umdrehen konnte?«

»Mir sind die Folgen durchaus klar, Sir. Jede derartige Verschwörung könnte sich ausgebreitet haben. Und sie könnte ihren Ursprung an einem anderen Ort haben.«

»Robie hat mir einiges von dem verraten, was Di-Carlo ihm gesagt hat.«

»Dürfte ich es erfahren?«

»Verschwundenes Personal. Verschwundene Ausrüstung. Und Geld. Missionen, die es nie hätte geben dürfen. Ich habe jemanden darauf angesetzt. Aber es ist beunruhigend, Roger. Sehr beunruhigend.«

»Es wäre nett, das aus DiCarlos Mund zu hören«, entgegnete Blue Man.

Tucker spielte mit einem Stift auf seinem Schreibtisch und antwortete nicht.

»Sir?«, sagte Blue Man. »Haben Sie gehört, was ich gesagt habe?«

»Es *wäre* nett, das aus DiCarlos Mund zu hören«, sagte Tucker. »Das Problem ist nur, dass ihr Zustand sich verschlechtert hat. Im Augenblick liegt sie im künstlichen Koma, und man rechnet nicht damit, dass sie überlebt.« Er schaute auf. »Ich habe das Heimatschutzministerium unter Druck gesetzt und schließlich dazu gebracht, mir zuzuhören. Wir sorgen jetzt zusammen mit dem FBI für DiCarlos Schutz. Aber bis es so weit war, musste ich bis zum Nationalen Berater in Sicherheitsfragen gehen.«

»Gus Whitcomb?«

Tucker nickte. »Whitcomb schlug sich auf meine Seite. Was bedeutet, dass auch der Präsident sich auf meine Seite schlug. Was bedeutet, dass ich Janet gesehen habe.« Er hielt inne. »Es sieht wirklich nicht gut für sie aus, Roger.«

Blue Man blickte zu Boden. »Es tut mir sehr leid, das zu hören. Sie war eine große Bereicherung für die Agency.«

»Solche Leute scheinen uns allmählich auszugehen.«

»Ein paar faule Äpfel, weiter nichts.«

»Ich sorge mich um meine Mitarbeiter.«

»Ja, Sir.«

Tucker kritzelte auf einem Stück Papier herum. »Was glauben Sie, wo Robie steckt?«

»Er ist untergetaucht, keine Frage.« Blue Man zögerte kurz und schien seine nächsten Worte mit großer Sorgfalt zu wählen. »Ich habe ihn dazu ermutigt.«

Tucker verschlug es beinahe die Sprache. »Sie haben ihm geraten, unterzutauchen?«

»Ich habe ihm auch geraten, Jessica Reel zu finden.«

»So lautete sein ursprünglicher Auftrag«, sagte Tucker.

»Ich spreche nicht davon, sie zu finden und zu töten. Er soll sie finden und sich bei ihr bedanken, dass sie ihm das Leben gerettet hat. Und sich dann mit ihr zusammentun.«

Tuckers Gesicht wurde rot. Eine Ader an seiner Schläfe schwoll an. »Zusammentun? Weshalb? Um was zu tun?«, stieß er hervor.

»Um zu tun, was getan werden muss. Irgendetwas geht hier vor, Sir. Das hatte ich schon erkannt, bevor Jacobs und Gelder getötet wurden. Die Agency wurde infiltriert. Robie wusste das. Es sind Leute, die unser Vertrauen besaßen, aber gegen uns gearbeitet haben, wie sich herausstellte.«

»Wir dachten, das sind Einzelfälle. Und wir hielten die Sache für erledigt, Roger«, sagte Tucker.

»Vielleicht haben wir uns geirrt.«

»Sie meinen, es sind mehr als nur ein paar faule Äpfel?«

»Verschwörungen soll es angeblich nur in Romanen geben. Aber es ist überraschend und beunruhigend, wie oft man im richtigen Leben darauf stößt.«

Plötzlich sah Tucker sehr müde aus. »Wir sind nicht gut gerüstet, um weitläufige Verschwörungen zu bewältigen, Roger. Erst recht nicht, wenn sie auf unserem eigenen Boden stattfinden.«

»Genau deshalb haben Robie und Reel vielleicht eine Chance. Indem sie sich von außen nach innen arbeiten.«

»Aber dann haben wir keine Möglichkeit, ihnen Agenten zur Hilfe zu schicken. Sie sind auf sich gestellt.«

»Bei allem gebotenen Respekt, Sir, aber genau auf diese Weise haben sie immer schon gearbeitet. Auf sich allein gestellt, ohne Tarnung, ohne Rückendeckung.«

»Also könnten sie perfekt dazu geeignet sein, diese Sache zu knacken«, sagte Tucker langsam.

»Ich würde nicht gegen sie setzen«, entgegnete Blue Man zuversichtlich.

»Sie halten Gelder und Jacobs tatsächlich für Verräter an ihrem Land?«

»Ich kann nicht sagen, dass sie es nicht waren.«

»Gibt es noch andere?«

Blue Man zuckte mit den Schultern. »Es ist noch immer etwas im Gang, obwohl Gelder und Jacobs tot sind. Sie können nichts mit dem Angriff auf DiCarlo zu tun gehabt haben.«

»Was ist mit dem Angriff auf West in Arkansas? Worum ging es da?«

»Ich weiß es nicht, Sir. Aber bei dem Ausmaß der Zerstörung würde ich die Möglichkeit nicht ausschließen, dass sowohl Reel als auch Robie dort waren.«

»Welche Verbindung könnte dort bestehen? Ich habe mir Wests Akte angesehen. Er war ein Nichts. Hat kaum einen Eindruck hinterlassen. Und dann wurde er gefeuert, weil er dumm und schlampig im Umgang mit Sicherheitsvorkehrungen war. Glauben Sie, Reel und Robie haben eine Verbindung entdeckt?«

»Falls nicht, können sie es bestimmt herausfinden.«

Tucker sah nicht überzeugt aus. »Ich hoffe, Sie haben recht.«

»Ich auch«, sagte Blue Man kaum hörbar. »Ich auch.«

KAPITEL 65

»Hallo, Kongressabgeordneter«, sagte die Frau im Vorbeigehen. Ihr Hund zerrte an der Leine. »Ich habe Sie neulich abends im Fernsehen gesehen.«

Howard Decker stand auf einem Pfad, der in der Nähe seines Hauses durch den Park führte. Er trug Freizeitkleidung, Hemd, Jeans und Slipper ohne Socken. Der Abendhimmel versprach Regen, deshalb hatte er eine leichte Windjacke übergezogen. Am anderen Ende der Leine, die er in der Hand hielt, zerrte Bruin, sein Labrador.

Decker nickte und lächelte der hübschen Frau zu. »Danke. Und schönen Abend noch«, sagte er. Es gefiel ihm, erkannt zu werden, und nährte sein Ego.

Er sah der Frau hinterher, bewunderte ihre hochgewachsene, schlanke Figur, den engen Rock und wie ihr blondes Haar um ihre Schultern fiel. Decker war mit seiner Ehefrau sehr zufrieden, hatte es sich aber nie abgewöhnen können, die Blicke schweifen zu lassen. Und seine hohe Position in Washington machte ihn zum Ziel vieler erfolgreicher, eleganter und attraktiver Frauen.

Er seufzte zufrieden. Kein schlechtes Leben. Seine einstigen geschäftlichen Erfolge hatten ihn wohlhabend gemacht, seine Gesundheit war relativ gut, und vor ihm lagen noch viele Jahre in der Politik. Seine Frau unterstützte ihn angemessen, war aber nicht darauf aus, ihm das Rampenlicht zu stehlen. Nur selten begleitete sie ihn auf seinen Reisen, was ihm genügend

Spielraum für ein gelegentliches Stelldichein mit einer jungen Angestellten in seinem Hotelzimmer ließ.

Seine Kinder waren jung und wohlerzogen. Sie schauten zu ihrem Vater auf und würden ein gutes Leben haben. In seinem Wahlkreis war er beliebt. Sein Wahlbezirk war umstrukturiert worden, um seine Wiederwahl zu garantieren. Das gestattete ihm, weniger Zeit für die Spendenjagd aufzuwenden und mehr Zeit in die Planung seiner politischen Ambitionen zu investieren. Ja, alles in allem führte er ein zufriedenstellendes Leben.

Es gab nur ein Problem. Aber das war so gravierend, dass es alles Positive überschattete. Decker hatte schon vor langer Zeit bereut, dass er Teil eines Plans geworden war, der immer mehr außer Kontrolle geriet. Aber seine Position als Vorsitzender des Geheimdienstausschusses hatte ihn zum wichtigsten Bestandteil eines Vorhabens gemacht, das so gewaltig war, dass es Decker den Atem verschlagen hatte, als man damit auf ihn zugetreten war.

Wenn es um die nationale Sicherheit ging, war Decker altmodisch. Nichts war bedeutsamer als die Sicherheit der Vereinigten Staaten. Am 11. September war Decker in New York gewesen und hatte den Einsturz der Türme hautnah erlebt. Zusammen mit Tausenden anderen schockierten Menschen war er durch die Straßen gelaufen, während Trümmer, Staub und Leichen vom Himmel regneten. Er hatte sich geschworen, dass seinem Land so etwas nie wieder zustoßen würde. Nicht, solange er etwas zu sagen hatte. Und das hatte er, viel mehr als die meisten Menschen.

Deshalb hatte er sich schließlich bereit erklärt, Teil dieses kolossalen Plans zu werden, der bei einem Erfolg das Machtgleichgewicht der Welt wieder so zurechtrücken würde, dass die USA für globalen Frieden sorgen konnten. Decker hatte es als gewaltiges Risiko betrachtet, das möglicherweise seine Karriere beenden konnte, aber es war ein Ziel, das dieses Risiko wert war. Er hatte im Hintergrund die nötigen Fäden gezogen und im Geheimen die Bewegungen von Personal, Ausrüstung und Geldmitteln autorisiert, damit der Plan in die Tat umgesetzt werden konnte. Sämtliche Maßnahmen des Geheimdienstausschusses waren geheim, ebenso die verwendeten Geldmittel und die Operationen, über die die Komiteemitglieder informiert wurden. Decker hatte eine ungewöhnliche Stellung bekleidet, die es ihm erlaubt hatte, den Plan zu unterstützen. Es war ihm eine Ehre gewesen, daran teilzuhaben. Dies hatte ihm das Gefühl gegeben, ein guter Patriot zu sein, auch wenn junge tapfere Amerikaner jede Woche in fremden Ländern starben. Wie viele von ihnen waren ausgerechnet von den Menschen getötet worden, für deren Schutz sie kämpften und die sie ausbilden wollten, sich selbst zu verteidigen? Es war eine schreckliche Situation, die beendet werden musste.

Aber die Dinge waren weder glatt noch sauber gelaufen. Von Anfang an hatte es Probleme gegeben. Deckers Partner bei diesem Unternehmen – allen voran Sam Kent – waren viel besser damit fertiggeworden als er. Sie waren an Fehler gewöhnt, die zum Verlust menschlichen Lebens führten – Decker nicht. Es machte ihm Angst. Und je öfter so etwas geschah, umso ängstlicher wurde er.

An diesem Abend war er mit dem Hund in den Park gegangen, um solche Gedanken zu verdrängen, und sei es nur ein paar Minuten. Aber er konnte ihnen nicht entkommen, nicht einmal, als der große, muntere Bruin ihm die Hand leckte und spielen wollte.

Vor allem vor Kent hatte Decker Angst. Als Kent gesagt hatte, er habe einen potenziellen Killer getötet, hatte Decker gewusst, dass Kent nicht übertrieb. Er *hatte* den Mann getötet. Und es war eine unmissverständliche Warnung an Decker gewesen, nicht aus der Reihe zu tanzen.

Aber Decker hatte nicht die Absicht, Männer wie Kent zu hintergehen. Er hatte erlebt, wozu sie fähig waren. Als Vorsitzender des Geheimdienstausschusses wusste er bedeutend mehr über Geheimoperationen als der durchschnittliche Kongressabgeordnete.

Er wusste auch über die Special Activities Division innerhalb der CIA Bescheid, die Abteilung für Sonderaufgaben. Diese Abteilung machte sich die speziellen Fähigkeiten von Leuten wie Jessica Reel und Will Robie zunutze. Decker wusste, wie geschickt sie ihre Arbeit erledigten, denn man hatte ihn über die Missionen der beiden informiert. Er hatte Fotos von den Leichen gesehen, die bei diesen Einsätzen zurückblieben.

Sein Handy summte.

Ein Blick auf das Display ließ Decker aufstöhnen.

Er war es.

Decker zögerte kurz. Er wollte nicht antworten, tat es dann aber doch. Er hatte Angst, es nicht zu tun.

Aber dann meldete sich sein Mut zurück.

Verdammt noch mal, er war Vorsitzender eines der mächtigsten Komitees in Washington. Ihm standen Druckmittel zur Verfügung, von denen andere nur träumen konnten.

Er nahm den Anruf an.

»Hallo?«

»Wir müssen uns treffen«, sagte Kent.

»Warum?«

»Haben Sie die Geschichte über den Zug gesehen?«

»Was ist damit?«

»Das waren Reel und Robie.«

»Wie?«

»Das ist unwichtig. Sie haben sich zusammengetan. Da gibt es keinen Zweifel.«

Decker schluckte nervös und hielt die Leine fester, als Bruin einem Eichhörnchen nachjagen wollte. »Als wir das letzte Mal miteinander gesprochen haben, hielten Sie das für unwahrscheinlich.«

»Tja, da habe ich mich offensichtlich geirrt.«

»Das reicht mir nicht als Antwort, Sam. Ich habe für diese Sache alles riskiert.«

»Glauben Sie, ich nicht?«, erwiderte Kent kalt.

»Bei unserer letzten Begegnung haben Sie mich beinahe bedroht.«

»Ich weiß. Dafür entschuldige ich mich. Ich stehe unter unglaublichem Druck.«

»Glauben Sie, ich nicht?«

»Wir müssen in dieser Sache zusammenhalten. Man hat mir ein Ultimatum gestellt. Ich muss Reel und Robie finden und eliminieren.«

»Und wie?«

»Ich brauche Ihre Hilfe.«

»Was kann ich tun?«

»Sie sind Vorsitzender des Sicherheitsausschusses, Howard. Sie können eine Menge tun.«

»Okay, okay, beruhigen Sie sich.« Er dachte kurz nach. »Ich komme mit Sicherheit an Informationen über die Reaktion der Agency, was diese neue Entwicklung angeht. Möglicherweise hat man dort eine Spur zu den beiden.«

»Genau das brauchen wir, Howard. Wir müssen uns an die Jagd der Agency auf Reel und Robie dranhängen. Falls Sie über die Bemühungen der Agency nicht auf dem Laufenden sind, sorgen Sie dafür. Drängen Sie auf Antworten. Drängen Sie auf die ultimative Lösung. Sagen Sie denen, Sie wollen über jeden Schritt informiert werden. Und dass man Sie frühzeitig benachrichtigt, wenn man die beiden aufspürt und ein Einsatzkommando schickt.«

»Damit Sie Ihr Kommando schicken können?«

»Genau.«

»Warum lassen wir es nicht einfach von Leuten der Agency erledigen? Das ist doch eine saubere Lösung.«

»Weil man Robie und die Frau möglicherweise lebend fasst. Und dann könnten sie reden.«

»Sie glauben, die beiden könnten Dinge wissen, die zu uns ...«

»Die möglicherweise direkt zu uns führen, ja. Wir stehen auf Reels Liste. Zumindest ich. Es würde mich aber sehr überraschen, wenn Sie nicht ebenfalls draufstehen. Wir haben bereits darüber gesprochen. Weder Robie noch Reel dürfen lebend zur Behörde zurückkehren. Sie, Howard, müssen die Agency dazu bringen, uns zu den beiden zu führen. So können wir die Sache schnell und relativ sauber beenden.«

»Aber wenn ich Sie vorher darüber informiere, könnte ich unter Verdacht geraten.«

»Denken Sie nach, Howard, denken Sie nach! Die wollen der Sache genauso schnell ein Ende setzen wie wir. Die werden das so tief begraben wollen, dass niemals die Wahrheit ans Licht kommt. Also, was ist? Kann ich berichten, dass Sie dabei sind?«

Decker zögerte nicht. »Ja. Absolut. Ich tue, was nötig ist.«

»Danke, Howard. Sie werden es nicht bereuen. Wir treffen uns morgen früh um sieben in meinem Büro, dann können wir über die Einzelheiten sprechen. Hier kommt es wirklich auf die Zeit an.«

Kent beendete das Gespräch.

Decker schob das Handy langsam zurück in die Tasche. Er zitterte am ganzen Körper vor Angst und Zweifeln.

Aber ich stehe das durch. Ich werde es überleben.

Der kleine Hund rannte auf ihn zu und schleifte dabei die Leine hinter sich her. Decker sah dieselbe junge Frau wie vorhin hinter ihm herrennen, um ihn einzufangen. Geistesgegenwärtig griff Decker zu und schnappte sich die Leine.

Atemlos blieb die Frau vor ihm stehen.

Decker hielt die Leine in die Höhe. »Das ist Ihre Leibesübung für heute Abend.«

»Vielen, vielen Dank.«

»Wie heißen Sie?« Sein Blick wanderte über ihren Körper. Er konnte es einfach nicht lassen.

»Stacy. Und der kleine Kerl hier heißt Darby.«

»Hallo, Darby«, sagte Decker und bückte sich, um das Tier zu streicheln. »Wohnen Sie in der Nähe?«, wollte er wissen, als er sich aufrichtete.

Eine schallgedämpfte Pistole zielte genau auf sein Gesicht.

»Nein«, sagte Stacy. »Und Sie auch nicht mehr.«

Sie schoss.

Die Kugel schlug mitten in Deckers Gesicht ein. Er stürzte zu Boden und war tot, bevor er aufschlug.

Die Frau ging mit ihrem Hund weiter.

KAPITEL 66

Robie hielt sich in dem überfüllten U-Bahn-Wagen an der Haltestange über seinem Kopf fest. Die Baseballmütze hatte er tief ins Gesicht gezogen. Er trug eine Sonnenbrille und einen Hoodie, was sein Aussehen noch anonymer machte.

Die Bahn fuhr in die nächste Station ein und hielt. Robie zeigte keine Reaktion, als die Frau einstieg. Er hielt den Blick scheinbar gesenkt, konzentrierte sich aber ganz auf sie.

Auch Nicole Vance reagierte nicht, als sie Robie entdeckte. Sie erkannte ihn auch nur, weil er ihr mitgeteilt hatte, wie er gekleidet sein würde und in welchem Wagen sie ihn finden konnte.

Vance ließ sich Zeit, zu ihm aufzurücken. Die meisten Fahrgäste um sie herum lasen in E-Book-Readern, surften mit ihren Phones, hörten mit Kopfhörern Musik oder dösten auf ihren Sitzen.

Vance blieb neben Robie stehen und griff nach der Haltestange. Leise raunte sie: »Wie geht es Ihnen?«

»Ein bisschen gestresst.«

»Kann ich verstehen. Die Sache in dem Zug?«

Er nickte.

»Wie sind Sie dort rausgekommen?«, flüsterte sie.

»Gesprungen.«

Sie zuckte zusammen. »Allein?«

Er schüttelte den Kopf.

»Wer noch?«

Wieder schüttelte er den Kopf.

Hartnäckig sah sie ihn an. »Ich versuche, Ihnen zu helfen.«

»Und ich versuche, für Ihre Sicherheit zu sorgen.«

Sie musterte ihn noch einen Augenblick streng, dann zog sie die Zeitung aus ihrer Tasche und tat so, als würde sie die erste Seite lesen.

Als die U-Bahn an Geschwindigkeit zulegte, entfaltete sie die Zeitung. Ein USB-Stick war daran festgeklebt. Er war so angebracht, dass nur Robie ihn sehen konnte. Mit einer unauffälligen Handbewegung schnappte er sich den Stick und ließ ihn in der Tasche verschwinden.

Dann wandte er sich ab, um zu gehen, doch Vance griff nach seinem Ellbogen. Robie schaute sie vorsichtig an. Er hatte Angst, dass sie alles vermasselte.

Lautlos formten ihre Lippen ein paar Worte.

Treten Sie diesen Leuten in den Arsch.

Robie nickte knapp, dann bahnte er sich einen Weg an den anderen Fahrgästen vorbei. Als die Bahn in die nächste Station einfuhr, näherte er sich der Tür. Beim Aussteigen warf er Vance noch einen raschen Blick zu. Sie starrte ins Leere, aber Robie konnte ihre Gedanken lesen.

Sie glaubt nicht, dass ich es überlebe.

Wenn ich ehrlich sein soll, ich auch nicht.

* * *

Robie schlüpfte zu Reel in den Leihwagen. Während sie durch die Straßen fuhr, scrollte er sich durch die Dateien, die Nicole Vance ihm besorgt hatte.

»Irgendwas dabei?«, fragte Reel.

»Vance hat mir alles besorgt, was sie über verdächtige Bewegungen in Übersee und erhöhte Alarmstufen finden konnte.«

»Und?«

»Im Atlantik gibt es ein paar seltsame U-Boot-Aktivitäten. Wir schicken noch ein paar Schiffe in den Persischen Golf, hat vermutlich mit dem Iran zu tun. Und es gibt eine überraschende Marineübung im Pazifik. Aber das ist alles unsere Seite. Ich finde nichts, was zu dem passt, was wir suchen, also ungewöhnliche Bewegungen unserer Feinde.«

»Gar nichts?«

»Warte mal kurz«, sagte Robie und überflog eine Seite. »Ich habe das vor einiger Zeit im Fernsehen gesehen, aber da wusste ich noch nichts von der ganzen Geschichte, deshalb habe ich auch nicht zwei und zwei zusammengezählt.«

»Wovon redest du?«

»Der Präsident reist zu einer Terrorismuskonferenz nach Irland.«

»Und?«

»Nicht allein der Präsident.«

»Wer wird noch dort sein?«

Robie schaute auf. »Die führenden Politiker der G8-Staaten. Die Racheszene aus *Der Pate* ist viel leichter nachzuspielen, wenn alle am selben Ort sind.«

»Aber denk doch mal an die Sicherheitsvorkehrungen, die man dort treffen wird. Die Politiker werden schärfer bewacht als alles andere auf Erden. Da kann unmöglich ein Angriff stattfinden. Niemals.«

»Seit dem 11. September glaube ich nicht mehr, dass etwas unmöglich ist.«

»Aber du hast gerade gesagt, der Präsident wird dort sein. Er ist kein Ziel.«

»Nicht in Wests Papier. Das bedeutet aber nicht, dass sie sich sklavisch an die Vorlage halten. Vielleicht wollen sie ihn ebenfalls liquidieren.«

»Ich kann ja verstehen, dass die bösen Jungs hinter uns her sind. Aber, verdammt noch mal, warum sollten Leute aus unserer Regierung den Präsidenten umbringen wollen? Und warum wollen sie die Spitzenpolitiker der G8 beseitigen?«

»Diese Leute sind Verräter. Vielleicht wurden sie einfach nur bezahlt. So was kommt vor.«

Reel sah nicht im Mindesten überzeugt aus. »Aber das ist doch keine Schießerei auf der Straße, Robie. Das ist eine globale Katastrophe. Und wollen sie das Geld später ausgeben, falls sie tatsächlich bezahlt werden? Auch sie müssen auf diesem Planeten leben. Das ergibt doch keinen Sinn.«

»Du bist diejenige, die Wests Weißbuch für das Zentrum dieses ganzen Unternehmens hält. Wenn du nicht mehr daran glaubst, muss ich es wissen.«

»Ich glaube es noch immer.«

»Wegen Joe Stockwell?«

Reel nickte. »Ja.«

»An wen ist er eigentlich so nah herangekommen, dass er die Sache herausgefunden hat?«

»Keine Ahnung. Ich wünschte, ich wüsste es. Er hat mir genug Einzelheiten geschickt, damit ich weiß, was vor sich geht. Er hat mir die Liste mit den Namen zukommen lassen. Er hat mir gesagt, dass ihr Plan auf diesem Weißbuch basiert ... jedenfalls, soweit er wusste.«

»Hat er dir dieses Arbeitspapier geschickt?«

»Nein. Das habe ich von einem anderen Freund, der es aufgespürt hat.«

»Es ist schön, Freunde zu haben.«

»Dann reisen wir nach Irland?«

»Falls das Attentat dort stattfindet, sehe ich keine Alternative.«

»Und wenn wir Nicole Vance über unseren Verdacht informieren? Sie kann die Nachricht weitergeben.«

»Wenn das FBI ihre Quellen nicht kennt, wird es nichts unternehmen. Vance kann ihnen nicht verraten, dass *wir* die Quelle sind, ohne selbst verhaftet zu werden. Aus dem gleichen Grund, aus dem wir das auch nicht können«, sagte Robie.

»Hast du einen falschen Pass, von dem die Agency nichts weiß?«

»Natürlich.«

»Dann ist es vielleicht Zeit, nach Irland zu reisen.«

Robie war wieder auf den Bildschirm konzentriert. »Vielleicht.«

»Ich würde gern noch eine andere Sache überprüfen, Robie.«

»Und welche?«

Sie griff nach ihrem Handy. »Den Freund.«

»Wo ist dieser Freund? Und kann man ihm oder ihr trauen?«

»Ja, kann man. Und er arbeitet im Einkaufszentrum.«

»Was macht er denn da?«

»Er ist der Meister in Videospielen. Unter anderem.«

»Was kann er denn für uns herausfinden?«

»Den richtigen Namen von Roger the Dodger. Denn dieser Hurensohn wird sterben, und ich werde den Abzug betätigen.«

KAPITEL 67

In dem Raum saßen fünf Männer.
Evan Tucker.
Blue Man.
Gus Whitcomb, Berater in Sicherheitsfragen.
Steve Colwell, Direktor des FBI.
Und der Präsident der Vereinigten Staaten.

»Irgendwelche Hinweise, wer Howard Decker ermordet hat?«, fragte der Präsident.

Colwell schüttelte den Kopf. »Noch nicht, Sir. Die Ermordung erfolgte im Stil einer Hinrichtung. Wir haben die Kugel, aber uns fehlt die Pistole zum Abgleich.«

Der Präsident sah ungläubig aus. »Und niemand hat etwas gesehen? Sie waren in einem öffentlichen Park!«

»Wir haben Ermittlungen vorgenommen«, sagte Colwell. »Leider haben wir noch keine Zeugen gefunden.«

»Möglicherweise gibt es keine Zeugen«, meldete sich Tucker zu Wort. »Falls es ein professioneller Anschlag war, werden die Attentäter vorher dafür gesorgt haben, dass sie allein sind.«

»Wieso?«, fragte der Präsident.

»Es könnte mit Deckers Aktivitäten beim Geheimdienstausschuss zu tun haben«, sagte Blue Man.

»Steht das ebenfalls mit dem Tod von Gelder und Jacobs in Verbindung?«, wollte der Präsident wissen. Er lehnte sich auf seinem Stuhl zurück und musterte die anderen Männer, blickte sie einen nach dem anderen an und wartete auf Antwort.

Tucker räusperte sich. »Nun, sie alle hatten mit dem Geheimdienst zu tun. Zumindest das ist eine Gemeinsamkeit.«

Der Präsident richtete seine Aufmerksamkeit auf Colwell. »Und wir sind keinen Schritt näher daran, diese Morde zu klären, oder?«

»Wir machen Fortschritte«, erwiderte Colwell lahm.

»Schön zu hören«, sagte Tucker. »*Irgendein* Fortschritt ist immer willkommen, und wenn er noch so winzig ist.«

Die beiden Direktoren warfen einander giftige Blicke zu.

»Und dann ist da die Angelegenheit mit dem Amtrak-Zug«, sagte Whitcomb scharf. »Ein gewaltiges Vertuschungsmanöver, wie es scheint. Dann ist da natürlich die noch immer ungeklärte Angelegenheit mit Jessica Reel. Wenn ich richtig in den Teeblättern lese, gehört Will Robie nun ebenfalls dazu.« Er wandte sich an Tucker. »Ist Robie noch immer untergetaucht?«

Tucker nickte, bevor er Blue Man einen Blick zuwarf und dann zur Seite schaute.

»Und was tut Robie im Untergrund?«, fragte Whitcomb.

Tucker zuckte mit den Schultern. »Ich wollte, ich wüsste es, Gus.«

»Bei meinem Gespräch mit Robie, bevor er vom Radar verschwand«, fügte Whitcomb in verächtlichem Tonfall hinzu, »hat er mir beunruhigende Dinge mitgeteilt.« Er warf dem Präsidenten einen Blick zu, der zu wissen schien, was der Berater in Sicherheitsfragen sagen wollte.

Der Präsident nickte ermunternd. »Nur weiter, Gus. Wir müssen das alles ans Tageslicht bringen.«

»Robie hat mir berichtet, dass Janet DiCarlo wegen unerklärlicher Vorfälle in ihrer eigenen Behörde beunruhigt war.« Whitcomb sah Tucker scharf an. »Ihrer Behörde.«

»Was für Dinge?«, wollte Colwell wissen.

Whitcomb schaute auf seinen Tablet. »Verschwundenes Personal. Einsätze, die niemals hätten stattfinden dürfen. Verschwundenes Geld. Verschwundene Ausrüstung.«

Der FBI-Direktor sah überrascht aus, aber irgendwie schien ihn diese Enthüllung auch zu freuen.

»Das sind ernste Anschuldigungen«, sagte der Präsident.

»In der Tat«, erwiderte Colwell.

Der Präsident fuhr fort: »Ich bin mir im Klaren darüber, dass es in unmittelbarer Nähe Feinde der Nation gibt.« Er warf Colwell einen Blick zu. »Und nicht nur bei der CIA. Auch in Ihrer Behörde.« Colwells überheblicher Ausdruck war wie weggewischt.

Der Präsident blickte zu Tucker hinüber. »Dass ich hier sitze, habe ich größtenteils dem Mut und den Fähigkeiten von Will Robie zu verdanken. Wenn er der Ansicht ist, dass noch immer etwas im Argen liegt, bin ich ebenfalls dieser Meinung. Wenn er sagt, die DiCarlo habe sich Sorgen gemacht, glaube ich ihm.«

»Und doch ist er untergetaucht«, sagte Colwell.

»Dafür könnte es viele Erklärungen geben«, meinte Whitcomb.

»Falls er sich mit Jessica Reel zusammengetan hat, und sie ist für den Tod von Jim Gelder und Doug Jacobs verantwortlich, wäre jede Erklärung äußerst problematisch«, bemerkte Tucker unheilvoll.

Blue Man runzelte die Stirn, aber Tucker fuhr unbeirrt fort: »Mir sind Theorien zu Ohren gekommen, denen zufolge Gelder und Jacobs die USA verraten haben. Ich weiß, dass ein ehemaliger Analytiker der CIA, ein gewisser Roy West, kürzlich getötet wurde und dass Reel und Robie möglicherweise vor Ort waren.«

»Von solchen Spekulationen hören wir zum ersten Mal!«, fauchte Whitcomb.

»Weil sie genau das sind – Spekulationen«, hielt Tucker dagegen. »Ich weiß nicht, wo die Leute in dieser Angelegenheit stehen. Ich weiß auch nicht, ob Reel und Robie auf unserer Seite sind oder nicht. Ich weiß nur, dass Menschen sterben und dass es dafür einen guten Grund geben muss. Der Einsatz, um den es bei dieser Sache geht, muss astronomisch hoch sein. Aber bis jetzt konnte niemand herausfinden, wie dieser Einsatz aussieht oder welche Beweggründe hinter der ganzen Sache stecken.«

»Und Decker?«, fragte Whitcomb leise. »Könnte er ebenfalls darin verwickelt sein? Vielleicht war er auch ein Verräter. Könnte Reel ihn ebenfalls getötet haben?«

»Ich weiß es nicht«, antwortete ein erkennbar frustrierter Tucker. »Ich weiß es einfach nicht.«

»Robie hat mir anvertraut, dass Jessica Reel ihm und DiCarlo in dieser Nacht das Leben gerettet hat. Dass Reel die vielen Patronenhülsen hinterlassen hat, weil sie die Schützin war. Wenn das stimmt, kann ich beim besten Willen nicht glauben, dass Reel eine Verräterin sein soll.«

»Wenn sie Gelder und Jacobs getötet hat, ist sie zumindest eine *Mörderin*«, rief Tucker und schien seinen Temperamentsausbruch augenblicklich zu bereuen. Beherrscht fuhr er fort: »Falls diese beiden Männer Verräter waren, sind Gerichte dafür zuständig. Man fährt nicht einfach durchs Land und erschießt Leute, nur weil man sie irgendeiner Untat verdächtigt.«

»Das mag sein«, sagte Whitcomb. »Aber falls diese Männer sich gegen ihr eigenes Land gewendet haben, bin ich nicht bereit, mich ohne Weiteres auf Reel zu stürzen. Weder in ihrer Dienstakte noch in Robies, was das angeht, steht auch nur ein Wort, das auf irgendeinen Verrat hindeutet.«

»Das gilt aber für Jim Gelder und Doug Jacobs«, beharrte Tucker.

»Zur Kenntnis genommen«, sagte der Präsident. »Aber diese Brücke überqueren wir, wenn wir davorstehen. Im Augenblick müssen wir jede Möglichkeit nutzen, diese Angelegenheit zu klären. Und das schließt mit ein, Robie und Reel so schnell wie möglich zu finden. Falls sie in unserem Sinn für uns tätig sind, könnten sie für die Klärung unverzichtbar sein.«

»Und wenn sie gegen uns arbeiten?«, fragte Tucker.

»Dann ist ihr Schicksal besiegelt.« Der Präsident blickte in die Runde. »Sieht das jemand anders?«

Die im Raum versammelten Männer schüttelten den Kopf.

Der Präsident erhob sich. »Ich reise in Kürze nach Irland. Halten Sie mich auf dem Laufenden. Höchste Priorität. Keine wichtigen Entscheidungen, ohne mich vorher in Kenntnis zu setzen. Verstanden?«

Die anderen nickten.

Als der Präsident durch eine Tür verschwand, die ein Agent des Secret Service für ihn aufhielt, erhoben sich alle. Nachdem die Tür sich hinter dem Präsidenten geschlossen hatte, setzte Whitcomb sich wieder. Die anderen folgten seinem Beispiel.

»Und wo stehen wir in dieser Sache nun wirklich, Gus?«, fragte Tucker.

Die Frage schien Whitcomb zu überraschen. »Ich dachte, der Präsident hätte sich klar ausgedrückt, Evan.«

»Bei dem, was er gesagt hat, ja. Ich spreche aber von dem, was unausgesprochen geblieben ist.«

»Ich glaube, das können Sie sich denken. Aber ich gebe Ihnen einen Hinweis. Falls diese Sache nicht auf zufriedenstellende Weise gelöst wird, gibt es eine ultimative Rechenschaft.«

Er blickte Tucker an, dann Colwell und schließlich Blue Man.

»Wie viel Zeit haben wir?«, fragte Colwell.

Whitcomb stand auf und gab damit zu verstehen, dass die Besprechung zu Ende war. »Offensichtlich so gut wie keine.«

KAPITEL 68

Reel und Robie trennten sich, nachdem sie aus ihrem Leihwagen gestiegen waren, und betraten das Einkaufszentrum durch verschiedene Eingänge.

Beide trugen Ohrhörer und kommunizierten auf einer sicheren Frequenz. Robie hatte darauf bestanden, die Sache so durchzuführen, als handelte es sich um einen Einsatz, und Reel hatte sich einverstanden erklärt. Offensichtlich rechnete sie nicht mit Schwierigkeiten, aber sie erwartete auch nie, dass alles glattlief.

Das war eine gute Lebensregel, wie Robie wusste, denn im Einsatz gab es selten Perfektion.

Reel betrat den Hauptgang, der mitten durch das Einkaufszentrum verlief. Am Nachmittag waren hier nicht so viele Menschen unterwegs wie am frühen Abend. Trotzdem gab sie sich alle Mühe, mit der Menge zu verschmelzen.

Sie näherte sich GameStop von der Ostseite des Einkaufszentrums. Mit leiser Stimme sagte sie: »Noch zehn Schritte bis zum Ziel. Ich gebe das Zeichen, dann gehe ich nach Westen weiter zu den Waschräumen.«

»Verstanden«, gab Robie durch.

Von seinem Hoodie unkenntlich gemacht, befand er sich eine Etage höher und schaute auf Reel hinunter, die soeben vorbeikam. Er beobachtete, wie sie am Ladenlokal vorüberging. Dabei strich sie sich übers Kinn.

Robie musste lächeln. Er hatte einmal das gleiche Zeichen benutzt.

Er verfolgte, wie Reel zu den Waschräumen abbog. Eine Minute später richtete er seine Aufmerksamkeit auf einen kleinen, dürren Mann in einem schwarzen T-Shirt, der GameStop verließ und Reels Weg einschlug.

In der nächsten Sekunde legte Robie die Hand auf die Pistole in seiner Tasche.

Zwei Einsatzteams.

Das eine kam von Osten, das andere von Westen.

In den letzten Jahren hatte Robie Dutzende solcher Teams gesehen.

Offensichtlich hatten sie nicht mit ihm gerechnet. Er war der Joker im Spiel und beabsichtigte, den größtmöglichen Vorteil daraus zu schlagen.

Er sprach in sein Mikrofon. »Zwei Bogie-Teams in deiner Richtung unterwegs. Osten, Westen. Zweier-Teams. Bewaffnet und mit Funk ausgestattet, damit sie sich koordinieren können.«

Unter anderem hatte Robie die Einsatzteams an ihren Ohrhörern erkannt. Seine hatte er mit der Kapuze des Hoodies versteckt. Die Männer dort unten hatten so etwas nicht für nötig gehalten.

Ihr Fehler.

»Verstanden«, hörte er Reels ruhige Erwiderung. »Ich tue, was ich kann.«

»Auf sechs Uhr.«

»Verstanden.«

Sie war nur Sekunden davon entfernt, sich den Weg freikämpfen zu müssen, hörte sich aber an, als würde sie über das Wetter reden.

Robie hatte nicht weniger erwartet.

Er nahm auf der Rolltreppe drei Stufen auf einmal. Als er das Erdgeschoss erreichte, stürmte er los.

Eines der gegnerischen Teams war bereits in den Gang zu den Waschräumen eingebogen. Das andere Team war noch zwei Schritte davon entfernt.

»FBI, keine Bewegung!«, rief Robie.

Die Männer dachten gar nicht daran. Sie waren

keine Agenten einer Bundesbehörde, denen eingebläut wurde, sich bei einer möglichen Konfrontation mit anderen Gesetzeshütern auszuweisen. Cops waren sie auch nicht, denn Polizisten hatten gemeinhin kein Interesse daran, von einem anderen Cop angeschossen zu werden oder selbst auf einen Cop zu schießen.

Nein, diese Männer schwiegen.

Und das Einzige, was aus ihren Taschen zum Vorschein kam, waren Waffen.

Bevor sie auch nur einen Schuss abgeben konnten, schoss Robie einem Mann ins Knie. Der Getroffene ging aufschreiend zu Boden, seine Pistole schlitterte quer durch den Raum. Robie machte sich keine Gedanken darüber, dass er wieder in den Kampf eingreifen würde. Zerschossene Knie waren so schmerzhaft, dass selbst die härtesten Gegner nur noch daliegen und wie Babys flennen konnten.

Der zweite Mann feuerte auf Robie und zerstörte einen riesigen Übertopf, vor dem er eben noch gestanden hatte. Robie ging in die Hocke und schnellte zur Seite. Er schmeckte Magensäure, die seine Speiseröhre emporschoss. Egal, wie oft man einen Schusswechsel erlebte, der Körper reagierte immer gleich. Robie hatte Furcht, so wie jeder in dieser Situation. Allerdings geriet er nicht in Panik, und das war der bedeutendste Unterschied zwischen denen, die überlebten, und denen, die starben.

Der Mann würde keine zweite Gelegenheit für einen weiteren Schuss bekommen. Diesmal war es keine Kugel ins Knie, sondern zwischen den Augen.

Robie rannte weiter. Er lief noch schneller, als er die Schüsse hörte.

»Reel?«, sprach er in sein Mikro. »Reel, hörst du mich? Alles okay? Reel?«

Er verringerte das Tempo, hielt die Waffe schussbereit, umrundete die Ecke.

Und blieb stehen.

Vor ihm lagen drei Körper in großen Blutlachen.

Als Robie erkannte, dass es sich um drei Männer handelte, stieß er den Atem aus.

Aber drei?

Dann begriff er. Der Freund. Aus dem GameStop.

Mit der Waffe in der Hand trat Reel hinter der gegenüberliegenden Ecke hervor.

Robie blickte sie an. »Alles in Ordnung?«

Sie nickte, sagte aber nichts. Ihr Blick war auf ihren Freund gerichtet.

Hinter Robie ertönten Schreie. Fußgetrappel. Vermutlich Kaufhauscops.

Das war das Letzte, was sie jetzt gebrauchen konnten. Robie wusste, er würde nicht auf einen unbewaffneten jungen Burschen oder einen Rentner schießen, die hier Polizei spielten.

»Wir müssen hier weg.«

»Ich weiß«, sagte Reel wie betäubt.

»Sofort.« Robie schaute an ihr vorbei. Da waren zwei Türen. Sie mussten nach draußen führen.

Als er die Aufmerksamkeit wieder auf Reel richtete, beugte sie sich gerade über ihren toten Freund und strich ihm eine Locke aus dem Gesicht.

»Es tut mir leid, Mike«, hörte Robie sie sagen.

Er eilte zu ihr, packte ihren Arm und zerrte sie über den Gang. Mit einem Tritt öffnete er die Tür. Beide rannten hindurch in eine Lagerhalle.

»Weißt du, wo der Ausgang ist?«, fragte Robie.

Reel schien ihn gar nicht gehört zu haben.

Er drehte sich zu ihr um. »Kennst du den Weg hier raus?«

Sie nickte, konzentrierte sich und zeigte dann nach links. »In die Richtung. Die Türen führen auf der Ostseite hinaus.«

Sie erreichten die Straße, eilten mit schnellen Schritten zurück zum Parkhaus und gelangten zu Reels Wagen.

Es schien, als hätten sie es geschafft.
Bis sie die kreischenden Reifen hörten.
Die Toten hatten Verstärkung gehabt.
Und die kam schnell.
»Pass auf«, konnte Robie nur noch sagen.

KAPITEL 69

Reel gab Vollgas. Der Wagen schoss rückwärts, jagte direkt auf das größere Fahrzeug zu. Robie bereitete sich auf den Zusammenstoß vor, der aber nie erfolgte.

Der Blick auf den Kühlergrill des SUV, der die getönte Scheibe der Limousine zu verschlucken schien, war nur flüchtig, dann hatte Reel den Wagen weit genug gedreht, um durch die Lücke zwischen dem SUV und einem Betonpfeiler zu schlüpfen.

Reel vollzog eine 180-Grad-Kehre und rammte das Getriebe auf Fahren, noch ehe sie die Wende abgeschlossen hatte. Die Reifen hinterließen einen schwarzen, rauchenden Gummistreifen auf dem Betonboden des Parkhauses. Dann schoss der Wagen durch die Ausfahrt mitten in den Verkehr, der zum Einkaufszentrum rollte.

Reel riss das Steuer nach links, rumpelte über den Mittelstreifen und trat aufs Gas. Der Wagen machte einen Satz nach vorn und krachte in eine Reihe orangefarbener Verkehrskegel. Reel riss das Steuer nach rechts und machte übergangslos das nächste Wendemanöver, das den Wagen herumschleuderte.

Robie schaffte es kaum, den Sicherheitsgurt anzulegen. Er hielt noch immer die Pistole, aber es gab nichts, auf das er schießen konnte.

Voraus herrschte dichter Verkehr, aber nur auf einer Spur. Leider war es ihre Spur. Reel löste das Problem, indem sie einfach auf die linke Fahrbahn wechselte.

Sie hielt sich nicht mit einer roten Ampel auf, sondern schnitt in den Gegenverkehr hinein und schaffte es irgendwie, nach links abzubiegen, wobei sie eine Radkappe verlor, die wie ein silber glänzender Diskus durch die Luft flog. Wieder auf der rechten Straßenseite, trat sie das Gaspedal bis auf den Boden durch.

Überall um sie herum heulten Sirenen.

Robie warf einen Blick nach hinten. »Wir haben es geschafft. Fahr langsamer, damit die Cops nicht misstrauisch werden.«

Reel ging vom Gas und hielt eine Sekunde lang an einem Stoppschild, dann fädelte sie sich in den Verkehr ein. Ein paar Minuten später befanden sie sich auf einem Highway und fuhren siebzig Meilen die Stunde, dem Verkehrsstrom angepasst.

Robie steckte die Pistole weg. »Das mit deinem Freund tut mir leid.«

»Und mir tut es leid, dass du das dauernd sagst.«

»Wer war er?«

»Er hieß Michael Gioffre. Und ich bin der Grund dafür, dass er tot ist.«

»Ich dachte, das waren die Kerle, die auf dich geschossen haben.«

»Ich habe nicht nach einem Observierungsteam Ausschau gehalten, Robie. Früher gab es eins, das wusste ich. Ein legales. Ich habe es immer überprüft, nur heute nicht.«

»Wie hat es sich abgespielt?«

»Ein Querschläger traf Mike direkt ins Auge. Er war tot, bevor er am Boden lag.«

»Und dann?«

»Dann habe ich die Hurensöhne erledigt. Eine Kugel für jeden. Sie waren nicht besonders gut. Kamen angerannt, als würde ich mich nicht wehren. Idioten.«

»Meine Gegner waren auch nicht besonders.«

Reel warf ihm einen scharfen Blick zu. »Ich frage mich, warum sie solche Nieten waren.«

»Vielleicht sind ihre besten Männer bereits in Irland.« Robie schaltete das Radio ein. »Mal hören, ob es schon irgendwas über das Einkaufszentrum gibt.«

Gab es nicht. Dafür erregte eine andere Meldung ihr Interesse. Der Nachrichtensprecher teilte nur wenige Einzelheiten mit. Als er zur nächsten Meldung überging, schaltete Robie das Radio aus und blickte Reel an.

»Jemand hat Howard Decker ermordet.«

»Ja. Sie beseitigen die losen Enden, Robie. Diese Mistkerle wollen das durchziehen und ungestraft davonkommen. Aber das werden sie nicht. Ich werde jedem Einzelnen eine Kugel in den Schädel jagen. Ich fülle sie so lange mit Blei, bis mir die Munition ausgeht.«

Robie legte eine Hand auf ihren Arm.

»Was soll das?«

»Tut mir leid wegen Mike. Wir können irgendwohin fahren, dann kannst du um ihn trauern. Und um Gwen.«

»Es gibt keinen, um den ich trauern müsste.«

»Das glaube ich aber doch.«

»Du weißt gar nichts über mich. Also spar dir deinen verdammten Sermon über das Trauern für jemanden, den es interessiert. Ich bin Profikiller, Robie. In meiner Nähe stirbt immer irgendjemand.«

»Normalerweise sind es aber nicht deine Freunde, Jessica.«

Sie wollte etwas erwidern, doch die Worte schienen ihr im Hals stecken zu bleiben.

»Ich spiele hier nicht den Trauerberater«, fuhr Robie fort. »Wenn wir erst einmal in Irland sind, hast du keine Zeit mehr, deinen Kopf wieder geradezurücken. Entweder bist du hundertprozentig dabei, und ich weiß, dass ich mich auf dich verlassen kann, oder du nutzt mir nichts und kannst mich an der nächsten Ausfahrt absetzen.«

Reel blinzelte. »Das hast du schon mal bei mir versucht, Robie.«

»Im Jemen, ich weiß. Wir hatten Tommy Billups verloren. Du hast dich dafür verantwortlich gemacht. Und was noch viel wichtiger ist, du warst eine halbe Stunde lang weg vom Fenster.«

»Bis du mir in den Hintern getreten hast.«

»Weil ein Team ein Team ist, Jessica. Und unser Team besteht im Augenblick nur aus zwei Leuten. Ist auf einen kein Verlass mehr, ist das Team im Eimer. Was in unserem Fall den Tod bedeutet.«

Sie nahm einen tiefen Atemzug. »Alles in Ordnung, Robie.«

»Verwandle deine Wut in Kraft, damit wir diese Penner fertigmachen, Jessica.«

»Du hast recht.«

Schweigend fuhren sie ein paar Meilen.

Dann sagte Reel: »Deshalb warst du immer die Nummer eins.«

Robie runzelte die Stirn.

»Du hast dich nie von Gefühlen übermannen lassen, Robie. Niemals. Du warst wie eine Maschine.«

Er starrte auf seine Hände. Ihre Worte machten ihn tatsächlich verlegen.

Denn sie waren so schrecklich falsch.

Er griff in die Tasche und rieb den Pistolengriff. Nicht um des Glücks wegen. Es ging niemals um Glück.

Die Waffe war sein Talisman. Sein auserwähltes Werkzeug. Sie stand für das, was er tat.

Ich bin ein Killer.

Ich bin aber auch ein menschliches Wesen.

Nur kann ich nicht beides sein, da liegt das Problem.

Reel warf ihm einen Blick zu. »Worüber denkst du nach?«

»Nichts Wichtiges«, erwiderte er.

KAPITEL 70

Die dreimotorige Dassault Falcon konnte mühelos ein Dutzend Passagiere befördern.

In dieser Nacht waren es nur zwei.

Reel saß hinten in der Kabine.

Robie direkt neben ihr.

Der Platz hinter ihnen war frei. So gefiel es ihnen beiden.

»Wie bist du an diesen Flug gekommen?«, fragte Robie.

»Ich bin Anteilseignerin des Unternehmens. Viel weniger Sicherheitsprobleme. Und bedeutend mehr Privatsphäre.« Sie schaute ihn fragend an. »Wofür gibst du dein Geld aus?«

»Erinnerst du dich an mein kleines Häuschen im Wald? Der Rest liegt auf der Bank und verliert an Wert.«

»Sparst du für deinen Ruhestand? Deine goldenen Jahre?«

»Das bezweifle ich. Übrigens, man kann herausfinden, dass du an diesem Flugzeug beteiligt bist, das ist dir doch klar?«

»Die Maschine ist nicht unter meinem Namen zugelassen, sondern unter dem Namen eines russischen Milliardärs, der gar nicht weiß, wie viele Flugzeuge und Jachten er eigentlich besitzt. Ich habe mir nur mein kleines Stück vom Kuchen besorgt, und keiner weiß Bescheid.«

»Clever.«

»Wir werden sehen, wie clever ich bin, wenn wir in Dublin sind.«

»Ich habe ein paar Informationen eingeholt«, sagte Robie.

»Wieder deine Freundin Vance?«

»Es kann nie schaden, die Informationsbeschaffung des FBI hinter sich zu wissen.«

»Hat sie Fragen gestellt?«

»Sie hat sie zwar gedacht, aber nicht ausgesprochen.«

»Und was hat sie herausgefunden?«

»Die Sicherheitsmaßnahmen ähneln denen der vergangenen Jahre, aber es sind ein paar neue Kleinigkeiten dazugekommen.«

»Zum Beispiel?«

»Anscheinend will man die globale Kooperation zur Schau stellen und hat ein paar führende Politiker, die nicht zur G8 gehören, zu einer Tagesveranstaltung eingeladen.«

»Was sind das für Politiker?«

»Mehrere Herrschaften aus dem Wüstenklima.«

»Du weißt, von wem diese Polit-Stars begleitet werden.«

»Von ihren Sicherheitsbeamten.«

»Und diese Leute werden intern überprüft. Wir müssen uns darauf verlassen, dass sie die sind, die sie zu sein vorgeben.«

»Stimmt.«

Reel blickte in einundvierzigtausend Fuß Höhe aus dem Fenster. Der dunkle Himmel war weit und leer.

»Möchtest du was trinken?«, fragte sie dann, stand auf und ging zur Bar an der Vorderseite der Kabine.

»Nein«, erwiderte Robie.

»Vielleicht änderst du ja noch deine Meinung.«

Eine Minute später setzte sie sich mit einem Wodka Tonic in der Hand wieder neben Robie.

Turbulenzen schüttelten die Maschine. Reel hielt

das Glas in die Höhe, um nichts vom Inhalt zu verschütten. Als das Flugzeug sich wieder beruhigte, nahm sie einen Schluck und schaute auf Robies Laptopbildschirm.

»Wir haben da hinten einen Sack voller Waffen. Was ist mit dem Zoll?«, fragte er.

»Russische Milliardäre gehen nicht durch den normalen Zoll. Ihre Anteilseigner auch nicht. Der Vorgang ist bei solchen Leuten sehr vereinfacht und obendrein privat.«

»Erzähl mir noch einmal, wie du das mit dem Flugzeug geschafft hast.«

»Ich glaube nicht, dass ich es dir überhaupt erzählt habe.«

»Und dein Milliardär stellt kein Sicherheitsproblem dar?«

»Er liebt Amerika. Liebt den freien Markt. Liebt den Kapitalismus. Er ist ein Verbündeter. Da gibt es keine Probleme. Er verschafft uns eine private Fluggelegenheit und bringt ein Arsenal durch den Zoll.«

»Ein Teil deiner Feuerkraft hat mich wirklich beeindruckt.«

»Ich glaube nicht, dass das reicht. Zu viele auf der Gegenseite, zu wenige von uns.«

»Dann müssen wir eben cleverer und schneller sein.«

»Leicht gesagt.«

Robie blickte auf ihren Drink.

»Willst du jetzt einen?«, fragte sie.

»Ja. Ich mache ihn mir.«

»Nein, lass mich. Das ist die einzige Gelegenheit für mich, mal häuslich zu sein.«

Robie schaute ihr hinterher, als sie durch den Mittelgang schlenderte. Das Letzte, was er sich vorstellen konnte, war Jessica Reel als Hausfrau.

Als Robie seinen Drink hatte, stießen sie an. »Wenn das vorbei ist, wird es trotzdem nicht vorbei sein.«

Robie nickte. Er wusste, worauf sie hinauswollte. Er nippte an seinem Glas und dachte über seine Erwiderung nach. »Stimmt«, sagte er schließlich.

»Glaubst du mir, wenn ich dir sage, dass mir das völlig egal ist?«

»Aber das ändert nichts.«

»Sollst du mich töten oder festnehmen?«

»Man hat mir widersprüchliche Befehle gegeben. Einer lautete, dich zu töten. Einer lautete, dich festzunehmen.«

»Aber bei der Festnahme könnte ich öffentliche Erklärungen abgeben. Ich könnte Dinge sagen, die man nicht hören will. Ich habe das Recht auf freie Rede. Mir steht eine Verteidigung zu. Also sehe ich keine andere Möglichkeit als die Eliminierung, Robie.«

Robie trank und knabberte ein paar Nüsse, die Reel in einer Schüssel mitgebracht hatte. »Warten wir ab, ob wir Dublin überleben. Dann können wir uns noch immer mit dieser Frage beschäftigen.«

Sie leerte ihr Glas und stellte es ab. »Ja«, sagte sie. »Das können wir.«

Robie wusste, dass es eine Lüge war, und Reel wusste es auch.

Schweigend flogen sie die nächsten hundert Meilen. In der Tiefe schäumte der Atlantik, während ein missgelauntes Tiefdruckgebiet weiter aufs Meer hinaustrieb.

Schließlich sagte Reel: »Weißt du, wie es sich angefühlt hat, als ich bei Jacobs abgedrückt habe?«

Robie schüttelte den Kopf.

»Wie immer. Es gab nicht den geringsten Unterschied. Dabei dachte ich, dass ich etwas Unbekanntes, Neues empfinde, weil der Kerl geholfen hatte, Joe zu töten. Ich dachte, es würde sich nach Rache anfühlen, sogar nach Gerechtigkeit. Aber da war nichts dergleichen.«

»Und Jim Gelder? Wie hast du dich bei dem gefühlt?«

»Wie hätte ich mich deiner Meinung nach denn fühlen sollen?«

Robie zuckte mit den Schultern. »Da fragst du den Falschen.«

»Da frage ich sogar genau den Richtigen. Aber mich interessiert etwas anderes.«

Robie wartete ab und fragte sich, in welche Richtung diese Unterhaltung führen würde.

»Du hast nicht abgedrückt, als man es von dir erwartet hat. Was für ein Gefühl war das?«

»Das Ziel ist trotzdem gestorben.«

»Das habe ich nicht gefragt. Wie hast du dich gefühlt?«

Wie habe ich mich gefühlt?

Reel antwortete für ihn. »Befreit?«

Robie schaute zu Boden. An genau dieses Wort hatte er gedacht.

Reel schien es zu spüren, hakte aber nicht nach. »Noch einen Drink?«, erkundigte sie sich und deutete auf sein leeres Glas. Als er zögerte, fügte sie hinzu: »Erinnerst du dich noch an die Sache mit der Häuslichkeit, Robie? Das werde ich vergessen haben, noch ehe wir landen. Also schmieden wir das Eisen, solange es noch heiß ist, okay?«

Sie nahm ihm das Glas aus der Hand und stellte es auf ein Tablett. Dann warf sie einen Blick auf die Uhr. »Bis zur Landung haben wir noch genau drei Stunden und einundvierzig Minuten.«

»Okay«, sagte Robie. Sein Blick glitt zu dem leeren Glas. Erst dann kam ihm der Gedanke, dass sie gar nicht über einen zweiten Drink sprach. Seine Augen weiteten sich leicht.

»Oder findest du das Timing schlecht?«, fragte sie, als sie seinen Blick bemerkte.

»Du nicht?«

»Es ist jedenfalls nicht das erste Mal, dass ich in deiner Nähe daran gedacht habe.«

»Woran?«

Sie lachte kurz auf. »Und die Nähe zu Leben und Tod, die Waffen, der Gedanke, dass uns etwas passieren könnte ... das alles turnt an. Was ist mit dir?«

»Das sollte nichts mit solchen Dingen zu tun haben.«

»Ich weiß. Aber ich kann es nicht ändern.«

»Was ist mit dem Timing?«

»Das ist perfekt.«

»Warum?«

»Weil dir und mir klar ist, dass wir Irland nicht überleben. Sie wissen, dass du dich auf meine Seite geschlagen hast. Sie werden dich nicht überleben lassen. Von denen gibt es viel mehr als von uns. Man braucht keine Heerscharen von Analytikern, um das zu entschlüsseln. Wenn ich sterbe, werde ich vieles bedauern. Vieles, was ich versäumt habe. Aber ich will nicht, dass *das* dabei ist. Was ist mit dir?«

Sie stand auf und streckte die Hand aus.

»Was ist mit dir?«, fragte sie noch einmal. »Das Bett da hinten ist sehr bequem.«

Robie starrte einen Moment auf ihre Hand, dann schaute er weg.

Blieb sitzen.

Langsam zog Reel die Hand zurück. »Ich sehe dich in Dublin.« Sie wandte sich ab, wollte zur Privatkabine im hinteren Flugzeugteil.

»Das hat nichts mit dir zu tun, Jessica.«

Sie versteifte sich und blieb stehen, blickte aber nicht zurück.

»Gibt es eine andere?«, fragte sie. »Vance?«

»Vance nicht.«

»Es überrascht mich, dass du die Zeit für jemanden gefunden hast.«

»Sie lebt nicht mehr.«

Reel drehte sich um.

»Es ist noch nicht lange her«, sagte Robie.

Reel kam zurück und setzte sich neben ihn. »Willst du darüber reden?«

»Wieso? Ich bin eine Maschine, hast du gesagt.«

Sie legte die Hand auf seine Brust. »Maschinen haben keinen Herzschlag.«

Robie schwieg.

»Ich hätte das nicht sagen sollen, Robie. Ich würde gern davon hören, wenn du reden willst.«

»Bist du sicher?«

»Für die nächsten drei Stunden ...«, sie blickte auf die Uhr, »... und achtunddreißig Minuten muss ich nirgendwo anders hin.«

Die Maschine flog weiter.

Und Robie erzählte von einer jungen Frau, die ihm zuerst das Herz und dann beinahe das Leben geraubt hatte, weil sie sich als Feind entpuppte.

Als Antwort darauf hatte Robie getan, was er besser beherrschte als alle anderen.

Er hatte sie getötet.

Das konnte nur jemand wie Jessica Reel verstehen.

KAPITEL 71

Sam Kent war unterwegs.

Er hatte sich zwei Wochen von seinen Pflichten als Richter beurlauben lassen. Das FISC hatte keinen Rückstau an Fällen und fällte immer schnelle Urteile. Man konnte Kent entbehren.

Er packte eine Tasche und gab seiner Frau und seinen Kindern zum Abschied einen Kuss.

So eine Reise war nicht ungewöhnlich. Kent verreiste oft ohne weitere Erklärungen. Seine Frau wusste, dass es ein Teil seiner Vergangenheit war, über den er nicht redete.

Aber dieses Mal ging es nicht um seine Vergangenheit. Es ging um seine Zukunft. Genauer gesagt darum, ob er eine Zukunft hatte oder nicht.

Jacobs, Gelder und jetzt auch Decker waren tot.

Kent wusste, dass er behutsam auftreten musste, wollte er nicht wie diese drei Männer enden. Er hatte nun Feinde an beiden Flanken.

Reel und Robie waren beachtliche Gegner. Allerdings machte er sich weniger Sorgen um sie als vielmehr um den Gegner an der anderen Flanke. Aber es gab einen Ausweg: Er musste dafür sorgen, dass der Plan Erfolg hatte. Zumindest der Teil, für den er zuständig war. Danach lag die Sache nicht mehr in seinen Händen.

Obendrein war es eine Gelegenheit für ihn, nach den Jahren hinter einem Schreibtisch wieder aktiv im Feld zu arbeiten. Die Untätigkeit war wie ein langsames Sterben für ihn gewesen, das wurde Kent jetzt klar. Erst recht, nachdem er diesen Idioten Anthony Zim getötet hatte. Wie sehr er so etwas vermisste!

Kent fuhr zum Flughafen und stellte seinen Wagen bei den Langzeitparkern unter. Es war ein schöner Abend. Klarer Himmel, funkelnde Sterne, nur eine leichte Brise. Es würde ein guter Flug werden. Nach der Landung würde er in Bewegung bleiben. Etliche Vorbereitungen mussten getroffen werden.

Erfolg oder Scheitern hingen stets zu einem großen Teil von den Vorbereitungen ab. Bei guter Planung musste man am Ende nur noch handeln. Selbst Änderungen in letzter Minute konnten schneller und erfolgversprechender vorgenommen werden, wenn die vorherige Planung präzise gewesen war.

Kent trug keine Waffe bei sich. Das war diesmal auch nicht sein Job. Er war Denker und Planer, kein Macher, was ihn ein wenig schmerzte, aber in seinem Alter wusste er, dass es die beste Wahl für ihn war. Wenn alles erledigt war, war seine Zukunft unsicher und kristallklar zugleich. Klar für jene, die wussten, was geschehen würde, und ein weniger undurchsichtiger für alle anderen. In seinem Innern kribbelte es, als stünde er unter Strom. Es war Erregung, mit Furcht vermischt. Aber das war kein Wunder: Wenn er fertig war, würde die Welt sich sehr verändert haben. Aber sie würde besser sein, das glaubte Kent von ganzem Herzen.

Er nahm einen Bus zur Abfertigung, zeigte seinen Ausweis vor, gab das Gepäck auf, passierte die Sicherheitsschleuse und ging zur Abflughalle, um auf seinen Auslandsflug zu warten.

Die unberechenbaren Faktoren waren offensichtlich. Der Zwischenfall im Einkaufszentrum war für Kent ein schlüssiger Beweis. Vier Profis, die von zwei Profis beseitigt worden waren, weil diese zwei Profis sehr viel professioneller gearbeitet hatten als ihre vier Gegenspieler.

Eine verlorene Schlacht, aber noch kein verlorener Krieg.

Vorrangig war es darum gegangen, Reels Informationsquelle zu beseitigen. Die Aufräumaktion war unerfreulich gewesen. Man hatte Tarngeschichten in die Welt gesetzt, und FBI und Heimatschutzministerium würden so lange Karussell fahren, bis ihnen schwindelig war – so schwindelig, dass die Wahrheit sie in den Hintern beißen konnte, ohne dass sie es merkten.

Im Airport Club trank Kent eine Flasche Orangensaft und aß ein paar Cracker mit Käse. Normalerweise wäre er mit einem Privatjet gereist, aber dieses Mal war ein Linienflug genauso gut. Er schaute aus dem Fenster und beobachtete, wie sich ein Jet nach dem anderen von seinem Gate löste, zur Startbahn rollte und wenige Minuten später in den klaren Abendhimmel stieg.

Bald würde er an der Reihe sein.

Kent fragte sich, wo Robie und Reel in diesem Augenblick steckten.

Vielleicht waren sie unterwegs zu demselben Ort, der auch sein Ziel war.

Hatten sie sich alles zusammenreimen können? Reichte dazu das Material, das ihnen zur Verfügung stand?

Das Weißbuch war einer der Schlüssel gewesen, aber es wurde kein spezielles Ziel darin aufgeführt. Die anderen Puzzlesteinchen hatten Reel und Robie möglicherweise zusammengesetzt. Aber dem Ganzen einen Sinn zu entnehmen war selbst für die beiden fast unmöglich.

Hätte Reel alles Nötige aus Roy West herausbekommen, hätte sie sich nicht an Michael Gioffre wenden müssen. Zum Glück hatte Kents Vorgesetzter sich an die Verbindung zwischen Reel und Gioffre erinnert und dem guten Mike schnell ein Team auf den Hals gehetzt. Dass seine Männer Robie nicht entdeckt hatten, war das einzige Missgeschick bei der Sache gewesen. Ohne ihn hätten sie Reel vermutlich erwischt. Aber das hatten sie nicht, und das ließ sich nun mal nicht ändern.

Eine Stunde später wurde Kents Flug aufgerufen. Er wartete, bis das Gedrängel und Geschubse der anderen Passagiere in dem kleinen Abfluggate aufgehört hatte, dann ging er an Bord. Die Maschine war voll besetzt. Das war okay. Es war eine beliebte Reiseroute.

Kent wollte versuchen, ein bisschen zu schlafen, hatte aber Zweifel, dass es ihm gelang. Es gab einfach zu viel, worüber er nachdenken musste.

Er ließ sich auf den Sitz sinken.

In diesem Moment summte sein Handy.

Er las die SMS.

Viel Glück, stand da.

Er steckte das Handy zurück, ohne zu antworten.

Was hätte er auch sagen sollen? Danke?

Er schnallte sich an und klappte den Sitz nach vorn. Dann zog er die Brieftasche und holte ein Foto heraus.

Sein anderes Leben. Seine Familie. Eine schöne junge Frau, süße Kinder. Sie wohnten in einem perfekten Heim in einer perfekten Gegend und hatten mehr Geld, als sie je brauchten, um glücklich zu sein. Er hätte jetzt bei ihnen sein können. Hätte die Kinder zu Bett bringen können. Mit seiner Frau schlafen können. Noch einen Scotch im Arbeitszimmer trinken können, während er ein gutes Buch las. Er hätte das für den Rest seiner Tage tun können, als glücklicher Mann.

Stattdessen saß er in einem Flugzeug, das ihn zu einem anderen Ziel bringen würde, wo er Leib und Leben für das Allgemeinwohl riskierte.

Kent fuhr mit der Fingerspitze über das Foto seiner Familie.

Eine Frau, die neben ihm saß, hatte ihn dabei beobachtet. Nun lächelte sie und sagte: »Ich vermisse meine Familie auch bei jeder Abreise.«

Kent erwiderte das Lächeln und wandte sich dann ab.

Ein paar Minuten später jagte das Flugzeug über die Startbahn und hob ab.

Kent war schon oft geflogen, ob in einem zusammengeflickten Hubschrauber über dem Dschungel von Vietnam, wo jeder Baum eine Deckung für den Vietcong sein konnte, der die Maschine vom Himmel holen wollte, oder in einer 747, die ihn in Luxuskabinen quer über den Globus beförderte. Aber jedes Mal war er nach der Landung zum Töten bereit gewesen – sofort, ohne Wenn und Aber. Und oft genug *hatte* er getötet.

Er schlug die Zeitung auf und überflog die Schlagzeilen.

Howard Decker war noch am Leben – jedenfalls auf seinem Foto. Seine Augen waren geöffnet, und er lächelte. Auf dem Foto, das wahrscheinlich bei einer öffentlichen Veranstaltung geschossen worden war, trug er einen Smoking. Seine Frau stand in einem vermutlich sündhaft teuren Abendkleid an seiner Seite.

In der Realität lag Decker in einem Leichenschauhaus in Washington, weil ihm der halbe Kopf fehlte. Er würde nie wieder lächeln.

Kent hatte nichts von dem Mordauftrag gewusst, war aber durchaus damit einverstanden. Lose Enden, die beseitigt werden mussten. Man sortierte die Schwachen vom Rest der Herde aus.

Sie hatten es fast geschafft, und nichts und niemand würde sich ihnen in den Weg stellen. Das gewünschte Ergebnis war zum Greifen nah. Man hatte sehr viel Zeit in die Planung gesteckt. Man war vielen Hindernissen ausgewichen. Es stand extrem viel auf dem Spiel.

Es war der Superbowl-Sonntag. Der Hype war vorbei.

Es wurde Zeit, das Spiel anzupfeifen.

KAPITEL 72

Dublin war eine Festung, das mussten Robie und Reel zugeben. Sie waren noch keine vierundzwanzig Stunden hier, hatten aber schon jede erdenkliche Erkundung und Finte durchgeführt, um den Sicherheitsperimeter um die G8-Konferenz zu testen. Sie hatten nicht die geringste Schwäche gefunden.

Nun waren sie in Robies Hotelzimmer. Robie stand mit einem Fernglas am Fenster und schaute hinüber zu dem Hotelzentrum, wo die wichtigsten Veranstaltungen im Rahmen der Konferenz stattfinden sollten. Dort wimmelte es von Sicherheitspersonal; es war viel mehr Security in der Stadt als Konferenzteilnehmer.

»Was ist mit den Staatsoberhäuptern, die nicht zur G8 gehören?«, fragte Robie, als er das Fernglas senkte.

Reel saß in einem Sessel neben der Tür.

»Die wurden abgesondert«, sagte sie. »Und Vance hat sich in einigen Punkten geirrt. Die G8 stellt das Sicherheitspersonal für diese Leute. Ihre eigenen Sicherheitskräfte wurden nicht eingeladen.«

»Und sie waren damit einverstanden?«

»Wer es nicht war, durfte nicht kommen.«

»Wenn es also zu einem Anschlag kommt, ist es ein Insiderjob aus den westlichen Ressourcen.«

»Nicht unbedingt. Einen Terrorangriff auf die Konferenz, der von außen geführt wird, kann niemand verhindern. Es könnte schon in diesem Augenblick eine Terrorzelle in Dublin sein.«

Robie schüttelte den Kopf. »Hier stimmt was nicht.«
»Ich habe das gleiche Gefühl«, sagte Reel leise.
Er setzte sich ihr gegenüber auf das Bett. »Wir übersehen irgendetwas.«
»Das ist mir klar. Ich weiß nur nicht, was.«
Robie stand auf.
»Wo willst du hin?«, fragte Reel.
»Herausfinden, was wir übersehen.«
Robie verließ das Hotel. Fünfzehn Minuten später war er am Rand jenes Stadtviertels, in dem die G8-Konferenz stattfand. Das Sicherheitsperimeter war dicht und vielschichtig. Ohne die richtigen Ausweise hatte er nicht die geringste Chance, sich Zutritt zu verschaffen.
Zwei Männer kamen aus einem Gebäude innerhalb des Perimeters. Sie trugen Anzüge, aber auch die traditionelle muslimische Kopfbedeckung. Die Männer stiegen nicht in einen Wagen oder ein Taxi, sondern gingen zu Fuß. Robie nahm an, dass sie zur Delegation gehörten.
Die beiden Männer kamen an ihm vorbei. Er beschloss, ihnen zu folgen. Vielleicht ergab sich dabei etwas, vielleicht auch nicht. Aber das war immer noch besser als Untätigkeit.
Robie folgte den beiden bis zu einem Hotel, in dem sie verschwanden. Auf direktem Weg gingen sie in die Bar. Zwar untersagte ihre Religion ihnen den Genuss von Alkohol, aber für einige Muslime verschwand diese Regel im westlichen Ausland. Und nur wenige Orte auf der Welt waren besser als Dublin dafür geeignet, den Alkoholdurst zu stillen.
Die Männer nahmen ihre Gläser und wählten einen Tisch am Fenster. Robie besorgte sich einen Pint und setzte sich an den Tisch neben ihnen. Bedächtig legte er sein Smartphone ab und schob sich die Ohrstöpsel in die Ohren, spielte aber keine Musik. Er trank sein Bier und belauschte die Unterhaltung, während er un-

unterbrochen mit dem Kopf wackelte, als würde er einer Melodie lauschen.

Die Männer unterhielten sich leise auf Arabisch. Sie hatten keinen Grund zu der Annahme, dass jemand aus dem Westen auch nur ein Wort verstehen würde. Grundsätzlich hatten sie recht, nur in diesem Fall nicht.

Die beiden Männer waren Konferenzteilnehmer, wie Robie es bereits vermutet hatte, aber sie sprachen nicht über die G8, sondern über eine andere Konferenz, die bald stattfinden sollte. In Kanada, in einer kleinen Stadt in der Nähe von Montreal. Robie hatte kürzlich einen Bericht darüber gesehen. Es schien ein seltsamer Ort für einen Gipfel arabischer Staaten zu sein, aber die Kanadier hatten einen entsprechenden Vorschlag gemacht, und eine gewisse Logik war diesem Angebot nicht abzusprechen. Indem man sich an einem neutralen Ort traf, weit weg von der Gewalt im Nahen Osten, hoffte man auf bedeutsame Fortschritte. Zumindest lautete so die offizielle Version. Und die Kanadier bezahlten alles. Außerdem zeugte der Versuch des Westens, mit den arabischen Ländern arbeiten zu wollen, von gutem Willen, auch wenn die Vereinigten Staaten aus politischen Gründen nicht teilnahmen.

Die führenden Politiker sämtlicher großen arabischen Staaten würden zu dem Gipfel kommen, um die Möglichkeit zu diskutieren, auf friedlichem Weg Fortschritte zu machen und auf die Gewalt zu verzichten, ähnlich wie der Arabische Frühling es bewirkt hatte. Die Männer, die neben Robie am Tisch saßen, würden zwar nicht an der Konferenz teilnehmen, kannten aber viele Leute, die auf der Gästeliste standen. Sie hielten es allerdings für unwahrscheinlich, dass es bei der Konferenz zu einem großen Durchbruch kam. Einer der Männer lachte und meinte, die Muslime könnten genauso wenig wie die Politiker im Westen Einigungen erzielen, wenn es darum ging, die Macht zu teilen. Dann unterhielten sie sich über politische Führer, die man dort antreffen würde. Manche mochten sie, anderen wünschten sie den Tod.

Schließlich tranken die Männer aus und gingen. Robie hätte ihnen folgen können, sah aber keine Veranlassung dazu. Es war besser, hier sitzen zu bleiben und die Sache zu durchdenken.

Er trank und starrte an die gegenüberliegende Wand.

Der in Roy Wests Apokalypse-Papier beschriebene Angriff hatte die Führungsspitze der G8 als Ziel. Robie war, genau wie Reel, von der Annahme ausgegangen, dass Personen, die in den Vereinigten Staaten arbeiteten, den Feinden der G8 geholfen hatten, einen Angriff auf diese Konferenz zu planen, um die politischen Führer zu beseitigen und damit eine globale Panik auszulösen. Das klang logisch. Aber das Gespräch der Muslime ließ Robie die Sache aus einem anderen Blickwinkel betrachten.

Eine Konferenz in Kanada mit den wichtigsten Politikern führender muslimischer Staaten ...

Seine Gedanken wandten sich dem Attentat zu, das Jessica Reel nie durchgeführt hatte.

Ahmadi.

In Syrien.

Blue Man zufolge hatte man Ahmadis Aufstieg zur Macht verhindern wollen und einen pflegeleichteren Kandidaten in den Startlöchern, der alles übernehmen sollte.

Robie stellte das Bier ab. Während der letzte Schluck durch seine Kehle rann, formten seine Gedanken sich neu. Genau an diesem Punkt, erkannte er, hatten Reel und er selbst sich geirrt. Sie waren von der Annahme ausgegangen, dass der Mann im Hintergrund sich haargenau an Wests Weltuntergangsszenario hielt. Aber das war nur Spekulation gewesen, keine Tatsache. Es *würde* ein Angriff stattfinden, nur nicht auf die G8 – diese Sicherheitsnuss war viel zu schwer zu knacken.

Aber all die politischen Führer, die sich in einer kleinen Stadt außerhalb von Montreal drängten, waren wie Wild in einem Gehege. Wenn man sie auf einen Schlag eliminierte, würde in einer der ohnehin schon chaotischsten Regionen der Welt das absolute Pandämonium entstehen. Ein stürzendes Regime nach dem anderen. Überall ein Machtvakuum. Die verschiedensten Gruppen und Parteien, die erbittert um die Macht kämpften.

Aber vielleicht gab es ja schon Leute, die darauf warteten, die Macht zu übernehmen. Und vielleicht würden sie Hilfe haben. Und vielleicht glaubte derjenige, der hinter allem steckte, dass eine bessere Zukunft Ähnlichkeit mit der Vergangenheit haben würde.

Vielleicht würde sich Roy Wests Apokalypse-Papier in allen Punkten als zutreffend herausstellen, nur nicht auf eine Weise, die sich der Verfasser in seiner Paranoia jemals vorgestellt hätte.

Robie stand auf und eilte zurück ins Hotel.

Die Antwort lag nicht in Dublin. Sie wartete dreitausend Meilen entfernt.

KAPITEL 73

Zwei Stunden später hatten Robie und Reel gepackt, aus dem Hotel ausgecheckt und sich zum Flughafen außerhalb von Dublin begeben.

»Bist du dir wirklich sicher, Robie?«, fragte Reel zum fünften Mal.

»Wenn du eine Garantie verlangst, die kann ich dir nicht geben. Aber davon abgesehen bin ich mir ziemlich sicher.«

Reel blickte aus dem Fenster des Terminals. »Und wenn du dich irrst? Wenn wir abreisen und hier passiert etwas?«

»Dann passiert es eben«, sagte er tonlos. »Ich übernehme die volle Verantwortung.«

»Mich interessiert nicht, wer die Verantwortung dafür übernimmt.«

»Mich auch nicht. Ich will es nur verhindern.«

»Statt die Spitzenpolitiker der G8 zu ermorden, wollen sie also die Staatsoberhäupter des Nahen Ostens auslöschen? Das ist ein ganz schöner Sprung.«

»Ich habe es nicht geplant, also kann ich mich auch nicht für die Logik verbürgen.«

»Es ist trotzdem ein gewaltiges Risiko.«

»Kann man wohl sagen.«

»Selbst wenn alles nach Plan läuft, haben wir es noch immer mit einem katastrophalen Szenario zu tun.«

»Der Westen hat immer seine Marionetten ausgesucht und an die Macht gebracht. Hat die Marionette mit eiserner Faust für Ordnung gesorgt, war die Gegend friedlich – nach außen hin zumindest. Sieh dir den Schah im Iran an. Und Saddam war unser Freund, bis er es nicht mehr war. Ich bin überzeugt, dass die Leute, die man an der Macht sehen will, sorgfältig ausgesucht sind.«

»Aber es wird auch in Kanada Sicherheitsvorkehrungen geben.«

»Aber nicht vergleichbar mit Dublin. Und es wird eine andere Art von Sicherheit sein.«

»Und alles läuft darauf hinaus, wie wir das zu zweit verhindern wollen?«

»Wir haben den ganzen Flug, um uns einen Plan zu überlegen«, sagte Robie.

»Glaubst du allen Ernstes, wir können das Problem in sieben Stunden lösen?«

»Nein.«

»Was dann?« Reel ließ nicht locker.

»Wir haben acht Stunden. Ich habe mir die Flugzeit angesehen. Es gibt starken Gegenwind.«

»Hör mit dem Quatsch auf, Robie.«

»Eine Stunde mehr ist eine Stunde mehr. Ich weiß nur, dass wir es versuchen müssen. Tun wir das nicht, wird es passieren.«

Sie stiegen in ihre Maschine. Dreißig Minuten später flog der Privatjet nach Westen.

Aus dem Internet hatte Robie alle Informationen zusammengetragen, die er über die Veranstaltung finden konnte. Nachdem Reel alles studiert hatte, lehnte sie sich zurück. »Wir haben nicht genug verlässliche Informationen, um das zu schaffen, Robie.«

»Nun ja, Janet DiCarlo hat etwas gesagt, das uns helfen könnte. Verschwundenes Personal. Einsätze, die es niemals hätte geben dürfen. Also könnten wir bei dieser Aktion ein paar alten Freunden begegnen.«

»Kann sein, ja«, sagte Reel zweifelnd.

Robie dehnte die verspannten Schultern. »Uns bleibt nach der Landung nicht viel Zeit. Der Gipfel beginnt morgen früh.«

»Wenn sie heute zuschlagen, während alle eintreffen, haben wir keine Chance.«

»Keine Bange, das werden sie nicht. Sie müssen es echt aussehen lassen, sonst gibt es zu viel Misstrauen. Terroristen wollen immer einen symbolischen Schlag führen. Der Gipfel muss in vollem Gang sein, bevor sie zuschlagen können.«

»Also die Eröffnungszeremonie?«

Robie nickte. »Ich bin mir ziemlich sicher.«

Er holte zwei Kaffee von der kleinen Bar, die an einem Bullauge stand. Einen stellte er vor Reel hin.

»Ich will dir eine Frage stellen«, sagte er und setzte sich wieder. »Sie hat nichts mit dem zu tun, was uns erwarten könnte.«

Reel setzte sich zurück und blickte ihn an. »Nur zu.«

»Bei DiCarlo hast du mir den Hintern gerettet.«

»Ja.«

»Das hättest du nicht tun müssen. Es war ein großes Risiko.«

»Alles, was wir tun, ist ein großes Risiko.«

»Das ist keine Antwort, Jessica.«

Sie trank einen Schluck Kaffee. »Ich habe dich in diesen Schlamassel reingezogen. Also lag es in meiner Verantwortung, auf dich aufzupassen.«

»Wie du es am Eastern Shore getan hast?«

»Das war zu Anfang, Will. Ich wollte nur überleben, um die Sache zu Ende zu bringen. Später hat sich meine Einstellung geändert.«

»Was mich angeht?«

»Ja, auch. Dich sterben zu sehen hätte mich nicht gefreut, das kannst du mir glauben.« Sie blickte ein paar Sekunden lang zur Seite. Robie sah ihre Hand zittern.

Als sie sich ihm wieder zuwandte, hatte sie ihre

Miene wieder unter Kontrolle. »Sind wir jetzt damit fertig? Alles geklärt?«

»Alles geklärt«, sagte Robie.

Den Rest des Fluges suchten sie nach einer Lösung für ihr Problem, nach Schwächen des Gegners und möglichen kleinen Vorteilen ihrerseits. Als die Landung in Kanada bevorstand, lehnte Reel sich zurück und rieb sich die Augen.

»Nehmen wir einmal an, wir überleben die Sache«, sagte sie. »Was machst du dann?«

Robie zuckte mit den Schultern. »Hast du über deine Zukunft nachgedacht?«

»Ich bin einfach nur müde, Robie.«

Er nickte. »Das sehe ich.«

Reel musterte ihn. »Vermisst du sie? Die Frau, die dich verletzt hat?«

»Nein«, sagte er, aber er klang nicht besonders glaubhaft.

»Okay.«

»Ich gebe mir selbst die Schuld.«

»Wofür? Ein Mensch zu sein?«

»Meinen Job nicht gemacht zu haben.«

Ausdruckslos sah sie ihn an. »Ein Job, der von dir verlangt, kein Mensch zu sein.«

»Ein Job ist ein Job.«

»Und ein Leben ist ein Leben. Du hast nur das eine.«

Er schüttelte den Kopf. »Also ist es damit erledigt?«

»Wie viele haben im Feld so lange durchgehalten wie wir?«

»Nicht so viele, vermute ich.«

»Du musst doch über das Leben danach nachgedacht haben.«

»Habe ich auch. Aber ich habe diese Vorstellung nie ernst genommen.«

»Dann schlage ich vor, du tust das. Denn wir könnten tatsächlich Glück haben und diese Sache überleben.«

KAPITEL 74

Der Privatjet setzte in Montreal auf. Dort mussten alle Passagiere auf dem Weg zum Gipfeltreffen landen.

Reel und Robie besorgten sich ein Fahrzeug und fuhren los.

Eine lange Strecke.

»Warum hier?«, fragte Reel. »Warum einen Gipfel für den Nahen Osten in dieser abgelegenen Einöde veranstalten?«

»Wo hätte man ihn sonst abhalten sollen? Mitten in Manhattan? Oder in Washington in der National Mall?«

»Gut erreichbar ist das hier nicht.«

»Das ist einer der Gründe für diese Wahl«, sagte Robie. »Beschränkter Zugang. Man kann Anreisende und Abreisende viel leichter überprüfen.«

»Wer moderiert die Veranstaltung? Die Vereinten Nationen?«

»Nein, die Kanadier. Der Premierminister hat Dublin frühzeitig verlassen, um bei der Eröffnungszeremonie den Leitgedanken des Gipfels zu verkünden.«

»Seltsame Wahl.«

»Ja, seltsam ist das alles«, stimmte Robie ihr zu.

* * *

Die Hauptstraße der Stadt war nicht besonders groß, aber es reihte sich Geschäft an Geschäft. Robie kam sich vor wie in einem Ort in einer Schneekugel. Oder vielmehr *gefangen* in einer Schneekugel. Es gab bedeutend mehr Passanten als gewöhnlich, was auch für die Autos galt. An sämtlichen Zugängen hatte man schwer bewaffnete Kontrollpunkte errichtet. Fahrzeuge wurden durchsucht, die Identität von Fahrer und Fahrgästen überprüft.

Aus diesem Grund mieden Robie und Reel sämtliche Kontrollpunkte. Sie waren in einem Hotel außerhalb der Stadt abgestiegen. Ihre Waffen hatten sie zurücklassen müssen, als sie sich getrennt voneinander zu Fuß in die Stadt aufmachten.

Robie und Reel gingen die Straßen ab und prägten sich alles ein: die Gebäude, den Ort der Veranstaltung – das alte Rathaus – und das Sicherheitspersonal, das durch den gesamten Stadtteil streifte.

Robie war zu dem Schluss gekommen, dass das Szenario aus *Der Pate* mit vielen gleichzeitigen Attentaten wenig plausibel war. So etwas würde ein exaktes, punktgenaues Timing erfordern – und viel Glück obendrein. Und die meisten Profis wussten, dass sowohl das Timing wie auch das Glück bei solchen Missionen nur selten in ausreichender Menge zur Verfügung standen.

Es würde einen Anschlag geben – einen großen Angriff mit konzentriertem Feuer oder Sprengstoff auf ein zentrales Ziel. Das schloss mehrere politische Führer mit ein, die letztlich Terrororganisationen vorstanden, die lediglich als »Regierungen« getarnt waren. Andererseits hatten auch Verrückte ihren Auftritt vor der UN in New York bekommen, also war das Robies Meinung nach gar nicht so weit hergeholt. Und einige von ihnen waren von der Mehrheit der Wähler gewählt worden, die ihr demokratisches Recht in Anspruch genommen hatten, die Politiker in Amt und Würden zu sehen, deren Führung sie wollten.

Selbst wenn es in Richtung Abgrund ging.

Robie besorgte sich einen Becher Kaffee und schaute zu, wie eine Gruppe Männer mit Turbanen und Vollbärten die Straße überquerte und ein Geschäft betrat. Es waren viele solcher Gruppen zu beobachten. Alles Männer, keine Frauen, zumindest so weit Robie sehen konnte. So lagen die Dinge nun mal – und das war ein großer Teil des Problems, jedenfalls Robies Meinung nach.

Trotz der Kühle setzte er sich an einen Tisch vor dem Café und trank seinen Kaffee. Sein Blick wanderte umher und kam schließlich auf einer Gruppe Männer zu ruhen, die am gegenüberliegenden Ende des Bürgersteigs in Sicht kam.

Leise sprach er in sein Mikro. »Eine Gruppe auf der Ostseite der Straße. Fünf Männer. Gehen auf ein Hotel am Ende der Straße zu. Schau sie dir mal an und sag mir, was du siehst.«

Ein paar Sekunden später kam Reel aus einer Gasse. Sie trug einen Mantel mit Kapuze und eine Sonnenbrille. Sie passierte die Gruppe. Robie fiel als Einzigem auf, dass Reel eine Winzigkeit langsamer wurde, als sie an den Männern vorbeiging. Ihr Blick schien stur nach vorn gerichtet zu sein. Aber das war er nicht. Stattdessen nahm sie sämtliche relevanten Details in sich auf, was die fünf Männer betraf. Dieses beinahe übernatürliche Talent für Beobachtungen erlangte man durch jahrelanges Training.

»Nichts«, hörte Robie über seinen Ohrstöpsel.

Reel ging weiter. Sekunden später sagte sie: »Warte mal. Lass mich kurz was nachsehen.«

Sie blieb nicht stehen. Robie beobachtete, wie sie einen Kerl in schwarzem Trainingsanzug musterte, der seine Skimütze in die Stirn gezogen hatte. Er schaute zu Boden, aber Robie wusste, dass auch sein Blick umherschweifte.

Reel ging an dem Mann vorbei. Ein paar Sekunden später meldete sie sich über den Ohrhörer. »Bingo. Erwischt.«

Robie erhob sich sofort, um die Beschattung des

Mannes aufzunehmen. Dabei murmelte er ins Mikro: »Rede mit mir.«

»Das war Dick Johnson. Erinnerst du dich?«

»Hat sich vor ungefähr zwei Jahren aus dem Geheimdienst zurückgezogen. Habe ich jedenfalls so gehört.«

»Verschwunden trifft es eher.«

»Bist du sicher, dass es Johnson ist? Ich habe ihn nicht so gut gekannt.«

»Er hat sich verändert. Aber die Tätowierung auf seiner Schusshand nicht.«

»Beschreibung?«

»Ein Skorpion, der eine Pistole mit dem Stachel hält, und das Wort ›Mom‹ auf dem Skorpionrücken.«

»Okay, das ist fast so gut wie ein Fingerabdruck.«

»Finden wir raus, wohin er geht.«

»Gehört er zu dem verschwundenen Personal, von dem DiCarlo sprach?«

»Ich bezweifle, dass dieses Dorf hier ein angesagtes Reiseziel ist, vor allem im Winter. Hier kann man nicht Ski fahren.«

Johnson bog um eine Ecke. Robie folgte ihm ein paar Sekunden später. »Geh auf der übernächsten Straße parallel zu uns«, sagte er zu Reel. »Dann übernimm die Beschattung nach der nächsten Kreuzung. Ich ziehe mich zurück und gehe zur nächsten Straße. Diesen ständigen Wechsel halten wir bis zu seinem Ziel aufrecht, damit der Typ nicht misstrauisch wird.«

»Verstanden.«

Dreimal wechselten sie sich mit Johnsons Beschattung ab. Die Straßen waren belebt, was hilfreich war.

Robie befand sich gerade hinter Johnson, als er ein Gebäude betrat, das wie ein Hostel aussah. Robie ging weiter zu einem Café auf der anderen Straßenseite, setzte sich an einen Tisch und wartete.

Ein paar Minuten später ertönte Reels Stimme in seinem Ohr. »Zimmer einundzwanzig, zweiter Stock.

Ich hab hier drei weitere Typen gesehen, die in unserer Branche arbeiten, jede Wette.«

»Wie viele von denen wohl zur Verfügung stehen?«

»Mehr als vier, das ist sicher.«

»Hat jemand dir besondere Aufmerksamkeit geschenkt?«

»Ein Kerl hat mich ein bisschen zu lange angegafft, also habe ich mich umgedreht und den Burschen hinter dem Tresen in der Lobby auf Deutsch angesprochen, nur hat der mich nicht verstanden. Aber der Gaffer hat dann das Interesse an mir verloren und ist weitergegangen. Meine kleinen äußerlichen Veränderungen sind offenbar ganz gut gelungen. Aber du hast keine, deshalb halt dich zurück, zieh die Mütze ins Gesicht, und rede nur das Nötigste. Es sei denn, du benutzt eine Fremdsprache.«

»Verstanden.«

»Und jetzt?«

»Wir bleiben an Johnson und seinem Team dran. Sollen sie uns dorthin führen, wo immer dorthin ist. Du weißt, was sie tun werden?«

»Sie werden den Ort auskundschaften und die Aktion durchspielen«, sagte Reel.

»Wahrscheinlich.«

»Schlagen wir dann zu?«

»Das würde ich ja liebend gern, aber wir haben da ein Problem.«

»Unsere Waffen befinden sich außerhalb der Kontrollpunkte«, bemerkte Reel.

»Richtig. Johnson trug aber keinen Sicherheitsausweis, wie wir sie bei dem anderen Fußvolk gesehen haben. Deshalb frage ich mich, wie die Typen an ihre Waffen kommen. Denn die müssen hier irgendwo sein. Die wollen ihre Gegner bestimmt nicht mit Knüppeln totschlagen.«

»Vielleicht liegen die Waffen hinter den Kontrollpunkten und warten auf diese Vögel.«

»Ja. Zusammen mit allem anderen, was sie brauchen, um die Sache durchzuziehen«, sagte Robie.
»Was unser Problem lösen könnte.«
»Und zwei Fliegen mit einer Klappe treffen würde.«
»Das wäre nicht schlecht«, meinte Reel.
»Stimmt, das wäre nicht schlecht.«

KAPITEL 75

Später an diesem Abend brach Dick Johnson auf. Robie und Reel, die sich umgezogen hatten und ganz anders als am Nachmittag aussahen, waren direkt hinter ihm.

Die Stadt war größer, als es den Anschein hatte. Von der Hauptstraße bogen zahllose Nebenstraßen und Gassen ab. Johnson wählte eine davon und ging ungefähr fünfzehn Querstraßen weit, bis die Schneekugelstadt sich in etwas weniger Malerisches verwandelte.

Wie zuvor schon wechselten sich Robie und Reel mit Johnsons Beschattung ab. Sie trugen mehrere Schichten Kleidung übereinander; jedes Mal, wenn einer von ihnen die Beschattung abbrach, schälte er sich aus der jeweils obersten Schicht und stopfte sie in einen Rucksack, den beide bei sich hatten. Durch die wechselnde Kleidung und die sich abwechselnde Beschattung würde es selbst einem so routinierten Mann wie Johnson schwerfallen, sie zu entdecken.

Allerdings unternahm er Schritte, um dafür zu sorgen, dass er nicht verfolgt wurde. Ständig überquerte er die Straße. Kam er an einer Schaufensterscheibe vorbei, blieb er hin und wieder davor stehen und tat so, als würde er die Auslagen betrachten, während er in Wahrheit die spiegelnde Oberfläche dazu benutzte, seine Umgebung zu kontrollieren. Manchmal blieb er auch unvermittelt stehen, ganz plötzlich, drehte sich um und ging in die entgegengesetzte Richtung, während sein Blick alles um sich her aufnahm. Robie und Reel kannten diese Tricks, hatten aber trotzdem einige Mühe, ihre Deckung aufrechtzuerhalten.

Der Weg endete an einem großen alten Gebäude am Stadtrand, weit weg von der geplanten Veranstaltung und dem ganzen Sicherheitsrummel.

Johnson betrat das Bauwerk. Reel und Robie blieben in den tiefen Schatten einer Gasse stehen.

»Ein Lagerhaus?«, fragte Robie.

»Eher eine Einsatzzentrale«, sagte Reel.

»Dann müssen wir rein.«

»Schwierig. Der Bau wird vermutlich besser bewacht als der NATO-Gipfel.«

»Und doch stehen wir nur wenige Meter entfernt und haben das Ziel unter Beobachtung.«

Die Vordertür des Gebäudes öffnete sich, und ein Mann trat heraus.

Robie hob das Nachtsichtgerät an die Augen und blickte hindurch. Dann reichte er es an Reel weiter, die beobachtete, wie der Mann langsam über den Bürgersteig schlenderte.

»Richter Samuel Kent«, sagte Reel.

»Für das Finale haben sie die schweren Geschütze eingeflogen.«

»Das rechtfertigt unsere Entscheidung, hierherzukommen.«

»Ja. Aber das ist auch schon alles.«

»Wir müssen uns aufteilen«, sagte Reel. »Ich übernehme Kent, du das Lagerhaus.«

Sie wollte sich in Bewegung setzen, doch Robie packte ihren Arm. »Folgen, nicht töten. Wir brauchen ihn lebend. Vorerst.«

Reel riss sich von ihm los. »Glaubst du wirklich, du musst mir meinen Job erklären?«

»Ich denke an deine Freunde. Deine toten Freunde. Die Versuchung könnte so groß für dich sein, dass du nicht widerstehen kannst.«

»Ich will nicht nur Kent, ich will sie alle, Robie. Und wenn er dazu weiteratmen muss, soll es eben so sein.«

»Okay. Nur damit wir uns einig sind.«

»Wir sind uns einig.«

Sie huschte davon.

Robie sah ihr nach, bis sie und Kent in der Nacht verschwunden waren.

Wieder richtete er die Aufmerksamkeit auf das Gebäude. Langsam umrundete er das Grundstück und überprüfte dabei alle Eingänge und Ausgänge, die er finden konnte. Die meisten Fenster waren dunkel, aber nicht alle. Drei waren erleuchtet; hinter zweien entdeckte er Bewegung. Alle auf der unteren Etage.

Wenn das hier wirklich eine Kommandozentrale war, konnte man davon ausgehen, dass es rund um die Uhr Wachen gab. Da Kent sich hier befand, war die Annahme berechtigt. Aber wie sollten sie in das Gebäude hinein und mit den benötigten Informationen wieder herauskommen, ohne Spuren zu hinterlassen?

»So gut wie unmöglich«, murmelte Robie, während er in der Gasse in die Hocke ging und das Gebäude im Auge behielt.

Dann kam ihm eine andere Idee.

Er sprach in sein Mikro. »Fortschrittsbericht?«

»Gibt nicht viel zu berichten«, meldete sich Reel. »Er ist noch immer unterwegs. Ich glaube nicht, dass er am selben Ort übernachtet wie das Hilfspersonal. Du?«

»Ich versuche etwas.«

»Und was?« Reel klang etwas überrascht.

»Ich lasse es dich wissen, wenn ich fertig bin.«

»Wenn du ins Gebäude eindringst, Robie, begleite ich dich.«

»Ich habe nicht gesagt, dass ich dort eindringe.«

»Du hast aber auch nicht gesagt, dass du es nicht tust.«

»Ich mache so etwas schon lange ohne Partner, okay?«, sagte er grob.

»Okay«, erwiderte sie und klang dabei verlegen. »Melde dich, sobald du kannst.«

Die Sinne geschärft, schlich Robie sich aus der Gasse und schaute dabei nach oben. Vorder- und Hintertür kamen nicht infrage. Beide waren vermutlich bewacht. Das galt auch für die unteren Fenster.

Also schaute Robie nach oben. Dieses Einsatzkommando würde nicht über unbeschränktes Personal verfügen. Alles, was sie hatten, würden sie mit Bedacht und auf die effektivste Weise einsetzen. Das bedeutete, dass man keine Männer verschwendete, um Eingänge zu bewachen, die buchstäblich außer Reichweite waren.

Aber in Wahrheit waren nur wenige Dinge außer Reichweite. Dieses Gebäude war alt. Die Fassade bestand aus Ziegeln. Unregelmäßigen Ziegeln.

Und die boten Haltepunkte.

Und die Rückseite des Gebäudes blickte auf ein leer stehendes Haus.

Robie packte die Kante eines Ziegels. Zehn Kilo schwere Scharfschützengewehre zu halten, den Abzug zu betätigen und sich für den Rückschlag bereitzuhalten, um sofort wieder feuern zu können, hatte seinen Griff hart wie Stahl gemacht. Das würde ihm heute Nacht von Nutzen sein.

Der Aufstieg musste in der Dunkelheit erfolgen, denn selbst eine Stiftlampe wäre hell wie ein Schiffsscheinwerfer erschienen. Robie blickte nach oben. Mattes Mondlicht ließ die Ziegel geisterhaft schimmern. Das war gut und schlecht zugleich. Gut, weil es ihn Haltepunkte erkennen ließ, die ihm in völliger Dunkelheit entgehen würden, und schlecht, falls die Wachen um das Gebäude patrouillierten und einer von ihnen zufällig nach oben blickte.

Robie kletterte weiter, rutschte zweimal ab und wäre einmal beinahe gestürzt. Schließlich aber packte seine Hand die Bank eines dunklen Fensters. Er zog sich hoch und kauerte auf dem schmalen Sims.

Das Fenster war verschlossen. Robie zog sein Schweizer Armeemesser, das die Sicherheitskontrolle übersehen hatte. Wenige Sekunden später schob er sich durch das geöffnete Fenster und landete lautlos auf dem Boden. Jetzt schaltete er seine Stiftlampe ein, denn hier drin war die Dunkelheit undurchdringlich.

Abgesehen von ein paar Möbeln, alten Farbeimern und verrosteten Werkzeugen war das Zimmer leer. Es erweckte den Eindruck, als hätte jemand renovieren wollen, sich dann aber dagegen entschieden.

Langsam bewegte Robie sich zur Tür. Der Boden bestand aus alten Holzbrettern, die bei jedem Schritt quietschten, also schob er die Füße über den Boden, um so leise wie möglich zu sein. Augenblicke später hatte er die Tür erreicht und legte das Ohr daran.

Geräusche waren zu hören. Aber sie schienen von unten im Gebäude zu kommen.

Kurz leuchtete Robie auf die Türangeln. Sie sahen alt und rostig aus. Das war gar nicht gut. Möglicherweise klang es wie ein aus großer Höhe angreifender Kampfjet, wenn er die Tür öffnete.

Robie schaute sich um, und sein Blick fiel auf einen Stapel aus Farbeimern, Werkzeugen und Abdeckplanen. Er bewegte sich darauf zu und suchte vorsichtig, beinahe lautlos, bis er eine Dose Schmieröl fand, mit dem er die Türangeln gängig machte. Er verteilte das Schmiermittel sorgsam über das Metall, dann öffnete er vorsichtig die Tür.

Gott sei gedankt für kleine Schätze, dachte er, während er zwischen Tür und Türrahmen spähte.

Der Flur war leer.

Robie schob sich aus dem Zimmer. Ihm gegenüber befanden sich weitere drei Türen, und in der Mitte des Flures führten Stufen nach unten.

Robie huschte auf die andere Seite des Korridors zu den Türen. Dort zog er sein Messer. Es war eine lausige Waffe, wenn er sich damit gegen Gegner zur Wehr setzen musste, die mit Pistolen bewaffnet waren, aber mehr hatte er nun mal nicht. Zum Glück lag der Flur im Dunkeln, also inspizierte Robie die Schlösser und den Boden vor den drei Türen mit einem kurzen Aufleuchten seiner Lampe.

Vor einer Tür lagen Rostflocken, was darauf schließen ließ, dass sie geöffnet worden war. Robie entging auch nicht, dass jemand die Türangeln geölt hatte.

Die Tür war verriegelt, aber dank seines Messers war das zehn Sekunden später kein Thema mehr.

Robie öffnete sie behutsam. Die Angeln bewegten sich lautlos, und er trat ein, schloss die Tür hinter sich und verriegelte sie wieder.

Dann ließ er den Lichtkegel durch das Zimmer wandern.

In einer Ecke stand ein Gestell mit Kleidung. Robie schaute sich die Sachen näher an. Er nickte, denn der Plan der gegnerischen Seite nahm langsam Gestalt für ihn an. Tatsächlich machte er sogar Sinn. Es war eine Taktik, die sich für Terroristen mehr als einmal bewährt hatte.

Als er sich weiter umschaute, wurde ihm klar, dass er den Jackpot geknackt hatte. Hier sah es aus wie in der Waffenkammer auf einem Militärstützpunkt. Tatsächlich gab es hier so viele Waffen, dass Robie sich fragte, ob man welche vermissen würde. Eine erkennbare Ordnung gab es nicht: Kisten waren schlampig aufeinandergestapelt; Waffen für verschiedene Zwecke lagen durcheinander. Die Desorganisation verriet Robie, dass diesem Team entweder militärische Präzision fehlte oder dass es seinen Gegner für zu schwach hielt, um großartig Widerstand zu leisten. Nach dem zu urteilen, was Robie bis jetzt in der Stadt gesehen hatte, traf wahrscheinlich Letzteres zu.

Diese Waffen waren nicht durch die Kontrollpunkte gebracht worden. Selbst die Beamten, die Robies Messer übersehen hatten, hätten ein solches Arsenal unmöglich übersehen können. Entweder waren hier Leute an verantwortlichen Stellen geschmiert worden, oder, was wahrscheinlicher war, die Waffen waren vor Errichtung der Kontrollpunkte geliefert worden.

Robie schnappte sich ein paar Pistolen, zwei Maschinenpistolen und so viel Munition, wie er in seinem Rucksack tragen konnte. Im Idealfall hätte er den Rest der Waffen sabotieren können, indem er die Schlagbolzen entfernte, aber dazu fehlte ihm das nötige Werkzeug. Davon abgesehen, würde es zu viel Zeit erfordern und zu viel Lärm machen.

Doch als er den Blick erneut über das Arsenal schweifen ließ, kam ihm eine andere Idee.

Er machte Fotos mit seinem Handy.

Was er mit diesen Fotos tun wollte, war extrem riskant, aber am Ende war das Risiko, darauf zu verzichten, noch sehr viel größer.

KAPITEL 76

Reel wartete in dem kleinen Hotel, in dem sie sich ein gemeinsames Zimmer gemietet hatten, auf Robie. Als er an der Tür klopfte, spähte Reel durch den Spion und ließ ihn ein.

Robie leerte den Inhalt des Rucksacks auf dem Bett aus und legte dann die Waffen dazu, die er unter seinem Mantel verborgen hatte.

Reel griff nach einer MP5. »Wie viele Waffen hatten sie?«

»Genug, um die ganze Stadt auszulöschen und die Nachbarstadt gleich mit.«

»Wie viele Männer?«

»Der Feuerkraft nach zu urteilen mindestens zwei Dutzend. Was ist aus Kent geworden?«

»Er ist im besten Hotel abgestiegen, das diese Stadt vorzuweisen hat. Ich habe ihn mit einem Glas Sherry am Kamin zurückgelassen.«

»Welche Rolle spielt er bei diesem Unternehmen, was meinst du? Er wird sich nicht selbst an dem Angriff beteiligen. Du hast gesagt, er war mal einer von unserer Sorte.«

Reel schüttelte den Kopf. »Das ist lange her. Ich glaube, er wurde zur Überwachung hergeschickt. Er war in dem Haus mit den Waffen. Vermutlich ist er mit seinen Truppen den Plan durchgegangen.«

»Was meinst du, welchen Fluchtweg sie wählen?«

»Mit der Feuerkraft, die du gesehen hast, könnten

sie sich mühelos den Weg freischießen. Dann ab in ein Privatflugzeug auf einer privaten Startbahn, und sie haben das Land so gut wie verlassen.«

»Und Kent ist vermutlich sogar offiziell als Repräsentant der Regierung da. Er wird so überrascht tun wie alle anderen.« Robie hielt inne. »Okay, also bleiben wir bei unserer Einschätzung, dass es während der Eröffnungszeremonie passiert?«

»Es ist ein großer Saal, Robie. Freie Flächen, mehrere Schusslinien, sobald der Sicherheitskordon durchbrochen ist, und keine Verstecke.«

»Wenn sie zwei Dutzend Kerle haben, die nicht ganz so gut sind wie wir, sollten wir ein halbes Dutzend ausschalten können, vielleicht sogar zwei Drittel, falls das Glück und das Überraschungsmoment auf unserer Seite sind. Das könnte reichen.«

Reel blickte zu ihm hoch, ein Lächeln auf den Lippen. »Keine schlechte Hinterlassenschaft. ›Robie und Reel. Sie haben die Welt gerettet.‹«

»Und dabei ihr Leben geopfert?«

»Niemand hat so viel Glück, Robie, nicht einmal die Guten.« Sie ergriff eine Pistole, überprüfte das Magazin und schob sie dann hinter den Gürtel. »Wir müssen herausfinden, wo und wie wir sie erwischen müssen, um die größtmögliche Wirkung zu erzielen.«

»Ihre geplante Taktik wird das ziemlich schwer machen.« Er erklärte, was er außer den Waffen noch in dem Raum gefunden hatte.

Reel nickte, noch bevor Robie geendet hatte. »Verstehe. Aber das verschafft uns ebenfalls Gelegenheiten.«

»Ja.«

»Dann wird es ein Wartespiel sein?«

»Geduld ist eine Tugend«, sagte Robie. »Und morgen wird Geduld das Einzige sein, das uns am Leben erhält.«

»Dir ist schon klar, dass zwei Seiten auf uns schießen werden, sobald wir uns zu erkennen geben?«

»Wir konzentrieren unsere Feuerkraft auf das Ziel. Sie werden die Tarnung fallen lassen. Dann können wir nur hoffen, dass die offiziellen Sicherheitsbeamten begreifen, was passiert.«

»Wenn überall geschossen wird und schreiende Leute wild umherrennen? Das gibt eine Massenpanik.«

»Darum habe ich ja ›hoffen‹ gesagt. Wir müssen uns trennen.«

»Zwei Ziele, auf die man schießen muss.«

»Genau.«

»Aber das bedeutet, dass wir unsere Feuerkraft schwächen.«

»Das lässt sich nicht ändern. Der Nutzen ist größer als die Nachteile.«

»Dann lass uns unsere Positionen gut aussuchen.« Reel schwieg kurz und musterte ihn. »Falls wir die Sache überleben, habe ich immer noch ein Problem.«

»Und welches?«

»Ich werde gesucht.«

»Nicht von mir. Nicht mehr. Ich helfe dir, Jessica.«

»Das kannst du nicht machen, Robie. Was du bis jetzt getan hast, könnte man als Verrat auslegen. Verhinderst du das hier, wird dir alles verziehen. Aber nicht, wenn du anschließend weiter mit dem Feind verkehrst. Und der bin nun mal ich.«

»Mildernde Umstände.«

»Nicht bewiesen. Selbst wenn es sie geben sollte, wird es vermutlich keine Rolle spielen. Du weißt, wie das System funktioniert.«

»Du meinst, wie das System *nicht* funktioniert.«

»Lass uns einfach abwarten, was morgen passiert. Vielleicht lösen sich die Probleme ja ganz von selbst«, fügte sie unheilverkündend hinzu.

»Ja«, sagte Robie. »Könnte sein.«

KAPITEL 77

Der nächste Tag war klar und kalt. Jeder Atemzug ließ kleine weiße Wölkchen entstehen. Die führenden Politiker der arabischen Welt machten auf dem Weg zu ihrer offiziellen Wagenkolonne den Eindruck, als würde ihnen die Kälte Unbehagen bereiten. Der scharfe Wind ließ ihre Roben flattern.

Es war acht Uhr morgens, und es herrschte eine seltsame Anspannung. Es hatte den Anschein, als wollten die Bürger dieser Stadt einfach nur, dass alles schnell vorbei war. Ihr Wunsch würde in Erfüllung gehen, aber auf eine Weise, wie sie es sich nie hätten vorstellen können.

Es gab nur einen Weg in das Gebäude, in dem die Eröffnungszeremonie stattfand, was es aus Sicht der Sicherheitsorgane so einladend machte. Aber es hatte auch seine Nachteile.

Die Wagenkolonnen fuhren langsam durch die Straßen, und die kanadische Polizei sorgte für Verkehrssicherheit. Auch ein paar kanadische Mounties auf Pferden waren zu sehen, prachtvoll in ihren roten Uniformen, die sie im Fall einer bewaffneten Auseinandersetzung allerdings auch zu farbenprächtigen Zielen machen würden, die kaum zu verfehlen waren.

Reels und Robies Plan war um fünf Uhr morgens fertig gewesen. Keiner von beiden fühlte sich auch nur ansatzweise müde. Das Adrenalin war stärker als jede Erschöpfung.

Reel befand sich genau gegenüber von Ground Zero, direkt vor dem Kontrollpunkt. Der war tabu für sie, da die Bewacher dort bis an die Zähne bewaffnet waren.

Robie stand an der gegenüberliegenden Ecke, näher am Gebäude, aber ebenfalls vor dem Kontrollpunkt. Straßensperren aus Beton sollten verhindern, dass sich eine Bombe in einem Lastwagen dem Rathaus nähern konnte. Deshalb hatten einzelne Wagen kaum genug Platz zur Durchfahrt. Solche Engstellen konnten neue Sicherheitsprobleme aufwerfen, aber im Großen und Ganzen hatte Robie den Eindruck, dass der Plan durchdacht war.

Er warf einen Blick auf die Uhr. Es war fast so weit. »Gleich«, sagte er in sein Mikro.

»Bis jetzt habe ich sieben Wagenkolonnen gezählt«, erwiderte Reel. »Nach meiner Liste bleiben damit noch fünf.«

»Sie wollen sie alle an einem Platz haben. Noch ein paar Minuten, und sie drücken auf den Abzug.«

»Und es geht los«, sagte Reel.

Es *geht* los, dachte Robie.

Die letzte Kolonne fuhr durch die Sperre. Die Fahrer ließen ihre Fahrgäste aussteigen, die im Gebäude verschwanden.

Das Programm hatte einen engen Zeitplan. Eröffnungszeremonie und Ansprachen würden fünfundvierzig Minuten in Anspruch nehmen. Anschließend würde man die Delegationen aufteilen und an andere Orte bringen, an denen weitere Veranstaltungen und Diskussionen stattfanden. Jetzt und hier war eine der wenigen Gelegenheiten, wo alle sich zur selben Zeit am selben Ort aufhielten.

Nach der gestiegenen Anspannung der Sicherheitsbeamten zu urteilen, war ihnen dies nur zu gut bewusst.

Robie zog sich in eine Gasse zurück, wo seine Hand sich um den Pistolengriff schloss. Ein Blick auf die Uhr. Das Programm lief seit zwanzig Minuten.

Taktisch gesehen würden die Angreifer kaum bis zum Ende der Veranstaltung warten, schließlich bestand immer die – wenn auch unwahrscheinliche – Möglichkeit, dass Teilnehmer früher aufbrachen. Es war von entscheidender Bedeutung, sie alle zu erwischen.

»Ich glaube ...«, sagte Robie in sein Mikro.

Weiter kam er nicht.

Aus der Eingangstür des Rathauses und allen vier Fenstern an der Frontseite schossen Flammen. Gleiches geschah am Hintereingang.

Dreißig Sekunden später brannte die Vorderseite des Gebäudes lichterloh, wodurch der Eingang versperrt wurde. Die Hinterseite war auf die gleiche Weise blockiert.

Robie machte sich bereit, als er sie kommen hörte: Feuerwehr- und Rettungswagen, die mit heulenden Sirenen über die Straße jagten.

Das Sicherheitspersonal ließ sie durch. Augenblicke später kamen die Einsatzfahrzeuge mit kreischenden Reifen vor dem Rathaus zum Stehen. Männer sprangen von den Löschfahrzeugen und aus den Rettungswagen.

Die Waffe in der Hand, trat Robie ins Freie. Reel, auf der gegenüberliegenden Seite, tat es ihm gleich.

Robie eröffnete das Feuer. Seine Schüsse ließen die Vorderreifen eines Rettungswagens platzen und die Windschutzscheibe bersten.

Reel erschoss einen der Feuerwehrmänner, bevor dieser die Maschinenpistole einsetzen konnte, die er unter seinem Mantel hervorgezogen hatte.

Dann eröffneten beide das Feuer auf die Gruppe der Männer und zwang sie, Deckung zu suchen. Aber bevor die Attentäter das Feuer erwidern konnten, brüllte jemand: »Keine Bewegung!«

Robie sah, wie ein kleines Heer aus FBI-Leuten und kanadischer Polizei von beiden Enden der Straße heranstürmte. Alle trugen Schusswesten und Maschinenpistolen. Aus Verstecken auf den Dächern kamen Scharfschützen zum Vorschein und richteten die langen Läufe ihrer Waffen auf die falschen Ersthelfer. Kugeln flogen dicht genug über die Köpfe der Zielpersonen, um sie erkennen zu lassen, dass jeder Widerstand in einem Blutbad enden würde.

Eine Minute später knieten mehr als zwanzig Männer auf der Straße, die Hände über den Köpfen, in Schach gehalten von den Waffen ihrer Bezwinger.

Robie trat vor und begrüßte Nicole Vance. Sie trug eine Schussweste und hielt die Pistole in der rechten Hand. Ihr Lächeln war strahlend und einladend.

»Danke für Ihre Informationen gestern Nacht, Robie«, sagte sie. »Und für die Fotos von dem Arsenal, das Sie gefunden haben. Ich konnte es zuerst kaum glauben, aber Sie waren sehr überzeugend. Und ich wiederum war sehr überzeugend bei meinen Vorgesetzten. Ich kann Ihnen gar nicht sagen, wie sehr das meiner Karriere nutzen wird.«

Robie blickte zur Seite, als zwei Männer auf sie zutraten, die einen dritten Mann in ihrer Mitte führten: Sam Kent. Er sah über den so plötzlich veränderten Gang der Ereignisse nicht glücklich aus, aber er sagte kein Wort. Protestierte nicht lautstark und beteuerte nicht seine Unschuld. Und wollte auch nicht wissen, warum man ihn festhielt.

Robie starrte ihn an. Als Kent diesen Blick bemerkte, versteifte sich sein Körper. Robie glaubte, die Andeutung eines resignierten Lächelns zu sehen.

»Sie können uns helfen, Kent«, sagte er. »Sie wissen, was wir brauchen.«

»Ich bezweifle sehr, dass ich Ihnen oder mir helfen kann.«

»Wollen Sie behaupten, Sie wissen von nichts?«

»Keineswegs. Aber Tote geben keine guten Zeugen ab.«

»Wie meinen Sie das?«

»Soll ich Ihnen etwas sagen?«
»Ein Name wäre schön.«
»Nein, die Botschaft ist viel einfacher.« Kent lächelte. »Leben Sie wohl, Robie.«
Die beiden Männer starrten sich an.
»Robie!«
Robie wandte den Kopf, als er diesen Ruf hörte. Er entdeckte Reel, die ein Stück entfernt stand.
»Robie!«, rief sie noch einmal. »Johnson ist nicht hier. Er ist nicht hier!«
Robie ließ den Blick über die Reihe der geschlagenen Männer schweifen, die auf der Straße knieten, und musterte ein Gesicht nach dem anderen.
Dick Johnson war nicht dabei.
Robie setzte sich in Bewegung, aber er wusste, dass es zu spät war.
Der Schuss traf Kent mitten ins Gesicht, trat am Hinterkopf wieder aus und riss einen Großteil des Gehirns mit sich.
Eine Sekunde bevor der Schuss fiel, hatte Robie einen Blick auf das Gesicht des Mannes werfen können.
Da war keine Furcht zu sehen gewesen. Nur Resignation.

KAPITEL 78

Robie und Nicole Vance saßen im Empfangsraum des örtlichen Polizeireviers. Man hatte den Brand gelöscht und die Veranstaltung an einen anderen Ort verlegt. Zuerst war in Erwägung gezogen worden, alles abzusagen. Aber nachdem das FBI versprochen hatte, bei den Sicherheitsmaßnahmen zu helfen, hatten die Teilnehmer es sich anders überlegt und beschlossen, die Konferenz weiterzuführen.

Das Attentäter-Team wurde unter den wachsamen Augen kanadischer Spezialagenten und des FBI in Zellen gesperrt. Die gemeinsame kanadisch-amerikanische Mission war schnell und unbürokratisch beschlossen worden. Dabei hatten weder der gute Ruf des FBI noch die Tatsache geschadet, dass die Kanadier enge Verbündete der Vereinigten Staaten waren. Außerdem wollten die Kanadier ein Massaker an führenden ausländischen Politikern auf ihrem Territorium unbedingt vermeiden.

Sam Kents Leiche lag in einem Kühlbehälter in einem mobilen Fahrzeug der Forensik.

Dick Johnson war bis jetzt der Festnahme entgangen.

»Wer war die Frau, die Ihnen zugerufen hat?«, fragte Vance.

Nachdem Reel ihn vor Johnson gewarnt hatte, war sie in der Menge untergetaucht.

»Jemand, der mir geholfen hat, diesen Angriff aufzuhalten. Ich kann Sie später über diese Frau informieren.«

»Okay. Also wollte man alle Politiker auf einen Schlag ausschalten?«

»Sieht so aus.«

»Das wäre ein globaler Albtraum geworden.«

»Das war vermutlich der Plan.«

»Wie sind Sie und Ihre Helferin darauf aufmerksam geworden?«

»Gerüchte, hier und da eine Information. Dem sind wir nachgegangen.«

»Ich fand den Gipfel hier in Kanada immer schon merkwürdig. Ich meine, die G8 hält zur gleichen Zeit eine Terrorismuskonferenz in Irland ab. Wussten Sie das?«

»Ich habe in der Zeitung davon gelesen«, antwortete Robie ausweichend.

»Jedenfalls bin ich froh, dass Sie uns gerufen haben, verstehen Sie mich nicht falsch. Aber warum haben Sie nicht Ihr eigenes Team vor Ort gehabt? Die CIA kann hier ganz legal operieren.«

»Ich bin mir nicht sicher, ob die Kanadier das auch so sehen. Es gibt böses Blut wegen ein paar früherer Aktionen der CIA. Deshalb hielten wir das FBI für das richtige Instrument, für Verstärkung zu sorgen, sobald wir das Ziel ermittelt hatten.« Nichts davon entsprach der Wahrheit, aber Robie fiel keine andere Erklärung ein.

»Vermutlich ist nur wichtig, dass es nicht passiert ist, nicht wahr?«

»So sehe ich es auch.«

»Wir haben den Mann, der getötet wurde, identifiziert. Er ist Bundesrichter. Wie passt er ins Bild?«

»Da bin ich mir noch nicht sicher. Es wird einige Zeit dauern, um der Sache auf den Grund zu gehen. Wenn ich raten müsste, könnte er bestochen worden sein. Und vielleicht war er ja nicht immer Richter.«

»Ja, stimmt. Er schien zu wissen, wer Sie sind«, sagte Vance misstrauisch.

»So hat sich das ergeben«, meinte Robie und mied ihren Blick.

»Und wegen der Arbeit an dieser Sache mussten Sie untertauchen?«

Robie nickte.

»Ich nehme an, es hängt irgendwie mit dem Tod von Jim Gelder und Doug Jacobs zusammen?«

»Und Howard Decker«, sagte Robie.

»Decker? Was hat der damit zu tun?«

»Ich bin mir nicht sicher. Es ist noch alles ziemlich undurchsichtig.«

Vance musterte ihn. »Glauben Sie nur nicht, dass ich Ihnen Ihre Antworten so einfach abnehme. Ich kenne Sie. Sie erzählen Ihren Blödsinn wirklich gut, aber am Ende ist es genau das: Blödsinn.«

»Ich sage Ihnen alles, was ich weiß.«

»Sie meinen, Sie sagen mir alles, was Sie *können*.« Sie musterte ihn scharf. Dann beschloss sie, die Richtung zu wechseln. »Robie, die Männer, die wir verhaftet haben, sehen aus wie …«

»Es gibt eine Menge Freiberufler auf der Welt. Und wir haben viele davon ausgebildet.«

»Also sind diese Männer Söldner?«, fragte sie.

»Vermutlich.«

»Dann müssen wir jetzt herausfinden, wer sie angeheuert hat.«

»Das werden wir vielleicht nie erfahren.«

»Wir finden es schon heraus. Ich könnte mir vorstellen, dass Gelder und Jacobs zufällig auf etwas gestoßen waren. Die andere Seite fand es heraus und brachte sie um. Vielleicht gilt das ja auch für Decker.« Sie schnippte mit den Fingern. »Er war doch Vorsitzender des Geheimdienstausschusses. Da haben wir schon eine Verbindung.«

»Da könnten Sie recht haben.«

»Wir werden sehen. Wie Sie schon sagten, solche Angelegenheiten werden schnell undurchsichtig.«

Ja, in der Tat, dachte Robie.

»Wann reisen Sie zurück?«, fragte Vance.

»Ich muss noch ein paar Dinge erledigen, dann erstatte ich Bericht. Unsere Behörden werden bestimmt die sicheren Leitungen glühen lassen, um die Sache zu klären. Manchmal macht die Wahrheit alles noch komplizierter.«

»Das glaube ich nicht. Nicht bei dieser Sache. Die Guten treten den Bösen offiziell in den Hintern. Da kann man nichts verdrehen. Und die Vereinigten Staaten haben im Nahen Osten einen dicken Stein im Brett. Wir haben ihnen gerade den gemeinsamen Hintern gerettet. Und ich habe die Teilnehmerliste gesehen. Da sind einige Leute darunter, die nicht gerade unsere Fans sind.«

»Stimmt. Aber vielleicht ja von nun an.« Robie stand auf. »Ich sollte besser gehen.«

»Sehen Sie, Robie? Manchmal ist Kommunikation eine gute Sache.«

Robie war noch keine zehn Schritte auf dem Bürgersteig gegangen, als die Stimme in seinem Ohr sagte: »Auf drei Uhr.«

Er blickte zu der Stelle, wo Reel an einer Straßenecke stand. Er eilte zu ihr, und beide verschwanden in eine Gasse.

»Kent ist tot«, sagte Robie.

»Ich weiß. Der größte Teil seines Gehirns lag auf der Straße.«

»Von Johnson gibt es keine Spur.«

»Er war die Notfallsicherung. Kent wusste über alles Bescheid. Die anderen Männer wussten nur, was sie wissen mussten. Sie werden uns nirgendwo hinführen können. Kent war der Schlüssel, und Johnson hatte die Aufgabe, zurückzubleiben und ihn auszuschalten, falls die Dinge aus dem Ruder liefen.«

»Da stimme ich dir zu«, sagte Robie.

Reels Stimme wurde grob. »Aber warum hast du mir nicht vom FBI erzählt?«

»Musstest du das wissen?«

»Ich dachte, wir bilden bei dieser Sache hier ein Team.«

»Es hätte sein können, dass du die Dinge anders regelst, wenn du gewusst hättest, dass das FBI sich einschaltet.«

»Soll heißen?«

»Soll heißen, dass nach dir gefahndet wird.«

»Was hast du denen eigentlich über mich gesagt?«

»Dass wir von der Agency den Auftrag hatten, diese Sache zu verhindern.«

»Und Gelder und Jacobs?«

»Man glaubt, dass sie von den Leuten ermordet wurden, die hinter dem geplanten Anschlag hier steckten. Ich habe ihnen gesagt, dass sie mit dieser Theorie meiner Meinung nach auf der richtigen Spur sind.«

»Ich glaube nicht, dass Vance sich damit zufriedengibt. Sie ist nicht der Typ, der sich auf die Aussage eines Dritten verlässt. Sie stützt sich lieber auf ihre eigenen Untersuchungen und ihre eigenen Schlüsse, jede Wette.«

»Stimmt. Was ich gesagt habe, sollte uns nur ein bisschen Zeit verschaffen.«

»Okay.«

»Aber es kann nicht dort enden, Jessica.«

Sie warf einen Blick über die Schulter. »Seit ich mit dieser Sache angefangen habe, konnte ich an nichts anderes mehr denken.«

»Es gibt Möglichkeiten.«

»Nein, gibt es nicht, Robie. Nicht hier. Es gibt nur ein mögliches Ende, und das wird nicht gut für mich ausgehen. Aber dir wird nichts passieren. An deiner Stelle würde ich zu Vance zurückgehen und ihr die Wahrheit erzählen. Je mehr du mich zu decken versuchst, umso schlimmer wird es für dich, wenn die Wahrheit ans Licht kommt.«

Robie gab nicht nach. »Willst du wirklich Zeit mit Diskussionen über etwas so Dummes verschwenden?«

»Das ist nicht dumm. Es ist deine Zukunft.«

»Ich gehe nirgendwohin, Jessica. Das ist meine Entscheidung, und dabei bleibe ich.«

»Bist du sicher?«

»Frag mich nicht noch einmal.«

»Nur damit du dir der möglichen Konsequenzen bewusst bist.«

»Jemand hat Johnson den Befehl erteilt, Kent auszuschalten. Ich will diesen Jemand.«

»Lose Enden, Robie. In wenigen Minuten wird man Johnsons Leiche finden. Dieser Idiot war in dem Augenblick tot, in dem er auf Kent gezielt hat. Man wird ihn auf keinen Fall am Leben lassen.«

»Wir sind auch lose Enden«, sagte Robie.

»Das stimmt.« Plötzlich sah Reel fröhlich aus.

»Was ist?« Robie war ihre Miene nicht entgangen.

»Lose Enden sind keine Einbahnstraße. Diese Leute wollen uns erwischen. Nun, dann müssen sie zu uns kommen.«

»Was uns die Chance gibt, sie zuerst zu erwischen«, erwiderte Robie. »Fragt sich nur, wie wir das anstellen sollen.«

»Du musst mir vertrauen. So, wie ich die ganze Zeit dir vertraut habe.«

»Aber wie sieht dein Plan aus? Wir haben nichts in der Hand.«

»Ich habe ein paar Recherchen betrieben«, erwiderte Reel.

»Worüber?«

»Über Roger the Dodger.«

»Weißt du, wer er ist?«

»Ja. Glaube ich jedenfalls.«

»Beweise?«

»Ein Zeuge.«

»Wo können wir diesen Zeugen finden?«

»Das brauchen wir nicht.«

Reel setzte sich in Bewegung.

Als Robie ihr nicht folgte, drehte sie sich um. »Ganz egal, was du eben gesagt hast, wenn du aus der Sache raus bist, muss ich das wissen, und zwar jetzt sofort. Dann ändere ich meinen Plan und ziehe die Sache allein durch, so oder so.«

»Wegen deiner Freunde?«

»Weil ich nicht gern angeschissen werde. Ich mag keine Verräter. Und ja, auch wegen meiner Freunde.«

»Ich bin dabei.«

»Dann komm.«

Robie folgte ihr.

KAPITEL 79

Das Weiße Haus.

Es war oft ein Ort des drohenden Chaos, das von Augenblicken der Stille gedämpft wurde, wie im Auge eines Hurrikans. Doch es war zu spüren, dass dicht unter dieser dünnen Schicht aus Ruhe der Irrsinn lauerte.

Sie befanden sich im Oval Office. Es war für die symbolträchtigen Augenblicke reserviert, bei denen häufig Dutzende Fotografen anwesend waren. Heute gab es keine Fotografen, trotzdem war es ein symbolträchtiger Augenblick.

Robie saß auf einem Stuhl. Ihm gegenüber saß CIA-Direktor Evan Tucker. Der Präsident hatte auf einem Sofa Platz genommen. Auf einem Stuhl neben ihm saß der Nationale Berater in Sicherheitsfragen, Gus Whitcomb. Die Gruppe wurde von Blue Man vervollständigt, der überwältigt zu sein schien, sich wieder in solch erlauchter Gesellschaft zu befinden.

»Das wird allmählich zur Routine, Robie«, sagte der Präsident leutselig.

»Ich hoffe nicht, Sir«, erwiderte Robie.

Sein Anzug und die Krawatte waren dunkel, sein Hemd weiß, und seine Schuhe waren auf Hochglanz geputzt. Verglichen mit den farbenprächtigen Krawatten der anderen sah er wie ein Mann bei einer Beerdigung aus. Vielleicht sogar bei der eigenen.

»Die genauen Einzelheiten, kommen nach und nach ans Licht, wenn auch nur langsam.«

»Ich bezweifle, dass wir je die ganze Wahrheit erfahren«, meinte Tucker. »Und man wird mich nie davon überzeugen können, dass Jim Gelder in die Sache verstrickt war.« Er warf Robie einen Blick zu. »Die für Jim Gelders und Doug Jacobs' Tod verantwortlichen Personen wird man zur Rechenschaft ziehen.«

Robie erwiderte den Blick, sagte aber nichts dazu.

Der Präsident räusperte sich, und die anderen Männer setzten sich etwas aufrechter hin. »Ich glaube, wir sind da einer sehr großen Kugel ausgewichen. Natürlich ist das nicht der Augenblick für eine Feier, denn wir sehen schwierigen Zeiten entgegen.«

»Da stimme ich Ihnen zu, Mr. President«, sagte Tucker. »Und ich kann Ihnen versichern, dass meine Behörde alles unternehmen wird, um dafür zu sorgen, dass wir diesen schwierigen Zeiten angemessen begegnen können.«

Robie und Whitcomb tauschten einen Blick.

Whitcomb wartete, bis ersichtlich war, dass der Präsident nichts darauf erwidern würde. »Ich bin ebenfalls der Meinung«, sagte er dann, »dass wir viele Probleme vor uns haben. Falls es im Geheimdienst Maulwürfe gibt, wie Mr. Robie glaubt ...«

»Für das Protokoll, dieser Behauptung widerspreche ich energisch«, warf Tucker ein.

Der Präsident hob die Hände. »Hier macht niemand eine Aussage, Evan. Gus wollte nur andeuten, dass wir dieser Sache auf den Grund gehen müssen. Jedenfalls, soweit es möglich ist.«

Whitcomb fuhr fort: »Falls es in der Behörde Maulwürfe gibt, muss das geklärt werden. Wir haben vier tote Männer, die in verschiedenen Institutionen dieses Landes hohe Positionen bekleidet haben. Wir haben eine potenzielle Katastrophe, die dank der Bemühungen Mr. Robies und des FBI in Kanada verhindert wurde. Jetzt müssen wir die Verbindungen zwischen diesen beiden Dingen aufdecken.«

»Natürlich«, sagte Tucker. »Ich habe nie gesagt, dass es keine Untersuchung geben soll.«

»Eine gründliche Untersuchung«, fügte Whitcomb hinzu.

»Gibt es neue Hinweise darauf, wer Gelder und Jacobs ermordet hat?«, fragte der Präsident.

»Noch nicht«, sagte Blue Man.

Alle Blicke richteten sich auf ihn, als hätte man seine Anwesenheit ganz vergessen.

»Aber wir hoffen, dass sich das bald ändert«, fügte er hinzu.

»Und dieser Johnson?«, fragte der Präsident.

»Dick Johnson ...«, sagte Whitcomb und sah auf seine Notizen. »Der hat früher für die CIA gearbeitet.«

»Von einem von uns zu einem von denen, Evan?«, fragte der Präsident. »Wie ist das möglich?«

»Johnson war ein Versager, Sir. Wäre er nicht verschwunden, hätte man ihn eines Tages rausgeworfen.«

»Er war nicht der Einzige, Sir«, sagte Robie. »Von den ungefähr zwanzig Leuten, die vom FBI festgenommen wurden, hatte die Hälfte Verbindungen zur Agency. Und da ist Roy West in Arkansas noch nicht mit eingerechnet.«

»Roy West wurde gefeuert!«, stieß Tucker hervor. »Und ich bin mir der anderen durchaus bewusst, Robie.« Spöttisch fügte er hinzu: »Trotzdem vielen Dank, dass Sie uns darauf hingewiesen haben.«

Der Präsident meldete sich wieder zu Wort. »Jedenfalls hätte die Ermordung der arabischen Spitzenpolitiker zu größter Unruhe in der muslimischen Welt geführt. Aber war das der einzige Grund?« Fragend schaute er in die Runde.

Tucker warf Whitcomb einen durchdringenden Blick zu. Aber der schien es nicht einmal zu bemerken und schaute Robie an. Zwischen Robie und Whitcomb schien es eine stillschweigende Übereinkunft zu geben. Tatsächlich hatten die beiden Männer sich vor dem Treffen unterhalten.

Whitcomb räusperte sich. »Es könnte sein, dass die Verantwortlichen die ermordeten Politiker durch Leute ersetzen wollten, die auf ihrer Linie sind.«

»Also war es eine interne Angelegenheit?«, fragte der Präsident. »Parteien und Gruppierungen, die im Nahen Osten um die Macht kämpfen, steckten hinter dem Angriff in Kanada?«

»So sieht es aus, Sir«, entgegnete Whitcomb.

»Nun, Gott sei Dank ist es nicht so weit gekommen«, sagte der Präsident.

»Ja, Gott sei Dank«, fügte Tucker hinzu.

Die Tür zum Oval Office öffnete sich, und der Sekretär des Präsidenten schaute herein. Es war seine Aufgabe, dafür zu sorgen, dass sein Chef seinen Terminkalender einhielt.

»Sir, die Zwei-Minuten-Erinnerung vor Ihrem nächsten Treffen ...«

Der Präsident nickte und stand auf. »Gentlemen, Sie halten mich auf dem Laufenden, wie es in dieser Sache weitergeht. Ich möchte über jede neue Entwicklung informiert werden. Wir behalten den Status quo bei, bis die äußeren Bedingungen etwas anderes diktieren. Ich will einen vollständigen Bericht.«

Das wurde ihm einhellig versichert. Man schüttelte sich die Hände und verabschiedete sich.

Auf dem Weg nach draußen setzte Robie sich an die Seite von Blue Man. »Wir haben uns schon eine Weile nicht mehr unterhalten.«

»Sie waren eine Weile untergetaucht.«

»Ich habe Ihren Rat befolgt. Wie sich herausgestellt hat, war es ein guter Rat.«

Blue Man beugte sich zu Robie hinüber und fragte leise: »Und sie?«

Robie nickte. »So gut, wie alle sagen.«

»Was wird mit ihr passieren?«

»Ich weiß es nicht. Ginge es nach mir, könnte sie gehen.«

»Aber es geht nicht nach Ihnen«, wies Blue Man ihn zurecht.

»Wie der Präsident bereits sagte: Wir behalten den Status quo, bis die äußeren Bedingungen etwas anderes diktieren.«

»Und Sie glauben, dass die äußeren Bedingungen sich verändern werden?«

»Das tun sie immer.«

»Aber nicht hier.«

»Ganz besonders hier«, erwiderte Robie.

* * *

Robie erwischte Tucker, als er vor dem Weißen Haus in seinen SUV steigen wollte.

»Warten Sie eine Minute«, sagte Tucker zu seinem Begleiter, der Robie fragend musterte.

Die beiden Männer gingen ein Stück.

»Eine interessante Besprechung«, sagte Robie.

»Warum habe ich den Eindruck, dass alle sich gegen mich gewandt haben?«, erwiderte Tucker anklagend.

»Was haben Sie erwartet? Ihre Behörde steht im Mittelpunkt dieser Angelegenheit.«

»Sie stehen kurz davor, gefeuert zu werden.«

»Das glaube ich nicht.«

»Sie arbeiten für mich«, knurrte Tucker.

»Ich arbeite für den Mann im Weißen Haus. Und wenn Sie schon technisch werden wollen ... im Grunde ist das amerikanische Volk mein Boss.«

»So funktioniert das nicht, und das wissen Sie.«

»Ich weiß nur, dass Menschen gestorben sind. Und nicht nur die Bösen.«

»Wovon reden Sie eigentlich?«

»Von einer Frau namens Gwen. Und einem Burschen namens Joe. Und einem anderen Burschen namens Mike.«

»Diese Namen sagen mir nichts.«
»Sie waren gute Menschen.«
»Sie haben diese Leute gekannt?«
»Eigentlich nicht. Aber jemand, den ich respektiere, hat für sie gebürgt. Also passen Sie auf Ihren Rücken auf, Direktor.«

Robie wandte sich ab.

»Wen respektieren Sie, Robie? Jessica Reel? Die Frau, die zwei meiner Leute ermordet hat?«

Robie blickte sich um. »Es mögen Leute gewesen sein, Direktor. Aber es waren nicht *Ihre* Leute.«

Robie ging weiter.

Tucker folgte ihm ein kurzes Stück, ging dann aber mit steifen Schritten zurück zu seinem Fahrzeug.

Jessica Reel beobachtete alles durch das Tor des Weißen Hauses.

Sie und Robie tauschten einen Blick. Dann drehte sie sich um und ging.

KAPITEL 80

Robie saß auf der Theodore Roosevelt Island auf einer Bank gegenüber vom Kennedy Center. Hier, in Washington, inmitten von mehr als einer halben Million Menschen, war man auf der kleinen Insel im Potomac River isoliert, beinahe abgeschieden. Heute war sie nicht für die Öffentlichkeit geöffnet, was sie noch abgeschiedener machte. Dafür gab es einen guten Grund.

Es war ein schöner Tag, freundlich, sonnig und wärmer als normal.

Robie schaute auf, als ein paar Vögel vorüberflogen. Dann richtete seine Aufmerksamkeit sich auf den Mann, der in seine Richtung kam. Der Mann ging langsam über den schmalen Pfad, entdeckte Robie und winkte kurz, bevor er den Weg zur Bank einschlug.

Dort angekommen, setzte er sich, knöpfte seine Jacke auf und lehnte sich zurück.

»Schöner Tag«, sagte Robie.

»Er wird noch schöner sein, wenn wir diesen Bastard festnageln«, erwiderte Whitcomb.

»Ich freue mich ebenfalls darauf.«

»Sie haben Tucker nach unserem Treffen ja ganz schön aufgeschreckt.«

»Er war sichtlich in der Defensive.«

»Was er auch sein sollte. Tucker ist eine Schande. Aber so ungern ich es zugebe, ich wüsste nicht, wie wir es machen können, Robie. Es gibt keinen Beweis. Ganz egal, wie sehr wir es uns wünschen.«

»Die Schützen waren alle bei der Agency.«

»Und sein Motiv?«

»Wenn die Welt zur Hölle fährt, würde die CIA wie eine Rakete in die Höhe schießen, sobald es um Budget und Zuständigkeiten geht. Die beiden heiligen Grale des Geheimdienstsektors.«

Whitcomb schüttelte den Kopf. »Das sind bestenfalls Indizienbeweise. Tuckers Anwälte würden das in der Luft zerfetzen. Und keiner der Schützen wusste etwas Nützliches?«

»Keiner von denen war mehr auf dem Laufenden. Sie waren bloß angeheuerte Revolverschwinger. Kent ist tot. Genau wie Gelder, Decker, Jacobs. Alle losen Enden sind gekappt.«

»Er war gründlich, das muss man ihm lassen.«

»Aber er hat einen Fehler gemacht.«

»Und welchen?«

»Ein loses Ende, das übersehen wurde.«

»Was für eins?«, fragte Whitcomb.

»Eine Frau, Sir. Karin Meenan. Sie hat als Ärztin für die CIA gearbeitet. Meenan hat mir den Peilsender verpasst. Sie kannte Roy West. Und sie wusste von dem Weißbuch.«

»Weißbuch?«

»Wir haben es das ›Apokalypse-Papier‹ genannt. In diesem Papier wurde in minutiösen Details ein Angriff auf die G8 aufgezeichnet, Land für Land, Attentat für Attentat, ausgeführt von islamischen Terroristen. Außerdem führt dieses Papier genau auf, was nach den Attentaten getan werden muss, um das globale Chaos vollständig zu machen.«

»Aber der Angriff in Kanada konzentrierte sich auf die arabischen Spitzenpolitiker, nicht auf die der G8.«

»Das ist richtig. Man hat Wests Dokument gewissermaßen umgedreht. Ein Angriff auf muslimische Führer durch ...« Robie verstummte.

»Nicht durch die Interessenparteien im Nahen Osten«, sagte Whitcomb, »wie wir dem Präsidenten gegenüber behauptet haben. Sondern durch Tucker und diese Idioten von der CIA, die diesen Mist von der Nationenbildung nicht aus dem Kopf kriegen.«

»Ich fürchte, neue Beweise sprechen gegen diesen Schluss, Sir.«

»Neue Beweise?«

Robie winkte die Person herbei, die gerade am Anfang des Pfades erschienen war. Whitcomb blickte zu der Frau, die sich mit zögernden Schritten bewegte.

»Ich hatte sie in einem kleinen Versteck untergebracht«, sagte Robie. »Ich habe um ihre Sicherheit gefürchtet.«

Karin Meenan blieb vor den Männern stehen.

»Ich würde Sie ja einander vorstellen«, sagte Robie, »aber Sie kennen sich ja bereits.«

Whitcomb blickte in das verängstigte Gesicht der Frau. Dann wandte er sich Robie zu. »Ich verstehe nicht, was das soll ...«

»Eine Freundin von mir hat ein paar Nachforschungen über Sie betrieben und eine Erleuchtung gehabt. Haben Sie auf der Marineakademie gern mit Roger Staubach Football gespielt? Er war Ihnen ein paar Jahre voraus. Sie spielten an der Verteidigungslinie, und er war Quarterback. Es muss Sie begeistert haben. Gewinner der Heisman Trophy, und das als letzte Mannschaft der Navy. Einzug in die Hall of Fame. Gewinner des Super Bowl. Ganz schön beeindruckend.«

»Das war es auch, aber ich glaube, wir müssen uns wieder auf unsere Angelegenheit konzentrieren.«

»Als Spieler hatte Staubach einen Spitznamen. Er war ein talentierter Scrambler, der dem Gegner mühelos ausweichen konnte. Der rennende Quarterback. Wie lautete noch mal sein Spitzname?«

Meenan sagte mit leiser Stimme: »Roger the Dodger.«

»Das war es«, sagte Robie. »Roger the Dodger. Derselbe Deckname, den diese Person Roy West gegenüber benutzt hat. West schickte ihr das Apokalypse-Papier. Damit fing alles an. Aber ich glaube nicht, dass es sich dabei um Staubach handelte.« Er zeigte auf Whitcomb. »Ich glaube, das waren Sie.«

»Ich bin verwirrt, Robie. Sie und ich haben das doch schon besprochen. Wir können Tucker für alles verantwortlich machen. Sie haben ihm nach unserem Treffen mit dem Präsidenten mit meinem Segen die Hölle heiß gemacht.«

»Nur um Sie in Sicherheit zu wiegen. Damit Sie herkommen und sich mit mir treffen, um Tuckers professionelle Vernichtung zu besprechen, wie Sie glauben sollten. Tucker ist ein Arschloch, aber er ist kein Verräter. *Sie* sind der Verräter.«

Langsam stand Whitcomb auf und starrte auf Robie hinunter. »Ich kann Ihnen nicht sagen, wie enttäuscht ich von Ihnen bin. Und ich bin noch mehr beleidigt als enttäuscht.«

»Ich habe mein ganzes bisheriges Leben damit verbracht, die bösen Jungs zu töten, Sir. Ein Monster nach dem anderen. Einen Terroristen nach dem anderen. Ich bin gut darin. Ich will das auch weiterhin machen.«

»Nach den heutigen Anschuldigungen bin ich mir nicht sicher, ob Sie das können.«

»Hatten Sie keine Geduld mehr? Wollten Sie nicht mehr darauf warten, dass Leute wie ich abdrücken? Wollten Sie das Spielbrett in einem Zug abräumen?«

»Wenn Sie auch nur den Hauch eines Beweises haben, sollten Sie jetzt damit rausrücken.«

»Nun ja, wir haben Dr. Meenan hier, die bezeugen wird, dass sie direkt mit Ihnen zusammengearbeitet hat, um die Sache in Gang zu bringen. Und dass sie mir auf Ihren Befehl hin einen Peilsender in meinem Körper angebracht hat.«

Whitcomb starrte die Frau drohend an. »Dann würde

sie lügen, und man wird sie wegen Meineids belangen und für sehr lange Zeit ins Gefängnis bringen.«

»Ich glaube kaum, dass die Sache vor Gericht geht.«

»Sobald der Präsident davon hört, bin ich mir sicher ...«

Robie unterbrach ihn. »Der Präsident ist bereits unterrichtet worden. Er wurde über alles informiert, was ich gesagt habe. Es war sein Vorschlag, dass ich mich mit Ihnen treffe.«

»Sein Vorschlag?«, sagte Whitcomb ausdruckslos.

Robie nickte.

»Aber es gibt nicht den geringsten Beweis, der mich auch nur mit irgendetwas davon in Verbindung bringt.«

»Außer Meenan gibt es noch andere Beweise. Sir, Sie sollten sich lieber setzen, bevor Sie umkippen.«

Mit unsicheren Beinen nahm Whitcomb wieder auf der Bank Platz. »Sie glauben, es wird keinen Prozess geben?«

»Das wäre eine zu große Peinlichkeit für die Nation. Das können wir nicht gebrauchen. Es gibt viel zu viele Terroristen, und es würde unserer Fähigkeit schaden, Jagd auf sie zu machen. Das wollen Sie doch nicht, oder?«

»Natürlich nicht.«

Robie schaute zu Meenan hoch. »Vielen Dank. Da hinten warten ein paar Leute auf Sie.« Er zeigte nach links, wo zwei Männer in Anzügen standen.

Nachdem die Ärztin verschwunden war, sagte Robie: »Übrigens hat man Ihre Sicherheitsleute weggeschickt.«

Whitcomb blickte in die Richtung, aus der er gekommen war. »Ich verstehe.«

»Ihr Rücktritt wäre wohl angebracht.«

»Hat der Präsident auch das vorgeschlagen?«, fragte Whitcomb tonlos.

»Sagen wir, er hat keinen Einspruch erhoben, als das

Thema zur Sprache kam.« Robie musterte den Mann. »Kannten Sie Joe Stockwell?«

Langsam schüttelte Whitcomb den Kopf. »Nicht persönlich.«

»Ein US Marshal im Ruhestand. Guter Mann. Ließ sich auf Kent ein, gewann sein Vertrauen. Fand heraus, was dort vor sich ging. Sie ließen ihn umbringen. Und eine Frau namens Gwen. Nette alte Lady. Und einen ehemaligen Angestellten der Agency namens Mike Gioffre. Sie alle haben einer Freundin von mir sehr viel bedeutet.«

»Welche Freundin?« Aber Robie sah, dass Whitcomb die Antwort bereits kannte.

Robie zeigte nach rechts. »Sie.«

Whitcomb schaute in die Richtung.

Jessica Reel stand drei Meter von ihnen entfernt, den Blick fest auf Whitcomb gerichtet.

Robie erhob sich und ging zum Ausgang des Parks.

Er warf keinen Blick zurück.

* * *

Die Insel inmitten von einer Million Menschen beherbergte jetzt nur zwei Personen.

Gus Whitcomb.

Und Jessica Reel, die eine Pistole hielt.

Whitcomb schien keine Angst zu haben, wie man ihm zugestehen musste.

»Ich war im Krieg, Mrs. Reel«, sagte er, als sie näher kam. »Ich habe viele Menschen sterben sehen. Und mehrere Male wäre auch ich beinahe gestorben. Natürlich gewöhnt man sich nie daran, aber der damit verbundene Schock ist irgendwann nicht mehr so schlimm.«

»Gwen Jones, Joe Stockwell und Michael Gioffre sind gestorben«, erwiderte Reel. »Sie haben sie umbringen lassen.«

»Ja, habe ich. Aber die Welt ist kompliziert, Mrs. Reel.«

»Sie ist aber auch extrem einfach.«

»Das kann man auf verschiedene Weise betrachten. Man glaubt, eine Gelegenheit zur Verbesserung zu erkennen, einer großen Verbesserung. Und manchmal ergreift man diese Chance. Das haben wir in diesem Fall getan. Wir waren das alles leid, das ewige Töten, das Chaos, immer am Rand des Abgrunds zu stehen. Wir wollten eine stabilere, friedlichere Welt, indem wir dafür sorgten, dass wir es da drüben in den Machtpositionen mit Leuten zu tun haben, mit denen wir Amerikaner umgehen können. Ein paar Leben, um Millionen zu retten. Was soll daran verkehrt sein?«

»Ich bin nicht hier, um darüber zu urteilen, was Sie getan haben. Das geht mich nichts an.« Reel hob die Waffe. »Außer denen, die uns bekannt sind, muss es noch andere geben. Wer sind sie?«

Er schüttelte den Kopf und lächelte grimmig. »Wollen Sie, dass ich knie? Soll ich stehen? Ich mache, was immer Sie sagen. Schließlich halten *Sie* die Pistole.«

»Sie haben Familie.«

Zum ersten Mal zeigte Whitcomb Besorgnis. »Die weiß nichts davon.«

»Das ist mir egal.«

»Ich bitte Sie, ihnen nichts anzutun. Sie sind unschuldig.«

»Gwen war auch unschuldig. Genau wie Joe und Mike. Und sie hatten auch Familien.«

»Was wollen Sie?«

»Wer steckt noch dahinter?«

»Ich kann es nicht sagen.«

»Dann fange ich mit Ihrer ältesten Tochter an. Sie lebt in Minnesota. Danach kommt Ihre Frau an die Reihe. Und dann Ihre Schwester. Und ich mache weiter, bis keiner mehr übrig ist.« Sie richtete die Waffe auf seinen Kopf. »Wer noch?«

»Das spielt keine Rolle. Sie sind nicht in den USA. Sie sind unantastbar.«

»Wer noch? Ich frage nicht noch einmal.«
Whitcomb nannte ihr drei Namen.
»Ich gratuliere. Sie haben soeben Ihre Familie gerettet«, sagte Reel.
»Sie geben mir Ihr Wort, dass Sie ihnen nichts antun?«
»Ja. Und im Unterschied zu gewissen Leuten halte ich mein Wort.«
»Vielen Dank.«
»Eine Sache noch. DiCarlo?«
»Sie stand kurz davor, die Sache aufzudecken. Es schmerzte mich sehr, aber es stand zu viel auf dem Spiel.«
»Sie sind ein Bastard.«
»Also stehen oder knien?«, fragte er.
»Das ist mir wirklich egal. Aber ich will, dass Sie die Augen schließen.«
»Bitte?«
»Machen Sie die Augen zu.«
»Es macht mir nichts aus, wenn ich mitansehe, wie Sie mich töten«, erwiderte Whitcomb.
»Es ist nicht wegen Ihnen. Es ist für mich.«
Whitcomb schloss die Augen und wartete darauf, dass sein Leben endete.
Als kein Schuss ertönte und die Minuten verstrichen, öffnete er die Augen wieder.
Auf der Insel war jetzt nur noch eine Person.
Jessica Reel war verschwunden.

KAPITEL 81

»Ich konnte nicht abdrücken«, sagte Reel.
Es war später an diesem Nachmittag. Sie saßen in Robies Apartment. Reel sah niedergeschlagen aus.
»Es war abgesegnet«, sagte Robie.
»Ich weiß.« Reel hielt inne. »Ich befahl ihm, die Augen zu schließen. Genau wie du bei mir. Als er sie öffnete, war ich weg.« Sie schaute Robie an. »Genau wie du.«
»Es war deine Entscheidung. Aber ich muss sagen, ich bin überrascht.«
Sie stieß die Luft aus. »Du hast mich auch leben lassen, Robie. Obwohl alles, was du in den letzten Jahren getan hast, dir gesagt hat, du sollst abdrücken, nicht wahr?«
Robie setzte sich neben sie. »Du hattest es nicht verdient zu sterben, Jessica.«
»Ich habe Menschen getötet. Genau wie Whitcomb.«
»Das ist nicht das Gleiche.«
»Letztendlich doch«, erwiderte sie.
Robie schwieg.
Reel fuhr sich übers Gesicht. »Er war bloß ein müder alter Mann, der dort saß. Und der keine Angst vor dem Tod hatte.« Sie stand auf, ging zum Fenster und starrte hinaus, drückte die Stirn gegen das kühle Glas. »Ich konnte nicht abdrücken, Robie, obwohl ich es wollte.«
»Er war kein müder alter Mann. Er war ein echter

Kämpfer, auf dem Footballfeld und darüber hinaus. Special Forces in Vietnam. Er hat seinen Anteil an Feinden getötet. Zu seiner Zeit war er ein ziemlich schlimmer Finger. Und während seiner Amtszeit als Berater in Sicherheitsfragen hat er mehr Terroristen beseitigen lassen als jeder seiner Vorgänger. Der Mann geht jedem sofort an die Kehle. So einen will man nicht zum Gegner haben. Kent bekam das zu spüren. Genau wie Decker.«

»Warum erzählst du mir das alles?«, fragte Reel.

»Damit du weißt, dass du mehr Mitgefühl hast als er oder ich. Ich hätte ihn erschossen und keinen Gedanken daran verschwendet. Und er hätte dasselbe mit dir getan.«

»Was passiert jetzt mit Whitcomb?«

Robie zuckte mit den Schultern. »Das ist nicht unser Problem. Ich kann mir nicht vorstellen, dass er vor Gericht gestellt wird. Du vielleicht?«

»Nun ja ...«

»Du, Jessica, hast nicht abgedrückt. Aber das bedeutet nicht, dass es kein anderer tut. Oder er landet in einer Zelle in Guantanamo.«

»Bei seinem Rang? Die Medien werden sich daraufstürzen.«

»Die Medien kann man lenken. Aber lass uns hoffen, dass nicht noch jemand in hoher Position so etwas versucht.«

»Und was wird jetzt aus mir?«, fragte sie.

Robie hatte gewusst, dass diese Frage kommt. Sie war berechtigt. Trotzdem wusste er nicht genau, ob er tatsächlich die Antwort kannte.

»Dass man dich auf Whitcomb gehetzt hat, sagt mir, dass wieder alles beim Alten ist.« Er schaute sie an. »Ist es das, was du willst?«

»Ich weiß nicht. Ich bin mir nicht mal sicher, ob ich es je wissen werde. Woher weiß ich, ob ich jemals wieder abdrücken kann, wenn ich es bei Whitcomb nicht konnte?«

»Das kannst letztlich nur du allein beantworten.«
»Ich weiß nicht, ob ich das jemals kann.«
»Es gibt gute Nachrichten.«
»Und welche?«
»Janet DiCarlo ist aus dem Koma erwacht.«
Reels Augen weiteten sich. »Robie, da draußen könnten noch andere lauern. Wenn sie es erfahren, ist DiCarlo sofort tot.«
Robie hielt die Hand hoch. »Nein, ist sie nicht.«
»Warum?«
»Eine Hirnblutung. Sie wird nie wieder so sein wie früher.«
»Und das ist die gute Nachricht?«
»Sie wird leben.« Robie hielt inne. »Möchtest du sie gerne sehen?«
Reel nickte.

* * *

Zwei Stunden später standen sie am Bett von Janet DiCarlo. Ihr Schädel war rasiert. Auf ihrer Kopfhaut zeichneten sich tiefe Nähte ab, wo man sie operiert hatte, um den Druck auf das Gehirn zu mindern. Ihre Augen waren geöffnet, und sie starrte ihre Besucher an.

Reel griff nach ihrer Hand. »Hallo, Janet«, sagte sie heiser. »Erinnern Sie sich an mich?«

DiCarlo starrte sie an, aber auf ihren Zügen zeichnete sich kein Erkennen ab.

»Ich heiße ...« Reel verstummte. »Ich bin eine Freundin. Eine alte Freundin, der Sie vor langer Zeit einmal geholfen haben.«

Reel schaute nach unten, als DiCarlo ihre Finger drückte, und lächelte.

»Es kommt wieder alles in Ordnung«, sagte sie und schaute Robie an. »Wir kommen wieder in Ordnung.«

Nein, werden wir nicht, dachte Robie.

Ein paar Sekunden später summte sein Handy. Er warf einen Blick darauf. Die Nachricht war kurz, aber prägnant.
Sie wurden herbeizitiert.
Und es fängt an.

KAPITEL 82

Der Konferenzraum schien zu klein für die vielen Personen zu sein. Auf der einen Seite des Tisches saßen Robie und Reel, auf der anderen Seite Evan Tucker, Blue Man und der stellvertretende Berater in Sicherheitsfragen, Josh Potter, der kaum fünfzig und damit bedeutend jünger als Gus Whitcomb war.

Tucker schob einen USB-Stick über den Tisch. Robie und Reel blickten darauf, aber keiner von ihnen machte Anstalten, den Stick an sich zu nehmen.

»Neue Mission«, verkündete Tucker.

»Für Sie beide«, fügte Potter hinzu.

Tucker kniff die Augen zusammen. »Wir geben Ihnen eine zweite Chance, Reel.«

»Ich habe nicht darum gebeten.«

»Lassen Sie es mich so ausdrücken. Wir geben Ihnen Ihre *einzige* Chance. Sie haben zwei Mitarbeiter der CIA ermordet, um Himmels willen. Sie sollten im Gefängnis sitzen. Haben Sie eine Ahnung, wie unvorstellbar großzügig dieses Angebot ist?«

Potter räusperte sich. »Lassen Sie mich einfach sagen, dass es sich um außergewöhnliche Umstände handelt und jeder der hier Anwesenden unter gewaltigem Stress steht. Als der neue Mann auf diesem Posten möchte ich außerdem betonen, dass es unser vorrangiges Ziel ist, diese Angelegenheit hinter uns zu lassen. Ich glaube, darauf können wir uns alle verständigen.«

»Gelder und Jacobs waren Verräter«, sagte Reel. »Ich

habe nur nicht auf den Befehl zur Eliminierung gewartet. Der wäre gekommen, da bin ich mir sicher.«

»Und die Agency hat Beweise entdeckt, die beide Männer mit der Verschwörung in Zusammenhang bringen«, fügte Blue Man hinzu. »Sam Kent hat Akten hinterlassen. Mrs. Reel hat also ihrem Land gedient.«

»Bockmist!«, fauchte Tucker. »Sie sind eine Mörderin, Reel, daran wird sich niemals etwas ändern.«

»Ihr Einwand wird zur Kenntnis genommen, Direktor«, sagte Potter in beschwichtigendem Tonfall. »Aber das ›Angebot‹ wurde auf einer Ebene autorisiert, die weit über dem Level aller liegt, die jetzt hier in diesem Raum sind. Also konzentrieren wir uns bitte darauf, statt hier ein Schauspiel aufzuführen.«

Robie sah weder Tucker noch Potter an. Er ließ Blue Man nicht aus den Augen.

Und Blue Man kritzelte auf einem Blatt Papier herum.

Robie hielt das für kein gutes Zeichen.

»Können wir vorab ein bisschen mehr erfahren?«, fragte er.

»Wie ich bereits sagte, eine zweite Chance«, erwiderte Tucker. »Ahmadi? Syrien? Ihn gibt es noch immer. Jemand muss sich um ihn kümmern.«

»Dort jetzt reinzugehen dürfte heikel sein«, meinte Robie.

»Hätte Reel ihre Arbeit getan, statt Doug Jacobs in den Rücken zu schießen, würden wir diese Unterhaltung nicht führen!«, stieß Tucker hervor. »Ein kritisches Stadium wurde erreicht, verdammt noch mal. Wir vermuten, dass Ahmadi sich mit al-Kaida verbündet hat und ihnen bald Ausbilder, Ressourcen und eine offizielle Tarnung in anderen Ländern anbieten wird, sobald er an die Macht kommt. Und das ist wahrscheinlich. Deshalb darf man das nicht zulassen.«

»Also gehen wir beide?«, sagte Reel und ließ Tucker nicht aus den Augen.

Der Direktor spreizte die Hände. »Wie Robie schon sagte, im Augenblick ist es heikel. Wir halten die Erfolgschancen für höher, wenn Sie zusammen gehen.«

»Wer von uns soll schießen?«, wollte Robie wissen.

Potter zeigte auf Reel. »Sie. Und Sie sind der Aufklärer.«

»Sie muss die Mission vollenden, Robie«, fügte Tucker hinzu. »Das ist der offizielle Deal. Sie erledigt das, und soweit es dieses Land betrifft, ist alles vergeben und vergessen.«

»Das hätte ich gern schriftlich«, sagte Reel.

»Schriftlich?« Tucker schnaubte. »Was glauben Sie eigentlich, aus welcher Position heraus Sie so etwas verlangen?«

»Aus einer Position namens ›Ich traue Ihnen nicht‹«, erwiderte Reel.

»Ihnen bleibt keine Wahl«, brüllte Tucker.

Potter hielt eine Hand hoch. »Hören Sie, vielleicht können wir Ihnen ja entgegenkommen.«

»Mir ist es egal, wie Sie es bezeichnen. Ich will nur, dass jemand ganz oben den Kopf dafür hinhält, damit der Deal eingehalten wird.«

»Wir könnten Sie auch ins Gefängnis stecken«, schlug Tucker vor. »Wie wär's, wenn Sie Ahmadi töten und unsere ›Vereinbarung‹ darin besteht, dass Sie nicht in einer Zelle verrotten?«

Reel ignorierte ihn und konzentrierte sich auf Potter. »Kommen Sie mir entgegen?«

»Wie weit oben soll der Unterzeichnende sitzen?«, wollte Potter wissen.

»Jedenfalls bedeutend höher als jeder von Ihnen.«

»Das ist eine kurze Liste.«

»Das ist mir klar.«

Potter warf Tucker einen Blick zu. Der setzte sich zurück, verschränkte die Arme vor der Brust und schaute zur Decke. Er wirkte wie ein übergroßes Kind, dem man gerade die Buntstifte geklaut hatte.

»Okay«, sagte Potter. »Betrachten Sie es als erledigt.«

Reel schnappte sich den USB-Stick. »Nett, mit Ihnen gefeilscht zu haben.«

Sie und Robie wollten gehen.

»Robie, warten Sie«, befahl Tucker. »Wir haben noch etwas mit Ihnen allein zu besprechen.«

Reel sah Robie an und zuckte mit den Schultern. »Ich warte draußen.«

Sie ging.

Tucker bedeutete Robie, sich wieder zu setzen. »Diese Frau ist eine Belastung.«

»Das sehe ich anders«, erwiderte Robie. »Und warum schicken Sie mich wirklich mit? Reel braucht keinen Aufklärer.«

»Sie sollen Reel begleiten, um dafür zu sorgen, dass sie zurückkommt. Man wird Reel für ihre Verbrechen zur Verantwortung ziehen«, sagte Tucker.

»Sie meinen, weil sie Verräter getötet hat?«

»Weil sie zwei meiner Leute ermordet hat.«

»Und der Deal, den Sie mit ihr abgeschlossen haben?«

Tucker grinste triumphierend. »Es gibt keinen Deal.«

Robie wandte sich Potter zu. »Sie haben ihr gesagt, der Deal geht in Ordnung, verdammt.«

Potter blickte unbehaglich drein. »Normalerweise stehe ich zu meinem Wort, Robie. Aber das hat man mir aus der Hand genommen.«

Tucker zeigte mit dem Finger auf Robie. »Nur damit das klar ist: Wenn Sie Reel die Wahrheit sagen, schmoren Sie bis zum Tag Ihres Todes in einer Zelle. Wir haben genug, um Sie festzunageln. Unterstützung des Feindes und Beihilfe, und damit meinen wir Jessica Reel.«

Robie warf Blue Man einen Blick zu, der noch immer auf dem Blatt herumkritzelte. »Und was sagen Sie dazu?«

Blue Man schaute auf und dachte kurz nach. »Ich glaube, Sie sollten gehen. Und Ihre Pflicht tun.«

Robie und Blue Man tauschten einen langen Blick. Dann stand Robie auf. »Ich sehe Sie auf der anderen Seite«, sagte er, bevor er die Tür öffnete.

Blue Man holte ihn ein, bevor er das Gebäude verlassen hatte.

»Was war das für eine Scheiße von Ihnen da drinnen?«, fragte Robie.

»Das war der beste Rat, den ich Ihnen unter den Umständen geben konnte.« Blue Man streckte die Hand aus. »Viel Glück.«

Robie zögerte, dann schüttelte er sie.

Blue Man ging zurück, und Robie verließ das Gebäude.

Reel wartete am Auto auf ihn. Sie stiegen ein.

»Was wollten sie von dir?«, fragte Reel.

»Das spielt keine Rolle mehr, jetzt, wo ich Bescheid weiß.«

»Wo du was weißt?«

Robie hielt das Stück Papier in die Höhe, das Blue Man ihm beim Händeschütteln zugesteckt hatte.

Reel betrachtete die beiden Buchstaben, die Blue Man daraufgeschrieben hatte.

Es waren zwei kleine t.

Sie schaute zu Robie hoch. Beide wussten genau, was das zu bedeuten hatte. Ein doppeltes Kreuz – ein Double Cross.

»Verrat«, sagte Reel.

»Verrat«, wiederholte Robie.

KAPITEL 83

Der Einsatzraum war klein, und die Gesellschaft, die bei dieser speziellen Mission dabei sein durfte, war begrenzt.

Potter, der Berater in Sicherheitsfragen.

Tucker, der DCI.

Die neue Nummer zwei der CIA, der etwas nervös wirkte, da seine beiden Vorgänger getötet beziehungsweise angeschossen worden waren und bleibende Schäden davongetragen hatten.

Der Direktor des Heimatschutzministeriums.

Ein Dreisternegeneral aus dem Pentagon, der sich so aufrecht hielt, als hätte er einen Stock verschluckt.

Und Blue Man.

An der einen Wand hingen riesige Fernsehbildschirme, auf denen Satelliten-Downloads in Echtzeit gestreamt wurden. Die Männer saßen um einen rechteckigen Tisch auf bequemen Stühlen. Vor jedem stand eine Wasserflasche. Sie hätten ebenso gut darauf warten können, sich die Übertragung eines Baseballspiels anzuschauen.

Oder eine andere Sportveranstaltung vom anderen Ende der Welt.

Potter überprüfte eine der Digitaluhren an der Wand. »Noch eine Stunde«, sagte er, was Tucker zu einem Nicken veranlasste.

»Alles an Ort und Stelle?«, fragte der Dreisternegeneral.

»Alles an Ort und Stelle«, erwiderte Tucker. Er trug ein Headset und verfolgte den Austausch von Mitteilungen und Meldungen der Agenten, die hier im Einsatz waren. In einem Land wie Syrien war das schwer zu bewerkstelligen, aber die Vereinigten Staaten hatten genügend Macht und Einfluss, um so gut wie alles an jedem Ort durchführen zu können.

Der DCI drückte eine Taste auf der Konsole vor seinem Stuhl, und einer der Bildschirme erwachte zum Leben. Ein Scharfschützennest in einem leer stehenden Bürogebäude in der Innenstadt von Damaskus.

»Es war ein Vorteil, dass Ahmadis Leute niemals etwas von dem Attentatsversuch erfahren haben«, sagte Tucker. »In siebenundfünfzig Minuten ist er wieder im Fadenkreuz.«

»Wann betritt Reel das Nest?«, fragte Potter.

»In zehn Minuten.«

»Und Robie?«

»Sein Aufklärungsposten befindet sich auf der Straße gegenüber der Stelle, an der Ahmadi aussteigen wird.«

»Und ihre Fluchtroute?«, wollte der Direktor des Heimatschutzministeriums wissen.

»Geplant und aufpoliert. Wir gehen davon aus, dass sie funktioniert«, sagte Tucker vage.

»Aber so eine Mission ist immer ein Risiko«, fügte Potter schnell hinzu. »Vor allem dort drüben.«

Der General nickte zustimmend. »Man muss schon Mumm haben, um das zu tun, was Sie da tun. Zwei Leute mit leichter Bewaffnung und ohne Rückendeckung da reinschicken ... Wir schicken unsere Jungs zwar auch in schwierige Situationen, aber sie haben bedeutend mehr Feuerkraft und Ausrüstung. Und wir lassen auch niemanden zurück.«

»Die beiden sind die Besten, die wir haben«, sagte Blue Man, was ihm finstere Blicke Tuckers und Potters einbrachte.

»Davon bin ich überzeugt«, sagte der General. »Viel Erfolg den beiden.«

»Viel Erfolg«, murmelte Blue Man unhörbar.

Eine Stimme erklang in Tuckers Ohr. Er wandte sich den anderen zu. »Robie hat sich soeben gemeldet. Er ist in fünf Minuten auf Position. Reel wird in sieben Minuten im Scharfschützennest sein. Alles sieht gut aus. Ahmadi wird das Regierungsgebäude ungefähr in diesem Augenblick verlassen. Für die nächsten achtundvierzig Minuten wird er außer Reichweite sein. Dann haben sie ein Zeitfenster von zwei Minuten, um ...«

Tucker verstummte aus einem sehr verständlichen Grund. Auf den Bildschirmen rannten plötzlich schreiende Menschen durch die Straßen von Damaskus. Waffen wurden in die Luft abgefeuert. Sirenen heulten.

»Verdammt noch mal!«, brüllte Potter.

Tucker starrte gebannt auf die Geschehnisse, die auf dem Bildschirm abliefen.

Potter packte seine Schulter. »Was ist da los?«

Tucker sprach in sein Headset und verlangte eine Erklärung für das plötzliche Chaos auf den Straßen.

»Sie versuchen es herauszufinden. Sie wissen es noch nicht.«

»Holen Sie Robie in die Leitung«, verlangte Potter. »Er ist doch dort.«

Tucker versuchte es. »Er antwortet nicht. Er hält Funkstille.«

»Dann eben Reel. Um Himmels willen, holen Sie irgendjemanden!«

»Sehen Sie nur, da!«, sagte der General.

Syrische Sicherheitsleute beugten sich aus den Fenstern des Raumes, der als Scharfschützenstellung diente.

»Verdammt, wie kommen die so schnell dorthin? Reel ist noch nicht mal da! Sie hat noch keinen verdammten Schuss abgegeben«, meinte der Direktor des Heimatschutzministeriums.

»Die Operation wurde kompromittiert«, verkündete

Tucker. »Irgendwo gab es eine Sicherheitslücke.« Er wechselte mit Potter einen Blick. »Das sollte nicht passieren.«

»Und Ahmadi ist davongekommen? Schon wieder?«, fauchte der General.

»Er sollte nicht davonkommen«, murmelte Tucker leise.

»Um Himmels willen«, sagte Potter. »Kriegen wir denn gar nichts richtig hin?«

»Warten Sie«, sagte Tucker. »Da kommt eine Meldung.« Er lauschte der Stimme in seinem Ohr. Seine Miene wandelte sich von Besorgnis zu Erstaunen.

»Verstanden«, sagte er.

»Was ist?«, drängte Potter.

Kreidebleich wandte Tucker sich den anderen Männern zu. »Gerade wurde vor dem Regierungsgebäude auf Ahmadi geschossen, als er ins Auto stieg. Er ist tot. Das wurde durch verlässliche Quellen bestätigt.«

»Dafür kann man Gott danken«, sagte der General. »Aber ich verstehe nicht ... Ist die Mission geändert worden? Der Anschlag sollte doch vor dem Hotel stattfinden.«

»An der Mission hat sich gar nichts geändert. Jedenfalls nicht bei uns«, sagte Blue Man.

Der Direktor des Heimatschutzministeriums starrte noch immer auf den Bildschirm, auf dem die Syrer das Scharfschützennest auseinandernahmen. »Ich verstehe nicht, wie sie so schnell auf die Schützenstellung stoßen konnten.« Er sah Tucker an. »Als hätten sie von dem Anschlag gewusst.«

»Eine Sicherheitslücke, wie wir schon sagten«, erwiderte Tucker, der noch immer ungesund blass aussah.

»Aber Reel und Robie müssen davon gewusst haben. Darum sind sie zum Regierungsgebäude gewechselt und haben den Anschlag dort verübt«, erklärte Potter schnell.

»Aber das ergibt doch keinen Sinn«, sagte der General.
»Warum nicht?«, wollte Tucker wissen.
»Sie sagten, dass Robie sich soeben gemeldet hat. Er begab sich zur Aufklärungsposition vor dem Hotel. Und er meldete außerdem, dass Reel in zehn Minuten vor Ort erwartet würde. Hotel und Regierungsgebäude sind nicht einmal im selben Stadtteil. Warum sollte er seiner eigenen Behörde etwas übermitteln, während er etwas ganz anderes tut? Man könnte fast den Eindruck gewinnen, als hätte er kein Vertrauen in die …«
Der General verstummte und wandte sich wieder dem Bildschirm zu, auf dem die syrischen Soldaten noch immer vom Balkon des Scharfschützennestes brüllten.
Dann richtete er einen misstrauischen Blick auf Tucker.
Tucker schaute den Direktor des Heimatschutzministeriums an und sah, dass auch dessen Blick ihn förmlich durchbohrte.
Er wollte etwas sagen, ließ es dann aber. Stattdessen starrte er auf den Bildschirm.
»Aber der Abschuss ist erfolgt«, sagte der General. »Unter diesen … äh … ungewöhnlichen Umständen würde ich sagen, dass das der beste Anschlag war, den ich je … nun ja … nicht gesehen habe.«
»Ich würde das Gleiche sagen«, meinte der Direktor des Heimatschutzministeriums.
»Ich ebenfalls«, fügte Potter lahm hinzu, was ihm einen vernichtenden Blick Tuckers einbrachte.
»Robie und Reel haben den Dank dieses Landes verdient«, sagte der General.
»Und wir werden dafür sorgen, dass sie ihn erhalten.«
»Falls sie aus Syrien herauskommen«, meinte der General finster.
Falls sie lebend aus Syrien herauskommen, dachte Tucker.

KAPITEL 84

Mit Ausnahme von Nordkorea und dem Iran war Syrien wohl das Land auf der Welt, in dem für jemanden aus dem Westen die Flucht am schwierigsten war.

Ausländer standen unter Generalverdacht.

Amerikaner waren verhasst.

Amerikanische Agenten, die gerade einen potenziellen politischen Führer ermordet hatten, waren nur für eines gut: hingerichtet und dann kopflos durch die Straßen geschleift zu werden.

Das einzig Positive war, dass Syriens Grenzen nicht sicher waren. Sie waren ständigen Veränderungen unterworfen, genau wie die derzeitige Politik in einem der Länder, die man allgemein für »die Wiege der Zivilisation« hielt.

Robie und Reel wussten das ganz genau.

Sie hatten eine Chance, zumindest eine geringe.

Reel hatte den tödlichen Schuss von einem Gebäude auf der gegenüberliegenden Straßenseite abgegeben, als Ahmadi gerade in seinen Wagen steigen wollte. Es wäre leicht für sie gewesen, sich zu tarnen, indem sie eine Burka anlegte, und auf diese Weise zu entkommen. Aber die meisten Syrerinnen trugen keine traditionelle islamische Tracht. Und die zunehmend säkulare Regierung hatte Gesichtsschleier an den Universitäten und anderen öffentlichen Orten verboten, weil sie der Ansicht war, dass sie ein Sicherheitsrisiko darstellten und nur den Extremismus begünstigten.

Hätte Reel also eine Burka angelegt, wäre es nur ein rotes Tuch gewesen, keine Tarnung.

Aber Reel konnte noch immer einen Hidschāb tragen. Der enthüllte zwar einen Teil ihres Gesichts, aber sie hatte die Haut dunkel gefärbt. Und unter ihrem langen schwarzen Gewand trug sie ein Korsett mit Polstern, was sie ungefähr dreißig Kilo schwerer aussehen ließ. Außerdem ging sie gebückt und sah wie siebzig aus.

Reel nahm den Marktkorb, verließ den Raum und wartete neben einem Mann geduldig auf den Aufzug. Dessen Türen öffneten sich, und sie stieg ein. Es ging nach unten. Im Erdgeschoss stieg sie aus.

Polizei strömte ins Haus, und Reel wurde zur Seite gestoßen. Die Polizisten schnappten sich den Mann, der mit ihr im Aufzug gefahren war, und zerrten ihn zusammen mit ein paar anderen Männern mit sich. Andere Beamte stürmten in den Fahrstuhl oder eilten die Treppe hinauf.

Reel wartete ein paar Minuten, dann ging sie weiter. Draußen standen überall Streifenwagen. Neugierige, die sich am Straßenrand zusammengerottet hatten, schrien und johlten. Leute weinten. Andere marschierten laut singend durch die Straßen.

Ein Wagen fing Feuer. Gewehre wurden durchgeladen und in den Himmel abgefeuert. Ladenfenster wurden eingeworfen. Irgendwo krachte eine kleinere Explosion.

Reel folgte einer Gruppe Frauen die Straße entlang und dann in eine Gasse.

Unter normalen Umständen wäre es undenkbar gewesen, dass Männer auf einer öffentlichen syrischen Straße eine Frau durchsuchten.

Aber es waren keine normalen Umstände.

Polizei stürmte in die Gasse und packte jeden, der sich dort aufhielt, ob Mann oder Frau. Die Beamten zerrten an der Kleidung und suchten nach Waffen oder anderen Hinweisen auf eine Mittäterschaft.

Ein Mann hatte ein Messer. Die Polizisten schossen ihm in den Kopf.

Eine Frau rannte schreiend davon. Mehrere Schüsse trafen sie in den Rücken. Blutüberströmt stürzte sie zu Boden.

Die Polizisten näherten sich jetzt Reel. Sie sah nicht wie eine Attentäterin aus, sondern wie eine fette alte Frau. Aber das war den Polizisten offensichtlich egal.

Sie waren nur noch wenige Schritte von Reel entfernt, als diese zurückwich.

Ihre Hand zuckte in den Korb.

Die Polizisten richteten die Waffen auf Reel. Sie hatten sie so gut wie umzingelt.

Reel prallte mit dem Rücken gegen eine Hauswand. Einer der Polizisten griff nach ihrem Arm. Wenn sie die Polster entdeckten, das wusste Reel, war alles vorbei. Man würde sie auf der Stelle erschießen.

Eine laute Stimme hallte durch die Gasse.

Die Polizisten erstarrten. Dann drehten sie sich um.

Immer wieder rief die Stimme auf Arabisch: »Wir haben den Schützen! Wir haben den Schützen!«

Die Polizisten wandten sich ab und rannten durch die Gasse auf den Rufer zu.

Die Menge schloss sich um Reel. Schluchzende Menschen beugten sich über die Toten.

Reel drängte sich durch die Reihen der Gaffer und schaffte es in eine schmale Seitengasse.

Schnell ging sie weiter und erreichte eine belebte Durchgangsstraße. Ein Taxi hielt am Straßenrand. Reel stieg ein.

»Wohin?«, fragte der bärtige Fahrer auf Arabisch.

»Ich glaube, das weißt du«, antwortete Reel auf Englisch.

Robie trat aufs Gas, und das Taxi jagte los.

Er warf einen Blick in den Innenspiegel. »War es knapp?«

»Knapp genug.«

Reel zog die Fernbedienung aus dem Korb und hielt sie hoch. »Das war praktisch. Es wird ihnen gar nicht gefallen, wenn sie die Quelle des Rufes ›Wir haben den Schützen‹ finden.«

»Ein kleiner Lautsprecher auf der Straße schadet nie«, meinte Robie.

Als sie um eine Ecke bogen, warf Reel die Fernbedienung aus dem Fenster.

Robie blickte wieder in den Innenspiegel und sah, wie hinter ihnen Leute auf die Straße strömten. »Sie wissen, dass der Schütze davongekommen ist. Also sind wir noch nicht aus dem Gröbsten raus.«

»Sieh es endlich ein, Robie, wir werden nie wieder aus dem Gröbsten raus sein.«

»Sie haben das Scharfschützennest gefunden, obwohl du gar nicht von da geschossen hast.«

»Das ist ja eine Überraschung. Na, wenigstens bestätigt es, was dein Boss uns über den Verrat gesagt hat.«

»Ich frage mich, wie sie sich im Einsatzraum gefühlt haben, als sie das gesehen haben.«

»Ich hätte zu gern ihre Gesichter gesehen. Vor allem das von Tucker. Dass ich das verpasst habe, werde ich immer bedauern.«

Robie bog nach rechts ab, dann nach links, fuhr dann wieder schneller. Der Verkehr hatte sich ein wenig gelichtet, aber Robie konnte sich die Straßensperren vorstellen, die mit hoher Wahrscheinlichkeit in diesem Augenblick errichtet wurden.

Von Damaskus war es eine kurze Reise nach Israel, aber mit dieser Route würden die Syrer rechnen. Sie war auch von der CIA geplant worden. Also fiel diese Möglichkeit aus.

Amman in Jordanien war mehr als hundert Meilen entfernt. Aber die Grenze zwischen den beiden Ländern war verstärkt worden, und es gab nur noch begrenzte Übergänge. Also kam auch das nicht infrage.

Im Osten lag der Irak. Es war eine lange Grenze mit zahlreichen Übergängen. Aber weder Robie noch Reel sahen einen großen Vorteil darin, sich über die Nordgrenze des Irak zu schleichen. Vermutlich würden sie dort sterben.

Damit blieb nur noch eine Option. Die Türkei im Norden. Ebenfalls eine lange Grenze, die sich über Hunderte von Meilen hinzog. Die nächste größere türkische Stadt war Mersin, ungefähr zweihundertfünfzig Meilen entfernt. Es gab eine kürzere Strecke, die sie durch einen Teil der Türkei führen würde, der auf der Landkarte wie ein verkrüppelter Finger aussah und nördlich von Al-Haffah lag. Aber auch wenn es bis Mersin etwas weiter war – dort gab es mehr Möglichkeiten zur Weiterreise, und in einer größeren Stadt konnte man sich besser verstecken. Außerdem wollte Robie mehr Abstand zwischen sich und die Syrer legen, als der »Finger« aus türkischem Territorium ihm und Reel verschafft hätte.

Aber zuerst einmal mussten sie es bis dorthin schaffen.

Und auch wenn die Grenze viele Löcher aufwies, führten Syrien und die Türkei einen unerklärten Krieg. Bombardierende Flugzeuge und von umherstreifenden Soldaten abgefeuerte Gewehre waren in der Grenzregion alltäglich. Außerdem gab es jede Menge illegale Aktivitäten, bei denen es um den Schmuggel von Drogen, Flüchtlingen, Waffen und anderen Gütern ging. Und die Kriminellen reagierten normalerweise nur auf eine Weise auf lästige Zeugen: Sie brachten sie um.

»Auf in die Türkei«, sagte Robie.

»Auf in die Türkei«, wiederholte Reel.

Die Verkleidung nahm sie nicht ab. Noch nicht. Für den Fall, dass man sie anhielt, hatten sie Papiere. Sie musste hoffen, dass die Fälschungen gut genug waren.

Als Robie nach vorn schaute, wusste er, dass sie gleich eine Prüfung bestehen mussten.

Er hatte sich den Schädel rasiert, einen schmalen Bart wachsen lassen und seinen ganzen Körper dunkler getönt. Farbige Kontaktlinsen verbargen seine blauen Augen. Außerdem sprach er fließend und akzentfrei Arabisch. Das konnte Reel auch, wie er wusste. Der Kontrollpunkt war schnell aufgebaut worden, schneller, als Robie es für möglich gehalten hätte. Nun fragte er sich, ob der Verrat damit zu tun hatte.

Im Nahen Osten ging es bei Sicherheitskontrollen weitaus hektischer zu als in anderen Teilen der Welt. Es war ein kaum kontrolliertes Chaos, bei dem beim kleinsten Versprecher oder auch nur einem falschen Blick Waffen gezogen wurden.

Robie stoppte das Taxi. Vor ihm standen drei Pkws und ein Lastwagen. Die Wächter durchsuchten die Fahrzeuge. Robie sah, dass einer von ihnen ein glänzendes Stück Papier in der Hand hielt.

»Sie haben unser Foto«, sagte er.

»Natürlich, was denkst du? Zum Glück sehen wir nicht mehr so aus.«

Die Männer erreichten das Taxi. Einer von ihnen fuhr Robie an und verlangte den Ausweis. Robie zückte seine Papiere, und der Wächter schaute sie sich gründlich an. Ein anderer schob den Kopf durch das hintere Fenster und brüllte Reel an. Den Blick gesenkt, holte sie ihre Papiere hervor und sprach ehrerbietig, ja unterwürfig. Der Mann wühlte in ihrem Korb, fand aber nur ein Stück Käse, einen Beutel Nüsse, einen Krug Honig und eine Flasche mit Gewürzen.

Der Wagen wurde durchsucht, doch man fand nichts Ungewöhnliches.

Der erste Mann bedachte Robie mit einem durchdringenden Blick und zog sogar an Robies kurzem Bart. Zum Glück lösten die Haare sich nicht von der Haut. Robie schrie in gespieltem Schmerz auf. Der Wächter lachte. Dann brüllte er Robie an, den Weg freizumachen.

Robie legte den Gang ein und fuhr los.

Sie verließen Damaskus und schlugen die nördliche Richtung ein.

Ungefähr zweihundert Meilen weiter erreichten sie die Außenbezirke von Aleppo, Syriens bevölkerungsreichster Stadt. Mittlerweile war es dunkel, und sie gelangten ohne Zwischenfall ins Stadtinnere. Dort hatten sie für einen sicheren Unterschlupf gesorgt. Sie zogen sich um, aßen etwas und ruhten sich für den zweiten Teil ihrer Reise aus.

Am nächsten Morgen stiegen sie auf Fahrräder und schlossen sich einer Touristengruppe an, die durch das nördliche Syrien zur fünfzig Meilen entfernten türkischen Grenze radeln wollte. Normalerweise dauerte der Trip drei Tage, eine gemütliche Fahrt vorbei an antiken Ruinen und durch eine wunderschöne Landschaft.

Sie erreichten das Simeonskloster, wo die Radfahrergruppe übernachten wollte.

Robie und Reel verzichteten darauf. Sie trennten sich von der Gruppe und fuhren weiter, vorbei an Midanki, bewältigten ein paar kräftezehrende Aufstiege auf schlechten Straßen und rasten dann bergab nach Azaz.

Von dort ging es weiter in Richtung Türkei. Mitten in der Nacht überquerten sie die Grenze. Dabei beobachteten sie mehrere Militärflugzeuge, die über den dunklen Himmel schossen und mit Bomben Ziele am Boden zerstörten. Die ganze Nacht waren Schüsse zu hören.

Zwei Tage später erreichten sie die Außenbezirke von Mersin. Wieder einen Tag später setzten sie auf der Fähre nach Griechenland über. Von dort flogen sie nach Westen.

Eine Woche nachdem Ahmadis blutige Leiche auf dem Bürgersteig von Damaskus aufgeschlagen war, landeten sie in den Vereinigten Staaten.

Direkt nach der Ankunft in den USA machte Robie einen Anruf. »Wir kommen rein«, sagte er. »Stellen Sie den Champagner kalt.«

Evan Tucker legte langsam den Hörer auf die Gabel.

KAPITEL 85

Fast alle Ehrungen der CIA finden geheim statt. So war die Natur der Bestie. Für diese Zeremonie galt das erst recht.

Es ging um die SAD, die Special Activities Division, eine paramilitärische Spezialtruppe der CIA, die dem National Clandestine Service unterstellt ist, einer Behörde, die unter anderem für die Koordination sämtlicher US-Geheimdienste zuständig ist. Zur SAD wiederum gehört die SOG oder Special Operations Group, die Abteilung für Spezialaufträge – die Besten der Besten, die sich weltweit um die Interessen der Vereinigten Staaten kümmern, entweder mit der Waffe oder indem sie sich an den gefährlichsten Orten einschmuggelten, um Informationen zu sammeln. Sie waren die geheimste Special-Ops-Streitmacht Amerikas, wenn nicht sogar der Welt.

Die meisten Angehörigen dieser Spezialeinheit kamen aus der militärischen Elite.

Aber nicht alle.

Die Zeremonie fand in einem unterirdischen Raum in der Einrichtung der Agency in Camp Peary in Williamsburg, Virginia, statt. Dass die kleine Veranstaltung unterirdisch und in den Schatten abgehalten wurde, ohne dass der Rest der Welt davon erfuhr, erschien nur angebracht.

Neben zwei Dutzend anderen Personen waren Evan Tucker, Josh Potter, der Dreisternegeneral sowie der Direktor des Heimatschutzministeriums anwesend, die alle die Geschehnisse in Damaskus verfolgt hatten. Und Blue Man.

Robie und Reel bekamen das Distinguished Intelligence Cross verliehen, die höchste Auszeichnung der CIA. Es entsprach der Medal of Honor, dem höchsten militärischen Orden der amerikanischen Regierung. Für gewöhnlich war es eine posthume Auszeichnung. Man verlieh sie nur für außergewöhnliches Heldentum unter den gefährlichsten Bedingungen.

Evan Tucker verlas nicht nur Reels und Robies Leistungen in Syrien, sondern auch in Kanada. Dann traten die beiden vor, um ihre Orden in Empfang zu nehmen.

Als Tucker Reel den Orden überreichte, zischte er: »Das ist noch nicht vorbei.«

»Offensichtlich nicht«, erwiderte sie.

Als Potter Robie mit dem Orden schmückte, flüsterte er: »Sie müssen sich für eine Seite entscheiden, Robie.«

»Sie auch«, erwiderte Robie. »Und wählen Sie klug.«

Robie und Reel verließen die Zeremonie gemeinsam. Draußen wurden sie von Blue Man begrüßt.

»Danke für den Hinweis«, sagte Robie leise.

»Ich tue nur meine Pflicht.«

»Tucker nimmt das gar nicht gut hin.«

»Schwer zu sagen, wie lange er noch der Agency vorsteht«, erwiderte Blue Man.

»Sind seine Tage gezählt?«

»Könnte sein. Er war nicht gerade ein herausragender CIA-Chef.«

»Sie sollten mal darüber nachdenken, ob der Job etwas für Sie wäre.«

Blue Man schüttelte den Kopf. »Nein, danke. Mich hat man auch so schon klein genug gekriegt.«

* * *

Robie und Reel verließen Camp Peary und fuhren nach Norden. Keiner von ihnen sprach, denn keiner hatte etwas zu sagen. Die letzten paar Wochen hatten sie bis an ihre Grenzen gebracht. Beide waren körperlich und geistig erschöpft.

Bei ihrer Ankunft in Washington überraschte Robie sie, als er sagte: »Ich möchte, dass du jemanden kennenlernst.«

Er fuhr zu dem Gebäude und parkte am Bürgersteig. Etwa zehn Minuten später kamen Leute mit dicken Rucksäcken auf dem Rücken heraus.

Als Robie sie entdeckte, stieg er aus und winkte sie zu sich.

Julie Getty näherte sich misstrauisch.

»Was machst du hier?«, fragte sie.

»Erst beschwerst du dich, dass ich nicht komme, jetzt beschwerst du dich, wenn ich doch komme?«

Julie warf einen Blick in den Wagen. »Wer ist das?«

»Steig ein, dann findest du es heraus.«

»Jerome kommt mich abholen.«

»Nein. Ich habe ihn angerufen und ihm gesagt, dass ich mich darum kümmere.«

Sie stiegen in den Wagen. »Julie, Jessica ... Jessica, Julie«, stellte Robie vor.

Die Frau und das Mädchen nickten einander zu. Dann sahen sie Robie fragend an, der sich in den Verkehr einfädelte.

»Wo fahren wir hin?«, fragte Reel.

»Zu einem frühen Abendessen.«

Julie blickte Reel an, aber die zuckte nur mit den Schultern.

Robie fuhr zu einem Restaurant in Arlington. Als sie an ihrem Tisch Platz nahmen, sagte Julie zu Reel: »Woher kennen Sie Will?«

»Ich bin nur eine Freundin.«

»Arbeiten Sie zusammen?«

»Manchmal.«

»Ich weiß, was er tut«, verkündete Julie geradeheraus.

»Dann weißt du ja, dass er eine echte Nervensäge sein kann«, erwiderte Reel.
Julie lehnte sich zurück und schmunzelte. »Ich glaube, ich mag Sie.« Sie wandte sich an Robie. »Wo steckt Superagentin Vance?«
»Macht Superagenten-Dinge, nehme ich an.«
Julie wandte sich wieder an Reel. »Also tun Sie das Gleiche wie er?«
Reel biss in ein Stück Brot. »Wir erledigen die Dinge auf leicht unterschiedliche Weise.«
Robie räusperte sich. »Was macht die Schule?«
»Alles gut. Was habt ihr beiden in letzter Zeit so getrieben?«
»Dies und das«, antwortete Robie.
»Ich lese die Nachrichten. Ich weiß, was in der Welt passiert. Wart ihr zufällig in Übersee?«
»Nicht in letzter Zeit«, sagte Reel.
»Sie lügen genauso gut wie er.«
»Ist das schlimm?«
»Nein. Ich bewundere Leute, die gut lügen können. Ich mache das ständig.«
»Ich glaube, ich mag dich«, sagte Reel.
Robie legte eine Hand auf Julies Arm. »Ich habe Mist gebaut, Julie. Das kommt nicht wieder vor.«
»Dann heißt das, du kommst gelegentlich vorbei?«
»Ja.«
»Mit ihr?«
»Da musst du Jessica fragen.«
Julie blickte sie an.
»Kann ich machen«, sagte Reel langsam und schenkte Robie einen unsicheren Blick.
Nach dem Essen setzten sie Julie zu Hause ab. Sie umarmte beide. Unbeholfen erwiderte Reel die Umarmung und schaute dann zu, wie Julie die Treppe zum Haus hinaufstieg.
Sobald Robie losgefahren war, sagte Reel: »Was sollte das denn?«

»Was? Mit jemandem zu essen?«
»Leute wie wir essen nicht mit normalen Leuten.«
»Warum nicht? Steht das im Handbuch der Agency?«
»Wir haben gerade einen Terroristenführer ausgeschaltet, Robie. Und sind knapp entkommen. Wir könnten genauso gut irgendwo mit abgeschlagenem Kopf in einem Straßengraben in Syrien liegen. Danach setzt man sich nicht mit einem Teenager zum Essen an einen Tisch und plaudert nett.«
»Der Meinung war ich früher auch.«
»Was soll das heißen, der Meinung warst du früher auch?«
»Ich habe auch mal so gedacht. Aber das ist vorbei.«
»Ich verstehe dich nicht.«

An der nächsten Kreuzung bog Robie rechts ab, bremste scharf, fuhr an den Bordstein und stieg aus. Reel folgte ihm. Sie blickten sich über das Wagendach hinweg an.

»Ich kann diese Arbeit nicht weitermachen und mich vom Rest der Welt isolieren, Jessica. Es kann kein Entweder-oder sein. Ich habe ein Leben zu führen. Zumindest ein kleines bisschen.«

»Die Sache da eben mit dem Mädchen ... Was, wenn dir jemand zu ihr gefolgt ist? Was für ein Leben hätte *sie* dann?«

»Unsere Seite weiß bereits über Julie Bescheid. Und ich treffe Sicherheitsvorkehrungen. Aber ich kann sie nicht jede Minute eines jeden Tages beschützen. Sie könnte genauso gut vor einen Bus laufen und wäre genauso tot, als hätte jemand sie erschossen.«

»Das ist ein bestenfalls fadenscheiniges Argument.«

»Nun, es ist mein Argument. Und mein Leben.« Er hielt inne. »Willst du mir ernsthaft erklären, es hätte dir keinen Spaß gemacht, sie kennenzulernen?«

»Natürlich nicht. Sie scheint ein tolles Mädchen zu sein.«

»Sie ist ein tolles Mädchen. Ich will Teil ihres Lebens sein.«
»Das kannst du nicht machen. Wir können von niemandem Teil des Lebens sein. Unsere Freunde sterben wegen uns.«
»Das werde ich nicht hinnehmen.«
»Das ist wohl kaum deine Entscheidung, oder?«, fauchte sie. »Dann lass uns diesem Mist den Rücken zukehren und von vorn anfangen.«
»Ja, ist klar.«
»Das ist mein Ernst.«
Das war es tatsächlich. Sie sah es ihm an. »Ich glaube nicht, dass ich dem den Rücken zukehren kann, Robie.«
»Warum nicht?«
»Weil es das ist, was ich bin und was ich tue. Würde ich damit aufhören ...«
»Anscheinend warst du bereit aufzuhören, als die Sache anfing.«
»Das war Vergeltung. Ich habe nie weitergedacht. Wenn du die Wahrheit wissen willst, ich hätte nie geglaubt, dass ich es überlebe.«
»Aber das hast du. Das haben wir *beide*.«
Sie verfielen in Schweigen.
Reel legte die Unterarme auf das Wagendach. »Ich hätte nie geglaubt, dass mir jemals etwas Angst machen könnte, Robie.« Sie atmete langsam aus. »Aber das hier tut es.«
»Das ist nicht wie bei einem Attentat, wo du alle Eventualitäten planst. Wo du nicht nachdenkst, sondern einfach nur handelst. Aber bei dieser Sache musst du wirklich nachdenken.«
»Und eins und eins ergibt nicht unbedingt zwei.«
»Es kommt kaum einmal zwei dabei heraus«, gestand er ein.
»Woher weißt du dann, ob du es richtig machst?«

»Das weiß ich nicht. Man weiß es nie.«
Reel schaute zum Himmel. Nach mehreren Tagen trockenen Wetters hatte der Regen wieder eingesetzt. Alles war grau und deprimierend. Selbst Dinge in der Nähe waren schwer zu erkennen. Der Regen fiel stärker, aber keiner von ihnen machte Anstalten, wieder in den Wagen zu steigen. Nach einer Minute waren sie bis auf die Haut durchnässt, aber sie standen nur da.
»Ich weiß nicht, ob ich so leben kann, Robie.«
»Ich auch nicht. Aber ich glaube, wir müssen es versuchen.«
Reel schaute nach unten, zu ihrer Hosentasche. Sie zog das Distinguished Intelligence Cross heraus und betrachtete es.
»Hättest du jemals in einer Million Jahren geglaubt, eins von denen zu kriegen?«
»Nein.«
»Wir haben den Orden dafür bekommen, einen Mann getötet zu haben.«
»Wir haben ihn bekommen, weil wir unsere Arbeit getan haben.«
Reel ließ den Orden wieder in der Tasche verschwinden. »Aber das ist nicht die Art von Arbeit, der man den Rücken zukehren kann.«
»Es gibt auch nicht viele, die das getan haben.«
»Ich würde lieber bis zum Schluss auf dem Feld bleiben.«
»So, wie es im Augenblick auf der Welt aussieht, könnte dein Wunsch in Erfüllung gehen.«
Sie schaute zur Seite. »Als Gwen und Joe noch am Leben waren, wusste ich, dass es zumindest zwei Menschen gibt, die mich betrauern würden. Die meine Freunde waren. Das war wichtig für mich.«
»Nun ja, jetzt hast du mich.«
Sie starrte ihn an. »Habe ich das? Wirklich?«
»Mach die Augen zu«, sagte er.

»Was?«
»Mach die Augen zu, verdammt.«
»Robie ...«
»Tu's einfach.«
Sie schloss die Augen, während der Regen unablässig fiel.
Eine Minute verging.
Schließlich öffnete sie die Augen wieder.
Will Robie stand immer noch da.

DANKSAGUNGEN

Für Michelle. Du hast dich um alles gekümmert, wie nur du es kannst.

Für Mitch Hoffman. Du siehst immer den Wald *und* die Bäume.

Für David Young, Jamie Raab, Sonya Cheuse, Lindsey Rose, Emi Battaglia, Tom Maciag, Maja Thomas, Martha Otis, Karen Torres, Anthony Goff, Bob Castillo, Michele McGonigle sowie alle anderen bei Grand Central Publishing, die mich täglich unterstützen.

Für Aaron und Arleen Priest, Lucy Childs Baker, Lisa Erbach Vance, Nicole James, Francis Jalet-Miller und John Richmond, weil sie mir immer den Rücken freihalten.

Für Anthony Forbes Watson, Jeremy Trevathan, Maria Rejt, Trisha Jackson, Katie James, Natasha Harding, Aimee Roche, Lee Dibble, Sophie Portas, Stuart Dwyer, Stacey Hamilton, James Long, Anna Bond, Sarah Willcox und Geoff Duffield bei Pan Macmillan, die mich in Großbritannien an die Spitze katapultiert haben.

Für Arabella Stein, Sandy Violette und Caspian Dennis, weil ihr auf eurem Gebiet so tüchtig seid.

Für Ron McLarty und Orlagh Cassidy, die mich immer wieder mit ihren Hörbuchdarstellungen erstaunen.

Für Steven Maat bei Bruna, der mich in Holland an der Spitze hält.

Für Bob Schule, weil er immer für mich da ist.

Für Janet DiCarlo, James Gelder, Michael Gioffre und Karin Meenan. Ich hoffe, Ihnen haben Ihre Charaktere gefallen.

Für Kristen, Natasha und Lynette, die dafür sorgen, dass ich nicht vom Weg abkomme, wahrhaftig und bei klarem Verstand bleibe.

Und für Roland Ottewell, der wieder einmal eine tolle Redaktionsarbeit geleistet hat.

Ein Killer geht um. Er schlitzt Kehlen auf. Und er ist gut darin.

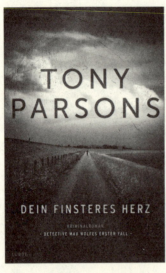

Tony Parsons
DEIN FINSTERES HERZ
Detective Max Wolfes
erster Fall
Kriminalroman
Aus dem Englischen
384 Seiten
ISBN 978-3-7857-6115-1

Vor 20 Jahren trafen 7 privilegierte Jungen in der elitären Privatschule Potter's Field aufeinander und wurden Freunde. Nun sterben sie, einer nach dem anderen, auf unvorstellbar grausame Art. Das ruft Detective Constable Max Wolfe auf den Plan: Koffein-Junkie, Hundeliebhaber, alleinerziehender Vater. Und der Albtraum jedes Mörders. Max folgt der blutigen Fährte des Killers von Londons Hinterhöfen und hell erleuchteten Straßen bis in die dunkelsten Winkel des Internets. Mit jeder neuen Leiche kommt er dem Täter ein Stück näher – und bringt sich damit selbst in tödliche Gefahr …
Die Nummer 1 aus England – endlich auf Deutsch

Bastei Lübbe